리틀 드러머 걸

JOHN LE CARRÉ

The Little Drummer Girl

존 르 카레 장편소설 | 조영학 옮김

RHK
알에이치코리아

데이비드와 J. B. 그린웨이
줄리아, 앨리스, 사디…
시간과 장소 우정, 모두 고마워요.

| 작가노트 |

　이 책을 쓰는 동안 팔레스타인과 이스라엘 사람들의 도움을 많이 받았다. 이스라엘인들 중, 특히 마아리브의 유발과 그의 아내 주디에게 감사하고 싶다. 부부는 원고를 읽어주고, 내가 실수했을 때조차 내 최종 판단을 믿어주었으며, 몇몇 중대하고 끔찍한 결례로부터 구해주기도 했다.

　다른 이스라엘 친구들, 특히 전현직 정보기관 종사자들은 조언과 협조를 아끼지 않았다. 그들은 확인을 요구하지도 않았고 오히려 내 독립성을 철저히 보장해주었다. 과거 군사정보부장을 역임하고 현재 브엘세바 네게브의 벤구리온 대학장이신 슐로모 가지트 장군께도 특별히 감사드리고 싶다. 내게는 영원히 당대의 군인이자 학자로 남으실 분이다. 물론 이름을 거론하지 못해도 고마운 분들은 얼마든지 있다.

　테디 콜레크 예루살렘 시장님께는 특히 미슈케노트 샤나님에서의 환대에 감사하며, 예루살렘, 아메리칸콜로니 호텔의 베스터 부부는 물론, 베이루트, 코모도 호텔 사장 및 임직원들께도 불가능한 일을 가능케 해주신 데 감사드린다. 베이루트 기자협회장, 아부 사이드 아부 리슈는 내 의도에 대해 전혀 모르면서도 조언을 아끼지 않았다.

　팔레스타인인들은 일부는 죽고 일부는 수감되었고 남은 사람들도 집을 잃거나 뿔뿔이 흩어졌다. 시돈의 이층집에서 나를 돌봐주며 감귤 밭에서 이런저런 얘기들을 나눈 소년병들, 공습에 시달리면서도 여전히 꿋꿋했던 라시디예와 나바티에 캠프의 피난민들…. 후에 들은 바에 의하면 그들의 운명 또한 이 이야기에 재현된 사람들과 거의 다르지 않다.

팔레스타인 군사령관이자 시돈의 집주인 살라 타아마리의 얘기만으로도 책 한 권이 나올 법하다. 언젠가 자신의 얘기를 직접 썼으면 하는 바람이지만, 지금은 이 책으로 그의 용기를 칭송할 수밖에 없겠다. 내게 팔레스타인의 마음을 보여준 그의 병사들한테도 감사한다.

존 개프, G. M 중령은 사제폭탄의 끔찍한 위력을 보여주며 내가 부주의하게 제조법을 기록하지 않도록 당부했다. 핀칠리, 앨런 데이 사에 근무 중인 제레미 콘월리스 씨는 적색 메르세데스 차에 대해 전문가다운 조언을 해주었다.

존 르 카레
1982

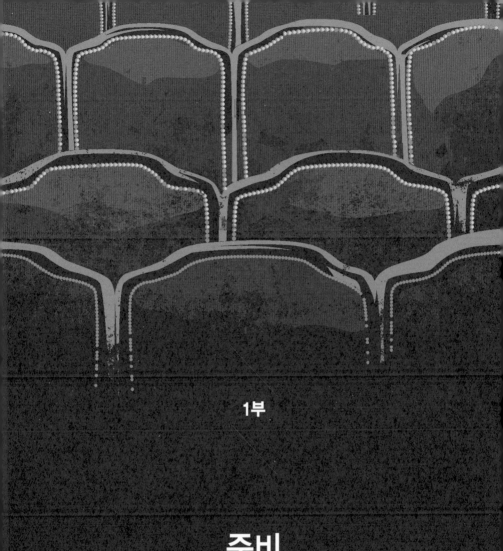

1부

준비

The Little Drummer Girl

01

독일 당국이야 도저히 알 도리가 없었지만 어쨌든 증거를 제공한 건 바트 고데스베르크 사건이었다. 바트 고데스베르크 이전에도 의혹이 증가하기는 했다. 그것도 아주 많이. 그런데 조잡한 사제폭탄과 그에 걸맞지 않은 정교한 계획 덕분에 의혹은 확신으로 굳어졌다. 협상 내용에 의하면, 조만간 한 남자가 사인을 할 것이다. 고통은 기다림에 달려 있다.

폭탄은 계획보다 훨씬 늦게 터졌다. 월요일 아침, 8시 26분. 열두 시간은 족히 지난 시간이리라. 희생자들이 차고 있던 시계가 죽는 바람에 그 시간을 확인할 수 있었다. 지난 수 개월간의 사건들과 마찬가지로 경고 따위는 없었다. 다만 그전에는 의도조차 없기는 했다. 이스라엘 무기조달 장교를 겨냥한 뒤셀도르프 차량폭탄 때도, 앤트워프의 정통유대파 부흥회조직위의 명예 서기관과 비서를 날려버린 도시락폭탄 때도 경고는 없었다. 취리히의 어느 이스라엘 은행 밖에서 승객 둘을 병신으로 만든 바 있는 쓰레기폭탄도 크게 다르지 않았다. 스톡홀름 폭탄의 경우 경고가 있기는 했으나 결국 사건과 무관한 그룹으로 판명났다.

8시 25분, 바트 고데스베르크의 드로셀스트라세는 녹음 무성한 외교적 오지였으나 사실 본의 정치적 소용돌이 속에 빠져 있다가 15분 정도만 차를 몰면 언제든 다다를 수 있었다. 신흥 거리임에도 불구하고, 그래도 수풀, 개인 정원, 차고 및 별관이 있고, 병 모양의 유리창 너머로는 고딕풍의 보안창살이 박힌 유서 깊은 동네였다. 라인란트의 기후는 정글처럼 1년 내내 무덥고 비가 자주 내렸다. 외교가의 규모도 마찬가지지만, 식물들도 독일인이 도로를 닦거나 지도를 만드는 것만큼이나 후다닥 자라버렸다. 덕분에 몇몇 저택은 벌써부터 울창한 침엽수림으로 반쯤은 가린 터였다. 행여 제멋대로 자라게 내버려 둔다면 어느 날 지역 전체를 그림 형제의 동화 속 밀림처럼 만들었을 것이다. 결과론적 얘기지만 이들 나무들은 매우 효과적인 방폭림이 되어 주었다. 그리하여 폭발 며칠 후에는 한 지역 종묘사가 침엽수 묘목으로 큰 성공을 거두기도 했다.

몇몇 저택은 민족주의적 특성을 분명히 드러냈다. 예를 들어 드로셀스트라세 모퉁이의 노르웨이 대사관저는 오슬로의 오지에서 그대로 옮겨놓은 듯한 소박한 적벽돌 농가였다. 맞은편 끄트머리의 이집트 영사관은 재정 위기에 무너진 알렉산드리아 별장의 절망적인 분위기를 그대로 담았다. 건물에서는 아랍 특유의 애잔한 음악이 흘러나왔다. 북아프리카의 가혹한 더위를 피해 덧문을 단단히 걸어 잠갔지만 사실 지금껏 열린 적은 단 한 번도 없었다. 5월 중순, 하루의 시작은 찬란하기가 그지없어 꽃과 신록들이 산들바람에 함께 춤을 추었다. 목련의 수명이 거의 다한 터라 꽃잎 대부분이 바닥에 떨어졌는데, 덕분에 사고 후에는 파편처럼 보이기도 했다. 신록이 너무도 짙은 탓에 간선도로의 통근 차량 소음도 거의 들리지 않았다. 폭발이 있기 전만 해도 가장 시끄러운 소리는 새소리였다. 물론 호주 상무관의 자랑거리인 담자색 덩굴을 특별히 좋아하는 살찐 비둘기 몇 마리도 포함해서다. 남서쪽으로 1킬로미터 거리, 라인 강의 거룻배들이 통통거리며 엔진 음을 꾸준히 뱉어냈으나, 뱃사람들이야 소리가 멈출 때가 아니면 거의 의식도 하지 못한다. 요컨대, 여러분이 열정적이고 다소 광적이기까지 한 독일 신문들에서 어떤 시끌벅적한 기사를 읽든지 간에(불경기, 물가폭등, 파산, 실업 등 고도의 대중자본주의 경제에서야 일상적이면서도 치유불가의 고통들), 바트 고데스베르크는 차분하고 버젓하며 충분히 살 만한 마을이었으며, 본 또한 그다지 나쁜 곳이 아님을 확연히 보여주는 아침이었다.

국적과 지위에 따라 이미 근무지로 떠난 남편들도 있었다. 하지만 그런 식의 틀에 박힌 일과가 아니라면 외교관들한테 남는 건 아무것도 없다. 예를 들어 침울한 성격의 스칸디나비아 영사는 부부간의 스트레스에 기인한 폭주와 숙취로 아직 침대에서 고생 중이었다. 남미 대리대사는 머리 망을 하고 북경 여행에서 구한 비단 잠옷을 입고는 창밖을 내다보며 필리핀 운전사에게 장볼 거리를 설명 중이었다. 이탈리아 영사는 알몸으로 면도를 했는데 주로 목욕과 아침 운동 사이의 일과가 그랬다. 반면에 그의 아내는 이미 차림새를 갖추고 아래층에 내려와 전날 늦게 귀가한 막무가내 딸을 야단쳤다. 거의 매일 아침 일어나는 행사였다. 코트디부아르 사절은 상사들과의 국제전화 통화 중에, 점점 쩨쩨해져 가는 독일 재무부로부터 개발원조를 뜯어내는 기술에 대해 조언했다. 전화가 끊어지자 상사들은 그가 전화를 끊었다고 오해하고 사임을 협박하는 전보를 보내기도 했다. 이스라엘 노무관은 한 시간 전에 출근했다. 본이 마음에 들지 않는 데다, 예루살렘 시간에 맞춰 일하기를 좋아했기 때문이다. 언제나 그런 식이었다. 거기에 현실과 죽음과 인종을 소재로 한 싸구려 농담들을 더하면 된다.

어느 폭탄테러든 늘 기적이 있게 마련이다. 이 경우 기적은 미국인 스쿨버스의 몫이었다. 버스는 사고 현장에서 불과 50미터도 되지 않는 전환점에서 공동체의 어린 학생들을 태우고 학교까지 왔다 갔다 했다. 문제의 월요일 아침, 하늘이 도왔는지 숙제를 까먹거나 늦잠을 자거나 학교 가기 싫다고 떼를 쓴 아이가 한 명도 없었다. 폭발이 있는 순간, 버스가 반경을 벗어난 건 순전히 그 덕분이었다. 뒤창이 모두 박살나기는 했다. 운전사가 운전대를 꺾는 바람에 버스가 도로변에 처박혀 프랑스 소녀가 한 쪽 눈을 실명하기는 했지만 아이들은 대체로 무사했다. 혹자는 아이들이 구조됐다는 표현을 쓰기도 했는데, 그 또한 폭발의 특징이거나 여파이리라. 그러니까 망자를 애도하며 시간을 허비하느니, 산 자를 축하하는 편이 낫다는 공동체의 처절한 욕구 같은 것이다. 그 경우 진짜 슬픔은 충격의 여파가 가신 이후에 닥치게 되는데, 대개는 몇 시간 후이나 그보다 빠를 수도 있다.

실제 폭음을 기억하는 사람은 없다. 가까운 거리라면 더 그렇다. 쾨니히스빈터(Königswinter)의 강 건너 사람들은 이질적인 폭발음에 귀가 멍하기는 했지만, 우왕좌왕하는 와중에도 생존의 공범들을 향해 씩 웃어 주었다. 그들은 외교관들을 비난했다. 당연한 얘기잖아? 저놈들을 베를린으로 쫓아내 그곳에서 저희들 멋대로 세금을 탕진하게 해야 해! 하지만 가까운 사람들은 처음엔 아무것도 듣지 못했다. 할 수 있는 얘기라고는, 기껏 도로가 조용히 뒤집혔거나 굴뚝이 저 너머로 날아가고, 아니면 돌풍이 집을 무너뜨렸다는 정도였다. 돌풍은 살갗을 당기고 가슴을 때리고 행인들을 내동댕이쳤으며 꽃을 날리고 화분을 벽에 집어던졌다.

물론 그들도 유리가 떨어져 쨍그랑 깨지는 소리, 어린 이파리들이 바스락거리며 도로에 떨어지는 소리를 들었다. 너무 무서운 탓에 사람들이 비명 대신 흘리는 신음 소리도 들었다. 따라서 소음을 듣지 못한 게 아니라 혼비백산했던 것이다. 프랑스 영사 집에서 부엌 라디오 프로그램, 그날의 요리를 너무 세게 틀었다는 신고도 있었다. 합리적임을 자부하는 어느 가정주부는 폭발이 라디오 볼륨을 키우는 게 가능한지 경찰에 묻기도 했다. 경찰은 그녀를 담으로 감싸 안전지대로 이끌며, 폭발이 나면 뭐든 가능하다고 대답했지만, 이 경우는 설명이 달랐다. 프랑스 영사의 창문 유리가 모두 박살나고 안에서도 라디오를 끌 상황이 되지 못해 소음이 그대로 거리로 흘러나온 것이다. 그래도 그녀는 이해하지 못했다.

잠시 후 기자들이 들이닥쳐 보도한계선을 두고 실랑이를 벌이기도 했다. 최초의 성급한 보도에 따르면, 사망 여덟, 부상 서른이었으며, 니벨룽겐 5라는 독일 극우 광신자 집단이 범인으로 지목되었다. 두 명의 정신지체아 소년과 정신병자 노인 하나로 구성된 조직으로 당연한 얘기지만 풍선 하나 터뜨릴 능력이 없다. 정오경, 신문보도는 피해규모를 사망 다섯(이스라엘인 한 명 포함), 중상 넷, 경상 열둘 정도로 축소해야 했다. 사람들은 이탈리아 붉은 여단을 거론했으나 증거가 없기는 마찬가지였다. 이튿날, 기자들은 시선을 돌려 검은 9월단을 지목했다. 그다음날, '팔레스타인의 분노'라는 단체가 자신들이 당사자라며 나섰다. 그 이전의 폭발에 관해서도 신빙성 있는 주장을 내놓았다. 팔레스타인의 분노라는 이름 자체가 범죄단체의 이름이라기보다는 행위에 대한 해명에 가까움에도 불구하고, 그들은 뜻을 굽히지 않았다. 상황도 그런 식으로 돌아갔다. 대표적 사설 대부분이 그 이름을 헤드라인으로 뽑았기 때문이다.

비유대인 사망자 중, 한 명은 이탈리아 식당의 시칠리아인 요리사이고, 다른 한 명은 필리핀 운전사였다. 네 명의 부상자 중에 이스라엘 노무관의 아내가 있는데 폭탄이 바로 그 집에서 터졌다. 그녀는 다리 한 쪽을 잃었지만 사망자가 어린 아들 가브리엘이었다. 하지만 향후 공식발표에 따르면, 범인들이 노린 목표는 그들이 아니라 텔아비브에서 방문

차 그 집에 머물던 노무관의 처삼촌이었다. 그는 탈무드 학자로서 웨스트뱅크 팔레스타인인들의 권리와 관련해 강성발언을 쏟아낸 것으로 유명했다. 한마디로 팔레스타인인들에게 권리를 인정한 것부터 잘못이라는 얘기였다. 조카인 노무관의 아내가 길길이 반대를 했음에도 불구하고, 그는 틈만 나면 목소리를 높였다. 조카는 이스라엘 자유주의 좌파이며, 키부츠 교육을 받은 탓에 외교가의 사치와 엄격함이 늘 거북살스럽기만 했다.

가브리엘이 스쿨버스에 타기만 해도 무사했겠지만 여느 때와 마찬가지로 몸이 좋지 않았다. 그는 거칠고 활동적인 아이였다. 사람들은 그저 거리의 골칫거리 정도로 여겼다. 특히 시에스타 시간에 말썽이 더 심했으나 그래도 엄마처럼 음악적 재능이 있었다. 아무튼 지금이야 너무도 자연스럽게 거리에서 가장 사랑받았던 아이가 되었다. 독일의 우익신문은 친유대 감상에 젖어 '천사 가브리엘'이라는 작위까지 부여했다. 그 제목은 편집자도 모르게 두 종교 모두의 심금을 울렸으며 덕분에 일주일 내내 아이의 성스러운 행적들을 만들어내느라 분주했다. 전문지들도 감상에 동참했다. 한 얼치기 해설자는, 디즈레일리가 출처라는 사실도 밝히지 않고, 철저한 유대주의가 아니면 기독교는 모두 개똥이라는 주장까지 서슴지 않았다. 가브리엘은 그런 식으로 유대교뿐 아니라 기독교에서도 순교자로 등극했다. 근심 많은 독일인들도 그 사실을 알고 마음을 놓는 분위기였다. 아무도 나서지 않았건만 독자들이 수천 마르크를 보내오는 바람에 어떻게든 처분해야 했다. 다른 사망자들은 거의 관심 밖이면서도, 심지어 가브리엘 기념관 얘기까지 나왔다. 결국 유대 전통에 따라 가브리엘의 작디작은 관은 곧바로 이스라엘로 보내 매장했다. 어머니는 남편이 동행할 때까지 기다렸다가 함께 예루살렘의 장례식에 참석했다.

폭발 당일 이른 오후, 6인으로 구성된 이스라엘 전문팀이 텔아비브에서 날아왔다. 독일 측에서는, 내무부 소속의 알렉시스 박사에게 대충 수사 책임을 맡기고 공항으로 보내 그들을 맞이하게 했다. 알렉시스 박사는 여우처럼 교활한 인물이었다. 평생을 동료들보다 10센티미터가 작다는 열등감에 시달렸는데 왕고집이 된 것도 그 때문일 것이다. 사생활이나 공직생활 모두에서 시비는 다반사였다. 그는 변호사인 동시에 보안요원이며 권력형 해바라기이기도 했는데, 그건 당시의 독일이 그렇게 키운 측면이 컸다. 하지만 강성의 자유주의 신념은 종종 연립내각에 부담이 되었던 바, 더욱이 그 신념을 TV에서 선전하는 능력도 크게 부족했다. 막연한 추측이지만, 과거 히틀러 치하에서 레지스탕스로 뛰었던 아버지의 그림자가 괴팍하기 짝이 없는 아들에게 거북할 정도로 덧씌워졌기 때문이리라. 그것도 시대를 잘못 타고 말이다. 분명 본의 유리성에도 그가 그 일에 부적합하다는 사실을 간파한 이들이 있었다. 최근의 이혼이 20년 연하의 정부와 관련이 있다는 사실도 그에 대한 판단을 개선하는 데 거의 도움이 되지 못했다.

다른 사람이라면, 알렉시스도 귀찮게 공항까지 나갈 이유가 없었을 것이다. 조사단에 대해선 보도도 없는 것으로 알고 있었다. 하지만 이스라엘과 독일 연방공화국의 관계가 간신히 해빙기에 접어들던 시점이라 그도 내무부의 압력에 굴복할 수밖에 없었다. 그의 반대 의사에도 불구하고, 당국은 마지막 순간 함부르크 출신의 느려터진 실레지아 경찰과 짝을 지어 주기까지 했다. 유명한 보수파에 느림보 굼벵이로, 70년대 '학교폭력' 분야에서 이름을 날린 자였다. 테러분자들과 폭탄 테러에 대한 대전문가로도 인정받고 있었다. 다른 평계라면, 그가 이스라엘인들과 잘 지낸다는 사실이리라. 반면에 알렉시스는, 다른 사람들과 마찬가지로 그가 합류한 이유가 근본적으로 자신에 대한 견제 때문임을 알고 있었다. 사실 보다 중요한 이유는, 당시의 위험한 분위기 속에서도 알렉시스와 실레지아 경찰에게 소위 '업보'가 없다는 데 있었다. 요컨대, 두 사람 모두 젊은 터라, 독일인들의 집요한 과거의 한에 책임질 일이 전혀 없다는 뜻이다. 오늘날 유대인들에게 어떤 박해가 있는지 몰라도, 알렉시스와 그의 달갑지 않은 실레지아 파트너는 적어도 어제의 박해와 무관했다. 굳이 더 이상의 보장이 필요하다면 알렉시스의 조상도 무관했다. 알렉시스의 주장에 따라, 신문 매체들도 모두 그 점을 강조하고 나섰다. 다만 신문사 한 곳만은 이스라엘이 성급하게 팔레스타인 캠프와 마을을 폭격해 수십 명의 어린 희생자를 내는 날에는(하나가 아니라), 그에 준하는 야만적 보복을 각오하라고 경고했다. 그다음 날, 이스라엘 대사관에서 언론담당관의 다소 난삽하고도 성급한 반론이 튀어나왔다. 반론은 대략 이런 식이었다. 1961년 이후 이스라엘은 지속적으로 아랍의 테러에 시달려 왔다. 먼저 건드리지 않는 한 이스라엘은 어디에서든 단 한 명의 팔레스타인인도 공격하지 않을 것이다. 가브리엘이 죽은 이유는 단 하나, 그가 유대인이기 때문이다. 독일 사람이라면, 그렇게 희생된 유대인이 가브리엘뿐만이 아님을 기억할 것이다. 설령 홀로코스트를 잊었다 해도, 불과 10년 전의 뮌헨 올림픽까지 잊지 않기를 바란다.

보도국장은 그 원고를 처리하고 하루 휴가를 냈다.

텔아비브에서 정체불명의 공군기가 날아와 활주로 끄트머리에 착륙했다. 연합팀은 통관절차도 생략하고 곧바로 하루 밤낮의 업무를 개시했다. 이스라엘 요원들에게 뭐든 협조하라는 지시를 받았으나 그럴 필요조차 없었다. 알렉시스는 친이스라엘 성향으로 유명했다. 텔아비브를 공식 '친선' 방문해 홀로코스트 박물관에서 고개 숙인 모습이 신문에 실리기도 했다. 진지한 실레지아인에 대해서라면… 음, 그가 틈만 나면 강조했듯, 어차피 공동의 적을 찾는 일이 아니던가? 빨갱이들. 나흘째 되는 날, 수사 결과 대부분이 여전히 미진했으나, 연합팀은 그나마 신뢰 수준의 예비그림을 조합해낼 수 있었다.

　우선 목표 건물을 대상으로 보안감시가 전혀 이루어지지 않았으며, 대사관과 본 보안 담당간의 합의에도 포함되지 않았다는 점은 두 진영 모두 공감했다. 세 블록 떨어진 이스라엘 대사관저는 24시간 내내 보호되고 밖에는 녹색 경찰차가 보초를 서며, 건물은 철망으로 막혀 있다. 그뿐이 아니다. 초병 둘이 기관단총을 소지하고 경내를 순찰하는데 물론 대사관의 역사적 아이러니 따위에 개의치 않도록 젊은이들로 선발했다. 대사의 차량은 방탄차이며 경찰 오토바이들의 호위를 받는다. 결국 유대인 대사인 덕에 이곳에서 이중의 보호를 받는 셈이다. 한편 노무관은 차원이 다르다. 사실 과민 반응할 필요도 없었다. 그의 집은 외교가 이동 순찰대의 포괄적인 보호를 받고 있으므로, 순찰일지에 적혀 있듯 이스라엘인의 주거로서 특수 경계의 대상이라는 원론만 거듭할 수 있을 따름이다. 그 이상의 예방책이라면, 이스라엘 임직원의 주소는 공식 외교목록에 인쇄되지 않는 정도였다. 당연히(정치적으로) 이스라엘을 바라보는 시선이 곱지 않은 마당에 불필요한 충동을 자극하지 않기 위한 배려다.

　월요일 아침 8시 직후, 노무관은 차고 문을 열고 평소처럼 빗자루 손잡이에 부착한 거울을 이용해 승용차 휠캡을 점검했다. 실제로 그 용도로 지급된 도구였다. 함께 차를 타고 다니는 처삼촌도 점검에 동참했다. 시동을 걸기 전에는 당연히 운전석 아래도 점검했다. 폭탄테러가 시작된 이후, 이런 식의 점검은 외국에 주둔하는 이스라엘인 모두에게 의무가 되었다. 평범한 상용 휠캡에 폭탄을 장착하는 데 40초, 연료탱크 아래 흡착폭탄이라면 그보다 빠르다는 사실을 모르는 사람은 아무도 없다.

그뿐 아니라 뒤늦게 외교관으로 선발된 후 내내 괴롭힌 문제이지만, 그를 날려버리고 싶어 하는 사람이 많다는 사실 또한 누구나 알고 있다. 그도 신문과 전보 정도는 읽고 있으니 어찌 모르겠는가. 마침내 이 차가 안전하다고 확신한 다음, 그는 아내에게 인사를 하고 일터를 향해 차를 몰았다.

두 번째, 그 집의 오페어걸 즉 외국어 공부를 위해 집안일을 도와주는 스웨덴 출신의 소녀 엘케가 그 전날 1주간의 휴가를 얻어 독일 남자 친구 볼프와 함께 베스테르발트로 떠났다. 아무튼 둘 다 전과는 없었다. 볼프는 분데스베어(Bundeswehr: 독일연방군―옮긴이)에서 휴가를 얻어 일요일 오후 자기 소유의 폭스바겐 무개차에 엘케를 태웠다. 그 집을 지나거나 감시하는 사람이라면, 그녀가 외출복 차림으로 현관문을 나와 어린 가브리엘에게 키스하고 노무관에게 손 흔드는 모습을 보았을 것이다. 노무관은 문가에서 엘케를 배웅했고 그의 아내는 텃밭에 푹 빠진 터라 뒷마당 채소밭에 가 있었다. 노무관의 말에 의하면, 엘케가 그 집에서 1년 이상을 지냈기에 다들 가족처럼 사랑했다.

이 두 요인, 즉 사랑받는 오페어걸과 순찰의 부재 덕분에 공격이 가능했다. 그리고 그 공격을 성공하게 만든 요인은 무엇보다 노무관 자신의 선한 성품이었다.

일요일 저녁 6시, 그러니까 엘케가 떠나고 두 시간 후 노무관이 손님과 종교 논쟁을 하고 그의 아내가 열심히 독일 땅을 가는 동안, 현관 초인종이 울렸다. 딱 한 번, 따르릉. 언제나처럼 노무관은 문을 열기 전에 핍홀을 살폈다. 지방법으로 무기소지를 금지하고는 있지만 늘 그렇듯 공용 리볼버로 무장도 했다. 하지만 어안렌즈에 비친 사람은 어딘가 가냘프고 애처로워 보이는 스물한둘 정도의 금발소녀였다. 옆에는 낡디 낡은 회색 여행 가방이 놓여 있었는데 손잡이에 스칸디나비아 항공사

딱지가 보였다. 택시 한 대가(아니면 개인 세단차였을지도) 바로 뒤 도로에 대기 중이었는데 엔진이 툴툴거리는 소리까지 들렸다. 심지어 고장 난 기관이 틱틱거리는 소리까지 들었다고 생각했지만 그건 후에 지푸라기라도 잡고 싶을 때 얘기였다. 그의 표현에 따르면 정말 기막힌 소녀였다. 청순하고 발랄한 분위기에 코 주변에 주근깨가 매력적이었다. 평소의 청바지와 블라우스 대신 차분한 청색 드레스의 단추를 목까지 채우고, 실크 머리스카프(흰색 아니면 크림색)로 금발을 단정하게 묶었다. 노무관이 첫 인터뷰에서 밝혔듯, 의례를 중시하는 입맛에도 딱 들어맞았다. 때문에 그는 복도 서랍장에 리볼버를 넣고 빗장을 풀고 여자에게 활짝 웃어 보였다. 여자가 매력적인 반면 그 자신은 뚱보에 수줍음도 많았다.

이런 얘기는 모두 첫 번째 면담 때 나왔다. 탈무드 전문가 처삼촌은 본 것도 들은 것도 없는 터라 증인으로서는 완전히 무용지물이었다. 혼자 남은 순간부터 그는 절대로 시간낭비하지 말라는 훈령에 따라, 문을 걸어 잠그고 미슈나(탈무드 1부를 구성하는 유대교의 불성문율집—옮긴이)의 주석에 몰두했다.

여자는 외국 억양의 영어를 구사했다. 프랑스나 라틴이 아닌 북유럽 쪽이었다. 경찰은 그를 향해 무수한 억양을 쏟아부었으나 어쨌든 북부 해안 지방이 제일 가까웠다. 여자는 먼저 엘케가 집에 있는지부터 물었다. 호칭은 엘케가 아니라 '어키'였는데 절친한 친구끼리 부르는 애칭이리라. 노무관은 그녀가 두 시간 전 떠났다고 대답했다. 이런, 어쩌죠? 내가 도울 일이라도? 여자는 가볍게 실망을 드러내곤 다음에 다시 들르겠다고 했다. 지금 막 스웨덴에서 왔는데, 엘케의 어머니께서 이 여행 가방을 전해달라고 했다는 얘기도 덧붙였다. 옷가지하고 전축판들이에요. 엘케가 팝을 좋아하거든요. 이래봬도 꽤나 귀한 음반들이랍니다. 노무관은 그때쯤 그녀에게 잠시 들어오라고 떼를 쓰기 시작했다. 순진하게도 아예 가방까지 들어 문 안으로 들이기까지 했다. 물론 평생 자신을 저주하게 될 행동이었다. 절대 배달원들이 가져온 소포도 받지 말라는 경고문 정도는 그도 읽었다. 여행 가방이 독이 될 수 있다는 사실도 안다. 하지만 엘케의 절친 카트린이라지 않는가. 게다가 바로 그날 스웨덴의 고향 어머니로부터 가방을 전해달라는 부탁을 받았단다. 생각보다 조금 무겁기는 했지만 그는 전축판 때문이라고 여겼다. 여행 가방만으로도 수화물 중량제한을 다 썼겠다며 너스레를 떨자, 카트린은 엘케의 모친이 스톡홀름 비행장까지 차도 태워주고 초과 중량 비용도 지불했다고 대답했다. 여행 가방은 하드케이스 타입이었고 무겁고 꽉 찬 느낌이었다. 가방을 들었을 때 흔들림은 없었다. 그것만은 분명하다. 갈색 꼬리표는 파편으로 살아남았다.

커피를 권했지만 여자는 운전사가 기다린다는 핑계로 거절했다. 택시가 아니라 분명 운전사라고 했다. 수사팀도 그 점을 끝까지 물고 늘어졌다. 독일에 무슨 용무인지 묻자 본 대학 신학과에 등록할 생각이라고 대답했다. 그는 신이 나서 전화번호 메모첩과 연필까지 들고와 이름과 주소를 남겨달라고 부탁했으나, 그녀는 미소로 사양하고 "엘케한테 카트린이 왔다고 하면 알 거예요."라고 말했다. 지금은 루터 여성전용 호스텔에 묵고 있지만 방을 구할 때까지만이라는 말도 덧붙였다. 그런 호스텔이 실제로 있으니 구체성의 좋은 예라 하겠다. 엘케가 휴가에서 돌아오면 다시 들를게요. 그 애 생일을 함께하고 싶거든요. 그녀는 그렇게 말했다. 노무관도 진심을 느끼고 엘케 친구들을 위해 파티를 준비해주겠다고 장담했다. 치즈 퐁듀 정도는 내가 직접 만든답니다. 아내가 키부츠 출신이라 요리는 젬병이거든요. 후에 그가 통탄해 마지않으며 거듭한 증언이다.

그때쯤 거리에서 세단 또는 택시가 뚜뚜거리기 시작했다. 가온다 정도의 음높이, 몇 차례의 가볍고 짧은 경적. 두 사람은 악수를 했다. 여자가 열쇠를 건넸다. 그때 비로소 여자가 하얀 면장갑을 끼고 있음을 알아챘으나, 원래 그런 스타일인 데다 무거운 여행 가방을 맨손으로 운반하기엔 습한 날씨라는 식으로 넘겼다. 결국 메모장엔 글씨 하나 없고, 메모장, 여행 가방, 심지어 열쇠에도 지문 하나 남지 않았다. 노무관의 기억에 의하면, 가방 전달식은 기껏 5분 정도였다. 운전사 때문이었다. 노무관은 그녀가 걸어가는 모습을 지켜보았다. 멋진 걸음걸이. 섹시하면서도 도발적이지 않은. 그는 차근차근 문을 닫고 빗장을 건 다음 가방을 1층 엘케의 방으로 가져가 침대 발치에 놓았다. 옷과 전축판을 위해 가방을 눕혀 놓는 게 좋겠다는 생각을 했고 그 위에 열쇠를 올려놓았다. 아내는 텃밭에서 괭이로 김을 매느라 여념이 없었기에 그동안 아무 소리로 듣지 못했다. 아내가 돌아왔을 때는 그도 깜빡 잊고 얘기하지 않았다.

아주 사소하고 인간적인 각색이 진술을 덧씌우기는 했다.

잊어? 엘케의 친구가 찾아와 한바탕 소란을 부렸는데 잊어요? 침대 발치의 여행 가방은? 이스라엘팀이 따지고 들었다.

노무관은 사실을 인정하며 다시 울음을 터뜨리고 말았다.

아뇨, 솔직히 말하면 잊었던 건 아닙니다.

그럼 왜 그랬소?

그보다는, 안타깝지만… 마음 한구석에서… 음, 그런 식의 인간관계가 아내의 흥미를 끌지 못한다고 판단했던 것 같습니다. 아내는 내내 키부츠로 돌아가 이런 식의 외교적 알력 없이 사람들과 자유롭게 어울리고 싶어 했으니까요. 다시 말하면… 예, 여자는 대단한 미인이었습니다. 어쩌면 비밀로 하고 싶었는지도 모르죠. 여행 가방 얘기라면… 예, 아내는 엘케의 방에 절대 들어가지 않습니다. 어… 이제 과거로 얘기해야 하나요? 엘케는 자기 방을 직접 정리합니다.

당신 처삼촌, 탈무드 학자한테는?

노무관은 그에게도 말하지 않았다. 이는 양측 모두가 확인해 주었다.

그들은 아무 논평 없이 이렇게 적었다.

여자를 비밀로 하다.

이쯤에서, 마치 선로에서 갑자기 사라진 신비의 기차처럼 사건의 흐름도 끊기고 만다. 엘케는 볼프의 든든한 지원을 받으며 황급히 본으로 돌아오지만 카트린을 알지는 못했다. 엘케의 주변 수사야 어차피 시간이 걸리는 일이다. 그녀의 모친은 가방을 보내기는커녕 그럴 생각을 해본 적도 없었다. 스웨덴 경찰에 진술한 바에 의하면, 음악에 대한 딸의 저급한 취미에 실망한 터라 전축판 따위를 보낼 리도 없었다. 볼프도 귀대한 후 보안대의 집요하고도 무차별적인 신문에 시달렸다. 경찰과 언론이 독일 전역에 수배를 하고, 중요한 단서를 제공하는 사람에게 거액의 상금까지 내걸었으나 택시든 자가용이든 운전사는 나타나지 않았다. 스웨덴 어디에서도 여자와 비슷한 여행자는 없었고, 쾰른을 포함해 독일의 어느 공항 탑승객 목록, 컴퓨터, 저장장치에도 나타나지 않았다. '준 불법체류자' 전부를 포함해, 알려지거나 알려지지 않은 여성 테러리스트 사진들을 보여줬으나 노무관은 모두 모르는 사람들이었다. 그가 비탄에 빠진 채 뭐든 도움이 되고 싶어 했으나, 여자가 어떤 구두를 신었는지, 립스틱, 향수, 마스카라를 했는지, 아니면 머리를 염색하거나 가발을 썼는지조차 기억해내지 못했다. 기껏 경제 전문가 교육이나 받고 이스라엘 외의 관심이라고는 브람스밖에 없는 물러터진 유부남이 어떻게… 어떻게 여자가 염색했는지 아닌지 알 수 있겠는가? 그는 그렇게 투덜댔다.

기억하는 것도 있기는 했다. 다리가 예쁘고 목이 아주 하앴다. 그리고 긴 소매, 그래, 넋을 잃고 두 팔을 봤을 수도 있다. 페티코트도. 아니면 해가 좋았으니 얼핏 몸매를 훔쳐보았을지도 모르겠다. 브래지어? 아니, 노브라일 가능성이 더 컸다. 어쩌면 한쪽은 조막만 하고 다른 한쪽은 아예 없었을 것이다. 패션모델들은 다들 그가 좋아하는 옷을 입었다. 독일 전역의 창고에서 100여 벌에 가까운 청색 드레스를 보내왔건만, 드레스에 다른 색 깃이나 소맷부리가 달렸는지 죽어도 기억이 나지 않았다. 정신적 고통 또한 기억력을 방해해 질문을 할수록 더 많은 걸 잊었다. 몇몇 증인들이 그의 증언 일부를 확인해 주었으나 정작 중요한 내용은 더 이상 없었다. 순찰차는 완전히 다른 곳에 있었다. 아니, 어쨌든 폭탄도 순찰시간을 피해 맞춰놓았을 것이다. 여행 가방의 상표는 오리무중이었다. 자가용인지 택시인지는 몰라도, 차종은 오펠이나 포드일 것이다. 회색인 것만은 분명했다. 그다지 깨끗하지도 않고 새 차도 아니었다. 본 등록차량이었습니다. 아니, 지그부르크예요. 예, 지붕에 택시 표시등이 달렸죠. 아니, 표시등이 아니라 채광창이었어요. 음악 소리가 들렸지만 어느 방송인지는 모르겠네요. 라디오 안테나를 봤습니다. 아뇨, 안테나 같은 건 없었어요.

운전사는 백인이었지만 터키인이었을지도 모릅니다. 터키 놈들이 그런 짓을 하니까. 면도는 했지만 콧수염을 길렀고 머리는 까맸어요. 아니, 금발입니다. 체구가 작았는데 여자가 위장했을 수도 있겠군요. 뒤창에 분명 작은 굴뚝 청소부 인형이 매달려 있었어요. 아니, 그냥 스티커일지도 모르겠네요. 예, 스티커 맞아요. 운전사는 파카를 입었어요. 아뇨, 헐렁한 스웨터였습니다.

수사가 교착 상태에 빠지자 이스라엘팀도 일종의 집단 코마에 걸린 듯했다. 그들은 완전히 무기력해져 늦게 나오고 일찍 돌아갔다. 대부분의 시간을 대사관에서 보냈는데, 아무래도 새로운 지시를 받는 모양이었다. 그런 식으로 며칠이 흐르자 알렉시스는 그들이 뭔가 기다리고 있다고 확신했다. 정체된 듯 들뜬 상태. 다급하면서도 차분한 상태. 알렉시스 자신도 너무나 자주 느낀 기분이었다. 그에게는 그런 분위기를 감지하는 특별한 안목이 있다. 유대인들과 감정이입하는 데 천부적 재능이 있다는 생각도 했다. 세 번째 날, 슐만이라는 이름의 얼굴 커다란 늙은이가 팀에 합류했다. 그 나이의 절반밖에 안 되는 말라깽이 동료와 함께였는데, 알렉시스는 두 사람을 유대인 카이사르와 카시우스에 비유했다.

슐만과 짝패가 등장함으로써 알렉시스 또한 그간의 수사 과정에서 꾹꾹 눌러 담았던 울화를 어느 정도 풀어낼 수 있었다. 실레지아 경관에게 이리저리 끌려 다니는 일도 피곤했는데 그의 태도가 보조가 아닌 상급자에 가까워졌기 때문이다. 슐만에 대해 그가 처음 느낀 바는, 곧바로 이스라엘팀의 온도가 급상승했다는 점이다. 슐만이 오기 전, 여섯 명은 어딘가 부족해 보였다. 다들 공손하고, 술도 마시지 않고, 끈기 있게 그물을 치고, 끈끈한 전우애를 과시도 했다. 그들의 자제력은 외부인에겐 당혹스러울 수밖에 없었다. 그리하여 간이식당에서 후다닥 점심을 마친 후, 실레지아 경관이 유대 음식에 대해 농담을 하고 이스라엘의 아름다움을 찬양하고 이스라엘 와인에 대해 무례한 혹평까지 곁들었을 때에도 그들은 묵묵히 받아들이기만 했다. 알렉시스가 보기엔 속으로 피가 끓었을 일이다. 독일 내 유대문화의 부활을 들먹이며, 신흥 유대인들이 프랑크푸르트와 베를린 부동산 시장을 궁지에 몰아넣었다고 비난해도 그들은 여전히 입을 다물었다. 사실 그들 역시 이스라엘의 소환에 불응한 슈테틀 유대인의 돈지랄에는, 독일의 섣부른 대처만큼이나 넌더리를 내고 있었다. 그런데 슐만의 등장과 더불어 갑자기 만사가 다른 방식으로 움직이기 시작했다. 그는 그들이 기다려온 지도자였다. 예루살렘 출신의 슐만. 그의 등장은 불과 몇 시간 전 퀼른 사령부가(난감한 목소리로) 알렉시스에게 전화를 걸어 알려주었다.

"이스라엘에서 전문가를 더 보낸답니다. 지금 거기로 가고 있습니다."

"무슨 전문가?" 알렉시스가 되물었다. 그는 독일인답지 않게 타이틀 있는 사람들을 혐오하는 버릇이 있었다.

대답은 없었다. 그리고 어느 순간 그가 나타났다. 하지만 알렉시스에게는, 전문가가 아니라 테르모필레 전투(기원전 480년 페르시아군과 그리스 연합군 사이의 전쟁. 영화 〈300〉의 배경 ─ 옮긴이) 이후 모든 싸움에 참전한, 머리 크고 분잡한 역전의 용사처럼 보였다. 나이는 마흔에서 아흔 사이 어디라도 가능했다. 슬라브인이지만 히브리보다 유럽 쪽에 훨씬 더 가까웠다. 체구는 땅딸막하고 튼튼하고 똥배가 나왔으며 레슬러처럼 성큼성큼 걷고 누구에게나 편하게 대했다. 성질 더러운 짝패는 아예 언급조차 없었다. 어쩌면 카시우스보다는 전형적인 도스토예프스키 학생일지도 모르겠다. 그것도 굶주린 채 끊임없이 악마들과 싸우는 부류였다. 슐만이 미소 지으면 자글자글한 주름이 마치 수 세기 동안 물길이 지나며 새긴 바위의 균열처럼 보였다. 두 눈은 실금만 남은 게 중국 사람이 따로 없었다. 그러면 한참 있다 짝패도 미소를 지었고, 흡사 전도된 내적 의미를 폭로하려는 사람 같았다. 슐만이 인사를 할 때면 오른팔이 게 발처럼 통째로 들이닥쳤는데 자칫 막지 못하면 허리를 통째로 자를 것만 같았다. 반대로 짝패는 자기 팔을 믿지 못하겠다는 듯 양옆에 딱 붙여놓았다. 슐만은 앞뒤가 맞지 않는 얘기를 기관단총처럼 토해내고 어떤 얘기가 먹혀드는지 가만히 확인했으며 그 뒤를 짝패의 목소리가 송장을 치우는 들것 부대처럼 따라다녔다.

"슐만이오. 만나서 반갑습니다, 알렉시스 박사님." 슐만이 경쾌한 영어로 인사했다.

달랑 슐만이었다.

이름도 직위도 소속도 전공도 없었다. 짝패는 아예 이름도 없었다. 적어도 독일인 따위에게 알려줄 이름은. 알렉시스의 인상에 따르면, 슐만은 한 민족의 장군이었다. 희망의 제공자, 강력한 선도자, 특수임무 전문가…. 아무튼 자칭 전문가답게 독방을 원했고 바로 그날 얻었다. 짝패가 확실하게 챙긴 덕이다. 슐만이 방문을 닫은 채 시골 변호사 같은 목소리로 지금까지의 수사를 점검하고 평가했다. 왜, 언제, 어디서, 어떻게를 알아듣기 위해 히브리어 학자가 될 필요도 없었다. 즉흥연주가이자 도시의 게릴라. 알렉시스는 슐만이 그렇다고 생각했다. 알렉시스는 슐만의 침묵에까지 귀를 기울였다. 도대체 어떤 흥미로운 문서를 읽기에 입을 다문 걸까? 기도라도 하는 건가? 저 사람들도 기도라는 걸 할까? 아니면 짝패가 말하는 순서일 수도 있었다. 독일인이 있는 곳에서라면, 예외 없이 자기 체구만큼이나 작아지는 목소리 탓에 짝패의 말은 한 마디도 알아들을 수가 없었다.

무엇보다 인상 깊은 건 슐만의 강박적인 추진력이었다. 그는 최후통첩이라도 하듯 자신에게 덧씌운 압력을 고스란히 팀에 전달했다. 우리는 이길 수 있다. 하지만 질 수도 있어. 그리고 너무 오랫동안 지체했다. 박사의 생생한 상상력 속에서 슐만은 그렇게 말했다. 슐만은 그들의 감독이자 감시인이자 장군이며 그 모두였다. 하지만 그 스스로도 많은 지시를 받고 있었다. 적어도 그의 눈에는 그랬다. 알렉시스라고 늘 오판만 하는 건 아니지 않는가. 부하들이 슐만에게 의존하는 방식은 절대적이면서도 기이했다. 그는 수사 내용이 아니라 진척도를 물었다. 그게 도움이 되던가? 그래서 뭐든 진척이 있었어? 알렉시스는 슐만의 습관적인 몸짓에서도 조바심을 보았다. 왼쪽 팔뚝의 재킷 소매를 잡고는 다른 사람 팔이기라도 하듯 비틀어 낡은 손목시계의 바늘을 확인하는 것이다.

그래, 슐만에게도 데드라인이 있는 거야. 그의 뱃속에서 시한폭탄이 재깍거리고 있는 거라고. 알렉시스의 생각은 그랬다. 짝패의 경우엔 시한폭탄이 서류 가방에 들어 있었다.

알렉시스는 두 사람의 상호작용에 매료되었다. 사실 그로서는 스트레스를 달래주는 기분 좋은 청량제였다. 슐만이 드로셀스트라세 주변을 산책하다가 폭격에 주저앉은 위태로운 건물 안에 들어갔을 때였다. 그가 팔까지 저어가며 훈계하고 시간을 확인하고, 자기 집이 무너지기라도 한 듯 화난 표정을 지었는데, 그러면 짝패는 두 손을 엉덩이에 바짝 붙인 채 어두운 양심처럼 주인의 그림자 속을 떠돌며 자신이 믿는 바를 속삭이는 식으로 주인을 제어하는 것처럼 보였다. 슐만이 마지막 밀담을 하겠다며 노무관을 불렀다. 벽을 통해 대충 들은 대화는 악다구니 지경까지 올라갔다가 다시 고해자의 중얼거림 수준으로 떨어졌고, 그때 상심에 빠진 사내를 끌어내 대사관에 인계한 사람이 바로 짝패였다. 알렉시스가 처음부터 품고 있었으나, 쾰른 본부가 한번 캐보라고 지시한 가설을 확인하는 순간이었다.

모든 정황이 그 점을 가리켰다. 오직 성스러운 땅을 꿈꾸는 광신도 아내. 어처구니없을 정도로 쉽게 카트린이라는 여자를 받아들이고 엘케의 부재 중 오빠 노릇을 자처했으며, 아내도 들어가지 않는 엘케의 방에 들어갔다고 시인하는 식의, 노무관의 섬뜩한 죄의식. 알렉시스도 과거 비슷한 상황을 겪고 또 지금도 마찬가지였기에, 지극히 사사로운 추문에도 신경이 날카로울 수밖에 없다. 그러니 파일 곳곳에 배어 있는 징후를 어찌 모를 수 있단 말인가. 슐만이 그 징후들을 읽었다는 사실조차 알렉시스는 못내 반갑기까지 했다. 하지만 쾰른이 그 가설을 고수하자 본은 거의 히스테리 지경이었다. 노무관은 대중영웅이다. 자식을 잃은 아버지. 끔찍하게 망가진 여인의 남편. 독일 땅에서 발생한 반유대주의 폭력의 희생자. 본에 파견된 이스라엘 외교관으로, 당연히 천사 가브리엘만큼이나 존경받아야 했다. 결국 본부의 우려처럼, 그를 간부(姦夫)로 고발해야 할 주체가 바로 독일이 아닌가? 바로 그날, 노무관은 낙담한 채 아이를 따라 이스라엘로 돌아갔고 TV 뉴스 속보는 출구를 가득 메운 그의 넓은 등을 전국에 방송했다. 알렉시스는 모자를 손에 들고 무심한 시선으로 그가 떠나는 모습을 지켜보았다.

이스라엘팀이 고국으로 날아간 후까지도 슐만의 몇몇 활동에 대해서는 알렉시스도 알지 못했다. 예를 들어 슐만과 짝패가 어느 칠흑 같은 밤 독일 수사관들 몰래 엘케를 찾아가, 스웨덴 귀국을 연기하고 대화에 응하면 충분한 대가를 지불하겠다고 설득한 얘기도 거의 우연히, 그것도 대충 얻어들어야 했다. 두 사람은 호텔 침실에서 오후 내내 그녀를 면담한 후, 그렇게 인색한 사교성에도 불구하고 기꺼이 그녀와 함께 택시를 타고 공항까지 바래다주었다. 알렉시스의 짐작에, 엘케의 진짜 친구들이 누구이고, 남자 친구가 귀대한 후 어디에서 놀았으며, 그녀의 허물어진 방에서 찾아낸 대마초와 암페타민을 어디에서 구입했는지(또는 누구한테 받았는지) 캐내기 위해서였다. 어쩌면 마약에 취한 채 주인 부부를 흉볼 때 누구의 품에 안겨 있었는지 포함되었을 수도 있겠다. 그런 추론이 가능한 것도 부분적으로는 부하들이 엘케에 대한 비밀보고서를 가져온 덕분이었다. 사실 그 질문들이야말로 슐만이 아니라 바로 그 자신이 하고 싶었던 것들이었다. 본이 총구를 들이대고 "손 떼!"라고 악을 쓰지만 않았던들.

굳이 손 더럽힐 필요 없잖아. 똥은 그 친구들한테 치우게 두라고. 알렉시스도 생존 자체가 버거운 터라 말귀를 알아듣고 입을 다물었다. 하루하루 지날수록 실레지아의 명청이가 득세하는 통에 입지만 곤란해진 것이다.

어쨌든 초읽기에 몰린 슐만이 낡은 시계를 힐끔거리며 여자한테 우려냈을 대답들이라면 그도 얼마든지 돈을 걸었을 것이다. 예를 들어, 외교가 출신의 아랍 남학생이나 하급 주재관일 수도 있겠다. 아니면 쿠바인이라도…. 어쨌든 약간의 부와 선물, 마지못해 들어줄 귀가 달린 남자의 펜화 정도일 것이다. 한참 후, 그러니까 세월이 지나 더 이상 아무 의미도 없을 때쯤, 역시 엘케의 연애 생활에 관심이 지대해진 스웨덴 정보부를 경유해 슐만과 짝패가 용의자들의 사진을 한 무더기 내놓았다. 그것도 다른 사람들이 자는 새벽 시간을 이용했다. 그녀는 그중에서 하나를 골랐다. 키프로스 출신으로 추정되는 사내인데 그녀도 마리우스라는 이름만 알고 있었다. 남자는 그녀가 그 이름을 불어처럼 발음해 주기를 바랐다. 아무튼 그녀가 "예, 이 사람하고 잤어요."라는 취지의 진술서를 작성했다는 얘기도 들었다. 물론 예루살렘에 보낼 보고서 때문이라고 설득했다지만… 그런데 왜 그런 내용이 필요하지? 슐만의 데드라인을 모면하기 위해? 바닥에 떨어진 신용을 회복할 담보용? 그런 일이라면 알렉시스도 이해했다. 생각할수록, 슐만과의 동질감 및 동병상련의 염이 더욱 커가기도 했다. 당신과 난 하나입니다. 싸우고 느끼고 또 보니까요. 그는 머릿속으로 계속 그런 생각을 했다.

알렉시스는 그 모든 걸 분명히 이해했다. 그것도 엄청난 확신과 더불어서였다.

폐단식은 의무조항으로 강의홀에서 열렸다. 실레지아 놈이 300개의 좌석을 주재했다. 하지만 대부분의 자리는 비고 단 두 그룹, 독일과 이스라엘이 교회 통로 양쪽에 결혼식 친지들처럼 앉았다. 독일인들은 내무부와 하원의 정치꾼 몇이 나와 수를 불렸다. 이스라엘 대사관의 육군무관이 자리를 함께했지만 슐만의 말라깽이 짝패를 비롯해 몇 명이 이미 텔아비브로 떠난 후였다. 아, 적어도 그 팀한테서 들은 얘기가 그랬다. 나머지는 오전 11시에 모여 흰 천으로 덮인 뷔페 테이블의 인사를 받았다. 그 위에는 폭발 현장에서 가져온 파편들이, 마치 오랜 발굴 끝에 건져낸 고고학 자료들처럼 각각 전기 타입의 작은 박물관 딱지가 붙은 채 놓여 있었다. 그 옆 나무 벽에도 일상적인 공포 사진들이 걸려 있었다. 사진은 모두 칼라이며 극도로 사실적이었다. 입구에서는 예쁜 소녀 하나가 기가 막힌 미소를 내걸고, 배경 설명을 담은 행사 팸플릿을 비닐 커버에 넣어 나눠주었다. 차라리 캔디나 아이스크림을 나눠줬던들 솔직히 그렇게 놀라지 않았을 것이다. 독일팀은 수다를 떨며, 이스라엘인들을 포함한 구경거리를 감상했으나, 정작 이스라엘인들은 1분 1초의 시간낭비가 순교라도 된다는 듯 치명적인 침묵을 고수했다.

우리 독일인이 너무 많아. 지저분한 인간들. 알렉시스는 그런 생각을 했다. 한 시간 전만 해도 혼자 독차지할 줄 알았다. 그를 향해 플래시 한 방 터뜨리고 "고맙다."는 인사 한 마디면 끝날 줄 알았다. 솔직히 은밀히 그쪽으로 유도도 했지만 처음부터 어림없는 소리였다. 고관대작들이 실레지아 놈과 아침, 점심, 저녁 시간을 함께하기로 결정했기 때문이다. 알렉시스는 안중에도 없었다. 커피 한 잔 청하지도 않았다. 그래서 그는 팔짱 자세로 여봐란 듯이 여기저기 어슬렁거리며 돌아다녔다. 유대인들과 대화도 하고 논쟁도 하다보면 누군가 값싼 관심이라도 던져줄지 모를 일이다. 알렉시스를 빼고 다들 자리에 앉았을 때 실레지아 놈이 들어왔다. 연단을 차지할 때마다 골반을 뒤틀며 들어오지만 알렉시스의 경험상 그런 기이한 걸음걸이는 어떤 독일어로도 묘사가 불가능했다. 바로 뒤에 한 젊은이가 터벅터벅 따라 들어왔다. 요즘 각광받는 회색 빈티지형 여행 가방을 들었는데 스칸디나비아 항공 꼬리표가 달려 있었다. 그는 마치 봉헌이라도 하듯 가방을 연단에 올려놓았다. 영웅 슐만은 통로

좌석에 앉아 있었다. 혼자였고 꽤나 뒷자리였다. 지금은 재킷과 넥타이 대신 편한 슬랙스 차림으로, 넉넉한 뱃살 때문에 바지가 다소 짧아 보였다. 덕분에 멋없는 구두까지 훤히 드러났다. 특유의 철제 손목시계도 손목 위로 힐끔 고개를 내밀었다. 햇볕에 그을린 갈색피부 흰 셔츠라서인지 이제 막 휴가를 떠날 동네 아저씨 같은 분위기였다.

기다려. 나도 당신과 함께 떠날 테니. 알렉시스는 고관들과의 고통스러운 회의를 떠올리며 속으로 중얼거렸다.

실레지아 놈은 영어로 연설했다. 겉으로야 '이스라엘 친구들을 위해서'였지만, 알렉시스 생각은 달랐다. 그보다 그의 영웅담을 듣기 위해 찾아온 지지자들을 위한 배려이리라. 하지만 워싱턴에서 반테러 의무 교육과정을 수료한 게 고작인지라 그자의 영어는 뚝뚝 끊기는 우주비행사 중계 수준이었다. 그는 테러는 '급진좌파'의 소행이라는 말로 시작했다. '현대 젊은이들의 사회주의적 방임'을 일례로 제시할 때는 의원들 몇 명이 엉덩이를 뒤척이며 동의를 표했다. 우리의 친애하는 지도자 양반이라면 더 멋진 비유를 했겠지만 겉으로는 아무 반응도 보이지 않았다. 폭발은 구조적 이유로 위로 치솟는 경향이 있으며 따라서 건물의 중심을 뜯어낸다. 아이의 침실이 있는 꼭대기 층을 날려버린 것도 바로 그 때문이다. 실레지아 경관의 설명이었다. 그의 등 뒤에 조수가 도해를 펼쳐놓았다. 기껏 대폭발이라는 얘기잖아. 그냥 한 마디로 정리하고 입 닥치지 그래? 알렉시스가 속으로 투덜댔지만 실레지아 놈은 입 닥칠 의사가 전혀 없었다. 충격은 반경 5킬로미터까지 가해지는데 어머니가 생존한 이유는 부엌에 있었기 때문이다. 부엌이 안바우이기 때문입니다. 갑작스러운 독일 어휘의 등장에 묘한 당혹감이 일었다.

"안바우가 뭐냐?" 실레지아인이 심술궂게 조수한테 묻는 통에 다들 자세를 바로 하고 적당한 단어를 궁리하기 시작했다.

"별관." 알렉시스가 선수를 치자, 답을 아는 사람들은 허탈한 웃음을 흘리고, 실레지아 경관의 지지자들은 짜증 섞인 조바심을 드러냈다.

"별관." 실레지아 놈이 나름 최선의 영어발음으로 따라했다. 그리고 불평은 무시하고 우직하게 연설을 이어갔다.

내세엔 이스라엘이나 스페인, 아니면 에스키모인이 되고 말겠어. 다른 사람들처럼 철저한 무정부주의자로 산다 해도, 절대 독일인으로는 태어나지 않을 생각이다. 천벌로 한 번 그렇게 살았으면 된 거다. 죽은 유대인 아이로 개회연설을 하는 건 독일인뿐이다.

실레지아 경관은 여행 가방에 대해 설명했다. 다 헤진 싸구려 가방. 외국인 노동자나 터키인 같은 하층민들이 잘 찾는 종류다. 사회주의자도 넣고 싶었겠지만 그러지는 않았다. 관심 있는 사람들은 폴더의 내용을 참조하거나 뷔페 테이블에 전시한 잔해들을 연구할 수도 있고, 알렉시스가 오래전 그랬듯이, 폭탄과 여행 가방이 막다른 골목이라고 판단할 수도 있을 것이다. 하지만 그럼에도 불구하고 실레지아 놈의 얘기를 외면할 수는 없었다. 오늘은 그의 날이며, 연설은 자유주의의 적 알렉시스를 패퇴한 데 대한 승리의 비행쇼 같은 것이다.

그는 여행 가방에서 가방의 내용물로 옮겨갔다. 가방은 두 종류의 충전물로 채워져 있었습니다, 여러분. 제1유형은 낡은 신문지였죠. 조사 결과 지난 6개월 동안 스프링거 신문사의 본 발행본 일부이더군요. 알렉시스는 매우 적절하다는 생각을 했다. 제2유형의 충전물은 잘게 오려 낸 군용담요로써, 국영 분석실의 동료가 들고 있는 것과 비슷한 종류입니다. 겁먹은 조수가 커다란 회색담요를 들어 방청객에 보여주는 동안 실레지아인은 자랑스럽게 다시 기막힌 실마리들을 풀어냈다. 알렉시스로서는 늘 듣던 내용들이었다. 오그라뜨린 폭약 말단부… 불발 폭약의 화약 성분…. 폭약은 러시아제 표준 플라스틱 폭탄으로 미국은 C4, 영국은 PE라 부르는 종류다. 이스라엘도 어떤 이름으로든 그 존재를 인지하고 있다…. 싸구려 손목시계 태엽…. 불에 타기는 했지만 인지 가능한 국산 빨래집게 용수철. 요컨대, 전형적이고 고전적인 세팅이라는 얘기로군. 알렉시스가 속으로 중얼거렸다. 의심스러운 소재도 없고 멋을 부린 흔적도 장식도 없는, 지극히 단순하고 유치한 부비트랩이었다. 단 이런 식의 세팅은 요즘 아이들이 아니라 고리타분한 70년대 테러분자들의 골동품이었다.

실레지아인도 그렇게 생각하는 듯 보였으니 그가 자랑스럽게 던진 농담은 정말로 끔찍했다.

"우리는 이를 비키니 폭탄으로 부르겠습니다. 초미니! 초간단!"

"그럼 비키니 주인은?" 알렉시스가 무모한 도발을 시도했다. 그러자 슐만이 잠시 놀란 표정을 짓더니 이해한다는 듯 미소를 지었다.

실레지아 경관은 아예 조수를 무시하고 직접 여행 가방에 손을 넣어 침엽수 한 조각을 끄집어냈다. 실물 크기의 모형으로, 장난감 경주차처럼 가늘고 복잡한 코팅 전선이 열 개의 잿빛 플라스틱 막대와 연결되어 있었다. 그러자 풋내기들이 자세히 보겠다며 몰려들었는데, 그런데도 슐만이 자리에서 일어나더니 주머니에 손을 넣고는 어슬렁어슬렁 그 무리에 합류하는 게 아닌가! 이유가 뭐지? 알렉시스는 슐만을 노려보며 자문해보았다. 어제만 해도 낡아빠진 손목시계 확인할 시간도 없는 사람처럼 굴더니 갑자기 웬 여유? 알렉시스는 지금까지 썼던 무관심의 가면을 포기하고 재빨리 그의 옆에 따라붙었다. 전통적인 세팅으로 유대인을 날려버리고 싶으면 이런 식으로 폭탄을 만들면 됩니다. 우선 싸구려 손목시계를 삽니다. 훔치는 게 아니라 사는 겁니다. 대형 상점, 그것도 제일 혼잡한 시간에 이것저것 몇 가지 물건과 함께 구매하는 식으로 계산대의 기억을 흩뜨려놓아야 합니다. 그런 다음엔 시침을 빼내고 유

THE LITTLE DRUMMER GIRL

리에 구멍을 뚫고 압핀을 끼우고 압정 대가리에 전기회로를 땜하는 겁니다. 이제 배터리를 연결합니다. 시계 바늘은 압핀 가까이 두든 멀리 두든 상관없지만, 시간은 최대한 짧게 해두는 게 상식이겠죠. 그래야 폭탄을 찾아 해체하지 못할 테니까요. 이제 시계태엽을 감으세요. 반드시 분침이 작동해야 합니다. 그리고 분침이 돌아가면 누구든 여러분을 창조한 분께 기도하고 폭탄을 플라스틱에 넣으세요. 시침이 압핀 침에 닿아 회로를 완성하는 순간, 신의 도움과 함께 폭탄이 터질 겁니다.

실레지아인은 이 기적을 시연하기 위해, 해체된 폭탄과 모형 플라스틱 폭탄 열 개를 치우고 대신 손전등용 소형 전구를 꺼냈다.

"여러분께 회로가 어떻게 작동하는지 보여드리겠습니다!" 그가 소리쳤다.

회로가 작동하리라는 사실을 의심하는 사람은 없었다. 그 정도야 모두가 암기하는 수준이지만 그럼에도 불구하고 전구가 깜빡이자 한순간 구경꾼들이 저도 모르게 몸서리를 치는 것처럼 보였다. 그나마 슐만은 끄떡없었다. 너무 많이 본 게야. 그래서 동정심 따위가 완전히 말랐겠지. 슐만은 전구를 완전히 무시해버렸다. 그의 관심은 모형 폭탄에 있었다. 그는 전문가다운 미소로 부지런히 폭탄을 살폈다.

정치꾼 하나가 왜 폭탄이 정시에 터지지 않았는지 물었다. 물론 자신의 지식을 과시하기 위해서일 뿐이었다.

"폭탄은 집 안에 열네 시간이나 있었습니다. 분침은 기껏해야 한 시간이고 시침은 열두 시간인데, 최대 열두 시간이 한계인 폭탄이 어떻게 열네 시간을 셀 수 있죠?"

실레지아인 경관은 모든 질문에 대한 답을 준비했다. 그가 강연을 하는 동안 슐만은 여전히 넉넉한 미소와 두터운 손으로 모형 폭탄 끄트머리를 자세히 살피고 있었다. 흡사 아래쪽 충전물에 뭔가를 잃기라도 한 사람 같았다. 시계가 멈췄을 겁니다. 드로셀스트라세까지 자동차로 가는 동안 세팅에 문제가 생겼거나, 노무관이 엘케의 침대에 가방을 내려놓다가 회로에 충격을 줬겠죠. 싸구려 시계인지라 멈췄다가 다시 갔을 수도 있습니다. 뭐든 아니겠나? 알렉시스가 초조함을 참지 못하고 속으로 투덜댔다.

하지만 슐만의 생각은 달랐다.

"아니면 시곗바늘의 페인트를 덜 긁어냈을 수도." 그가 모형 여행 가방의 걸쇠에 관심을 돌리며 혼잣말 하듯 중얼거렸는데, 훨씬 더 그럴듯한 가설이었다. 그러고는 주머니에서 낡은 공용주머니칼을 꺼내더니 불룩한 힌지핀을 하나 골라 대가리 아래쪽을 살피기 시작했다. 못은 너무도 쉽게 뽑혀 나왔다. "귀하의 실험실 사람들이야 페인트를 모두 벗겨냈을 게요. 그런데 이 폭탄은 거기 사람들만큼 과학적이 못 돼요. 그 친구, 그만한 능력도 없고 제작도 깔끔하지 못하고." 그가 철컥 소리까지 내며 칼을 접었다.

그런데, 여자였잖아? 왜 갑자기 남자라도 되는 양 '그 친구'라고 하는 거지? 지금 청색 드레스의 미인 얘기를 해야 하는 것 아닌가? 알렉시스가 속으로 항변했다. 슐만은 자신의 느긋한 연기가 실레지아 경관을 어떤 식으로 짓밟고 있는지 상관없다는 듯, 뚜껑 안의 수제 부비트랩으로 관심을 옮겨갔다. 그리고 안쪽 전선을 가볍게 끌어내 집게용수철 언저리의 은못에 대보았다.

"흥미로운 게 있습니까, 슐만 씨? 단서라도 찾으셨다면 말씀해 주시죠. 다들 궁금해하니까요." 실레지아 경관이 거의 천사 같은 자제력으로 청했다.

슐만은 그의 제안을 곰곰이 따져보았다.

"전선이 너무 부족해요. 여기는 77센티미터 길이의 전선 잔해가 있는

데 여러분이 재현하신 폭탄은 최대 25센티미터뿐이군요. 50센티미터
는 어디 간 겁니까?"

잠깐의 당혹스러운 정적. 하지만 경관은 이내 큰 소리로 웃음을 터뜨
렸다.

"이런, 슐만 씨, 이건 여분입니다. 회로는 일반 전선을 사용하죠. 테러
범이 장치를 만들었을 때 분명 전선이 남았을 겁니다. 그래서 여행 가방
에 넣은 거예요. 흔적을 없애기 위한 상투적인 절차죠. 예, 남은 전선입
니다. 기술적 의미가 전혀 없는. *자크 임 도흐 위브리히.*"

"남은 쓰레기라는 뜻입니다, 슐만 씨, 아무 의미 없는… 그러니까 쓰
레기죠." 누군가 불필요하게 해석까지 해주었다.

논란은 끝났다. 의견차이도 봉합되었다. 알렉시스가 다시 눈길을 돌
렸을 때 슐만은 문가에 가 있었다. 떠나려는 참이었다. 그가 커다란 머리
로 알렉시스 방향을 보며 시계 찬 손을 들어 보였는데 바쁘다기보다는
배가 고픈 사람처럼 보였다. 딱히 시선을 마주친 것도 아니건만 문득 슐
만이 자기를 기다리고 있다는 생각이 들었다. 그가 방을 가로질러와 "함
께 식사하실까요?"라고 물어 주기를 원하는 게 분명했다. 실레지아인은
단조로운 연설을 이어갔다. 알렉시스는 재빨리 발끝으로 빠져나와 슐만
의 뒤를 쫓아갔다. 복도에 나가자 슐만이 친근감을 과시하듯 그의 팔을
잡았다. 바깥은 어느 새 찬란한 햇살이라, 두 사람은 재킷을 벗었다. 후
일 알렉시스의 회상에 따르면 슐만은 재킷을 항상 쿠션처럼 말아 들었
다. 알렉시스는 택시를 잡아 바트 고데스베르크 반대편 언덕에 위치한
이탈리아 식당 이름을 불러주었다. 여자들을 데려간 적은 몇 번 있지만
남자는 처음이었다. 타고난 주색가 알렉시스는 늘 첫 번째를 의식했다.

37   차 안에서는 거의 아무 말도 하지 않았다. 슐만은 경치를 찬양하며, 비

록 주중이기는 해도 평생 주말 안식일을 지켜온 사람답게 입가에 조용한 미소를 그려냈다. 알렉시스의 기억에 슐만의 비행기는 초저녁에 떠나기로 되어 있었다. 알렉시스는 학교에서 끌려나오는 아이처럼, 그때까지 남은 시간을 계산해보았다. 먼저 슐만에게 다른 약속이 없어야겠지만 터무니없기는 해도 멋진 가정인 것만은 분명했다. 체칠리안하이츠 꼭대기 식당에 다다르자 이탈리아 주인이 예상대로 호들갑을 떨며 환영했다. 하지만 정작 알렉스를 황홀케 한 사람은 슐만이었다. 그를 '교수님'이라고 부르며, 창가에 여섯은 앉을 수 있는 대형 식탁을 고집했으니 말이다. 저 아래로 옛 마을이 펼쳐지고 그 너머로 라인 강이 갈색 언덕과 뾰족뾰족한 성들을 거느리며 굽이쳤다. 알렉시스로서는 외우다시피한 풍경이나 오늘은 새 친구 슐만의 눈으로 처음 보는 기분이었다. 알렉시스는 위스키 두 잔을 주문했는데 슐만도 마다하지 않았다.

술을 기다리며 경치를 감상하는데 슐만이 먼저 입을 열었다.

"바그너가 지그프리트라는 친구를 가만히 내버려 두었더라도 우린 너 나은 세상에서 살았을 거예요."

알렉시스는 잠시 어리둥절했다. 하루 종일 너무나 복잡했다. 배도 고프고 마음도 산란했다. 그런데… 세상에 슐만이 독일어를 하다니! 고장난 엔진처럼 투덜대는 수데텐 억양. 게다가 저 의뭉스러운 미소는 고해나 공모를 노리는 것 같지 않은가! 알렉시스가 머뭇머뭇 웃음을 흘리자 슐만도 웃었다. 마침 위스키가 나와 둘은 서로 건배를 했지만, "보라, 마셔라, 그리고 다시 보라!" 따위의 무거운 독일식 의식은 없었다. 그런 의식은 알렉시스가 보기에도 과한 감이 있었다. 특히 유대인은 독일식 의식이라면 무조건 경계부터 하지 않던가.

"비스바덴에서 새로운 일을 맡으셨다는 얘기 들었습니다. 고위급 사무직인데 한직이라더군요. 교수님께서 여기 사람들한테는 과분하시다고요. 교수님을 뵙고 사람들을 만나고 보니… 예, 저도 충분히 이해가 갑니다." 짝짓기 의식이 끝나자 슐만이 먼저 얘기를 꺼냈다. 여전히 독일어였다.

알렉시스는 애써 태연을 가장했다. 새 임무에 대해서라면 구체적인 얘기는 그도 듣지 못했다. 그의 자리를 실레지아인이 차지한다는 내용 또한 비밀이어야 했지만, 사실 누구한테 할 시간조차 없었다. 어린 애인한테야 하루에 몇 번씩 전화를 걸어 잡담을 나누지만 전직 얘기는 아니었다.

"세상사가 그렇잖아요? 예루살렘 남자의 삶도 마찬가지로 불안하답니다. 이리 치이고 저리 치이고… 사는 게 다 그렇죠, 뭐." 슐만의 목소리는 철학적이었다. 알렉시스가 아니라 강을 상대로 대화를 나누고 있다는 생각도 들었다. 아무튼 어딘가 실망한 목소리였다. "그녀도 좋은 여자라고 들었습니다. 매력적이고 총명하고 정숙하고… 어쩌면 그들한테 과분할 것 같군요." 그가 덧붙였는데 이번에도 파트너의 생각을 흔들어놓고 말았다.

알렉시스는 대화를 자기 인생 문제로 전환할까 하다가 대신 오늘 아침 회의 얘기를 꺼냈다. 하지만 슐만은 기술자들이 아무것도 해결하지 못했으며 폭탄 얘기도 따분했다는 식으로 대충 얼버무렸다. 그러고는 웨이터가 가져온 파스타를 흡사 죄수처럼 먹기 시작했는데, 접시는 쳐다보지도 않고 스푼과 포크만 기계적으로 움직이는 식이었다. 알렉시스는 그의 열변을 방해하고 싶지 않아 최대한 입을 다물었다.

슐만은 우선 장년 특유의 느긋함으로, 이스라엘의 소위 반테러 동맹국들에 대한 가벼운 탄식부터 늘어놓았다. 스스럼없는 친구에게 회상하듯 하는 말투였다.

"정월에, 전혀 다른 성격의 수사 건으로 이탈리아 친구들을 만났어요.

그래서 몇 가지 기막힌 증거와 신빙성 있는 주소를 제공했고, 그다음 소식은 이탈리아 놈 몇을 체포했다는 얘기였죠. 그런데 그 사이에 예루살렘이 쫓는 자들은 무사히 리비아로 돌아가 바캉스를 즐기며 다음 임무를 기다린 겁니다. 우리 의도는 완전히 일그러졌죠." 그는 파스타를 한 입 가득 문 채 냅킨으로 입술을 훔쳤다. 알렉시스는, 먹거리야말로 이 나이든 베테랑의 연료라는 생각을 했다. 먹어야 싸우는 사나이. "3월, 다른 문제가 생겼을 때도 똑같았지만 상대가 파리였어요. 프랑스인들만 몇 명 붙잡고 끝난 거죠. 관리 몇이 박수갈채를 받고 우리 덕분에 진급도 했는데 아랍인들은…" 그가 체념 어린 어깻짓을 해보이고 주제와 달리 활짝 미소까지 지었다. "좋은 게 좋은 거겠죠. 외교적, 경제적 어느 모로 보든지. 하지만 절대 정의는 아니에요. 그래서 선택 처리라는 개념을 배웠다 생각하기로 했답니다. 말이 많은 것보다는 적은 게 낫다. 예, 우린 그렇게 마음을 먹었어요. 물론 우리 일에 아주 적합한 사람도 있습니다. 교수님처럼 기록도 괜찮고 좋은 아버지예요. 우린 그런 사람들과 일을 같이 할 거예요. 우방들간의 비공식적인 업무 얘기입니다. 우리 정보를 건설적으로 활용할 수만 있다면 성공도 가능하리라 믿어요. 우리 친구들도 그 분야에서 권력을 잡고 싶어 하니까 당연하겠지만 솔직히 우리도 우리 몫을 원합니다. 나눠줘야죠. 특히 우리 우방이라면 말이에요."

그날, 슐만이 제안의 성격에 대해 언급한 건 그게 전부였다. 알렉시스는 아무 말도 하지 않고 침묵으로 자신의 공감을 선언했다. 슐만 또한 알렉시스를 너무도 잘 아는지라 그런 분위기를 이해하는 모양새였다. 그는 거래가 성립되어 정말로 함께 사업을 할 것처럼 대화를 이어갔다.

"몇 년 전, 팔레스타인 놈들이 우리나라에서 난장을 벌인 적이 있어요. 보통은 하층민, 그러니까 영웅이 되고 싶은 촌놈들이 몰래 국경 인근 마을에 숨어들어 폭탄을 던지고 죽어라 내빼는 정도예요. 예, 그런 놈들이 까불면 적어도 두 번째는 잡아요. 하지만 내가 얘기하는 자들은 달랐죠. 지도자도 있고 움직이는 방법도 알고 있었으니까. 정보원을 피하고 흔적을 지우고 스스로 협상을 벌이고 지시를 내릴 줄도 알고요. 처음 데뷔 때는 벳샨의 어느 슈퍼마켓을 공격했어요. 그러고는 학교, 정착촌 몇 곳, 가게, 이런 식으로 나가다가 결국 일상처럼 되어 버린 겁니다. 그러다가 휴가를 맞아 귀향하는 우리 병사들을 공격하기 시작하더군요. 화가 난 부모, 신문, 누구나 할 것 없이 '그놈들을 잡아 내'라고 목청을 높였죠. 우리도 신경이 쓰인 터라 사방에 수소문을 했고 그래서 놈들이 요르단 계곡 동굴들을 이용한다는 사실을 알아냈습니다. 손을 떼고 육지에서 떠난 거예요. 아, 찾아내지는 못했어요. 그쪽 선동팀이 코만도 8의 영웅이라고 불렀는데 코만도 8은 우리도 잘 알아요. 그자들이 성냥을 당길 때마다 미리 그 정보를 입수할 정도죠. 소문으로는 형제들이에요. 가족 장사인 셈이죠. 정보원 얘기로는 셋이나 넷 정도인데 형제는 분명해요. 요르단 밖에서 노는데 그 정도는 우리도 압니다.

우린 팀을 꾸려 놈들을 쫓기 시작했어요. 사예렛이라는 팀인데 소수정예죠. 팔레스타인 두목은 가족 말고는 아무도 믿지 않는 고집불통 독불장군이라고 들었어요. 물론 도발을 즐기고요. 예, 그자도 찾지는 못했습니다. 동생 둘은 그렇게 똑똑하지 않았어요. 한 놈은 암만의 소녀에게 폭 빠져 있었는데 어느 날 그 집을 나오다가 기관총 세례를 받았죠. 둘째는 시돈의 친구한테 전화를 거는 실수를 했어요. 주말에 놀러가겠다는 약속을 한 겁니다. 결국 공군이 날아가 해안도로를 달리는 차를 박살내버렸죠."

알렉시스는 저도 모르게 달뜬 미소를 흘렸다.

"정보가 부족했군." 그가 중얼거렸으나 슐만은 못 들은 척했다.

"그때쯤 우리도 그자들의 정체를 알았어요. 헤브론 인근의 포도 재배 마을 출신의 웨스트뱅크 주민들로 67년 전쟁 당시 피난민들이었죠. 4형제였지만 팔레스타인 기준으로도 그자는 너무 어려 싸울 수가 없었답니다. 누나가 둘이 있었는데 하나는 리타니 강 남부의 보복 공격에 목숨을 잃었죠. 덕분에 군인들도 많이 희생되었지만요. 어쨌든 그자를 찾고 있습니다. 팀을 정비해 보복을 시도할 줄 알았는데 그건 아니더군요. 장사를 그만둔 지도 벌써 6개월입니다. 아니, 1년인가? 우리도 '이제 잊자. 늘 그렇듯 부하들한테 당한 모양이다.'며 손 떼는 분위기예요. 시리아군이 괴롭혔을 때 죽었다는 얘기도 들었고요. 그런데 몇 개월 전 그자가 유럽에 돌아왔습니다. 바로 여기. 팀도 꾸렸다더군요. 대개가 젊은 독일인이고 여자도 있다고 했습니다." 그가 다시 한 입 가득 썹다가 천천히 목구멍으로 넘겼다. 그가 얘기를 이어간 건 다 먹고 난 후였다. "그 팀은 바로 여기 있습니다. 감수성이 강한 아이들에게 아랍 메피스토 역할을 하면서요."

그 뒤로 긴 침묵이 이어졌다. 처음엔 알렉시스도 슐만의 말을 이해하지 못했다. 창문을 때리는 햇빛에 눈이 부셔 표정을 읽는 것도 어려웠다. 그는 머리를 옆으로 기울여 다시 슐만을 보았다. 갑자기 눈을 가리는 이 짙은 구름은 뭐지? 정말로 햇빛에 슐만의 피부가 표백된 걸까? 그래서 저렇게 죽은 자처럼 문드러져 보이나? 그러다가 문득 그때까지 그에게서 보지 못했던 열정을 감지했다. 이곳 식당에서, 고관대작의 별장들로 가득한 이 노곤한 스파 마을에서, 사람들이 사랑에 빠지듯 슐만은 깊고도 섬뜩한 증오에 빠져 있었던 것이다.

슐만은 그날 저녁 떠나고 잔류 팀원만 이틀 더 머물렀다. 실레지아인이 두 정보 당국의 전통적인 우애를 다지겠다며, 맥주와 소시지로 송별의 밤을 기획했지만 알렉시스가 거부했다. 본 당국이 바로 그날 사우디에 맞설 군대를 동원하겠다는 암시를 흘린 이상 손님들도 더 이상 축제 분위기일 수만은 없다는 이유를 들었는데 아마도 그가 공인으로 실효를 거둔 최후의 노력이었을 것이다. 한 달 후, 슐만의 예언대로 그는 비스바덴으로 자리를 옮겼다. 비밀 업무. 이론적으로도 진급이지만 그의 변덕과 개성에 대한 통제도 줄어들었다. 한때 박사의 옹호자로 분류했던 신문 하나는, 본의 손실은 TV 시청자들에겐 이득이 될 거라고 비꼬았다. 수많은 독일 친구들이 서둘러 그에 대한 지분을 포기하는 마당에, 유일한 위안이 있다면 행운을 비는 작지만 따뜻한 카드였다. 예루살렘 소인의 편지는 첫날 새 책상 위에서 그를 반겨주었다. '영원한 친구, 슐만'이 그의 행운을 빌며, 사적이든 공적이든 다음 만남을 기대한다고 덧붙였다. 다소 이질적인 추신에는, 슐만 역시 느긋한 팔자만은 아니라는 암시가 덧붙었다. "조만간 가시적인 성과가 없으면 불행히도 교수님과 합류할지 모르겠군요." 알렉시스는 씩 웃으며 카드를 서랍 안에 던져 넣었다. 누구든 손을 댈 수 있는 위치인지라 분명 누군가 읽을 것이다. 그는 슐만의 의도를 정확히 파악하고 또 감탄해 마지않았다. 슐만은 미래의 관계를 위한 기초를 닦고 있었다. 다시 몇 주 후, 알렉시스와 어린 애인이 밋밋한 결혼식을 치르고 있을 때, 그가 가장 기대하고 기뻐했던 선물도 다름 아닌 슐만의 장미 다발이었다. 결혼한다는 얘기도 하지 않았는데 말이다!

장미는 새로운 연애에 대한 약속과도 같았다. 지금 그에게 가장 필요한 선물이다.

02

알렉시스가 슐만으로 알고 있는 사내가 독일에 돌아온 건 거의 8주나 지나서였다. 그때쯤 예루살렘팀의 수사와 계획이 대단한 급진전을 이루었지만 바트 고데스베르크의 잔해를 뒤지는 팀은 아직도 사건의 성격조차 파악하지 못했다. 만일 범인들을 벌주는 문제에 불과하고, 또 고데스베르크 사건이 전체의 일부가 아니라 별개의 사건이었다면, 슐만도 직접 개입할 필요가 없었을 것이다. 그의 목표는 단순한 보복 이상이었다. 물론 자신의 생존 전략과도 밀접한 관계가 있었다. 이제 몇 개월 동안 그의 집요한 박차하에, 팀은 몰래 들어가 집 안에서 적을 잡을 정도의, 소위 창문이라는 전략 정도는 확보했다. 예루살렘은 점점 탱크와 중화기를 앞세워 박살내자는 쪽으로 기울고 있었다. 고데스베르크 덕분에 유력한 용의자를 찾았다고 확신했기 때문이다. 서독이 지휘 혼선으로 허우적거리는 동안 슐만의 예루살렘 부하들은 은밀히 앙카라와 동독까지 접선하고 있었다. 옛 요원들도 비슷한 사례에 대해 털어놓기 시작했는데, 결론은 2년 전 중동 사건의 판박이라는 얘기였다.

슐만은 본이 아니라 뮌헨으로 갔다. 하지만 이름이 슐만이 아닌 탓에 알렉시스는 물론 실레지아인 후임자도 그의 도착을 까맣게 몰랐는데 그 역시 의도한 바였다. 굳이 본명을 밝힌다면 쿠르츠였으나 거의 사용해본 적이 없어 어느 날 완전히 잊어버린다 해도 놀랄 일도 아니리라. 쿠르츠는 짧다는 뜻이다. 그래서 동료들은 짧은 머리 쿠르츠라고 불렀지만 적들에게는 짧은 뇌관 쿠르츠였다. 그를 조셉 콘래드의 주인공과 비교하는 사람도 있었으나 사실은 모라비아 출신으로 진짜 이름도 쿠르즈였다. 그런데 위임통치령 팔레스타인의 영국경찰이 고맙게도 '즈'를 '츠'로 바꿔주었다. 쿠르츠도 그 이름을 자신의 정체성을 찌른 날카로운 단검의 뜻으로 받아들였고 지금도 일종의 자극제로 삼고 있다.

그는 텔아비브에서 이스탄불을 거쳐 뮌헨에 들어왔는데 도중에 여권을 두 번, 비행기를 세 번이나 바꿨다. 그 이전에도 일주일간 런던에 머물렀지만 철저히 은퇴자의 역할을 수행했다. 가는 곳마다 매수하고 점검하고 모집하고 설득했으며, 기사를 제공하거나 조작하고 쭈뼛거리는 사람들은 특유의 추진력으로 제압했다. 이따금 자신이 내린 사소한 명령을 되풀이하거나 잊어버릴 때도 있기는 했다. 사람들은 너무 짧게 살고 너무 오래 죽어 있어. 그가 눈을 반짝이며 하는 얘기다. 그나마 제일 변명 비슷한 얘기겠지만 그가 나름대로 마련한 해결책은 잠을 포기하는 쪽이었다. 예루살렘 사람들 얘기로는, 쿠르츠는 일을 처리하는 속도만큼이나 잠을 짧게 잤다. 그는 유럽식의 공격적인 전략에 능했다. 없는 길을 열고 사막에 꽃을 피우고 기도 중에도 꼼수를 짜거나 거래를 하고 심지어 거짓말까지 했다. 그리고 지난 2천 년간 어느 유대인보다 운이 좋았다.

그렇다고 사람들이 그를 딱히 사나이로서 좋아한 것도 아니었다. 그러기엔 지나치게 이율배반적이고 복잡했으며 영혼과 색깔도 너무나 많왔다. 실제로 어떤 점에서 그와 상사들, 특히 두목 미샤 가브론과의 관계는 존중받는 동반자보다 마지못해 인정하는 외부인에 가까웠다. 그에겐 임기라는 게 없지만 신기하게도 원한 적도 없었다. 그의 권력기반 또한 지극히 취약한 데다, 편의상의 동맹을 추구하는 과정에서 누굴 화나게 했느냐에 따라 늘 흔들렸다. 이스라엘 토박이가 아니고 키부츠, 대학, 정예부대 따위의 엘리트 배경도 없다. 슬프게도 그런 배경들은 점점 더 폐쇄적으로 소수 귀족들만 떠받들었다. 그들의 거짓말탐지기, 컴퓨터, 미국식 권력 노름에 대한 맹신, 응용심리학, 위기관리 방식과도 엇나가기만 했다. 그는 이산(離散) 유대사회를 사랑했으며, 대부분의 이스라엘인이 적극적으로 스스로의 정체성을 동양인으로 바꾸는 시대임에도 불구하고 이산 유대인들을 전공분야로 정했다. 하지만 쿠르츠는 온갖 장벽을 넘어 성장했으며 온갖 반대를 무릅쓰고 지금의 자리에 올랐다. 그는 필요하다면 한 번에 수백 개의 전선과 싸울 수도 있었다. 그들이 한쪽 길을 막으면 다른 길을 훔쳤다. 이스라엘을 위해. 평화를 위해. 절제를 위해. 그리고 스스로 위기를 만들고 그 속에서 살아남을 빌어먹을 권리를 위해.

어느 단계에서 계획을 세웠는지는 쿠르츠 자신도 확신하지 못할 것이다. 그런 계획은 흡사 명분을 기다리는 반역의 충동처럼, 심부 깊은 곳에서 움튼 후 미처 깨닫기도 전에 터지기 때문이다. 범인의 특성을 확인하고 꿈을 꾸었을까? 아니면 체칠리안 하이츠에서 고데스베르크를 내려다보며, 알렉시스에게 어떤 단물을 뽑아먹을지 파악하면서였을까? 아니 그전이었다. 그것도 아주 오래전. 그해 봄, 가브론이 조종하는 위원회에서도 특히 악의적인 주제가 끝난 후, 만나는 사람마다 그렇게 말했었다. 도리가 없다고. 적을 난민촌 내부에서 잡지 못할 경우, 국회와 국방부 광대들은 사냥을 핑계로 문명사회를 통째로 날려버릴 것이다. 몇

몇 부하들은 그보다 훨씬 먼저라고 확신했는데, 이미 12개월 전 비슷한 계획을 가브론이 폐기해버린 일이 있었다. 상관없다. 분명한 사실은 그자의 결정적인 위치를 파악하기도 전부터, 쿠르츠는 미샤 가브론에게 들키지 않은 채, 그자의 기록까지 조작해가며 꾸준히 작전준비를 해오고 있었다는 것이다. 가브론은 까마귀를 뜻하는 폴란드어다. 검고 울퉁불퉁한 얼굴과 건조하기 짝이 없는 고함 소리만 본다면 딱 그놈의 불길한 새였다.

그자를 찾아라. 쿠르츠가 비밀 여행을 시작하며 자신의 예루살렘팀에 내린 명령이다. 그자를 찾아라, 그럼 당연히 그림자가 따라올 것이다. 쿠르츠는 팀원들이 그를 증오할 때까지 윽박질렀다. 자신이 견딜 수 있는 극한까지 부하들을 밀어붙였다. 하루 밤낮 24시간 언제 어디서든 전화를 걸었는데, 이유는 단지 자신이 곁에 있음을 부하들에게 각인시키기 위해서였다. 아직도 찾지 못했나? 그자가 지구를 떠나기라도 했대? 하지만 질문을 기발하게 문댄 탓에 아무리 까마귀 가브론이 엿들어도 절대 알아들을 수는 없었다. 쿠르츠도 가브론에 대한 반격을 마지막, 가장 절호의 기회가 올 때까지 미루었다. 그는 휴가를 취소하고 안식일도 폐지했다. 어설프게 비용처리를 하는 대신 사비를 아껴 썼다. 교육기관 등의 한직에 배치된 예비 인력들까지 무보수로 복귀시켜 탐색을 가속화했다. 그자를 찾아라. 그자가 우리에게 길을 열어줄 것이다. 어느 날은 느닷없이 암호명을 만들기도 했다. 야누카. 아이, 더 정확히는 애송이를 뜻하는 친근한 아랍어 단어다. "야누카를 잡아와. 그럼 접시에 온갖 조직까지 없어 광대 놈들을 넘겨버릴 테니까."

하지만 가브론에게는 한 마디도 보고하지 않았다. 기다려. 까마귀는 아직 낄 데가 아니야.

예루살렘이 아니라면, 친애하는 국외 유대사회 지지자 그룹 규모는 상상을 초월한다. 그가 흐뭇한 표정을 감추지 못한 채 계산한 바에 따르면, 명망 있는 미술 딜러에서 자칭 영화계 거물급 인사까지, 이스트엔드의 어린 숙녀들에서 의류상, 정체불명의 자동차 딜러, 유서 깊은 런던 기업들까지 다양했다. 변두리를 비롯해(한 번), 극장에서도 자주 목격되었지만 항상 같은 연극이었다. 당시 문화 관련 이스라엘 외교관과 동행했는데 그렇다고 문화에 대해 논의한 것도 아니었다. 캠든타운에서는 고아 인디언들이 운영하는 허름한 이동식당에서 두 번 식사했으며, 북서쪽 3.5킬로미터 떨어진 프로그날에선 에이커라는 이름의 외딴 빅토리아 저택을 구경하고 딱 자신이 원하는 집이라며 극찬했다. 하지만, 아직은 잠정적입니다. 이곳에서 할 일이 생길지 아직 불확실해요. 그가 아주 고분고분한 주인들에게 말했다. 그들이 조건을 받아들였다. 아니, 뭐든 받아들였다. 방문해준 것만으로도 황공무지였기 때문이다. 몇 달 동안 말로의 집으로 이사해야 한다손 치더라도 이스라엘에 도움을 준다는 사실 자체가 기뻤다. 집주인들이야 예루살렘에도 아파트가 있지 않은가? 친구와 친척들이 아일랏에서 2주간 바다와 햇살을 즐긴 후 유월절마다 들르는 곳이? 영원히 그곳에 정착할까도 생각했겠지만 그건 아이들이 성인이 되고 경기가 안정된 이후의 일이다. 그보다는 그냥 햄스테드나 말로에 머물 가능성이 크다. 그리고 그때까지는 쿠르츠가 뭘 요구하든 들어줄 것이다. 보상도 없이. 어느 누구에게도 발설하지 않고.

여행 중에는 대사관, 영사관, 공사관에 들러, 고국의 불화와 발전은 물론, 지구 반대편에 흩어져 있는 부하들의 추이까지 빠짐없이 챙겼다. 비행기로 여행할 때면 온갖 종류의 급진혁명 문학을 다시 읽기 시작했다. 깡마른 짝패 시몬 리트박은 어울리지 않게 낡은 여행 가방에서 이런저런 책을 꺼내서는 낑낑거리며 머리를 들볶아댔다. 딱딱한 쪽으로는 프란츠 파농, 체 게바라, 카를로스 마리겔라가 있고, 부드러운 쪽은 드브레, 사르트르, 마르쿠제가 있었다. 소비자 사회에서의 교육의 폭력, 종교의 공포, 자본가 사회에서 아동 영혼의 치명적 속박 등에 대해 쓴 보다 온건한 작가들도 있다. 예루살렘과 텔아비브에 있을 때도 비슷한 토론 회들이 있지만, 쿠르츠는 공작담당관과 대화하고, 라이벌들을 피하고, 옛 파일을 뒤져 엄청난 양의 인물단평들을 꼼꼼하게 살피고 업데이트하는 식으로 최대한 조용히 지냈다. 그러던 어느 날, 디즈레일리에 값싼 셋집이 나왔다는 얘기를 듣고, 최대한 비밀리에 수사 요원 모두 조용히 그곳으로 철수하라는 지시를 내렸다.

"당신이 벌써부터 떠나고 있다는 얘기가 들리더군." 다음 날 미샤 가 브론이 미심쩍은 눈짓을 했다. 어느 회담에서 만났을 때였다. 정확한 방향까지는 아니더라도 그때쯤 까마귀 가브론도 대충 낌새는 차린 듯 보였다.

그래도 쿠르츠는 물러날 생각이 없었다. 아직은. 그는 공작 파트의 자율성에 대해 애원하며 멋쩍게 씩 웃어 보였다.

셋방 11호는 아랍풍의 고급 빌라였다. 넓지는 않아도 시원한 집. 앞마당엔 레몬나무가 한 그루 서 있고, 여성 담당관들이 돼지로 만들어놓을 고양이도 200여 마리나 되었는데 덕분에 고양이집이라는 별명이 붙기도 했다. 사무요원들이 서로 인접해 있어, 상호 신선한 유대감이 형성되었으며, 전문영역 간의 불균형도 해소되었다. 물론 정보가 새는 경우도 없어 작전 상황도 크게 좋아졌다. 쿠르츠에겐 더없이 고마운 일이었다.

다음 날, 예상했던 폭발이 있었다. 물론 그가 막기엔 여전히 역부족이었다. 끔찍한 사실이었지만 목적도 달성했다. 젊은 이스라엘 시인이 시상식에 참석차 네덜란드 레이던 대학교를 방문했다가, 25세 생일 아침식사를 하던 중 누군가의 소포 폭탄에 산산조각 나고 만 것이다. 소식을 들었을 때 쿠르츠는 자기 책상에 있었다. 그는 말을 타고 현상금을 추적하는 옛 사냥꾼처럼 그 소식을 받아들였다. 잠시 움찔하며 두 눈을 감기는 했다. 그리고 몇 시간 후 그는 가브론의 방에 들어가 있었다. 파일 더미를 겨드랑이에 끼고, 빈손엔 두 가지 작전 계획안을 들었다. 하나는 가브론 자신에게 줄 것이고, 다른 하나는 가브론이 주최하는 모임을 위한 것이다. 좌불안석의 정치가들과 전쟁에 굶주린 장군들을 위한 모임.

　처음엔 두 사람 사이에 어떤 말이 오갔는지 알 수 없었다. 쿠르츠와 가브론 모두 미주알고주알 떠드는 성격이 못 되기 때문이다. 그런데 다음 날 아침 쿠르츠는 공개적으로 새 요원들을 모으기 시작했다. 실제로도 일종의 권력이 뒷받침된 듯 보였다. 이를 위해 열성 요원인 리트박을 연락관으로 선발했다. 그는 철저히 훈련받은 이스라엘 토박이 기관원으로, 가브론의 젊고 뻣뻣한 정예요원들과도 잘 어울렸다. 쿠르츠조차 다루기 난감해하는 자들이 아니던가. 이 급조된 패밀리의 막내가 오데드였다. 이제 겨우 스물셋으로 리트박과 같은 키부츠 출신이자, 리트박처럼 사이렛(이스라엘 엘리트 비밀 특공대─옮긴이) 졸업생이었다. 일흔 살의 그루지아 영감도 있었다. 이름은 보우가스흐빌리, 그냥 줄여서 슈빌리라고 불렀으며 반짝이는 대머리에 어깨는 굽었다. 바지는 광대한테나 어울릴 법해, 사타구니는 꽉 끼고 단은 너무 짧았다. 모자는 세월과 풍파에 찌들대로 찌든 검은색 홈부르크였다. 슈빌리는 밀수입자 겸 사기꾼으로 삶을 시작했지만 그의 고국에서야 특별할 것도 없는 직업이었다. 그러던 중 중년에 들어서자 온갖 종류의 위조로 업종을 바꾸었다. 그의 최고 업적은 뭐니뭐니 해도 루비양카였다. 그곳에서 그는 〈프라우다〉 묵은 호들을 가공해 자기 신문을 만드는 식으로 동료 수감자들의 기록을 위조했다. 마침내 출감한 후에는 자신의 천재성을 미술계에 적용했다. 그는 위조꾼이자 당상한 전문가로 유명 화랑들과 계약했다. 그의 주장에 따르면, 자신의 위작을 공인받은 적도 여러 번이었다. 쿠르츠는 슈빌리가 마음에 들었다. 그리하여 조금의 여유라도 생기면, 언덕 아래 아이스크림 가게로 데려가 그가 제일 좋아하는 더블캐러멜을 사주곤 했다.

쿠르츠는 슈빌리에게 상상을 초월한 최고의 도우미 둘을 붙여주었다. 첫 번째는 리트박이 발굴한 자로서, 레온이라는 이름의 런던대학교 졸업생이었다. 아버지가 키부츠 '마카'이자 판매조합 대표로 유럽에 파견되었기 때문에 어쩔 수 없이 영국에서 어린 시절을 보냈다. 마카는 바삐 움직이는 사람이라는 뜻의 이디시어이다. 런던에 있을 때 레온은 문학에 관심이 많아, 잡지를 발행하고, 시선은 끌지 못했지만 소설도 한 권 출간했다. 이스라엘 군대에서의 의무복무 3년은 정말로 끔찍했다. 제대 후에는 텔아비브로 달아나 그곳 인문 주간지 잡지사에 몸을 담았다. 그런데 미인들만큼이나 덧없는 잡지사인지라, 회사가 문을 닫을 즈음엔 레온은 잡지사 하나를 전부 혼자서 쓰고 있었다. 그나마 텔아비브의 평화 강박증에 밀실공포증 젊은이들 사이에서, 그는 유대인으로서의 정체성을 깊이 자각할 기회를 얻어, 이스라엘을 과거의 미래와 적들로부터 해방시키겠다는 열정을 불태웠다.

"지금부터는 나를 위해 글을 써라. 대단한 독자를 얻지는 못하겠지만 정말로 네 글을 볼 줄 아는 사람들이 있다." 쿠르츠는 그렇게 약속했다.

레온 이후 두 번째 도우미는 미스 바흐로 인디애나 사우스벤드 출신의 차분한 사무원이었다. 쿠르츠는 남다른 지성과 유대인답지 않은 외모에 반해, 그녀를 선발하고 다양한 기술을 가르친 다음, 컴퓨터 프로그래밍 강사로 다마스쿠스에 파견했다. 그 후, 몇 년 동안 미스 바흐는 조용히 시리아의 항공레이다 시스템의 성능과 배치에 대해 보고했다. 때마침 웨스트벤드 정착민들의 전원생활을 크게 동경하던 터라 쿠르츠의 소환이 그런 불만에서 구해준 셈이었다.

슈빌리, 레온, 미스 바흐. 쿠르츠는 그 이질적인 3인조를 자신의 문학위원회라고 부르며, 빠르게 확산 중인 사병 조직 내에서도 특별한 지위를 부여했다.

뮌헨에서의 일은 행정 업무였다. 그는 최대한 조용하고 조심스럽게 일을 해나갔다. 특유의 밀어붙이는 스타일마저 가장 온건한 태도로 갈무리했다. 그곳에는 새로 구성한 6인팀을 박아두고 마을 반대편에 완전히 다른 별개의 시설 두 곳을 담당하게 했다. 첫 팀은 두 명의 현장 요원으로 구성했다. 원래 의도는 다섯 명이었으나 미샤 가브론이 여전히 그에 대한 직접적인 통제를 포기하지 않은 탓에 둘로 만족해야 했다. 그들은 공항이 아니라 슈바빙의 음울한 카페에서 쿠르츠를 맞이한 다음 어느 노쇠한 청부업자의 밴을 빌려 그를 숨겼다. 물론 돈을 절약하기 위한 목적도 있기는 했다. 그들은 쿠르츠를 태워 올림픽촌으로 향했다. 그곳에서도 특히 어두운 지하 주차장이 목적지였는데 강도들이나 남창과 창녀들이 즐겨 찾는 장소였다. 올림픽촌은 마을이 아니라, 회색 콘크리트로 만든 다 허물어져 가는 외딴 성곽이다. 바바리아 어느 곳보다 이스라엘 정착촌을 떠올리게 하는. 넓디넓은 지하 주차장에 도착한 후 그들은 그를 이끌고 다국어의 그래피티와 오물로 더럽혀진 계단을 오르고, 작은 지붕 텃밭을 가로질러 복층아파트로 향했다. 이미 단기 임대해 대충 가구를 들인 곳이다. 야전에서야 영어를 사용하고 '사장님'이라 부르게 하지만 실내에서는 '마티'라는 이름이며 공손한 히브리어로 대했다.

아파트는 모퉁이 건물 꼭대기 층으로 묘한 분위기의 조명기구와 카메라들이 스탠드 위에 설치되어 있고 테이프데크와 영사스크린도 여기저기 보였다. 개방형 티크 계단과 홀 중앙의 계랑(階廊)도 호사스러웠다. 계랑은 사람들이 함부로 지날 때마다 귀에 거슬리는 소리를 냈는데, 그곳에서부터 3.5×4미터 크기의 여분의 객실이 이어졌다. 객실 지붕에 채광창이 있기는 했지만 보고에 따르면 제일 먼저 담요와 하드보드로 가리고, 적당한 크기의 자바솜을 덧댄 다음 마름모꼴의 검은 테이프로 고정했다. 벽, 바닥, 천장도 비슷한 방식으로 덧댔다. 덕분에 근대식 사제관과 정신병동을 대충 섞어놓은 분위기였다. 문은 페인트칠한 강철판금으로 강화했다. 안쪽 머리 높이에 방탄유리로 된 작은 구역이 있는데, 판지에 각각 영어와 독일어로 '암실, 출입금지'라는 경고문을 적어 문 위에 걸어놓았다. 쿠르츠는 한 명을 작은 암실에 들여보내 문을 닫은 다음 있는 힘껏 고함을 지르게 했다. 그리고 유리를 긁는 탁한 목소리를 듣고 나서야 허락을 내려주었다.

나머지 구역은 밝았지만 동시에 올림픽촌만큼이나 남루했다. 창문 북쪽으로 다하우의 더러운 도로가 보였다. 알다시피 강제수용소에서 수많은 유대인이 학살된 곳이다. 불행히도 역사의 아이러니는 지금도 여전했는데, 바바리아 경찰이 무신경하게 그곳 수용동에 비행비대를 주둔시킨 탓에 더 악화되었다. 보다 가까이에 있었기에 쿠르츠 팀은, 팔레스타인 특공대가 숙소를 날려 이스라엘 체조선수 몇 명을 즉사시키고, 군 비행장으로 후송된 나머지 선수들까지 죽인 근대사 장소를 정확히 지적할 수 있었다. 쿠르츠에게 보고한 바에 따르면, 아파트 바로 옆 건물이 학생 기숙사이며 현재 아래층엔 아무도 살지 않았다. 마지막에 세든 여자가 자살한 덕이다. 쿠르츠는 혼자 쿵쿵거리며 아파트를 둘러보고 입구와 탈출로를 모두 확인한 다음 아래층마저 빌려야겠다는 결정을 내리고 바로 그날 뉘른베르크의 변호사에게 전화를 걸어 거래를 진행하도록 지시했다. 요원들은 모두 나약하고 무기력한 외모를 개발했으며 어린 오데드는 턱수염을 길렀다. 여권에는 모두 아르헨티나 전문 사진사로 기재했는데 아무도 모르고 또 신경도 쓰지 않는 직업군이기 때문이었다. 쿠르츠에게 한 보고에 따르면, 집을 자연스럽고 자유로운 분위기로 보이기 위해 이따금 이웃 사람들에게 야간 파티를 연다고 양해를 구하기도 했다. 늦은 밤까지 음악을 쾅쾅 틀어놓고 쓰레기통에 빈 병을 잔뜩 쌓아두기는 했으나, 실제로는 다른 팀 밀사 외에 아파트에 들인 손님이나 방문객은 한 명도 없었다. 여자? 개소리. 예루살렘에 돌아갈 때까지 여자는 이미 그들의 뇌리에서 몰아낸 터였다.

쿠르츠에게 이런저런 사항들을 보고하고 비상 수송수단과 공작비용, 그리고 암실의 차광벽마다 쇠고리를 설치하는 게 좋은지에 대해 상의한 후(쿠르츠는 맘에 들어 했다.) 그의 지시에 따라 다들 산책을 나가 소위 신선한 바람이라는 걸 즐겼다. 그들은 부자학생들의 슬럼가를 쏘다니고, 도예학교, 목공예 학교는 물론, 세계 최초의 영아 수영학교라는 곳을 지났으며, 오두막 문마다 페인트로 적은 무정부주의적 구호들을 읽었다. 그리고 마침내 인력에라도 끌리듯 비극의 건물 앞에 다다랐다. 거의 10년 전, 이스라엘 소년들의 죽음으로 전 세계가 충격에 휩싸인 곳이다. 지금은 히브리어와 독일어로 새긴 비석들이 열한 명의 죽음을 추모했다. 열한 명이든, 백한 명이든, 그들이 느낀 분노의 깊이는 마찬가지였다.

"절대 잊으면 안 된다." 쿠르츠가 밴으로 돌아가며 지시했으나 사실 그럴 필요도 없었다.

부하들은 쿠르츠를 마을 중심가로 데려갔는데, 그곳에서 그는 한동안 생각에 잠긴 채 발길 닿는 대로 아무렇게나 돌아다녔다. 마침내 뒤를 지키던 부하들이 다음 접선장소로 이동하는 게 안전하다는 신호를 보냈다. 조금 전에 보았던 폐허와 새로 찾은 중심가의 간극이 더할 나위 없이 커보였다. 쿠르츠의 목적지는 화려한 뮌헨에서도 심장부에 위치한 번드르르한 박공벽 건물의 꼭대기 층이다. 자갈로 덮인 거리는 좁고 화려했으며, 스위스 레스토랑과 하나도 팔지 못하는 듯하면서도 늘 잘나가는 독점 드레스 전문점도 유명했다. 어두운 계단 끝에 다다르자 곧바로 문이 열렸다. 폐쇄회로 TV화면으로 거리를 걸어오는 모습을 지켜본 것이다. 그는 아무 말 없이 안으로 들어갔다. 남자들은 쿠르츠를 처음 맞이했던 둘보다 더 나이가 많았다. 얼굴은 장기복역수들처럼 창백하고 양말 발로 돌아다닐 때 보니 움직임도 굼떴다. 이들이 바로 고정감시팀으로, 심지어 예루살렘에서조차 철저히 비밀조직으로 통했다. 창문에 레이스 커튼을 드리웠기에 실내는 거리만큼이나 어스레했으며, 전체적으로 버림받은 자들의 비애감 같은 게 느껴졌다. 가짜 비데르마이어 가구들 사이마다, 다양한 디자인의 실내안테나를 포함, 전자장비와 광학장비들이 즐비했다. 하지만 저물어가는 햇빛 속에서 곡두 같은 형상들은 그저 박탈감만 더해줄 뿐이었다.

쿠르츠는 한 사람씩 돌아가며 진하게 포옹을 했다. 크래커, 치즈, 차를 드는 동안, 가장 연장자인 레니가 쿠르츠에게 야누카의 사생활에 대해 상세히 브리핑을 해 주었다. 다만 지난 몇 주간 야누카의 전화통화, 최근 방문객, 최근의 여자들 같은 문제가 있을 때마다 쿠르츠에게 세세한 사항까지 모두 보고했다는 사실은 철저히 외면했다. 레니는 관대하고 친절하나, 감시대상이 아닌 사람들에 대해선 다소 낯을 가렸다. 귀는 크고 인상은 아주 더러웠는데, 세상의 삐뚤어진 시선을 피하려는 것도 필경 그래서일 것이다. 옷은 사슬갑옷처럼 생긴 헐렁한 회색 털조끼 차림이었다. 다른 때였다면 자질구레한 설명에 벌써부터 진력이 났을 터이나 쿠르츠도 레니를 존중했기에 보고를 경청하는 동안 고개를 끄덕이고, 칭찬을 해 주고, 감탄의 표정들을 아낌없이 지어 보였다.

"이 유나카라는 놈, 정상적인 젊은이요. 상인들도, 친구들도 다들 좋아해요. 인기도 호감도도 좋은 아이라오, 마티. 공부도 잘 하고 잘 놀고 말도 잘 하는데, 글쎄 건전한 사고를 지닌 진중한 젊은이 같아요. 그런데 그런 면이 있다니 이따금 믿기가 어렵구먼. 마티, 내 솔직한 심정이오."

그는 쿠르츠의 시선을 받고 얼른 뒷말을 덧붙였다.

쿠르츠는 레니한테 충분히 이해했음을 밝혔다. 그런데 그때 거리 바로 맞은편의 아파트 고미다락 조명이 안으로 비집고 들어왔다. 사각형의 노란색 불빛. 주변에 다른 불빛이 없는 탓에 흡사 연인의 신호처럼 보였다. 레니의 부하 한 명이 조용히 까치발로 이동하더니, 스탠드에 설치한 쌍안경을 들여다보았다. 다른 요원은 무전기 리시버에 웅크리고 앉아 헤드폰을 귀에 밀착했다.

"보겠소, 마티? 조슈아의 미소를 보니 오늘 밤 야누카가 제대로 보이는 모양이구먼. 머뭇거리다간 저 애가 커튼을 치고 말 거요. 조슈아, 뭐가 보이나? 외출 준비라도 하는 게야? 전화 통화는 누구랑 하는 거냐? 당연히 여자겠지만." 레니가 세 사람 모두에게 한마디씩 했다.

쿠르츠는 조슈아를 가볍게 옆으로 밀치고 커다란 머리를 망원경으로 가져갔다. 그리고 태풍과 싸우는 늙은 수부처럼 오랫동안 크게 움츠린 자세를 유지했는데, 애송이 야누카를 지켜보는 동안은 숨을 쉬는 것 같지도 않았다.

"벽에 책 보이오? 저 녀석 우리 꼰대처럼 책을 읽어대더라고." 레니가 지적했다.

쿠르츠는 허리를 곧추세우며 특유의 무정한 미소를 짓고는, 의자에서 회색 레인코트를 집어 소매 한 쪽을 가볍게 팔에 걸쳤다.

"아주 착한 아이로군요. 예, 생긴 것도 미남인데, 그래도 따님하고 맺어줄 생각일랑 말아요." 그의 말에 레니가 더더욱 멋쩍은 표정을 지었으나 쿠르츠가 재빨리 위로하고 나섰다. "천사든 아니든, 닥치는 대로 사진을 찍어요. 레니, 아낄 필요 없어요. 필름 따위는 껌값이니까."

쿠르츠는 한 사람, 한 사람 악수를 나누었다. 그리고 낡은 청색 베레모를 쓰고 러시아워의 소란에 대비한 후 성큼성큼 호기 있게 거리로 나섰다.

쿠르츠를 다시 밴으로 호위할 때쯤 비가 내리기 시작했다. 셋은 이곳 저곳 암울한 지역을 돌아다니며 차를 몰았다. 쿠르츠의 비행시간까지 시간을 때우려는 수작이지만 날씨에 감염이라도 되었는지 셋 다 기분이 칙칙했다. 지나가는 불빛에 턱수염을 기른 오데드의 어린 얼굴도 화난 사람처럼 뾰루퉁했다.

"지금은 무슨 차를 몰지?" 쿠르츠가 물었다. 물론 대답은 알고 있었다.

"최근엔 최고급 BMW입니다. 파워핸들, 연료분사 방식. 정확히 5천 킬로미터를 달렸더군요. 차라면 빽 가는 친구입니다."

"자동차, 여자, 사생활. 도대체 힘이 어디서 나오는 겁니까?" 뒷좌석의 요원이 끼어들었다.

"다시 일거리를 얻었더냐?" 쿠르츠가 오데드에게 다시 물었다.

"예, 얻었습니다."

"그 차를 놓치지 마라. 차를 렌트회사에 돌려주고 다른 차를 끌고 나오지 않을 때, 바로 그 순간이 우리가 놈에 대해서 알아야 할 때니까. 더 중요한 건 야누카가 차를 돌려줄 때다." 귀에 딱지가 앉도록 들은 얘기였다. 예루살렘을 떠나기 전부터 한 얘기가 아니던가.

갑자기 오데드는 짜증이 일었다. 성격 때문에라도 그를 뽑아준 선배들보다 스트레스를 더 받았다. 어쩌면 이런 식으로 기다리고 또 기다리는 직업을 떠맡기엔 아직 어렸을 수도 있다. 그는 갓길에 밴을 세우고 핸드브레이크가 거의 뽑힐 정도로 세게 잡아당겼다.

"그 자식하고 왜 이러고 놀죠? 이게 무슨 장난입니까? 이러다가 제 나라로 돌아가서 다시 안 나오면요? 그럼 어떻게 되는 건가요?" 그가 따발총처럼 쏘아댔다.

"놓치는 거다."

"그럼 지금 당장 죽여요! 오늘 밤에. 명령만 내리세요. 당장 끝내버릴 테니까." 쿠르츠는 그가 떠들도록 내버려 두었다.

"반대편에 아파트도 있잖아요. 길 건너로 로켓 하나 쏘는 겁니다. 전에도 해봤죠? RPG-7. 아랍이 러시아 로켓으로 아랍을 죽이는 건데 왜 안 하죠?"

쿠르츠는 그래도 대답하지 않았다. 오데드는 괜히 스핑크스한테 퍼붓는 기분이었다.

"왜 안 하느냐니까요?" 오데드가 훨씬 큰 목소리로 외쳤다.

쿠르츠는 아이의 만용이 달갑지도 않았지만 그렇다고 인내력을 잃지도 않았다.

"아직 아무것도 건진 게 없다. 그게 이유야. 미샤 가브론이 하던 얘기 들어본 적 없지? 나도 개인적으로 즐겨 쓰는 표현이다. 사자를 잡고 싶으면 먼저 염소를 묶어 둬라. 네놈은 어떤 얼간이 얘기를 듣고 다니는 거냐? 정말로 야누카를 치자는 거야? 10달러만 더 쓰면 수년 간 놈들이 길러낸 최고 공작원을 잡을 수 있는 마당에?"

"바트 고데스베르크를 터뜨린 놈이에요! 비엔나도 그렇고 어쩌면 레이덴까지 말입니다! 마티, 유대인들이 죽어가요! 요즘엔 예루살렘이 그런 건 신경 안 씁니까? 저 자식하고 이런 장난하는 동안 얼마나 더 많은 사람이 죽어가야 하죠?"

쿠르츠는 커다란 손으로 오데드의 방풍 재킷 옷깃을 잡고 천천히 두 번 흔들었다. 두 번째는 오데드도 머리를 차창에 세게 부딪쳤으나 쿠르츠는 사과하지 않았고 오데드도 불만을 제기하지 않았다.

"그자들이다, 오데드. 놈이 아니라 놈들이란 말이야! 놈들이 바트 고데스베르크를 날리고 레이덴을 날렸어. 우리가 잡으려는 건 놈들이야. 무고한 독일 집주인들과 멍청한 꼬마 놈 하나가 아니라!"

"알았습니다. 그러니 이것 좀 놔주세요." 오데드가 얼굴을 붉혔다.

"아니, 아직 안 끝났다, 오데드. 야누카한테는 친구들이 있다. 친척들도 있고, 우리가 모르는 배후들도 있고. 이 일을 계속하고 싶은 거냐?"

"알았다고 했습니다."

쿠르츠가 놓아주자 오데드가 다시 시동을 걸었다. 쿠르츠는 야누카의 사생활 순례를 이어갈 것을 주문했다. 그들은 야누카의 단골 나이트클럽이 있는 자갈길, 셔츠와 타이를 구입한 가게, 머리를 깎은 미용실, 책 구경을 하거나 구입할 때 들르는 좌익 서점들을 돌아다녔다. 그동안 쿠르츠는 기분이 최고조에 달해, 절대로 물리지 않는 옛 영화를 보기라도 하듯, 마주치는 장면마다 웃어 주고 고개를 끄덕였다. 이윽고 공항터미널에서 멀지 않은 광장에서 헤어질 준비를 했다. 쿠르츠는 포장도로에 선 채 오데드의 어깨를 다독이고 머리카락을 헤집는 의식으로 변함없는 애정을 보여주었다.

"이봐, 둘 다 적당히들 일하고 어디 가서 맛있는 식사라도 해. 돈은 나한테 직접 청구하고, 알았지?"

말 그대로 전투 직전 감정이 북받친 지휘관의 목소리였다. 물론 미샤 가브론이 눈을 감아주는 한 분명 그는 지휘관이었다.

뮌헨발 베를린행 야간 비행은, 이용객은 별로 없지만 유럽에서는 가장 향수 어린 여행에 속한다. 오리엔트 익스프레스, 골든 애로우, 블루 트레인은 죽었거나 죽어가거나 인위적으로 부활했을지 몰라도, 그에 대한 향수가 있는 사람들에겐 3분의 2가 텅 빈 채 덜컹거리며 날아가는 팬 아메리카를 타고 동독 항로를 야간 비행하는 일은, 말 그대로 짜릿한 자극에 빠진 늙은 중독자의 사파리와도 같았다. 루프트한자 항로는 비행이 금지되었지만, 전승국 방문객, 과거 독일 수도의 주민들, 역사가와 무인도 탐험가들만은 예외다. 아, 전문가답게 은밀한 침묵으로 무장한, 초로의 미국 상이군인도 하나 있다. 거의 매일 같은 비행기를 타기에 자신이 선호하는 자리도 알고 승무원의 성도 알고 있으며, 심지어 그 이름을 점령국의 끔찍한 독일어로 발음하기까지 한다. 저 날씬한 다리를 위해서라면 럭키 스트라이크 한 보루를 안기고, 승무원 구역 뒤에서 밀회 약속이라도 할 판이다. 동체가 털털거리며 부상하자 조명이 깜빡거린다. 비행기에 프로펠러가 없다는 사실이 믿기는가? 불 꺼진 적지를 내려다보라. 폭탄을 투하해? 뛰어내려? 그럼 당신의 추억은 당신이 겪은 전쟁과 마구 섞이고 말 것이다. 슬픈 얘기지만, 적어도 저 아래 세상은 전혀 달라진 바 없다.

쿠르츠도 예외는 아니었다.

그는 창가에 앉아 어두운 창에 비친 자기 모습을 바라보았다. 이런 여행을 할 때마다 늘 그렇듯, 자신의 삶을 들여다본 유령이 된 기분이었다. 저 어둠 어딘가에 동독발 화물 열차가 느린 속도로 달려오고 있었다. 그리고 혹독한 겨울 선로 측선 어딘가에서 기차는 5일 밤과 6일 낮을 멈춘 채, 그보다 중요한 군용열차들에게 순서를 양보했고, 그동안 쿠르츠와 어머니를 포함한 110명의 유대인들은 화차에 갇힌 채 눈으로 연명했다. 그리고 그중 대부분은 싸늘하게 얼어 죽었다. "다음 수용소는 좀 더 나을 게다." 어머니는 계속해서 그를 다독이고 기분을 북돋아주었다. 저 어둠 어딘가에서 어머니도 담담하게 죽음의 행렬에 동참했다. 저 들판 어딘가에 수데텐 소년 하나가 굶주리고 도둑질하고 사람을 죽이며, 또 다른 적대 세계가 그를 찾아내기를 기다렸다. 환상 따위는 어디에도 없었다. 그는 연합군 수용소와 낯선 군복들을 보고, 자기만큼이나 어리고 창백한 아이들을 만났다. 새로운 코트, 새로운 부츠, 새로운 가시철망… 그리고 다시 탈출. 이번에는 그를 구해준 사람들로부터의 탈출이었다. 그는 들판으로 나가 탈출로가 허락하는 대로, 몇 주 동안 농장과 마을을 전전하며 남쪽으로 향했다. 조금씩 밤도 따뜻해지고 바람에선 꽃 냄새가 풍겼다. 생전 처음으로 야자나무들이 바닷바람에 바스락거리는 소리도 들었다. "잘 들어라, 이 거지 놈아. 이스라엘에서도 이런 소리가 들리고 바다는 저렇게 파랑단 말이다." 사람들이 그렇게 속삭였다. 다 썩어가는 증기선이 잔교에 쿵 하고 부딪는 소리도 들었는데 그렇게 크고 화려한 배는 처음이었다. 배에 올라타고 보니 유대인들의 새까만 머리들뿐이라, 할 수 없이 털모자를 하나 훔쳐 부두를 떠날 때까지 쓰고 다녔다. 금발이든 아니든, 그들은 그를 필요로 했다. 갑판에서는 지도자들이 삼삼오오 무리들을 모아 훔친 리엔필드 소총을 쏘는 법을 가르쳤다. 하이파까지는 아직 이틀이나 남았다. 쿠르츠의 전쟁도 이제 막 시작했다.

비행기가 어둠 속을 선회하다 착륙했다. 베를린 장벽을 가로지를 때는 경사선회한 덕에 그도 벽을 볼 수 있었다. 짐이라고 해봐야 손가방 하나뿐이었지만 테러분자들 덕분에 보안요원들이 신경을 곤두세우는 통에 입국절차는 꽤나 오랜 시간이 걸렸다.

시몬 리트박은 주차장의 고물 포드 안에서 기다렸다. 이틀간 네덜란드 레이덴의 사고 현장을 둘러본 후 비행기를 타고 날아온지라, 쿠르츠만큼이나 잠이 사치처럼 느껴졌다.

"책 폭탄을 배달한 건 여자였어요. 가무잡잡한 피부. 글래머. 청바지. 호텔 포터 얘기로는 대학생 행색이었고 자전거를 타고 와서 자전거를 타고 갔답니다. 뭐, 다 믿을 수야 없겠죠. 다른 목격자 말로는 오토바이였다니까요. 보따리엔 파티리본을 묶고 '생일 축하해, 모르데카이'라는 딱지를 붙였고요. 계획, 운반, 폭발, 여자… 또 뭐가 있죠?"

"폭탄 종류는?"

"러시아 플라스틱. 포장 파편은 찾았는데, 추적 가능한 단서는 전무합니다."

"특징은?"

"여분의 적색 전선을 깔끔하게 꼬아 뭉치로 만들었더군요."

쿠르츠가 그를 노려보았다.

"예, 여분의 전선은 없었습니다. 탄화된 파편들뿐이었죠. 확인 가능한 전선도 없었고요." 그가 실토했다.

"빨래집게는?" 쿠르츠가 물었다.

"이번에는 쥐덫을 사용했습니다. 작고 예쁜 부엌 쥐덫." 그가 시동을 걸었다.

"그자도 전에 쥐덫을 썼어." 쿠르츠가 확인했다.

"쥐덫, 집게, 낡은 베두인 담요, 추적 불능의 폭약, 바늘 하나짜리 싸구려 시계, 싸구려 여자. 이 정도면 아무리 아랍 놈이라 해도 너무 시끄러운 거 아닙니까?" 리트박이 투덜댔다. 그는 비효율적인 적만큼이나 비효율성을 증오했다. "시간을 얼마나 얻은 거죠?"

"얻어? 누가 나한테 주는데?" 쿠르츠는 못 알아들은 척했다.

"몇 개월짜리 면허증입니까? 한 달? 두 달? 거래 내용이 뭐죠?"

쿠르츠가 늘 구체적이고 적확한 대답을 내놓는 것만은 아니다.

"예루살렘 사람 중에 머리 달린 적과 싸우는 것보다 레바논 방앗간 공격을 선호하는 사람들이 많아. 그게 계약이다."

"까마귀가 막을 수 있겠습니까? 대장은요?"

쿠르츠가 다시 침묵에 빠져들었지만 리트박도 방해할 생각은 없었다. 서독 중심엔 어둠이 존재하지 않고 변두리엔 빛이 없다. 그들은 빛을 향해 달려가고 있었다.

"가디한테 큰 영광일 겁니다. 이런 식으로 그 사람 마을에 오다니, 여행 자체가 대단한 호의 아닙니까?" 리트박이 갑자기 곁눈질로 대장의 눈치를 살피며 지적했다.

"그 친구 마을 아니야. 잠시 빌렸을 뿐이지. 그에겐 보상금이 있고, 배워야 할 거래가 있고, 새로 시작한 인생도 있다. 가디가 베를린에 있는 유일한 이유지."

"그런데 그런 쓰레기 더미에서 살아요? 아무리 출세가 좋기로서니. 예루살렘 다음엔 여기로 올 수도 있는데요!"

쿠르츠는 그 질문에도 정확한 대답을 피했다. 리트박도 사실 기대는 없었다.

"가디도 공이 있다, 시몬. 그 누구도 더 잘할 수는 없었어. 어려운 곳에서 어려운 싸움을 했지. 그것도 음지에서. 그런데 새 삶을 살지 못할 이유가 어디 있나? 충분히 평화롭게 살 자격이 있어."

하지만 리트박은 결론 없이 싸움을 끝낼 사람이 못 되었다.

"그런데 왜 건드리는 겁니까? 이미 끝난 일을 왜 들쑤시죠? 새 출발을 했으니 잘 살라고 내버려둬야 되잖습니까?"

"중간다리라 어쩔 수 없다. 원하든 원치 않든 다리를 놓을 능력이 되고, 또 지금 고민을 하는 중이야." 리트박이 항변할 양으로 고개를 돌렸으나 쿠르츠의 얼굴은 이미 그림자 속에 숨어버렸다.

두 사람은 기념성당을 지나 쿠르퓌르스텐담 상가의 냉혹한 네온 사이를 빠져나왔다가 끔찍할 정도로 깜깜하고 고요한 도시 변두리로 돌아왔다.

"그런데, 그 친구 요즘 어떤 성을 쓰고 있지? 뭐라고 불러 달래?" 쿠르츠가 목소리에 너그러운 미소까지 담아가며 물었다.

"베커." 리트박이 짧게 대답했다.

쿠르츠는 가벼운 실망감을 드러냈다.

"베커? 무슨 이름이 그래? 가디 베커? 이스라엘 토박이가?"

"원래 성을 독일어로 바꾸고 다시 히브리어로 바꿨다가 독일어로 각색한 이름이에요. 고용주들의 압박에 굴복한 겁니다. 그 사람, 더 이상 이스라엘 사람이 아니에요. 유대인이죠." 리트박이 사무적인 목소리로 답했다.

쿠르츠는 미소를 포기하지 않았다.

"여자는 없나, 시몬? 요즘 여자들과는 어떻게 지낸대?"

"여기서 하룻밤, 저기서 하룻밤. 애인이랄 만한 여자는 없습니다."

쿠르츠는 좀 더 편안하게 자리를 잡았다.

"그럼 연애부터 해야겠군그래. 그다음에 예루살렘에 있는 착한 아내 프랭키한테 돌아가는 거야. 애초에 자기 여편네를 버릴 생각이 없는 친구니까."

그들은 더러운 옆길로 빠져 알록달록한 싸구려 3층 석조건물 앞에 차를 세웠다. 문가의 벽기둥 하나는 용케 전쟁을 이겨냈다. 바로 옆의 거리 방향으로 양품점 네온사인이 별 매력 없는 여자 옷들을 비춰주었다. 그 위에 '폐업정리'라는 간판이 보였다.

"위층 초인종을 눌러요. 두 번. 그리고 쉬었다가 한 번. 그럼 나올 겁니다. 그들이 점포 윗집을 마련해 주었죠." 쿠르츠가 차에서 내렸다. "행운을 빕니다, 예? 진심이에요."

쿠르츠는 쿵쿵거리며 거리를 가로질렀다. 달리듯 황급히 거리를 건넌 다음에도 거의 달리다시피 문 앞에 도착했다. 그가 두꺼운 팔을 들어 벨을 누르자 잠시 후 문이 열렸다. 그가 다리를 벌리고 어깨를 낮춘 자세로 깡마른 남자를 끌어안았다. 집 주인도 그를 안고 군인처럼 격하게 환영해 주었다. 이윽고 문이 닫혔다.

리트박은 돌아가는 길에 천천히 도시를 관통하며 눈에 띄는 것마다 눈을 부라렸다. 질투심을 그런 식으로 배출한 것이다. 증오 대상으로서의 베를린, 대를 이은 적으로서의 베를린, 이따금 테러를 태동시키는 베를린. 목적지는 싸구려 하숙집이었으나 그를 포함해 아무도 잠자러 들어오는 것 같지 않았다. 7시 5분 전쯤, 쿠르츠와 헤어진 옆길로 돌아와 초인종을 누르고 기다렸다. 느린 발자국 소리. 한 사람. 문이 열리더니 쿠르츠가 새벽 공기 속으로 나오며 기지개를 켰다. 면도도 하지 않고 넥타이도 풀어놓은 채였다.

"그래서요?" 차에 타자마자 리트박이 물었다.

"뭐가 그래서야?"

"뭐라 그러던가요? 하겠답니까? 아니면 베를린에서 속 편하게 지내며 폴란드 깡깽이들 드레스나 만들겠답니까?"

쿠르츠는 정말로 놀란 것처럼 보였다. 알렉시스를 매료시켰던 동작, 그러니까 손으로 왼쪽 소매를 걷고 낡은 손목시계를 확인하려던 참이었지만 리트박의 질문을 듣고 그마저 그만두었다.

"한다고? 이봐, 시몬, 그 친구, 이스라엘 관리야." 그가 어찌나 따뜻한 미소를 짓던지 리트박 또한 깜짝 놀라 미소로 화답하고 말았다. "첫째, 솔직히 말하지만, 이런저런 이유로 새로운 공부에 몰두하고 싶다는 얘기는 하더군. 그리고 63년 수에즈 전역에서 그가 이룬 놀라운 임무에 대해 얘기했지. 그랬더니 계획이 실패할 거라더군. 결국 트리폴리에서 위장 신분으로 살면서, 돈에 환장한 리비아 요원 네트워크를 유지하는 어려움에 대해 구체적으로 논의했지. 내 기억엔, 가다가 3년째 해오던 일이었으니까. 그랬더니 그 친구, '젊은 애를 구해보라'는 거야. 물론 진심으로 한 말은 아니었지. 그래서 그가 수없이 행한 요르단 야간습격과, 게릴라 타깃을 목표로 한 군사행동의 한계에 대해 회상했는데, 그 점만큼은 그 친구도 완전히 동의하더군. 그 후엔 작전에 대해 토론했어. 또 뭐가 있나?"

"용모는요? 그 정도면 충분합니까? 키하고 얼굴은 비슷하던가요?"

"그 정도면 됐어. 노력하면 얼마든지 가능하다. 자, 이제 그 친구 내버려두자고. 그러다가 자네 때문에 그 친구와 사랑에라도 빠지고 말겠어." 쿠르츠가 대답할 때 이마의 주름살이 딱딱하게 굳어졌다.

하지만 이내 굳은 얼굴을 풀고 웃음을 터뜨리더니 급기야는 안도와 피로의 눈물이 두 뺨을 흘러내렸다. 리트박도 함께 웃었다. 그도 웃으면서 질투심이 소멸하는 기분을 느꼈다. 이런 식의 급작스러우면서도 어처구니없는 기후 변화는 리트박에겐 뿌리 깊은 본성에 속했다. 타협 불가의 수많은 감정들이 저마다 제 역할을 고집하고 나서기 때문이다. 그의 이름은 원래 '리투아니아 출신 유대인'이라는 뜻으로 한때는 경멸적인 의미로 쓰이기도 했다. 리트박은 자신에 대해 어떻게 생각할까? 어떤 날은 살아 있는 피붙이가 하나도 없는 스물네 살의 키부츠 고아였고, 다른 날은 미국 정교회 재단과 이스라엘 특수부대의 입양아 정도였다. 이따금 하느님의 충실한 경찰로 세상을 청소한다는 생각도 했다.

피아노 솜씨는 기가 막힌다.

납치에 대해서라면 특별히 할 말이 없다. 요즘엔 노련한 팀이라면, 그런 일은 순식간에, 거의 의례적으로 일어난다. 이번엔 납치의 잠재적 규모가 큰지라 특별히 긴장하기는 했다. 난삽한 총격이나 불쾌감 따위도 없었다. 그저 와인 색의 메르세데스와 운전사를 즉시 징발하고 터키-그리스 국경의 그리스 쪽 도로를 30킬로미터쯤 달렸을 뿐이다. 리트박이 현장팀을 지휘했다. 현장에서야 늘 그렇지만 그의 활약은 기가 막혔다.

쿠르츠는 다시 런던으로 돌아왔다. 슈빌리의 문학위원회에 닥친 갑작스러운 위기를 해결하기 위해서였는데, 지금은 이스라엘 대사관의 전화기 옆을 끈기 있게 지키고 있었다. 뮌헨 요원 둘은, 야누카가 렌터카를 반납하고 다른 차를 선택하지 않았다는 보고를 하고 그를 공항까지 미행했다. 당연한 얘기겠지만 야누카의 다음 소식은 사흘 후 베이루트였다. 팔레스타인 지구의 한 지하실에서 감청팀이, 어느 급진 단체에 근무 중인 누나 파트메에게 경쾌한 목소리로 안부를 전하는 목소리를 따낸 것이다. 2주 동안 시내에 와 있어요. 친구들 좀 만나려고. 저녁에 시간 있수? 보고에 의하면 정말로 행복한 목소리였다. 무모한 데다 격할 정도로 들뜬 목소리. 하지만 파트메는 냉정했다. 동생을 별로 좋아하지 않았거나, 아니면 전화도청을 눈치챘을 것이다. 두 경우 모두일 수도 있다. 어쨌든 남매의 만남은 이루어지지 않았다.

그를 다시 감지한 건 이스탄불 공항에 착륙했을 때였다. 그는 사이프러스 외교여권으로 힐튼 호텔에 들어가 이틀간 도시의 종교적이고 세속적인 볼거리들을 즐겼다. 미행팀의 판단에 따르면, 유럽의 기독 공동체로 돌아오기 전 마지막으로 이슬람을 한껏 만끽하기 위한 여정이었다. 그는 술레이만 대제의 모스크를 방문해 딱 세 번 절을 하고, 사우스월을 따라 잡초 무성한 산책길을 산책하고 구두닦이한테 구찌 구두를 맡겼다. 그곳에서 조용한 남자 둘과 차를 몇 잔 마셨는데, 모두 사진을 찍기는 했으나 그 후에도 신분을 확인하지는 못했다. 나중에 밝혀졌지만 그건 위장전술일 뿐 기대하던 접선과는 거리가 멀었다. 노인 몇이 길가에 모여 마분지에 그린 타깃에 공기총으로 깃털 다트를 쏘는 구경거리에 흠뻑 빠지기도 했다. 그도 끼고 싶었지만 노인들이 거부했다.

술탄 아흐메드 광장 정원의 귤색 및 담자색 화단 사이에 벤치가 있었다. 그는 벤치에 앉아 광장 주변의 돔과 첨탑들은 물론, 미국 관광객들이 키득거리며 몰려다니는 모습을 느긋하게 둘러보았다. 특히 핫팬츠 차림의 10대 무리들이 시선을 끌었지만, 묘하게도 접근할 생각까지는 없는 듯했다. 다른 때 같으면 함께 수다를 떨고 웃다가 기어이 상대의 마음을 열었을 그였다. 잠시 후에는 어린 행상에게서 슬라이드 필름과 우편엽서를 구입했다. 터무니없는 바가지도 전혀 개의치 않았다. 그리고 소피아 대성당 주변을 어슬렁거리며 유스티니우스의 비잔티움과 오스만 정복의 찬란한 영광을 역시 흡족한 표정으로 감상했다. 최근에 떠나온 나라에서 바알벡까지 끌고 온 열주들을 보며 진솔한 감탄사를 터뜨리기도 했다.

하지만 무엇보다 그의 관심을 끈 건, 아우구스티누스와 콘스탄티누스가 성모 마리아에게 자신의 교회와 도시를 봉헌하는 모자이크였다. 그리고 바로 그곳이 비밀접선 장소였다. 방풍재킷 차림의 키 크고 느긋한 남자는 곧바로 그의 가이드가 되었다. 그때까지만 해도 가이드 제의를 단호히 거절했건만, 남자가 전한 말은 물론, 접근 장소와 시간 때문에라도 망설일 이유는 없었다. 두 사람은 나란히 경내를 관광하며 초기 돔의 장관에 아낌없는 찬사를 보냈다. 그다음엔 낡은 미제 플리머스를 타고 보스포러스 해협을 따라 앙카라 하이웨이 인근의 주차장에 도착했다. 플리머스는 떠나고 야누카는 다시 외톨이가 되었으나, 이번에는 붉은색 고급 메르세데스의 주인이 되었다. 그는 차를 몰고 힐튼으로 돌아와 관리인의 도움을 받아 등록까지 처리했다.

야누카는 그날 밤 읍내로 나가지 않았다. 전날 밤 그렇게 감탄했던 밸리댄스도 보지 않았다. 다음 날 아침에는 아주 일찍 일어나 서쪽 직선도로를 타고 평야를 가로질러 에디른과 입살라 방향으로 달렸다. 새벽에는 안개가 짙고 서늘했으며 지평선은 아주 가깝게 보였다. 그는 작은 마을에 들러 커피를 마시고 어느 모스크 돔의 황새 둥지를 찍었다. 작은 둔덕에 올라가 여유롭게 바다를 바라보기도 했다. 날은 점점 더워지고 밋밋한 언덕들도 적색과 황색으로 변했다. 바다는 왼쪽의 언덕 사리와 이어졌다. 그런 도로인지라 미행자들도 멀찌감치 떨어질 수밖에 없었다.

차 하나는 멀리 앞서가고 다른 차는 훨씬 뒤처졌기에 행여 그가 표식 없는 샛길로라도 빠져나갈까 봐 전전긍긍해야 했다. 다행히 장소가 너무도 황량한 덕분에 두 진영 모두 선택의 여지는 없었다. 몇 킬로미터마다 나타나는 인기척도 텐트 생활을 하는 인디언들이거나 젊은 양치기였고, 평생을 물리학 현상 연구에 바친 것처럼 보이는 검은 옷의 심각한 남자도 한 명 있었다. 입살라에 다다라서는 국경으로 직진하는 대신 마을로 꺾어 들어가는 바람에 모두를 당혹하게 만들었다. 차를 반납하려는 걸까? 안 돼! 아니면 이 냄새나는 터키 국경 촌구석에 무슨 볼일이 있다는 말인가?

수수께끼의 해답은 신이었다. 야누카는 기독교왕국의 끄트머리, 어느 마을 광장의 이름 없는 모스크에 들러 한 번 더 알라를 경배했다. 리트박이 후에 씁쓸히 회상했듯, 매우 영리한 수였다. 사원에서 나오다가 작은 갈색 개한테 물렸지만 놈은 그가 보복을 하기 전에 달아나버렸다. 그에겐 그마저 불길한 징조였을 것이다.

마침내 그가 주도로에 돌아왔다. 그곳에서 국경을 건너자 작은 마을이 나왔다. 터키와 그리스의 사이가 좋지 않기에 적대적이랄 수 있는 지역이다. 마을 양쪽에 잘 드러나지 않는 동굴이 많았는데, 테러분자와 온갖 종류의 밀수업자들이 만든 불법 루트와 접선 지역들이었다. 당연히 말보다 총격이 앞서는 곳이다. 불가리아 국경도 불과 몇 킬로미터 북쪽이었다. 터키 쪽 이정표에는 영어로 '즐거운 여행을 기원합니다.'라고 적혀 있으나, 떠나는 그리스인을 위한 덕담 따위는 어디에도 없었다. 처음에 군용 게시판에 붙은 터키 기장, 느린 녹색 강을 가로지르는 다리가 보이고, 마침내 터키 이민절차를 기다리는 작은 줄이 나타났다. 야누카는 외교관 여권을 이용해 무사통과를 시도했고 실제로 먹혀들었다. 결국 자신의 파멸을 재촉한 꼴이 되었지만 말이다. 그다음이 터키 경찰서와 그리스 초소 사이에 있는 15미터 정도 넓이의 완충지대다. 야누카는 면세 보드카 한 병을 사고 카페에서 아이스크림을 먹었다. 레우벤이라는 멍한 표정의 장발 남자가 지켜보았는데 벌써 세 시간 동안이나 롤빵을 먹고 있던 참이었다. 터키의 마지막 장식은 아타튀르크 대통령의 거대한 청동 흉상이다. 그 환상적이고 퇴폐적인 동상이 적국 그리스의 들판을 향해 빛을 내뿜었다. 야누카가 동상을 지나자 레우벤도 폴짝 오토바이에 올라타 리트박에게 모르스 신호를 보냈다. 리트박은 그리스 국경 30킬로미터 내부에서 기다렸다. 군사 보호구역 외곽인데, 공사로 인해 자동차가 기다시피 하는 지점이었다. 그도 황급히 현장으로 달려온 터였다.

그들은 여자를 이용했다. 야누카의(입증된) 취향을 고려한 당연한 수순이었다. 여자한테는 기타까지 안겨주었다. 연주 실력과 관계없이 기타 든 여자를 무조건 좋게 보던 때라 그도 기막힌 수였다. 비록 다른 지역이지만 기타는 지고의 평화를 드러내는 유니폼이다. 그들은 금발로 할지 브루넷(흑갈색 머리카락의 백인 여성―옮긴이)으로 할지에 대해 객쩍은 논쟁까지 벌였다. 그가 금발을 좋아하지만 예외에도 너그럽다는 사실도 알기 때문이다. 결국 흑발로 결정했다. 엉덩이가 더 잘빠지고 걸음걸이가 더 새침했다는 게 이유였다. 아무튼 도로 공사가 끝나는 지점에 여자를 배치했다. 도로 공사는 예기치 않은 행운이었다. 실제로 쿠르츠나 리트박이 아니라, 하느님, 특히 유대 신께서 전체적인 행운을 안배했다고 믿는 이들도 있기는 했다.

우선 타맥 도로가 있었다. 그리고 크기는 골프공이지만 훨씬 깔쭉깔쭉한 조잡한 청색 자갈들이 있고, 거기에 덧붙여 나무로 된 경사 램프가 나타났다. 램프를 따라 노란 허수아비 등이 삐삐-팅팅거리며 깜빡였다. 속도제한은 10킬로미터였으나 어차피 미친놈이 아니고서야 그 이상 달릴 일도 없었다. 그때 램프 반대편에 여자가 나타나 통행로를 따라 터덕터덕 걸었다. 자연스럽게 계속 움직일 것. 빈둥거리며 배회하지 말고 왼쪽을 고수할 것. 그들의 지시였다. 유일한 걱정이라면, 여자가 너무 예쁜 탓에 야누카가 달라붙기 전에 다른 남자들이 먼저 꼬일 경우였다. 그 장소에 특히 도움이 될 만한 특징은 도로가 임시 경계선으로 분리되어 있다는 점이었다. 동향과 서향 도로 사이에 50미터 가량의 불모지를 말하는데, 그 위로 자재창고와 트랙터 등 온갖 쓰레기들이 널브러져 있었다. 그곳이라면 들키지 않고 연대 병력이라도 숨길 수 있었다. 연대는커녕, 시몬 리트박과 미끼 소녀를 포함, 일곱 명의 정예쯤이야. 까마귀 가브론은 한 푼도 더 내놓지 않으려 했다. 그 밖의 다섯 명은 여름옷과 운동화 차림이었다. 하루 종일 손가락만 들여다보며 서 있어도 왜 아무 말도 안 하는지 물어볼 사람 하나 없을 그런 아이들이다. 그들은 전광석화처럼 일을 처리하고 나면 언제 그랬냐는 듯 어느새 무기력한 명상으로 돌아간다.

시간은 10시가 가까운 터라 해는 높고 공기는 푸석거렸다. 다른 자동차들은 라임이나 흙을 채운 회색 화물트럭들이었다. 그런 차들 속에서 번쩍이는 암적색 메르세데스는(새 차는 아니지만 매우 깨끗했다.)는 마치 쓰레기 트럭 사이에 끼인 웨딩카만큼이나 특별했다. 차는 30킬로미터를 밟고 나타났지만 자갈이 차체 하부를 때리자 천천히 브레이크를 잡기 시작했다. 그리고 20킬로미터에 램프에 올라 15킬로로 줄였다가 다시 10킬로로 조절했는데, 차가 여자를 지나치면서 모두 야누카의 고개가 돌아갔음을 확인했다. 앞모습이 뒷모습만큼 끝내주는지 확인한 것인데… 물론 끝내줬다. 그는 50미터쯤 더 나가 타맥 도로에 다다랐다. 그 순간 리트박은 비상수단을 강구해야겠다는 생각을 했다. 그러기 위해서는 두 번째 팀이 가짜 도로 사고를 내야 하지만, 다행히 욕정이든 본능이든 우리 눈을 멀게 하는 인간의 운명이 결국 먹혀들고 말았다. 야누카는 차를 세우고 창문을 내린 다음 젊고 잘생긴 얼굴을 삐쭉 내밀고, 햇빛을 뚫고 눈부신 걸음걸이로 다가오는 여자를 지켜보았다. 여자가 차와 나란한 위치에 들어오자 그는 캘리포니아까지 계속 걸어갈 생각인지 물었다. 그녀가 영어로 대답했다. 대충 테살로니카 방향인데요. 그쪽으로 가세요? 그도 "대충 그 방향"이라고 대답했지만, 물론 그 말을 들은 사람이 없으므로 작전이 끝난 후 억지로 끌어낸 결론에 불과했다. 야누카는 아무 말도 하지 않았다고 부인하고 있으니, 어쩌면 여자가 승리감에 조금 과장했을 수도 있다. 그녀의 눈, 그녀의 외모는 정말로 환상적이었다. 그녀의 매혹적인 동작에도 그는 완전히 넋을 잃고 말았다. 남레바논의 산악지구에서 2주간이나 엄격한 정치적 재무장 훈련을 마친 아랍인이 아닌가. 청바지 차림의 기막힌 미인보다 더 바랄 게 어디 있단 말인가?

야누카에 덧붙이자면, 외관이 날렵하고 출중했으며, 셈족 특유의 외모도 여자에 결코 뒤지지 않았다. 특유의 명랑한 성격도 전염성이 강했다. 결국 남녀 간의 탐색이 시작되었다. 잘생긴 선남선녀들 사이에 흔히 있을 법한 종류였는데 실제로 두 사람이 섹스를 나누는 상상의 그림까지 공유한 듯 보였다. 여자는 기타를 내려놓고 배낭을 벗어 땅바닥에 내려놓았다. 물론 명령대로였다. 리트박의 주장에 따르면, 그런 식의 상징적 탈의로, 그는 두 가지 중 한 가지 행동을 취하게 될 것이다. 안에서 뒷문을 열어 주거나, 아니면 차에서 내린 다음 밖에서 트렁크를 열어주어야 할 텐데, 어느 경우든 스스로 공격에 노출될 수밖에 없었다. 메르세데스 중 안에서 트렁크 잠금장치를 조정하는 모델도 있다지만 이 차는 아니었다. 리트박도 그 정도는 파악하고 있었다. 트렁크가 잠겨 있는 것도 확신했다. 또 하나 터키 영토에서 여자를 넘겨줄 까닭도 없었다. 그의 신분서류들이 아랍 기준에 비추어 아무리 그럴듯하다 해도, 신원 미상의 여자를 태우고 국경을 건너는 게 얼마나 위험한지 야누카가 모를 리 없기 때문이다.

결국 그는 모두가 바라 마지않는 방법을 선택했다. 손을 뻗어 직접 문을 여는 대신, 중앙 잠금장치를 작동해 하나가 아니라 차문 네 개를 한꺼번에 연 것이다. 여자를 감동시키기 위해서였을 것이다. 여자는 자기와 제일 가까운 뒷문을 열고 밖에서 배낭과 기타를 뒷좌석에 넣었다. 그녀가 다시 문을 닫고, 조수석에 타기라도 할 것처럼 여행의 피곤한 눈빛으로 전방을 응시할 때쯤, 요원 하나가 야누카의 관자놀이에 총구를 들이댔다. 리트박 자신은 뒷좌석에 무릎을 꿇고 뒤쪽에서 야누카의 머리를 잡았다. 전문가답게 가장 가혹한 방식의 속박이었다. 그는 야누카의 의료기록에 따라 조제된 양을 투여했다. 청년기에 천식이 있으리라는 진단이 있었다.

후에 모두를 놀라게 한 점은, 공작이 너무도 조용히 끝났다는 사실이었다. 약효가 들기를 기다리는 동안 리트박은 지나가는 자동차 소음 속에서 선글라스가 박살나는 소리를 들었다. 순간 야누카의 목이 부러졌다는 착각마저 들었는데 그랬다간 만사가 도로 아미타불일 수밖에 없었다. 그가 위조 번호판과 여행용 서류들을 잊거나 두고 왔다는 생각도 했지만, 다행히 검은색 가방 속에 가지런히 정돈되어 있었다. 그 위에 수제 실크 셔츠와 화려한 넥타이가 몇 벌 놓여 있었는데, 모두 나름대로의 용도가 있는 듯 보였다. 그 외에도 고급 체르니 금시계와 금팔찌, 야누카가 가슴에 걸던 금박 호부도 있었다. 호부는 사랑하는 누나 파트메의 선물 같았다. 작전의 또 다른 이점은 다름 아닌 야누카 자신의 공이었다. 목표의 자동차에 진한 코팅이 되어 있어 일반인들이 차 안의 상황을 알수 없었던 것이다. 사실 야누카가 특유의 사치스러운 생활방식에 크게 당한 징후는 얼마든지 있었는데, 코팅이 바로 그 첫 번째였다. 그 후 자동차를 서쪽, 남쪽으로 낚아채는 건 일도 아니었다. 모르긴 몰라도 느긋하게 운전해도 아무도 신경 쓰지 않았을 것이다. 아무튼 그들은 안전을 위해 일부러 꿀벌을 운반하는 화물트럭을 빌렸다. 그 지역엔 꿀벌 거래가 성황이었기에, 리트박의 판단으로는 아무리 깐깐한 경찰이라도 꿀벌들 심기를 건드리기 전에 한 번쯤은 망설이게 될 것이다.

실제로 예견 못한 상황이라면 개한테 물렸다는 점이었다. 광견병이라도 있으면 어쩌지? 그래서 만일에 대비해 중간 지점에서 혈청주사를 구입해 주사했다.

야누카를 잠시 사회에서 떼어놓을 경우 가장 중요한 문제는, 베이루트이든 어디든 아무도 그가 없다는 사실을 눈치채지 못해야 한다. 그가 자존심이 강하고 태평하기 짝이 없으며, 순간순간 계획을 바꾸는 것으로 유명하다는 사실 정도는 알고 있었다. 그것도 주로 변덕이거나, 아니면 나름대로 흔적을 지우기 위한 최선책이라고 믿었기 때문이다. 또한 최근에 그리스 골동품에 지대한 관심이 생겨, 이동 중이라도 열심히 골동품 추적에 나선다는 점도 파악했다. 지난번에는 아무한테도 알리지 않고 에피다우루스까지 갔는데, 루트에서도 한참 벗어난 엄청난 우회였건만 이유를 아는 사람은 아무도 없었다. 이런 식의 마구잡이식 변덕 탓에 극도로 파악이 어려운 인물로 꼽기도 했으나, 지금은 불리하게 작용한 일례였다. 리트박의 적확한 판단으로 보면 구제불능이었다. 물론 그의 편이 적보다 확인이 어려웠을 것이다. 팀은 그를 잡아 아무도 보지 못하는 곳으로 데려갔다. 그리고 기다렸다. 가능한 곳을 모두 점검해봤지만 비상경보가 울리기는커녕, 불안해하는 속삭임조차 없었다. 시몬 리트박이 조심스럽게 내린 결론에 의하면, 윗사람들이 야누카의 실종을 알았다 해도, 몸과 마음이 전성기에 달한 젊은이가 인생을 찾아 훌쩍 떠났다고 여겼을 것이다. 아니 까놓고 말해서, 대의명분을 수행할 전사들을 찾으러 떠나지 않았다는 법도 없다.

그리하여, 쿠르츠 팀의 소위 '픽션'이 가능해졌다. 픽션이 끝날 수 있을지, 아니면 쿠르츠의 낡은 손목시계로나마 계획대로 전개될 시간이 있을지는 완전히 다른 문제였다. 쿠르츠에 대한 압박은 두 가지 종류였다. 첫 번째는 어설프게나마 어느 정도 성과를 보여주어야 한다. 그렇지 못하면 미샤 가브론이 자리에서 쫓겨나고 말 것이다. 두 번째는 성과를 내놓지 못할 경우, 점점 거세져 가는 군사 행동 요구를 가브론 자신도 더 이상 막아내지 못한다는 현실이다. 쿠르츠가 무서워하는 건 두 번째다.

"영국 놈들처럼 날 설득할 생각 말고, 저 새끼들이 한 짓을 봐!" 까마귀 가브론이 깍깍거리며 소리쳤다.

"그럼 영국 놈들도 폭격해버리죠."

아무튼 영국을 들먹거린 것 또한 우연은 아니었다. 우습게도 지금 쿠르츠 자신을 구원해줄 방법을 찾는 곳이 바로 영국이기 때문이다.

03

요제프와 찰리는 공식적으로 미코노스 섬에서 소개받았다. 타베르나
(그리스의 소형 요릿집―옮긴이)가 두 곳밖에 없는 해변이었고 8월 후반의
어느 늦은 점심이었다. 그리스의 태양은 그때쯤 더위가 극에 달했다. 조
금 더 범주를 넓혀서 얘기한다면 이스라엘 제트기들이 베이루트의 혼
잡한 팔레스타인 구역을 폭격한 후 4주째였다. 사후에 지휘체제를 파괴
하기 위해서라는 단서가 붙었으나 700여 명의 사망자 중 지도자는 한
명도 없었다. 물론 미래의 지도자들은 있었을 것이다. 사망자 중 어린이
들도 많았기 때문이다.

"찰리, 요제프에게 인사하게." 누군가 달뜬 목소리로 말했고 소개는
그게 전부였다.

두 사람은 만남이 아예 존재하지도 않는다는 양 행동했다. 그녀는 혁
명가처럼 인상을 찌푸리며 손을 내밀고는, 영국 여학생 특유의 비릿한
미소를 지으며 악수를 청했다. 그도 그녀를 힐끗 보더니 관심도 야심도
없다는 표정을 지었다.

"어, 찰리, 예, 안녕하세요." 그는 시키는 대로 했다. 미소도 그저 인사 치레였다. 어쨌든 먼저 인사를 챙긴 건 분명 찰리가 아니라 그였다.

그녀는 그가 말하기 전에 입술을 삐죽 내미는 식의 군인 습관이 있음을 눈치챘다. 목소리는 이국적이고 잘 절제되었으며 부담스러울 정도로 부드러웠다. 찰리는 감춰둔 사실을 감지하는 능력이 탁월했다. 그녀를 향한 남자의 태도는 분명 폭력의 이면이었다.

그녀의 이름은 원래 차미언이었으나 다들 '찰리'로 알고 있으며 종종 '빨갱이 찰리'라고 부르기도 했다. 머리카락도 빨갛지만 황당할 정도의 급진적인 성향 덕분이었다. 정치 성향은 세계를 사랑하고 세상의 불의와 맞서기 위한 그녀 나름의 방법이었다. 내륙으로 1킬로미터쯤 들어간 곳, 허름한 농가에 젊고 소란스러운 영국의 극단 멤버들이 살고 있었다. 그들은 그곳에서 잠을 자고, 아침이면 지저분한 모습으로 무리지어 해변으로 내려왔다. 한 번도 흩어져본 적이 없는 그룹이건만 그녀만은 여전히 아웃사이더였다. 애초에 어떻게 농가를 차지했는지, 아니, 섬에는 도대체 어떻게 들어왔는지조차 모두에게 수수께끼였다. 어쩌면 배우들인지라 수수께끼가 지극히 당연할 수도 있었다. 그들의 후원자는 도시의 어느 부자 회사이며, 최근에 순회극단의 천사 역할을 하는 데 푹 빠진 듯 보였다. 지방 순회공연이 모두 끝난 후, 극단의 핵심 간부들조차 회사 비용으로 극단 인력이 휴식과 여가를 만끽하게 된 데 크게 의아해하는 눈치였다. 그들은 계약서 한 장에 황급히 그곳으로 내려왔다. 농가는 편안하고 그럴싸해보였으며 봉급 외의 넉넉한 활동자금도 보장되었다. 지나치게 친절하고 관대하고 급작스러웠지만 사실은 너무도 오래전의 계약이었다. 일군의 파시스트 돼지들. 그들의 초대를 받았을 때만 해도 기꺼이 동의했다. 그런 횡재 계약이라면 그 앞에서 춤을 출 수도 있다. 그 이후엔 어떻게 그들이 그곳에 와 있는지 잊었다. 언젠가는 한두 명이 졸린 눈으로 잔을 들더니 그 회사의 이름을 중얼거리며 비꼬듯 건배를 권했다.

찰리는 어느 모로 보나 최고의 미모는 못 되었지만 성적 매력만큼은 눈부실 정도였다. 불치에 가까운 색기도 마찬가지인 바 실제로도 온몸으로 그것을 발산하며 다녔다. 약간 멍청하기는 해도 미모는 루시가 최고였다. 일반적인 기준으로 볼 때 찰리는 평범한 쪽이었다. 코는 길고 강해 보였으며, 나이에 걸맞지 않게 어두운 얼굴 탓에 한순간 어린 소녀 같다가도, 다음 순간 너무도 늙고 우울해 보였다. 맙소사, 지금껏 어떤 삶을 살았기에 저런 표정이 가능하단 말인가? 이따금 그녀는 그들의 딸이자 어머니가 되어, 돈을 계산하고 연고와 반창고를 찾아 상처 난 발에 발라주었다. 그녀의 역할이 모두 그렇지만, 그런 일을 할 때면 정말로 누구보다 너그럽고 누구보다 유능했다. 때로는 동료들의 양심이 되기도 했다. 그럴 때면 가상이든 실제이든, 국수주의, 성차별주의, 서방식 무관심의 죄를 짓지 말라며 호통을 쳤는데, 그 권리 또한 그녀의 계급처럼 보장되었다. 그들이 즐겨 말하듯, 찰리야말로 소위 엄친딸이었기 때문이다. 증권브로커의 딸로서 가정교사까지 두고 공부했던 아이…. 사실 찰리가 말하지 않았지만, 그녀의 아버지는 고객들을 편취하다 감옥에서 생을 마쳤다. 어쨌든, 계급은 계급 아닌가?

마지막으로 그녀는 명실상부한 지도자였다. 저녁 시간, 가족들이 밀짚모자와 넉넉한 비치가운 차림으로 모여 소극을 연기할 때 누가 최고인지 가리는 것도 찰리였다. 노래를 부르는 시간이면 찰리가 기타를 연주하는데, 그들의 목소리에 비하면 황송할 정도의 연주솜씨였다. 찰리는 소위 저항가요를 알고 거기에 남성적인 분노를 더해 노래를 불렀다. 다른 때라면, 함께 음침한 사교클럽을 어슬렁거리며 마리화나를 피우고, 30드라크마에 반 리터짜리 그리스 포도주를 마시곤 했다. 하지만 찰리는 오래전 실컷 마시고 피운 사람처럼 그들과 떨어진 채 누워 있었다.

"혁명의 새벽이 올 때까지 기다려. 모두 끌고 가서 아침 먹기 전에 순무 밭부터 일구게 해줄 테니까." 그녀가 졸린 목소리로 경고했다. 그 말에 동료들이 흠칫 놀란 시늉을 했다. 혁명? 그게 어디서 시작하는데? 누구 머리가 제일 먼저 굴러다닐까? "빌어먹을 릭먼스워스에 가서. 놈들의 잘빠진 재규어를 모조리 수영장에 처박아버릴 거야." 그녀는 어릴 적 태풍에 쑥밭이 된 교외 마을을 떠올리며 대답했다. 동료들도 짐짓 비명을 지르는 시늉을 했다. 물론 찰리가 속도 빠른 자동차에 홀딱 빠져 있다는 사실을 모르는 사람은 없었다.

그럼에도 불구하고 그들은 찰리를 사랑했다. 절대적으로. 그리고 아무리 아니라고 발뺌해도 그녀 또한 그들을 사랑했다.

반면에 요제프는 그들 무리와 거리가 멀었다. 찰리처럼 무리의 분파도 아니다. 그는 나약한 사람들이 그 자체로 용기라 부를 만큼 자립심이 강했다. 친구는 없지만 그렇다고 아쉬울 건 없었다. 친구는 물론 어느 누구도 필요 없는 이방인. 그에게 필요한 건, 수건, 책, 물병, 모래 속의 작은 은신처가 전부였다. 하지만 그가 유령임을 아는 사람은 찰리뿐이었다.

그녀가 처음 그를 가까이에서 본 건 알라스테어와 크게 싸운 다음 날 아침이었다. 그 싸움에서 그녀는 완전히 녹아웃으로 패했다. 찰리한테는 저도 모르게 건달들한테 끌리는 치명적인 약점이 있다. 그리고 그날 그녀의 건달은 가족들이 '껑다리 알'이라고 부르는 180센티미터 키의 스코틀랜드 술꾼이자 공갈협박의 달인으로, 무정부주의자 바쿠닌을 즐겨 인용했지만 대부분이 부정확했다. 찰리처럼 붉은 머리에 피부가 좋았으며 고집스러운 푸른 눈을 지녔다. 두 사람이 함께 물 밖으로 나왔을 때는 완전히 별개의 종족처럼 보였다. 두 사람의 관능적인 표정도 스스로 그렇다고 선언하는 듯했다. 갑자기 아무 말도 없이 둘이 손을 잡고 다급히 농가를 향해 출발할 때면 둘의 욕망이 얼마나 다급한지 느낄 수도 있었다. 누구나 겪지만 거의 아무도 나누지 못하는 그런 고통. 하지만 전날 저녁처럼 다투기라도 하는 날이면, 적의와 증오가 또 어찌나 지독한지, 윌리와 폴리처럼 마음 약한 사람들은 그 자리에서 불타 소멸해버릴 정도였다. 그들은 결국 태풍이 지날 때까지 슬그머니 자리를 빠져나갔다. 이번에는 찰리가 그랬다. 그녀는 자신의 상처를 보듬을 양으로 고미다락 구석으로 기어 들어갔다. 6시에 벌떡 잠에서 깬 후 그녀는 혼자 목욕을 하고 시내로 걸어나가 영어 신문을 읽고 아침을 먹었다. 유령이 등장한 건 〈헤럴드 트리뷴〉을 사고 있을 때였다. 그건 심령현상이 분명했다.

붉은 블레이저코트 차림의 사내였다. 바로 등 뒤에서 페이퍼백을 고르던 참이었는데, 이번에는 붉은 블레이저가 아니라 티셔츠와 반바지, 샌들 차림이었다. 어쨌거나 분명히 동일 인물이었다. 짧은 흑발에는 희끗거리는 기미가 이마 중앙까지 이어졌다. 갈색의 공손한 눈빛은 여전했다. 타인의 열정을 존중하는 시선. 전날 저녁 노팅엄의 배리 극장 앞줄에서 어두운 등불처럼 그녀에게 고정했던 눈이다. 처음엔 낮 공연, 그다음엔 저녁공연, 오로지 찰리만을 위한 눈이라는 듯 그렇게 그녀의 모든 동작을 따라다녔다. 아무리 시간이 지나도 지치거나 굳어지지 않고 그림처럼 흔들림도 없던 얼굴. 배우의 수많은 가면과 달리, 단 하나의 강렬하면서도 일관된 현실을 투사해내던 얼굴.

성녀 조안 역을 하던 참이었는데 도팽 때문에 잔뜩 화가 나 있었다. 저 멀리 꼭대기에 앉아 그녀의 연설 하나하나를 비웃고 있으니 말이다. 그 바람에 반쯤 빈 강당 앞줄에 그가 학생들 사이에 앉아 있음을 깨달은 건, 마지막 장면이 끝난 후였다. 사실 조명이 그렇게 어둡지 않았던들 그

때도 보지 못했을 것이다. 하지만 조명 장비가 더미에 묶인 채 배송을 기다리는 터라 평소처럼 시야를 흐릴 백광 같은 건 없었다. 처음에는 학교 선생인 줄 알았지만, 그는 아이들이 떠난 후에도 자리에 남아 연극 대본이나 안내서 같은 걸 읽고 있었다. 저녁 공연의 막이 올랐을 때도 그는 여전히 그곳에 있었다. 여전히 가운데자리였고 무심한 시선도 여전히 그녀에게만 붙박여 있었다. 마지막 막이 내렸을 때, 그녀는 그를 빼앗아 간 장막이 내심 원망스러웠다.

며칠 후 요크, 까맣게 잊었건만 어느 순간 그를 봤다는 생각이 들었다. 자신은 없었다. 이번엔 무대조명이 너무 좋은 탓에 잘 볼 수가 없었다. 그도 공연 사이엔 자리를 지키지 않았지만, 그럼에도 불구하고 앞 열 중간 자리에서 넋을 잃고 그녀를 바라보는 얼굴과 붉은색 블레이저코트를 알아볼 수는 있었다. 비평가일까? 아니면 프로듀서? 에이전트? 영화감독? 아니면 시티 컴퍼니? 예술 위원회에서 극단의 후원을 넘겨받은 것으로 보이지만 투자를 점검하는 전문 회계원치고는 너무 마르고 너무 조심스러웠다. 비평가, 에이전트 등이라면 공연을 연속으로 보는 건 고사하고 한 막을 버티는 것만도 기적이다. 그리고(헛것이든 아니든) 세 번째로 보았을 때는(그때는 휴가를 떠나기 직전이었고 그 내용은 이스트엔드 소극장 공연장 문에 게시했다.), 곧바로 달려가 도대체 용건이 뭔지 따져 물을까 하는 마음도 없지 않았다. 혹시 살인마라도 되나요? 그냥 사인이 필요한 거예요? 아니면, 우리들처럼 그냥 섹스광일 뿐인가요? 하지만 그의 점잖고 올곧은 분위기에 그만 망설이고 말았던 것이다.

지금 그가 불과 50센티미터 떨어진 곳에서 특유의 근엄한 표정으로 책들을 노려보고 있다. 그런데 며칠 전만 해도 그토록 그녀만을 탐하던 남자가 정작 이제 와서 모른 척하다니! 그녀는 당혹스럽기가 이를 데 없었다. 그녀는 그를 향해 돌아서서 그의 담담한 시선을 잡았다. 그리고 그가 그녀를 바라볼 때보다 훨씬 더 격렬한 눈빛으로 그를 노려보았다. 알에게 맞은 상처를 감추기 위해서이긴 했지만 어쨌든 짙은 선글라스의 이점도 있었다. 그렇게 가까이에서 보니, 그녀가 상상했던 것보다 나이가 많고 마르고 인상도 강렬했다. 눈가에 그림자가 짙은걸 보면, 어쩌면 잠을 제대로 이루지 못했거나 시차증으로 고생 중인 것 같기도 했다. 그런데 정말로 그녀를 알아보지 못하는 것처럼 보였다. 반가운 기색도 당연히 없었다. 찰리는 〈헤럴드 트리뷴〉을 제자리에 놓고 재빨리 가까운 타베르나로 달아났다.

내가 미쳤지. 모두가 착각이었던 거야. 그저 비슷한 사람에 불과했건만. 이게 다 꺽다리 놈이 혁대로 때렸을 때 루시가 내준 그 빌어먹을 알약 때문이야. 먹는 게 아닌데 기분이 좋아진다는 바람에⋯. 그녀는 떨리는 손으로 커피 잔을 집으며 머릿속으로 중얼거렸다. 데자부 증세가 뇌와 눈의 소통이 원활하지 못한 데 원인이 있다는 얘기를 어딘가에서 읽은 적이 있었다. 하지만 조심스레 밖을 훔쳐보니 분명 눈으로도 머리로도 인식이 가능했다. 남자는 바로 옆 타베르나에 앉아 있었다. 지금은 하얀 골프 모자를 깊이 눌러 쓴 채, 드브레의 영어 페이퍼백,《아옌데와의 대화》를 읽고 있었다. 그 책을 사려 했던 때가 바로 어제이건만.

분명 내 영혼을 거두어가려고 온 거야. 하지만 내가 언제 가져가도 된다고 약속했던가? 그녀는 자신이 끄떡없음을 시위하기 위해 당당하게 그의 옆을 지나쳤다.

같은 날 오후, 남자는 해변에 자리를 잡았다. 가족의 야영지에서 불과 20미터도 안 되는 거리. 너무도 밋밋한 검은색 수영복에 양철 수통을 들었는데 마치 오아시스가 하루거리라도 된다는 듯 아주 조금씩만 홀짝거렸다. 그는 찰리를 지켜보기는커녕 고개를 돌리지도 않고 묵묵히 드브레를 읽었다. 얼굴은 넉넉한 흰색 골프모자에 가려 보이지 않았다. 그래도 그는 분명 그녀의 동작을 일일이 쫓아다녔다. 비록 저 잘생긴 머리를 꿈쩍도 하지 않았으나 그녀는 알고 있었다. 미코노스의 수많은 해변 중에서도 바로 옆자리를 고른 이유도 뻔했다. 게다가 위치도 사구 지대의 사방이 훤히 내려다보이는 둔덕인지라, 그녀가 수영을 하든 타베르나에 가서 알이 마실 포도주를 사오든 언제나 지켜볼 수 있었다. 그렇게 제멋대로 그녀를 감시하고, 감상하고 있음에도 불구하고 찰리가 할 수 있는 일은 전혀 없었다. 꺽다리 알에게 말해봐야 그녀만 곤란하게 될 일이다. 이토록 흥미로운 공상을 난도질할 빌미를 제공할 생각은 추호도 없었다. 다른 사람이라 해도 다를 바 없었다. 어차피 하루가 지나기 전에 알의 귀에 들어가고 말 것이다. 결국 비밀을 혼자 간직하는 것 외에 해결책은 없었지만 사실 그녀도 그쪽을 원했다.

때문에 찰리는 아무 행동도 취하지 않았다. 그도 마찬가지였으나 어쨌든 그가 기다리고 있다는 정도는 알고 있었다. 그가 시간을 재어나가는 절제된 인내도 느낄 수 있었다. 그가 죽은 듯 누워 있을 때조차 특유의 늘어진 몸에서 묘한 경계심이 스며 나와, 햇빛을 타고 그녀에게 전해지는 듯했다. 이따금 긴장을 견딜 수 없었던지, 벌떡 일어나 모자를 벗더니 마치 창 없는 원주민처럼 사구를 내려와 파도가 높든 말든 조용히 물속에 뛰어들기도 했다. 그녀는 기다렸다. 그리고 여전히 기다리고 있다. 이번에는 틀림없이 익사했을 것이다. 이윽고 그녀가 포기할 때쯤에야 그가 바다 저 멀리에서 솟아나와, 정말로 가야 할 길이 많이 남은 사람처럼 한가로이 헤엄을 치기 시작했다. 짧게 깎은 머리가 물개처럼 반짝였다. 모터보트들이 오갔지만 그는 그것마저 개의치 않았다. 여자들을 향해 고개를 돌리는 법도 없다. 그녀는 끝까지 지켜보았다. 그리고 다시 느릿느릿 반복적인 동작으로 수영을 마친 후에는 다시는 골프 모자를 눌러 쓰고 드브레를 읽었다.

도대체 누가 고용한 걸까? 누가 지시하고 지침을 전달하는 걸까? 물론 알 도리가 없었다. 그녀가 그를 위해 영국에 있듯, 그도 그녀를 위해 무대에 등장했다. 그는 그녀와 같은 꼭두각시였다. 하늘과 모래 사이에서 진동하는 저 혹독한 태양 덕분에, 그녀는 몇 분간 계속해서 그의 잘 다듬어진 몸을 엿보고, 그 몸을 자신의 달뜬 생각을 위한 표적으로 이용했다. 당신과 나, 나와 당신… 저 아이들은 아무것도 몰라요. 그녀는 그런 생각을 했다. 하지만 점심시간이 오고 다들 그의 요새를 지나 타베르나로 향할 때였다. 찰리는 루시의 돌출행동에 버럭 화가 나고 말았다. 로버트의 손을 놓더니 그를 향해 매춘부처럼 손을 흔들고 엉덩이를 쑥 내미는 것이 아닌가!

"기막히지 않아? 언젠가 저 남자를 샐러드에 싸서 먹고 말겠어." 루시가 큰 소리로 외쳤다.

"나도! 그래도 괜찮지, 폴리?" 윌리는 더 큰소리였다.

하지만 남자는 그들을 무시했다. 오후에 알이 그녀를 농가로 끌고 가 격렬하지만 기계적인 정사를 벌였다. 초저녁 해변으로 돌아오니 그도 보이지 않았다. 그녀는 불행했다. 비밀의 연인을 배신한 격이기 때문이다. 그를 찾으러 나이트클럽이라도 뒤져야 하는 걸까? 낮 동안에는 소통에 실패했기에 그녀는 그가 야행성이라고 단정해버렸다.

다음 날 아침에는 해변에 내려가고 싶지 않았다. 밤이 되자 재미로 여겼던 집착이 불현듯 두려워졌다. 그녀는 집착을 벗어버리기로 했다. 그녀는 알의 잠든 몸뚱이 옆에 누워, 대화도 못해 본 사람과 격렬한 사랑을 나누는 상상을 했다. 온갖 방식으로 끌어안기도 하고, 알을 차버리고 그와 함께 영원히 달아나기도 했다. 열여섯 살이라면 그런 식의 무모함도

가능했겠지만 스물여섯엔 꼴사나운 짓이리라. 알을 차버리는 것과는 별개였다. 그 인간은 어차피 되는 대로 빨리 청산할 생각이었다. 하얀 골프 모자와 밀애는 또 다른 문제다. 아무리 미코노스에서 휴가 중이라 해도 마찬가지다. 그래서 결국 찰리는 어제의 일상을 되풀이했다. 하지만 실망스럽게도 이번엔 서점에 나타나지도 않고 옆 가게에서 커피를 마시지도 않았다. 해변가의 양품점들을 돌아다니며 아이쇼핑을 해봤지만 어느 창에도 그의 모습은 비치지 않았다. 점심 식사를 위해 타베르나에서 가족과 합류했더니, 그녀가 없는 사이에 그에게 요제프라는 이름을 붙여놓았다.

특별할 일은 아니었다. 멤버들은 관심 있는 누구에게나 이름을 선물했다. 주로 연극이나 영화에서 따온 이름인데, 일단 공인되면 그대로 채택하는 게 불문율이다. 예를 들어 〈말피 공작부인〉의 보솔라는 여자에 환장한 스웨덴 선박왕이고, 오필리아는 항상 분홍색 꽃무늬 수영모를 쓰고 다니는 프랑크푸르트 출신의 뚱땡이 여편네 이름이다. 하지만 그들의 주장에 따르면, 요제프라는 이름은 그가 셈족 외모인 데다 해변에 왔을 때 검은 수영팬티 위에 총천연색 줄무늬 가운을 걸쳤기 때문이었다. 사람들을 대하는 쌀쌀맞은 태도와 미천한 자들을 물리치고 선택된 자다운 표정도 한몫했다. 요제프, 동포의 학대자. 물병과 책에 빠진 초월자.

찰리는 테이블에 앉아, 가족들이 자기 비밀재산을 함부로 주물러대는 모습들을 감내해야 했다. 알라스테어가 로버트의 조끼를 빼앗아 자기 잔을 채웠다. 자신의 의사와 무관하게 누군가 칭찬받을 때마다 위협을 느끼는 성격이었다.

"요제프? 웃기고 있네. 여기 윌리, 폴리만큼이나 추잡한 호모새끼일 뿐이야. 지금 암내를 쫓아다니는 게 분명해. 아니면 손가락에 장을 지진다,

씨발. 저 자식 눈만 보면 면상을 아작 내고 싶다니까. 좋아, 언젠가 진짜로 그렇게 해주겠어."

찰리는 그날 처음부터 알라스테어가 맘에 들지 않았다. 그가 파시스트 몸종과 대지의 어머니 노릇을 동시에 하려는 것도 역겨웠다. 그녀도 대개는 이렇듯 신경을 긁지 않지만 알라스테어를 향한 혐오와, 요제프를 향한 죄의식이 크게 갈등을 일으키고 있었다.

"말도 안 돼, 호모가 왜 암내를 쫓아다니는데? 저 위쪽 해변에만 가도 그리스 여신 절반은 꼬일 수 있을 사람이야. 암내에 환장하는 건 오히려 자기 아니야?"

찰리는 결국 역겨움과 분노를 못 참고 그를 돌아보며 마구 쏘아붙였다. 알라스테어는 예기치 못한 모욕에 그녀의 뺨을 세게 때리는 것으로 보답했다. 뺨은 처음엔 하얗게 질렸다가 이내 새빨갛게 물들었다.

그런 식의 공론은 오후까지 이어졌다. 요제프는 관음증 환자에 좀도둑, 노출광, 살인자, 껄떡쇠, 마약쟁이, 수구꼴통이었다. 하지만 언제나처럼 결정타는 알라스테어의 몫이었다.

"비역질이나 해처먹을 새끼 같으니!" 그가 큰 소리로 외치더니 입꼬리를 비틀고 혓바닥으로 앞니를 핥는 식으로 자신의 주장에 방점까지 찍었다.

하지만 요제프 자신은 그런 모욕 따위는 안중에도 없는 듯 행동했다. 그야 찰리도 바라 마지않는 바이기는 했지만, 어쨌든 햇볕과 대마초에 의식이 몽롱해질 3, 4시쯤(이번에도 찰리만은 예외였다.) 결국 다들 그가 쌈박한 사람이라고 인정해야 했다. 이른바 최종 찬사인 셈이다. 이 극적인 반전에 대해 마무리를 지은 사람 또한 알라스테어였다. 요제프는 절대로 우리한테 흔들릴 위인이 아니다. 유혹당할 사람도 아니다. 루시도 호모 애인도 소용이 없다. 그러므로 그는 쌈박하다. 나 알라스테어만큼이나. 저 친구한테는 나름의 영역이 있으며 몸 전체가 그렇게 경고하고 있다. "누구도 나를 몰아낼 수 없다. 여긴 내가 잡은 자리니까." 진짜, 쌈박한 친구야. 바쿠닌이 나타나도 혀를 내두르고 말았을걸.

"기막힌 친구야. 맘에 들어." 알라스테어는 그렇게 결론짓고 루시의 나긋나긋한 등을 비키니 팬티 허리끈까지 쓰다듬고 또 쓰다듬었다. "여자라면 정말 어떻게든 해볼 텐데 말이야."

다음 순간 루시가 자리에서 일어났다. 이글거리는 해변에 서 있는 사람은 오직 루시뿐이었다.

"나도 꼬일 수 없다고?" 그녀가 그렇게 말하더니 수영복을 끄르기 시작했다.

루시는 금발에 탱탱한 엉덩이를 지녔고 사과만큼이나 매혹적인 여자다. 술집여자, 매춘부, 남장 등 안 해본 역이 없지만 뭐니 뭐니 해도 전공은 10대 색정광이었다. 게다가 눈썹 하나 까딱하는 것만으로도 지금껏 넘어오지 않은 사내가 없었다. 그녀는 하얀색 수영복을 유방 아래 대충 매더니 와인 병과 플라스틱 잔을 들고 터벅터벅 사구 발치까지 가로질러 갔다. 할리우드의 그리스 여신 흉내를 내, 와인은 머리에 이고 엉덩이는 씰룩이고 탱탱한 허벅지는 잔뜩 드러냈다. 그녀는 작은 경사를 올라가 요제프 옆에 한쪽 무릎을 꿇고 팔을 높이 들어 와인을 따라주었다. 그 와중에 수영복이 벗겨져 흘러내리기도 했다. 루시가 그에게 잔을 내밀었다. 언어는 불어로 정했다. 아는 단어도 별로 없지만 말이다.

"한잔 안 하실래요?" 루시가 물었다.

요제프는 그녀를 못 본 척 페이지를 한 장 넘겼다. 그리고 그녀의 그림자를 보고 옆으로 몸을 굴리더니, 특유의 검은 눈으로 그녀를 한참 탐색한 다음에야 잔을 받아들고 건배를 했다. 15미터 거리의 루시 지지자 무리가 박수를 치거나 얼빠진 야유를 보냈다.

"당신이 헤라로군요." 요제프는 흡사 지도를 읽는 듯한 시선으로 그녀를 보며 내뱉었다. 루시가 기막힌 장면을 목격한 건 바로 그때였다. 남자의 몸에 흉터가 너무도 많았던 것이다.

루시는 가만히 있을 수 없었다. 가장 끔찍한 상처는 5페니 동전 크기의 드릴로 파놓은 듯 보였는데, 윌리와 폴리가 자기 비키니에 붙여놓은 총알구멍 스티커와 비슷했다. 요제프의 흉터는 배 왼쪽이었다! 멀리서는 거의 보이지 않았으나 루시가 만져보니 딱딱하고 맨들맨들했다.

"당신은 요제프예요." 루시가 몽롱한 눈빛으로 대답했다. 헤라가 누군지는 모르겠지만.

다시 박수갈채가 백사장을 뒤덮었다. 알라스테어도 잔을 들며 건배를 외쳤다.

"요제프! 미스터 요제프! 힘내요! 질투에 눈 먼 형제들을 밟아버려요!"

"동석합시다, 요제프 씨!" 로버트가 외쳤다. 그 말에 찰리는 화들짝 놀라 입 닥치라며 소리를 질렀다.

요제프는 합석하지 않았다. 잔을 들었을 때 찰리는 정말로 그가 오로지 그녀를 향해 건배를 청했다는 생각을 했다. 하지만 15미터 떨어진 곳에서 무리를 향해 잔을 들었건만 어찌 그런 구분이 가능하겠는가! 그는 다시 책으로 돌아갔다. 그들을 무시한 건 아니다. 루시 말마따나 그의 행동엔 더할 것도 뺄 것도 없었다. 그저 배를 깔고 누워 책을 읽기 시작했다. 그런데… 맙소사, 정말로 총상이었다. 관통 흉터가 등에 있었는데 크기가 거의 골프공이었다! 하지만 루시는 그의 몸을 살피며 흉터 하나가 아니라 무더기를 보고 있다는 사실을 깨달았다. 팔꿈치 아래로 줄줄이 흉터, 이두근 뒤쪽에 털 하나 없이 기이한 민둥 섬, 번들거리는 척추. "뜨겁게 달군 철수세미로 마구 비벼댄 것만 같았어. 아니면, 차 뒤에 매달고 한참을 끌고 다니기라도 한 걸까?" 나중에 그녀가 한 말이었다. 루시는 잠시 머물며 어깨 너머로 책을 훔쳐보는 척했지만 실제로는 그의 등을 찰싹 때려주고 싶었다. 그 등만은 흉터 대신 털과 조밀한 근육으로 뒤덮였던 것이다. 그녀로서는 제일 좋아하는 종류의 근육이었지만 물론 그럴 수는 없었다. 후에 찰리한테 설명한대로, 한 번 손을 댔다간 다시는 아무것도 건드릴 수 없을 것만 같았기 때문이다. 먼저 허락부터 구해야 할 것 같았어. 루시가 별나게 겸손까지 떨며 한 말인데 그 말이 이상하게도 찰리의 마음에 걸렸다. 물병을 비우고 대신 와인을 채워줄까도 했지만 그러고 보니 가져온 와인도 거의 입에 대지 않았다. 술보다 물을 더 좋아하는 걸까? 결국 그녀는 술병을 머리 위에 올리고 맥없이 가족들에게 돌아와야 했다. 그녀는 숨을 헐떡이며 상황을 얘기한 다음 누군가의 무릎 위에 쓰러져 잠들었다. 요제프는 전보다 더 쌈박한 사람이 되었다.

두 사람이 공식적으로 접선한 건 다음 날 오후였다. 원인은 알라스테어였다. 껑다리 알이 떠나기로 한 것이다. 그의 에이전트가 전보를 보냈는데 그 자체가 기적이었다. 그때까지만 해도, 에이전트가 돈 드는 통신 수단을 완전히 까먹고 있다는 게 중론이었다. 당연하잖아? 아무튼 엽서는 그날 오전 10시, 소형 오토바이로 농가에 배달되고 늦잠을 잔 윌리와 폴리가 해변으로 가져왔다. 편지는 메이저영화의 소위 '비중 있는 역할'을 제안했다. 사실 가족 내에서는 대단한 사건이었다. 알라스테어에겐 단 하나의 야망이 있었는데 바로 돈을 대량으로 쏟아부은 대작에 출연하는 것이었다. "내가 성격이 너무 강해서 그래. 나한테 맞는 역할을 찾기가 너무 어렵거든. 그게 문제인데 그 새끼들도 잘 알고 있어." 영화사에서 퇴짜 놓을 때마다 그가 한 얘기다. 그래서 전보가 왔을 때 모두가 알을 축하해주었으나, 내심으로는 크게 안도의 한숨을 내쉬던 터였다. 그의 폭력에 질리기 시작했던 것이다. 손찌검에 찰리가 잔뜩 멍이 들곤 했기에 그 때문에라도 섬에서 쫓겨날까 불안했다. 알이 떠난다고 하자 찰리가 당혹해했으나 주로 자신에 대한 연민 때문이었다. 사실 그녀도 가족들만큼이나 알라스테어를 영원히 자기 인생에서 쫓아내길 원했다. 그런데 전보가 기도를 이루어 주자 또 하나의 삶이 끝나간다는 두려움과 죄의식에 맘이 편하지 않았던 것이다.

시에스타 시간이 끝나자 가족은 껑다리 알을 올림픽 항공사로 데려가 다음 날 아침 아테네로 떠날 수 있도록 준비해주었다. 찰리도 따라갔지만, 그녀는 정말로 추워 죽겠다는 듯 두 팔로 단단히 자기 몸을 감쌌다. 안색도 빈혈환자처럼 창백했다.

"비행기가 만원이라 저 개자식하고 몇 주간 더 붙어 지내야 할 거야." 그녀가 지레 겁을 내며 안달복달을 했다.

그녀의 경고는 틀렸다. 껑다리 알의 좌석이 남아 있을 뿐 아니라 그의 이름으로 예약까지 되어 있었다. 사흘 전 런던에서 텔렉스로 예약해 어제 확인까지 끝났다는 얘기인데, 덕분에 마지막 남은 우려까지 말끔히 사라졌다. 껑다리 알은 대박의 꿈을 향해 떠날 것이다. 지금껏 어느 누구에게도 없던 일이다. 심지어 자애로운 후원자들조차 그 문제만은 나 몰라라였다. 세상에, 텔렉스로 비행기 티켓을 예매해 주는 에이전트라니! 더군다나 알의 에이전트야말로 이 바닥 노예시장의 최고 얼간이로 정평이 난 자가 아니던가!

"그 새끼 수수료를 깎고 말겠어. 기생충 같은 놈한테 내 돈 10퍼센트나 빼앗길 생각 없어. 아니면 제길, 불알을 잘라버리겠어."

이따금 그들에게 붙어 다니던 황갈색 머리카락의 히피 소년이 그에게 모든 재산은 장물이라고 귀뜸해주었던 것이다.

알라스테어와 영원히 헤어진다니 왠지 마음 한구석이 아려, 찰리는 아무것도 마시지 않고 잔뜩 인상만 썼다. 한 번은 "알." 하고 이름을 부르며 손을 내밀었으나, 꺽다리 알은 실패하거나 사랑에 빠졌을 때보다 성공했을 때가 더욱 횡포했다. 그를 증명하듯 그날 아침 입술까지 찢어지지 않았던가. 그녀는 상처를 탐하듯 손끝으로 입술을 건드렸다. 해변에서도 알의 큰소리는 뜨거운 태양만큼이나 무자비하게 이어졌다. 지금은 사인하기 전에 먼저 감독 능력부터 확인하겠다며 큰소리를 쳤다.

"영국 구더기 놈들은 사양하겠어. 대본도 그래. 난 그런 놈 불알에 걸터앉아 던져주는 대사나 앵무새처럼 조잘대는 싸구려 배우가 아니란 말씀이야, 응? 찰리, 나 몰라? 젠장, 그 새끼들이 나를, 내 진짜 모습을 알고 싶으면, 당장 생각부터 고쳐먹어야 할걸? 재수 없게 굴면, 대가리 터지게 싸울 테니까. 제길, 헛소리 아니라니까."

타베르나에서도 꺽다리 알은 상석을 차지했다. 사람들의 주목을 받기 위해서다. 그가 여권과 지갑, 바클리카드, 비행기표 등, 무정부주의자들이 노예사회의 일회용 쓰레기라고 부를 법한 것들을 거의 모두 잃었다는 사실을 깨달은 것도 바로 그때였다.

나머지 가족들은 늘 그렇듯 처음부터 상황파악을 못했다. 그저 알라스테어와 찰리 사이에 또 한바탕 폭풍우가 부는구나 생각했을 따름이다. 알라스테어가 그녀의 손목을 비틀고 어깨를 짓누르고 면전에 대고 갖은 욕설을 퍼붓는 동안, 찰리는 그저 인상을 찌푸리고 짧게 고통의 비명만 질렀다. 이윽고 가족들도 그가 무슨 얘기를 하는지 알아들을 수 있었다.

"야, 이 병신 같은 년아, 가방에다 넣어두라고 했잖아! 매표소 카운터에 있을 때! 했어, 안 했어? '야, 그거 네 가방에 넣어.' 그랬지? 그 새끼들, 그 망할 놈들이 여기 윌리와 폴리만큼 더럽고 추잡한 구더기 새끼들이 아닌 다음에야, 네 핸드백을 가져갈 리가 없잖아! 안 그래, 응? 그런데 제길, 어디 둔 거냐? 어디 뒀냐고, 이년아! 망할, 그런다고 네년이 사나이 운명을 막을 수 있을 것 같냐, 병신아? 네년이 사나이 로망에 브레이크를 걸겠다고? 꼴값을 해요. 네놈들이 내 성공에 아무리 배알이 꼴려도 소용없어! 난 거기 가서 일을 할 거고, 그래서 대박을 칠 거란 말이다!"

그런데, 싸움이 절정에 이를 때쯤 요제프가 무대에 등장했다. 폴리의 말마따나, 어디에서 나타났는지는 아무도 알지 못했다. 흡사 누군가 램프를 문지르기라도 한 것 같았다. 그 후의 증언에 의하면 그는 왼쪽, 그러니까 해변 방향에서 들어왔다. 어쨌든 어느 순간 그가 서 있었다. 총천연색 코트 차림에 골프모자는 앞으로 눌러썼는데, 손에 알라스테어의 여권과 지갑, 새로 산 비행기표가 들려 있었다. 타베르나 계단 아래, 백사장에서 주워온 모양이었다. 그는 당혹스럽기는커녕, 흔들림 하나 없는 표정으로 연인의 싸움을 지켜보며, 그들이 관심을 보일 때까지 고귀한 사신처럼 기다렸다. 갑자기 쥐죽은 듯한 정적이 타베르나를 뒤덮었다. 이윽고 가볍게 테이블을 두드리는 소리가 들리고 그가 입을 열었다.

"죄송합니다만, 누군가 방금 이런 걸 잃어버린 것 같아서요. 없어도 죽기야 하겠습니까만 그래도 크게 곤란을 겪을 수는 있겠더군요."

그때까지 그의 목소리를 들은 사람은 루시뿐이었으나, 당시 너무 무서워 그녀도 굴절이나 억양 따위는 의식조차 하지 못했었다. 이국적 주름을 말끔히 다려낸 단조롭고 딱딱한 영어에 대해 아는 사람은 아무도 없었다. 알았다면야 당연히 다들 앞다퉈 흉내를 냈으리라. 어쨌든 한순간 모두 당혹해했지만 곧이어 웃음과 감사 인사가 이어졌다. 사람들은 합석을 권유했다. 요제프는 사양했으나 다들 앞다퉈 한마디씩 떠들어댔다. 그는 흡사 소란스러운 관중들 앞에 나선 마르쿠스 안토니우스였다. 사양할 기회조차 제공하지 않는 군중. 요제프는 가족들을 살폈다. 두 눈이 찰리에게 머물렀다가 떠났다가 다시 찰리에게 돌아왔다. 그리고 마침내 미소를 지으며 항복을 선언했다. "예, 정 그러시다면." 그러자 루시가 옛 친구처럼 그를 포옹했다. 윌리와 폴리도 함께 영예를 누렸다. 다른 가족들은 그의 곧은 시선을 차례로 받았다. 이윽고 찰리의 모진 시선과 요제프의 갈색 눈이 만났다. 찰리의 모진 당혹감과, 승리를 교묘하게 갈무리한 요제프의 완벽한 평정이 만났다. 하지만 그 시선에 다른 꿍꿍이와 음모가 숨어 있음을 아는 건 오직 그녀뿐이었다.

"음, 찰리. 어… 안녕하세요?" 그가 차분하게 인사를 했다. 두 사람은 악수를 나누었다.

그리고 웃음, 마침내 처음 속박에서 풀려나 자유롭게 비상하는 듯 너무도 환한 웃음…. 아이만큼이나 어리고 그 두 배는 전염성이 강한.

"솔직히 찰리가 남자 이름인줄 알았습니다." 그가 따졌다.

"음, 전 여자예요." 찰리의 대답에 찰리를 포함해 모두가 웃었다. 그 순간 그의 찬란했던 미소도 사라져 다시 엄격한 직선에 갇혔다.

남은 며칠 동안 요제프는 가족의 마스코트가 되었다. 알라스테어가 떠난다는 안도감에 그를 기꺼이 받아들였다. 루시가 제안했을 때 그는 아쉬운 표정으로 공손히 거절했다. 그녀가 폴리에게 안타까운 소식을 전했지만 폴리는 보다 단호하게 거부당하고 말았다. 그가 순결 선서를 했다는 보다 확실한 증거였다. 알라스테어가 떠날 때까지 그들은 공동생활을 보다 느슨하게 운영하기로 했다. 짧은 동거는 해체되는 참이고 새로운 조합도 별 도움이 되지 못했다. 루시는 자신이 임신할지 모른다고 걱정했는데, 그야 늘 하는 걱정이고 이유도 없지 않았다. 거창한 정치 논쟁은 동기 부족으로 죽은 지 오래였다. 그들이 아는 한, 체제가 그들을 외면하고 그들도 체제를 거부했으나 미코노스에서는 부딪칠 만한 체제 자체가 거의 존재하지 않았다. 거액을 들여 그들을 그곳으로 날려 보낸 이유가 그래서였나? 농가의 밤 시간, 그들은 빵과 토마토와 올리브기름과 포도주를 마시며 런던의 비와 추위를 향수하고, 일요일 아침 베이컨 요리 냄새가 진동하는 거리 얘기를 늘어놓곤 했었다. 이제 갑자기 알라스테어가 나가고 요제프가 들어오더니 구성원들을 흔들어 새로운 전망을 제시했다. 식구들은 탐욕스럽게 그를 끌어안았다. 해변과 타베르나에서 함께 지내는 데 만족하지 않고 저녁 식사에까지 끌어들였다. "요제프 만찬." 그들은 그 식사를 그렇게 불렀다. 엄마 역할을 자처한 루시가 종이접시, 타라마살라타, 치즈, 과일 등을 준비했다. 찰리는 알라스테어와의 이별 때문에 그에게 노출된 데다, 혼란스러운 감정에 질려 있어 혼자 뒤로 물러나 있었다.

"멍청이들, 저 인간은 마흔 살짜리 사기꾼이야. 모르겠어? 정말 안 보여? 그럼 네 연놈들도 저 인간만큼이나 사기꾼이라서 그래. 정말 모르는 거야?"

가족들도 그녀 때문에 당혹스럽기는 마찬가지였다. 과거의 여유로움은 다 어디로 간 거야, 찰리? 저 남자가 어떻게 사기꾼이라는 거지? 애당초 우리한테 원한 게 아무것도 없잖아. 이런, 찰리, 그에게도 기회를 줘봐! 하지만 그녀는 고집을 꺾지 않았다. 타베르나의 기다란 테이블에서도 자연스럽게 착석 위치가 정해졌다. 요제프는 대중의 의사에 따라 중앙을 차지하고 얘기를 듣고 눈으로 동의를 표했으나, 말은 거의 하지 않았다. 하지만 찰리는 어쩌다 참석할 경우에도 되도록 떨어져 앉아 안달복달을 하거나 빈정거렸으며, 그가 끼어든 데 대해 투덜댔다. 요제프를 보면 아버지 생각이 나. 그녀는 폴리에게 그렇게 얘기했다. 그야말로 극적 통찰력인 셈이었다. 저 사람, 섬뜩한 매력이 있지만 다 거짓이야. 완전히 꾸민 거야. 척 보면 알 수 있어. 그래도 아무한테도 얘기하지 마.

폴리는 그러마고 약속했다.

찰리는 남자한테 편견이 많아요. 개인적인 건 아니에요. 찰리한테야 정치적이죠. 모친은 머리가 텅 빈 수구꼴통이고 아버지는 완전히 사기꾼이었거든요. 폴리는 그날 저녁 요제프에게 그렇게 얘기했다.

"사기꾼 아버지? 그 얘기 좀 해줄래요? 재미있겠는데." 요제프는 그런 부류를 잘 안다는 식의 미소를 지었다.

그래서 폴리는 얘기를 했다. 요제프의 신뢰를 얻었다는 게 기쁘기만 했다. 사실 폴리 혼자도 아니었다. 점심이나 저녁 식사가 끝날 때쯤엔, 늘 두셋이 어슬렁거리며 다가와 새 친구한테 연기실력을 뽐내거나, 연애 행각이나 예술혼의 고통 등에 대해 토로하곤 했다. 고해성사가 밋밋하다고 생각될 경우엔 그의 관심을 끌기 위해 상상력을 조금 곁들이기도 했다. 요제프는 심각하게 얘기를 경청하고, 심각하게 고개를 끄덕이고, 심각하게 웃어 주었으나 조언 따위를 입에 올리는 경우는 없었다. 놀랍게도 여행 얘기를 한 적도 없었다. 아니, 어떤 속내든 드러낸 적이 결코 없었다. 그보다 경탄해 마지않는 점은, 식구들의 장광설에 맞장구를 치기보다 은근하고도 은밀하게 그들의 얘기… 더불어 얘기에 종종 등장하는 탓에, 찰리에 대한 질문까지 교묘히 이어가는 쪽을 선호했다.

국적도 수수께끼였다. 로버트는 포르투갈을 주장했지만 그가 미국인이자 터키 민족 말살 정책의 생존자이며 실제로 자료를 봤다고 주장한 이도 있었다. 유대인 폴리는 그가 영국 상류사회에 속한다고 했지만 그에게야 누구나 마찬가지 아닌가. 한동안 가족들은 그를 아랍인으로 만들어버렸다. 물론 폴리를 약 올리기 위해서다.

하지만 요제프한테 정체를 물어보지는 않았다. 직업이 뭔지 따져 물었을 때 그저 오랫동안 여행했고 최근에 정착했다는 정도로만 대답했는데, 마치 은퇴라도 했다는 투였다.

"요제프, 어떤 회사였죠? 누구 밑에서 일한 겁니까?" 폴리가 물었다.

가족들 중에선 그나마 용감한 축이었다.

어, 실제로 회사에서 일한 건 아니에요. 아주 옛날엔 그랬지만. 지금은 독서도 조금 하고 장사도 조금 하는 정도죠. 얼마 전에 약간의 돈을 물려받았거든요. 그러니까… 자영업 비슷하다고 보면 될 겁니다. 예, 그래요, 자영업. 자영업자 맞아요. 그는 흰 모자챙을 만지작거리며 조심스레 대답했다.

찰리만은 대답에 만족하지 못했다. 그녀가 얼굴을 붉히며 물었다.

"그럼 우리와 마찬가지로 기생충이네요. 안 그래요, 요제프? 책을 읽고 거래를 하고 돈을 낭비하잖아요. 그리고 주기적으로 음탕한 그리스섬을 어슬렁거리죠. 쾌락을 위해. 내 말이 맞죠?"

요제프는 구김살 없는 미소로 그녀의 묘사에 동의했다. 하지만 찰리는 웃지 않았다. 오히려 평정심을 잃고 너무 나가기 시작했다.

"맙소사, 그래서 무슨 책을 읽는 거죠? 뭘 거래해요? 그 정도는 물을 수 있지 않아요?" 그의 침묵에 그녀는 더 열불이 났다. 그녀가 다그치기엔 사실 그의 나이가 너무 많았다. "책장사 하세요? 전문이 뭐죠?"

그는 뜸을 들였다. 그건 아무것도 아니었다. 특유의 오랜 숙고는 이미 가족 내에서 '요제프의 3분 요리'라는 이름으로 잘 알려져 있었다.

"전문? 전문이라 했소, 찰리? 예, 주특기야 많지만 그래도 강도는 아니라오."

찰리는 가족들의 폭소를 진압하고 다시 간절히 애원하기 시작했다.

"이 바보들아, 그냥 빈손으로 터 잡고 앉아서 뭘 거래해? 저 사람 하는 일이 뭐지? 직업이 뭐야? 맙소사, 이런 멍청이들 같으니." 그녀는 결국 체념한 채 의자에 털썩 주저앉고 말았다. 마치 탈진한 50대처럼 보였지만 걸핏하면 그런 표정이기는 했다.

"그런 얘기 너무 따분하지 않아요? 내 생각엔 돈과 일은 미코노스로 탈출하는 사람한테 필요한 두 가지 요건 같은데, 그렇지 않소, 찰리?" 아무도 찰리를 돕지 않자 마침내 요제프가 직접 나섰다. 여전히 무척 쾌활한 표정이었다.

"솔직히, 망할 놈의 체셔 고양이와 얘기하는 기분이네요." 찰리가 무례하게 비꼬았다.

순간 그녀의 내면에서 뭔가 끊어져나갔다. 그녀는 자리에서 일어나 비명을 지르기 시작했다. 그러고는 있는 힘을 다해 불신을 몰아내고는 주먹으로 탁자를 힘껏 내리쳤다. 요제프가 알의 여권을 내밀었을 때 앉았던 바로 그 탁자였다. 비닐 커버가 미끄러지고 레모네이드 빈 병과 파리끈끈이가 폴리의 무릎 위로 날아갔다. 그녀는 외설스러운 욕설부터 쏟아붓기 시작했는데, 요제프 앞에서 다들 말조심을 하던 터라 너무도 당혹스러울 수밖에 없었다. 그녀는 그를 변태 자식이라며 비난했다. 해변을 어슬렁거리며 나이가 절반밖에 안 되는 여자애들과 줄다리기나 한다고 욕했다. 노팅엄과 요크, 런던 등지에서 짭새 짓을 하며 다녔다는 말도 하고 싶었지만 시간이 많이 지난 데다 식구들이 비웃을까 봐 결국 꿀꺽 삼켜야 했다. 그들조차 확신 못하는 최초의 단서를 그가 얼마나 이해하겠는가? 그녀는 화가 나고 목도 메었다. 말투도 저급하기가 이를 데 없었다. 하지만 사람들이 요제프의 얼굴에서 뭐가 읽어냈다 해도 그저 찰리를 찬찬히 살펴보는 눈치 정도에 불과했으리라.

"그래서, 정확히 알고 싶은 게 뭐요, 찰리?" 그가 요제프의 3분 요리를 다 쓴 후에 되물었다.

"우선 이름이 있기는 해요?"

"여러분들이 줬잖소, 요제프."

"본명이 뭐죠?"

난감한 정적이 식당 전체를 뒤덮었다. 찰리를 절대적으로 따랐던 윌리와 폴리 같은 사람들도, 그녀를 향한 사랑을 접고만 싶었다.

"리히토펜." 그가 마침내 이름을 내놓았다. 정말로 신중하게 선택한 가명을 내놓는 듯했다. "그래서 내가 갑자기 다른 사람이라도 된 것 같소? 당신 생각처럼 나쁜 놈이라면 애초에 왜 나를 믿으려 한 거요?"

"무슨 리히토펜이죠? 성 말고 이름은요?"

잠시 침묵을 지켰지만 그도 결국 마음을 정했다.

"피터. 하지만 요제프가 더 맘에 들어요. 어디에서 사느냐고? 비엔나요. 하지만 항상 여행 중이기 때문에 주소를 알려준다 해도 소용없을 거요. 불행하게 전화번호부에도 내 이름은 없어요."

"그래서… 오스트리아인인가요?"

"찰리, 제발. 그보다는 유럽과 동양의 혼혈에 가깝지. 이제 됐소?"

이때쯤 가족들은 투덜투덜 불만을 늘어놓으며 요제프의 옆에 붙기 시작했다.

"찰리, 제발! 그만 좀 해, 찰리. 까놓고 말해 여기가 트라팔가 광장은 아니잖아?"

하지만 찰리도 물러설 곳이 없었다. 그녀는 요제프의 코 밑까지 손을 내밀고는 손가락을 꺾어 우두둑 소리를 냈다. 한 번, 두 번. 타베르나의 웨이터와 손님들 모두 고개를 돌려 구경거리를 즐기기 시작했다.

"그럼 여권 좀 봐요! 어서! 알의 여권도 내놓았으니 이제 당신 것도 보여야죠. 생년월일, 눈 색깔, 국적. 어서요!"

처음엔 그도 그녀가 뻗은 손만 내려 보았다. 각도가 각도인지라 무척이나 오만하고 거북살스러웠다. 그러다가 진의를 확인하려는 듯 그녀의 상기된 얼굴을 올려다보았다. 이윽고 그가 미소를 지었다. 그 미소는 어두운 비밀의 수면 위를 미끄러지는 가볍고도 느긋한 춤과 같아, 수많은 암시와 생략으로 그녀를 괴롭혔다.

그가 그녀의 손을 잡더니 다른 손으로 가만히 접고는 그녀의 옆구리 자리에 돌려주었다.

다음 주 찰리와 요제프는 그리스 여행을 시작했다. 여타의 성공적인 프러포즈가 그렇듯, 엄격한 의미에선 아예 그런 과정조차 없었다. 그녀는 무리에서 완전히 떨어져 나와 일찌감치 읍내로 산책을 나섰다. 그녀는 선선한 시간에, 타베르나 두세 곳에서 시간을 때우고, 커피를 마시며 올 가을 잉글랜드 서부에 올릴 〈뜻대로 하세요〉에서 자신이 맡은 대사를 암기할 참이었다. 문득 인기척을 느끼고 고개를 드니 거리 맞은편에 요제프가 서 있었다. 어느 펜션에서 나오는 참이었는데 그곳에 묵고 있다는 것 정도는 이미 알고 있었다. 리히토펜, 피터, 18호실, 독신. 후일 그녀의 주장대로라면, 그가 해변으로 떠날 바로 그 시간에 그녀가 그 타베르나에 들어간 건 순전한 우연이었다. 그가 그녀를 보고 다가와 옆에 앉았다.

"꺼져요." 그녀가 말했다.

그는 미소를 지으며 커피 한 잔을 주문했다.

"이따금, 친구 분들이 돈 많은 미식가가 되고 있지 않나 불안하다오. 사실 대중의 익명성에 기대려는 욕심이야 누구한테나 있지 않겠소?"

"그야 그렇겠죠." 찰리가 대답했다.

그가 그녀의 책을 건너다보았다. 그리고 다음 순간, 두 사람은 로잘린드 역을, 말 그대로 장면 장면 논하고 있었다. 요제프가 논쟁의 양쪽 역할을 모두 담당했다.

"감히 말하지만 그녀는 기막힌 다중인격이오. 그녀를 보면 극 내내 수많은 이율배반적 성향들이 모인 인물이라는 생각을 하게 되거든. 착하고 지혜롭고 어딘가 아련해 보이지만 갑자기 너무도 많은 것을 보고 사회적 의무감까지 떠맡으니 말이오. 장담하지만 이 역엔 찰리가 제격이라오."

찰리는 결국 그에게 묻기로 했다.

"노팅엄에 가본 적 있어요, 요제프?" 그녀는 미소를 지운 채 그를 노려보았다.

"노팅엄? 아니? 갔어야 하는 건가? 노팅엄에 특별한 의미라도 있소? 그건 왜 묻는 거요?"

그녀가 파르르 입술을 떨었다.

"지난달에 그곳에서 공연이 있었어요. 요제프가 나를 봤을까 해서요."

"그거 재미있는 얘기로군. 글쎄, 어떤 공연이었을까? 연극 제목이 뭐죠?"

"〈성녀 조안〉. 버나드 쇼의 작품이에요. 내가 조안 역을 했죠."

"좋아하는 연극이오. 매년 빠짐없이 〈성녀 조안〉 서론을 읽기까지 한다오. 다시 공연할 계획은 없는 거요? 기회가 있으면 좋으련만."

"요크에서도 공연했어요." 그녀가 말했다. 눈은 여전히 그의 눈에 못박혀 있었다.

"그래요? 순회공연인 모양이로군. 멋진 일이오."

"예, 그렇죠? 요크는 가보신 적 없어요?"

"아아, 햄스테드, 런던 북쪽으론 아직이라오. 요크가 멋진 곳이라는 얘긴 들었지만."

"오, 기가 막혀요. 특히 민스터가 좋죠."

그녀는 무례할 정도로 계속해서 노려보았다. 1층 정면 중앙에 있던 얼굴. 그녀는 당시의 검은 눈과 탱탱한 얼굴에서 음모나 웃음을 드러내는 떨림을 찾아보았지만 아무것도 없었다. 아무것도 드러나지 않았다.

이 사람, 분명 기억상실증에 걸린 거야. 아니면 내가 걸렸던가. 오,

맙소사.

그는 아침 식사를 하겠는지 묻지도 않았다. 그랬다면 당연히 사양했겠지만 그저 웨이터를 불러 그리스어로 오늘 어떤 생선이 싱싱한지를 물었을 뿐이다. 그리고 그녀가 좋아하는 생선 이름이 나오자, 지휘자처럼 손을 저어 주문을 해버리고 다시 연극 얘기를 이어갔다. 여름 아침 9시에 생선을 먹고 와인을 마시는 게 너무나 당연하다고 여기는 사람 같았다. 다만 자기 몫으로는 코카콜라를 시켰다. 그는 아는 게 많았다. 북쪽으로 가본 적이 없을지는 몰라도 런던 무대에 대해서도 정통했다. 여태껏 그가 가족 누구한테도 하지 않았던 얘기들. 그리고 얘기하는 동안, 처음부터 그에게 느꼈던 혼란스러운 감정이 되살아났다. 즉, 그의 외향적인 성격은 그가 이곳에 온 이유만큼이나 거짓이었다. 이제 그는 균열을 만들어 그 균열을 통해 자신의 추악한 본성을 밀어 넣을 것이다. 런던에 종종 가세요? 그녀가 물었다. 그는 런던이, 비엔나 다음으로 그가 가본 세계 유일의 도시라고 했다.

"기회가 조금이라도 있으면 절대로 놓치지 않아요." 그가 단언했다. 이따금 그가 구사하는 영어조차 부정하게 얻은 장물 같다는 생각이 들었다. 문득 은밀한 야밤에 단어장을 읽고 숙어를 암기하는 그의 모습이 떠올랐다.

"런던에서 〈성녀 조안〉을 공연했었어요. 그러니까… 불과 몇 주 전이었죠."

"웨스트엔드에서? 이런 찰리, 그야말로 가슴 아픈 일이오. 내가 왜 소식을 듣지 못한 거죠? 당장에라도 달려갔을 텐데."

"이스트엔드." 그녀가 어두운 목소리로 대답했다.

다음 날 두 사람은 다른 타베르나에서 다시 만났다. 우연인지는 모르겠지만 그녀는 본능적으로 아니라는 생각을 했다. 이번에는 그가 지나가는 말로, 그녀가 〈좋으실대로〉 연습을 언제 시작하는지 물었다. 그녀도 그저 잡담하는 마음으로 대답했다. 10월은 되어야 해요. 극단 사정상 그때도 어려울지 모르지만… 어쨌든 기껏 3주 공연 정도일 거예요. 예술협에서 예산을 초과한 탓에 우리 순회공연 지원을 완전히 철회한다는 얘기를 하고 있다네요. 그에게 강한 인상을 심어주기 위해 약간의 과장을 덧붙이기도 했다.

"그러니까, 이번 공연이 마지막이 될 거라고 위협하는 거예요. 게다가 〈가디언〉지의 열렬한 지원을 받고 있거든요. 비용이라고 해봐야 군용탱크 한 대의 300분의 1에 불과하지만 도리가 없잖아요?"

그럼, 그때까지 뭘 하며 지낼 거예요? 요제프가 기막힐 정도로 무관심을 가장하며 물었는데 생각하면 할수록 기이한 일이 아닐 수 없었다. 〈성녀 조안〉을 보지 못했다고 주장함으로서 두 사람이 어떤 식으로든 손실을 보상해야 할 부담을 떠안게 된 셈이기 때문이다.

찰리도 대충 대답했다. 극장 주변 술집들이나 전전하며 서빙을 하겠죠. 아파트 칠을 다시 하거나. 그건 왜요?

요제프는 크게 당혹해했다.

"하지만 찰리, 그건 저급한 일이오. 당신 재능이라면 술집 여급보다 더 나은 일을 해야죠. 교육이나 정치 일은 어떻소? 당신한테도 재미있을 듯싶은데?"

세상 물정 모르는 그의 말에 그녀는 그만 실소를 하고 말았다.

"영국에서요? 실업률이 이렇게 높은데? 오, 그만둬요. 현 질서까지 깨뜨리면서 나한테 연봉 5천 달러를 지불할 사람이 어디 있다고 그래요. 맙소사, 난 파괴분자예요!"

그가 미소를 지었다. 믿지 못하겠다는 표정이다. 그가 공손히 충고하듯 말했다.

"오, 이런 찰리. 도대체 그게 무슨 뜻이오?"

그녀는 화라도 낼 양으로 다시 그의 시선을 똑바로 받았다.

"말 그대로예요. 난 반사회적이니까."

"하지만 누굴 파괴한다는 거요, 찰리? 솔직히, 내가 보기엔 지극히 친사회적인데." 그가 열심히 항변했다.

그날 소신이 어떻든 간에, 본능적으로 그와의 논쟁에서 이길 수 없음을 직감했다. 맘에 들지는 않지만 그 때문에라도 자신을 보호하기 위해 짐짓 지친 기색을 드러냈다.

"그만두죠, 요제프. 여긴 그리스 섬이잖아요? 휴일이고, 예? 내 정치 성향을 내버려 두면 나도 당신 여권, 더 이상 물고 늘어지지 않을 게요." 그 정도로 충분했다. 게다가 더 이상 남은 힘이 없다고 체념하는 바로 그 순간, 요제프를 향한 자신의 영향력에 놀라기도 하고 감동도 받았다. 주문한 음료가 나왔다. 그녀는 레모네이드를 홀짝였다. 요제프는 이곳에 있는 동안 유적들을 많이 감상했는지 물었다. 단순하고 포괄적인 관심에서 비롯된 질문이었다. 찰리도 역시 대수롭지 않은 어투로 대답했다. 꺽다리 알과 델로스에 가서 아폴로 신전을 본 게 전부예요. 알라스테어가 술에 취해 배에서 싸움을 벌이는 통에 제대로 구경도 못했으며, 그 후 마을 서점에 들어가 기껏 관광안내서를 읽으며 시간을 때웠다는 얘기는 하지 않았다. 그런데 그럼에도 불구하고 그가 이미 알고 있다는 기분을 떨칠 수가 없었다. 그의 호기심 뒤에 전술적 의도가 숨어 있다고 여긴 건, 영국으로 돌아가는 티켓 문제를 꺼냈을 때였다. 요제프가 봐도 되냐고 묻기에, 그녀는 어깻짓으로 안 될 게 뭐냐는 시늉을 하고 티켓을 꺼내 주었다. 그는 표를 건네받아 이리저리 돌려보며 세부 항목들을 열심히 살피기 시작했다.

"음, 테살로니카에서도 사용할 수 있겠어요. 여행사 친구가 있는데 그 친구한테 전화해서 재발급 받으면 돼요. 나하고 함께 여행하지 않을래요?" 그는 이 말을 마치 함께 고민하던 문제의 해결책이라도 되는 것처럼 내뱉었다.

그녀는 아무 말도 하지 않았으나 마음 한쪽에서는 본성이 갈가리 찢긴 채 서로 물어뜯기 시작했다. 아이와 엄마가 싸우고 화냥년이 수녀와 충돌했다. 옷이 살갗을 거칠게 쓸고 등이 뜨거웠지만 그럼에도 아무 말도 떠오르지가 않았다.

"일주일 후에 테살로니카에 가야 해요. 아테네에서 차를 빌려 델포이에 갔다가 이틀 동안 여행을 하며 북쪽으로 올라가는 거요. 어떻소? 관심이 있다면 약간의 계획만으로도 당신 동료들한테 시달리지 않을 수 있어요. 테살로니카에서 런던 비행기를 탈 수도 있고 괜찮다면 함께 차를 타고 갈 수도 있다오. 당신이 운전을 얼마나 잘하는지는 자주 들었으니까. 당연히 내 손님이 되는 거요."

"당연히?" 그녀가 되뇌었다.

"어때요?"

그녀는 바로 그 순간 머리에 떠오른 이유를 모두 되새기고, 나이 많은 남자가 지분거릴 때 써먹던 가혹한 비아냥거림들을 모조리 떠올렸다. 알라스테어 생각도 했다. 마지막에는 침대에서 함께 뒹굴 때조차 지긋지긋했건만. 그 밖에도 자신한테 약속했던 새로운 삶도 생각하고, 저축을 까먹으며 버텨야 할 빠듯하고 답답한 영국 생활도 떠올려야 했다. 우연이든 계획적이든, 모두 요제프가 빚어낸 기억들이다. 다시 그를 흘겨보았지만 애원하는 기미는 어디에도 보이지 않았다. 어때요? 그게 전부였다. 그가 물살을 가르며 나갈 때의 나긋나긋하고 힘찬 몸매도 떠올렸다. 그래, 그럼 어때? 그녀는 그의 손 흉터와 자신의 모든 것을 아는 듯한 목소리도 생각했다. "찰리, 어, 안녕?" 게다가 그 이후로 거의 볼 수 없던 치명적인 미소까지…. 행여 그가 미소를 짓는다면 그 폭발력에 귀가 멀고, 그대로 허물어지고 말 거라고 머릿속으로 그리던 때도 있었다.

"가족들까지 알게 하고 싶지는 않아요. 요제프가 어떻게든 조정해 봐요. 그 인간들 대가리가 터져라 웃어댈 테니까." 그녀가 음료수를 내려다보며 중얼거렸다.

그 말에 그는 내일 아침에 출발해 상황을 조정하겠다고 씩씩하게 대답했다.

"그리고 정말 친구들에게 알리고 싶지 않다면…."

예, 그래요. 당연히 알리기 싫어요. 그녀가 대답했다.

예, 이렇게 합시다. 요제프가 말했다. 여전히 사무적인 말투였다. 미리 계획을 꾸몄는지 아니면 대충 윤곽만 잡고 있었는지는 그녀도 알지 못했다. 어느 쪽으로든 그의 정교함이 고마울 따름이었다. 후에 깨달은 바에 따르면, 바로 그 점에 의존해온 것도 사실이다.

"친구들과 배를 타고 피레우스까지 가요. 배는 오후 늦게 부두에 닿지만 이번 주엔 파업 때문에 늦어질 거예요. 배가 항구에 들어간 직후 친구들한테 이렇게 얘기해요. 며칠간 혼자 본토를 돌아보고 싶다고. 충동적인 결정이지만, 그 점에서야 워낙 유명하잖소. 너무 일찍 얘기하면 안 돼요. 그렇게 되면 친구들이 배가 도착할 때까지 찰리를 말리려 애를 쓸 테니까. 너무 많이 얘기해서도 안 되오. 그건 마음이 불편하다는 증거라오." 그의 목소리엔 힘과 권위가 있었다.

"난 파산 상태예요." 그녀는 미처 생각해보지도 않고 내뱉었다. 알라스테어가 언제나처럼 그녀의 현금까지 샅샅이 쓸어간 덕분이다. 어쨌든 그녀는 혀를 깨물고 접싯물에라도 뛰어들고 싶었다. 하지만 그 자리에서 돈을 내밀었다면 그의 면전에 집어던졌을 것이다. 그도 그런 생각 정도는 한 듯 보였다.

"찰리의 파산을 다른 사람들도 알아요?"

"당연히 모르죠."

"그럼 찰리의 위장은 완벽해요." 그리고 그 문제를 매듭짓기라도 하듯 그녀의 비행기표를 자기 재킷 안주머니에 집어넣었다.

이봐요, 그거 돌려줘요! 그녀가 깜짝 놀라 비명을 질렀다. 아니, 거의 그럴 뻔했지만 입 밖으로 내지는 못했다.

"일단 친구들한테서 멀어지면 택시를 타고 콜로코트로니 광장으로 가요. 콜로코트로니. 요금은 200드라크마 정도일 거예요." 그는 그 작전 이 그녀에게 문제가 되는지 지켜보았으나 그렇지는 않았다. 말은 하지 않았아도 아직 800드라크마 정도는 남아 있었다. 그는 지명을 반복하며 그녀가 기억하는지도 확인했다. 그의 군인 같은 추진력도 재미있었다. 광장을 지나면 바로 식당이 나와요. 디오게네스라는 식당인데 테이블이 인도를 장악했으니 쉽게 찾을 거요. 그는 여유롭게 농담까지 덧붙였다. 아름다운 이름이죠? 역사상 최고의 이름이잖소? 세상엔 이제 알렉산더 가 아니라 디오게네스가 필요하답니다. 난 디오게네스에서 기다릴 거예 요. 인도가 아니라 식당 안에서. 시원하고 은밀하니까. 따라해 봐요, 찰 리. 디오게네스. 찰리는 얌전히, 머쓱하게 시키는 대로 했다.

"디오게네스 옆 건물이 파리 호텔이에요. 혹시 늦게 되면 호텔 데스크 에 메모를 남겨둘 테니 라코스 씨를 찾아요. 내 친구니까. (명함 한 장을 건 네며) 돈이든 뭐든 필요한 게 있으면 그 친구한테 이걸 보여줘요. 그럼 뭐든 구해줄 거요. 기억할 수 있죠? 아, 당연하겠군요. 배우니까. 언어, 동작, 숫자, 색깔, 뭐든 기억하지 않나요?"

리히토펜 엔터프라이즈. 수출. 명함에는 그런 단어들이 기재되어 있 고 비엔나의 사서함 번호도 적혀 있었다.

가판대를 지나면서 문득 아직 위태로우면서도 멋지게 살아 있다는 기분이 들었다. 엄마를 위해 뜨개 식탁보를 사고 사악한 조카 케빈에게 줄 술 장식의 그리스 모자도 샀다. 그다음엔 10여 장의 우편엽서를 구입해 대부분 런던의 네드 퀼리 앞으로 보냈다. 쓸모라고는 하나도 없는 에이전트인데, 새침데기 여직원들 앞에서 그를 당혹스럽게 만들 심술궂은 문구들로 채울 참이었다. "네드, 네드, 날 위해서라도 꼭 살아 있어요." 엽서 한 장엔 그렇게 쓰고 다른 곳엔 "네드, 네드, 타락한 여자도 침몰할 수 있을까요?" 하지만 다른 엽서에는 좀 더 온전하게 본토 얘기를 적기로 했다. "드디어 우리의 찰리가 문화 수준을 올릴 때가 되었어요, 네드." 그녀는 되도록 말을 아끼라는 요제프의 엄명까지 무시하고 세세한 설명까지 덧붙였다. 엽서를 부치기 위해 도로를 건너는데, 문득 누군가 지켜보고 있다는 느낌이 들었다. 요제프를 만나러 가는 척하면서 홱 하고 몸을 돌리자 이번에도 담황갈색 머리의 히피 꼬마였다. 종종 가족들 꽁무니를 쫓아다니고 알라스테어가 떠날 때 일을 처리해준 아이… 아이는 두 팔을 원숭이처럼 늘어뜨린 채 어슬렁어슬렁 인도를 따라 걸어오다가, 예수 흉내라도 내듯 천천히 오른손을 들어 보였다. 그녀도 웃으며 손을 흔들어 주었다. 불쌍한 놈, 약에 취해서 둥둥 떠다니는구나. 저 애를 위해 뭐라도 해야 하지 않나? 그녀는 그렇듯 너그러운 생각까지 하며 엽서를 모두 우체통에 넣었다.

마지막 엽서는 알라스테어 앞으로 보냈다. 거짓 감정으로 가득했지만 사실 끝까지 읽지도 않았다. 이따금 불확실한 변화의 순간이거나 무모한 짓을 벌이려 할 때면, 올해 140살은 되었음직한 친애하는 무용지물 술꾼 네드 퀼리가, 지금껏 그녀가 사랑한 유일한 남자라고 믿는 게 차라리 편했다.

04

어느 안개 낀 금요일의 축축한 한낮, 쿠르츠와 리트박이 네드 퀼리의 소호 사무실을 방문했다. 요제프-찰리 쇼가 무사히 진행 중이라는 소식을 들은 직후였으니, 용건이 있는 사교적 방문인 셈이었다. 레이덴 폭발 이후, 가브론의 깍깍거리는 잔소리가 매일 매시간 목을 조르는 판이라, 다 낡은 손목시계가 재깍거리는 소리 말고는 아무것도 들리지 않았다. 물론 겉으로야 버버리까지 새로 맞춰 입은 정중하고 교양 있는 유럽 태생의 중년 미국인 둘에 불과했다. 하나는 씩씩한 걸음걸이와 땅딸막한 체구가 어딘가 대제독의 풍미를 드러냈으며, 다른 하나는 호리호리하고 다소 간살스러운 젊은이로 학자풍의 은밀한 미소가 돋보였다. 두 사람은 GK 크리에이션 주식회사의 골드와 카르만이라는 이름을 댔으며, 이를 증명하듯, 황급히 제작한 공용지에도 30년대 넥타이핀 같은 청-금의 글자 도안을 새겼다. 약속은 대사관에서 잡았으나 표면적으로는 뉴욕이었고, 또 네드 퀼리의 여자 중 한 명을 통해서였다. 두 사람은 열정적인 진짜 쇼비지니스 업자답게 약속시간까지 정확히 지켰다.

"골드와 카르만입니다. 12시에 퀼리 씨와 약속이 있죠. 아니, 괜찮습니다. 서 있는 게 좋습니다. 그런데, 우리와 통화하신 분인가요?" 쿠르츠는 거리에서 곧바로 들어가 퀼리의 늙은 접수원 롱모어 부인 앞에 섰다. 정확히 12시 10분 전이었다.

아니에요. 약속은 엘리스 부인 담당이죠. 롱모어의 대답이었다. 한 쌍의 정신병자를 소통하는 말투였다.

"아, 그렇군요." 쿠르츠는 눈 하나 깜짝하지 않았다.

이 사건을 대하는 두 사람의 작전은 그런 식이었다. 어느 정도 사무적일 것. 당당한 체구의 쿠르츠가 리듬을 치고, 날씬한 리트박은 그의 뒤에서 은근한 살인미소로 피리를 불어댈 것.

네드 퀼리 사무실로 오르는 계단은 가파르고 카펫도 없었다. 롱모어 부인의 50년 경력에 비추어볼 때, 대부분의 미국 신사는 그런 계단을 싫어해 층계참마다 멈춰 서서 호흡을 골랐다. 하지만 골드와 카르만은 달랐다. 창밖으로 내다보았을 때 두 사내는 엘리베이터는 구경도 못해본 사람들처럼 깡충깡충 계단을 뛰어올라 순식간에 시야에서 사라졌다. 조깅을 해서 그런가? 요즘에 뉴욕에선 그런 게 유행이라던데? 센트럴파크를 폴짝폴짝 뛰어다닌다고? 불쌍한 인간들. 그러다가 미친놈이나 개들을 만나면 어쩌려고? 수도 없이 물려죽었다던데? 그녀는 다시 뜨개질을 시작하며 그런 생각들을 했다.

"안녕하세요. 골드와 카르만입니다. 제가 골드죠." 키 작은 네드 퀼리가 문을 열자 쿠르츠는 인사부터 챙기고, 미처 빼내기도 전에 커다란 손으로 네드 영감의 손을 덥석 잡았다. "퀼리 선생님, 아니 네드, 만나 뵙게 되어 정말로 영광입니다. 이 분야에서 명성이 대단하시더군요."

"전 카르만이라고 합니다, 선생님." 리트박이 쿠르츠의 어깨 너머로 역시 공손하면서도 조심스레 인사를 했다. 그렇다고 악수를 청할 위치는 못 되었다. 악수는 쿠르츠가 대표로 했다.

"이런, 이런, 맙소사, 영광이야 내 쪽이죠. 두 분이 아니라." 네드가 19세기 신사답게 매너를 챙기고 곧바로 두 사람을 기다란 새시 창으로 데려갔다. 아버지 시대의 전설적인 창문이었다. 그들은 전통에 따라 그곳에 앉아 퀼리의 셰리주를 마시고, 소호 시장을 통해 세상이 흘러가는 모습을 내려다보면서 퀼리 영감과 영양가 있는 거래를 진행하도록 되어 있었다. 네드 퀼리도 이미 예순둘의 나이지만 여전히 훌륭한 아들인지라, 아버지의 바람직한 삶의 방식이 그의 세대에서도 이어지기를 바랄 뿐이었다. 작고 점잖은 백발노인이었지만 연극 관계자답게 옷을 잘 입었다. 눈은 예스런 빛이 감돌고 두 뺨은 발그레했으며 어딘가 초조한 동시에 우유부단한 분위기도 엿보였다.

"매춘부들이 설치기엔 날씨가 너무 축축해요." 그가 그렇게 선언하며 창을 향해 작고 우아한 손을 펄럭였다. 네드 생각엔 인생이 곧 태평이었다. "덕분에 이즈음엔 그나마 꼴불견이 적다지만… 덩치, 흑인, 백인 등 여러분들이 상상할 수 있는 온갖 인종에 크기를 망라해요. 심지어 나보다 오래된 창녀 노파도 있답니다. 선친께서 크리스마스 때마다 1파운드를 주곤 했는데, 하기야 요즘에야 1파운드로 뭘 사겠소? 당연히 살 게 없지!"

두 사람이 의무적으로 웃어주는 동안, 네드는 아끼는 장식장에서 셰리주 병을 꺼내와 뚜껑을 열고 크리스털 잔 세 개에 각각 반쯤 채웠다. 그도 두 사람의 시선을 의식했다. 요컨대, 그와 가구와 사무실의 값어치를 매기는 중이리라. 그러다가 문득 끔찍한 생각이 떠올랐다. 아니, 저들의 편지를 받은 이후 내내 마음 한구석에 걸려 있던 생각이었다.

"그러니까, 설마 나를 매수하거나 끔찍한 일에 끌어들이려는 건 아니겠죠?" 그가 초조한 목소리로 물었다.

쿠르츠가 격의 없이 큰 소리로 웃었다. 리트박도 따라서 웃었다.

"네드, 그럴 리가요. 매수라뇨, 당치도 않은 말씀."

"어, 고맙소이다. 이놈의 세상이 누구나 매수하는 세상이다보니 드리는 말씀 아니겠습니까? 얼마 전에도 듣도 보도 못한 작자들이 전화를 걸어서는 나한테 돈을 주겠다지 뭐예요. 작고 오래된 회사들, 버젓한 집들까지 통째로 삼키려는 수작들이라, 그야말로 밤새 안녕이랍니다. 맙소사!" 그가 한심하다는 듯 고개를 저으며 투덜댔다.

네드의 구애 의식은 계속되었다. 어디에 묵기로 하셨는지요? 쿠르츠는 코넛 호텔이라고 대답했다. 네드, 정말로 맘에 드는 호텔이더군요. 도착하는 순간 가족 같은 분위기를 느꼈으니까요. 거짓말은 아니다. 두 사람은 최고급 객실을 예약했다. 모르긴 몰라도 미샤 가브론이 청구서를 보면 거품을 토하며 기절초풍하고 말리라. 네드는 다시 여가를 어떻게 즐길 생각이냐고 물었고 쿠르츠는 순간순간을 즐기고 있으며 내일 뮌헨으로 떠난다고 성의껏 대답해 주었다.

"뮌헨? 오, 이런, 거기서 뭘 하시게? 틀림없이 반도 못 돌아다닐 겁니다!" 네드가 탄성을 질렀다. 그는 나이를 이용해 시대착오적이고 비현실적인 신사 노릇을 하려 들었다.

"합작사의 돈 때문입니다." 쿠르츠는 그 문장이 모든 걸 말해준다는 듯 대답했다.

"큰돈이죠. 요즘 독일 무대가 큽니다. 저기, 저 위 말입니다, 퀼리 선생님." 리트박도 미소만큼이나 부드러운 목소리로 말했다.

"오, 물론입니다. 나도 그 얘기는 듣고 있었었죠. 어느 모로 보나 주류 아닙니까. 그 점을 인정해야 해요. 결국 전쟁도 모두 잊힌 채 카펫 아래로 숨어버렸으니까요."

네드는 왠지 비효율적인 동작을 취하고 싶은 충동이 일었다. 두 손님이 전혀 잔을 건드리지 않았지만 그는 그 사실조차 모르는 척하고는 자신의 셰리주 잔에 다시 술을 채우고 키득거리며 술병을 내려놓았다. 술병은 18세기 선박용으로 들끓는 파도에서도 버틸 수 있도록 바닥이 넓었다. 이방인들이 찾아올 때면 어색한 분위기를 덜기 위해 종종 술병의 역사를 설명했지만 오늘은 두 사람의 태도 때문에 건너뛰기로 했다. 그 바람에 정적과 삐걱거리는 의자 소음이 대신 그 자리를 메워야 했다. 창밖으로는 빗방울이 굵어져 비안개까지 일었다.

"네드, 우리가 누구이고 왜 그런 편지를 썼으며 지금 이렇게 소중한 시간을 뺏는 이유가 무엇인지 말씀드리고 싶습니다." 쿠르츠가 계획된 시간을 골라 불쑥 얘기했다.

"오, 부디 그래야죠. 어디 들어봅시다." 네드는 완전히 다른 사람이 된 기분으로, 두 다리를 꼬고 열심히 경청하겠다는 뜻의 미소를 지어 보였다. 쿠르츠도 특유의 설득용 자세로 전환했다.

쿠르츠의 넓은 이마와 주름을 보며 헝가리인이라고 추측했으나, 실제로는 체코 주변국 어디라고 해도 고개를 끄덕였을 것이다. 손님은 풍성하고 커다란 목소리와 대서양 국가들이 한 번도 가져보지 못한 중유럽의 억양을 드러냈다. 라디오 광고만큼이나 말이 빠르고 유창했는데 밝고 좁은 눈이 자기 얘기 모두에 귀를 기울이는 듯했다. 오른팔은 뭐든 썰어내기라도 할 듯 손에 닿는 대로 아무렇게나 두들겨댔다. 전 가족 변호사입니다. 여기 카르만 씨는 보다 창조적인 분야이며, 주로 캐나다와 중서부에서 극본, 에이전트, 연출 등을 맡고 있죠. 최근에는 뉴욕에 사무실을 열고 TV에 방영할 독립 프로그램 제작을 준비 중입니다. 쿠르츠의 설명은 그랬다.

"네드, 창작에 대한 우리 역할은 90퍼센트, 방송국과 투자자들의 호감을 얻을 구상을 찾아내는 데 있습니다. 구상은 후원자들에게 팔고 제작은 제작자들에게 넘기는 겁니다."

그는 설명을 마치고 다시 손목시계를 확인했다. 어딘가 산만해 보이기도 했다. 이제 네드가 뭐든 지적인 대답을 내놓아야 했지만 그런 건 나름대로 자신이 있는 편이었다. 그는 인상을 찌푸리며 술잔을 내밀었다. 그리고 두 발로 천천히 도는 식으로, 본능적으로 쿠르츠의 마임 연기에 장단까지 맞추었다.

"프로그램 공급자라면 우리 같은 에이전트와 무슨 상관입니까? 그러니까, 내가 왜 점심을 사야 하죠? 프로그램을 만드는 건 두 분이신데 말입니다!"

그 말에 쿠르츠는 너무나도 호방한 웃음을 터뜨렸는데 그건 네드도 의외였다. 솔직히 그가 매우 재치 있고 두 발을 꽤나 멋지게 이용한다고 생각했지만, 그건 쿠르츠의 머릿속 음모에 비하면 아무것도 아니었다. 쿠르츠가 두 눈을 질끈 감고 널찍한 어깨를 들어올렸다. 그러자 방 전체가 그의 슬라브식 유머가 빚어낸 따뜻한 공명으로 가득해지는 느낌이었다. 그와 동시에 얼굴은 온갖 복잡한 주름살로 뒤덮이기도 했다. 네드가 보기에, 쿠르츠는 기껏 마흔다섯이건만 갑자기 자신과 동년배로 보인 것이다. 이마와 뺨과 목은 종이처럼 위태로웠고 주름은 흡사 칼에 베인 상처 같았다. 네드는 그런 식의 변신이 불편했다. 어쩐지 속았다는 기분이 들어서였다. "인간 트로이 목마라고나 할까? 40대의 유능한 쇼비즈 영업사원인줄 알았는데 갑자기 환갑이 넘은 거물이 짜잔 하고 나타나는 거야. 어찌나 신기했던지." 그가 후에 아내한테 투덜댄 말이다.

하지만 네드의 질문에 결정타를 제공한 건 다름 아닌 리트박이었다. 그 대답으로 그 밖의 질문들도 일거에 해결되었지만 그만큼 오랫동안 준비한 대답이 아니던가. 리트박이 먼저 특유의 말라빠진 상체를 불쑥 내밀더니, 오른손을 펼쳐들고 한 손가락을 접었다. 그리고 억양이 강한 보스턴 말투로 연설을 시작했다. 물론 보스턴 억양은 유대계 미국인 선생들 밑에서 일벌처럼 노력한 결과다.

"퀼리 선생님, 우리가 하는 일은 완전히 독창적인 프로젝트입니다. 선례도 없고, 비슷한 유형도 없죠. 우선 TV 황금 시간대를 열여섯 시간 확보할 겁니다. 음, 가을, 겨울에요. 그리고 마티네 순회극단을 꾸립니다. 물론 재능 있는 배우들로 영국과 미국 국적을 섞을 생각입니다. 인종, 성격, 인간관계가 아주 포괄적이어야 하니까요. 극단을 끌고 도시와 도시를 순회하는 동안 배우들은 누구나 다양한 역할을 수행하게 되겠죠. 배우도 하고 스태프도 모두요. 그렇게 그들의 인간 스토리와 관계들로 기막힌 차원의 드라마를 만드는 겁니다. 도시마다 라이브쇼가 하나씩 만들어지는 거죠."

리트박이 어찌나 열심히 얘기했던지 정말로 신비한 비밀을 털어놓는 사람처럼 보였다. 이윽고 그가 이상하다는 듯 고개를 들었다. 퀼리가 무슨 말을 했다고 생각했지만 그건 분명 아니었다. 리트박이 설명을 재개했을 때에는 열정도 깊어진 탓에 말하는 속도 또한 크게 느려졌다.

"퀼리 선생님, 우리도 극단과 함께 여행을 합니다. 버스를 타고 극단의 일상에 변화를 주는 데 주력할 생각입니다. 청중으로서, 극단 멤버들의 문제를 얘기하고 떠들썩한 숙소를 공유하고 그들의 싸움과 연애사건에 주목하는 거죠. 물론 연습도 같이 하고요. 개막 전야의 초조함도 나누고 다음 날이면 극에 대한 논평을 챙기고 함께 성공을 기뻐하거나 실패를 아쉬워할 겁니다. 관객들에게 편지도 쓰죠. 이른바 극장에 모험을 되돌려주는 겁니다. 개척정신은 물론 전통적인 배우-관객 관계도 회복해야겠죠."

퀼리는 리트박의 얘기가 끝났다고 생각했는데 그가 느닷없이 손가락을 하나 더 접었다.

"우린 판권이 없는 고전극을 이용할 생각입니다, 퀄리 선생님. 저비용을 위해서죠. 지방을 돌아다니며 상대적으로 지명도가 낮은 배우들을 활용합니다. 이따금 유명배우를 초빙해 효과를 높이겠지만, 기본적으로는 새로운 재능을 발굴해 최소 4개월 주기로, 다양성을 극대화해 드러내도록 유도할 참입니다. 물론 연장에 재연장을 바라 마지않습니다만. 배우들을 위해서는, 최대한 노출하고 최대한 홍보하고 최고의 공연을 만들어 주고, 그다음엔 어떻게 돌아가는지 지켜볼 겁니다. 여기까지가 우리 구상입니다, 퀄리 선생님. 물론 후원자들도 크게 맘에 들어합니다만."

그리고 언제나처럼 훌륭한 구상에 대해 치하를 하려는데 이번에도 쿠르츠가 번개처럼 끼어들었다.

"네드, 우린 찰리와의 계약을 원합니다." 그는 그렇게 선언하더니, 마치 셰익스피어의 극에서 승리의 소식을 들고 달려온 사신처럼 오른팔을 번쩍 들어 보였다.

네드도 흥분한 참에 뭐든 말하고 싶었다. 하지만 이번에도 역시 쿠르츠한테 선수를 빼앗기고 말았다.

"네드, 우리는 찰리의 위트와 재주를 믿습니다. 연기 폭도 넓고요. 중요한 문제 두 가지만 해결된다면… 음, 그녀에게 연극계의 큰 별을 따 줄 수 있을 겁니다. 두 분 모두 후회하지 않을 겁니다."

네드가 다시 개입을 시도했지만 이번에는 리트박이 가로챘다.

"그녀를 스타로 만들 준비는 완벽합니다, 퀄리 선생님. 먼저 두 가지 질문에 대답해 주시면 찰리는 당장이라도 거물이 될 겁니다."

갑자기 정적이 사위를 감쌌다. 이제 네드에게는 가슴속의 노랫소리 밖에 들리지 않았다. 그는 양 볼에 바람을 넣고 값비싼 커프스를 하나씩 잠갔다. 최대한 사무적으로 보이고 싶었다. 단춧구멍의 장미꽃도 어루만졌다. 그날 아침, 평소처럼 과음하지 말라는 잔소리와 함께 마조리가 꽂아준 것이다. 어쨌거나 이자들이 네드를 매수하려는 게 아니라, 딸과 다름없는 찰리가 그렇게나 학수고대했던 기회를 제공하려 한다는 사실을 알았다면, 아내도 생각을 달리 먹었을 것이다. 이 마당에 그런 잔소리가 무슨 소용이 있겠는가. 그럼, 그렇고말고.

쿠르츠와 리트박은 차를 마셨지만 아이비 레스토랑에서라면 늘 그런 식의 변덕을 부린다. 네드는 달랐다. 그는 너무도 자연스럽게 값비싼 반 병짜리 위스키를 주문하고, 두 사람의 권유에 못 이기는 척하며 대형 잔의 하우스 샤블리와 훈제연어를 추가했다. 이미 비를 피하기 위해 잡은 택시 안에서 어떻게 찰리를 고객으로 만나게 되었는지 떠들기 시작했는데 아이비에 들어오자 다시 이야기를 이어갔다.

"커브, 직구, 싱커에 홀딱 빠졌습니다. 전에야 그런 적이 없었지. 늙다리 멍청이. 그게 나였어요. 아, 지금만큼 늙지야 않았지만 그때도 바보였죠. 공연은 볼 게 없었죠. 현대적으로 보이려고 치장만 화려하게 만든 구식 시사소극 정도? 하지만 찰리는 대단했어요. '초월적인 부드러움.' 내가 여자들한테서 찾는 매력이 바로 그래요." 그 표현도 사실 선친의 유산이었다. "막을 내리자마자, 난 곧바로 분장실로 달려갔죠. 솔직히 분장실이라고 할 것도 없었지만, 어쨌든 피그말리온처럼 현장에서 곧바로 계약을 체결한 겁니다. 처음엔 나를 믿지 못하더군요. 그저 추잡한 영감으로 생각한 게지. 그래서 설득하기 위해 집에 돌아가 마조리까지 데려와야 했다니까, 하!"

"그 후엔 어떻게 됐습니까? 온통 장밋빛이었던가요?" 쿠르츠가 신이 나서 물으며 버터 바른 갈색 빵을 조금 더 건넸다.

"오, 천만의 말씀! 찰리도 그 또래 여자들하고 별반 다를 바 없었어요.

이제 막 연극학교를 졸업한 아이들 말입니다. 잔뜩 꿈에 부푼 채 눈을 반짝거렸지만, 작은 역할 한두 개 맡고 아파트나 사치품들을 잔뜩 사들이다가 한순간 훅 하고 불이 꺼지는 거요. 소위 반짝 스타들이지. 그 위기를 이겨내는 애들도 있지만 대부분은 그대로 사라진다오. 자, 건배!"

"찰리는 이겨냈군요."리트박이 차를 홀짝이며 가볍게 재촉했다.

"버텨낸 겁니다. 고생 많이 했죠. 쉽지는 않았지만 솔직히 언젠 안 그랬나? 찰리의 경우엔 몇 년이 걸렸는데 너무 길었어요."순간 가슴이 벅차올랐다. 그건 네드 자신에게도 의외였다. 순전히 이 양반들의 표현 때문이리라. "그래, 드디어 기회가 온 건가요? 오, 그 아이를 위해서도 기쁜 일입니다. 예, 정말로."

정말 이상한 일이었어. 아니, 예전 일이 되풀이된 것일 수도 있겠지. 후에 네드가 마조리한테 한 말이었다. 시간이 흐르면서 두 남자의 성격이 바뀐 데 대한 회고였다. 예를 들어, 사무실에서는 거의 말 한마디 끼어들지 못했다. 그런데 아이비에선 그들은 아예 중심무대를 내주고 내내 고개만 끄덕였으니 말이다. 그리고 그 후엔… 음, 그 후는 완전히 상황이 달라졌다.

"당연히 어린 시절도 끔찍했다죠. 하기야 여자애들이 대개 그런 모양입디다만. 애초부터 환상에 젖는 것도 다 그래서 아니겠습니까? 현실도피에 자기기만 말이에요. 자기보다 행복해 보이는 사람들을 흉내 내는 거죠. 아니면 더 불행한 사람이거나. 주변 사람들을 조금씩 훔치는 일…. 그런 게 바로 연기 아니겠습니까? 고뇌와 절도. 이런, 오늘 말이 너무 많군. 자, 다시 한잔합시다들."

"어떤 점에서 끔찍한 거죠. 퀼리 선생님? 찰리의 어린 시절 말입니다. 왜 끔찍하다고 표현하셨습니까?"리트박이 공손히 물었다. 마치 끔찍함의 본질 자체를 탐구하는 사람 같았다.

리트박의 태도와 쿠르츠의 시선에서 뭔가 깊은 호기심을 눈치채기는 했지만 의미를 깨달은 건 훨씬 후의 일이었다. 네드는 대수롭지 않게 우연히 얻어들은 얘기들을 닥치는 대로 풀어내기 시작했다. 극단원들을 비앙키 레스토랑에 데려가 점심을 사준 적이 있는데 그때 얻어들은 정보들이다. 찰리의 어미는 멍청이였어요. 아비도 지독한 사기꾼에 증권 브로커였지만 쫄딱 망한 후에 저세상으로 떠버렸지. 하느님한테 마지막 한 방을 맡겨놓았다고 믿는 그런 부류의 사기꾼들 말입니다. 결국 빵에서 죽고 말았다오. 끔찍하게.

리트박이 조심스레 네드의 설명에 끼어들었다.

"그러니까 감옥에서 죽었다는 말씀입니까?"

"그리고 거기서 묻혔지. 찰리 엄마가 화가 나서 시신 접수에 땡전 한 푼 내지 않으려 했거든."

"찰리가 한 얘기인가요?"

퀼리는 당혹스러웠다.

"이런, 그럼 누가 했겠소?"

"친척은 없습니까?" 리트박이 다시 물었다.

"뭐가 없냐고?" 네드는 다시 매수의 두려움을 느껴야 했다.

"분명히 하기 위해서입니다, 선생님. 제3자의 확인이 중요하거든요. 여배우들의 경우 이따금….'

그때 쿠르츠가 자애로운 미소를 지으며 개입했다.

"네드, 이 친구 말은 신경 안 쓰셔도 됩니다. 원래 이것저것 의심이 많은 친구니까요. 내 말 틀린가?"

"음, 그런 것 같기도 하네요." 리트박이 동의했지만 거의 한숨에 가까운 목소리였다.

그때서야 네드는 그들이 그녀의 연기에서 무엇을 봤는지 물어봐야겠다는 생각을 했다. 그리고 놀랍게도 그들이 정말로 철저히 조사했다는 사실을 깨닫고 무척이나 흡족해했다. 그녀가 출연한 하찮은 TV 소품들까지 모두 확보했을 뿐 아니라, 지난번에는 〈성녀 조안〉을 관람하기 위해 그 끔찍한 노팅엄에까지 다녀왔다니 왜 아니겠는가.

"이런, 세상에, 고약한 양반들 같으니! 전화 한 통만 했어도 직접 모셨을 거 아닙니까? 아니면 마조리라도 보냈겠죠! 그래서, 무대 뒤는 가보셨습니까? 그 애를 데리고 나가 식사도 하고? 설마, 그건 아니겠지!" 네드가 비명을 지르는데, 웨이터들이 접시를 치우고 오리구이를 위한 세팅을 준비했다.

쿠르츠는 잠시 망설이는 척하다가 힐끔 파트너 리트박의 눈치를 살폈다. 리트박이 어쩌겠냐는 식으로 가볍게 고갯짓을 했다. 쿠르츠의 목소리도 다시 심각해졌다.

"네드, 솔직히 말하면, 당시만 해도 그게 적절한 행동인지 확신이 없었습니다."

"적절한 행동이라뇨? 오, 이런, 이봐요, 우린 그쪽하고는 달라요! 찰리한테 제안하고 싶으면 그냥 해요. 나한테 추천서 받을 필요 없습니다. 나야 중개료나 챙기면 그만 아닙니까!" 네드가 큰 소리를 쳤다. 리트박이 에이전트의 윤리를 거론한다고 생각해 한 말이었다.

하지만 후에 마조리한테 고백한 바에 따르면, 그는 그냥 입을 다물고 있어야 했다. 두 사람이 너무도 심각한 표정이었기 때문이다. 말 그대로 상한 굴이라도 씹은 표정. 그것도 껍데기까지 모두.

리트박이 천천히 자신의 얇은 입술을 두드렸다.

"하나만 부탁드려도 되겠습니까, 선생님?"

"얼마든지." 네드는 너무 당혹스러웠다.

"괜찮으시다면, 찰리의 인터뷰가 어떤지 말씀해주시겠습니까?"

네드는 와인 잔을 내려놓았다.

"인터뷰? 아, 그게 걱정이라면 아주 자연스럽다고 말씀드리겠소. 말 그대로 최고지. 기자들이 원하는 내용이 뭔지, 어떻게 그 내용을 풀어낼지 정확히 알고 있으니까 말이오. 카멜레온. 음, 찰리는 카멜레온입니다. 최근에야 기회가 별로 없었지만, 장담컨대 그 아인 번개처럼 분위기를 읽어낼 겁니다. 그 점에 대해서라면 걱정 뚝 그치세요. 물론이고말고." 그가 두 사람을 안심시키려는 듯 와인을 길게 들이마셨다.

하지만 네드의 바람과 달리, 그 말에도 리트박은 전혀 흔들림이 없었다. 그는 걱정과 불만이 뒤얽힌 표정으로 입술을 굳게 다물고는, 길고 가느다란 손으로 식탁보에 흩뜨려진 빵 부스러기들을 모으기 시작했다. 그 바람에 네드는 고개를 숙이고 얼굴을 기울여 의기소침한 리트박의 관심을 다시 끌어내야 했다.

"이런, 도대체 무슨 표정이 그렇소! 그래, 찰리의 인터뷰에 무슨 잘못이라도 있답디까? 인터뷰를 망치는 여자들이라면 사방에 널려 있어요. 원한다면 얼마든지 불러드리리다!" 그가 따지듯 항변했다.

그래도 리트박은 별다른 관심을 보이지 않았다. 기껏 살짝 고개를 들어, 마치 "잘 아시잖습니까?"라고 묻듯이 쿠르츠를 바라보다가 곧바로 식탁보로 돌아갔다. "완전히 두 마리 능구렁이더라니까! 언제든 자유자재로 역할을 바꿀 수 있는 놈들이었어!" 후에 네드가 씩씩거리며 마조리한테 투덜댔다.

"네드, 이 프로젝트와 계약하게 되면 찰리는 언론에 노출될 수밖에 없습니다. 말 그대로 큰 건이에요. 일단 들어오면 인생을 모조리 세상에 까발려야 한다는 뜻이죠. 연애 생활은 물론 가족, 좋아하는 팝스타, 애송시, 아버지 이야기에, 종교, 태도, 견해까지 모두."

"정치 성향도 있습니다." 리트박이 중얼거렸다. 때마침 마지막 빵 부스러기를 긁어모으던 참이었는데, 그 바람에 네드도 살짝 식욕을 잃고 나이프와 포크를 내려놓았다. 쿠르츠가 다시 이야기를 이어갔다.

"네드, 프로젝트의 후원자들은 고명한 중서부 미국인들입니다. 장점이 많은 분들이죠. 남아도는 돈, 버르장머리 없는 아이들, 플로리다의 별장, 보수적인 가치들. 하지만 무엇보다 보수적인 가치가 중요합니다. 그분들은 우리 프로그램에 그런 가치가 반영되기를 바라죠. 그것도 철저히. 우리야 웃기도 하고 울기도 하겠지만, 극은 현실이고 TV입니다. 예, 바로 돈이 나오는 곳이죠."

"미국이기도 하고요." 리트박이 애국자인 체하며, 빵 부스러기에 대고 중얼댔다.

"네드, 솔직하게 말씀드리죠. 거짓말 하나 안 보태고. 우리가 편지를 보내기로 결정했을 땐 이미 준비를 끝낸 상태였어요. 그러니까 지금 상황에서 찰리를 빼내 더 큰 도로에 올릴 준비겠지만, 우리도 이런저런 동의를 받아야 하기에 어쩔 수 없었죠. 지난 이틀간, 카르만과 갖가지 얘기들을 들으며 털썩 주저앉아 고민할 수밖에 없었답니다. 찰리의 재능? 그건 문제가 아닙니다. 재능이야 딱이죠. 가능성도 많고 성실하니까요. 당장이라도 시작할 수 있어요. 하지만 이 프로젝트와 관련해 찰리가 성공할 수 있겠습니까? 매체에의 노출이 가능하겠어요? 네드, 그 점에 관해서도 걱정할 바 없다는 보장을 받고 싶은 겁니다. 바로 네드한테서요."

이번에도 결정타는 리트박의 몫이었다. 마침내 그도 빵 부스러기를 포기했다. 그리고 오른손가락을 구부려 아랫입술 밑에 대더니 검은 테 안경 너머 슬픈 표정으로 네드를 바라보았다.

"찰리가 급진적이라는 얘기를 들었습니다. 정치 성향이 나가도 너무 나갔다더군요. 지극히 호전적인 데다 여전히 무정부 광신자 집단과 연결되어 있고요. 아, 무책임한 소문 따위로 사람을 비난할 생각은 없습니다, 퀼리 선생님. 하지만 들리는 얘기로만 본다면, 찰리는 피델 카스트로의 어머니나 아라파트의 여동생이 위장한 스파이라고 해도 믿을 정도입니다."

네드는 두 사람을 번갈아 보다가 네 개의 눈이 한순간 하나의 시신경으로 통제되었다는 착각에 빠졌다. 그래서 뭐든 말하고 싶었지만 그마저 비현실적이었다. 샤블리를 급히 마신 것도 후회가 되었다. 머릿속엔 온통 마조리가 즐겨 쓰는 경구 한 토막뿐이었다. 세상에 공짜는 없다.

네드를 뒤덮은 당혹감은 무기력한 늙은이의 공황과도 같았다. 문득 이런 일을 하기엔 물리적으로 너무 노약하다는 생각이 든 것이다. 너무도 무기력하고 피로했다. 미국인들은 늘 그렇게 그를 흔들어댔다. 똑똑해서든 무지해서든 대부분 끔찍했다. 심지어 말똥말똥 그의 대답만 기다리는 이 두 사람은 영혼까지 두렵게 만들지 않는가. 그것도 감당할 수 있는 이상으로. 소용이야 없겠지만 괜스레 화도 났다. 그는 추문을 증오했다. 추문은 항상 그의 직업을 해치는 역병이었다. 추문 때문에 인생을 날리는 경우도 여러 번 목격했다. 때문에 아무것도 모르는 사람들이 추문을 들먹일 때면 얼굴이 벌게지고 머리가 뜨거워졌다. 누군가에 대해 얘기할 때면 네드는 늘 공개적으로, 그것도 좋은 얘기만 했다. 10분 전 찰리에 대해서도 그러지 않았던가! 망할, 그는 찰리를 사랑한다. 쿠르츠에게 그 점을 지적할 생각이 없지도 않았다. 물론 흔치 않은 감정인 이상 이미 얼굴에 드러났을 수도 있겠다. 리트박이 불안해하면서 조금 물러나는 듯한 느낌이 들었던 것도 그 때문일 것이다. 쿠르츠의 감성적인 얼굴에 그린 미소가, "자, 자, 참으세요, 네드."라는 뜻이었을까? 하지만 그럼에도 불구하고 결국 불치병과도 같은 매너가 그를 다시 붙들고 말았다. 두 사람은 손님이다. 거기에 외국인인지라 기준이 완전히 다를 수도 있다. 마지못해 인정하는 바이지만, 그들도 해야 할 일이 있고 잘 보여야 할 후원자들이 있으며, 어떤 의미에선 나름대로의 끔찍한 정당성도 있을 것이다. 네드 또한 그들의 요구에 맞추지 못하면 거래는 위기에 빠지고, 찰리를 위한 모든 바람도 물거품이 되고 말 것이다. 그 밖에도 자신의 타고난 합리성에서 비롯된 놓칠 수 없는 요인도 하나 있었다. 즉, 행여 저들의 프로젝트가 지독한 음모로 드러난다 한들(적어도 그의 짐작은 그렇다.), 그래서 찰리가 지금까지의 대사를 모두 집어던지고, 술에 취한 채 무대 위로 걸어 올라가 감독의 욕조에 깨진 거울을 집어넣는다 해도(물론 그녀도 전문가이기에 단 한순간도 이런 일로 고민할 리가 없다.) 그럼에도 불구하고 그녀의 경력, 지위, 상업적 가치는 마침내 일생일대의 도약을 이루고 그 이후로 그 위치에서 크게 곤두박질치는 일 따위는 없으리라.

쿠르츠는 그동안에도 굴하지 않고 열심히 얘기를 이어갔다.

"네드, 당신의 도움이 필요해요. 일을 벌이자마자 면전에서 사업을 날려버릴 생각은 없습니다." 그의 짧고 단단한 손가락이 총신처럼 네드를 겨냥했다. "찰리가 정말로 민주주의의 적, 빨갱이라면 미네소타의 누구도 25만 달러를 지불하려 들지 않을 겁니다. 그렇게 되면 GK에서 누가 나선다 해도 그들의 마음을 돌리지 못하겠죠…."

처음엔 네드도 적절히 반격을 취했다. 쓸데없이 사과도 변명도 하지 않았다. 그저 찰리의 어린 시절에 대해 종전에 했던 얘기들도 되새기며, 보통 사람들의 기준으로 본다면 그녀가 이미 끔찍한 청소년 범죄자가 되었거나, 아버지처럼 감옥에서 생을 마감했을 거라는 점을 지적했다. 그녀의 정치성향이든 뭐든, 지난 9년 동안 알고 지냈지만 찰리가 기껏해야 남아공의 인종격리 정책을 반대한 게 고작이라는 얘기도 해주었다. 음, 그걸 비난할 수는 없잖습니까? 하지만 그들은 비난할 수 있다고 생각하는 듯 보였다. 찰리는 반전주의자, 수피교도, 반핵 운동가, 반생체

해부론자였다. 담배를 다시 피울 때까지는 극장이나 공공지하시설에서의 금연 운동가이기도 했다. 게다가 너무도 뻔한 사실이지만, 결국 사신의 품에 안기기 전까지는 이런저런 대의명분들이 계속해서 그녀의 낭만적 애국심을 건드리게 될 것이다.

"그런데도 내내 그녀를 지지했군요, 네드. 그건 존경할 만한 일입니다." 쿠르츠가 경탄과 찬사를 보냈다.

"어느 배우라도 편들었을 거요! 빌어먹을, 찰리는 배우입니다. 너무 심각하게 생각할 필요 없어요! 남자 배우들도 머릿속에 생각이라는 게 없지만, 이봐요, 여배우들은 더 해요. 배우들이란 극적인 해결책을 찾는 어린아이에 지나지 않아요! 여러분께서 그곳으로 데려가는 순간 그 아이는 다시 태어날 거외다!"

"정치적으로는 아니겠죠." 리트박이 나지막이 씹어뱉었다.

네드는 술기운에 조금 더 그런 식의 논쟁을 이어가다가 문득 현기증이 일었다. 머릿속에서 누군가의 목소리도 들렸다. 그는 그 말을 되뇌며 다시 젊어지는 느낌을 받았다. 행동도 완전히 다른 사람 같았다. 그는 배우 전반에 대해 논하고 그들이 어떻게 소위 '비현실의 절대 공포'에 시달리는지 설파했다. 배우라는 존재는 무대에선 인간의 고뇌를 연기하지만 일단 무대를 내려가면 채울 수 없는 공허한 허무감에 시달립니다. 그리고 배우들의 소심함, 왜소함, 무력함에 대해서도 논하고, 때문에 그런 식의 약점들을 어른세계에서 빌려 온 거칠고 극단적인 명분으로 채우려 한다고 덧붙였다. 배우들의 강박관념에 대해서도 지적했다…. 그 친구들이 하루 24시간 무대 위에서 스스로를 어떻게 보는지 아십니까? 산고를 겪는 자신, 위협을 당하는 자신, 사랑에 빠진 자신…. 그러다가 순간 머릿속이 하얘졌다. 요즘 들어 자주 일어나는 현상이다. 어느 순간 실마리를 잃고 무기력에 빠진 것이다. 웨이터가 와인 수레를 끌고 왔다. 퀼리는 손님들의 냉담한 시선을 외면한 채, 화급히 마르 드 상파뉴를 주문해 큰 잔에 따르게 했다. 그동안 리트박도 반격할 준비를 끝냈다. 그는 손을 재킷 안에 넣어 수첩 한 권을 꺼냈다. 백지 그림책 같은데, 뒷면엔 모조 악어를 붙이고, 작은 종이 귀퉁이는 황동 장식으로 마감한 종류였다.

"첫 번째 규칙부터 시작하죠. 언제, 어디서, 누가, 얼마 동안의 문제입니다." 그가 가볍게 제안했으나 쿠르츠가 아니라 네드를 겨냥한 얘기였다. 왼쪽에 선을 그린 이유는 날짜를 기록하기 위해서일 것이다. "찰리가 참석한 집회, 시위, 청원, 행진 등 사람들이 목격했을 법한 건 뭐든 좋습니다. 일단 그 모두를 도표로 만들고 나면 정확한 판단이 가능하겠죠. 위험을 무릅쓰거나 아니면 손을 떼는 겁니다. 퀼리 선생님, 찰리가 최초로 연루된 게 언제인지 아세요?"

"그거 괜찮군. 좋은 방법이야. 찰리한테도 공정할 테고." 쿠르츠가 장단을 맞추었다. 리트박의 계획이 갑자기 하늘에서 떨어졌다는 말투였지만 실제로는 몇 시간 동안의 토론 끝에 만들어진 계획이었다.

그래서 네드는 그 얘기도 했다. 이따금 윤색도 하고 한두 번 사소한 거짓말도 했으나 대체적으로는 그가 아는 바 그대로였다. 몇 가지 의아한 구석이 없지는 않았으나 그마저 나중 얘기였다. 마조리한테 고백했듯, 당시엔 완전히 두 사람한테 휘둘리고 말았기 때문이다. 사실 아는 것도 별로 없었다. 반인종분리와 반핵이 있지만, 그야 누구나 아는 얘기가 이 아닌가. 급진 개혁 성향의 극단 놈들과도 종종 어울렸는데, 국립극단 밖에서 난장판을 벌이며 공연을 방해한 자들이다. 그다음이 이슬링턴의 대안행동이라는 자들로, 일종의 트로츠키 광신도 그룹인데 모두 열다섯 명이었다. 세인트 판크라스 타운홀에 어느 지독한 여성 패널이 출연했을 땐 마조리를 계몽하겠다며 끌고 들어가기까지 했다. 2~3년 전에는 한밤중에 더럼 경찰서에 갇혀서는 네드한테 빼달라고 사정한 적도 있었다. 자신이 기획한 반나치 대회에 참석했다가 체포된 것이었다.

"그 건이 공개된 사건입니까, 퀄리 선생님? 신문에 사진이 실렸나요?"

"아니, 신문에 나온 건 레딩에서였는데 그 후의 일입니다."

"더럼은 왜 아니죠?"

"잘은 모릅니다. 솔직히 그 건은 대충 넘어갔으면 좋겠군요. 나도 어쩌다 들은 얘기니까. 그곳에 핵발전소 계획이 있었던 건 사실 아닙니까? 사람들은 잘 잊어요. 그냥 잊는 거죠. 최근엔 그 애도 훨씬, 훨씬 얌전해졌습니다. 장담하리다. 과거에 짝퉁 분화구하고는 완전히 딴판이죠. 훨씬 어른이 됐어요. 암, 그렇고말고!"

"짝퉁이라고요, 네드?" 쿠르츠가 짐짓 못 믿겠다는 투로 되물었다.

"레딩 얘기도 해주시죠, 퀄리 선생님. 무슨 일이 있었습니까?" 리트박이 물었다.

"오, 역시 마찬가지 얘기입니다. 누군가 버스에 불을 질렀고 그 때문에 모두 고발당했어요. 내가 알기론, 노인 복지 예산 삭감에 반대한 것뿐이었어요. 아니, 검둥이를 지휘자로 고용하지 않는 데 대한 반발이었던가? 어쨌든 빈 버스였고 다친 사람은 없었어요." 그가 황급히 덧붙였다.

"맙소사." 리트박이 탄성을 흘리며 쿠르츠를 보았다. 쿠르츠의 신문은 이제 법정 드라마를 보는 기분까지 들었다.

"네드, 조금 전 찰리의 신념이 온건해졌다고 지적했습니다. 그렇게 말씀하신 것 맞죠?"

"예, 그래요. 그 아이 신념이 그렇게 과격했는지는 모르겠지만 지금은 그렇다고 봐요. 어, 그냥 느낌일 수도 있지만 여편네 생각도 그렇다오. 분명히⋯."

"찰리가 그런 심경의 변화를 고백한 적이 있습니까, 네드?" 쿠르츠가 다소 무례하게 말을 끊고 들어왔다.

"정말로 생각이 달라졌다면야 당연히⋯."

"퀼리 부인께는 고백했을까요?" 쿠르츠가 다시 말을 끊었다.

"어, 아니, 그건 아닐게요."

"찰리가 고백을 할 만한 사람이 누군가 또 있습니까? 무정부주의자 친구 같은?"

"오, 그 친구가 알 리 없소."

"네드, 잘 생각해봐요, 제발. 여자 친구, 남자 친구, 언니 같은 친구, 가족 같은 친구, 누구라도 좋습니다. 급진적 성향을 포기했다고 실토할 만한 사람이 없을까요?"

"내가 아는 한은 없어요. 예, 난 모르겠습니다. 어떤 점에선 무척이나 폐쇄적인 아이죠. 여러분들이 생각하는 것보다 더 말이오."

그때 무척이나 기이한 일이 일어났는데 그 얘기도 후에 네드가 마조리에게 자세하게 설명한 바 있다. 네드는 이런 불편한 상황과 둘의 십자포 같은 시선을 모면하기 위해, 하릴없이 샴페인 잔을 만지작거리고 안을 들여다보고 이리저리 돌리던 참이었다. 그러다 문득 쿠르츠가 공세를 완화했다는 느낌에 고개를 들었는데, 그때 리트박과 눈짓을 나누는 쿠르츠의 표정에서 지극한 안도감을 본 것이다. 찰리가 신념을 포기하지 않았다는 데 대한 안도감일까? 아니면 아무한테도 그런 사실을 고백하지 않기 때문에? 어쨌든 다시 봤을 때는 이미 그 표정이 사라졌다. 그리고 후에 잘못 봤다고 마조리가 아무리 설득해도 그는 그 표정을 잊을 수가 없었다.

이제 거물 변호사의 후임 리트박이 취조를 이어갔다. 목소리가 빨라진 건 의도를 은폐하기 위해서였다.

"퀼리 선생님, 각각의 고객에 대한 에이전트 서류들을 보관하고 계십니까? 파일로?"

"음, 엘리스 부인이 보관하고 있을 거요. 어딘가에." 네드가 대답했다.

"엘리스 부인은 그 일을 오랫동안 하셨나요?"

"오, 그래요. 선친 때부터 그 자리에 있었지."

"어떤 유형의 정보를 기록하죠? 수입, 비용, 중개료 같은 단순한 업무 서류인가요? 그 파일들이요?"

"아니, 그렇지 않아요. 모든 걸 기록하죠. 생일, 좋아하는 꽃, 식당. 어느 파일엔가는 낡은 무용화도 한 짝 있었지, 아마? 아이들, 애완견 이름, 신문기사 등등, 가리지 않아요."

"개인 편지들도?"

"물론이오."

"찰리가 직접 쓴 편지도 있습니까? 몇 년 전에?"

쿠르츠는 당혹스러운 표정이었다. 이마에도 그렇게 적혀 있었다. 미간이 좁아지며 주름살이 잔뜩 모였으니 말이다.

"카르만, 퀼리 선생님께서 그만 하면 충분한 시간과 정보를 주신 것 같네. 정보가 더 필요하면 언제든 시간을 내주실 거야. 아, 그보다야 해명이 가능하다면 찰리한테 직접 듣는 것도 괜찮겠군. 네드, 정말로 유익하고 유쾌한 만남이었습니다. 감사합니다." 그가 심각한 목소리로 말했다.

하지만 리트박은 쉽게 포기할 생각이 없었다. 그에겐 젊은이 특유의 고집이 있었다.

"퀼리 선생님께서는 감출 게 없으십니다. 골드 씨, 전 그저 세상이 다 아는 얘기만 묻는 중입니다. 비자카드라면 컴퓨터에 앉아 0.05초에 뽑아낼 정보들이죠. 아시잖습니까? 시간이 없습니다. 행여 자료나 자필 편지가 있다면, 찰리가 직접 상황을 설명하고 또 직접 심경의 변화를 증명하는 셈이 될 텐데요. 퀼리 선생님만 괜찮으시다면 잠깐 확인한다고 나쁠 것도 없잖습니까? 그렇지 않다면… 음, 그건 다른 문제겠지만요." 그가 불쾌한 뉘앙스로 마지막 말을 덧붙였다.

"카르만, 네드야 당연히 찬성하시겠지."쿠르츠는 그게 무슨 대수냐는 투로 하릴없이 고개를 저었다. 요즘 젊은이들의 뻔뻔한 태도엔 도무지 적응이 어렵다는 표시일 터였다.

비는 더 이상 오지 않았다. 두 사람은 키 작은 퀼리를 사이에 두고 걸으며, 그의 비틀거리는 걸음에 보조를 맞추었다. 노인은 만취 상태였다. 알코올 기운이 축축한 매연으로도 떨쳐나가지 않은 터라 불쾌하고 괴롭기까지 했다. 이 인간들 대체 원하는 게 뭐야? 찰리에게 달을 따주려나 보다 했더니 갑자기 빌어먹을 정치를 들먹이며 협박해? 게다가… 뭐, 기록까지 들쳐보겠다고? 그런데 왜 보겠다고 했더라? 실제로 기록이라기보다는 은퇴도 하지 못할 정도로 늙은 직원의 산만한 낙서이자 유품집에 불과했다. 접수원 롱모어 부인이 세 사람을 보았다. 그리고 낮술에 잔뜩 취해 있는 네드의 모습에 당장 한심하다는 표정부터 지었다. 빌어먹을 년. 쿠르츠는 네드가 앞장서 계단을 오를 것을 고집했다. 사무실에 들어서자 놈들은 거의 머리에 총구라도 박을 기세였다. 결국 네드는 엘리스 부인에게 전화를 걸어 찰리의 서류를 대기실에 갖다 두라고 지시했다.

"다 끝나면 사무실 문을 노크할까요, 퀼리 선생님?"리트박이 이제 막 아이를 낳으려는 산모처럼 물었다.

마지막으로 보았을 때 두 남자는 대기실의 장미목 드럼테이블에 앉아 있었다. 주변에는 대공습에서 구해낸 것처럼 보이는 더러운 갈색 상자 여섯 개가 놓여 있었다. 그들은 두 명의 징세원처럼 연필과 종이를 팔꿈치에 둔 채 의심스러운 수치들을 뚫어져라 노려보았다. 골드는 추레한 재킷까지 테이블 위에 벗어놓고, 시간까지 재면서 지긋지긋한 계산을 해나갔다. 그 후에 퀼리도 잠시 졸았다. 5시에 깜짝 놀라 깨어보니 대기실은 텅 비어 있었다. 롱모어 부인한테 묻자, 그녀는 쌀쌀맞은 목소리로 손님들이 사장님을 깨우고 싶지 않다며 그냥 떠났다고만 대답했다.

네드도 마조리한테 곧바로 얘기하지 않았다.

"오, 그 친구들? 그냥 떠돌이 배우들이야. 뮌헨으로 가는 길이라던데 신경쓸 것 없어." 그날 저녁 그녀가 물었을 때 그는 그렇게 대답했다.

"유대인?"

"음… 응, 그래, 유대인. 맞아." 마조리는 그럴 줄 알았다는 듯 고개를 끄덕였다. "그래도 아주 유쾌한 친구들이었어." 네드가 다소 무기력하게 덧붙였다.

마조리는 비번이면 교도소를 방문한다. 때문에 네드의 속임수에 넘어갈 일 따위야 없지만 그래도 느긋하게 기다려주었다. 빌 로흐하임은 뉴욕에 사는 네드의 펜벗이자 미국 유일의 친구였다. 다음 날 오후 네드가 그에게 전화를 했다. 로흐하임은 그자들에 대해 들은 바 없지만 그래도 네드가 이미 알고 있는 사항을 확인해주었다. GK는 신흥기업이며 일정한 후원자가 있다. 하지만 요즘 독립파들은 흔해빠졌다. 퀼리는 로흐하임의 목소리가 맘에 들지 않았다. 누군가의 사주를 받은 듯했는데 당연히 퀼리는 아니다. 그런 짓은 평생 상상도 못해봤으니 말이다. 그게 사실이라면 누군가와 이미 상의를 했다는 뜻이리라. 심지어 로흐하임이 어떤 식으로든 그자들과 한 배를 탔는지도 모르겠다는 뜬금없는 생각까지 들었다. 네드는 다시 용기를 내어, GK의 뉴욕번호를 돌렸다. 그곳은 독립기업을 위한 임시주소로 되어 있어 고객정보는 전혀 제공되지 않았다. 이제 네드는 미국 손님 둘과 점심 식사를 했다는 사실 외에는 아무것도 기억나지 않았다. 그냥 내쫓아버릴 것을. 그자들이 언급한 뮌헨

호텔에도 전화를 걸어 매니저와 통화도 했다. 골드씨와 카르만 씨께서 하룻밤을 묵으셨지만 갑작스러운 용무로 다음 날 아침 일찍 떠나셨습니다. 그가 퉁명스럽게 내뱉었다. 그런데… 도대체 왜 그런 얘기를 나한테 하지? 언제나 정보가 너무 많거나 너무 적어. 네드는 그런 생각을 했다. 더군다나 다들 마음에도 없는 소리를 지껄인다는 기분을 지울 수가 없었다. 쿠르츠가 언급한 독일 프로듀서는 두 사람이 "매우 선하고 훌륭한 분들"이라고 단언했다. 하지만 최근에 뮌헨이 온 적이 있는지, 어떤 프로젝트를 진행 중인지 묻자, 곧바로 신경질을 내더니 전화를 끊어버렸다.

이제 에이전트 분야의 동료들만 남았다. 네드는 마지못해 그들에게 도움을 청했다. 물론 애써 별일 아닌 양 위장하고 질문도 듬성듬성 애매모호하게 에둘렀다.

"얼마 전에 굉장한 미국 신사 둘을 만났어. 기막힌 TV 시리즈를 제작 중이라며 배우를 물색 중이더군. 한 사람 이름이 골드라고 하던데 뭐 짚이는 게 없나?" 마침내 개릭의 로맥스스타를 찾아가 허브 놀란까지 만났다.

놀란이 웃었다.

"선배, 그 사람들을 보낸 게 접니다. 내 약점 한두 가지를 들이대더니 찰리에 대해 모두 알려달라더군요. 찰리가 일을 해낼지 파악하고 싶다면서요. 그래서 대답해줬죠. 예, 그래서 알려준 겁니다."

"뭐라고 얘기했는데?"

"우리 모두 저 하늘 높이 날려버릴 거라고 했죠. 까놓고 말해 사실 아닙니까, 예?"

네드는 허브 놀란의 싸구려 유머에 질려 더 이상 묻지도 못했다. 하지만 그날 밤, 결국 마조리에게 모두 이실직고한 김에 아예 걱정거리까지 털어놓고 말았다.

"그자들, 굉장히 서둘렀어. 아무리 미국인이라 쳐도 에너지가 넘쳐나지 뭐야. 그래서 처음엔 짭새들인 줄 알았다니까. 두 놈 다 끔찍한 사냥개들이긴 했지만." 그가 비유를 덧붙이며 투덜댔다. "당국에 신고해야 하지 않을까?"

"하지만 여보, 당신 얘기를 들으면 그 사람들이 당국인 걸요." 마조리의 대답은 그랬다.

"그 애한테 편지를 써야겠어. 혹시 모르니 편지로라도 경고해줘야지. 위험에 처할 수도 있잖아."

하지만 정말로 편지를 썼다고 해도 너무 늦은 일이었을 것이다. 그 후 48시간도 채 안 되어 찰리가 요제프와의 밀회를 위해 배를 타고 아테네로 떠났기 때문이다.

상황은 그렇게 종료되었다. 작전의 핵심에 비하면 간단한 촌극에 불과했지만 그날 밤 쿠르츠가 미샤 가브론에게 보고하면서 인정했듯, 지독히 위험천만했던 것도 틀림없는 사실이었다. 얘기해 봐요, 미샤, 우리가 더 이상 뭘 할 수 있었겠습니까? 그렇게 장기간에 걸친 서신 다발을 어디에서 구할 수 있답니까? 애초에 두 사람은 찰리의 편지를 받은 사람들을 추적했었다. 남자 친구, 여자 친구, 어머니, 동창. 기대주의 원고와 자필을 수집하는 상업회사를 자처했지만, 결국 가브론의 마지못한 동의하에 작전을 완전히 포기해야 했다. 그렇게 자잘한 위험들과 여러 번 부딪치느니 큰 것 한 방이 낫다는 판단 때문이었다.

더욱이 쿠르츠에게도 가시적인 성과가 필요했다. 사냥감의 온기와 감촉을 직접 느끼고 싶었다. 그렇다면 퀼리 말고 또 누가 있단 말인가? 그렇게 오랫동안 사심 없이 그녀를 지켜온 사람이 아닌가. 그리하여 쿠르츠는 의지대로 밀어붙였다. 그 일을 마친 이튿날 아침, 그는 퀼리한테 말한 대로 뮌헨으로 날아갔다. 물론 관련 사업이 퀼리한테 암시했던 유형과 거리가 멀기는 했다. 그는 안가 두 곳을 방문해 요원들을 격려하고, 그에 덧붙여 알렉시스 박사와 가벼운 약속을 잡았다. 이번에도 장시간 점심 식사를 했지만 특별한 얘기는 거의 없었다. 옛 친구들이 서로를 만나는 것 말고 또 무슨 볼일이 있겠는가?

그리고 그곳에서 곧바로 아테네로 떠나 남쪽을 향한 행군을 이어갔다.

05

배는 두 시간 늦게 피레우스에 도착했다. 요제프가 항공권을 빼앗지 않았더라면 찰리도 그와 그곳에서 만났을 것이다. 아니, 이번에도 아니었을 것이다. 왜냐하면 미덥지 못한 환경에서는 예외 없이 철저히 의존적이 되고 마는데, 종종 누가 함께 있든 아무 소용이 없었기 때문이다. 예를 들어, 시간이 너무나 많아 오히려 아무 생각도 하지 못하는 격이다. 그때쯤 노팅엄, 요크, 이스트 런던의 관람객이 전혀 다른 남자이거나 허깨비라고 자위하고는 있으나, 그래도 마음 한구석에선 완전히 내려놓지 못하는 것도 사실이다. 또 있다. 가족에게 계획을 선포하는 일도 요제프가 얘기한 것보다 두 배는 어려웠다. 루시는 엉엉 울면서 돈까지 주었다. "나한테 남은 500드라크마, 찰리, 너한테 다 줄게." 윌리와 폴리도 술에 취해서는 수천 명이 지켜보는 가운데 갑판에서 무릎까지 꿇었다. "찰리, 찰리, 어떻게 우리한테 이럴 수 있어?" 그녀는 탈출을 위해 이죽거리는 구경꾼들을 뚫고 다시 기다란 도로를 달려야 했다. 그 와중에도 숄더백 끈이 끊어지고 기타는 덜거덕거렸으며 눈물은 하릴없이 두 뺨을 흘러내렸다. 그녀를 구해준 건 미코노스의 히피 소년이었다. 찰리도 보지 못했건만 함께 배를 타고 건너 온 모양이었다. 그는 택시를 타고 지나가다가 그녀를 태우고 목적지 50미터 전 지점에 내려주었다. 그녀에게는 이름이 라울이고 스웨덴인이라고 소개했다. 사업차 아테네에 와 있는 아버지를 찾아 먹거리를 해결하고 싶다는 얘기도 했다. 의외로 너무도 명랑한 아이였다. 한 번도 예수를 들먹이지 않은 것도 이채로웠다.

디오게네스 식당에는 파란색 차일이 매달렸다. 마분지로 만든 주방장이 손짓으로 그녀를 유혹했다.

미안, 요제프. 때와 장소가 틀렸어요. 미안, 요제프, 즐거운 환상이었지만 휴가는 끝나고 찰리는 신기루랍니다. 이제 비행기 표를 돌려받고 사라질 때예요.

아니면 더 쉬운 방법을 택할 수도 있다. 배역을 맡았다고 하면 된다.

다 낡은 청바지에 닳디 닳은 부츠. 그녀는 창녀라도 된 기분으로 건들거리며 인도의 테이블들을 지나 실내 문으로 향했다. 어쨌거나 그도 떠났을 터였다. 요즘 같은 시대에 누가 두 시간이나 나 같은 여잘 기다린단 말인가? 비행기 표는 호텔 관리인에게 맡겼을 것이다. 이러다가 밤마다 중유럽의 해변을 돌아다니며 놈팽이들한테 붙어먹는 꼴이 될 수도. 가뜩이나 골치 아픈건만 어젯밤엔 루시가 그 빌어먹을 알약까지 먹였다. 처음에야 백열등처럼 신이 났지만 끝내는 어두운 무저갱으로 떨어져 여태껏 헤어나지 못하고 있었다. 그런 쓰레기에 의존해본 적이 없었건만, 문득 두 애인 사이에서 헤맨다고 생각하니 한없이 나약해지고 만 것이다.

막 식당에 들어가려는데 그리스 남자 둘이 튀어나오며 끊어진 숄더백을 보고 비웃었다. 그녀는 놈들에게 성큼성큼 다가가 발정 난 돼지새끼들이라고 욕을 퍼부어주었다. 그리고 온몸을 부르르 떨며 발로 문을 열고 안으로 들어섰다. 실내는 시원했다. 인도에서 속닥이는 소리도 들리지 않았다. 어슴푸레한 실내에 서니… 세상에, 자체의 어둠을 발하며 성인 요제프께서 앉아계신 것이 아닌가! 그녀에게 죄의식과 혼란을 초래한 섬뜩한 창조자. 그의 팔꿈치엔 그리스 커피가 놓여 있고 앞엔 페이퍼백이 한 권 펼쳐져 있었다.

나를 건드리지 마요. 손가락 하나도 건드리지 말아요. 지금 피곤하고 배고파서 당신 정도는 한입거리도 안 된답니다. 앞으로 200년 동안은 섹스도 안 할 거예요. 그가 다가오자 그녀가 머릿속으로 경고했다.

하지만 그가 건드린 건 기껏 기타와 끊어진 숄더백이었다. 접촉이라고 해봐야 대서양 반대편에서 내밀기라도 하듯 짧고 사무적인 악수가 고작이었다. 그 바람에 그녀가 할 수 있는 말도 "실크 셔츠 차림이네요." 정도였다. 병뚜껑만큼이나 커다란 금색 커프스단추가 달린 크림색 셔츠. 그녀가 나머지 옷차림을 본 것은 그다음이었다.

"맙소사, 요제프, 이게 다 뭐예요? 금팔찌, 금시계… 세상에 내가 등을 돌리지도 않았건만 벌써 돈 많은 여자를 문 건가요?" 그 말은 절반은 신경질적으로, 절반은 시비조로 튀어나왔다. 어쩌면 본능적으로 그가 자신의 외모를 불편하게 여기도록 만들 생각이었으리라. 내가 이 모양인데 왜 아니겠는가? 그런데… 그가 어떤 모습일 거라고 생각했던 거지? 그녀는 신경질적으로 자문해보았다. 멍청한 수사 수영복에 물병을 든 모습?

요제프는 그 모든 투정을 못 들은 척했다.

"찰리, 안녕. 배가 늦은 모양이군. 불쌍도 해라. 어쨌든 도착했으니 다행이오. 먼저 씻겠소? 아니면 위스키? 화장실은 저쪽이라오." 적어도 그건 요제프다웠다. 의기양양하거나 놀라는 표정도 없이, 그저 신중하기 짝이 없는 인사와 웨이터를 향한 고갯짓뿐.

THE LITTLE DRUMMER GIRL

"위스키." 그녀가 대답하고 맞은편 의자에 털썩 주저앉았다.

좋은 식당이야. 그녀는 곧바로 알아볼 수 있었다. 그리스인들이 독차지하려고 할 그런 분위기의 식당.

"오, 잊기 전에 먼저…." 그가 자기 뒤쪽을 더듬었다.

잊어? 뭘? 그녀는 두 손으로 머리를 감싼 자세로 그를 건너다보았다. 이봐요, 요제프, 당신은 평생 뭘 잊는 사람이 아니잖아요? 요제프는 벤치 아래에서 양모 재질의 화려한 그리스 가방을 꺼내 그녀에게 주었다. 여전히 대수롭지 않다는 태도였다.

"어쨌든 함께 세상에 발을 디뎠으니, 여기 찰리의 탈출 키트를 드리리다. 그 안에 테살로니카에서 런던으로 가는 비행기 표가 있지만 원한다면 얼마든지 바꿀 수 있소. 쇼핑을 하거나 달아날 수단도 있고, 마음을 바꿀 수단도 준비해두었다오. 친구들한테서 빠져나오는 게 힘들었소? 오, 당연히 그랬겠지. 사람들을 기만하는 일인 데다 더군다나 아끼는 사람들이었으니."

그는 정말로 기만에 대해 잘 아는 사람처럼 말했다. 매일매일 남을 기만하고 또 후회하는 사람처럼.

"낙하산은 없네요." 그녀가 가방 안을 들여다보며 투덜댔다. "고마워요, 요제프. 멋진 가방이에요. 고마워요." 그녀는 고맙다는 말을 두 번이나 했다. 하지만 갑자기 더 이상 자기 자신조차 믿지 못하겠다는 생각이 들었다. 루시의 약 때문일까? 아니면 증기선 여독?

"자, 로브스터 어때요? 미코노스에 있을 때 로브스터를 좋아한다고 했는데 맞소? 주방장이 한 마리 잡아두고 있는데 명령만 떨어지면 당장 잡을 거요. 그걸로 하겠소?"

찰리는 여전히 턱을 괸 채 기분을 풀려고 애를 썼다. 그러고는 피곤한 미소를 지으며 한 손을 들었다가 카이사르처럼 엄지를 아래로 꺾어 로브스터의 사형을 명했다.

"부디 살살 죽이라고 전해줘요." 그녀는 그렇게 말하고 두 손으로 그의 손을 잡고는 울적해한 데 대해 사과했다. 그가 미소를 지으며 그녀가 손을 주무르도록 내버려 두었다. 예쁜 손이었다. 가늘고 단단한 손가락과 튼튼한 근육.

"찰리가 좋아하는 와인, 부타리스죠? 시원한 백포도주? 그렇게 말한 걸로 기억하는데?"

그래요. 그렇게 말했죠. 10년 전 우리가 작고 예스런 그리스 섬에서 만났을 때였어요. 그녀는 그의 손이 테이블 저 너머 물러나는 모습을 지켜보며 마음속으로 중얼거렸다.

"저녁 식사 후에는 찰리만의 메피스토펠레스가 되어, 세상에서 두 번째로 아름다운 곳을 보여드리리다. 미지의 여행이오. 괜찮겠소?"

"최고로 아름다운 곳이 좋아요." 그녀가 스카치를 마시며 속삭였다.

"하지만 최고상의 수여는 내 몫이 아니라오." 그가 담담하게 대답했다.

나를 여기서 빼내줘요! 작가를 해고하고 새 대본을 적용하라고요! 그녀가 머릿속으로 비명을 질렀다. 그녀는 일부러 릭먼스워스 특유의 짓궂은 질문부터 시도했다.

"그래서 며칠 동안 어떻게 지냈어요, 요제프? 날 그리워하는 것 말고."

그는 대답하지 않았다. 그보다 그녀의 기다림, 여행, 친구들에 대해 물었다. 예수를 언급하지 않는 히피 소년이 기적적으로 택시에 태워주었다는 얘기를 할 때는 그도 미소를 지었다. 알라스테어에 대한 소식을 물었지만, 찰리가 모른다고 하자 살짝 실망하는 표정을 짓기도 했다. "오, 편지를 쓰는 사람이 못 돼요." 그녀가 태평하게 웃으며 대답했다. 그는 다시 알이 어떤 영화, 어떤 역할을 제안받았는지 물었다. 그녀가 스파게티웨스턴일 거라고 대답하자 재미있다며 설명까지 요구했다. 생전 처음

듣는 표현이기 때문이었다. 스카치를 다 마실 때쯤 찰리는 결국 자신이 매력적이라고 믿기 시작했다. 알에 대해 얘기하는 도중엔 놀랍게도 새 남자를 받아들일 공간까지 마련하고 있었다.

"어쨌든, 그가 성공하기를 빌어요. 그뿐이에요." 그녀는 알라스테어의 성공으로 다른 실망감이 보상되기를 바라는 마음으로 답했다.

하지만 요제프를 향해 한 걸음씩 다가가는 동안에도 다시 한 번 뭔가 잘못하고 있다는 기분이 들었다. 무대에서도 그런 적이 있었다. 연기가 먹혀들지 않을 때. 사건이 복잡하고 연결은 어색하며 대사는 너무 뻔하거나 노골적일 때. 지금이 그래. 그녀는 숄더백을 뒤져 올리브나무 상자를 꺼내 테이블 맞은편으로 밀어 주었다. 그가 상자를 받았지만 선물로 생각하는 것 같지는 않았다. 오히려 우습게도 긴장감을 넘어 의심스럽기까지 한 표정이었다. 예기치 않은 요소가 끼어들어 계획을 망가뜨릴까 봐 불안한 사람처럼….

"열어보지 않을 거예요?" 그녀가 다그쳤다.

"이게 뭐죠?" 그는 재롱을 부리듯 가볍게 흔들다가 귀에 대보았다. "물 한 잔 주문할까요?" 그가 중얼거렸지만 이내 그래봐야 소용이 없음을 깨닫고는 한숨을 내쉬며 뚜껑을 열고 안에 놓인 티슈로 감은 물건들을 들여다보았다. "찰리, 이게 뭐죠? 너무 당혹스럽군요. 제발 원래 발견한 곳으로 되가져가요."

"어서요. 하나 풀어 봐요."

그가 한 손을 들었다. 그녀는 그 손이 마치 그녀의 몸을 더듬기라도 할 듯 부유하다가 첫 번째 꾸러미에 내려앉을 때까지 지켜보았다. 그가 섬을 떠나던 날 해변에서 주운 커다란 분홍 조개였다. 그는 조개를 조심스레 탁자 위에 내려놓고 다음 꾸러미를 꺼냈다. 대만제 그리스 당나귀 조각. 선물가게에서 샀지만 궁둥이에 그녀가 직접 '요제프'라고 적어 넣었다. 그는 선물을 들고 이리저리 돌려보며 연구했다.

"수놈이에요." 그녀가 말했다. 그는 여전히 심각한 표정을 누그러뜨리지 않았다. "그건 나예요. 화가 나 있었죠." 그가 액자사진을 들자 그녀가 설명해 주었다. 로버트가 폴라로이드로 찍어준 뒷모습인데 그녀는 밀짚모자와 카프탄 차림이었다. "정말로 화를 참을 수가 없었거든요. 요제프 마음에 들 거라고 생각했어요."

그의 화답에는 어딘가 계산된 냄새가 묻어났다. 그녀는 문득 소름이 돋았다. 마치 이렇게 말하는 것 같았기 때문이다. 고맙지만 사양하리다. 다음 기회라면 또 모를까. 폴리도 루시도, 찰리 당신도 관심 없소. 그녀는 망설이다가 결국 이렇게 선언했다. 부드럽고 따뜻한 목소리였으나 그의 얼굴에서 시선을 떼지는 않았다.

"요제프, 알겠지만 이런 식으로는 싫어요. 당신이 원한다면 지금도 비행기를 탈 수 있어요. 난 다만 당신을…."

"당신을?"

"설익은 약속에 묶어두고 싶지 않았을 뿐이에요. 정말로."

"설익은 약속이 아니었소. 생각하고 또 생각해서 한 말이니까."

이제 공은 넘어갔다. 그가 여행안내서 다발을 내놓았다. 찰리는 양해도 받지 않고 테이블을 돌아가 그의 옆에 앉아 왼팔로 가볍게 어깨동무를 했다. 함께 안내서들을 검토할 준비가 된 것이다. 그의 어깨는 암벽만큼 딱딱하고 그만큼 어색했지만 그래도 팔을 거두지는 않았다. 델포이. 오, 멋져요, 정말. 그녀의 머리카락이 그의 뺨에 닿았다. 어젯밤 그를 생각하며 감은 머리다. 올림푸스. 와, 죽인다. 메테오라. 못 들어봤어요. 이마도 맞닿았다. 테살로니카. 왕. 묵을 호텔들도 모두 준비하고 예약도 했어요. 그녀가 그의 광대뼈에 키스했다. 눈 바로 옆. 지나가던 새가 장난처럼 모이를 쪼아 먹듯. 그가 미소를 지으며 자상하게 그녀의 손을 잡아주었다. 그로 인해 어떤 싸움도, 굴복도 없이 그는 그녀를 차지할 권리를 차지하고, 첫 만남은 오랜 벗의 재회로 변하고, 식당은 신혼여행을 위한 만남의 장소로 바뀌었다. 그 요인이 둘 중 어느 쪽의 어떤 심경 때문인지는 어느 쪽도 개의치 않았다.

정신 차려, 그녀는 생각했다.

"붉은색 블레이저는 한 번도 입지 않네요, 요제프? 와인색, 놋쇠버튼, 20년대 유행."

그가 천천히 고개를 들어 그녀의 시선을 받았다.

"농담이오?"

"아뇨, 진담이에요."

"붉은색 블레이저? 왜 내가 그런 걸 입어야 하지? 찰리의 축구팀이라도 지원하길 바라는 거요?"

"그냥 블레이저가 어울려서 그래요." 그는 그래도 그녀의 해명을 기다렸다. 할 수 없이 그녀도 어떻게든 대답을 마련해야 했다. "이따금 그런 식으로 사람들을 봐요. 극적으로. 마음속으로. 여배우에 대해서 잘 모르죠? 난 상상으로 사람들 분장을 시켜요. 턱수염을 붙이고 옷도 갈아입히는 식으로. 칠부바지. 유니폼 등등. 이상해요? 하지만 습관인 걸요."

"찰리를 위해 턱수염을 기르길 바라는 거요?"

"그럼 그때 가서 얘기할게요."

그가 미소를 지었다. 그녀도 미소로 화답했다. 조명을 가로지른 또 하나의 조우. 그가 고개를 돌렸다. 그녀는 화장실로 달아났다. 그리고 거울에 비친 자신의 얼굴을 경멸하고 그의 의중을 헤아려 보았다. 그에게 총상이 많다는 건 분명했다. 분명 여자들 짓일 거야. 문득 그런 생각도 들었다.

남녀는 식사를 하고, 이방인다운 열정으로 대화를 나누었다. 계산은 그가 했다. 돈은 웬만한 사람 봉급 절반은 삼켰을 법한 악어가죽지갑에서 나왔다.

"나도 비용을 분담해야 하나요, 요제프?" 그가 영수증을 접어 주머니에 넣는 모습을 보며 찰리가 물었다.

그 질문에 대답은 없었다. 그다음은 다행히도 갑자기 요제프 특유의 행정능력이 발동하며 모든 게 다급해졌다.

"낡아빠진 녹색 오펠을 찾아봐요. 흙받기가 우그러지고 열 살짜리 운전사가 몰 거요." 그가 비좁은 부엌 통로로 그녀를 이끌며 말했다. 그녀의 짐은 그의 팔에 걸쳐놓았다.

"알았어요." 그녀가 대답했다.

자동차는 건물 옆문에서 기다리고 있었다. 그의 말대로 우그러진 흙받기였다. 운전사가 그에게서 그녀의 짐을 건네받아 재빨리 트렁크에 넣었다. 주근깨에 금발, 크고 천진난만한 미소에 무척이나 건강해 보이는 소년. 그렇다. 열 살까지는 아니더라도 열다섯은 넘지 않을 소년이었다. 밤의 열기가 언제나처럼 안개비를 뿌려댔다.

"찰리, 디미트리와 인사해요. 오늘 밤엔 늦은 시간까지 있도록 엄마 허락까지 받았다네요. 디미트리, 세상에서 두 번째로 좋은 장소에 데려다주겠니?" 요제프가 뒷좌석에 그녀를 앉히고 그도 옆으로 미끄러져 들어왔다. 차가 천천히 움직이면서 그의 익살맞은 관광안내원풍의 독백도 이어졌다. "자, 찰리, 이곳이 근대 그리스 민주주의의 본산인 헌법광장이에요. 민주주의자들이 주변 식당에서 야외의 자유를 만끽하는 게 보이죠? 저기 왼쪽이 올림피에이온과 하드리아누스 게이트랍니다. 선입견을 갖기 전에 경고하지만 당신네 하드리안 장벽을 세운 황제와는 다른 분이에요. 아테네 쪽이 훨씬 몽상가 아니겠소? 더 예술적이고?"

"오, 어련하시겠어요?" 그녀가 톡 쏘아붙였다.

정신 차려, 이것아. 어서 빠져 나오란 말이야. 그녀가 마음으로 투덜댔다. 무임승차하기엔 더없이 끝내주는 남자, 게다가 이곳은 그리스이고 하물며 재미있기까지 하다! 자동차가 속도를 줄이기 시작했다. 힐끔 오른쪽으로 고개를 돌렸으나 키 큰 숲에 가려 유적지는 보이지 않았다. 로터리를 지나 천천히 언덕 도로를 올라가더니 잠시 후 차가 멈춰 섰다. 요제프가 번개처럼 튀어나가 문을 열고는 재빨리 그녀의 손을 잡아 밖으로 인도했다. 어딘가 음모라도 꾸미는 듯한 동작이었다. 하늘을 덮은 숲 사이로 좁은 돌계단이 나 있었다.

"이제부터 귀엣말로만 얘기해요. 그것도 아주 복잡한 암호로만." 그가 독백하듯 경고했다. 그녀도 대답 대신 똑같이 무의미한 얘기를 중얼거렸다.

손이 뜨거운 전선 같아. 그의 손을 건드리는 것만으로도 찔리는 손이 타버릴 것 같았다. 그들은 숲길을 따라갔다. 길은 다시 포장도로, 마른 땅으로 변했지만 내내 오르막이었다. 달도 숨어 무척이나 어두웠지만 요제프는 흡사 대낮처럼 발 한 번 삐끗하지 않고 빠른 속도로 앞장서 나갔다. 돌계단을 가로지르기도 하고 넓은 길을 따라가기도 했지만 그에게는 더없이 쉬운 길 같았다. 이윽고 숲이 끝나고 오른쪽으로 도시의 불빛이 보였는데 이미 까마득한 아래쪽이었다. 왼쪽으로는 오렌지색 지평선을 배경으로 검고 험준한 바위산이 버티고 섰다. 등 뒤에서 발소리와 웃음소리가 들렸다. 아이 둘이 잡담하는 소리였다.

"걷는 거 괜찮아요?" 그는 그렇게 물으면서도 속도를 늦추지는 않았다.

"엄청 힘들어요."

그녀의 대답에 요제프도 멈춰 섰다.

"업고 갔으면 좋겠어요?"

"예."

"안됐지만, 나도 허리를 삐끗한 걸요."

"알아요." 그녀가 그의 손을 더욱 단단히 잡았다.

다시 왼쪽으로 고개를 돌리자 폐건물이 하나 나왔다. 옛날 영국식 방앗간 같은데 아치 모양의 창문이 쌓여 있고 그 너머로는 도시의 조명이 보였다. 왼쪽을 보니 험준한 바위산이 어느새 사각 건물의 검은 그림자로 바뀌었고 한끝에서는 굴뚝 같은 것도 삐져나왔다. 두 사람은 다시 숲 속으로 빠져나왔다. 매미들의 울음소리에 귀가 멀 것만 같았다. 강한 솔향에 눈까지 따끔거릴 지경이었다.

그녀가 잠시 그를 잡아 세웠다.

"텐트예요, 맞죠? 사우스콜의 섹스. 비밀 취향인데 어떻게 알았어요?"

하지만 그는 대답 없이 성큼성큼 앞서 나갔다. 찰리는 호흡이 가빴다. 기분만 내키면 하루 종일이라도 걸을 능력이 있기에 호흡곤란의 원인은 분명 다른 데 있었다. 두 사람은 넓은 통로를 따라 걷는 중이었다. 바로 앞 작고 허름한 돌집 앞에 유니폼 차림의 흐릿한 그림자 둘이 보초를 서고 있었다. 머리 위로는 철망으로 감싼 백열등이 이글거렸다. 요제프가 다가가자 잠시 후 중얼중얼 인사하는 소리가 들려왔다. 돌집은 두 개의 철문 사이에 서 있었다. 한쪽 철문 뒤로는 이미 어지러운 불빛으로 남은 도시가 누웠고 다른 문 뒤쪽은 칠흑 같은 어둠뿐이었다. 아마도 그 어둠 속으로 들어가는 모양이었다. 찰리의 귀에 열쇠가 철컹거리고 끼이익 하는 소리가 들리더니 철문이 천천히 밀려나가기 시작했다. 찰리는 더럭 겁부터 났다. 오, 내가 여기서 뭘 하는 거지? 여기가 어디야? 달아나, 어서 달아나. 남자들은 관료나 경찰로 보였다. 쭈뼛거리는 모양새로 미루어 요제프가 돈으로 매수한 모양이었다. 다들 자신들의 시계를 확인했다. 요제프가 손목을 들 때엔 크림색 셔츠와 커프스가 반짝였다. 이제 요제프가 그녀에게 손짓을 했다. 찰리가 주춤거렸지만 바로 뒤쪽에도 여자 둘이 서서 그녀를 올려다보았다. 그가 큰 소리로 그녀를 불렀다. 그녀는 열린 철문을 향해 움직여야 했다. 경찰관들의 시선에 정말로 발가벗겨진 기분이었다. 그러고 보니 요제프는 아예 그녀를 쳐다보지도 않았다. 섣불리 그녀를 원한다는 티를 내고 싶지 않은 걸까? 그녀는 그가 돌아보기를 간절히 원했다. 그만큼 불안했기 때문이다.

그녀가 들어가자 철문이 철컹하며 닫혔다. 그다음은 계단이고 계단을 오르자 미끄러운 바윗길이 나왔다. 요제프가 조심하라고 주의를 주었다. 찰리가 그의 허리를 끌어안으려 했지만 그는 자기 덩치 때문에 조망을 망친다며 그녀를 앞으로 밀어냈다. 그래, 대단하기는 했다. 세상에서 두 번째로 멋진 장관. 어둠 속에서도 빛이 나고 가죽 밑창까지 자꾸 미끄러지는 걸 보면 바위는 대리석이 분명했다. 한 번은 정말 미끄러질 뻔했는데 그가 놀라운 속도와 힘으로 붙잡아 주었다. 알을 지질하게 보이게 할 정도의 위력. 그녀는 일부러 팔을 옆구리에 붙여 그의 손등이 가슴에 닿게 만들었다. 만져 봐요. 내 가슴이잖아요. 두 개의 가슴. 왼쪽이 조금 더 섹시하지만 누가 그런 걸 따지나요? 그녀가 머릿속으로 애원했다. 길은 삐뚤빼뚤거리고 어둠도 조금씩 걷혀갔다. 대낮의 햇볕이라도 담은 듯 무덥기만 한 어둠. 발아래, 저 숲 너머의 도시가 명왕성만큼이나 아련했다. 머리 위로는 건물과 비계의 깔쭉한 그림자뿐이었다. 자동차 소음마저 잦아든 터라 밤은 온전히 매미들 세상이었다.

"천천히 걸어요."

그의 말투로 보아 어디든 목적지에 다다른 모양이었다. 다시 갈지자 통로가 이어지다가 나무 계단이 나타났다. 계단. 기다란 복도. 다시 계단. 요제프의 발걸음은 가볍기만 했다. 그녀도 그의 본을 따랐는데 정체 모를 은밀함이 둘을 하나로 묶어 주었다. 두 사람은 넓은 통로를 나란히 걸었는데 그 아찔한 규모에 저절로 시선을 빼앗겼다. 붉은 반달이 별 사이로 미끄러져 내려와 파르테온의 석주들 사이에 자리를 잡았다.

"세상에!" 그녀가 낮게 탄성을 흘렸다. 문득 자신이 있을 곳이 아니라는 생각도 들었다. 잠시나마 너무 외롭기도 했다. 그녀는 신기루 위를 걷듯 천천히 앞으로 걸어갔다. 그 끝에 무저갱이라도 나타나길 기대했건만 그렇지는 않았다. 그녀는 통로를 지나며 위층 입구를 찾았으나 첫 번째 층계엔 불행히도 "올라가지 마시오."라는 엄한 경고가 붙어 있었다. 그때 갑자기 찰리가 달리기 시작했다. 별다른 이유가 있어서는 아니었다. 그녀는 둥근 바윗돌 사이의 하늘 길을 따라 천상도시의 어두운 끄트머리로 달려갔다. 실크 셔츠 차림의 요제프가 바로 옆에서 따라오고 있다는 사실도 거의 의식하지 못했다. 그녀는 동시에 웃고 동시에 중얼거렸다. 잠꼬대처럼 쉴 새 없이 밀려드는 생각들. 정말로 육신을 벗고 무한히 하늘을 향해 달릴 수 있을 것 같았다. 그녀는 난간에 다다라서야 속도를 줄이고, 난간 너머 상체를 내밀어 그리스의 광활한 암흑 해에 갇힌 조명의 섬을 내려다보았다. 뒤를 돌아보니 몇 걸음 뒤에서 그가 지켜보고 있었다.

"고마워요." 그녀가 간신히 입을 열었다.

그리고 그에게 건너가 두 손으로 머리를 잡고 입을 맞추었다. 5년 만의 키스. 첫 키스는 입술과 입술. 두 번째는 혀와 혀. 그녀는 키스의 효과를 가늠이라도 하듯 그의 얼굴을 이리저리 기울이며 표정을 살폈다. 두 번째 키스는 확신할 만큼 길었다. 그래, 됐어. 이 사람도 나를 좋아해.

"고마워요, 요제프." 그녀가 되뇌었다. 그런데… 이 남자 물러서고 있잖아? 요제프가 머리를 빼내더니 두 손으로는 그녀의 팔을 풀어 옆구리에 가지런히 붙여주었다. 그는 그녀에게서 벗어났다. 아무 감정도 남기지 않은 채.

당혹스러웠다. 아니, 화도 났다. 그녀는 달빛에 비친 그의 무표정한 얼굴을 바라보았다. 어렸을 때만 해도 남자들을 잘 안다고 생각했다. 큰소리만 치다가 들어오지도 못하고 울어버린 잠재적 게이들, 발기불능의 두려움에 허덕이는 나이 든 동정남들, 소심한 양심 때문에 입구에서 움찔해버린 가짜 돈 주앙과 짝퉁 색마들. 그래도 그녀는 너그러이 어머니나 누나처럼 다독이며 결국 모두와 관계를 맺었다. 하지만 요제프의 어두운 눈은 그가 그다지 내켜하지 않는다는 걸 노골적으로 드러냈다. 지금껏 한 번도 경험하지 못한 반응… 아니, 욕정이 없어서가 아니었다. 능력이 부족해서도 아니다. 그녀도 산전수전에 공중전까지 겪은 배우인지라 그의 포옹에서 욕망의 긴장을 놓칠 수는 없었다. 그보다는 요제프의 목적이 그녀의 몸이 아니라 다른 곳에 있다고 봐야 할 것이다. 그리고 그녀에게서 물러남으로써, 그는 그 점을 분명히 했다.

"또다시 고마워해야 하는 건가요?" 그녀가 물었다.

그는 아무 대답 없이 한참 동안 그녀를 지켜보기만 했다. 그러다가 마침내 손목시계를 들어 달빛에 비춰보았다.

"시간이 별로 없어서 그래요. 찰리한테 신전 일부라도 보여주고 싶은데 그래도 괜찮겠소?"

새롭게 벌어진 거리감 속에서 그는 자신의 금욕주의를 이해해 달라고 애원하고 있었다.

그녀는 후다닥 그의 팔짱을 끼고, 그가 마치 트로피라도 되는 양 빼앗으려 들었다.

"요제프, 많이 보여줘요. 누가 이 건물을 세우고 돈은 얼마나 들었죠? 어느 신을 모시는 신전이에요? 기도는 먹혀들었대요? 좋아요, 죽음이 우리를 떼어놓을 때까지 얼마든지 보여줘요."

그가 유적들에 대해 모르리라는 생각은 전혀 들지 않는데 그 생각은 맞았다. 그는 가르쳤고 그녀는 귀를 기울였다. 그는 침착하게 이 신전, 저 신전으로 그녀를 인도했으며, 그녀도 그의 팔을 끌어안은 채 따라다녔다. 당신의 수녀가 되고 학생이 될게요. 뭐든 할 수 있어요. 당신을 받들며 오직 당신뿐이라고 말하겠어요. 당신을 눕히며 오직 나뿐이라고 말할래요. 그로써 죽는다 해도 기꺼이 당신의 미소를 마실 거예요.

"아니오, 찰리. 프로필라이아는 여신이 아니라, 지성소 현문을 뜻해요. 프로필론(propylon)이 어원이고 그리스인들은 지성소를 경배한다는 뜻으로 복수를 사용했다오." 요제프가 진중하게 대답했다.

"오늘을 위해 그걸 다 공부한 거예요, 요제프? 정말?"

"물론이오. 당신을 위해서지. 당연히."

"나도 그렇게 했을 거예요. 머리가 스펀지 같거든요. 당신도 놀랄 걸요? 책을 쭉 훑어만 봐도 전문가 뺨친다니까요."

그가 걸음을 멈췄다. 그녀도 멈춰 섰다.

"그럼 지금까지 배운 걸 얘기해 봐요." 그가 말했다.

처음엔 그 말을 믿을 수 없었다. 설마, 놀리려고 하는 얘기겠지? 그래서 그녀는 그의 두 팔을 잡고 뒤로 돌려세운 다음, 왔던 길을 되짚으며 지금껏 들은 얘기를 하나도 빠짐없이 되풀이해주었다. 두 사람은 다시 처음으로 돌아왔다.

"어때요. 적어도 우등상감은 되죠?"

그녀는 또다시 요제프 특유의 3분 요리가 끝나기를 기다려야 했다.

"아그리파 사당이 아니라 무덤이에요. 그거 하나만 빼면 완벽하네요. 축하."

그와 동시에 아래쪽에서 차가 빵빵거리는 소리가 들렸다. 의식적인 경적음 3회. 그를 부르는 신호였다. 그가 고개를 들고 흡사 바람 냄새를 맡은 짐승처럼 귀를 기울이다가 다시 시계를 확인했다. 마차가 호박으로 돌아갈 시간인 거야. 착한 아이들이 잠자리에 들며 오늘 하루 벌어진 일들을 떠벌일 시간. 그녀는 속으로 그런 생각을 했다.

요제프는 언덕을 내려가다가 잠시 발걸음을 멈추고 암울한 디오니소스 극장 안을 들여다보았다. 달빛, 그리고 우연히 흘러들어온 도시 불빛만이 텅 빈 분지 안을 비추었다. 마지막 작별을 하는 사람 같아. 그녀는 당혹스러운 마음으로 그를 지켜보았다. 도시의 불빛을 배경으로 그가 검고 딱딱한 석상처럼 보였다.

"연극이 아무리 진솔해도 사적인 고백이 될 수 없다는 글을 읽은 적이 있어요. 소설, 시는 가능하지만 연극은 아니라더군. 연극은 리얼리티와 관계해야 하고, 따라서 실용적이어야 하죠. 그 말을 믿어요?" 요제프가 물었다.

"버튼온트렌트 여자 협회에서요? 교도소의 토요일 마티네에서 〈트로이의 헬렌〉을 공연한다고요?" 그녀가 웃으며 되물었다.

"농담 아니오. 당신 생각을 들려줘요."

"연극에 대해서?"

"연극의 필요에 대해서."

그의 집착이 혼란스러웠다. 그녀의 대답에 너무도 많은 게 걸려 있다는 뜻이리라.

"음, 맞는 얘기예요. 연극은 실용적이어야 해요. 사람들이 공감하고 느끼게 만들어야 하죠. 그러니까… 사람들의 의식을 깨운다고 해야 하나요?"

"따라서 현실적이어야겠지? 확신하오?"

"예, 확신해요."

"음, 그렇군." 그가 중얼거렸다. 그로써는 할 바를 다했다는 투였다.

"음, 그래요." 그녀가 가볍게 되뇌었다.

우린 미쳤어. 그녀는 그렇게 결론을 내렸다. 달밤에 달을 보고 짓는 두 마리 미친 개. 지상으로 내려가는 길에 경찰이 둘에게 인사했다.

처음에는 짓궂은 농담이라고 생각했다. 차는 메르세데스뿐이었다. 너무도 공허한 거리. 멀지 않은 벤치에 남녀가 앉아 열심히 서로를 탐닉할 뿐 그 밖엔 아무도 보이지 않았다. 차는 짙은 색이었으나 검지는 않았다. 잔디 제방 근처에 주차되어 있었는데 정면 번호판은 보이지 않았다. 그녀는 늘 메르세데스를 좋아했다. 용적을 보아하니 세단형이고 외장(外裝)과 안테나들은, 온갖 치장을 다한 누군가의 애장품이라고 말해 주었다. 그는 그녀의 팔을 잡고 있었는데 차문을 열려 한다는 사실을 깨달은 건, 거의 운전석 문에 다다라서였다. 그가 열쇠구멍에 열쇠를 넣자, 잠금장치 버튼 네 개가 한꺼번에 퍽 하고 올라왔다. 그가 차를 돌아가 조수석으로 그녀를 이끌었다. 도대체 무슨 일이에요? 그녀가 물었다.

"맘에 들지 않아요? 다른 차를 주문할 걸 그랬나? 고급차를 좋아한다고 생각했는데, 아니오?" 그가 되물었다. 가볍고 경쾌한 말투였지만 그녀는 그마저 신뢰가 가지 않았다.

"렌트한 거예요?"

"렌트는 아니지만 우리 여행을 위해 빌린 건 맞아요."

그는 문을 열고 서 있었다. 그녀는 타지 않았다.

"누가 빌려준 거예요?"

"친한 친구."

"이름이 뭔데요?"

"찰리, 바보짓이오. 허버트, 칼. 이름이 무슨 상관입니까? 아니면 그리스 피아트처럼 털털거리는 박애주의라면 만족할 건가요?"

"내 짐은 어디 있죠?"

"트렁크. 디미트리한테 그렇게 지시해두었소. 직접 확인하고 싶다면 그렇게 해요."

"안 탈래요. 이거야말로 바보짓이에요."

하지만 그녀는 차에 탔다. 곧바로 그도 운전석에 올라 시동을 걸었다. 그는 운전 장갑을 사용했다. 손등에 공기구멍이 있는 검은 가죽인데 차에 타면서 주머니에서 꺼낸 모양이었다. 장갑 때문인지 금팔찌가 더욱 밝은 빛을 발했다. 운전은 빠르고 노련했지만 찰리는 그마저 맘에 들지 않았다. 친구 차라면서 어떻게 이렇게 몰지? 조수석 문은 잠겨 있었다. 그가 중앙잠금장치로 모두 잠가버린 것이다. 라디오에서는 평범한 그리스 음악이 흘러나왔다.

"이 망할 창은 어떻게 열어요?" 그녀가 물었다.

그가 버튼을 누르자 따뜻한 밤바람이 그녀를 쓰다듬어주었다. 바람에서 솔향기가 났지만 창은 5센티미터 정도 열렸을 뿐이었다.

"이런 일 자주 하죠? 사소한 취미 같은 건가요? 여자들을 음속 두 배로 미지의 목적지로 데려가는 일 말이에요." 그녀가 큰 소리로 물었다.

무응답. 그는 도로만 뚫어져라 노려보았다. 도대체 정체가 뭐지? 오, 빌어먹을, 엄마 말마따나 뭘 해쳐먹으려고 이러는 거야? 차에 빛이 가득해져 화들짝 돌아보니 뒤창 너머로 100미터쯤 거리에서 헤드라이트 한 쌍이 따라오고 있었다. 더 가까워지지도 멀어지지도 않은 채.

"우리 편인가요? 아니면 반대편?" 그녀가 물었다. 사실 어느 정도 진정을 찾아가고 있었건만 그 순간 무언가 눈에 걸려들었다. 뒷좌석에 가지런히 놓아둔 붉은색 블레이저. 노팅엄과 요크에서처럼 단추도 놋쇠였고 20년대풍의 디자인이었다. 목숨이라도 걸 수 있다.

그녀는 그에게 담배를 청했다.

"글러브박스를 뒤져봐요." 그가 고개도 돌리지 않고 대답했다. 당겨

보니 그 안에 말보로 한 갑이 들어 있었다. 실크스카프와 값비싼 폴라로이드 선글라스도 함께였다. 스카프를 꺼내자 남자화장실 소독약 냄새가 났다. 그녀가 담배를 물었다. 요제프가 시뻘건 시거잭을 내밀었다.

"친구 분이 옷을 고급스럽게 입으시나 봐요."

"예, 그래요. 그건 왜 묻죠?"

"뒷좌석에 붉은 블레이저가 있어요. 아니면 당신 옷인가요?"

그도 놀란 듯 재빨리 그녀를 보았지만 이내 도로 쪽으로 고개를 돌렸다.

"그렇긴 하지만 그 옷도 빌린 거요." 그가 담담하게 대답했으나 차 속도는 더 빨라졌다.

"선글라스도 친구한테 빌린 거겠죠? 조명 바로 옆에 앉으려면 선글라스가 엄청 필요할 테니까요. 그것도 무대 바로 앞이라면… 당신 성이 리히토펜 맞죠?"

"맞아요."

"이름은 피터이지만 요제프가 더 맘에 들 거예요. 비엔나에 살고, 무역도 조금, 공부도 조금 하고?" 그녀가 잠시 말을 끊었으나 그도 아무 말하지 않았다. "중앙우체국 사서함 762, 맞나요?"

그는 미미하게 고개를 끄덕이는 것으로 그녀의 기억을 인정했다. 속도계는 이미 130킬로미터까지 올라갔다.

"국적 불명의 과민한 혼혈아. 아이가 셋에 부인이 둘이죠? 모두 함께 살고?"

"아내도, 아이도 없어요."

"한 번도요? 아니면 지금 이 순간에 존재하지 않는다는 얘긴가요?"

"지금은 없다는 뜻이오."

"그런다고 내가 끄떡할 것 같아요? 아니, 오히려 다행이네요. 당신을 알려줄 사람이 아무도 없으니까. 아무것도. 여자들이 원래 그래요. 끼어들기 좋아하죠."

문득 아직도 스카프를 들고 있다는 생각이 들었다. 그녀는 스카프를 글러브박스에 넣고 쾅 하고 닫아버렸다. 길은 곧았지만 아주 좁았다. 속도계는 이미 140이었다. 그녀의 내면에서 두려움이 일어나 외면의 냉담과 다투기 시작했다.

"좋은 얘기도 해주지 그래요? 손님 마음이라도 편하게?"

"좋은 얘기라면, 나도 가급적 거짓말을 줄이려 노력했다는 사실이오. 그리고 조금만 있으면 찰리가 우리와 함께 있게 된 이유들을 충분히 이해하게 될 겁니다."

"우리가 누구죠?"그녀가 신경질적으로 물었다.

그때까지만 해도 그는 늘 혼자였다. 찰리로서는 그런 식의 반전이 달가울 리가 없었다. 자동차는 주도로를 향해 달렸지만 속도는 줄이지 않았다. 자동차 두 대가 눈을 부라리며 그들을 비추었지만 그는 킥다운과 브레이크를 함께 밟으며 깔끔하게 불빛 사이로 끼어들었다. 그녀는 헉하고 숨을 삼켰다. 뒷차도 같은 식으로 그 뒤를 따라왔다.

"무기 거래인가요? 설마 여기 어딘가에서 작은 전쟁을 벌이는 건 아니죠? 총소리는 사양할래요. 귀청이 너무 약하단 말이에요!"그녀가 불쑥 소리를 높였다. 문득 그의 흉터가 떠올라서 그랬다지만, 아무튼 자신도 모르게 들뜬 목소리가 너무도 낯설었다.

"아니오, 찰리, 무기 거래는."

"'아니오, 찰리, 무기 거래는.' 그럼 백인노예 매매예요?"

"아니, 노예 매매도 아니에요."

그녀는 그 말도 따라했다.

"좋아요, 그럼 마약이 남았나요? 뭔가 거래한다고 했으니까. 솔직히 말해서 마약은 내 전공이 아니에요. 오래전 세관을 통과할 때 알이 해시를 운반하게 한 적이 있는데, 어찌나 무서웠던지 며칠 동안 엉망이었다고요." 무응답. 그녀가 손을 뻗어 라디오를 꺼버렸다. "더 센 거죠? 더 비싸고? 완전히 다른 차원인가요? 이봐요, 당장 차를 세우는 게 어때요? 날 데려다줄 필요는 없어요. 그냥 당신이 내일 미코노스로 돌아가 내 대역을 찾아보면 되잖아요?"

"당신은 아무 데나 버려놓고? 바보 같은 소리요."

"당장, 망할 놈의 차나 세워요!" 그녀가 비명을 질렀다.

메르세데스는 일련의 신호등을 뛰어넘어 왼쪽으로 급회전을 했다. 어찌나 격렬한지 안전벨트가 가슴에 걸려 헉 하고 숨을 토해내기도 했다. 그녀는 운전대를 향해 몸을 던졌으나 당연히 그가 더 빨랐다. 그가 다시 왼쪽으로 핸들을 꺾어 하얀색 문 안으로 들어갔다. 진달래와 히비스커스가 에워싼 사유 건물 진입로. 차는 급하게 커브를 그리더니 충돌이라도 한 듯, 자갈밭에 쿵 소리를 내며 멈춰 섰다. 두 사람의 몸이 한꺼번에 한쪽으로 쏠렸다. 주변은 온통 하얀 페인트칠의 돌담이었다. 두 번째 차가 뒤쪽에 정차하며 탈출구를 봉쇄했다. 자갈밭을 밟는 발소리가 들렸다. 낡은 빌라 건물은 온통 붉은 꽃으로 뒤덮였는데 헤드라이트 불빛에 마치 지금 막 생긴 피 얼룩들처럼 보였다. 창백한 불빛 하나가 현관을 비추었다. 요제프는 시동을 끄고 열쇠를 주머니에 넣었다. 그러고는 상체를 숙여 찰리 쪽 문을 열어 그녀가 나가도록 해주었다. 차문 밖은 자극적인 향과 매미들 울음소리로 가득했다. 하지만 요제프가 밖으로 나간 후에도 그녀는 자리에서 꼼짝도 하지 않았다. 산들바람도 신선한 공기도 없고 소리라고 해봐야 젊은 남자들이 차 주변을 에워싸는 발소리뿐이었다. 디미트리, 철부지 미소를 띤 열 살짜리 운전사. 라울, 택시를 타고 부자 아버지를 찾아간 담황갈색 머리의 사이코. 청바지와 재킷 차림의 여자 둘. 아크로폴리스까지 그들을 쫓아온 커플이다. 더군다나 자세히 보니, 아이쇼핑을 할 때 두어 번 미코노스 주변을 어슬렁거렸던 이들이기도 했다. 그때 누군가 트렁크에서 짐을 내리는 소리에 그녀는 화들짝 차에서 뛰어내렸다.

"내 기타야! 건드리지 마, 이 나쁜…."

하지만 기타는 벌써 라울의 겨드랑이에 들어가고 숄더백은 디미트리가 챙겼다. 찰리가 달려들려는데 두 여자가 각각 손목과 팔꿈치를 잡고는 현관문 쪽으로 끌고 갔다

"요제프 개자식 어디 있어?" 그녀가 소리쳤다.

요제프 개자식은 임무를 완수하고 이미 계단을 반쯤 오르는 중이었다. 사고현장을 빠져나가는 사람처럼 뒤를 돌아보지도 않았다. 자동차를 지나가며 현관 불빛의 도움으로 뒤쪽 번호판을 보았다. 그리스가 아니라 아랍 번호판이었다. 숫자 주변에 할리우드 스타일의 글이 적혀 있고, 외교관 차량을 뜻하는 플라스틱 시디 표시가 트렁크의 메르세데스 문양 바로 왼쪽에 끼워져 있었다.

06

두 여자는 찰리를 화장실로 안내해 그녀가 볼일을 보는 동안 내내 죽치고 기다렸다. 금발과 브루넷으로 둘 다 무척이나 추레해 보였으나, 아무튼 여자를 잘 대해주라는 지시를 받은 듯 보였다. 찰리가 두 번이나 덤벼들었지만 너무도 손쉽게 제압당하고 말았다. 구두 밑창은 부드럽고 셔츠는 청바지 밖으로 빼내 입었는데, 아무리 욕을 해도 둘 다 귀머거리처럼 히죽히죽 웃을 뿐이다.

"난 레이첼, 여기는 로즈. 레이첼, 로즈, 알겠어요?" 브루넷이 짧은 휴전 중에 숨을 몰아쉬며 자기소개를 했다.

레이첼은 미인이고, 세련된 노스컨트리 억양과 밝고 경쾌한 눈을 지녔다. 국경에서 야누카를 세운 것도 레이첼의 엉덩이가 아니었던가. 로즈는 키가 크고 튼튼했으며 곱슬거리는 금발에 체조선수처럼 날렵했다. 두 손을 펼치면 손바닥이 흡사 도끼머리처럼 보였다.

"아무 일 없을 테니 걱정 말아요, 찰리." 로즈가 건조하기 짝이 없는 목소리로 위로했다. 남아공 억양 같았다.

"전에는 아무 일 없었어!" 찰리가 대뜸 소리치며 다시 달려들었다. 물론 소용은 없었다.

여자들은 찰리를 다시 1층 침실로 데려가 머리를 빗기고 우유를 뺀 다이어트 차를 만들어 주었다. 그녀는 침대에 앉아 차를 홀짝이며 호흡을 가라앉히려 했지만 여전히 화를 삭이지 못하고는 다시 욕설을 퍼부어댔다. 땡전 한 닢 없는 여배우 납치해서 몸값을 얼마나 챙기시게? 내 빚이라도 넘겨드려? 그녀가 투덜댔지만 레이철과 로즈는 마냥 친밀한 미소를 지을 뿐이었다. 둘은 두 팔을 늘어뜨린 채 찰리가 넓은 계단을 오를 때까지 기다려주었다. 첫 번째 층계참에서 찰리가 또다시 달려들었다. 이번에는 주먹을 쥐고 한껏 팔을 휘둘렀으나 어느새 벌러덩 자빠져 있었다. 그녀는 그대로 누워 계단의 스테인드글라스 닫집을 올려다보았다. 계단에 반사된 여린 금색과 분홍색의 모자이크를 그려냈다. "네년들 코를 박살내주고 말겠어." 그녀가 레이철에게 을러댔지만 이번에도 충분히 이해한다는 반응뿐이었다.

건물은 낡고 고양이 냄새가 났다. 끔찍한 엄마 냄새도 났다. 대영제국 풍의 싸구려 가구들이 빽빽하게 들어차고 다 낡은 벨벳 커튼과 놋쇠 샹들리에도 군데군데 걸렸다. 하지만 이 집이 스위스 병원만큼 깨끗하고 배 갑판만큼이나 기울어져 있었다면 더도 덜도 말고 진짜 미친 집단처럼 보였을 것이다. 두 번째 층계참의 깨진 화분에 다시 어머니를 떠올려야 했다. 어린 시절, 칠레 소나무들을 지붕처럼 드리운 온실에서 코르덴 바지 차림으로 엄마 옆에 앉아 완두콩을 깐 적이 있는데, 그때는 물론 그 이후에도 온실이 있는 집은 전혀 기억이 나지 않았다. 찰리가 기억하는 첫 번째는 본머스 인근, 브랭섬의 집이었고 그때 나이는 세 살이었다.

세 여자는 양쪽 미닫이문에 다다랐다. 레이철이 문을 밀고 옆으로 물러나자 위쪽으로 동굴 모양의 공간이 열렸다. 중앙 탁자에 그림자 둘이 앉아 있었다. 하나는 체구가 단단했으며 하나는 아주 마르고 어깨까지 구부정했다. 둘 다 탁한 갈색과 회색 옷을 입었는데 멀리서 보니 정말로 유령 같았다. 천장 중앙의 조명이 테이블 위의 난삽한 서류들을 비추어 더욱 어지럽게 만들어놓았다. 아직 어느 정도 거리는 있었지만 매체에서 오려낸 조각들 같았다. 로즈와 레이철은 낄 자리가 못 된다는 듯 뒤로 물러섰다. 레이철이 찰리의 엉덩이를 밀며, "저기로 가요."라고 말했다. 스무 걸음 정도를 다가가는 동안, 찰리는 단단히 태엽을 감아 달릴 준비를 마친 장난감 생쥐라도 된 기분이었다. 기습공격을 하는 거야. 배를 움켜잡고 급성맹장에 걸린 시늉을 해. 비명도 지르고. 그녀가 들어가자 두 남자가 거의 자동적으로 자리에서 일어났다. 말라깽이는 테이블 옆에 계속 서 있었지만 덩치는 성큼성큼 다가와 오른손으로 덥석 찰리의 손을 잡더니 미처 빼내기도 전에 마구 흔들기 시작했다.

"찰리, 무사히 모시게 되어 정말 영광이오!" 쿠르츠가 속사포처럼 축하인사를 쏘아댔다. 찰리가 이곳에 오기 위해 불지옥과 물지옥이라도 헤쳐나오기라도 한 말투였다. 그녀의 손은 여전히 그의 강력한 손아귀에 잡혀 있었다. 솔직히 이런 식의 만남은 찰리가 상상한 어느 것과도 거리가 멀었다. "딱히 좋은 이름이 있을 때까진 날 마티라고 부릅시다. 그리고 신께서 나를 만드신 후에 짜투리가 남으셨던지 나중에 이렇게 마이크까지 조립하셨구려. 자, 마이크와도 인사를 나누셔야지. 리히토펜 씨는 저쪽에서 자신의 편의치적을 작성하는 중이라오. 아, 요제프라고 부르셨던가? 실제로 찰리 양께서 직접 이름을 하사하신 셈이구려. 그렇죠?"

몰랐지만 요제프도 어느새 방에 들어와 있었다. 주변을 돌아보니 다른 사람들과 동떨어진 소형 접이식 테이블에서 서류를 정리하는 중이었다. 테이블 위에 개인용 독서등이 서 있었는데 상체를 기울이자 촛불 같은 빛이 그의 얼굴을 어루만졌다.

"지금이라면 개새끼라고 불러줬을 거예요." 그녀가 으르렁거렸다.

레이첼한테 그랬듯, 그에게 달려들 생각도 했다. 저들이 막기 전에 세 걸음만 달려가 한 방 갈기면 그만 아닌가. 하지만 어차피 접근도 못할 것임을 알기에 대신 지독한 욕설을 폭포처럼 쏟아내는 것으로 만족해야 했다. 요제프는 아련한 회상에라도 잠긴 표정으로 귀를 기울이는 듯 보였다. 지금은 갈색의 가벼운 작업복과 악단 지휘자처럼 실크 셔츠로 갈아입은 터였다. 병뚜껑 모양의 황금 커프스단추는 언제 그랬냐는 듯 사라졌다.

"부디 이 두 사내의 얘기를 들을 때까지만이라도 잠시 판단을 유보하고 힘한 말씀도 거두어주시길 부탁드리리다. 우린 좋은 사람들이라오. 아가씨가 함께 지내던 사람들보다 선하다 말씀드릴 수 있지. 자, 앞으로 배울 것도 많고 운이 좋다면 할 일도 많을 게요. 그러니 힘을 아끼시기 바라겠소." 쿠르츠는 고개도 들지 않고 계속 뉴스 스크립트들을 훑어나가며 충고했다. 흡사 산만한 비밀 메모라도 읊조리는 사람 같았는데 말을 끝내고도 서류에서 눈을 뗄 생각은 없는 듯했다.

저 사람은 끄떡도 안 하겠어. 큰 짐을 내려놓았는데 그게 바로 나니까. 그녀는 속으로 중얼거렸다. 테이블의 남자 둘은 아직 일어선 채 그녀가 앉기를 기다렸는데 그것도 미친 짓이었다. 지금 막 납치한 여자한테 예를 차리려 들다니. 심지어 예에 대해서 가르치려 하지 않는가! 물론 따뜻한 차 한 잔을 마시고 화장을 고친 후에 납치범들과 회담을 벌이는 것도 미친 짓일 것이다. 그녀는 자리에 앉았다. 쿠르츠와 리트박도 자리에 앉았다.

"누가 카드를 쥐고 있죠?" 그녀는 손등으로 눈물을 훔치며 씩씩하게 내뱉었다. 바닥 중간쯤에 다 낡은 갈색 서류 가방이 놓여 있었다. 열려 있기는 했어도 안이 들여다보일 정도는 못 되었다. 책상 위의 서류는 신문 스크립트가 맞았다. 마이크가 황급히 폴더에 담기 시작했지만 모두 그녀와 그녀의 경력에 대한 소식임을 알아차리는 건 문제도 아니었다.

"여자는 제대로 데려왔군요. 그렇죠?" 그녀가 단호하게 선언했다. 우선은 대화상대로 리트박을 골랐다. 홀쭉한 체구 때문에 좀 더 다감할 거라고 오해한 덕분이지만 자신이 살아 있는 한 상대가 누구든 전혀 상관없었다. "53번가 은행을 턴 3인의 마스크 강도단을 찾는 거라면 딴 데 가서 알아봐요. 난 무고한 구경꾼에 불과하니까."

"찰리, 당연히 우리가 찾은 아가씨가 맞소!" 쿠르츠가 기꺼이 외치고 두터운 두 손을 들어 보였다. 그는 리트박과 방 건너의 요제프를 번갈아 보았다. 상냥하면서도 칼처럼 계산적인 시선. 하지만 다음 순간, 그런 모습은 간데없고 동물적인 기세로 얘기를 시작했다. 퀼리와 알렉시스뿐 아니라, 지금껏 수없이 많은 비협조자들을 압도했던 바로 그 특별한 위력이 아닌가. 풍부한 유럽-미국 억양에, 손으로 난도질을 하는 동작도 여전했다.

하지만 찰리는 배우다. 그녀의 직업적 본능도 그 어느 때보다 명료했다. 쿠르츠의 폭포 같은 연설은 물론, 자신에게 가해진 폭력과 그에 대한 당혹감도, 그 방에서 일어나는 일에 대한 다각적인 지각능력을 무디게 만들지는 못했다. 여긴 무대 위야. 우리와 그들뿐인. 그녀는 속으로 생각했다. 젊은 파수꾼들이 무대 뒤 어두운 가장자리로 물러나면서, 뒤늦게 바스락거리며 자리를 찾아 앉는 소리가 들렸다. 지금까지 본 바로는 무대는 쫓겨난 독재자의 침실을 닮았다. 납치범들, 독재자를 몰아낸 자유의 전사들. 쿠르츠가 그녀를 마주 보며 앉았을 때, 그의 넓고 자상한 이마 너머로 다 허물어져가는 석고벽이 보였다. 벽에는 제왕의 침대머리 흔적이 먼지얼룩처럼 남아 있었다. 말라깽이 리트박 뒤쪽으로는 소용돌이 문양의 금박 거울이 걸려 있었다. 옛 연인의 쾌락을 위한 장식품이었으리라. 헐벗은 마룻바닥은 폐쇄적인 무대의 메아리를 제공하고 천장 조명은 두 남자의 공허한 얼굴과 무미건조한 당복을 강조했다. 찰리로서야 비교 대상이 없었지만, 쿠르츠는 화려한 매디슨 애버뉴 정장 대신, 군용 부시재킷 차림이었다. 겨드랑이에는 땀 얼룩이 배고 버튼다운 주머니엔 청동색 펜들이 나란히 꽂혀 있었다. 반면에 지성파 리트박은 반팔 카키셔츠를 선호했는데 하얀 두 팔이 껍질 벗긴 나뭇가지처럼 삐져나왔다. 하지만 두 사람을 힐끗 보는 것만으로도 그들이 요제프와 한패임을 알 수 있었다. 이 사람들, 같은 일을 하는 중이야. 생각과 경험도 같아. 그녀는 그런 생각을 했다. 쿠르츠의 시계는 바로 옆에 놓여 있었는데 문득 요제프의 물병 생각이 났다.

프랑스풍의 닫힌 창 두 개는 앞마당을 향했다. 창밖으로 뒤뜰이 보였다. 양옆의 미닫이문은 닫힌 채였다. 설령 그쪽으로 달아나려 해도 결국 가망이 없다는 얘기다. 보초들이 아무리 늘쩍지근한 척했지만 그녀는 일찍부터 그들이 전문가임을 간파했다. 그럴 만한 이유도 충분했다. 무대 맨 구석의 모기향 네 개가 천천히 퓨즈처럼 타들어가며 사향 냄새를 뿜어댔다. 요제프의 독서 등은 그녀의 등 뒤 방향이었다. 이런 상황에도 불구하고, 아니 어쩌면 이런 상황이기 때문에, 어쩐지 위안이 되는 단 하나의 불빛이었다.

쿠르츠의 굵은 목소리가 특유의 은근히 위협적인 문구들로 방을 가득 채우기 전에 그녀는 이미 이 모든 상황을 파악했다. 아무튼 그 기나긴 밤 찰리가 자신의 운명을 짐작조차 못했다 해도 이제 그의 가혹하고도 가차 없는 목소리가 알려줄 것이다.

"찰리, 먼저 우리 소개부터 하고 어떤 일을 하는지도 얘기하고 싶소. 비록 여기 사람들이 사과에 익숙하지 못하다 하나 미안하다는 뜻도 함께 전하리다. 피치 못할 일이란 늘 있는 법 아니겠소? 이따금 그런 일을 해야 하는데 이번 일도 다르지 않구려. 미안하외다. 그리고 환영하오. 어서 와요."

그는 그녀가 또다시 욕설의 폭포를 모조리 쏟아낼 때까지 기다렸다가 환하게 웃어주었다.

"찰리, 하고 싶은 질문이 많을 거요. 적당한 때에 어떤 질문이든 성심껏 대답해드리겠소. 그때까지는 적어도 두어 가지 기본적인 사항으로 만족해봅시다. 우리가 누구냐고 했소?" 이번에는 그도 말을 멈추지 않았다. 그의 말이 초래할 결과보다, 그 얘기를 기화로 효과적이고 우호적으로 그녀와 현상황을 통제하는 데 관심이 더 크기 때문이었다. "찰리, 요제프의 말대로 우린 기본적으로 좋은 사람들이오. 그런 의미에서 전 세계의 선하고 점잖은 사람들처럼 우리를 무종파, 비동맹으로 봐주길 기대하리다. 그리고 찰리만큼이나 세상이 잘못된 방향으로 가고 있는 데 따른 근심도 많다오. 덧붙여서, 우리가 이스라엘 시민이라고 해도 부디 입에 거품을 물고 토악질을 하거나 창밖으로 뛰어내리지 않으리라 믿겠소. 아, 물론 이스라엘인들을 모조리 바다에 쓸어 넣고 네이팜탄으로 멸종을 시키거나, 이스라엘 말살을 계획 중인 아랍 폭력조직에 우리를 통째로 넘길 생각이 없다면 말이오." 순간 쿠르츠는 그녀가 움찔하는 걸 느끼고 곧바로 물고 늘어졌다. 목소리는 최대한 낮추었다. "당신 신념이 그런 거요, 찰리? 그렇다면 생각을 말해줬으면 하오. 자리에서 일어나 돌아가고 싶소? 내가 알기로 비행기표가 있죠? 물론 여비도 지급할 생각이라오. 정말 그러고 싶은 거요?"

차가운 냉기가 덧씌워지며 찰리의 혼란과 두려움을 동시에 덮어주었다. 해변에서의 무의미한 질문 이후로 요제프가 유대인이라는 사실을 의심한 적은 없었다. 하지만 이스라엘은 언제나 혼란스럽고 추상적인 개념이었으며, 호의와 적대감을 동시에 불러일으켰다. 언제든 누군가 그 문제를 면전에서 흔들어대리라는 사실을 의심해본 적도 없었다.

"그래서 이게 무슨 일이죠? 전쟁 준비? 보복특공대? 나를 전기고문이라도 할 건가요? 도대체 어쩌자는 거예요?" 그녀가 다그쳐 물었다. 거래를 끊으려면 차라리 시작하기 전이 좋다는 제안은 무시해버렸다.

"전에 이스라엘 사람을 만난 적이 있소?" 쿠르츠가 다시 물었다.

"아뇨."

"유대인 일반에 대해 인종적 거부감이 있나요? 유대인이라는 사실만으로? 우리는 악취가 나는 것도 아니고 식탁 매너가 나쁘지도 않소. 말해 봐요. 충분히 이해하니까."

"바보 같은 소리 말아요." 목소리가 이상했다. 아니, 그녀에게만 그렇게 들리는 걸까?

"지금 적진에 잡혀 있는 기분이오?"

"오, 세상에, 그런 말이 어디 있어요? 나를 납치한 사람들이야말로 진짜 친구 아닌가요?" 그녀가 비꼬았다. 그러자 놀랍게도 여기저기서 진솔한 웃음이 터져 나왔다. 다들 자유로운 분위기였다. 요제프만은 예외였다. 그는 자기 일만으로도 너무 바빴다. 서류 넘기는 바스락 소리가 그녀에게까지 들려왔다.

쿠르츠도 좀 더 물고 늘어졌지만 여전히 즐거운 표정이었다.

"그럼 우리도 마음을 놓기로 하겠소. 어떤 의미든 찰리가 잡혀왔다는 생각은 잠시 잊기로 합시다. 이스라엘이 살아남아야 하겠소? 아니면 우리 모두 짐을 싸서 이 나라 저 나라로 달아나 처음부터 다시 시작해야겠소? 중앙아시아나 우루과이 땅을 조금 떼어받을 수도 있겠지만 부디 이집트는 사양하리다. 그곳에서 살아봤지만 별로 재미를 보지 못했거든. 아니면 유럽과 아시아 게토로 흩어져 제2의 학살을 기다려야 하겠소?

어디 말씀해보시구려, 찰리."

"그냥 저 불쌍한 아랍인들을 내버려뒀으면 할 뿐이에요."그녀가 다시 즉답을 피했다.

"좋소. 그래, 우리가 구체적으로 어떻게 하면 되겠소?"

"마을 폭격은 그만해야죠. 사람들을 땅에서 쫓아내고 불도저로 마을을 밀어버리고 고문하고…."

"중동 지도를 본 적 있소?"

"물론이죠."

"지도를 보면서 아랍인들이 우리를 내버려뒀으면 하는 생각은 해본 적 있소?"쿠르츠가 되물었다. 여전히 위태로울 정도로 즐거운 표정이었다.

그녀에게 혼란과 두려움에 당혹감까지 덧씌워졌지만 그건 쿠르츠가 의도한 바일 것이다. 그런 식의 노골적인 리얼리티에 직면하자 그녀의 나약한 주장은 말 그대로 순진한 교과서 논리에 불과했다. 말 그대로 현자를 가르치려는 바보가 된 기분이었다.

"그냥 평화를 원한다는 뜻이에요."그녀가 바보처럼 중얼거렸지만, 사실 솔직한 마음이었다. 그녀는 팔레스타인이 유럽의 강력한 보호를 얻기 위해 유럽의 박해를 받던 시절로 돌아왔다는 생각을 하던 터였다.

"그렇다면, 지도를 다시 한 번 보고 이스라엘이 원하는 게 뭔지 자문해보구려."쿠르츠가 느긋하게 조언하고는 잠시 입을 다물었다. 오늘 밤 이곳에 함께 있지 못하는 동포들을 위한 묵념 같은 휴식이었다.

정적은 길어질수록 더욱더 기이해졌다. 침묵이 길어지도록 만든 사람이 바로 찰리 자신이었기 때문이다. 불과 몇 분 전만 해도 신과 세상을 향해 악다구니를 부렸건만 갑자기 아무 할 말이 없었다. 그리하여 마침내 마술을 깨뜨린 건 찰리가 아니라 쿠르츠였다. 그는 기자회견장에서 미리 준비한 원고라도 읽듯 설명을 이어갔다.

"찰리의 정치성향을 공격하려고 이곳에 모신 게 아니오. 아직 내 말을 믿지 못하겠지만 사실 믿을 근거도 없지 않겠소? 오히려 우린 찰리의 평화 원칙을 좋아한다오. 그것도 이론적 모순, 선한 의도 등 모든 점에서 그렇소. 그 모두를 존중하고 또 필요로 하오. 성향을 비웃을 의도도 전혀 없고. 오히려 언젠가는 우리도 평화주의자로 돌아가 공개적이고 건설적으로 그 문제를 논의하고 싶다오. 지금으로서는 그저 찰리의 타고난 인본주의에 호소할 생각이고, 또 오직 그 생각뿐이랍니다. 우리는 찰리의 선한 의지와 관심, 인성, 그리고 정서와 정의감을 높이 살 생각이라오. 찰리의 윤리적 관심사에 반하는 그 어느 것도 요구할 생각이 없어요. '골통 철학.' 그게 자신의 신념에 붙인 이름 맞죠? 골통 철학은 잠시 미뤄둡시다. 아무리 혼란스럽고 불합리하고 욕구불만이라 해도, 찰리, 당신의 신념 자체를 온전히 존중하리다. 그러니 좀 더 편안하게 앉아 우리 얘기를 들어보시구려."

하지만 찰리는 대답 대신 비난을 선택했다.

"요제프가 이스라엘 사람인데, 왜 더러운 아랍 차를 몰고 다닌 거죠?"

쿠르츠가 활짝 미소를 짓자 얼굴에 주름살이 깊어졌다. 일찍이 퀼리에게 나이를 드러냈던 바로 그 미소였다.

"훔친 차요, 찰리." 그가 흥겨운 목소리로 대답하자 주변 사람들이 곧바로 웃음에 동참했다. 찰리도 따라 웃으려 했으나 얼굴만 애매하게 일그러졌다. 그리고 그가 다른 얘기를 꺼냈는데, 팔레스타인 문제 또한 찰리의 정치신념과 마찬가지로 한구석으로 밀어 넣는 게 지극히 당연하다는 투였다. "당신이 알고 싶은 두 번째는, 왜 지금 이곳에 우리와 함께 있으며, 우리가 왜 이토록 번거롭고도 무례한 방식으로 모셔야 했는지의 문제일 게요. 대답해드리리다. 찰리, 이유는 일거리를 제안하기 위해서요. 연기 관련 일이죠."

드디어 잔잔한 호수에 파문이 일었다. 넉넉한 미소로 보아 그도 그 정도의 파장은 예상한 터였다. 그는 행운의 우승자를 발표라도 하듯 말투도 느리고 신중하게 바꾸었다.

"당신이 평생 했던 어느 역보다 거대한 일이오. 가장 힘들고 어렵지만 가장 중요한 역할이기도 하다오. 돈 얘기가 아니오. 돈은 얼마든지 가질 수 있소. 원하는 액수만 말하구려." 그가 커다란 팔을 흔들어 돈 문제를 일거에 쓸어버렸다. "우리가 생각하는 건, 당신의 모든 재능을 종합하는 역할이에요. 인간적인 동시에 전문적인 재능, 위트, 놀라운 기억력과 지성, 용기 등등 모두 말이오, 찰리. 하지만 무엇보다 조금 전에 언급한, 특별히 인간적인 특성, 즉 온정이 가장 중요할 거예요. 우리는 당신을 선택하고 캐스팅했소, 찰리. 지금껏 엄청난 대상자를 살펴보았다오. 당연히 많은 나라에 수많은 후보들이 있었지만, 우린 당신을 선택했고 그래서 당신이 이곳에 온 거요. 당신 팬들한테. 이 방 사람들은 모두 당신의 연기를 보았고 모두 당신을 찬양해요. 자, 그러니 분위기를 바꿔봅시다. 당신을 향한 적대감은 없어요. 그보다는 애정이 있고 찬양이 있고 희망이 있지. 우리 말을 들어요. 당신 친구 요제프가 얘기한 대로 좋은 사람들이니까. 당신처럼. 우린 당신을 원해요. 당신이 필요해요. 그리고 훨씬 더 당신을 필요로 할 사람들도 저 밖에 있답니다."

그의 목소리는 공허감을 남겼다. 아주 드물게나마 그런 목소리의 남자배우들을 만난 적이 있었다. 그건 엄청난 존재감의 반증이었다. 목소리는 무자비한 자비로서 중독이 되고, 따라서 지금처럼 그렇게 비어버릴 경우 금단증세로 고통받게 된다. 처음엔 알이 중요한 배역을 따내더니, 이젠 나라고? 솔직히 본능적으로 의기양양할 수밖에 없었다. 이런 상황에 제정신을 차릴 수 없는 것만은 분명했지만 할 수 있는 일이라고는 이를 악무는 것뿐이었다. 그녀는 두 뺨을 간질이며 입 밖으로 새어나오려는 환희의 미소를 억눌렀다.

"그래서, 늘 이런 식으로 캐스팅을 하나요? 몽둥이로 머리를 내리친 다음 수갑을 채워 끌고 오는 거예요?" 그녀가 다시 한 번 못 믿겠다는 말투를 유지했다.

"찰리, 일반적인 드라마를 하자는 게 아니오." 쿠르츠가 담담하게 대답하며 주도권을 재차 찰리에게 넘겼다.

"그래, 어떤 역인데요?" 그녀가 여전히 웃음을 진압하며 물었다.

"일단 무대가 있다고 합시다."

그러고 보니 요제프도 정색까지 하며 실제 무대에 대해 언급했었다.

"그럼 연극이군요. 처음부터 연극이라고 하지 그랬어요?"

"어떤 의미에선 연극이겠군." 쿠르츠도 동의했다.

"누가 쓴 거죠?"

"플롯은 우리가 조정해요. 요제프가 대사를 처리하고…. 물론 찰리의 도움이 제일 중요하다오."

"관객은요? 저기 저 사람들인가요?" 그녀가 어둠 속을 향해 손짓을 했다.

일순 쿠르츠의 인상이 굳어졌다. 그리고 그건 종전의 호의만큼이나 갑작스럽고 위엄이 있었다. 그는 노동자처럼 커다란 손은 테이블에 가지런히 모으고 그 위로 잔뜩 고개를 숙였다. 아무리 단호한 회의론자라도 그의 태도에 담긴 확신을 거부할 수는 없으리라.

"찰리, 저 밖에 있는 사람들은 연극을 보기는커녕 존재한다는 사실조차 모르겠지만 그럼에도 불구하고 목숨이 붙어 있는 한 당신에게 큰 빚을 지게 될 게요. 당신이 항상 걱정하고 대변하고 어떻게든 도와주려던 바로 그 무고한 사람들이라오. 지금부터 무슨 일이 있든 간에, 머릿속에 반드시 그 사실을 명심해야 하오. 아니면 결국 당신은 실패하고, 모든 것을 잃게 될 테니까요."

그녀는 시선을 피하고 싶었다. 그의 수사는 너무 거창하고 너무 부담스러웠다. 이럴 생각이면 차라리 다른 사람을 데려올 것이지.

"무슨 자격으로 그 사람들이 무고하다는 거죠?" 그녀는 재차 그의 설득력에 대항하며 다소 무례하게 되물었다.

"우리 이스라엘 사람들 얘기요, 찰리?"

"여러분들 얘기예요." 그녀가 위험한 함정을 에두르며 응수했다.

"그보다 찰리, 당신 질문을 조금 바꿔서, 우리 관점에서 아주 죄가 크기에 죽어야 했다고 얘기하는 게 어떻겠소?"

"그게 누구죠? 누가 그렇게 죄가 큰 건가요? 여러분들이 웨스트뱅크에서 총살한 불쌍한 사람들인가요? 아니면 레바논의 폭격으로 죽은 사람들?" 맙소사, 어쩌다가 죽음에 대해 얘기하게 된 거지? 그녀는 정신 나간 질문을 퍼부으면서도 그런 생각을 했다. 내가 시작한 건가? 아니면 저 남자? 사실 상관은 없었다. 저 남자, 벌써 자기 대답을 가늠하고 있지 않은가?

"인간적 유대를 완전히 파괴하는 자들뿐이오, 찰리. 죽어 마땅한 자들이지." 쿠르츠는 담담한 목소리로 강조했다.

찰리도 끈질기게 물고 늘어졌다.

"그런 유대인도 있나요?"

"물론이오. 유대인, 이스라엘 사람. 하지만 우린 그런 사람이 아니오. 그리고 다행히도 그런 사람들이 오늘 밤 이곳의 문제도 아니라오."

그에게는 그런 식으로 말할 권위가 있었다. 사람들이 갈망하는 대답도 갖고 있었다. 그에게는 배경이 있으며 찰리를 포함해 그곳 사람들 모

THE LITTLE DRUMMER GIRL

168

두 그 사실을 알고 있었다. 요컨대, 그는 직접 경험한 상황만을 거래하는 사내였다. 질문을 해도 직접 당한 질문이었고, 지시를 하면 이미 복종한 적이 있는 지시였다. 죽음을 말할 때조차 그가 죽을 위기를 모면했으며 그것도 간신히 목숨을 부지했음을 뜻했다. 물론 언제든 다시 죽음과 대면하게 될 가능성까지 포함해서다. 지금처럼 그녀에게 경고를 보낼 때조차 그는 그 경고와 너무도 가까이 있었다.

"찰리, 우리 연극과 학예회를 혼동하지 않길 빌겠소. 지금 마법의 숲 얘기를 하는 게 아니라오. 조명이 무대를 비추게 되면 거리는 밤 시간이 될 것이오. 배우들이 웃으면 행복하다는 뜻이고, 흐느껴 울면 십중팔구는 상실감에 심장이 찢어진다는 얘기겠지. 배우들이 마음의 상처를 입게 되면(당연히 그렇게 될 거요, 찰리.), 막을 내린다 해도 후다닥 뛰쳐나와 집으로 가는 마지막 버스를 향해 달려가는 건 불가능할 게요. 장면이 어렵다고 까탈부리며 빠져나올 수도 아프다고 쉴 수도 없이, 처음부터 끝까지 혼신의 연기를 펼쳐야 하오. 찰리, 당신이 원하는 일이고 또 감당할 수 있다면(그러리라 믿소.) 이제 우리 얘기를 들어봐요. 그게 아니면, 오디션은 여기서 포기하기로 합시다."

그때 시몬 리트박이 처음으로 끼어들었다. 미국 라디오 신호만큼이나 희미하고 아련한 허스키 목소리였는데, 어딘가 스승을 안심시키려는 제자 같았다.

"찰리는 평생 싸움을 피해본 적이 없습니다, 마티. 그럴 리가 없잖습니까? 기록에 온통 그 얘기뿐인데."

그때가 딱 절반이었죠. 후에 쿠르츠가 미샤 가브론에게 그 시점을 설명했다. 둘 사이의 보기 드문 휴전 즈음이었다. 여자가 일단 들어보겠다고 했을 때 이미 넘어온 겁니다. 그 말에 가브론도 슬며시 미소를 지었다.

절반. 어쩌면… 하지만 남은 시간에 비하면 아직 시작도 하지 못한 셈이었다. 쿠르츠는 압박은 할지언정 서두르라는 요구는 하지 않았다. 고심하는 태도에 커다란 방점을 두고 그녀의 좌절에 연료를 더하고 조바심을 선두마처럼 그들 앞에 달리도록 유도했다. 단조로운 세상에서 활력을 타고난다는 게 어떤 의미인지, 그 위태로운 본성을 어떻게 주무를지 쿠르츠보다 잘 아는 사람은 없다. 그녀가 도착하고 불과 몇 분, 아직 겁에 질려 있는 찰리를 달래고, 아버지 역할을 다하지 않았던가. 그다음 몇 분이 흘렀을 때는 지금껏 혼란스러웠던 인생에 해결책까지 제시했다. 그는 그녀의 여배우 기질에 호소했다. 순교자이자 모험가로서의 내면에 불을 지폈다. 누군가의 딸을 부추기고 꿈을 자극했다. 그녀가 함께하고 싶어 할 새로운 가족에 대해 얼핏 실마리를 비춘 이유도, 그녀의 본성 깊숙이, 대부분의 반란군들과 마찬가지로, 보다 나은 준거집단에 대한 갈망을 보았기 때문이었다. 그리고 무엇보다 온갖 혜택을 퍼부음으로써 그녀를 부자로 만들어주었다. 찰리 자신이 옛날부터 역설했듯, 인간의 부란 곧 예속의 시작이다.

"자, 찰리, 우리가 제안하는 일은 열린 오디션이오. 일련의 질문을 시작하면 아주 솔직하고 정확하게 대답해주셔야겠소. 다만 아직까지 질문의 목적에 대해서는 모르는 게 좋을 것 같구려." 쿠르츠가 보다 느리고 온화한 목소리로 말했다.

그녀는 대답하지 않았지만 이미 침묵은 무언의 항복을 뜻했다.

"미리 부탁하는데, 절대 우리 의중을 엿보거나 평가하지 말고, 억지로 우리 호감을 사려 해서도 안 되오. 찰리, 당신이야 물리고 싶은 삶이 적지 않겠지만 우린 다른 관점에서 볼 거요. 그러니 우리 대신 생각하려 애쓰지 말기를 바라리다." 그가 간단한 팔 동작으로 이 평화적인 경고를 확정지었다. "질문. 그게 언제든, 어느 한 쪽이 에스컬레이터에서 뛰어내리려 할 경우 어떻게 되는지 아시겠소? 아니, 찰리, 이 질문은 내가 대답해보리다."

"그러세요, 마티." 그녀가 동의했다. 그리고 팔꿈치를 테이블에 대고 두 손으로 턱을 괸 다음 미소까지 지어 보였다. 당혹감과 불신을 드러내고자 만들어낸 표정이었다.

"고맙소, 찰리. 자, 잘 들어요. 찰리나 우리가 손을 떼려는 순간에 따라, 그리고 그 시점에 당신이 얼마나 알고, 우리가 어떻게 당신을 파악하느냐에 따라, 다음 두 가지 중 하나를 선택하게 되오. 첫째, 당신한테 엄정한 다짐을 받고 돈을 주어 영국으로 돌려보낸다. 악수, 상호 신뢰, 좋은 친구, 그 밖에 당신이 거래를 잘 지키는지의 여부를 확인하기 위한 우리 쪽의 지속적인 관심. 아시겠소?"

그녀는 테이블 위로 고개를 떨구었다. 그의 시선을 피하고 싶기도 했지만 점점 커가는 기대감과 흥분을 드러내는 것도 싫었다. 대부분의 정보 전문가들이 곧잘 잊곤 하지만 그거야말로 쿠르츠가 의존하는 또 하나의 요소였다. 풋내기들에게 정보세계는 그 자체로 매혹적이다. 그저 살짝 맛을 보여주기만 하면 아무리 소심한 성격이라도 그 세계에 중독이 될 수 있다.

"두 번째가 좀 더 팍팍한 편이지만 역시 두려워할 필요는 없소. 우린 당신을 격리시키게 되오. 찰리를 좋아하지만 우리 계획을 위태롭게 만들 소지를 미연에 막기 위한 고육지책이라고 보면 될 거요. 예를 들어, 우리가 제안하는 역할에 대해 떠들고 다닐 경우 어디에서든 위험할 수밖에 없다는 뜻이오."

보지는 않았지만 그가 예의 사람 좋은 미소를 짓고 있다는 정도는 알수 있었다. 요컨대 찰리의 유일한 약점이 인간적이라는 뜻이리라.

"그 경우, 어디 분위기 좋은 해변가 같은 곳에 멋진 집을 구하면 되니까 별 문제는 없소. 친구들도 구해줄 수 있다오. 당신 친구들과 비슷한 사람들로. 당신이 실종된 이유도 조작하면 그만이오. 찰리가 화산 같은 여성이니 동구 쪽에 잠시 가 있다는 정도로도 충분하겠지."

그가 두툼한 손으로 테이블의 낡은 손목시계를 더듬다가 보지도 않고 집어 들더니 다시 15센티미터 거리에 내려놓았다. 찰리도 어떤 행동이든 해야겠기에 펜을 집어 메모장에 낙서를 하기 시작했다.

"격리 상태가 해제된다 해도 당신을 버려두지는 않소. 오히려 그 반대겠지. 계속 접촉하면서, 찰리가 독립할 수 있도록 도와주고 돈을 주고, 어떤 식으로든 경솔하지 않도록 확인해야 하니까. 하지만 상황이 모두 끝나면 곧바로 과거의 경력과 친분관계를 회복할 수 있어요. 자, 찰리, 그게 최악의 경우요. 이런 얘기를 하는 까닭은, 우리한테 싫다고 했다가, 조만간 콘크리트 부츠를 신은 채 어느 강에서 시신으로 발견될지 모른다는 기우 때문이라오. 우리는 그런 식으로 거래하지 않아요. 친구들과는 더욱더."

그녀는 여전히 낙서 중이었다. 연필로 원을 그리고 그 위에 화살을 세워 남성으로 만들었다. 언젠가 그 기호를 사용한 심리학 서적을 뒤적거린 적이 있었다. 그때 갑자기 요제프가 끼어들었다. 마치 방해받은 데 대해 항의라도 하는 말투였는데… 그렇다, 혹독한 비난임에도 불구하고 그의 목소리는 여전히 전율과 온기를 불러일으켰다.

"찰리, 그렇게 꿀 먹은 벙어리 행세로는 아무것도 해결 못해요. 그분들은 당신 자신의 위험한 미래에 대해 얘기하는 거요. 그런데 그렇게 앉아서 아무 의사도 밝히지 않고 마냥 끌려 다닐 생각이오? 헌신이라도 하겠다는 거요? 찰리, 정신 차려요!"

그녀는 원을 하나 더 그렸다. 수놈 추가. 쿠르츠의 말은 모두 들었다.

행간까지 모두. 아크로폴리스에서 요제프에게 했듯 한 자 한 자 빠짐없이 돌려줄 수도 있다. 어느 때보다도 정신도 맑고 또렷했다. 하지만 본능은 끝내 그녀에게 본심을 숨기고 반응을 자제하라고 외쳐대고 있었다.

"공연 기간은 어느 정도죠, 마티?" 그녀가 물었다. 요제프의 비난은 아예 듣지도 못했다는 듯 밋밋한 목소리였다.

쿠르츠가 그녀의 질문을 다시 풀어서 되물었다.

"그러니까, 그 일을 끝낸 후에 어떻게 되는 건지 묻는 거겠지? 내 말이 맞소?"

찰리는 똑똑하고 예리했다. 그녀가 연필을 집어던지고 손바닥으로 테이블을 내리쳤다.

"아뇨, 천만에요! 공연이 얼마나 걸리느냐고 물은 거예요. 가을에 있을 〈좋으실 대로〉는 어떻게 되는지 알고 싶어서요!"

쿠르츠는 그녀의 항변에서 속뜻을 읽었지만 승리의 미소를 짓지는 않았다.

"찰리, 〈좋으실 대로〉 순회공연 얘기라면 아무런 영향이 없을 거요. 동의만 한다면 당신이 충분히 해낼 거라 믿어요. 다만 기간에 대해서라면, 2주 내에 끝날 수도 있고 원치는 않지만 2년이 걸릴 수도 있어요. 우리가 지금 듣고 싶은 얘기는, 당신이 오디션을 함께할 의사가 있는지, 아니면 우리에게 작별을 고한 다음 더 안전하고 지루한 일상으로 돌아갈지의 여부라오. 어떻게 할 생각이오?"

그건 그녀를 노리고 만든 가짜 전리품이었다. 그녀에게 항복뿐 아니라 정복의 기분도 느끼게 해주고 싶었다. 그녀로 하여금 납치자를 선택하도록 이끄는 것이다. 데님재킷의 양철단추 하나가 덜렁거렸다. 오늘 아침 입을 때만 해도 승선한 다음에 꿰맬 생각이었건만 요제프를 만난다는 생각에 그만 새까맣게 잊고 말았다. 그녀는 지금 단추를 만지작거리며 실의 힘을 가늠해보았다. 이제 그녀는 중앙무대였다. 그녀에게 꽂힌 사람들의 시선도 느꼈다. 테이블, 어둠 속, 등 뒤. 요제프를 포함해 모두의 팽팽한 긴장감도 느꼈다. 관객들이 극에 빠졌을 때와 같이 삐걱거리는 긴장음도 들었으며 그들의 목적과 그녀 자신의 힘이 얼마나 큰지도 느꼈다. 아니, 정말로 그런 건가?

"요제프?" 그녀가 고개를 돌리지도 않고 불렀다.

"예?"

여전히 고개를 돌리지 않았지만, 그가 다른 사람들 모두를 합한 것보다 더 간절히 대답을 기다리고 있음을 알 수 있었다.

"이런 거였어요? 낭만적인 그리스 여행이? 델포이, 세계 최고의 명소가?"

"이 일로 북쪽 여행이 영향받는 건 아니오."

"연기되는 것도 아니고요?"

"여행은 곧바로 이어질 수 있소."

실이 끊어지고 단추는 손바닥으로 떨어졌다. 단추를 테이블 위로 던지자 잠시 뱅글뱅글 돌다 멈췄다. 머리와 꼬리들. 그녀는 그들의 애간장을 태웠다. 그래, 조금 더 애를 먹이자. 그녀는 앞머리를 넘기기라도 하듯 푸 하고 숨을 내뱉었다.

"오디션을 보면 되는 거죠? 잃을 것도 없잖아요?" 그게 무슨 대수냐는 투로 쿠르츠에게 되물었으나 곧바로 뒷말은 하지 않음만 못하다는 생각이 들었다. 한심한 일이다. 멋진 마무리 때문에 상황을 더 어렵게 만들고 말다니. "어쨌든 아직 잃은 게 없긴 하네요."

막을 내려, 요제프, 박수갈채도 보내고! 그리고 내일의 논평을 기다리는 거야. 하지만 그런 건 없었다. 그래서 그녀는 연필을 들어 애꿎은 여자 그림을 그렸다. 그동안 쿠르츠는 시계를 더 잘 보이는 자리로 옮겼는데 분명 자기 자신도 눈치채지 못했을 것이다.

그리하여 찰리의 너그러운 동의하에 취조가 시작되었다.

대화는 느리면서도 강도 높게 진행되었다. 쿠르츠는 단 1초도 고삐를 늦추지 않았다. 찰리뿐 아니라 자신도 숨 돌릴 틈 하나 없이, 그녀를 몰아가고 어르고 달래고 일깨워주었으며, 혼신을 다해 그녀를 이제 막 싹을 틔우기 시작한 공연파트너로 묶어두었다. 그가 현장에서 뛰던 시절, 그 무궁무진한 레퍼토리를 도대체 어디에서 배웠는지 아는 사람은 거의 없었다. 강렬한 집중력, 미국적 수사, 예리한 안목, 법조인을 능가하는 계략⋯ 칼자국 흉터의 얼굴 또한 때때로 응원도 하고 미심쩍어도 하고, 그녀가 원할 때면 적절히 안심도 시켜주면서 점점 그 자체로 완벽한 청중이 되어갔다. 그로써 그녀의 연기는 그가 그렇게나 절실하게 바라는 "오케이"를 향해 기울어지고 있었다. 오직 그녀의 허락만을 위해. 심지어 요제프도 잊혀 내세에나 되부를 판이었다.

쿠르츠의 첫 질문은 산만하고 느긋했는데 그 역시 의도한 바였다. 찰리가 보기에도 쿠르츠 머릿속에 여권신청서가 핀으로 꽂혀 있는 것만 같았다. 찰리로서는 신청서를 볼 수 없었지만 어쨌든 공란을 채워나가고 있었다. 어머니 성함을 적어요, 찰리. 아버지 생년월일과 고향을 알면 그것도 적어요, 찰리. 할아버지 직업은? 아니, 친할아버지 얘기요. 그다음은 아무 이유 없이 이모의 최근 주소를 묻고 아버지 교육에 대한 애매한 사항이 그 뒤를 이었다. 하지만 초반 질문 중 직접 그녀를 겨냥한 건 하나도 없었다. 쿠르츠 자신이 그럴 생각이 없었기 때문이다. 찰리는 흡사 금지된 화제가 된 기분이었다. 그가 그렇게도 피하려고만 하는 이야기. 이 속사포 도입부의 전반적인 목표는, 정보가 아니라 그녀의 본능적인 복종을 이끌어내는 데 있었다. 요컨대, 교실의 예, 아니요 반응 같은 것으로 둘 사이의 마지막 단계는 바로 그 관계에 의존할 것이다. 찰리의 입장에서는, 거래의 수액이 내면에서 점점 효능을 발효하면서, 이행하고 복종하고 순응도를 높이게 될 것이다. 감독과 제작자들 앞에서 수백 번이나 했던 일이 아닌가? 자신이 얼마나 고분고분한지 보여주는 일? 지금 쿠르츠의 최면성 격려하에서라면 그 이유는 훨씬 더 많았다.

"하이디? 영국인 언니치고는 이름이 이상하잖소?" 쿠르츠가 되물었다.

"이상할 거 하나도 없답니다." 그녀가 어쩌나 밝게 대답했는지 조명 너머의 졸개들도 곧바로 따라 웃었다. "스위스에 신혼여행 가서 언니를 임신했기 때문에 이름이 하이디니까요. 에델바이스 숲 속에서. 아빠가 위였다네요." 그녀가 한숨을 내쉬며 덧붙였다.

"그럼 샤르미안은?" 웃음소리가 가라앉기를 기다렸다가 마티가 물었다.

찰리는 목소리를 높여 어머니의 짜증 섞인 목소리를 흉내 냈다.

"샤르미안은 동명의 먼 부자 친척한테 잘 보이려고 붙인 거야."

"그래서 효과가 있었소?" 쿠르츠가 되물었다. 지금은 고개를 왼쪽으로 기울여 리트박의 귓속말을 듣고 있었다.

"아직은요. 아시다시피 아버지는 죽었지만 사촌 샤르미안은 아직 팔팔하거든요."

그래도 이런 식의 무해하고 무관한 질문을 무수히 거치며 두 사람은 조금씩 찰리 자신의 주제에 접근했다.

"리브라." 쿠르츠는 그녀의 생일을 메모하며 느긋하게 중얼거렸다.

그는 신중하면서도 빠른 속도로 그녀의 어린 시절을 훑어나갔다. 기숙학교, 이사, 친구들과 조랑말들 이름. 찰리 역시 경쾌한 목소리로 질문에 답했다. 대답은 폭넓고 익살맞았으며 항상 기꺼웠다. 쿠르츠의 집요한 집중력과, 그와의 우호를 향한 찰리 자신의 바람에 의해 기억력도 더욱더 빛을 발했다. 쿠르츠가 종종 머뭇거리기는 했지만, 어쨌든 대화는 학교와 어린 시절을 지나 자연스럽게 아버지의 고통스러운 파멸사로 이어졌다. 최초의 파산 선언에서 재판과 판결과 구속의 충격까지. 차분하고도 구체적으로 대답해나가는 찰리의 모습도 이상적이었다. 이따금 목소리가 가볍게 잠기기도 했고, 고개를 떨군 채 꼼지락거리는 두 손을 한참 바라보기도 했지만, 어느새 자조적인 웃음을 회복하고는 그 모두를 일시에 날려버렸다.

"차라리 노동계층이었다면 괜찮았을 거예요. 모가지 당하고 잉여 인간이 되고 자본의 힘에 나가떨어지면 그만이니까요. 그게 삶이고 현실이고 실존 아닌가요? 하지만 우린 노동계급이 아니었어요. 우린 우리였죠. 이기는 쪽. 그러다가 갑자기 패자에 섞여들고 만 거예요."

"어려웠겠군." 쿠르츠가 심각한 표정으로 커다란 머리를 저었다.

이제 그가 한 걸음 물러나 분명한 사실들을 캐물었다. 재판 일자와 장소. 정확한 복역기간. 변호사 이름은 아오? 아니 몰라요. 그녀는 최선을 다해 질문에 응했고, 리트박은 쿠르츠가 호의와 관심을 온전히 집중할 수 있도록 충실하게 대답을 적어 내려갔다. 웃음도 완전히 그쳤다. 찰리와 마티의 목소리를 빼고는 사운드트랙 모두가 멈춘 듯했다. 삐걱거리는 소리, 기침 소리, 부스럭거리는 소리 하나 없었다. 평생 그렇게 자신의 연기에 집중하고 감상하는 관객은 처음이었다. 저 사람들, 내 연기를 이해하고 있어. 그녀는 그렇게 생각했다. 그들은 방랑생활이 어떤지, 승산 없는 카드를 쥔 채 무저갱으로 내던져지는 기분이 어떤지 이해했다. 한 번은 요제프의 지시에 따라 조명을 전부 끄고, 모두 야간 공습 와중의 등화관제에 갇힌 채 쥐 죽은 듯 기다렸다. 찰리도 다른 사람들처럼 숨을 죽였다. 이윽고 요제프가 경보해제를 선언하자 쿠르츠도 집요한 신문을 이어갔다. 요제프가 실제로 공습경보를 들었을까? 아니면 그녀를 옭아

매려는 그들 나름의 방법인 걸까? 어느 경우이든 찰리에게 미친 영향은 마찬가지였다. 그 긴박한 몇 초 동안은 분명 그들의 공모자가 되었기 때문이다. 구조를 바라는 마음 따위는 어디에도 없었다.

이따금 시선을 돌리면 졸개들이 자기 위치에서 꾸벅꾸벅 조는 모습도 보였다. 스웨덴 출신의 라울은 담황갈색 머리를 가슴에 박고 두꺼운 운동화 바닥을 벽에 댔으며, 남아공의 로즈는 미닫이문에 기댄 채 달리기주자처럼 단단한 다리를 뻗고 긴 팔은 팔짱을 꼈다. 노스컨트리 레이철도 옆머리로 얼굴을 가리고 두 눈을 반쯤 감았다. 하지만 야한 꿈을 꾸는 듯 야릇한 미소는 여전했다. 그들은 그러다가도 아주 작은 잡음에 하나같이 화들짝 눈을 뜨곤 했다.

"그래서 핵심이 뭐요, 찰리? 어린 시절 전체와 관련해서 말이오. 그 시기를 뭐라고 부르면 좋을까…" 쿠르츠가 자상한 목소리로 물었다.

"순수의 시기 어때요, 마티?" 그녀가 제안했다.

"그래, 그게 좋겠군. 순수의 시기. 그 시기를 한 마디로 정의해봅시다."

"지옥이었죠."

"이유를 몇 가지 물어도 되겠소?"

"촌년이었으니까요. 그걸로 부족해요?"

"그래요. 충분치 않소."

"오, 마티, 당신은 정말…" 그녀는 입을 딱 벌린 채 버벅거렸다. 두 손의 동작도 난감하기만 했다. 어떻게 그 상황을 설명한단 말인가? "당신은 유대인이니 별일 아니겠죠. 그 잘난 전통이라는 게 있으니까. 안전하기도 하고. 심지어 학대를 받을 때도 분수와 이유를 알지 않나요?"

쿠르츠도 그녀의 말뜻을 이해할 수 있었다.

"하지만 우리, 깡촌 아이들요? 꿈 깨세요. 우린 전통도 신념도 자의식도 없어요. 있기는 개뿔이나?"

"그래도 모친께서 가톨릭교도라고 했잖소?"

"크리스마스와 부활절. 다 사이비 위선에 불과해요. 지금은 탈기독교 시대예요, 마티. 그런 얘기 못 들었어요? 종교는 떠나면서 그 뒤에 공허를 남긴다. 우린 그 안에 갇힌 거예요."

그 얘기를 하는 동안 리트박이 이글거리는 눈으로 그녀를 노려보았다. 랍비다운 분노를 처음으로 드러낸 것이다.

"모친께서도 고해성사는 하셨겠지?" 쿠르츠가 물었다.

"오, 이런. 엄마한테는 고해할 게 없었어요. 그게 엄마 문제였죠. 재미도 죄도 없는 분이셨어요. 가진 거라곤 무관심과 두려움뿐이었죠. 삶에 대한 두려움, 죽음에 대한 두려움, 이웃에 대한 두려움. 두려움. 저기 어딘가에 진짜 사람들이 진짜 삶을 살고 있지만 우린 아니었어요. 릭먼스워스는 아니었죠. 절대로… 그러니까, 맙소사, 어린애들한테 뭐가 있겠어요? 거세공포?"

"그럼 찰리는? 두려움 같은 게 없었소?"

"엄마처럼 될까 봐 무섭기는 했죠."

"우리도 들은 얘기는 있소. 고대 영국이 지나치게 전통적이었다는."

"잊으세요."

쿠르츠가 알다가도 모를 일이라는 듯 하릴없이 고개를 저었다.

"그래서 어느 정도 힘이 생기자마자 고향을 떠나 연극과 급진정치로 복수를 했군요. 어딘가에서 인터뷰를 읽었는데, 무대로 정치적 망명을 했다는 표현을 썼더군. 솔직히 맘에 드는 표현이었소. 거기에서 다시 시작합니다."

그녀는 낙서로 돌아가 프시케의 상징을 좀 더 그렸다.

"그전에 다른 게 있지 않나요?"

"다른 거라니?"

"음, 섹스죠. 반역의 근원으로서의 성에 대해서는 손도 대지 않았잖아요? 마약도."

"반역 자체에 대해서도 손대지 않았지." 쿠르츠가 대답했다.

"음, 그럼 손대요, 마티…."

그때 이상한 일이 일어났다. 그러니까 완벽한 청중이 어떤 식으로 연기자의 정수를 끌어내, 자발적이자 의외의 방식으로 발전시키느냐에 대한 증거? 바야흐로 그들에게 자유롭지 못한 자들을 위한 혼신의 웅변을 펼칠 참이었다. 자아의 발전이 어떻게 급진 운동 참여의 근원적 서곡이 되며, 새로운 혁명사가 쓰일 경우 어떻게 그 뿌리를 억압적 관용의 원천인 중산층 응접실에서 찾을 것인지의 얘기 등등. 그런데 놀랍게도, 쿠르츠를 향해(아니, 요제프를 향해?), 과거의 연인들은 물론, 그들과 잠자리에 들기 위해 만들어냈던 온갖 어리석은 핑계들을 줄줄이 나열하고 있는 게 아닌가. 그녀는 다시 한 번 두 손을 펼쳐 보였다…. 그런데 너무 자주 써먹는 건가? 문득 그럴지도 모른다는 생각에 그녀는 두 손을 얌전히 무릎 위에 내려놓았다.

"완전히 내 정신이 아니었어요. 지금도 마찬가지지만. 그 사람들을 원치도, 좋아하지도 않았지만 그냥 그렇게 내버려둔 거죠." 권태에서 뽑아낸 남자들. 그녀에게서 릭먼스워스의 묵은 공기를 털어내줄 남자들. 호기심으로 안은 남자들. 자신의 힘을 과시하고 다른 남자 및 여자들에게 복수를 하기 위해 고른 남자들. 동생과 답답한 엄마를 향한 복수용 남자들. 차마 실망할까 봐, 아니면 졸라대는 게 귀찮아서 받아들인 남자들. 오, 맙소사, 마티, 당신은 상상도 못해요! 배역을 따내기 위해 자고, 긴장을 깨뜨리거나 조성하기 위해 자고, 배우기 위해 잤거든요. 책에서 얻을 수 없는 정치적 논점들을 침대에서 깨우쳐줄 남자들 말이에요. 하지만 5분의 욕망은 언제나 도자기처럼 깨져나가고 난 전보다 외로워졌죠.

실패, 실패… 모두가 실패였어요. 하지만 동시에 나를 자유롭게 만들어 주기도 했답니다. 난 내 자신의 몸과 내 자신의 길을 이용했어요. 잘못된 길이라도 상관없었죠. 내 쇼니까!"

쿠르츠가 현자처럼 고개를 끄덕이는 동안 리트박은 재빨리 기록했다. 하지만 그녀는 마음속으로 등 뒤의 요제프를 그리고 있었다. 필경 검지로 부드러운 뺨을 쓰다듬으며 그녀를 올려다보고 있으리라. 그녀의 놀라운 개방성을 은밀히 기꺼워하리라. 나를 가져요. 그리하여 다른 사람들이 주지 못한 걸 줘요. 그녀는 그에게 그렇게 말하고 있었다.

그리고 그녀는 입을 다물었다. 자신의 침묵에 더럭 겁이 났기 때문이다. 도대체 무슨 짓을 한 거람? 평생 그런 역할은 처음이었다. 자기 자신한테도 아니었다. 이렇게 끝도 없는 밤 시간 때문일 거야. 번개, 이층 방, 여독, 이방인들과의 대화. 피곤했다. 잠을 제대로 자본 적이 언제였지? 이제 이 사람들도 내게 역할을 주거나 돌려보내야 하는 것 아닌가? 아니면 역할을 줘서 돌려보내거나.

하지만 쿠르츠는 어느 쪽도 하지 않았다. 적어도 아직은 아니다. 대신 그는 약간의 휴식을 청했다. 그리고 시계를 집어 손목에 매고는 리트박을 데리고 황급히 방을 나섰다. 그녀는 등 뒤에서 발자국 소리가 다가오기를 기다렸지만 아무도 접근하지 않았다. 요제프의 인기척을 들었기 때문인데 그 역시 방을 떠난 모양이었다. 고개를 돌리고 싶어도 자신이 없었다. 로즈가 우유를 타지 않은 향기로운 차를, 레이철이 설탕을 뿌린 비스킷을 내왔다. 영국 카스텔라 비슷한 과자. 찰리가 하나를 집었다.

"아주 잘하고 있어요. 덕분에 영국에 대해 완전히 이해한 것 같아요. 그냥 저기 앉아 듣기만 했을 뿐인데, 안 그래, 로즈?"

"정말이에요." 로즈가 대답했다.

"그냥 느낀 대로 얘기했을 뿐인 걸요." 찰리가 설명했다.

"화장실 안 가도 돼요?" 레이철이 물었다.

"아뇨. 공연 도중엔 안 가요."

"알았어요." 레이철이 윙크를 했다.

찰리는 차를 홀짝이며 의자 등받이에 팔꿈치를 기댔다. 자연스럽게 어깨 너머를 돌아보고 싶어서인데 역시 요제프는 보이지 않았다. 서류도 없었다.

휴게실은 그들이 빠져나온 방만큼 넓고 황량했다. 가구라고는 군용 침대 두 개와 전신타자기가 전부였다. 양쪽 미닫이문은 욕실로 이어졌다. 베커와 리트박은 침대 하나씩을 차지해 마주 앉아 각각의 파일을 살폈다. 전신타자기는 데이비드라는 소년이 맡았는데 주기적으로 잡음과 용지를 토해냈다. 소년도 열심히 팔꿈치 옆의 서류더미에 용지를 쌓아두었다. 그 밖의 잡음이라면 화장실 물 내리는 소리였다. 쿠르츠는 사람들을 등진 위치였다. 그는 세숫대야를 앞에 두고 윗옷을 벗은 채 경기를 앞둔 선수처럼 몸을 씻었다.

"굉장한 여자야. 우리가 원하는 모든 걸 지녔어. 밝고 창의적이고 잘 알려지지도 않았고 말이야."

"대놓고 거짓말하잖습니까." 리트박이 여전히 서류를 읽으며 대답했다. 상체를 숙인 태도나 도발적이고 무례한 말투로 보아, 딱히 쿠르츠를 겨냥한 반박은 아니었다.

"그래서 문제 있나? 오늘은 자신을 위해 거짓말하지만 내일은 우리를 위해 거짓말할 거야. 왜, 갑자기 천사를 고용하고 싶어진 거야?" 쿠르츠가 따져 묻고는 다시 얼굴에 물을 끼얹었다.

전신타자기가 갑자기 소음을 토해내 베커와 리트박이 황급히 고개를 돌렸다. 쿠르츠는 듣지 못한 것 같았다. 어쩌면 귀에 물이 들어갔을지도 몰랐다.

"여자에게 거짓말은 자기 방어수단이야. 진실을 보호하고, 그로써 자신의 순결을 보호하는 거지. 여자에게 거짓말은 순결의 징표라는 뜻이다." 쿠르츠가 얼굴을 씻으며 중얼거렸다.

데이비드가 한 손을 들어 주목을 청했다.

"아테네 대사관입니다, 마티. 예루살렘의 지시를 전하겠다네요."

쿠르츠가 머뭇거리다 마지못해 대답했다.

"하라 그래."

"혼자 보셔야겠습니다." 데이비드가 일어나 방 저편으로 건너갔다.

전신타자기가 몸서리를 쳤다. 쿠르츠는 목에 수건을 두르고 데이비드의 의자에 앉아 디스크를 넣었다. 메시지가 깨끗한 문서로 바뀌었다. 잠시 후 인쇄가 멎었다. 쿠르츠가 문서를 읽어 내려가다가 갑자기 인쇄지를 찢더니 다시 읽기 시작했다. 잠시 후 그가 허탈한 웃음을 토해냈다.

"위에서 온 메시지야. 위대한 까마귀 왈, 우리를 미국인으로 위장하시겠단다. 멋지지 않아? '절대로 귀관들이 공무 및 준 공무 수행 중인 이스라엘인임을 여자에게 누설하지 말 것.' 맘에 들어. 건설적이고 유용하고 시의적절하기까지 하잖아? 나는 새도 떨어뜨릴 미샤 가브론의 위명이시기도 하고. 이렇게 믿음직한 사람 밑에서 일해본 것도 평생 처음이로군. '접수 및 접수 불가.'라고 답신해." 그는 놀란 아이에게 인쇄지를 넘기고 다른 두 명과 함께 무대로 돌아갔다.

07

찰리와의 잡담을 재개하면서 쿠르츠는 해피엔딩의 말투를 골랐다. 마치 다른 주제로 넘어가기 전 몇 가지 잡다한 사항을 확인하려는 사람 같았다.

"찰리, 다시 한 번 부모 얘기를 해봅시다." 그가 말했다.

리트박이 가방에서 파일 하나를 꺼내 찰리가 볼 수 있게 들어주었다.

"부모라." 그녀가 중얼거리더니 용감하게 담배를 향해 손을 내밀었다.

쿠르츠도 리트박이 슬며시 넘겨준 자료들을 살피느라 잠시 시간을 끌었다.

"지금 아버님의 마지막 국면을 보고 있소. 타락, 파산, 죽음 등등. 그 과정을 정확하게 순서대로 확인해줄 수 있겠소? 영국 기숙학교에 있을 때 소식을 들었다고 했죠? 거기서부터 합시다."

그녀는 그 말을 이해하지 못했다.

"어디서부터요?"

"소식을 들었을 때. 그때부터 얘기해 봐요."

그녀가 어깨를 으쓱했다.

"학교에서 쫓겨나 집으로 돌아갔어요. 집행관들이 쥐떼처럼 집으로 몰려들더군요. 우린 거기 있었어요, 마티. 그런데 무슨 말이 더 필요하죠?"

"당신 말로는 교장선생이 불렀다고 했소. 그건 좋아요. 그런데 뭐라고 하던가요? 교장선생이? 정확히 대답해줘요."

"미안하지만 사감한테 네 짐을 싸라고 했다. 잘 가라, 행운을 빌어주마.' 그런 말이었던 것 같아요."

"오, 기억하는군." 쿠르츠가 상체를 숙여 리트박의 서류들을 다시 확인했다. "사악한 세상에 대해 설교 같은 건 없었소? '너무 쉽게 자신을 포기하지 말거라' 같은? 없었다고? 그럼, 당신이 학교를 떠나야 하는 이유에 대한 구체적인 설명은?"

"이미 두 학기 동안 수업료를 내지 못했는데, 뭐가 더 필요하죠? 그 사람들도 장사꾼들이에요, 마티. 신경 써야 할 은행계좌가 있는 사립학교라고요, 잊었어요? 이제 그만하면 안 돼요? 이유는 모르겠지만 피곤하네요." 그녀가 지친 표정을 지었다.

"오, 아직은 안 되오. 찰리, 충분히 쉬고 기운도 충분하잖소. 그래서 집으로 간 건가? 기차 타고?"

"내내 기차였죠. 혼자서. 작은 가방 하나 들고요." 그녀가 기지개를 켜며 사람들을 향해 미소를 지었으나 요제프는 그녀에게서 고개를 돌린 채였다. 다른 음악을 듣는 사람 같았다.

"돌아오니 어떻던가요? 정확히 묘사해주겠소?"

"지옥이었다고 말했잖아요."

"구체적으로 어떤 지옥이었는지 얘기해 봐요."

"진입로에 가구 트럭. 앞치마 입은 남자들. 흐느껴 우는 엄마. 내 방은 이미 반쯤 비어 있더군요."

"하이디는 어디 있었지?"

"그곳에 없었어요."

"아무도 부르지 않은 건가? 아버지가 금지옥엽 하던 언니 아니었소. 결혼 후에도 15킬로미터 거리에 살았는데 왜 도우러 오지 않은 거지?"

"임신 때문이었을 거예요. 늘 배가 불렀으니까." 찰리가 자기 손을 내려다보며 아무렇게나 대답했다.

하지만 쿠르츠는 찰리를 바라보며 한참 동안 아무 말도 하지 않았다.

"누가 임신했다고 말해준 거요?" 이윽고 그가 전혀 모르는 사람처럼 되물었다.

"하이디 언니죠."

"찰리, 하이디는 임신하지 않았소. 첫 번째 임신은 다음 해였지."

"알았어요. 그럼 임신하지 않은 걸로 하죠."

"그럼 왜 오지 않은 거요? 도울 일이 있었을 텐데."

"알고 싶지 않았겠죠, 뭐. 어쨌든 오지 않았어요. 맙소사, 마티, 내가 기억하는 건 그게 다예요. 10년 전이고 어린애였잖아요."

"망신이라고 생각했겠지? 망신당하고 싶지 않았던 거요. 그러니까, 아버지 파산 때문에."

"또 다른 망신이 있었다는 말인가요?"

쿠르츠는 그녀의 질문을 수사적으로 받아들였다. 그가 자기 서류로 돌아가자 리트박이 기다란 손으로 이것저것 지적해주었다.

"어쨌든, 하이디는 오지 않았고 가족의 위기에 맞설 책임은 온전히 찰리 어깨 위에 떨어졌소. 불과 열여섯의 나이에 구원투수가 된 게지. 얼마 전 당신이 기가 막힌 표현을 했던데 어디 보자…. '허약한 자본주의 체제하에서의 붕괴 과정. 결코 잊지 못할 치욕의 수업.' 소비시대의 장난감들이지. 그러니까, 예쁜 가구, 예쁜 옷, 부르주아적 인습의 속성들이 모조리 물리적으로 해체되고 제거되는 과정을 직접 목격한 거요. 그것도 당신 혼자서. 그 고통을 감당하고 감내해야 했던 거지. 노동계급이 되지 못한 어리석은 부르주아 부모들을 다독이고 위로하고 달래주었는데 그건 거의 사면에 가까운 행위였소. 그래, 괴로웠겠지. 아주아주 많이 괴로웠을 게요." 그가 슬픈 목소리로 덧붙이더니 갑자기 말을 끊고 그녀의 반응을 기다렸다.

그녀는 대답하지 않았다. 그저 그를 바라보기만 했는데 그럴 수밖에 없었다. 그의 얼굴, 특히 눈 주위가 기이하게 딱딱해졌기 때문이었다. 그녀는 계속 그를 보기만 했다. 아주 어렸을 때부터 타인을 바라보는 나름대로의 방식이 있었다. 표정을 굳히고 그 뒤에서 다른 생각을 하는 것이다. 그리고 그녀가 이겼다. 이길 줄 알았다. 쿠르츠가 먼저 입을 연 게 바로 그 증거였다.

"찰리, 괴로운 일이라는 건 알지만 진술을 이어가야 하오. 트럭이 있고, 집에서 물건들을 들어내고 있어요. 또 무슨 일이 있었지?"

"당나귀."

"당나귀도 끌고 간 건가?"

"그렇다고 했잖아요."

"가구와 함께? 같은 트럭이오?"

"아뇨, 다른 차죠. 당연하잖아요?"

"그럼 트럭이 두 대로군. 두 대가 동시에 있었소? 아니면 시간차가 있었나?"

"기억 안 나요."

"그동안 부친은 정확히 어디에 있었소? 서재에서 창밖을 내다보았소? 상황을 지켜보면서? 그런 양반이 어떻게 그런… 굴욕을 감당했지?"

187   "아버지는 정원에 있었어요."

"이유는?"

"장미를 보고 계셨죠. 그냥 멍하니. 그러면서 장미는 절대 빼앗기지 않겠다고 중얼거렸어요. 절대로. 계속 그 말만 반복하셨죠. '장미까지 빼앗아 가면 난 죽고 말겠어.'라고."

"그럼 모친께서는?"

"부엌에서 요리를 했죠. 엄마가 생각할 수 있는 유일한 할 일이었으니까."

"가스, 아니면 전기?"

"전기."

"내가 잘못 들은 건가? 전력회사에서 전기를 끊었다고 한 것 같은데?"

"다시 연결해주었어요."

"그런데… 주방기구들은 가져가지 않았다고?"

"법으로 가져가지 못하게 되어 있어요. 요리기구, 식탁, 가족들이 앉을 의자."

"나이프와 포크는?"

"가족마다 한 세트씩은 남겨졌죠."

"그냥 집을 격리하고 찰리 가족을 내쫓을 수도 있지 않았나?"

"집은 엄마 명의였거든요. 몇 년 전에 그렇게 하겠다고 고집을 부리셨어요."

"똑똑한 분이로군. 하지만 그 집은 부친 명의였소. 아무튼, 집행관이 부친의 파산 소식을 어디에서 읽었다고 얘기했더라?"

하마터면 길을 놓칠 뻔했다. 머릿속의 영상들이 흔들린 것이다. 하지만 다행히 다시 자리를 잡고 필요한 어휘들을 다시 회복할 수 있었다. 엄마는 자주색 머리스카프를 하고 주방에 틀어박혀서는, 미친 듯이 가족들이 좋아하는 빵과 버터 푸딩을 만들고, 얼굴이 잿빛이 된 아버지는 청색 더블 블레이저 차림으로 아무 말 없이 장미만 노려보았다. 집행관은 뒷짐을 진 채, 딱지 붙은 거실의 꺼진 난로 앞에서 엉덩이를 데우고 있었다.

"런던 〈가제트〉에 모든 파산 기사가 실려요." 그녀가 담담하게 내뱉었다.

"집행관이 그 신문 구독자였나?"

"어쩌면요."

쿠르츠가 천천히, 길게 고개를 끄덕이며 연필을 집더니 찰리가 볼 수 있도록 메모장에 '어쩌면'이라고 적어 넣었다.

"그래서, 파산이 있고 사기죄로 고발당한 거요? 맞죠? 재판 과정을 묘사해보겠소?"

"말했잖아요. 아버지가 오지 말라고 했다고. 처음엔 직접 자기변호를 해서 영웅이 될 생각이었어요. 우리는 앞자리에 앉아 응원하고. 하지만 증거를 본 다음에 마음을 바꿨죠."

"기소명은?"

"배임."

"판결은?"

"18개월 징역. 사면 제한. 마티, 다 얘기했잖아요. 도대체 뭐하자는 거예요?"

"면회를 가본 적은 있소?"

"아버지가 오지 말라고 했어요. 우리한테 못난 모습을 보이고 싶지 않았던 거죠."

"창피, 굴욕, 파산, 찰리도 충격이 컸겠군."

"그렇지 않았다고 하면 점수를 좋게 주실 건가요?"

"아니, 찰리, 그렇진 않소." 잠시 정적. "자, 다시 갑시다. 그래서 당신은 학교를 중퇴하고 집에 남았소. 똑똑한 머리로 적절한 교육을 받는 대신, 모친을 돌보며 아버지가 나올 날을 기다린 거요, 맞소?"

"맞아요."

"감옥 근처엔 한 번도 가지 않고?"

"맙소사, 왜 이런 식으로 계속 칼을 비틀어대는 거죠?" 그녀가 힘없이 투덜댔다.

"가지 않았소?"

"안 갔어요!"

그녀는 애써 눈물을 삼켰다. 그들 모두 그 모습에 감탄하고 의아해했으리라. 도대체 어떻게 감당할 수 있지? 지금이든 그때든? 쿠르츠는 왜 저 까마득한 상처를 자꾸만 건드리려 하는 걸까? 이제는 정적마저 비명을 지르기 직전의 위기처럼 느껴졌다. 유일한 소리라고는 공책을 휘젓고 다니는 리트박의 볼펜이 전부였다.

"이런 내용이 자네한테 소용이 되나, 마이크?" 쿠르츠가 그녀에게서 시선도 떼지 않고 물었다.

"그럼요. 대단한 용기이고 또 충분히 이해도 됩니다. 얼마든지 소용이 되죠. 다만 감옥에 대한 흥미로운 일화 같은 게 있는지 모르겠네요. 가급적 부친께서 출옥하셨을 때나 그 이전 몇 개월 내로. 괜찮겠죠?"

"찰리?" 쿠르츠가 리트박의 요구를 그대로 넘겼다.

찰리는 영감이 떠오를 때까지 잠시 뜸을 들이는 시늉을 했다.

"어, 문에 대한 얘기가 있기는 해요." 그녀가 잘 모르겠다는 투로 대답했다.

"문? 어떤 문이죠?" 리트박이 되물었다.

"얘기해 봐요." 쿠르츠도 재촉했다.

잠시 후 찰리가 한 손을 들고 엄지와 검지로 살짝 콧등을 꼬집었다.

크나큰 비애와 가벼운 편두통 때문이었다. 종종 했던 얘기지만 이렇게 자세히는 아니었다.

"다음 달에나 나올 줄 알았어요. 전화도 없었지만 이사했기 때문에 애초에 찾기가 불가능한 일이었죠. 당시는 국가보조금으로 생활하고 있었어요. 아버지는 어느 날 불쑥 나타났어요. 더 홀쭉하고 젊어 보이더군요. 머리는 짧았고요. '안녕, 찰리, 이제 나왔다.' 그리고 나를 안고 울었어요. 엄마는 위층에 있었지만 너무 무서워 내려오지도 못했어요. 아버지는 하나도 변하지 않았지만 문에 대해서만은 예외였죠. 문을 열지 못하더라고요. 문에 다가가 멈춰 서서는, 두 발을 모으고 고개를 숙이고 문지기가 와서 열어줄 때까지 기다리는 거예요."

"문지기는 바로 그의 딸이고? 와우!" 리트박이 조용히 탄성을 흘렸다.

"처음에는 믿지 못했어요. 그래서 소리를 질렀죠. '그냥 열어요!' 하지만 말 그대로 아버지 손이 거부하더군요."

리트박은 신들린 사람처럼 기록해나갔으나 쿠르츠는 별 흥미를 느끼지 못했다. 그가 다시 파일로 돌아왔을 때에는 무척이나 심드렁한 표정이었다.

"찰리, 당신 인터뷰 중에서… 음, 입스위치의 〈가제트〉였던가? 어쨌든 모친과 함께 교도소 밖 언덕에 올라가 손을 흔들었다고 하지 않았소? 부친이 교도소 창밖으로 볼 수 있도록? 지금 당신 얘기를 들어보면 한 번도 교도소 가까이 가본 적이 없는데?"

찰리는 정말로 웃음을 터뜨렸다. 어둠 속의 메아리는 없었지만 크고도 진솔한 웃음이었다.

"마티, 그건 인터뷰였어요." 그의 기분을 풀어주고 싶었다. 세상에, 저토록 심각한 표정이라니!

"그래서?"

"인터뷰라는 게 흥미를 위해 과거에 조미료를 치는 놀이거든요."

"지금도 그런 식이었소?"

"설마 그럴 리가요."

"최근에 당신 에이전트 퀼리한테 들은 바로는, 아버지는 감옥에서 죽었소. 집이 아니라. 그것도 조미료였나?"

"그건 네드 얘기예요. 내가 아니라."

"물론 그렇지. 좋아요, 그렇다고 합시다."

그가 파일을 덮었지만 여전히 미심쩍은 표정이었다.

그녀도 더 이상 참기가 어려웠다. 그녀는 의자에 앉은 채로 상체를 돌려 요제프에게 말을 걸었다. 제발 올가미에서 빼내달라는 간접적인 애원인 셈이었다.

"잘 돼가요, 요제프? 예?"

"아주." 그가 간단히 대답하고 계속 자기 일에 몰두했다.

"〈성녀 조안〉보다 재미있나요?"

"그래요, 찰리, 당신 얘기가 연극보다 훨씬 좋다오."

저 사람, 나를 칭찬하는 게 아니라 위로하는 거야. 그런데 왜 저렇게 까칠한 거지? 나를 이곳으로 데려온 후론 계속 저렇게 차갑고 완고하기만 하잖아?

남아공의 로즈가 샌드위치 접시를 가져왔다. 레이철이 케이크와 커피를 담은 보온병을 들고 그 뒤를 따랐다.

"이봐요, 여러분들은 잠도 안 자요?" 찰리가 커피를 마시며 투덜댔으나 그 말을 들은 사람은 아무도 없었다. 아니면 모두 들었지만 대답을 하지 않았을 수도.

느긋한 시간은 끝나고, 드디어 모두가 오랫동안 기다려온 위기의 시간이었다. 새벽 직전이었지만 찰리의 머리는 이즈음이 제일 맑고 분노도 제일 날카로웠다. 다시 말해서 지금껏 유보해두었던 정치 문제를 보다 전면으로 드러낼 때가 된 것이다. 물론 쿠르츠가 다짐한 바에 따르면 그들 모두 그녀의 정치 성향을 존중했다. 이번에도 쿠르츠의 두 손에서 모든 사항의 연대기와 산술이 정리되었다. 초기의 영향. 날짜, 장소, 사람들. 5대 기본 원칙. 급진 활동가 10인과의 조우 등등…. 쿠르츠가 열심히 물었으나 찰리는 더 이상 순종할 기분이 아니었다. 발작적인 졸음이 물러가고 대신 걷잡을 수 없는 반항심이 머릿속을 뒤집으면서, 목소리는 까칠해지고 시선은 도발적으로 변했다. 모두가 지긋지긋했다. 이런 식으로 강요된 협조하에서 도움을 받는 것도 싫고, 이 노련한 기술자들한테 맹목적으로 이리저리 차이는 것도 끔찍했다. 무슨 짓을 하려는지, 무슨 얘기를 속삭이는지도 모르는 채 말이다. 바야흐로 피해의식이 전선을 구축하는 중이었다.

"찰리, 그냥 기록을 위해서요. 기록용 자료를 확보해야 위장신분을 만들 수 있기 때문이오." 그는 그녀를 달래고는 전혀 굴하지 않고 데모와 연좌시위, 행진, 점거농성, 토요일 오후의 반란 등 지리지리한 목록을 나열했다. 각 사례마다 그녀의 행위 뒤에 숨은 소위 '저의'에 대해서도 끈질기게 물고 늘어졌다.

"맙소사, 제발 좀 그만 평가하시지 그래요? 우린 논리도 없었고 교육도 받지 못했고, 조직적이지도…."

"그래, 그 우리가 누구였소, 찰리?" 쿠르츠가 천사 같은 목소리로 되물었다.

"그냥 사람들이죠. 어른 사람들, 알겠어요? 그러니 그만 괴롭혀요!"

"찰리, 괴롭히자는 게 아니오. 여기 당신을 괴롭힐 사람은 없어요."

193   "오, 그러세요? 엿이나 드시죠."

그녀도 이런 기분이 싫었다. 궁지에 몰려 발악하는 생쥐가 된 기분. 그 옛날 작고 연약한 주먹으로 거대한 나무문을 두드리며, 거친 목소리로 무분별한 구호를 외치던 모습이 떠올랐다. 하지만 분노에 수반되는 밝은 색깔들은 맘에 들었다. 영광의 해방. 박살난 유리.

"어차피 무시할 거면서 왜 믿는 척하는 거죠?" 그녀가 물었다. 알이 일러준 멋진 표현을 기억해낸 것이다. 아니, 다른 사람이었던가? "무시가 곧 신뢰다. 그런 얘기인가요? 마티, 우린 다른 전쟁을 치렀어요. 진짜 전쟁이요. 권력 투쟁이나 동서양의 알력이 아니라, 빈자와 돼지, 예속과 억압의 싸움이었죠. 당신은 자유롭다고 생각하죠, 예? 그건 누군가 사슬에 묶여 있기 때문이에요. 당신이 먹으면 누군가는 굶주리고, 당신이 달리면 누군가는 가만히 서 있어야 하니까요. 우린 그 모든 걸 바꿔야 했어요."

한때는 그렇다고 믿었다. 정말로. 어쩌면 지금도 믿고 있을지도…. 현장을 목격하고 머릿속에도 확실하게 각인하지 않았던가. 이념으로 무장하고 낯선 사람들의 문을 두드리고 목청을 높였으며 사람들의 얼굴에서 지독한 적대감을 만나기도 했다. 그녀는 이념을 몸으로 느끼고 이념을 위해 행군했다. 민중의 정신을 해방하고, 자본가와 인종차별주의자들의 구렁에서 서로를 끌어내 자유로운 동반자 관계를 이루기 위해, 그리고 민중의 권리를 위해 싸웠다. 어느 맑은 날 저 밖에 나가보면, 지금도 명분이 심장을 가득 채우고, 이미 차갑게 식어버린 투쟁의 용기를 일깨워줄지도 모를 일이다. 하지만 이 건물, 저 교활한 표정들에 갇혀 있는 한, 두 날개를 활짝 펼 공간이 남아 있을 리가 없었다.

그녀는 다시 시도했다. 보다 껄끄러운 목소리.

"마티, 당신과 내 세대가 다른 이유 중엔, 우리가 사실 목숨을 걸 대상을 선택함에 있어서 다소 까다롭다는 점도 있어요. 네덜란드 안틸레스의 리히텐슈타인에 등재된 다국적 기업을 위해 죽지 못해 안달 난 건 아니라는 뜻이에요." 어느 정도는 알의 얘기였다. 그녀는 그 얘기를 소화하기 위해 그의 냉소적인 목소리까지 흉내 내곤 했었다. "만난 적도, 들어본 적도, 지지한 적도 없는 사람들이 우리 대신 세상을 파괴하며 돌아다니도록 내버려둘 생각은 없어요. 웃기는 얘기지만 독재자들을 좋아하지 않아요. 그들이 단체든 국가든 재단이든 마찬가지죠. 물론 군비경쟁이나 화학전 같은 자멸적인 게임들도 반대하고요. 유대인 국가가 제국주의자 미국의 전초기지가 되는 것도 싫고, 아랍인들을 벼룩이 우글거리는 야만인이나 퇴폐적인 오일족이라는 생각도 안 해요. 그래서 반대하는 거죠. 어떤 식으로든 편견이나 왜곡을 피하기 위해서 말이에요. 그러니 반대는 긍정적이 아닌가요? 부정적인 마음을 갖지 않으니 긍정적이잖아요. 맞죠?"

"정확히 어떻게 세상을 파괴할 거요, 찰리?" 쿠르츠는 묻고 리트박은 끈질기게 적었다.

"고문하고 불태우죠. 쓰레기와 식민주의, 노동자의 총체적 단결로 오염도 시키고요." 그 밖에도 얼마든지 많았지만 그 정도에서 끝내기로 했다. "그러니 다섯 명의 멘토가 누구이고 어디 사는지 따위는 물을 생각도 말아요. 예, 마티? (엄지로 가슴을 누르며) 그분들은 여기 있으니까. 체 게바라의 구호를 암기하지 못한다고 비웃지도 말고요. 그냥 내가 세상이 생존하기를 바라는지만 물으란 말이에요. 내 후손들이…."

"체 게바라를 암송할 수 있소?" 쿠르츠가 갑자기 관심을 보이며 물었다.

"잠깐만." 리트박이 한 손으로는 격렬하게 메모를 하면서 다른 한 손은 어중간하게 들어올리며 말했다. "그건 대단한 겁니다. 잠깐만 기다려줄래요, 찰리?"

"그냥 달려가서 녹음테이프를 사지 그래요? 아니면 훔치든지. 그게 전공 아닌가요?" 찰리가 비아냥거렸다. 화가 나서 두 뺨이 화끈거릴 정도였다.

"사본 읽을 시간 따위는 우리도 없소. 귀는 선택을 하지만 기계는 못 해요. 비경제적이기도 하고. 체 게바라를 암송할 수 있소, 찰리?" 쿠르츠가 다시 물었다. 리트박은 여전히 뭔가를 쓰고 있었다.

"아뇨, 당연히 못해요."

그때 요제프의 목소리가 그녀의 대답을 수정하고 나섰다. 바로 등 뒤였건만 수 킬로미터 거리인 양 아련한 목소리였다.

"배운 적이 있다면 할 수 있을 겁니다. 놀라운 기억력을 지녔으니까. 뭔가 들으면 잊는 법이 없거든요. 마음만 먹으면 체 게바라의 저서 전부를 일주일 내에 암기할 수도 있어요."

맙소사, 왜 끼어드는 거야? 분위기를 풀어주기 위해? 아니면 경고? 임박한 파멸을 막아보겠다고? 하지만 찰리는 그의 경고를 받아들일 기분이 아니었다. 쿠르츠와 리트박이 다시 대화를 나누었는데 이번엔 히브리어였다.

"두 분, 내 앞에선 영어로 해주실래요?" 그녀가 따져 물었다.

"이번 한 번만이오." 쿠르츠가 경쾌하게 말하고 히브리어 대화를 이어갔다.

쿠르츠는 여전히 분석적인 분위기로, 찰리의 불확실한 신념에 대한 질문들을 산발적인 동시에 집요하게 던져나갔다. 기록 때문이오, 찰리. 찰리는 날뛰고 발악하고 또 날뛰었으나 무지한 자의 당혹감만 맛보아야 했다. 쿠르츠는 내내 너그러운 표정과 말투였다. 아니면 파일을 힐끗 보거나 리트박과 잠시 얘기를 나누었으며, 별다른 이유 없이 메모장에 뭔가를 기록했다. 찰리는 몸부림을 치면서 그 옛날 드라마학교의 즉흥극에 참여했던 때를 떠올렸다. 극이 진행될수록 점점 의미를 잃어가던 역할…. 지금도 자신의 동작을 지켜볼수록 원래의 대사와 완전히 괴리

된 기분이었다. 그녀는 저항했다. 고로 자유였다. 소리쳤다. 고로 저항하고 있었다. 목소리 또한 그 누구의 것도 아니었다. 아련한 과거의 연인과 침대에서 나눈 대화로부터 루소의 명언을 끌어내고, 다른 누군가한테서 마르쿠제의 명제를 빌었다. 이윽고 쿠르츠가 등을 기대고 앉았다. 그는 고개를 숙여 가볍게 끄덕이다가 연필을 내려놓았다. 그래서 다 끝났다고 생각했다. 적어도 쿠르츠가 끝내기로 맘을 먹었을 것이다. 저들이 처음부터 우위였고, 더 이상 할 말도 없다는 점을 감안한다면 선방이라는 생각도 들었다. 쿠르츠도 그렇게 생각하는 듯했다. 그녀는 기분이 좋았다. 마음도 편했다. 쿠르츠도 그렇게 보였다.

"찰리, 축하하오. 너무나 솔직하게 얘기해주었소. 그 점에 감사하리다." 그가 선언했다.

"맞습니다." 서기 리트박이 중얼거렸다.

"천만에요." 그녀가 비아냥거렸다. 지나치게 흥분한 자신이 역겨웠다.

"찰리 대신 내가 정리해봐도 괜찮겠소?"

"아뇨, 안 돼요."

"이유는?" 쿠르츠가 담담한 표정으로 되물었다.

"우리는 대안이니까요. 그게 이유죠. 당파도 아니고 조직도 아니고 선언도 아니에요. 정리에 어울리지 않는 무리라고요."

어떻게든 이 미친 곳에서 달아나고 싶었다. 아니면 이 딱딱한 무리를 향해 욕이라도 시원하게 나오면 좋으련만.

쿠르츠는 어쨌거나 나름대로 정리를 시도했다. 그 일을 하는 동안은 무척이나 진지해 보였다.

"찰리, 어떤 점에서 볼 때 18세기에서 현대까지 이어져 내려온, 고전적 무정부주의의 기본 형태로 보이는군요."

197   "오, 이런."

"즉, 조직에 대한 반발. 정부가 악이며 그러므로 국가-주 또한 악이라는 신념. 정부와 국가가 공히 개인의 성장과 자유에 반한다는 신념. 찰리, 당신은 거기에 어느 정도 근대적 태도를 더했어요. 예를 들어, 권태, 부에 대한 반발이나, 소위 서구 자본주의의 인위적 불행에 대한 반발 같은 것 말이오. 게다가 당신 스스로 지구 인구의 4분의 3이 겪는 진짜 불행을 자각하게 만들고 있다오. 내 말이 맞소, 찰리? 반박하고 싶은 거요? 아니면 이번엔 우리가 '오, 이런' 하고 한탄할 차례인가?"

그녀는 그 말을 못 들은 척하고 대신 잔뜩 인상을 찌푸린 채 손톱을 내려다보는 전략을 취했다. 맙소사, 이론 따위가 다 무슨 소용이래요? 그렇게 따져 묻고도 싶었다. 쥐들이 침몰하는 배를 떠났다. 문제는 종종 그렇게 간단할 때가 있다. 나머지는 자기도취증 환자에 불과하다. 당연한 얘기 아닌가?

"지금이 현대인 한, 그 견해에 대해 선배들보다 더 건전한 근거를 갖는다고 할 수 있어요. 오늘날 국가-주는 그 어느 때보다 강력하기 때문이지. 도시 자치체도 그렇고 조직화를 위한 기회도 마찬가지요." 쿠르츠는 개의치 않고 계속 이어갔다.

그가 유도하고 있다는 생각은 들었지만 더 이상 막을 방법은 없었다. 그가 잠시 말을 끊고 반박을 기다렸으나 그녀가 할 수 있는 일이라고는 그의 시선을 피해, 점점 커져만 가는 불안감을 감추는 것뿐이었다. 반발심도 그와 같았다.

"찰리는 미쳐 날뛰는 테크놀로지에도 반대하오. 헉슬리가 이미 반대한 바 있지. 특별히 경쟁적이지도 공격적이지도 않은 인간의 동기를 해방하는 데 목적이 있다지만, 그러려면 먼저 착취부터 제거해야 하오. 하지만 어떻게?"

다시 그가 잠시 말을 끊었다. 이미 그의 침묵이 말보다 더 무서워지던 터였다. 교수대로 끌려가는 죄수의 머뭇거림과도 같은 정적이기 때문이다.

"선심 쓰는 척 좀 그만하시죠, 마티? 제발 그만둬요!"

"찰리, 당신 생각을 추리해보건데, 무정부주의에 대한 관찰에서 무정부주의의 실천으로 넘어가는 길목에 바로 이 착취의 문제가 있소." 쿠르츠는 가혹한 유머를 이어가더니, 이번엔 이간질이라도 하려는 듯 리트박을 돌아보았다. "마이크, 그 점에선 자네 말도 일리가 있었어."

"착취가 핵심이었다고 말하고 싶군요. 착취가 소유로 해석되고 나면 모든 게 다 걸립니다. 착취자들은 부의 우위를 이용해 노동노예의 머리를 때린 다음, 그를 세뇌시켜 부의 추구야말로 그를 부려먹기 위한 타당한 동기라고 믿게 만드는 겁니다."

"개소리! 난 그런 개소리 안 믿어요!"

쿠르츠는 실망스러운 표정이었다.

"강도 국가의 전복을 원치 않는다는 뜻이오, 찰리? 문제가 뭐요? 갑자기 소심해진 건가? (다시 리트박을 보며) 마이크, 계속해보게."

"국가는 폭군이다. 정확히 찰리의 용어죠. 또한 국가의 폭력과 국가의 테러, 국가의 독재에 대해서도 언급했는데 국가야말로 악의 총체라는 식이었습니다." 리트박이 다소 놀란 목소리로 덧붙였다.

"그렇다고 내가 사람들을 살해하고 은행을 턴다는 뜻은 아니에요. 맙소사, 이게 다 뭐하는 짓이죠?"

쿠르츠는 그녀의 항변에도 꿈쩍하지 않았다.

"찰리, 당신의 지적에 따르면, 법과 질서의 힘은 추악한 독재자에 불과해요."

리트박도 그 말에 주석을 달았다.

"법정에서도 대중을 위한 정의를 기대할 수 없습니다."

"당연히 아니죠. 시스템 전반이 쓰레기니까! 가부장적이고 부패한 채 고착화되고 또….."

"그럼 왜 파괴해버리지 않소? 시스템을 날려버리고 당신을 막는 경찰에 막지 않는 경찰들까지 모두 총살해버리지 그래요? 식민주의자들과 제국주의자들도 만날 때마다 죽여버리고? 그 대담한 이상은 갑자기 어디 간 거요? 도대체 어떻게 된 거지?"

"언제 날려버린다고 했어요? 난 평화를 원해요! 사람들이 자유롭기를 원한다고요!" 그녀는 자신에게 남은 단 하나의 무해한 교리에 매달렸다.

쿠르츠는 그 말마저 무시해버렸다.

"실망스럽소, 찰리. 갑자기 이런 식으로 일관성을 포기하다니. 지금까지는 말에 일리가 있었어요. 자, 나가서 무슨 일이든 해보지 그래요. 조금 전까지만 해도 지성인의 눈과 머리로 우매한 민중이 보지 못하는 본질을 봤잖소. 그런데 갑자기 민중을 위한 사소한 희생조차 못하겠다고 하다니. 자본주의 착취에 정신과 영혼을 예속당한 민중들을 위해 훔치고, 살해하고 뭐든지 날려보란 말이오! 어서, 찰리, 실천은 어디 간 거지? 자유로운 영혼이잖소. 말만 번드르르하게 하지 말고 행동을 해요!"

쿠르츠의 유쾌한 고문도 새로운 절정에 달했다. 눈가에 주름이 어찌나 깊은지 어그러진 피부에 검은 곡선들이 깊이 새겨졌다. 하지만 찰리도 지지 않았다. 찰리는 쿠르츠가 한 방식대로 그를 공격하고 그로부터 자유를 찾기 위해 마지막 안간힘을 다했다.

"이봐요, 마티, 난 아무것도 아니에요. 무식하고 문맹이라 계산도 추론도 분석도 불가능하단 말이에요. 학교도 후진 데 다녔다고 했잖아요. 나도 미들랜드 거리에서 태어났으면 좋겠어요. 내 아버지가 노인들의 평생저축을 떼먹는 대신 직접 노동이라도 했다면 좋겠단 말이에요! 세뇌당하는 것도 싫고 내 이웃을 내 몸과 같이 사랑하지 말아야 하는 이유를 수만 번이나 듣는 것도 지긋지긋해요. 그리고… 이젠 정말로 자고 싶네요."

"지금 자신의 입장을 철회하겠다고 말하는 거요, 찰리?"

"입장 같은 것도 없어요!"

"없다고?"

"없어요!"

"입장도 없고 행동도 싫고… 다만 자유롭고만 싶다?"

"그래요!"

"비동맹 평화주의자라. 맙소사, 당신이야말로 극우 온건파로군."

그는 재킷주머니 단추를 열어 잡동사니들을 뒤지더니 신문지 쪼가리를 하나 건져냈다. 무척 긴 기사를 접어놓은 모양인데 특별히 챙긴 것으로 보아 폴더에 포함된 기사들과는 어딘가 다른 게 분명했다. 그가 기사를 펼치며 말했다.

"찰리, 언젠가 당신과 알이 도싯 어딘가에서 토론 강좌를 수강했다는 말을 했소. '진보적 사고 함양을 위한 주말 강좌.' 당신 표현이었지? 그곳에서 어떤 일이 있었는지는 깊이 파보지 않았는데 아무래도 토론 중에 그 부분을 대충 넘어간 듯싶군요. 좀 더 살펴봐도 상관없겠소?"

쿠르츠는 기억을 환기하려는 사람처럼 기사를 읊조렸는데, 마치 "이런, 이런."이라고 탄식하듯 이따금 고개까지 저었다.

"대단한 강좌 같군그래. 사격훈련, 태업 기술… 물론 진짜가 아니라 모형 무기를 사용했겠지? 은닉 및 생존 훈련. 도시 게릴라 철학. 신념이 부족한 동료를 다루는 방법까지. 어디 보자. '국내 상황에 있어서 비우호적 요소의 제어.' 이거 맘에 드는군. 대단한 완곡어법이잖아?" 그가 기사 위쪽을 올려다보았다. "이 기사가 맞는 거요? 아니면 우리가 지금 자본 지상주의 신문사의 전형적 허풍을 보는 건가?"

그녀는 더 이상 그의 선의를 믿지 않았다. 그건 그도 원치 않았다. 이제 쿠르츠의 목표는 그녀의 견해가 얼마나 극단적인지 깨우쳐주고, 지금껏 깨닫지 못했던 입지에서 빠져나오도록 밀어붙이는 데 있었다. 심문은 진실뿐 아니라 거짓까지 끌어내려는 용도였다. 쿠르츠는 거짓을 원했다. 따라서 목소리는 더욱 딱딱해지고 얼굴 표정도 빠른 속도로 일그러졌다.

"어때, 보다 객관적인 그림을 보여주고 싶소, 찰리?" 쿠르츠가 요구했다.

"그건 알의 계획이었어요. 내가 아니라." 그녀가 도발적으로 항변했지만 동시에 최초의 항복이기도 했다.

"어쨌든 함께 갔잖소."

"파산 상태에서 값싸게 주말을 보낼 방법이었으니까요. 그뿐이에요."

"그뿐이라." 쿠르츠가 중얼거리며 그녀에게 크나큰 정적을 떠넘겼다. 그녀 혼자서 감당하기엔 너무도 버거운 죄의식의 정적이었다.

"알과 나만 간 것도 아니에요. 그러니까, 세상에, 스무 명이나 된 걸요. 다들 어리고 무모한 나이였다고요. 드라마학교에 다니는 애들도 있었고. 버스를 한 대 대절하고, 대마초를 조금 하고 아침까지 닥치는 대로 섹스를 하고…. 그게 뭐 잘못됐나요?"

쿠르츠는 뭐가 잘못되었는지 따위엔 관심이 없었다. 아직은.

"그 사람들… 당신들이 뭘 했다고? 버스를 몰아? 마약을 하고? 정말 대단한 운전이었겠군!"

"알과 함께였다고 했잖아요. 그 사람 계획이었어요. 내가 아니라."

그녀는 마침내 동아줄을 놓고 추락하고 있었다. 그녀 스스로 손을 놓았는지, 아니면 누군가 그녀의 손을 짓밟았는지도 판단이 서지 않았다. 아마도 지쳐서 그냥 포기했을 것이다. 내내 그러고 싶었으리라.

"얼마나 자주 그런 식으로 방탕한 거요, 찰리? 헛소리를 하고, 대마초를 피우고, 테러훈련을 받는 와중에 프리섹스를 즐기고? 당신 말을 들으면 거의 습관적인 듯싶은데? 맞소? 습관적이었던 게?"

"아뇨, 습관적이 아니에요! 이미 끝난 일이기도 하고 방탕한 적도 없어요!"

"얼마나 자주였는지 말해주겠소?"

"자주는 아니었어요."

"그럼 어느 정도지?"

"두 번 정도. 그게 다예요. 그리고 발을 끊었으니까."

떨어지고 또 떨어지고. 어둠은 더욱 어두워졌다. 그리고 현기증. 주변에 온통 바람이 불었지만 그녀는 건드리지도 못했다. 요제프, 나를 빼내줘요! 하지만 요제프야말로 이곳으로 끌어들인 장본인이 아닌가! 그녀는 그가 있는 방향을 향해 귀를 기울이고 뒤통수를 통해 메시지를 보냈다. 그래도 답신은 없었다.

쿠르츠가 그녀를 노려보았다. 그녀도 노려보았다.

할 수만 있다면 시선으로 그를 꿰뚫고 싶었다. 도발적인 눈빛으로 그의 눈을 멀게 하고 싶었다.

"두 번. 정확한가, 마이크?"

리트박이 공책에서 고개를 들었다.

"두 번. 예, 맞아요."

"왜 발을 뺐는지 말해주겠소?" 쿠르츠가 물었다.

그는 그녀에게서 시선을 떼지 않은 채 리트박의 폴더를 향해 손을 내밀었다.

"별로 보기 좋은 모습은 아니었어요." 그녀가 목소리를 낮추며 대답했다.

"듣기에도 그렇더군." 쿠르츠가 폴더를 펼쳤다.

"정치 얘기가 아니에요. 섹스 얘기지. 내가 감당할 수준을 넘어섰으니까. 그렇게 멍청한 척하지 말아요."

쿠르츠는 엄지에 침을 발라 한 장을 넘겼다. 그리고 다시 침을 발라 한 장을 더 넘기더니 리트박에게 뭔가 속삭였다. 리트박은 두 단어 정도로 대답했는데 영어는 아니었다. 쿠르츠가 담황색 폴더를 덮어 서류 가방에 넣었다.

"'두 번 정도. 그게 다예요. 그러고는 발을 끊었으니까.' 그 말을 다시한 번 해주겠소?" 그가 심각한 목소리로 요구했다.

"왜 그래야 하죠?"

"두 번 정도. 그게 정확한 거요?"

"왜 정확해야 하죠?"

"두 번 정도면 두 번인가 세 번인가?"

머리 위에서 조명이 흔들렸다. 아니, 그것도 착각이었을까? 그녀는 조심스럽게 뒤를 돌아보았다. 요제프는 잔뜩 고개를 숙이고 있었다. 너무 바빠 고개를 들 틈도 없는 걸까? 고개를 돌렸을 때 쿠르츠는 여전히 대답을 기다리고 있었다.

"둘이든 셋이든 무슨 상관이죠?" 그녀가 따졌다.

"네 번? 두 번 정도가 넷도 될 수 있나?"

"오, 이런 개자식!"

"내 생각엔 말버릇의 문제요. '작년에 두 번쯤 이모 집에 갔다.' 그럼 세 번일 수도 있잖소? 네 번도 가능하고. 다섯? 다섯이면 한계겠지. 다섯이면, 대여섯 번이라고 하나? '두 번 정도'를 수정해서 대여섯으로 할 생각은 없소, 찰리?" 그가 천천히 서류를 넘기며 물었다.

"두 번이라고 했으면 두 번이에요."

"딱 두 번?"

"예, 두 번!"

"좋아요, 그럼 두 번이오. '이 토론 강좌엔 단 두 번 참석했다. 다른 사람들은 호전적 훈련에 열중했을지 모르나, 내 관심은 오직 성적, 유희적, 사교적인 측면에 불과했다. 아멘.' 찰리 사인. 이 두 번의 날짜를 알려주겠소?"

그녀는 지난해의 날짜 하나를 일러주었다. 알과 데이트를 한 직후의 일이었다.

"다른 건은?"

"잊었어요. 그게 왜 문제가 돼죠?"

"그녀는 잊었다고 했다." 그의 목소리는 거의 정지라도 한 듯 느려졌지만 그 힘만은 여전했다. 문득 흉측한 동물 한 마리가 그녀를 향해 어슬렁어슬렁 다가오는 듯한 기분이 들었다. "두 번째는 첫 번째 직후였소? 아니면 어느 정도 간격이 있었던가?"

"모르겠어요."

"그녀는 모른다고 했다. 첫 번째 주말은 동기부여를 위한 도입과정이었겠군, 맞소?"

"예."

"어떤 과정이었소?"

"말했잖아요. 그룹섹스였다고."

"토론도 세미나도 소개도 없이?"

"토론은 했어요."

"주제는?"

"기본원칙."

"무엇에 대한?"

"진보주의지 뭐겠어요?"

"연사가 누군지 기억하겠소?"

"여성해방운동이라는 곳에서 나온 여드름투성이 레즈비언, 쿠바에 산다는 스코틀랜드 남자. 남자는 알이 존경하는 인물이었죠."

"그리고 다음 강좌. 날짜는 잊었고 두 번째이자 마지막이었다고 했소. 그때는 누가 연설을 맡았지?"

찰리는 대답하지 않았다.

"그것도 잊은 거요?"

"예, 그래요!"

"그거 이상하군. 첫 번째 강좌는 섹스, 토론 주제, 강사까지 정확히 기억하면서 두 번째는 다 잊었다?"

"이런 미친 질문에 밤새도록 답했는데 아닌 게 더 이상하죠!"

"어디 가는 거요? 화장실? 레이철, 화장실까지 모셔드려. 로즈도."

그녀가 자리에서 일어났을 때 어둠 속에서 부드러운 발소리가 접근하기 시작했다.

"당신의 선택은 일정한 단계마다 검토될 거요. 우리가 필요할 경우에만. 두 번째 세미나 연사가 누군지 잊었다면 강연 내용이라도 얘기해봐요."

그대로 자리에 서 있기는 했지만 오히려 그 때문에 더 왜소해진 기분이었다. 찰리는 고개를 돌려 요제프를 보았다. 한 손으로 머리를 잡고 고개는 등잔불 반대편을 향하고 있었는데 놀랍게도 두 사람의 간극 어딘가 일종의 중간도시에서 부유하는 것처럼 보였다. 하지만 그녀가 어디를 보든, 쿠르츠의 목소리는 계속 그녀의 머릿속을 헤집으며 그 안의 사람들을 질식시키고 있었다. 그녀는 두 손을 테이블에 두고 상체를 숙였다. 그녀는 지금 의지할 친구 하나 없는 낯선 교회에 와 있었다. 서 있어야 할지 무릎을 꿇어야 할지도 모르건만, 쿠르츠의 목소리는 어디에나 있었다. 그녀가 땅에 눕든, 스테인드글라스 창을 뚫고 수백 킬로미터 밖으로 날아가든, 그에겐 아무 상관이 없었다. 그 끔찍한 목소리를 벗어날 곳은 어디에도 없기 때문이다. 그녀는 테이블에서 손을 떼어 등 뒤로 돌린 다음 단단히 맞잡았다. 도대체 어떻게 처신해야 할지 난감하기만 했다. 특히 두 손이 문제였다. 손이 발설하고 손이 고발하기 때문이다. 두 손이 겁에 질린 아이들처럼 서로를 위로하고 있다는 생각도 했다. 쿠르츠가 결의안에 대해 질문하고 있었다.

"당신도 사인했을 것 아니오, 찰리?"

"몰라요!"

"하지만 찰리, 모임이 끝날 때면 으레 결의안을 채택하도록 되어 있소. 토론이 있으니 결의안도 있어야지. 결의안이 뭐였지? 아까부터 모른다고 말은 있지만 설마 사인했는지 여부도 잊었단 말이오? 혹시 사인을 거부라도 했단 말이오?"

"아뇨!"

"찰리, 합리적으로 합시다. 당신처럼 대단한 지력을 지닌 사람이 어찌 사흘짜리 세미나 말미의 공식 결의안을 잊을 수 있단 말이오? 초안을 쓰고 수정하고, 투표하고, 통과하거나 거부되고, 사인하거나 거부하는 일인데? 그게 어찌 가당한 얘기겠소? 맙소사 결의안이야말로 모든 노고의 총체가 아니오? 갑자기 왜 그렇게 모호해진 거요? 다른 문제에 대해선 너무도 정교하고 구체적이면서?"

그녀는 개의치 않았다. 얼마나 상관없었냐면 그에게 개의치 않는다는 얘기도 할 필요 없을 정도였다. 너무나 피로해 미칠 것만 같았다. 다시 자리에 앉고 싶었지만 그렇게 하지는 않았다. 휴식을 취하고 소변을 보고 화장을 고치고 5년 동안 잠을 자고 싶었다. 그런데 얼마 남지 않은 극적 본능이 똑바로 서서 모든 것을 꿰뚫어보라고 명령하고 있었던 것이다.

쿠르츠는 가방에서 서류 한 장을 꺼내 살펴보다가 걱정스러운 표정으로 리트박에게 말을 걸었다.

"분명 두 번이라고 했지, 응?"

"최대 두 번. 여러 번 질문하셨지만 끝까지 둘이라고 대답했습니다."

"그런데 우리가 파악한 바로는?"

"다섯 번이었죠."

"그런데 어떻게 두 번이라는 생각을 한 거지?"

"영리합니다. 우리 판단보다 200퍼센트 이상 영리한 듯싶네요." 리트박은 짐짓 동료보다 훨씬 더 실망한 표정을 지었다.

"그럼 거짓말이로군." 쿠르츠가 대답했다. 개입을 유도하듯 느린 말투였다.

"예, 분명합니다." 리트박이었다.

"거짓말 아니야! 잊었다고 했잖아! 알 때문이었어요. 알 때문에 간 거야. 그뿐이라니까!"

쿠르츠는 부시재킷 윗주머니, 청동 펜 사이에 끼워둔 카키색 손수건을 꺼냈다. 그리고 기이한 동작으로 얼굴을 훔친 다음 다시 주머니에 넣었다. 그러고는 시계의 위치를 왼쪽에서 오른쪽으로 바꾸었는데 마치 은밀한 의식이라도 치르는 듯 보였다.

"앉겠소?"

"싫어요."

그녀가 거부하자 그는 더욱 슬픈 표정을 지었다.

"찰리, 더 이상 당신을 믿을 수가 없어요. 신뢰감이 자꾸 꺼져만 가는구려."

"그럼 믿지 말아요. 다른 사람을 찾아 괴롭히란 말이에요! 내가 왜 이스라엘 청부업자들과 게임을 해야 하죠? 나가서 아랍사람들이나 날려버리시죠? 난 보내줘요! 지긋지긋해요!"

찰리는 그런 말을 하면서도 어딘가 기이한 느낌을 받았다. 이 사람들, 그녀의 말을 반밖에 듣지 않았다. 절반은 그러니까… 내 연기력을 가늠하고 있는 건가? 누군가, "찰리, 거기 한 번 더 갑시다. 이번엔 조금 천천히 해서."라고 해도 놀라지 않았을 것 같았다.

하지만 쿠르츠는 여전히 할 말이 있었고, 유대 신께서도 말릴 생각은 없는 듯 보였다.

"찰리, 솔직히 당신 망설임이 이해 안 가오. 특히 당신이 얘기하는 찰리와 우리 기록에 나타난 찰리의 괴리가 너무 커요. 당신이 처음 혁명 학교를 찾은 건 지난 해 7월 15일이었소. 일반적인 식민주의와 혁명을 주제로 한 이틀짜리 초보 과정이었지. 예, 찰리 말대로, 모두 버스로 갔어요. 알라스테어를 포함해 다들 연극하는 친구들이었지. 두 번째는 한 달 후였고 역시 알라스테어와 함께였소. 강연자는 소위 볼리비아 망명자라는 사람과 아일랜드 공화국 해방군을 지지하는 어느 신사였는데 둘 다 신분 밝히기를 거부했지. 당신은 두 경우 모두 개인수표로 5파운드 수업료를 지불했고 여기 수표 사본도 있소."쿠르츠가 말했다. 그의 목소리는 원상태를 회복 중이었고 위압감도 전혀 줄지 않았다.

"알의 수강료였어요. 그 인간 땡전 한 푼도 없었다고 했잖아요!"

"세 번째는 한 달 뒤였어요. 당신은 미국 사상가 소로의 작품에 대한 매우 감상적인 토론에 참여했소. 그때 당신이 사인한 결의안은, 투쟁에 관한 한 소로는 무의미한 이상주의자이며, 행동주의에 대한 실질적 이해가 결여된 쓰레기에 불과하다였소. 당신은 그 판결을 지지했을 뿐 아니라, 동지들에게 보다 급진적인 실천을 요구하는 부가결의안에까지 합류했어요.”

“알 때문이라니까요! 난 다만 그 사람들한테 인정받고 싶었고 알을 기쁘게 하고 싶었을 뿐이에요! 그래서 그다음 날 다 잊은 거라니까요!”

“10월이 되자, 당신과 알라스테어는 다시 그곳을 찾았소. 이번엔 서구 자본주의 사회의 부르주아 파시즘을 주제로 한 특별 세미나였어요. 당신은 그룹 토론에서 주도적인 역할을 맡아, 당신의 범죄자 부친과 무기력한 모친, 억압적 양육과 관련된 신화적 일화들로 동지들을 즐겁게 해주었지.”

이제 그녀도 저항을 포기했다. 더 이상 생각하지도 보지도 않았다. 눈앞이 아른거렸다. 징벌이라도 내리듯 입 안쪽을 가볍게 깨물어도 보았으나 아무리 그렇다 해도 쿠르츠에게서 벗어날 수는 없었다. 마티의 목소리가 허락하지 않았기 때문이다.

“그리고 마이크 말대로, 마지막 에피소드가 하나 더 있소. 올해 2월. 당신과 알라스테어도 수업 하나를 맡지 않았소? 그런데도 그 이전 이스라엘을 매도한 순간을 제외하고는 완전히 기억에서 제거해버린 듯하군요. 토론의 주제는 오로지 세계 시온주의의 팽창과 미국 제국주의와의 연계에 대한 비판이었고, 주도적인 인물은 팔레스타인 해방기구를 대변한다고 알려진 남자였소. 다만 그 위대한 운동 어느 편에 속하는지에 대해선 그 역시 끝내 입을 다물었지. 그뿐 아니라 그자는 노골적으로 자신을 감추려 들었소. 그래서 검은 발라클라바 모자로 얼굴을 온통 가렸는데 덕분에 신비한 분위기까지 연출하는 효과까지 얻었지. 그런데도 아직 그 연사를 모르겠다는 거요?” 그는 대답할 시간조차 주지 않았다. “강연 내용은 위대한 전사이자 유대인 학살자로서 자신의 영웅적인 삶에 대한 얘기였소. 이렇게 선언했었지? ‘총이야말로 고국으로 돌아가는 내 여권이오. 우린 이제 피난민이 아니라 혁명가란 말이오!’ 그 바람에 약간의 불안감이 조성되고, 그가 너무 나갔다는 근심어린 목소리도 있었지만 당신은 아니었소." 그가 잠시 멈췄으나 그녀는 반박하지 못했다. 그는 시계를 좀 더 가까이 끌어당기며 그녀에게 힘없이 미소를 지어주었다. "왜 그런 얘기들을 하지 않는 거요, 찰리? 다음에 어떤 거짓말을 해야 할지도 모르면서 왜 여기저기 빼먹은 게요? 당신의 과거가 필요하다고 했잖소? 너무나 필요하다고!"

그가 다시 대답을 기다렸으나 소용은 없었다.

"당신 아버지가 감옥에 간 적이 없다는 것도 알고 있소. 집행관들이 들어온 적도 없고 당나귀를 빼앗아간 사람도 없어요. 부친께서 무능력한 덕분에 사소한 파산을 겪기는 했지만 피해자라고 해봐야 기껏 지역 은행 매니저 한둘이 고작이었지. 글쎄, 표현이 적절한지 모르겠지만 부친께서도 명예롭게 사면되셨소. 아, 그러고도 아주 오래 사셨지. 친구 몇이 돈을 모아주기도 했고 모친께서도 끝까지 헌신적인 배우자로 남았어요. 찰리가 학교를 중퇴한 것도 부친이 아니라 온전히 본인 잘못이었소. 그러니까, 동네아이들한테 너무 쉽게 몸을 내준 게 화근 아니었던가? 결국 얘기가 학교 당국에 들어갔고 당연히 풍기문란과 탈선의 죄를 물어 긴급 퇴학처분이 내려진 게지. 그 후 인자하신 부모님께 돌아갔을 때, 늘 그렇듯 따님의 탈선을 용서하고 최대한 믿으려 애를 쓰셨소. 지난 몇 년간 자신의 잘못을 합리화하기 위해 교묘한 소설을 지어내는 통에 결국 스스로도 믿게 된 거요. 그 바람에 기억이 기이하게 꼬이고 말았지만." 그가 시계를 좀 더 안전한 위치로 끌어당겼다. "우린 당신 친구요, 찰리. 그런 일 때문에 당신을 비난한다고 생각하오? 당신이 그토록 간절히 원했던 해답과 탈출구 대신 지금의 정치 이념을 받아들였다는 사실도 이해 못한다고 생각하오? 우린 당신 편이오, 찰리. 우리는 이류가 아니에요. 쉽게 지치거나 냉담해지지도 않고, 체제 순응적이지도 않아요. 우리도 당신과 함께하고 당신을 활용하고 싶소. 처음부터 끝까지 가식 없는 객관적 사실을 원했건만 왜 속이려고만 드는 거요? 왜 친구들을 신뢰하지 않고 방해하려고 하느냔 말이오?"

뜨겁게 달군 바다 같은 분노. 그 분노가 그녀를 끌어올리고 또 정화해주었다. 그녀는 한없이 팽창해가는 분노를 단 하나의 진실한 동맹으로 끌어안았다. 그녀는 운명처럼 자신의 모든 것을 분노에 맡기고, 그동안 그녀 자신, 즉 내면의 작은 팽이 같은 존재는 옆으로 빠져나와 지켜보기로 했다. 지금껏 용케도 버티고 섰건만…. 이윽고 분노는 그녀의 당혹감을 지우고 치욕의 고통을 잠재웠다. 정신을 정화해 모든 것을 똑똑히 바라볼 수 있도록 해주었다. 그녀는 주먹을 쥐고 한 걸음 앞으로 나아갔다. 쿠르츠에게 휘두를 생각이었지만 그는 너무도 나이가 많고 너무도 벅찬 상대였다. 전에도 수많은 공격을 당한 사람이기도 했다. 게다가 그보다 먼저 해야 할 일도 있었다.

교묘하게 그녀의 뇌관을 건드린 사람은 쿠르츠였으나 사실 진짜 치욕을 가한 주체는 요제프의 간계와 구애와 이해 못할 침묵이었다. 그녀는 홱 하고 몸을 돌리더니 성큼성큼 요제프에게 걸어갔다. 누군가 말릴 줄 알았건만 그렇지도 않았다. 그녀는 먼저 테이블 끝을 걷어찼다. 책상 램프가 포물선을 그리며 날아가다가 코드선이 다하자 픽 하는 소리와 함께 꺼졌다. 그녀가 주먹을 뒤로 젖혔다. 그가 막을 줄 알았는데 그것도 아니었다. 어쨌든 그녀는 온힘을 다해 팔을 휘둘렀고 주먹은 정확히 그의 턱뼈를 가격했다.

그녀는 요제프를 향해 온갖 더러운 욕설을 퍼부었다. 껑다리 알에게 써먹었던 욕설. 허무하고 고통스럽고 혼란스럽고 미천하기만 한 자신의 삶을 향해 쏟아부었던 욕설. 그녀는 그가 손으로 막거나 반격할 줄 알았다. 재차 공격을 가할 땐 그의 전신에 상처와 고통을 남기고 싶었다. 그리고 그가 막을 거라 생각했건만 그저 특유의 갈색 눈으로 흡사 폭풍 속 등대라도 본 듯 그녀를 바라보기만 했다. 그녀는 또다시 주먹을 휘둘렀다. 반쯤 힘을 뺀 터라 손가락 관절이 비틀리기는 했지만 그래도 피가 그의 턱을 따라 흘러내리기 시작했다. "이 파시스트 새끼야!" 그녀는 계속 비명을 질렀다. 숨을 쉴 때마다 기력이 빠져나가는 기분이었다. 그녀는 문가에 서 있는 담황갈색 머리의 라울을 보았다. 남아공의 로즈는 프랑스풍 창문에 서 있었는데, 두 팔을 벌린 양으로 보아 찰리가 베란다를 향해 뛰어들까 봐 대비하는 모양이었다. 정말 지금 당장 미쳐서 모두의 동정이라도 받을 수 있다면 좋으련만. 차라리 미친년이 되어 모든 걸 용서받을 수 있으면 좋으련만. 살아오면서 제멋대로 삶을 각색하고, 아버지와 어머니를 거부하고, 거부할 용기조차 없는 개똥 이념을 끌어안은 작고 어리석은 빨갱이 여배우가 아니었으면 좋으련만… 하기야 지금껏 대안이 있기라도 했던가? 쿠르츠가 일부러 영어로 대원들을 향해 가만히 있으라고 지시했다. 요제프가 돌아서는 모습도 보았다. 그는 주머니에서 손수건을 꺼내 입술을 찍었다. 그까짓 폭력쯤 전혀 개의치 않는다는 투였다. 그녀는 다시 "나쁜 놈!"이라고 욕하며 그의 옆머리를 때렸다. 손목이 꺾이고 마비될 정도로 강한 타격이었으나 이미 그녀도 지친 지 오래였다. 게다가 너무도 외로웠다. 지금 정말로 바라는 게 있다면 요제프에게 흠씬 두들겨 맞는 것뿐이었다.

"진정해요, 찰리. 프란츠 파농을 읽었잖소. 폭력은 정화다, 기억나요? 폭력은 우리를 열등감에서 해방시켜주고 두려움을 없애주고 자존심을 회복해줘요." 쿠르츠가 의자에 앉은 채로 조용히 충고했다.

그녀에게는 이제 한 가지 방법밖에 없었다. 그래서 그 방법을 택했다. 얼굴을 두 손으로 감싸고 평평 울기 시작한 것이다. 한참 후 쿠르츠의 고갯짓에, 창문에 있던 레이철이 다가가 어깨를 감싸 안았다. 처음엔 찰리도 뿌리쳤지만 그다음엔 내버려두었다.

"3분 이상은 안 돼. 옷을 갈아입거나 마음을 진정할 시간은 없다. 곧바로 여기로 데려와. 계속할 생각이니까. 찰리, 잠깐 거기 서요. 기다려! 서라고 했잖소!"

찰리는 멈춰 섰으나 돌아보지는 않았다. 그녀는 꿈쩍도 않고 등으로 연기를 했다. 요제프가 찢긴 얼굴을 어떻게 하고 있을까 걱정도 들었다.

"잘했어요, 찰리. 축하하오. 비록 추락은 했지만 살아남았어요. 거짓말 때문에 길을 잃기는 했어도 잘 버텼소. 그리고 끈이 끊어지면서 당신은 울분을 터뜨렸고 세상을 향해 갈등을 모두 집어던졌어요. 찰리가 자랑스럽소. 지금부터는 보다 좋은 이야기를 하게 될 테니까, 서둘러 돌아와요, 알겠죠? 시간이 정말정말 없다오."

찰리는 화장실에 들어가 머리를 벽에 기댄 채 계속 흐느꼈다. 레이철은 세면대에 물을 채워주고 로즈는 만약을 위해 밖에 대기했다.

"어떻게 영국을 참아내는지 이해할 수가 없어요. 나도 15년 동안 살았는데 죽는 줄 알았거든요. 메이클즈필드 알아요? 거긴 지옥이에요. 적어도 우리 유대인한테는요. 그놈의 계급과 냉담과 위선에는 정말! 우리한테는 세상에서 가장 불행한 땅일 거예요. 메이클즈필드 말이에요. 정말로. 나한테 개기름이 많다고 하는 통에 툭하면 레몬주스로 살갗을 문질렀잖아요. 아니, 문으로 나갈 때는 나하고 같이 가야 해요, 알았죠? 아니면 막아야 하니까."

새벽, 모두 잠들어 있을 시간이다. 찰리는 여자들과 함께 돌아갔지만 정말로 죽기만큼이나 싫었다. 그들은 조금만 얘기해주었다. 헤드라이트가 어두운 문가를 훑듯 대충 언저리를 훑으며 그 속에 감춰진 본질은 언뜻 보여주기만 했다. 상상해 봐요. 그들은 그렇게 말했다. 그러면서 한 번도 만나본 적 없는 완벽한 애인에 대해 얘기해주었다.

　그래도 개의치 않았다. 저들은 그녀를 원했다. 낱낱이 파헤쳐 약점과 이중성까지 모두 알지만 그래도 그녀를 필요로 했다. 저들은 그녀를 구원하기 위해 납치했다. 온갖 헛소리에도 불구하고 핵심을 이해했으며 온갖 죄와 은폐에도 불구하고 모든 것을 받아들였다. 그녀는 헛된 맹세를 했으나 그들은 행동과 절제와 열정과 진정과 신의로써, 그녀의 내면에서 따분한 마귀처럼 하품하고 비명을 지르던 공허감을 채워주었다. 그들은 휘몰아치는 폭풍이 뒤어 그녀를 깃털처럼 흔들었지만 어느 순간 고맙게도 중심을 잡아주는 바람이 되어주었다.

　그녀는 한 발짝 물러나 그들이 인도하고 조종하고 취하도록 해주었다. 다행이야. 마침내 고향에 온 기분이잖아. 문득 그런 생각이 들었다. 찰리, 당신 자신을 연기해요. 거기에 플러스 알파. 그들은 그렇게 말했다. 그런데… 언제는 안 그랬던가? 당신 자신, 거기에 지금까지의 온갖 허세를 더해서… 그런 말도 했다. 뭐라고 해도 좋아요. 뭐든 말씀만 하세요. 그녀는 그렇게 생각했다.

　예, 듣고 있어요. 예, 그렇게 할게요.

　그들은 요제프에게 테이블 중앙의 상석을 넘겼다. 리트박과 쿠르츠는 그의 양쪽에 두 개의 위성처럼 얌전히 앉아 있었다. 요제프의 얼굴은 맞은 부위가 크게 벗겨지고 작은 타박상들이 왼쪽 뺨을 따라 이어졌다. 망가진 덧문 틈으로 사다리 같은 새벽빛이 비집고 들어와 바닥과 가대 위에 길게 누웠다. 두 사람은 한참 동안 아무 말도 하지 않았다.

　"내가 결정한 건가요?" 그녀가 물었다.

　요제프가 고개를 저었다. 검은 다박나룻이 홀쭉한 얼굴을 더욱 강조했다. 천장조명이 그의 눈 주변에 선명한 거미줄을 그려주었다.

　"나한테 뭐가 좋은지 다시 말해줘요." 그녀가 부탁했다. 그들의 기대감이 올가미처럼 조여 오는 것도 느낄 수 있었다. 리트박은 창백한 손을 깍지 꼈다. 그녀를 노려보는 눈이 어딘가 크게 화내는 듯 보였다. 예지자 쿠르츠의 얼굴엔 은빛 먼지가 반짝였다. 벽 여기저기의 졸개들은 흡사 첫 번째 영성체라도 받는 사람처럼 경건하고 조용하기만 했다.

"당신 삶을 구할 거라고 했소, 찰리. 어머니들한테 아이를 돌려주고 평화로운 사람들이 평화롭도록 도와주는 일이오. 더 이상 무고한 사람들이 다치지 않을 수도 있고." 요제프가 설명했다. 극적인 요소가 철저히 배제된, 너무도 초연한 말투였다. 그녀가 그 목소리에 담긴 망설임까지 들었을까? 아니. 설령 그렇다 해도 진지함만 더욱 부각되었을 것이다.

"당신 생각은요?"

그의 대답은 너무도 담담하기만 했다.

"내가 왜 이 자리에 있겠소? 우리에게는 그 일이 희생이자, 삶의 속죄라오. 당신이라면… 글쎄, 별로 다르지 않을지도."

"당신은 어디 있을 거죠?"

"우린 최대한 당신 곁에 머무르게 될 게요."

"당신 말이에요. 요제프, 당신 하나."

"당연히 나도 곁에 있어요. 내 일이 될 테니까."

그는 일이라고 했다. 아무리 찰리라도 그 말에 담긴 뜻을 놓칠 수는 없었다.

"요제프는 끝까지 당신과 함께 있어요, 찰리. 그 친구야말로 최고의 전문가라오. 요제프, 찰리에게 시간 요인에 대해 설명해주겠나?" 쿠르츠가 조심스레 끼어들었다.

"시간이 거의 없소. 매시, 매시가 촉박해요." 요제프가 얘기했다.

쿠르츠는 미소를 짓고 있었다. 요제프가 계속하기를 기대한 모양이지만 그는 더 이상 입을 열지 않았다.

그녀는 하겠다고 했다. 아무튼 대답은 했을 것이다. 다음 단계에서라 도… 아니면 저 가벼운 안도의 한숨은 다 뭐란 말인가? 솔직히 실망스럽 게도 반응은 그게 전부였다. 마음이 한창 들뜬 터라 사람들이 벌떡 일어 나 박수갈채라도 보낼 줄 알았건만. 마이크가 두 손으로 머리를 감싸고 는 펑펑 눈물을 흘리고, 마티도 노인답게 그녀의 어깨를 부여잡고 흉터 투성이 얼굴을 비벼대며, 오, 찰리, 고맙네, 잘 생각했어를 연발해야 했 다. 졸개들도 당연히 우르르 몰려들어 그녀를 다독여야 했으며, 요제프 도 그녀를 가슴으로 품어주어야 했다. 하지만 현실무대에선 아무도 그 러지 않았다. 쿠르츠와 리트박은 서류를 정리하고 가방을 챙기느라 바 빴고, 요제프는 디미트리와 남아공 로즈와 대화 중이었으며 라울은 차 와 비스킷 따위를 치우기 시작했다. 신입 요원의 상태에 관심이 있는 사 람은 오직 레이철뿐이었다. 그녀가 찰리의 팔을 건드리며, 이제 좀 누우 라고 층계참 쪽으로 이끌었다. 문에 다다르기도 전에 요제프가 그녀의 이름을 불렀다. 그녀를 바라보는 눈이 어딘가 슬프면서도 묘했다.

"그럼 잘 자요." 그가 인사를 챙겼지만 다소 당혹스러운 표정이었다.

"그래요, 잘 자요." 찰리도 인사했다. 마지막 장막을 내리듯 싸늘한 미 소를 지을 생각이었지만 실패했다. 레이철을 따라 복도를 지나는데 문 득 아버지의 런던클럽에 와 있다는 착각이 들었다. 지금 점심 식사를 위 해 여성별관으로 향하는 중이었다. 그녀는 걸음을 멈추고 왜 그런 생각 이 들었는지 주변을 둘러보았다. 그리고 그때 소리가 들렸다. 보이지는 않았지만 전신타자기가 끊임없이 딱딱거리며 현재 시장가격을 밀어내 는 소리. 저쪽 반쯤 열린 방 안에서 흘러나오는 소리 같았으나 확인도 해 보기 전에 레이철이 그녀를 재촉했다.

남자 셋은 휴게실로 돌아왔다. 암호기계의 소음이 나팔처럼 그들을 소환했다. 베커와 리트박이 지켜보는 가운데, 쿠르츠는 책상에 웅크리고 앉아 예루살렘발 친전을 확인하기 시작했다. 예기치 않은 긴급 메시지였다. 쿠르츠도 도저히 믿을 수 없다는 표정이었다. 등에 분수라도 생긴 양 땀이 번지기 시작했는데 뒤에 서 있는 사람들에게도 보일 정도였다. 무전 담당자는 보이지 않았다. 예루살렘의 암호문건이 인쇄되자마자 쿠르츠가 쫓아버렸기 때문이다. 그 밖에는 집 전체가 깊은 정적에 잠겨 있었다. 새가 노래하고 자동차가 지나갔는지는 모르겠지만 그들에겐 들리지 않았다. 오직 프린터가 정지했다가 작동하는 소리뿐이었다.

"오늘 대단했어, 가디. 노련하고 지혜롭고 예리했네." 쿠르츠가 선언했다. 어느 누구의 활동도 못마땅해하던 그였다. 지금은 가브론의 암호가 쓰인 영어를 사용했다. 그는 프린트용지를 뜯어내고 다음 용지가 인쇄되기를 기다렸다. "표류하는 여자가 구세주에게 기대할 수 있는 모든 걸 지녔잖아. 안 그래, 시몬?"

기계가 다시 종이를 토해냈다.

"가브론을 포함해, 예루살렘 동료들 중 내가 자네를 뽑는 데 반대한 이들이 있었어. 여기 리트박도 마찬가지였지만 난 아냐. 나한텐 확신이 있었지." 그가 가벼운 욕설을 내뱉으며 두 번째 용지를 뜯어냈다. "가디는 내 요원 중에서도 최고야. 그 친구들한테도 그렇게 얘기해줬지. 사자의 심장과 시인의 머리를 지녔거든. 내가 한 말이야. 고통스러운 삶도 결국 자네를 꺾지 못했다는 말도 해줬지. 찰리는 어떻게 지내나, 가디?"

그는 실제로 고개까지 돌린 채, 베커의 대답을 기다리며 갸우뚱했다.

"눈치 못 채셨습니까?" 베커가 되물었다.

쿠르츠가 눈치챘다 해도 당장 대답은 하지 않았다. 메시지가 완료되자, 그는 회전의자를 돌리고 용지들을 세워 어깨 너머의 데스크 조명을 비추게 했다. 하지만 먼저 입을 연 사람은 리트박이었다. 그가 갑자기 조바심을 터뜨리는 통에 동료들이 깜짝 놀랐다.

"놈들이 또 폭탄을 설치한 겁니까? 어디죠? 말씀해주시죠. 이번엔 또 얼마나 많은 사람이 죽은 거죠?"

쿠르츠가 천천히 고개를 저었다. 메시지가 들어온 후 처음으로 미소도 지었다.

"폭탄은 맞아, 시몬. 하지만 죽은 사람은 없다. 아직은."

"그냥 읽게 두세요. 끼어들지 말고." 베커가 리트박에게 푸념을 했다.

하지만 쿠르츠는 그런 식의 참견을 좋아했다.

"미샤 가브론이 인사와 더불어 우리 셋에게 새로운 메시지를 보냈다. 메시지 하나, 레바논의 기지 한 곳이 내일 공격을 받는 바, 관계자들은 피하도록 조처했음. (용지 일부를 옆으로 치우며) 메시지 둘… 두 번째는 지시야. 오늘 저녁에 접수했던 지시와 여러 가지로 비슷하군그래. 우리는 어제 일자로 알렉시스 박사와 단절하며 향후의 접촉은 불허한다. 미샤 가브론이 케이스 파일을 몇몇 심리학자들한테 넘겼는데 완전히 미쳤다는 진단을 내렸다나 봐."

리트박이 다시 푸념을 시작했다. 아무래도 극도의 피로감 때문일 것이다. 더위 때문일 수도 있다. 무척이나 더운 밤이었으니 말이다. 쿠르츠는 미소를 잃지 않고 그를 달랬다.

"진정해, 시몬. 우리의 용감한 지도자께서 조금 정치적인 것뿐이야. 알렉시스가 월담해 주요 맹방과의 관계를 해치려 할 경우, 여기 있는 마티 쿠르츠가 죄를 뒤집어쓰고, 우리 편에서 시키는 대로 얘기한다 해도 어차피 미샤 가브론이 영예를 독차지하는 거라네. 미샤가 나를 어떻게 생각하는지 알잖아. 난 그 양반의 유대인이라고."

"세 번째 메시지는요?" 베커가 물었다.

"지도자께서 시간이 촉박하다시네. 사냥개들이 똥구멍까지 쫓아왔다는군. 물론 우리 똥구멍이라는 얘기야."

쿠르츠의 제안에 리트박이 자기 칫솔을 챙기러 떠났다. 베커만 남자, 쿠르츠가 비로소 안도의 한숨을 내쉬며 보다 느긋한 태도를 보였다. 그는 바퀴 달린 침대로 건너가 프랑스 여권을 집어 펼치고는 신원 정보들을 확인하고 암기했다.

"자넨 우리 성공의 배달원이야, 가디. 구멍이 뚫리거나 곤란한 일이 생기면 언제든 알려달라고. 알았지?"

베커는 알겠다고 대답했다.

"그 친구들 말이, 자네들이 아크로폴리스에서 기막힌 콤비를 보여주었다더군. 마치 영화배우 콤비 같았대."

"칭찬 고맙다고 전해주세요."

쿠르츠는 이빨 빠진 머리빗을 들고 거울 앞에 서서 가르마를 탔다.

"여자가 개입하고 스토리가 있는 작전이라면, 항상 공작 요원의 판단에 맡겨둬. 이따금 거리를 유지하는 게 도움이 되거든." 그가 신중하게 가르마를 그린 다음 빗을 상자 안에 집어 던졌다.

"이번 사건 같은 거리 말입니까?" 베커가 되물었다.

그때 문이 열리고 리트박이 들어왔다. 도시풍으로 옷을 갈아입고 서류 가방을 들었는데 대장에게 서두를 것을 재촉했다.

"너무 늦었습니다." 그가 베커를 힐끗 노려보며 말했다.

그렇게 흔들어놓았음에도 불구하고 찰리가 완전히 굴복한 건 아니었다. 적어도 쿠르츠의 기준에는 미치지 못했다. 처음부터 그가 강조하던 요점이기도 했다. 공작을 위해 어느 정도 지속적인 도덕적 기준은 반드시 필요했다. 사실, 초기 단계에서는 압력이나 강제력을 쓰자는 얘기도 있었고, 베커보다 잘생긴 카사노바를 내세워 성적 노예로 만들까도 했

었다. 며칠 밤 정신을 못 차리게 한 다음 친교의 손을 내미는 것이다. 가
브론의 심리학자들도 그녀의 기록을 읽은 후, 폭력을 포함해 온갖 얼빠
진 제안들을 내놓았다. 하지만 쿠르츠는 공인된 공작 감각을 내세워 예
루살렘의 거대한 전문가 군단을 물리쳤다. 자원자들이야말로 더 오래
더 거칠게 싸운다는 게 그의 주장이었다. 자원자들은 스스로를 합리화
하기 위해 나름대로 방법을 찾아냅니다. 더군다나 숙녀와 결혼할 생각
이라면 겁탈하지 않는 쪽이 가능성이 큽니다.

리트박을 포함한 다른 부류들은, 찰리와 비슷한 배경을 지닌 이스라
엘 여자를 찾아야 한다고 강변했다. 리트박은 비유대인의 충성심을 믿
지 못한 터라 다른 사람들보다 노골적으로 반대했다. 게다가 영국인이
라니! 쿠르츠도 그만큼 격렬하게 싸웠다. 그는 찰리의 타고난 능력을 높
이 평가해, 반드시 가짜가 아닌 원본이어야 한다고 강변했다. 그녀의 이
념적 일탈에도 전혀 굴하지 않았다. 그녀가 익사지경에 이를수록 배에
오르는 기쁨도 클 것이기 때문이다.

다른 주장도 있었다. 쿠르츠의 뿌리 깊은 독재를 결코 가볍게 여겨서
는 안 된다면서, 야누카를 납치하기 전에 민주적인 절차를 따져 보다 장
기적이고 점차적인 구애가 필요하다고 주장했다. 정보 요원 포섭의 고
전적 원칙에 입각해서 진솔하고 온전하게 접근해야 한다는 얘기였다.
쿠르츠는 그 제안을 뿌리부터 짓밟았다. 찰리 같은 여자가 느긋한 반성
따위로 마음을 돌릴 것 같나? 그가 소리쳤다. 쿠르츠 자신이 그렇기 때
문에 자신이 있었다. 압박이 최선이다. 철저하게 조사하고 준비한 다음
한 번에 휘몰아쳐야 했다. 베커도 직접 찰리를 보고 그의 의견에 동의했
다. 적극적인 포섭이 최선이었다.

맙소사, 그러다 여자가 싫다고 하면? 그렇게 준비를 많이 했다가 그
냥 바지에다 싸버리면 어쩔 셈이지? 그들이 한탄했다. 까마귀 가브론도

그중 하나였다.

그렇다면 가브론, 약간의 시간과 약간의 돈, 약간의 기도를 낭비하겠죠. 쿠르츠는 그렇게 말했다. 그는 끝까지 물고 늘어졌다. 물론 아내와 베커 정도의 가까운 사람들한테는 자신이 피 말리는 도박을 하고 있다며 하소연을 하기는 했다. 어쩌면 뚜쟁이 노릇을 하는 셈일 수도 있다. 주말 토론회를 통해 처음 수면으로 떠오른 이후 쿠르츠는 찰리에게서 시선을 떼지 않았다. 그녀를 기록하고, 탐문하고, 머릿속에서 이리저리 돌려보았다. 도구를 챙기고 임무를 확인하면 순발력을 발휘해 목표에 맞는 작전을 구상한다. 그가 늘 하는 얘기다.

하지만 왜 여자를 그리스로 데려가나, 마티? 그것도 다른 사람들과 함께? 갑자기 자선기관이라도 된 건가? 뿌리도 없는 영국 좌파 배우들한테 비밀 자금을 쏟아붓겠다고?

그래도 쿠르츠는 꿈쩍하지 않았다. 그는 처음부터 대형 공작을 원했다. 그 이후로 계속 축소될 것임을 알기 때문이다. 찰리의 오디세이는 그리스에서 시작해야 한다. 따라서 미리 데려와야 한다. 그는 그렇게 주장했다. 그녀의 상황이 특이하고 특별하기 때문에 조국과의 연대의식을 끊기도 더 쉬울 것이다. 그리스의 태양으로 그녀를 녹이리라. 알라스테어가 함께 온 이유는 그가 그녀를 혼자 보내지 않을 것이기 때문이었다. 그보다 심리학적 순간에 제거해 그녀의 입지를 일거에 불안하게 만들 필요가 있었다. 배우들이 가족과 같아 무리와 떨어져 나오면 불안해한다는 점과, 두 연인을 자연스레 외국으로 불러들일 대안이 없다는 점도 고려했다. 그렇게 일은 진행되었다. 하나의 주장이 다른 주장을 낳아 결국 허구만이 유일한 논리가 되었다. 허구야말로 허구에서 탈피하려는 이들을 옭아매는 거미줄이었다.

알라스테어의 제거에 대해 말하자면, 바로 그날 지금까지의 모든 계획에 유쾌한 추신이 달릴 에피소드가 생겼다. 사건은 런던에 있는 네드 퀼리의 집에서 일어났다. 찰리는 깊은 잠에 빠져 있고, 네드는 자기 방에서 부족한 점심 식사에 대비해 혼자 가벼운 다과를 즐기던 참이었다. 그가 막 술병을 따는데 어디선가 욕설이 들리는 바람에 깜짝 놀라고 말았다. 남자 목소리에 켈트 방언이었다. 소리는 롱모어 부인의 비좁은 아래층 방에서 들렸다. "직접 올라가서 끌어내리기 전에, 그 바람둥이 새끼보고 당장 나오라고 해."라는 협박으로 소란은 끝이 났다. 어떤 멍청한 손님이 스코틀랜드어로 난장을 부리는 걸까? 그것도 점심 식사 전에? 네드는 궁금해하며 살금살금 문으로 다가가 벽에 귀를 댔지만 목소리의 주인을 알아보는 데는 실패했다. 그런데 잠시 후 쿵쿵거리는 발소리가 들리더니 문이 활짝 열리며 눈앞에 껑다리 알이 건들거리며 서 있는 것이 아닌가. 이따금 찰리의 분장실을 찾는 남자였다. 그녀가 공연하는 동안에는 술을 마시며 따분함을 달래곤 했었다. 지금은 행색이 아주 지저분했다. 수염은 사흘 동안 깎지 않은 데다 꼭지가 돌 정도로 취한 상태였다. 퀼리가 아주 정중하게 어쩐 일로 그렇게 화가 났는지 물었지만 헛수고였다. 그도 한창 때엔 그런 장면을 무수히 겪은 터라 결국 입을 다무는 게 최선이라는 판단을 내리고 말았다.

"이 더러운 놈. 비열하고 역겨운 인간. 목을 분질러버리겠어!"

"이런, 이런, 진정하시게나." 퀼리가 달랬다.

"경찰에 신고할게요, 네드 씨! 지금 9-9를 돌리고 있어요!" 아래층에서 롱모어 부인이 소리쳤다.

"우선 앉아서 용건을 말씀하십시다. 아니면 롱모어 부인이 경찰을 부를 거요." 퀼리가 엄중하게 경고했다.

223

"전화 걸고 있어요!" 롱모어 부인이었다. 전에도 이런 일이 여러 번 있었다.

알라스테어가 앉았다.

"자, 그럼, 내가 무슨 잘못을 했는지 얘기할 동안 블랙커피나 한 잔 듭시다." 쿼리가 온갖 위엄을 더해가며 제안했다.

알라스테어는 할 말이 많았다. 나를 바보로 만들지 않았습니까? 맙소사, 있지도 않는 영화사를 내세워 미코노스에 전보를 보내게 했어요. 할리우드 친구들을 매수해 음모를 꾸미고 항공권까지 보냈어요! 동료들 앞에서 나를 병신으로 만들고, 찰리까지 떼어낸 겁니다!

쿼리는 찬찬히 해명을 시작했다. 팬텔런트셀레스티얼이라는 할리우드 영화제작사가 켈리포니아의 에이전트한테 전화해, 주연급 배우가 갑자기 병에 걸려서 그러니, 알라스테어가 즉시 런던으로 건너와 카메라테스트를 받았으면 좋겠다는 얘기를 했다. 그가 참여할 수만 있다면 뭐든 제공할 용의가 있다며, 현재 그리스에 있다는 말에도 그 즉시 1천 달러짜리 수표를 에이전트 사무실로 보냈다 등등. 그 후 알라스테어는 허겁지겁 휴가를 접고 귀국했다. 하지만 카메라테스트는커녕 일주일 동안 빈둥거리며 대기해야 했다. 전보에도 '대기'라고 적혀 있었는데 실제로 모든 절차가 전보로만 진행되었다. '곧 촬영 시작.' 9일째 되는 날, 알라스테어는 직접 셰퍼튼 스튜디오를 찾아가, 스튜디오 D의 피터 비스킨스키를 찾았다.

비스킨스키라는 사람은 없었다. 어디에도. 피터도 없었다.

알라스테어의 에이전트가 할리우드에 전화를 걸었지만 전화교환원의 대답은 "팬텔런트셀레스티얼이 계정을 해지했다."였다. 다른 에이전트들에 전화를 걸어도 그런 제작사를 아는 사람은 아무도 없었다. 빌어먹을. 알라스테어의 판단도 별로 다르지 않았다. 그리고 이틀간, 남은 비용 1천 달러를 탕진하며 술을 퍼마시는 동안, 그런 꼼수를 부릴 동기와 능력이 있는 자는 넬 퀼리뿐이라는 결론을 내렸다. 그 바닥에서 '막장 퀼리'로 유명하지만, 알라스테어에 대한 반감은 물론 찰리의 무모한 정치 성향을 그가 조종하고 있다는 생각까지 노골적으로 드러내던 터였다. 결국 퀼리의 목을 비틀기 위해 직접 찾아왔으나 커피 몇 잔을 마신 후에는 집주인 퀼리에 대한 존경심만 무럭무럭 자라기 시작했다. 퀼리는 롱모어 부인을 시켜 손님을 위해 택시까지 불러주었다.

같은 날 저녁 식사 전, 퀼리는 정원에 앉아 석양을 감상했다. 최근에 거금을 들여 빅토리아풍의 실외 가구를 구입했다. 마조리는 그의 얘기를 듣고 끝내 웃음을 터뜨리고 말았다.

"정말 못 말리는 애라니까. 그 건달 놈을 돈으로 날려버릴 정도로 돈 많은 작자를 만났나보지?"

그녀가 키득거리다가 문득 퀼리의 얼굴을 보았다. 미국의 유령 제작사, 대답 없는 전화번호, 사라진 영화제작자들. 그 모든 게 찰리와 남편 네드 주변에서 일어났다.

"훨씬 더 나빠." 퀼리가 슬픈 얼굴로 대답했다.

"또 뭐가 있어?"

"찰리 편지를 모두 훔쳐갔어."

"뭘 훔쳐가?"

찰리가 손으로 쓴 편지 모두. 최근 5년간, 여행 중이거나 혼자 있을 때 끼적거린 잡담, 연서. 은밀한 얘기, 제작자와 동료 배우에 대한 험담, 기분 좋을 때 그린 사소한 그림 낙서들이 모두가 사라졌어. 양키 놈들이 술도 안 처먹더니 기어이 파일에서 빼내간 거야. 골드와 카르만이라는 놈들이! 롱모어 부인은 그 때문에 발작을 일으켰고 엘리스 부인도 앓아누웠다니까.

그자들한테 편지로 욕이나 해줘. 마조리가 제안했다.

그래봐야 무슨 소용인데? 주소도 모르는데? 퀼리가 비참한 표정을 지었다.

브라이언한테 물어보면 되잖아. 브라이언은 그의 변호사다.

좋아, 그런데 그 인간이 뭘 할 수 있겠어?

퀼리는 집으로 돌아와 독한 술을 한 잔 따르고 TV를 켰다. 채널마다 어딘가에서 폭탄이 터졌다는 끔찍한 저녁뉴스뿐이었다. 앰뷸런스, 부상자를 실어 나르는 외국 경찰들. 하지만 그런 하찮은 구경거리를 즐길 기분이 아니었다. 놈들이 찰리 파일을 싹쓸이해갔다! 고객의 파일을! 그것도 사무실에서, 멍청한 퀼리 놈이 앉아서 꾸벅꾸벅 조는 동안 일어난 일이었다! 지난 몇 년간 이렇게 난감했던 적은 없었다.

08

꿈을 꾼 것 같기는 한데 깨어나고 보니 전혀 기억이 나지 않는다. 아니면 아담처럼 깨어났을 때 꿈이 실현되었을 수도 있겠다. 제일 처음 눈에 띈 게 침대 옆의 신선한 오렌지주스 한 잔이었다. 게다가 요제프가 성큼성큼 방 안을 돌아다니며 찬장을 열고 커튼을 젖혀 햇볕을 들이고 있는 게 아닌가! 찰리는 자는 척하며 샛눈으로 그를 훔쳐보았다. 해변에서도 그런 식으로 본 적이 있었다. 흉터와 근육으로 가득한 등, 검은 머리에 힐끔힐끔 드러난 세월의 흔적. 오늘은 다시 실크 셔츠에 금장식 몇 개를 달았다.

"지금 몇 시예요?" 찰리가 물었다.

"3시. 오후. 충분히 잤어요. 이제 길을 떠나야 하오." 그가 커튼을 잡아당기며 대답했다.

그리고 금목걸이. 셔츠 안에는 작은 메달이 감춰져 있으리라.

"입은 어때요?" 그녀가 다시 물었다.

"맙소사, 아무래도 노래 부르기는 영원히 틀린 것 같아요." 그는 낡은 옷장에서 청색 소매 옷을 꺼내 의자 위에 내려놓았다. 여전히 무표정한 얼굴이었으나 피로가 극에 달했는지 눈가에 어두운 그림자가 짙었다. 밤을 꼬박 새운 모양이야. 지금에야 숙제가 끝난 걸까. 찰리는 그가 책상 위 서류들과 씨름하던 모습을 떠올렸다.

"새벽에 잠들기 전에 우리와 한 얘기 기억하죠, 찰리? 잠에서 깨면 이 옷을 입었으면 했어요. 속옷은 여기 상자 안에 들어 있소. 오늘은 파란 옷이 제일 어울릴 거요. 머리는 그냥 가지런히 빗기만 하고 매지는 말아요."

"매지 말고겠죠."

요제프는 그녀의 교정을 못 들은 척했다.

"그 옷은 내 선물이오. 찰리한테 어떤 옷을 입고 어떻게 꾸밀지 조언하는 것도 내 일이라오. 어디, 일어나 앉아 방을 한 번 휘 둘러봐요."

그녀는 벌거벗은 채였다. 그녀는 시트를 목까지 끌어올리고 조심스럽게 일어나 앉았다. 일주일 전 해변이었다면, 그는 마음 놓고 그녀의 몸을 훑어보았을 것이다. 불과 일주일 전만 해도.

"주변의 모든 것을 기억하도록 해요. 우리는 비밀 연인이고 이 방은 우리가 밤을 지새운 곳이니까. 얘기는 이렇게 된 거요. 찰리와 나는 아테네에서 다시 만나 이 집에 왔지. 집은 비어 있었고. 마티도 마이크도 없고 오직 우리뿐이었어요."

"그럼 당신은 누구죠?"

"차는 저 자리에 세웠어요. 도착했을 때 현관 조명은 켜져 있었지. 내가 현관문을 열었고 우리는 나란히 손을 잡고 넓은 계단을 뛰어올라온 거요."

"짐은 있었나요?"

"두 개. 내 가방과 당신 숄더백. 내가 둘 다 운반했소."

"그럼 손은 어떻게 잡아요?"

그녀는 너무 앞서간다는 생각을 했지만 그는 그녀의 정교함이 맘에 들었다.

"숄더백은 끈이 끊어진 터라 오른쪽 겨드랑이에 끼고 가방도 오른손으로 잡아요. 당신 오른쪽이었으니까 왼손은 자유로웠다오. 방은 정확히 지금과 같아요. 준비도 완벽했고. 우리는 들어오자마자 서로를 끌어안았소. 욕망을 잠시도 참을 수가 없었던 거지."

그는 두 걸음으로 침대에 다가오더니, 바닥에 어지러운 침대보를 뒤져 블라우스를 찾아냈다. 옷을 보여주는데 단추 구멍이 모두 뜯기고 단추 두 개가 없었다.

"격정적. 그 단어가 맞아요?" 그는 격정이 요일 이름이라도 된다는 듯 담담하게 발음했다.

"그렇게도 부르죠."

"그럼 그걸로 해요."

그는 블라우스를 옆으로 던지고 뻣뻣한 미소를 지었다.

"커피 마실래요?"

"커피 좋아요."

"빵? 요거트? 올리브?"

"커피면 돼요." 그가 문에 다다랐을 때 그녀가 큰 소리로 불러 세웠다. "때려서 미안해요, 요제프. 그런 생각하기 전에 미리 이스라엘식으로 응징하지 그랬어요."

문이 닫히고 복도를 따라 멀어지는 발소리가 들렸다. 그가 다시 돌아올까? 모든 게 비현실적인 팬터마임 같았다. 그러니까 곰의 집에 들어온 골리락스(영국 전래동화 주인공—옮긴이)가 된 기분? 그녀는 침대에서 빠져나왔다. 비록 가상이었지만 광란의 흔적은 여기저기 즐비했다. 3분의

1만 남은 채 얼음 양동이에 둥둥 떠 있는 보드카 병, 사용한 잔 두 개, 과일 그릇 하나, 사과 껍질과 포도 씨가 가득한 접시 두 개, 걸상에 걸쳐놓은 붉은색 블레이저, 성인용품을 담았던, 옆 주머니 딸린 검은색 가죽 가방. 문에는 가라테 스타일의 에르메스 기모노가 걸려 있었는데, 두터운 검은색 실크로 물론 그의 옷이었다. 욕실에는 여학생용의 화장품 가방이 그의 쇠가죽 잡낭 옆에 놓여 있었다. 수건 두 장이 걸려 있기에 그녀는 마른 쪽을 사용했다. 파란 옷을 살펴보니 꽤 예뻤다. 두터운 면으로 새침한 목선이 달렸는데, 로마 및 런던의 상점 꼬리표가 아직 붙어 있었다. 속옷은 고급 창녀가 입을 만한 종류이며 검은색이고 사이즈도 적당했다. 바닥에 새 가죽숄더백과 예쁜 조리샌들도 있었다. 한 짝을 신어보니 발에 꼭 맞았다. 옷도 입고 머리를 빗는데 요제프가 커피 쟁반을 들고 돌아왔다. 그는 무거울 수도 있고, 새털로 무장했다고 해도 믿을 만큼 가벼울 수도 있는 사람이다. 그만큼 은밀한 접근이 가능하다는 얘기다.

"기가 막히는군." 그가 쟁반을 테이블에 내려놓으며 칭찬했다.

"기가 막혀요?"

"아름답고 매혹적이고 눈부시다는 뜻이오. 난초를 본 적 있소?"

본 적은 없지만 지금은 보았다. 지난번 아크로폴리스에서처럼 가슴이 콩닥콩닥 뛰었다. 화분에 꽂혀 있는 금색과 황갈색의 여린 줄기. 그 옆에 세워놓은 작고 하얀 봉투. 그녀는 정성들여 머리 손질을 한 다음 봉투를 집어 들고 긴 의자로 건너가 앉았다. 요제프는 가만히 서 있기만 했다. 봉투를 열자 그 안에서 작은 카드가 하나 나왔다. "사랑하오."라는 글자가 비영국적인 필체로 적혀 있고 그 옆에 익숙한 사인, "M"이 덧붙여졌다.

"음, 뭐 생각나는 거 없어요?"

"알면서 왜 물어요? 당연히 있죠." 그녀가 톡 쏘아붙였다. 기차는 이미 떠났지만 그래도 모든 일의 아귀가 맞아떨어졌다.

"말해봐요."

"노팅엄, 배리 극장. 요크, 피닉스. 스트래트포드, 콕피트. 당신은 제일 앞줄에 앉아 항상 황소 눈으로 나를 봤어요."

"필체도 같고?"

"같은 필체, 같은 내용, 같은 꽃."

"나를 미셸로 알았죠? 미셸의 'M.'" 그는 손가방을 열고 재빨리 자기 옷가지들을 구겨 넣었다. 그리고 그녀를 올려다보지도 않고 말했다. "일을 하려면, 모두 기억해야 해요. 믿고 느끼고 꿈을 꾸어야 해요. 우린 새로운 현실을 만들어가는 거요. 더 나은 현실을."

그녀는 카드를 밀어내고 커피 한 잔을 따랐다. 마음은 급했지만 최대한 침착한 척해야 했다.

"더 나은 현실이라고 누가 그래요?"

"미코노스에서 알라스테어와 휴가를 보내면서도, 마음속으로는 절실하게 나, 그러니까 미셸을 기다렸어요." 그는 욕실 안으로 뛰어 들어가 잠낭을 들고 돌아왔다. "요제프가 아니라 미셸 말이오. 그리고 휴가가 끝나자마자 아테네로 도망쳤지. 배 위에서야 친구들한테는 며칠 혼자 있고 싶다고 했지만 물론 거짓말이었소. 미셸… 요제프가 아니라 미셸과 언약이 있었던 거요. 그래서 택시를 타고 식당으로 달려와 나 미셸을 만났지. 내 실크 셔츠를 입고 내 금시계를 찬 미셸 말이오. 우린 로브스터를 주문했소. 나는 관광팸플릿을 가져와 당신한테 보여주었고…. 당신도 모두 봤잖소. 식사를 하면서는 재회한 비밀 연인처럼 달콤하고 달뜬 잡담들을 나누었지." 그가 문에서 검은 기모노를 끌어내렸다. "난 팁도 많이 주고 당신이 보는 앞에서 청구서도 챙겼어요. 그다음엔 당신을 아크로폴리스에 데려갔는데, 금지된 지역이기에 더욱더 특별했지. 내 전용택시도 대기 중이었소. 운전사는 디미트리였고…."

그녀가 그의 말을 끊고 담담하게 물었다.

"나를 아크로폴리스로 데려간 이유가 그것뿐인가요?"

"당신을 데려간 건 내가 아니라 미셸이오. 미셸은 자신의 말재간과 해결사로서의 능력에 자부심을 갖고 있지. 극적이고 낭만적인 동작과 반전을 즐기고. 그는 당신의 마법사요."

"난 마법사 싫어해요."

"알겠지만, 고고학에도 관심이 많소. 박사 수준은 아니더라도."

"그래서, 나한테 키스한 사람은 누구죠?"

그는 기모노를 조심스레 접어 가방에 넣었다. 지금껏 만난 남자 중에서 짐 싸는 법을 아는 건 그가 처음이었다.

"그가 아크로폴리스로 데려간 진짜 이유는, 메르세데스를 운반해야 했기 때문이었소. 어떤 이유 때문에 러시아워에 차를 몰고 도시를 관통하고 싶지가 않았지. 그런데 메르세데스에 대해 묻지 않는군. 우리의 만남에서 은밀한 체취를 느끼듯 자동차마저 나와 함께 있는 마술의 일부로 받아들였기 때문이오. 당신은 모든 걸 받아들이는 사람이지. 자, 서두릅시다. 가야 할 길도 멀고 할 얘기도 많소."

"당신은 어때요? 날 사랑하게 되었나요? 아니면 모두가 게임이었던 건가요?" 그녀가 물었다.

그녀는 대답을 기다리면서, 그가 정말로 옆으로 물러나며 조명이 그림자 인물 미셸을 비추게 했다는 착각이 들었다.

"당신은 미셸을 사랑해요. 미셸이 당신을 사랑한다고 믿기도 하고."

"실제로는요?"

"그도 당신을 사랑한다고 말해요. 증거도 있소. 아무튼 그의 머릿속을 들여다볼 수 없는데 더 이상 어떻게 당신을 믿도록 하겠소?"

그는 다시 방을 돌아다니며 이것저것 들춰보았다. 그리고 난초와 함께 배달된 카드 앞에서 섰다.

"이 집 주인은 누구예요?" 그녀가 물었다.

"그런 질문에 대답 않겠소. 당신한테만은 내 삶이 수수께끼여야 하오. 우리가 만난 이후로 계속 그랬고 또 앞으로도 그러고 싶어요." 그가 카드를 집어 건넸다. "이 카드는 핸드백에 넣어둬요. 지금부터는 내 기념품들을 소중히 간직하도록 해요. 이걸 봐요."

그가 양동이에서 보드카 병을 조금 들어 보였다.

"내가 남자니까 당연히 더 많이 마셨겠지. 난 술을 즐기지 않소. 술만 마시면 머리가 아프고 욕지기까지 나기 때문이지만, 그래도 보드카는 좋아해요." 그는 술병을 다시 내려놓았다. "당신은 작은 잔으로 한 잔 정도 마셨어요. 내가 허락해주었기 때문이지만 솔직히 여성의 음주를 찬성하지는 않소." 그가 이번에는 더러운 접시를 집어 보여주었다. "단 음식은 좋아해요. 초콜릿, 케이크, 과일 같은. 그중에서도 과일, 특히 포도를 좋아하지만 반드시 내 고향의 청포도여야 하오. 그래서 찰리는 어젯밤에 뭘 먹었지?"

"저녁은 안 먹어요. 특히 그런 상황에선. 그냥 섹스 후 흡연을 하죠."

"미안하지만 침실에서 흡연은 금물이오. 아테네 식당에서 허용한 이유는 그래도 내가 개방적이기 때문이지. 메르세데스에서도 이따금 허락은 하겠지만 침실에선 안 되오. 밤에 갈증이 나면 수돗물을 마셔요. 수도가 쿨럭 소리를 내는 건 알고 있었소?" 그는 붉은 블레이저를 넣기 시작했다.

"아뇨."

"그럼 쿨럭이지 않는 걸로 합시다. 그럴 때도, 아닐 때도 있으니까."

233 "그 사람, 미셸은 아랍인이죠? 전형적인 아랍 군국주의자 같아요. 그

의 차도 당신한테 잘 어울리고."

그는 가방을 닫고 자리에서 일어섰다. 잠시 그녀를 바라보았는데, 뭐든 가늠하려는 듯싶었지만 일면으로는 반감 비슷한 기분을 떨칠 수가 없었다.

"오, 아랍인 이상이오. 군국주의자 이상이기도 하고. 일반적인 개념으로는 도저히 이해불가의 존재라오. 적어도 당신 눈으로는 어렵소. 자, 침대로 가주겠소?" 그는 그녀가 움직이는 동안 지켜보았다. "내 베개 밑을 찾아봐요. 조심해서… 아니, 난 항상 오른편에서 자요. 예, 거기."

그의 지시에 따라 조심스레 차가운 베개 밑을 쓸며 그곳에서 잠들었을 요제프의 머리 무게를 상상해보았다.

"찾았어요? 조심하라고 했잖소."

예, 요제프, 찾았어요.

"천천히 들어요. 안전장치가 풀려 있으니까. 미셸은 경고 따위 없이 쏘는 사람이오. 우리에게 총은 아기와도 같아서 늘 함께 잠들곤 한다오. 실제로도 '내 새끼'라고 부르지. 아무리 열정적인 섹스를 해도, 베개를 건드리지도 않고 그 아래 뭐가 있는지 잊는 법도 없소. 우리가 사는 방식이니까. 내가 이해불가라는 사실을 이제 이해하겠소?"

그녀는 총을 물끄러미 내려다보았다. 손바닥에 쏙 들어온 총. 완벽한 균형의 갈색 무기.

"총을 다뤄본 적 있소?"

"여러 번."

"어디에서지? 누굴 쏜 거요?"

"무대죠. 매일 밤."

총을 넘기자, 그가 지갑을 챙기듯 아무렇지도 않게 블레이저 안쪽에 집어넣었다. 그녀는 그를 따라 아래층으로 내려갔다. 집은 비어 있고 의

외로 추웠다. 메르세데스도 앞마당에 대기 중이었다. 처음엔 그녀도 떠나고 싶었다. 어디든 가는 거다. 밖으로 나가 도로를 질주하자. 총 때문에 겁이 난 터라 무슨 짓이든 하고 싶었다. 그런데 진입로를 내려다보려는데 뭔가가 그녀의 시선을 잡았다. 부서져가는 회벽과 붉은 꽃, 덧문 닫힌 창들과 낡고 붉은 타일⋯. 비록 늦기는 했으나 그 방이 너무도 아름답다는 사실을 깨달은 것이다. 이제 떠나야 하건만. 이곳은 내 어린 시절의 집이야. 가져보지 못한 수많은 어린 시절 중 하나야. 행여 결혼을 했다면 친정이라고 불렀을 그런 집. 우울증 환자가 아닌 순결한 찰리. 바보 울보 엄마 안녕. 옛날이여 안녕.

"우리가 실존하나요? 아니면 그냥 가상의 존재들인가요?" 그녀가 물었다. 자동차가 저녁 찻길에 합류했을 때였다.

그는 다시 3분의 요리시간을 모두 쓴 다음에야 대답했다.

"물론 실존해요. 아닐 이유가 없잖소. 우린 버클리 파요. 실존하지 않는다면 어떻게 세상이 존재하겠소?"

버클리 파가 뭐지? 그녀는 몰랐지만 창피해서 물을 수도 없었다.

계기반 시계가 20분을 지나는 동안 요제프는 거의 입을 떼지 않았다. 그녀는 그에게서 숨 막힐 듯한 긴장감을 느꼈다. 공격하기 전 잔뜩 웅크리고 있는 야수 같은.

"자, 찰리, 각오는 했소?" 그가 불쑥 물었다.

"예, 요제프, 각오했어요.

"6월 26일 금요일, 당신은 노팅엄 배리 극장에서 〈성녀 조안〉을 공연해요. 당신 극단은 아니었소. 계약을 어긴 여배우 대역이었으니까. 무대장치는 미완성이고 조명은 아직 도착하지 않았고, 당신은 하루 종일 연습 중이었지. 스태프 둘은 독감으로 몸져누웠는데, 모두 기억할 수 있겠소?"

"생생하게."

그녀가 출랑대자 그가 의심의 눈길을 보냈지만 그렇다고 불안해하는 것 같지는 않았다. 이른 저녁이라 어스름이 빠르게 내리기 시작했으나 요제프의 집중력만은 태양의 직사광선과도 같았다. 이런 게 요제프야. 그가 최고로 잘하는 일이 바로 이거야. 그녀는 그런 생각을 했다. 이 가차 없는 추진력이야말로 지금껏 그를 그리워하게 만드는 근본적인 이유였다.

"막이 오르기 몇 분 전, 금색과 갈색의 난초가 무대 문을 통해 당신한테 배달돼요. 조안의 명의로 해서. '조안, 당신을 무한히 사랑합니다.'라는 카드와 함께."

"무대 문은 없어요."

"물건을 배달하는 뒷문이 있소. 당신 숭배자는 초인종을 누르고 난초를 수위 레몬 씨한테 안겨요. 5파운드 지폐와 함께. 레몬 씨야 당연히 후한 팁에 감동해 당신한테 배달하겠다고 약속하지. 맞소?"

"예고 없이 여자 분장실에 쳐들어오는 게 레몬의 주특기예요."

"그럼 그렇게 합시다. 난초를 받았을 때 당신이 뭘 했는지 말해주겠소?"

그녀는 머뭇거렸다.

"사인은 'M'이었어요."

"'M'이 맞아요. 그때 뭘 했지?"

"아무것도 안 했어요."

"허튼소리."

그녀가 샐쭉했다.

"내가 뭘 해야 하죠? 10초 후면 무대에 올라가는데?"

먼지를 뒤집어쓴 트럭 한 대가 반대편에서 달려오고 있었다. 요제프는 너무도 담담하게 메르세데스를 갓길로 빼냈다가 가속으로 비탈길을 빠져나왔다.

"그래서 30파운드짜리 난초를 휴지통에 버린 거요? 그리고 아무 미련 없이 무대에 오르고? 대단하군. 진심으로 존경하리다."

"난초는 물에 넣었어요."

"어디에 담긴 물이죠?"

예기치 않은 질문에 그녀도 기억이 새로워졌다.

"페인트통. 배리 극장은 오전에 연극학교로도 사용해요."

"그러니까 페인트통을 찾아, 물을 채우고 난초를 넣었다. 그동안 어떤 기분이었소? 기쁘기는 하던가요? 감동받았소?"

그 질문은 다소 헛다리였다.

"그냥 무대에 올라갔어요. 그리고 관객석에 누가 나타나는지 기대했죠." 그녀가 자신도 모르게 키득거렸다.

자동차는 신호등 앞에서 멈춰 섰다. 정적 덕분에 묘한 친근감이 더해졌다.

"'사랑합니다'라는 말은 어땠지?" 그가 물었다.

"극장이잖아요. 사람들이 누구나 서로를 사랑하는 곳이에요. 그래도 '무한히'라는 단어는 좋았어요. 고급스럽잖아요."

신호등이 바뀌어 요제프는 다시 차를 몰았다.

"아는 사람이 있을 때 관객석을 신경 쓰거나 하지는 않소?"

"그럴 여유가 없어요."

"그럼 막간에는?"

"막간에는, 힐끔 내다봐요. 하지만 아는 사람은 못 봤어요."

"그럼 연극이 끝나면, 그때 뭘 했소?"

"분장실로 돌아가 화장을 고치고 잠시 빈둥거리다가 집에 갔어요."

"아스트랄 호텔? 기차역 근처에?"

이제는 요제프 때문에 놀랄 기력도 없었다.

"아스트랄 호텔. 기차역 근처. 다 맞아요."

"난초는?"

"호텔에 가져갔죠."

"아니, 그러지 않았어요. 수위 레몬 씨한테 꽃을 가져온 사람의 인상 착의를 물었지."

"다음 날에요. 그날은 아니고."

"그러니까 레몬이 뭐라고 합디까?"

"점잖은 외국인이라고 했어요. 나이를 물었더니 엉큼하게 웃으면서 잘 어울리겠다는 대답만 하더라고요. M으로 시작하는 외국인 이름을 떠올려보았지만 아무도 없었어요."

"아는 사람 중에 외국인 M이 아무도 없단 말이오? 실망이로군."

"한 명도 없어요."

비록 서로를 보지는 않았으나 둘은 가볍게 미소를 지었다.

"그래, 찰리. 이제 이틀이 남았소. 언제나처럼 토요일 저녁 정기공연 이전에 마티네가…"

"그때는 당신도 있었죠? 그 잘난 블레이저 차림으로 앞 열 중앙에 앉았어요. 화장실만 들락거리는 학생들 사이에 껴서요."

그녀가 갑자기 출싹대자 그는 불안해져 한동안 도로만 노려보았다. 질문을 재개했을 때는 어쨌든 마음을 다졌는지 미간이 교장선생님처럼 좁아졌다.

"그때 느낌을 자세히 설명해주겠소, 찰리? 때는 한낮이고 무대는 싸구려 커튼 덕분에 햇빛이 새어들어요. 그렇다보니 극장이라기보다는 대형 강당 같은 분위기였는데, 난 앞줄에 앉아 있어요. 예, 눈에 띄게 이국적인 외모에, 이국적인 태도, 이국적인 의상을 하고 있지. 아이들 사이라 더욱 눈에 띄었을 게요. 레몬한테서 인상착의를 들었겠지만, 어차피난 당신한테서 눈 한 번 떼지 않아요. 내가 난초를 보낸 사람이라는 생각은 해본 적 없소? 당신을 무한히 사랑한다고 고백한 M이라는 이방인 말이오."

"물론 생각했죠. 아니, 확신했다고 해야겠네요."

"어떻게? 레몬한테 물어본 거요?"

"그럴 필요도 없었죠. 그 자리에서 넋 나간 듯 나만 봤으니까. 오, 정체가 뭐든, 당신일 수밖에 없었어요. 마티네의 막이 내렸는데도, 당신은 의자에서 일어나지도 않고 다음 공연 티켓을 내놓았어요!"

"그건 어떻게 아오? 누가 얘기해준 건가?"

당신은 그런 사람이니까요. 그녀는 그런 생각을 하며, 어렵게 얻어낸그의 인상을 앨범에 덧붙였다. 원하는 걸 손에 넣고 나면 갑자기 수컷처럼 구는 인간.

"당신이 해준 얘기잖아요. 작은 극장에 작은 극단이었어요. 난초를 받는 경우도 거의 없죠. 기껏 10년에 한 번? 게다가 공연을 두 번 연속으로보는 물주도 많지 않은 걸요." 문득 묻고 싶은 게 있었다. "솔직히 공연은따분했죠, 요제프? 두 번이나 봤잖아요. 정말로 볼 만한 구석이 있기는하던가요?"

"내 생애 가장 지루한 날이었소." 그는 한순간도 망설이지 않고 대답했다. 순간 딱딱한 얼굴이 풀어지며 지금껏 보여주었던 것 중 최고의 미소로 재구성되었다. 한순간이나마 완전히 새로운 사람으로 보일 정도였다. "그래도 당신은 아주 훌륭했소."

이번엔 그녀도 그의 칭찬에 반감을 느끼지 않았다.

"잠깐 차 좀 세워줄래요, 요제프? 그럼 정말 죽도록 고맙겠네요."

그녀는 미처 말리기도 전에 그의 엄지 관절에 키스를 했다.

도로는 곧았으나 웅덩이가 많았다. 양쪽의 언덕과 숲들은 시멘트 공사장의 먼지가 새하얗게 덮였다. 두 사람은 그들만의 고치에 들어 있었다. 두 사람만의 은밀한 공간. 아무리 외부 세상이 스쳐지나간다 해도 두 사람과는 아무 관계가 없었다. 그녀는 처음부터 다시 그에게 다가가고 있었다. 그녀의 마음속에서. 그의 이야기 속에서. 그녀는 전사가 되고 싶은, 전사의 여자였다.

"어디 말해 봐요. 배리에서 공연하는 동안 난초 말고 다른 선물을 받은 적이 있소?"

"상자." 그녀가 어깻짓을 하며 대답했다. 심지어 생각하는 표정을 짓기까지 했다.

"어떤 상자?"

기대했던 질문이었다. 그래서 이미 그가 미워죽겠다는 시늉까지 하고 있었다. 그가 그런 반응을 원한다고 믿었기 때문이다.

"장난 같은 건데, 어떤 사이코가 극장으로 상자를 하나 보냈어요. 속달로요."

"그게 언제였소?"

"토요일. 당신이 마티네에 왔던 바로 그날이에요."

"상자 안에 뭐가 들어 있었지?"

"아무것도. 그냥 텅 빈 보석상자였어요."

"기이하군. 그럼, 딱지는? 소포에 꼬리표가 달렸을 것 아니오? 확인해 봤소?"

"청색 볼펜으로 적혀 있었죠. 대문자였고."

"속달이라면 발신인도 표기되어 있었을 거요."

"지워져서 잘 안 보였지만, 마든이나 바든이었을 거예요. 지방호텔이었죠."

"상자는 어디에서 개봉했소?"

"막간에 분장실에서."

"혼자?"

"예."

"그래서 무슨 생각을 했소?"

"내 정치관에 대한 협박이라고 생각했어요. 전에도 그런 일이 있었거든요. 역겨운 편지였죠. 깜둥이 깔치. 빨갱이 창녀 같은 욕설이 담긴. 분장실 창문으로 똥 폭탄이 날아든 적도 있으니까 그자들 짓일 거예요."

"빈 상자와 난초를 연결해볼 생각은 안 했소?"

"요제프. 난초는 좋았어요. 그땐 당신도 맘에 들었고요!"

그가 차를 세웠다. 어느 산업부지 한가운데 대피지역 같은 곳으로, 화물트럭들이 우르릉거리며 지나갔다. 잠깐 동안 그녀는 그가 야수로 돌변해 그녀를 끌어안을 거라고 생각했다. 덕분에 마음만 야릇하고 복잡했지만 그의 의도는 다른 데 있었다. 그가 운전석 문에서 소포용 봉투를 꺼내 그녀에게 건넸다. 밀봉이 된 봉투였고 그 안에 딱딱한 상자 같은 게 들어 있었다. 그날 그녀가 받은 상자의 복제품이었다. 소인 노팅엄. 6월 25일. 앞면에는 그녀의 이름과 배리 극장의 주소가 청색 볼펜으로 적혀 있고 뒷면엔 전처럼 발신자의 주소가 있었다.

"자, 이제 허구를 만들어봅시다. 옛 현실 위에 새로운 허구를 덧씌우는 거요." 찰리가 천천히 봉투를 살피는 동안 요제프가 조용히 선언했다.

자신의 각오를 믿기엔 그와 너무 거리가 가까웠다. 그녀는 대답하지 않았다.

"언제나처럼 눈코 뜰 새 없이 바쁜 날이었소. 당산은 막간이라 분장실에 있고 소포는 개봉도 안 한 채로 당신을 기다리고 있어요. 무대에 오르기까지 시간이 얼마나 남았지?"

"10분. 더 짧을 수도 있고."

"좋아요. 이제 소포를 뜯어봐요."

그를 힐끗 훔쳐봤지만 그는 정면의 지평선만 죽어라 노려볼 따름이었다. 그녀는 봉투를 보고 다시 그를 보고, 마침내 봉투 안에 손가락을 넣어 찢어냈다. 똑같은 모양의 붉은색 보석상자. 하지만 이번이 좀 더 무거웠다. 밀봉되지 않은 작고 하얀 봉투를 동봉했는데 안에 흰색의 평범한 카드가 들어 있었다. "조안, 내 자유의 영혼. 찬란한 그대를 사랑합니다!" 그녀가 내용을 읽었다. 필체도 분명했으나, 이번엔 'M'이 아니라 '미셸'이었다. 커다란 글자체였고, 마지막 'ㄹ'의 끄트머리를 밖으로 돌리는 식으로 이름에 밑줄을 그었다. 상자를 흔들자 안에서 가볍게 쿵 하는 느낌이 전해졌다.

"오, 이런." 그녀가 장난처럼 탄성을 흘렸으나 마음의 긴장을 깨는 데는 실패했다. 그의 긴장까지 포함해서. "열어봐요? 이게 뭐죠?"

"내가 어떻게 알겠소. 마음 내키는 대로 해요."

그녀가 봉투를 열었다. 사파이어가 잔뜩 박힌 두툼한 금팔찌가 공단 안감 안에 누워 있었다.

"맙소사, 이걸 주고 무슨 일을 시키려는 거죠?" 그녀가 나즈막이 탄성을 터뜨리며 탁 하고 상자를 닫았다.

"아주 좋아요. 당신 첫 반응이로군요. 한 번 보고 신경질을 내고 상자를 닫았다. 그걸 기억해요. 정확하게. 지금부터는 뭐든지 당신 반응이어야 하니까."

그녀는 다시 상자를 열고 조심스레 팔찌를 꺼내 무게를 가늠해보았다. 무대에서 쓰는 모조품 말고 보석을 가져본 적은 없었다.

"이거 진짜예요?" 그녀가 물었다.

"불행히도 조언을 해줄 부모가 안 계시니 당신이 직접 판단해요."

"낡았네요." 그녀가 말했다.

"좋아요. 낡았다고 판단한 거요."

"그리고 무거워요."

"낡고 무겁다. 크리스마스 폭죽에서 나온 것도, 아이들 장난감도 아닌 진짜 보석이라오. 그러니 이제 어떻게 하겠소?"

그의 조바심에 둘의 간극이 더 넓어졌다. 그녀는 조심스럽고 혼란스러운 반면 그는 너무도 사무적이었다. 세공과 인각을 살펴보았으나 솔직히 인각에 대해서도 아는 바가 없었다. 그녀는 손톱으로 가볍게 금속을 긁어보았다. 매끄럽고 부드러운 느낌.

"시간이 거의 없소, 찰리. 1분 30초 후면 무대에 올라가야 해요. 어떻게 할 거요. 그냥 분장실에 두겠소?"

"맙소사, 그건 안 되죠!"

"스태프들이 부르고 있어요. 이제 올라가야 하니까 빨리 결정해요."

"그만 좀 닦달해요! 밀리한테 맡아달라고 할래요. 내 대역인데 일을 잘 하거든요."

그는 그 대답이 전혀 맘에 들지 않았다.

"믿지는 않잖소."

찰리는 너무도 절박했다.

"화장실에 감춰요. 세면대 뒤에…."

"너무 뻔해요."

"휴지통 안에 넣고 뚜껑을 닫을래요."

"누군가 내용물을 비워버릴 수도 있어요. 잘 생각해봐요."

"요제프, 제발 그만 좀… 아, 페인트 도구 뒤에 넣으면 되겠다. 그러면 돼요. 선반 위인데 몇 년간 청소해본 적이 없거든요."

"아주 좋아요. 보석을 선반 뒤에 넣고 황급히 제자리로 돌아와요. 시간이 없어요. 찰리, 찰리, 어디 있어요? 막이 올라간다니까! 준비됐어요?"

"오케이." 그녀가 대답하고는 훅 하고 숨을 크게 내뱉었다.

"기분이 어때요? 팔찌는 어쩌죠? 팔찌를 준 사람은?"

"어, 그러니까… 겁이라도 먹어야 하는 거죠?"

"왜 겁을 먹겠소?"

"어, 받으면 안 되니까요. 그러니까… 돈이잖아요. 그것도 큰돈."

"하지만 받았잖소. 사인도 했고 이젠 숨기기까지 했어요."

"공연이 끝날 때까지만이에요."

"그다음엔?"

"음, 아무래도 돌려줘야겠죠, 예?"

그도 다소 긴장이 풀렸는지 안도의 한숨을 내쉬었다. 그녀가 판단을 그르치지 않았다는 투였다.

"그럼 그때까지 당신 기분은 어때요?"

"황당하고 황망하고…. 내 기분이 어땠으면 좋겠어요?"

"찰리, 그 친구는 바로 몇 미터 거리에 있어요. 당신한테서 눈을 떼지 않은 채 당신 연극을 세 번 연속으로 볼 참이란 말이오. 당신한테 난초와 보석을 보내고 사랑한다는 말도 두 번이나 했소. 한 번은 무감하게, 한 번은 무한하게. 게다가 잘생겼잖소. 나보다 훨씬 잘 생겼어요."

그녀는 그가 구애자를 묘사하는 동안 점차 강렬해지는 권위를 무시해버렸다. 그만큼 초조했다.

"연기로 내 마음을 표현하겠어요. 그렇다고 그가 이겼다는 뜻은 아니에요." 그녀가 대답했다. 궁지에 몰린 바보가 된 기분이었다.

요제프는 그녀가 당황하지 않도록 조심스레 시동을 걸었다. 해는 저물고 도로는 드문드문 차가 오갈 정도로 한산해졌다. 그들은 코린트 만을 따라 달렸다. 추레한 유조선들이 납빛의 물 위에 줄줄이 서쪽을 향해 이어진 광경이 마치 사라진 햇살에 자석처럼 이끌려가는 것처럼 보였다. 언덕마루 위로 여명이 까맣게 타들어가고 있었다. 요제프는 갈림길에서 기다란 오르막을 선택했고, 텅 빈 하늘로 이어진 굽잇길을 달리기 시작했다.

"내가 얼마나 열심히 박수쳤는지 기억해요? 무대 인사 때마다 기립박수를 쳤는데?" 요제프가 물었다.

그래요, 요제프, 기억해요. 하지만 겁이 나서 그 말을 입 밖으로 낼 수가 없었다.

"좋아요. 어쨌든 다시 팔찌를 기억해봅시다."

그녀는 팔찌를 떠올렸다. 그를 위한 상상의 나래. 요컨대, 미지의 아름다운 은인에 대한 보답인 셈이다. 에필로그가 끝나고 무대 인사를 했다. 그리고 절차가 모두 끝나자마자 그녀는 분장실로 달려가 팔찌를 회수한 다음, 초고속으로 분장을 지우고 옷을 갈아입었다. 어서 빨리 그에게 달려가기 위해서였다.

하지만 지금껏 요제프의 경과 분석에 동조하다보니 찰리도 화들짝 물러설 수밖에 없었다. 뒤늦게나마 어딘가 어긋났다는 생각이 끼어든 것이다.

"잠깐만… 아니… 기다려 봐요. 그가 왜 나한테 오지 않은 거죠? 적극적이었잖아요. 그럼 그냥 분장실에서 그가 나타나기를 기다리면 되는 것 아닌가요? 내가 찾아가는 게 아니라?"

"남자한테 용기가 부족했을지도. 얼굴을 디밀기엔 당신을 너무 숭배했을 게요. 왜 아니겠소? 당신이 완전히 넋을 빼앗아갔는데."

"음, 난 그냥 앉아 상황을 지켜봐야 했어요! 잠시만이라도."

"찰리, 무슨 생각을 한 거요? 그에게 무슨 말을 하겠소, 응?"

"당연히 '이거 가져가요. 도무지 받을 수 없군요.'겠죠."

"아주 좋아요. 그 경우 그는 그대로 어둠 속으로 달아날 수도 있소. 정말 그래도 괜찮아요? 당신이 원치 않는 선물만 남긴 채 다시 나타나지 않아도 좋소?"

그녀는 마지못해, 그를 찾아보는 데 동의했다.

"하지만 어떻게… 어디에서 찾을 참이지? 먼저 어디부터 수소문하겠소?" 요제프가 물었다.

도로는 비었으나 그는 속도를 내지 않았다. 현재의 상황이 재구성된 과거를 침해하지 못하도록 하기 위해서였다.

"뒤쪽을 찾아볼래요. 뒷문을 통해 거리로 나갔다가 모퉁이를 돌아 극장 로비로 가요. 그럼 인도에서 따라잡을 수 있을 거예요."

"왜 극장을 통해 로비로 가지 않고?"

"그럼 밀려나오는 관객들을 밀치고 나가야 해요. 그게 이유죠. 그럼 놓치고 말 테니까."

그는 그 대답을 따져보았다.

"그러려면 레인코트도 챙겨야 할 게요."

이번에도 그의 말이 맞았다. 그날 밤 노팅엄의 비를 깜빡한 것이다. 공연 내내 폭우가 퍼붓지 않았던가. 그녀는 다시 시나리오를 짜기 시작했다. 번개처럼 옷을 갈아입고, 리버티 할인점에서 구입한 프랑스제 레인코트를 걸쳤다. 그리고 얼른 허리띠를 매고 억수 같은 빗속으로 뛰어나갔다가 모퉁이를 돌아 극장 앞으로….

"비 때문에 관중 절반이 차양 아래 꾸역꾸역 모여 있을 텐데 어떻게…." 요제프가 말끝을 흐렸다. "왜 그렇게 생글거리는 거요?"

"노란 스카프로 머리를 묶어야겠어요. 기억하죠? TV 광고를 보고 산 예거 제품?"

"그럼, 그를 따라잡는 게 바쁘지만 당신이 노란 머리스카프를 잊지 않는다는 점을 명심합시다. 그래서 찰리는 레인코트와 노란 머리스카프를 착용하고 열정적인 숭배자를 찾아 빗속으로 뛰어들어요. 그리고 혼잡한 로비에 다다라 '미셸! 미셸!' 하고 부르는 건가? 그래요? 멋지군. 하지만 그 외침은 헛수고요. 미셸은 그곳에 없으니까. 자, 이제 어떻게 하겠소?"

"각본은 당신이 쓴 거예요, 요제프?"

"그건 신경 쓰지 말고."

"분장실로 돌아가요."

"관객석은 찾아보지도 않고?"

"망할, 알았어요…. 하면 되잖아요!"

"어느 입구를 이용할 거요?"

"일등석이 있는 정면 입구죠. 당신이 거기 앉아 있었잖아요."

"미셸이 앉아 있었지. 그래서 찰리가 정면 입구의 손잡이를 밀어요. 만세, 문이 열리는군요. 레몬이 아직 잠그지 않은 모양이오. 당신은 텅 빈 관객석으로 들어가 천천히 통로를 따라 내려가요."

"그리고 그가 거기 있어요. 맙소사, 정말 진부하네요."

"그래도 그게 먹히니까."

"오, 그게 먹히는군요."

"그가 그곳 좌석에 앉아 있소. 물론 앞 열 중앙이지. 눈을 부릅뜨고 있으면 막이 올라가고 조안의 정령이 등장하기라도 할 것처럼 말이오. 그를 자유롭게 해줄 영혼이자 그가 무한히 사랑하는 여인이지."

"어쩐지 섬뜩해지는데요?" 찰리가 중얼거렸지만 그는 못 들은 척했다.

"지난 일곱 시간 동안 그가 앉아 있던 좌석이오."

집에 가고 싶어. 아스트랄 호텔 내 방에서 실컷 잠이나 자고 싶어. 도 대체 하루에 얼마나 많은 운명을 만나야 하는 거지? 그녀가 머릿속으로 투덜댔다. 그녀의 숭배자를 묘사하는 동안 그에게서 그 이상의 확신을 느낄 수가 있었다. 이제 목적지에 다다른 걸까?

"당신은 머뭇거리다가 그의 이름을 불러요. '미셸!' 당신이 아는 유일한 이름이지. 그도 돌아보지만 움직이지는 않소. 미소도 인사도 없고, 어떤 식으로든 자신의 우월한 매력을 드러낼 생각도 없어요."

"그럼 그 사이코가 뭘 하죠?"

"아무것도. 깊고 열정적인 눈으로 당신을 바라보기만 하오. 당신의 반응을 기다리면서. 당신은 그가 주제넘다고 생각할 수도 있고 낭만적이라 여길 수도 있지만, 그도 여간내기가 아니라 사과를 하거나 얼굴을 붉히지는 않을 게요. 그는 당신을 갖기 위해 왔소. 젊은 유명인에 돈도 활동도 많지만 자의식을 드러내지 않는 사람이오." 그는 이제 1인칭으로 호칭한다. "당신은 통로를 지나 내게 다가와요. 상황이 당신 기대대로 전개되지 않을 것임을 깨달은 게요. 설명을 해야 할 사람은 바로 당신이오. 내가 아니라. 당신은 주머니에서 팔찌를 꺼내 내밀어요. 그래도 난 꼼짝도 않지. 당신한테서 빗물이 뚝뚝 떨어지는구려."

길은 굽이굽이 언덕길로 그들을 이끌었다. 그의 위압적인 목소리가 잇단 굽잇길의 몽환적 리듬과 함께, 미로 같은 이야기 속으로 자꾸자꾸 그녀를 끌고 들어갔다.

"뭐든 말해야 하오. 무슨 말을 하겠소?" 그녀의 대답이 없자 그가 예를 들었다. "'당신을 모르지만… 어쨌든 고마워요, 미셸. 영광입니다. 하지만 역시 모르는 분이라 선물은 받을 수가 없네요.' 그렇게 말하겠소? 그래, 그것도 괜찮겠군. 하지만 더 나은 대답이 있을 게요."

그녀는 그의 말을 거의 듣지 못했다. 그녀는 방청석에 서서 상자를 내민 채 그의 어두운 눈을 들여다보았다. 그리고 그녀의 부츠도. 크리스마스에 신으려고 샀건만 빗물에 잔뜩 더러워졌다. 하지만⋯ 그까짓 거야 아무럼 어때?

요제프는 동화를 이어갔다.

"아직 난 한 마디도 안 해요. 소통을 위해 침묵만큼 좋은 게 없으니까. 무대 경험이 많으니까 그 정도는 알지 않소? 이 불쌍한 친구가 조가비처럼 입을 다물고 있으니 도대체 어쩌면 좋겠소? 어쨌든 얘기는 당신이 해야 할 거요. 나한테 그 말을 해 봐요."

느닷없는 부끄러움이, 이제 막 싹을 피우려는 상상력을 끌어내렸다.

"누군지 물어보죠."

"내 이름은 미셸이오."

"그건 알아요. 미셸 뭐요?"

"대답 없음."

"노팅엄에 무슨 일인지 물을래요."

"당신한테 푹 빠졌으니까. 그다음은?"

"맙소사! 요제프⋯."

"계속해요!"

"나한테 그렇게 말할 리가 없잖아요!"

"그럼 그에게 말해요!"

"그를 설득하고 호소할 거예요."

"그럼 그렇게 해요. 기다리고 있으니까. 찰리! 어서 말해요!"

"난⋯."

"뭐라고?"

"'이봐요, 미셸⋯ 고마워요⋯. 영광이기도 하고⋯ 하지만 죄송해요⋯. 감당할 자신이 없군요.'"

그 시나리오는 맘에 들지 않았다. 그가 따끔하게 그녀를 나무랐다.

"찰리, 그 정도밖에 안 됩니까? 그 사람은 아랍인이오. 아직은 모른다 해도 짐작은 했을 것 아뇨? 그런데 선물을 거부해? 조금 더 짜내 봐요."

"당신한테 손해예요, 미셸. 사람들은 종종 여배우, 아니면 남자배우한테 집착해요…. 늘 있는 일이죠. 스스로를 망칠 이유는 없잖아요…. 그냥… 망상 같은 건데.'"

"좋아요, 계속해 봐요."

이제 조금 쉬워졌다. 윽박질이 조금 맘에 들지 않았지만 그 위력까지 무시할 수는 없었다.

"연기라는 게 다 그래요, 미셸. 망상이죠. 관객은 이 자리에 앉아 황홀경에 빠지기를 바라고, 배우들은 저기 서서 여러분들을 매혹시키려고 해요. 예, 하지만 이 선물은 못 받아요. 아름답네요. 너무 아름다워요. 어쨌든 그 어느 것도 받을 수 없어요. 우리가 당신을 속였거든요. 언제나 그래요. 극장이라는 게 원래 속이는 곳이니까요, 미셸. 무슨 뜻인지 알죠? 우린 거짓말쟁이고 당신이 속은 거예요.'"

"그래도 난 말하지 않아요."

"이런… 그럼 말하게 해요!"

"왜? 벌써 확신을 잃은 거요? 나에 대한 책임감 같은 것도 없소? 이렇게 젊고 잘생긴 남자가 난초를 보내고 비싼 보석까지 선물했는데?"

"물론 있어요. 말했잖아요!"

"그럼 구해야죠. 망상에서 꺼내줘야죠." 그가 고집을 부렸다.

"하고 있어요!"

"그 팔찌는 수백 파운드짜리요. 짐작했겠지만. 당신이라면 수천 달러로 알았을 수도 있겠군. 어쩌면 당신을 위해 훔쳤을 수도, 살인을 했을 수도 있소. 유산을 탕진했을지도 모르지. 모두 당신 때문이오. 난 제정신이 아니오, 찰리! 동정심을 발휘하고 당신의 힘을 활용해요!"

그녀는 상상 속에서 미셸 옆자리에 앉았다. 두 손은 무릎 위에서 맞잡고 상체를 기울여 그를 설득할 준비를 했다. 그녀는 그의 간호사이자 엄마이자 친구였다.

"내 진짜 모습을 알면 실망할 거라고 얘기해요."

"실제 얘기를 들려줘요, 제발."

그녀가 숨을 크게 들이마시고 상상 속으로 뛰어들어갔다.

"'이봐요, 미셸, 난 그냥 보통 여자예요. 타이츠는 뜯어지고 은행 잔고도 없어요. 물론 잔다르크도 아니랍니다. 정말이에요. 처녀도 군인도 아니고, 학교를 중퇴한 후로는 교회에 가본 적도 없어요. 오, 중퇴 이유는 묻지 말아요. 어쨌든 난 그냥 찰리예요. 쓸모없는 서양 년이죠.'"

"좋아요. 계속해요."

"'미셸, 이제 그만해도 돼요. 나도 지금 최선을 다하고 있으니까, 예? 그러니 이제 이걸 받고 돈과 환상을 거둬가세요…. 그리고 고마워요. 정말, 정말 고마워요. 진심이에요.'"

"하지만 당신도 그가 환상을 거두지 않기를 바라죠? 안 그렇소?" 요제프가 담담하게 내뱉었다.

"좋아요, 그놈의 망상만 간직하라고 할게요."

"그래서 어떻게 됩니까?"

"그냥 그렇게요. 난 그 사람 옆에 팔찌를 내려놓고 나와버려요. 고마웠어요. 바이바이. 부지런히 버스를 타면 아스트랄에 돌아가 밥은 먹을 수 있거든요."

요제프는 경악했다. 그의 표정이 그렇게 말했다. 아예 탄원이라도 하듯 잠깐 동안 운전대를 놓기까지 했다.

"찰리, 어떻게 그럴 수가 있소? 지금 나를 자살 위기로 밀어넣었다는

것도 몰라요? 밤새도록 노팅엄의 폭우 속을 헤매면 어쩔 셈이오? 그것
도 혼자서. 당신은 따뜻한 호텔에서 난초와 카드를 옆에 두고 느긋하게
잠을 자고?"

그녀가 화를 내려 했으나 그가 기회를 주지 않았다.

"당신은 따뜻한 사람이오, 찰리. 다른 사람들은 미셸을 교활한 바람둥
이 정도로 볼지 몰라도 당신은 아니오. 사람들을 믿잖소. 그러니 당연히
미셸을 믿어야죠. 당신 생각만 하지 말고 그 친구 감정도 헤아려 봐요."

앞쪽 지평선 위로 다 허물어져가는 마을이 작은 산봉우리들처럼 보
였다. 도로가에는 어느 타베르나의 불빛이 매달렸다.

"어쨌든, 이 순간 당신의 반응은 부적절해요. 미셸이 마침내 입을 열
기로 마음을 먹었으니까." 요제프가 재빨리 그녀를 훔쳐보며 말했다.
"부드럽지만 호소력 있는 외국인 목소리요. 프랑스와 다른 나라 말투가
적절하게 섞인. 그래도 수줍어하거나 망설이는 기색은 없어요. 그가 이
렇게 말하죠. 당신과 논쟁하고 싶지 않습니다. 당신은 지금껏 내가 꿈꿔
온 모든 것입니다. 당신의 연인이 되고 싶습니다. 가능하면 오늘 밤부터
라도. 당신이 아무리 찰리라고 얘기해도 그는 끝까지 조안이라 불러요.
오늘 밤 함께 나가 저녁 식사를 하고 그 후에도 원치 않는다면 그때 팔찌
를 돌려줘도 된다고 하는군요. 당신은 이렇게 말하죠. 아뇨, 지금 당장
가져가요. 나한테는 이미 애인도 있고, 게다가 바보 같은 소리 말아요.
이렇게 폭우가 쏟아지는 날 10시 30분에 노팅엄 어디에서 식사를 하
죠? …그렇게 말할 거요, 찰리? 정말로?"

"말도 안돼요." 그녀는 그를 보지도 않고 인정했다.

"그럼 저녁은? 정말로 식사가 불가능한 꿈이라고 말할 생각이오?"

"중국음식 아니면 패스트푸드뿐이에요."

"어쨌거나 당신은 지금 막 위험한 양보를 했어요."

"어떻게요?"

"너무 구체적으로 거절한 거요. 식당이 없기 때문에 식사를 할 수 없다고 했죠? 그럼, 침대가 없어서 함께 잘 수 없다고 할 건가요? 미셸도 그 정도는 알아요. 그는 당신의 거부를 무시하죠. 아는 곳이 있으니까. 아니, 이미 예약까지 해두었다오. 이제 식사는 가능해진 거요?"

그는 도로를 빠져나와 타베르나 앞의 자갈 주차장에 차를 세웠다. 과거의 허구에서 제멋대로 현실 속으로 빠져나온 데다, 그의 고문에 한껏 고무된 터라, 찰리도 결국 미셸이 그녀를 등지지 않았다는 사실에 안도의 한숨을 내쉬었다. 찰리는 자리에 그냥 앉아 있었다. 요제프도 그랬다. 돌아보니, 요제프는 차 밖의 화려한 불빛을 받으며 그녀의 손을 내려다보고 있었다. 오른손을 위로 한 채 무릎 위에 가만히 맞잡은 손. 얼굴은 딱딱한 무표정이었다. 그가 불현듯 그녀의 오른손목을 잡더니 반짝이는 금팔찌를 드러냈다.

"이런, 이런, 축하하오. 당신네 영국 여자들은 시간을 낭비하는 법이 없다니까!" 그가 무덤덤한 목소리로 내뱉었다.

그녀가 신경질적으로 손을 빼냈다.

"왜 그래요? 설마 질투하는 건가요?"

하지만 그 말도 그에게 상처를 주지는 못했다. 그는 상처를 받지 않는 영혼의 소유자였다. 그를 따라 식당 안으로 들어가면서도 혼란스럽기만 했다. 당신 정체가 뭐죠? 미셸? 요제프? 아니면 또 다른 사람?

09

하지만 어떤 생각을 하든, 그날 밤 요제프가 사는 우주의 중심이 찰리는 아니었다. 쿠르츠의 중심도 아니고 미셸의 중심은 더더욱 아니었다.

찰리와 가상의 연인이 아테네 빌라와 마지막 작별을 고할 때, 그리고 허구 속에서 서로의 품에 안겨 광란의 밤을 즐기는 동안, 쿠르츠와 리트박은 뮌헨행 루프트한자 비행기에 따로따로 앉아 서로 다른 나라의 보호를 받으며 여행 중이었다. 쿠르츠는 프랑스, 리트박은 캐나다였다. 쿠르츠는 착륙 즉시, 소위 아르헨티나 사진사들이 목이 빠져라 대기 중인 올림픽빌리지로 향했고, 리트박은 바이에리셔 호프 호텔로 가서 무기상을 만났다. 제이콥으로 알고 있는 비현실적인 인물로, 툭하면 한숨을 내쉬고 더러운 스웨드재킷을 즐겨 입었다. 제이콥은 비닐 폴더 안에 대축적지도 다발을 담아왔는데, 탐사관으로서 지난 3일간 뮌헨에서 잘츠부르크까지의 간선도로를 따라 끈질기게 측량 작업을 담당한 결과였다. 그의 임무는 기후와 교통 등 다양한 변수를 고려해, 주중 아침 러시아워의 도로상에서 초고성능 폭탄이 터질 경우의 변수들을 계산해내는 일이었다. 두 남자는 라운지에서 고급 커피를 몇 주전자씩 마시며, 제이콥의 가설들을 점검하고 함께 렌터카로 140킬로미터 구간을 찬찬히 둘러보았다. 관측점마다 멈춰 선 탓에 출근시간의 차량들을 화나게 만든 건 당연한 일이었다.

잘츠부르크에서는 리트박 혼자 비엔나로 떠났다. 그곳에서는 새 차와 새로운 얼굴의 정찰요원들이 대기 중이었다. 리트박은 이스라엘 대사관의 방음 회의실에서 브리핑을 하고, 최근 뮌헨 소식의 확인을 포함한 잡무를 처리한 다음, 요원들을 모두 낡은 캠핑카에 태워 유고슬라비아 국경 지대로 보냈다. 그들은 그곳에서 여름 관광객으로 가장해 도시의 주차장, 기차역, 아름다운 시장 등을 정찰한 후 빌라흐 지역의 몇몇 싸구려 하숙집으로 흩어졌다. 요원들을 그런 식으로 분산한 후 쿠르츠는 뮌헨으로 돌아와 절체절명의 미끼를 기획하기 시작했다.

쿠르츠가 도착해 고삐를 넘겨받을 때는 야누카의 취조가 나흘째 접어들었다. 적어도 그때까지는 별 탈이 없었다.

"그 친구를 붙들 수 있는 건 6일뿐이다. 6일 후부터는 너희뿐 아니라 야누카한테도 치명적일 수 있어." 쿠르츠가 예루살렘의 취조요원 둘에게 경고한 바 있었다.

쿠르츠의 마음을 늘 무겁게 했던 일이다. 한 번에 세 곳에 있는 게 가능했다면 그 일도 직접 맡았겠으나 그에게도 2인 이상의 역할은 불가능했다. 그는 대신에 이 두 거한 전문가를 선발했다. 접근 방식이 자연스럽고, 침묵을 연극처럼 통제하는 능력과 어딘가 어두운 듯 선량한 분위기로 유명한 자들이었다. 두 사람은 사실 아무 관계도 없었다. 동료들이 아는 한 연인 사이도 아니지만 너무도 오랜 시간을 함께 일했기에 복제인간만큼이나 호흡이 잘 맞았다. 쿠르츠가 처음 두 사람을 디즈레일리 가의 안가로 소환했을 때, 그들은 두 손을 모두 테이블 가장자리에 걸치고 있었는데, 그 모습이 정말로 커다란 개가 앞발을 얹어놓은 것처럼 보였다. 처음엔 그도 두 사람을 거칠게 대했다. 두 사람에 대한 질투 때문이기도 했으나 둘 다 파견을 좌천으로 여기는 분위기도 있었다. 그는 대충 작전 설명만 하고, 야누카의 파일을 연구해 낱낱이 파악하기 전까지는 아예 연락도 하지 말라고 지시했다. 그들은 얄밉게도 너무나 빨리 돌아왔다. 그래서 쿠르츠도 그들을 취조하듯 다그치며, 야누카의 어린 시절, 생활습관, 행동 패턴 등 그들을 당혹케 할 만한 질문들을 마구 던졌다. 대답은 완벽했다. 그래서 그도 마지못해 문학위원회를 불러들였다. 미스 바흐, 작가 레온, 그리고 슈빌리 영감으로 구성된 팀인데, 지난 몇 주 동안 자신들의 특이성을 조합해 완벽한 호흡의 팀으로 변모했다. 그 사건에 대한 쿠르츠의 브리핑은 불투명 기술의 고전이었다.

"여기 미스 바흐가 총감독으로 전체 상황을 조율한다." 그가 새로운 요원들을 소개하는 방식으로 화두를 꺼냈는데, 35년을 사용했음에도 불구하고 히브리어는 여전히 끔찍했다. "미스 바흐가 모든 정보와 자료를 검토하고 현장에 보낼 보고서를 꾸린다. 여기 레온에게 지침을 정해주고, 그의 작문이 전반적인 계획에서 어긋나지 않게 챙기는 것도 미스 바흐의 책임이다." 취조요원들이야 전에도 아는 게 별로 없었지만 지금은 더욱 헷갈리기 시작했다. 그렇다고 대꾸는 하지 않았다. "작문을 승인하고 나면, 미스 바흐는 여기 레온과 슈빌리 씨와 회의를 하도록." 슈빌리에게 누구든 '씨'를 붙여준 건 100년 만의 일이다. "회의에서는 잉크, 펜 등 문구류를 결정하고 픽션 내용과 관련해 작가의 정서적, 물리적 조건을 정한다. 흥분하거나 우울한가? 화가 났나? 이런 요소들을 충분히 감안해 전체 픽션을 철저히 살펴보도록." 비록 두목이 암시와 비유에 의존하기는 했지만 취조요원들도 조금씩 자신이 속한 작전의 윤곽을 구분하기 시작했다. "미스 바흐는 견본으로 활용할 수 있도록 편지, 엽서, 일기 등 원작 자료들을 기록으로 남겨두어도 좋지만, 안 해도 무방하다." 쿠르츠가 오른팔을 젓는 식으로 개의치 않는다는 표현을 했다. "오직 절차를 모두 점검한 후에만 슈빌리 씨의 위조가 들어간다. 기가 막힌 솜씨다. 슈빌리는 단순한 위조요원이 아니라 예술가야." 그가 그렇게 말했기에 팀원들도 그렇게 이해하고 있던 터였다. "슈빌리 씨는 작업을 완료하는 즉시 미스 바흐에게 곧바로 넘긴다. 그다음에 다시 체크, 지문, 기록, 보관… 질문 있나?"

취조요원들은 멋쩍은 미소를 지으며 질문 없다고 대답했다.

"끝에서부터 시작하라. 여유가 있다면 후에 처음으로 돌아갈 수도 있다." 쿠르츠가 물러나는 요원들의 등에 대고 소리쳤다.

짧은 시간 내에 야누카를 계획 속으로 끌어들이려 할 경우 어떻게 설득해야 효율적인지에 대한, 보다 까다로운 토론도 몇 차례 있었다. 그때도 미샤 가브론의 애완 심리학자들이 참석해, 거만하게 한마디씩 떠들고 떠났다. 그보다는 환각제에 대한 강연이 나왔다. 그래서 환각제를 성공적으로 활용한 바 있는 경험자도 황급히 수배에 나섰다. 그리고 언제나처럼 마지막 위기에 대비한 즉흥 작전도 장기 계획에 더해졌는데, 쿠르츠를 포함해 요원들 모두가 좋아하는 부분이었다. 순서도 정해졌다. 쿠르츠는 취조요원들부터 뮌헨으로 보내 조명과 음향효과를 설치하고 미리 간수와 역할 조정을 해두도록 했다. 두 요원은 2인조 밴드로 위장해 들어갔다. 무거운 짐을 들고 옷도 사치모처럼 반짝이 정장이었다. 슈빌리의 위원회가 이틀 후에 들어가 조심스럽게 아래층 아파트에 입주했다. 전문 우표 수집가들로 뮌헨의 대규모 경매를 찾아왔다고 소개했지만 입주민들도 그대로 받아들이는 분위기였다. 유대인이라고 중얼거리기야 했지만 요즘 누가 그런 걸 신경 쓰겠는가? 유대인은 오래전에 정상화되었다. 게다가 당연히 수집가일 수밖에 없다. 달리 뭘 하겠는가? 그들은 미스 바흐의 휴대용 메모리 저장시스템 외에, 테이프레코더, 이어폰, 통조림 상자들을 가져왔으며, '피아니스트 새뮤얼'이라는 깡마른 아이를 데려와 쿠르츠의 지휘시스템에 부착된 전신인쇄기를 맡겼다. 새뮤얼은 자바솜 누비 반코트의 특수 주머니에 커다란 콜트 리볼버를 숨겨 놓았다. 그 바람에 전보를 칠 때마다 총이 책상에 부딪쳐 달그락거렸지만 도통 벗을 생각은 없는 듯했다. 아테네 안가의 데이비드만큼이나 조용하고, 태도에 있어서도 거의 쌍둥이로 불릴 정도였다.

방의 배당도 미스 바흐의 책임이었다. 레온에게는 제일 조용한 아이 방을 주었다. 벽에는 자이언트데이지를 배경으로 이슬 같은 눈동자의 사슴들이 평화롭게 노닐었다. 새뮤얼은 부엌을 차지했다. 뒷마당과 접근이 용이하다는 게 이유였는데 마당에 안테나를 세우고 아기 양말을 걸어두었기 때문이다. 하지만 슈빌리는 자기 몫으로 배정된 침실(침실 겸 작업실)을 보고 곧바로 불만을 터뜨리고 말았다.

"맙소사! 조명 꼬락서니 좀 봐라! 저런 조명으로는 할머니 편지도 위조하지 못해!"

소심한 천재 레온이 폭풍에 뛰어들기 전에 재빨리 미스 바흐가 먼저 문제를 해결하고 나섰다. 작업도 작업이지만, 오랜 투옥 생활을 겪은 영감이었다. 따라서 그의 영혼을 위해서도 햇빛은 중요하다. 그녀는 부랴부랴 위층에 전화를 걸어 아르헨티나 요원들을 불러 내렸다. 그들은 그녀의 지시에 따라 가구를 이동해 슈빌리의 책상을 나뭇잎과 하늘이 보이는 창가에 재배치했다. 미스 바흐도 직접 슈빌리의 프라이버시를 위한 두꺼운 망사커튼을 달아주었다. 이탈리아제 고급램프를 위한 연장선도 레온을 통해 해결했다. 이윽고 미스 바흐의 고갯짓에 따라 모두 조용히 방을 떠났다. 다만 레온만큼은 부러운 듯 그를 지켜보며 잠시 문가에 머물기는 했다.

　슈빌리는 저물어가는 저녁 햇빛을 받으며 잉크와 펜과 문구 따위를 정확히 제 위치에 배치했다. 흡사 내일 중요한 시험이라도 앞둔 사람만큼이나 경건한 모습이었다. 그러고는 커프스단추들을 풀고는, 천천히 두 손바닥을 문질러 따뜻하게 만들었다. 사실 걱정할 필요 없을 만큼 이미 따뜻하기는 했다. 그다음엔 모자를 벗고 손가락을 하나씩 잡아당겨 관절을 풀었는데 그때마다 똑똑 꺾이는 소리가 들려왔다. 마침내 자리에 앉았을 때는 흡사 반평생 내내 오늘만을 기다린 사람처럼 보였다.

　그들이 고대하는 스타도 같은 날 저녁 키프로스를 경유해 뮌헨에 들어왔다. 그가 도착했을 때 플래시 세례 따위는 없었지만 그건 그가 들것에 실린 채 주치의까지 대동했기 때문이다. 물론 의사의 여권은 가짜였으나 그래도 의사는 진짜였다. 영국 사업가 야누카는 심장 수술을 위해 뮌헨으로 날아왔다. 매우 인상적인 진료기록까지 만들었는데 정작 독일 공항당국은 쳐다보지도 않았다. 마지못해 죽어가는 환자 얼굴을 본 것만으로 충분했기 때문이다. 구급차는 일행을 시내병원 방향으로 실어갔다. 하지만 갑자기 환자가 급사라도 한 양, 느닷없이 옆길로 빠지더니 어느 장의사의 지붕 달린 앞마당으로 미끄러져 들어갔다. 올림픽빌리지에서는 아르헨티나 사진사 둘이 친구들의 도움을 빌어, 고물 미니버스에서 요리운반용 승강기까지 뭔가를 운반했다. '유리 파손 주의'라고 적은 버드나무 세탁바구니였는데, 이를 목격한 이웃사람들은 아마도 값비싼 장비가 하나 더 들어온다고 생각했을 뿐이다. 음악 소리가 크면 아래층의 우표 수집가들이 투덜댈 거라며 괜한 걱정을 하는 사람들도 있기는 했다. 유대인들이야 원래 뭐든 투덜대는 민족이 아닌가. 한편 위층에서는 요원들이 전리품을 풀고는, 의사의 도움을 받아 이동 중 파손된 부분이 없는지 확인했다. 몇 분 후, 그들은 환자를 조심스레 골방 바닥에 눕혔다. 예정으로는 30분쯤 후에 깨어나야 했으나 광선차단 후드로 머리를 덮은 탓에 시간은 더 길어질 수도 있었다. 의사는 곧바로 떠났다.

그도 도덕적인 인물인지라, 야누카의 미래에 대해 의사로서의 양심을 훼손할 소지가 있는 부탁은 부디 지양해줄 것을 쿠르츠에게 당부했다.

40분이 채 못 되어, 드디어 야누카를 묶은 사슬이 꿈틀거리기 시작했다. 처음엔 손목, 무릎, 그다음이 사지…. 흡사 껍질을 벗어내려는 애벌레 같았다. 마침내 자신이 엎드린 채 묶여 있음을 깨달았는지 우뚝 멈추고 상황을 가늠하는 듯하더니 결국 신음을 내뱉고 말았다. 그때부터는 완전히 난리였다. 야누카가 고통스럽게 울부짖으며 비틀고 당기고 걷어차며 발악을 시작했기 때문이다. 덕분에 그를 사슬로 묶기로 한 계획만 두 배로 빛을 발했다. 취조요원들은 잠시 지켜보다가 간수들에게 현장을 맡기고 떠났다. 잠시 후 다시 폭풍이 일었는데 필경 이스라엘의 끔찍한 취조 얘기가 야누카의 머릿속을 잔뜩 채우고 있었기 때문일 것이다. 어쩌면 당혹감 속에서도 그들이 명성을 지켜 차라리 죽여주기를 바랐을 수도 있다. 하지만 간수들은 그런 혜택을 줄 생각이 없었다. 임무 자체가 무뚝뚝한 간수 역이기에, 그에게 다가갈 수도, 어떤 식으로든 위해를 가할 수도 없었다. 가끔 창피하기는 했지만 그래도 그들은 철저히 지시에 따랐다. 특히 어린 오데드가 그랬다. 야누카가 굴욕적으로 아파트에 도착한 순간부터 오데드의 두 눈엔 증오가 드리워졌으며, 날이 갈수록 더욱 비참하고 우울해 보였다. 6일째 되는 날은, 야누카를 아직 살려두고 있다는 자괴감에 양어깨가 단단히 뭉치기까지 했다.

마침내 야누카도 다시 졸음이 밀려오기 시작했다. 취조요원들은 쇼를 시작하기로 하고, 혼잡한 아침 도로의 소음을 녹음해 틀어주고 조명을 잔뜩 밝힌 다음 직접 아침 식사를 들고 들어갔다. 물론 아직 한밤중이었다. 두 사람은 당장 그를 풀어주고 인간답게 식사를 할 수 있도록 조처하라며 간수들을 다그쳤다. 직접 야누카의 후드를 벗겨주기도 했는데, 그에게 자신들이 어떤 사람인지 알게 해주려는 의도였다. 유대인답지 않은 얼굴에, 부모처럼 근심을 가득 담아 내려다보는 두 사람.

"또 이런 짓을 하다간 네놈들도 무사하지 못할 거야!" 그중 하나가 조용히 간수들을 윽박지르고는 씩씩거리며 후드와 사슬을 한구석으로 내던졌다. 언어는 일부러 영어를 선택했다.

간수들이 철수했다. 오데드는 특히 눈에 띌 정도로 머뭇거렸다. 결국 야누카도 새 친구들이 지켜보는 가운데 커피를 조금 마시기로 했다. 의사에게 의도적으로 갈증 유발을 부탁했던 터라 지금쯤 끔찍하게 목이 마를 테고 반면에 커피 맛은 기가 막힐 수밖에 없었다. 머릿속이 여전히 비몽사몽이라, 특히 누군가 친절하게 대해줄 경우 어느 순간 완전히 무장해제가 될 수도 있었다. 이런 식으로 몇 번을 드나든 끝에 취조요원들은 드디어 치고 들어갈 때가 되었다고 판단하고 자신들을 소개했다. 전반적으로 낡은 수법이지만 몇 가지 독창적인 변형을 가했다.

언어는 영어를 썼다. 설명에 따르면, 그들은 스위스 출신의 적십자 참관인으로 그곳 교도소에 상주하고 있다. 유감스럽게도 어느 교도소인지까지 밝힐 권한이 없다는 말도 덧붙였으나 어쨌든 이스라엘 어디라는 암시는 충분히 던져준 터였다. 매우 인상적인 교도소 신분증도 제시했는데, 손때가 잔뜩 묻은 비닐케이스엔 소인이 찍힌 신분사진과 은행권처럼 위조 방지용 붉은 십자가들이 물결패턴으로 박혀 있었다. 제네바협약에 명시한 바에 따라 이스라엘인 전쟁포로 관련법을 지키는지 감시하고("아, 솔직히 쉬운 일은 아니랍니다.") 교도소 규칙이 허용하는 한 외부세계와 야누카의 연결고리를 만들어주는 게 임무였다. 그들은 또한 그를 독방에서 빼내 아랍인 구역으로 옮기기 위해 압력을 넣고 있었다.

다만 언제든 '집중취조'를 시작할 것이기에 이스라엘 쪽에선 그때까지 미적거리며 고립시키려 들 것이다. 그들은 또한 이스라엘 관료들이 망상에 빠지는 경향이 있어, 이따금 이미지 따위는 완전히 내버리는 경향이 있다는 말도 했다. '취조'라는 단어를 발음할 때는 흡사 끔찍한 파충류 얘기라도 하듯 인상부터 찡그렸다. 그 시점에서, 오데드가 지시에 따라 돌아와 열심히 청소를 하는 척했고 취조요원들은 그가 떠날 때까지 아무 말도 하지 않았다.

그다음 그들은 커다란 인쇄물 양식을 내놓고 야누카가 직접 공란을 채우도록 도와주었다. 이름, 주소, 생년월일, 종교…. 미안하지만 규칙이 그래요. 야누카는 처음에 잠시 머뭇거렸으나, 결국 인정하고 사실대로 기록해나갔다. 약물 때문에 필체가 다소 흔들리기는 했으나, 어쨌든 아래층의 문학위원회는 최초의 협조를 긍정적인 징후로 받아들였다.

취조요원들은 자리를 뜨기 전, 야누카에게 권리를 설명해놓은 소책자를 건네며, 윙크를 하고 어깨를 두드려주고, 거기에 스위스제 초콜릿 바 두 개까지 주었다. 그의 이름을 불러주기도 했다. 살림. 그리고 한 시간 동안 옆방에서 적외선을 이용해 그를 지켜보았다. 그는 칠흑 같은 어둠 속에 누워, 울거나 고개를 흔들었다. 그때쯤 요원들이 조명을 켜고 활짝 웃으며 방으로 들어갔다. "우리가 뭘 가져왔는지 압니까? 이런, 일어나요, 살림. 벌써 아침이오." 그의 이름으로 배달된 편지였다. 베이루트 소인. 적십자 경유에 '교도소 검열 확인' 소인. 목에 걸라며 금박 부적을 전해준, 사랑하는 누나 파트메가 보낸 편지…. 물론 레온이 카멜레온 같은 재능으로 파트메 특유의 까칠한 애정을 듬뿍 담고, 미스 바흐가 편집하고 슈빌리가 위조한 가짜이며, 그를 감시할 때 야누카가 그녀에게서 받은 편지들을 모델로 했다. 파트메는 사랑을 전하며 때가 왔을 때 야누카가 결단을 내리기를 바랐다. '때'란 끔찍한 취조를 뜻하는 것처럼 보였

THE LITTLE DRUMMER GIRL

262

다. 그녀는 애인과 직장을 포기하고 시돈에서 구호작업을 재개하기로 결심했다면서, 야누카가 절박한 상황에 처해 있건만 사랑하는 팔레스타인 국경에서 너무 멀리 떨어져 있다는 사실이 너무 힘들었다는 이유를 붙였다. 레온은 파트메가 동생을 영원히 사랑하리라고 확신했다("파트메는 용감한 영웅 동생을 무덤 저 너머까지 사랑할 겁니다.") 야누카는 편지를 받고 무관심을 가장했다. 하지만 혼자 남자, 갑자기 웅크리고 앉아 참수를 기다리는 순교자처럼 고개를 한쪽으로 기울이더니 파트메의 글을 뺨에 대고 울기 시작했다.

"종이를 줘요." 한 시간 후 간수들이 감옥청소를 위해 돌아갔을 때였다.

간수들은 웬 개가 짖느냐는 시늉이었다. 오데드는 심지어 하품까지 했다.

"종이 달라고 했잖아요! 적십자 참관인들도 불러줘요. 제네바 협약에 따라 누나 파트메에게 편지를 쓰게 해줄 것을 요구합니다! 예!"

아래층에서도 요구를 긍정적으로 받아들였다. 문학위원회가 야누카에게 영향을 미친 첫 번째 성공사례였다. 그들은 아테네에 즉시 긴급보고서를 전송했다. 간수들도 얘기해보겠다며 조용히 물러나왔다가 적십자 전용 문구류를 챙겨갖고 다시 나타났다. 그들은 또 야누카에게 〈복역지침〉 책자를 건네며, 언어는 영어만이 가능하고 "절대 비밀 메시지를 담지 말 것."을 요구했다. 하지만 그들도 펜은 주지 않았다. 야누카는 펜을 요구하며 애원하고 고함치고 울부짖기까지 했지만 간수들은 제네바 협약에 펜에 대한 얘기가 들어 있지 않다는 대답만 되풀이했다. 30분 후 2인조 취조요원이 들어가 한바탕 난장을 부린 다음에야 '인류를 위하여' 문구가 새겨진 자기 펜을 내주었다.

이런 식의 게임은 몇 시간 더 이어졌다. 야누카도 크게 약해졌다. 그럼에도 애써 도움의 손길을 뿌리치려 했으나 당연히 한계가 있었다. 파트메에 대한 답장은 고전적이었다. 조언, 자기 연민, 당찬 각오 등이 산만하게 얽힌 세 쪽짜리 편지. 슈빌리한테는 정서적 스트레스 상황에서 야누카가 친필로 기록한 첫 '견본'이자, 레온에게는 야누카의 영어 산문스타일을 드러내는 좋은 예가 되어주었다.

"사랑하는 누나, 불과 일주일 만에 운명적인 시련을 겪고 있지만, 물론 누이의 고귀한 영혼이 함께한다고 믿어요." 그는 이렇게 화두를 꺼냈는데 이 역시 쿠르츠에게 특별 보고할 내용이었다. "뭐든지 보고해요. 빠뜨리는 것 없이. 행여 아무 일도 없으면 아무 일도 없다고 보고하라는 얘기요." 그는 미스 바흐에게 당부한 다음 레온한테 더욱 강력하게 다음과 같이 지시했다. "최소 두 시간마다 미스 바흐가 나한테 모든 내용을 보고하는지 확인해라. 매시간 최선을 다해서."

파트메에게 보내는 편지는 그 후에도 있었다. 이따금 두 사람의 편지가 엇갈리기도 하고 때로는 그가 편지로 질문을 하자마자 거의 동시에 파트메가 답장을 했으며 반대로 그에게 질문을 던지기도 했다.

끝에서 시작하라. 쿠르츠의 지시였다. 이 경우 끝이란 서로 무관해 보이는 무수한 잡담들을 뜻했다. 2인조 취조요원은 변함없이 상냥하게 야누카를 대하고 격려했으며, 스위스 특유의 끈기와 진지함으로, 이스라엘 똘마니들이 그를 고문대로 끌고 갈 그날에 대비해 저항력을 키워주고 있다고 생각하게 만들었다. 첫째, 논의하고자 하는 거의 모든 문제에 야누카 자신의 견해를 구했으며, 항상 공손히 묻고 대답하는 식으로 그를 대접해주었다. 그들도 고백했다시피 사실 정치가 전문은 아니었다. 그들의 주특기는 이념보다 인간을 중시하는 데 있었다. 그중 하나가 로버트 번즈의 시를 인용했는데 정말로 우연히 야누카가 좋아하는 시였다. 심지어는 야누카에게 그들을 야누카 특유의 사고방식으로 개종해달라고 요청하는 것처럼 보이기도 했다. 그 정도로 거의 모든 논의에 긍정적으로 반응한 것이다. 한 번은 서구세계에 대한 그의 감상을 묻기도 했다. 야누카가 1년 이상 서방에 체류한 적이 있었기 때문이다. 처음에는 포괄적으로, 그다음엔 나라별로…. 그러고는 프랑스의 이기심, 독일의 탐욕, 이탈리아의 퇴폐성 등등 그의 뻔한 일반화에도 푹 빠진 표정으로 경청했다.

영국은 어떻던가요? 두 사람이 정말로 궁금해하듯 물었다.

오, 영국이 최악입니다! 퇴폐, 파산, 무절제. 영국은 미국제국주의 똘마니에 악마 중의 악마예요. 무엇보다 나라를 비국교도에게 넘긴 게 최악의 죄죠. 야누카가 마구 퍼붓다가 어느덧 이스라엘에 맹공을 퍼붓기 시작했다. 두 사람도 말리지 않았다. 벌써부터 그의 영국 여행에 아주아주 관심이 많다는 의심을 사고 싶지는 않았다. 그들은 대신 그의 어린 시절, 부모, 팔레스타인의 고향 등에 대해 물었다. 그가 형에 대해 전혀 언급하지 않았다는 점도 눈여겨볼 대목이었다. 사실 지금껏 형 얘기는 야누카의 삶에서 완전히 배제되었다. 그뿐 아니라 숱한 얘기를 늘어놓기는 했지만 그럼에도 불구하고 야누카 자신의 명분에 반하는 주제들은 언급조차 하지 않았다.

영국의 만행에 대한 저주도, 잘나가는 시돈 축구 팀 골키퍼로 명성을 날렸다는 회고도, 두 사람은 아무렇지 않은 표정으로 들어주었다. 얘기를 부추기기도 했다. "최고의 시합 얘기도 해 봐요. 당신이 가장 멋진 활약을 펼쳤던 시합은? 우승한 시합은? 아부 암마르가 당신 품에 우승컵을 안길 때 기분이 어땠던가요?" 야누카는 머뭇머뭇 어색해하면서도 그들의 말에 따랐다. 아래층의 녹음기는 돌아가고 미스 바흐는 계속 테이프를 갈아 끼웠다. 예루살렘에 보낼 중간보고서를 피아니스트 새뮤얼에게 전할 때만 잠시 멈췄을 뿐이다. 새뮤얼은 다시 아테네의 데이비드에게 전송할 것이다. 그동안 레온은 자신의 비밀천국에 처박힌 채, 야누카의 특이한 영어에 푹 빠져 있었다. 충동적으로 쏟아붓는 말투, 풍부한 문학적 수사, 운율과 어휘, 말 그대로 문장 중간에 급작스럽게 주제를 바꾸기도 했는데 그럴 때면 맞은편의 슈빌리가 펜을 놀리며 흡족한 듯 웃었다. 야누카는 이따금 갑자기 말을 끊고 우울증의 심연 속으로 곤두박질쳤다. 잠시 후 레온이 방 안을 오락가락했는데 마치 위층의 불운한 남자를 향한 늙은 죄수의 연민이라도 보는 기분이었다.

일기에 대해 얘기하기 위해, 취조요원들은 다른 식의 허세를 부렸다. 훨씬 위험한 시도라 셋째 날까지 미뤄둔 터였다. 단순한 대화 방식인데다 그때쯤 그를 완벽하게 사로잡은 것으로 보이나, 그렇다 해도 상황을 진척시키기 전에는 쿠르츠의 명령을 고수했다. 더 이상 다른 방법도 시간도 없는 상황에서 야누카의 신뢰라는 안전장치를 깨뜨릴 위험까지 감수해야 하는 일이다. 초조하지 않을 리가 없었다. 일기는 야누카가 납치된 바로 그날 찾아냈다. 수색요원 셋이 아파트로 쳐들어갔을 때 다들 노란 작업복 차림에 청소회사 배지를 달았다. 집 열쇠는 물론, 원본에 가까운 집주인 추천서까지 소지한 터라 거칠 것도 없었다. 그들은 노란색 밴에서 진공청소기, 걸레, 사다리를 챙겼다. 그리고 집에 들어가 문을 닫고 커튼을 치자마자 다음 여덟 시간 내내 메뚜기처럼 샅샅이 수색하고, 촬영하고, 제자리에 돌려놓은 다음 장비를 이용해 먼지까지 원래대로 덮어놓았다. 갈색 가죽 일기장은 책장 뒤 전화를 넣도록 고안된 공간에 끼워져 있었다. 이스트 항공사의 기념품으로 보였지만 어떻게인지 몰라도 야누카의 손에 들어갔을 것이다. 일기장이 있다는 사실은 알고 있었다. 그를 덮칠 때 손에 넣지 못했는데 다행히 찾아낸 것이다. 내용은 아랍어, 프랑스어, 영어로 되어 있었다. 해독불가의 내용도 있었으나 대부분은 그다지 어렵지 않은 암호였다. 향후 약속과 관련된 메모가 많았으며 "J와 만남. P에게 전화함." 같은 기록도 들어 있었다. 일기장 외의 전리품도 있었다. 역시 고대해 마지않던 물건으로 영수증 다발을 담아둔 두툼한 마닐라봉투였다. 야누카가 공작용 계정 결산을 위해 준비해둔 것들인데, 지시에 따라 그 봉투도 훔쳤다.

하지만 일기장의 주요 내용들은? 야누카의 도움 없이 어떻게 해독하지?

아니면 야누카의 도움을 받을 방법은?

약물을 추가하는 방안도 생각했지만 곧바로 포기했다. 그가 완전히 혼란에 빠질 가능성 때문이다. 폭력도 불가능했다. 어렵게 얻은 선의를 모두 창밖으로 집어던지는 꼴이 되기 때문이다. 게다가 전문가의 견지에서 그런 생각 자체가 마땅치 않았다. 그들로서는 두려움, 신뢰, 이스라엘식 취조에 대한 불안감 등, 지금껏 쌓아둔 성과를 무시할 수 없었다. 그래서 생각한 게, 파트메의 긴급편지였다. 레온이 작성한 최고의 걸작 중 하나였다. "시간이 거의 남지 않았다는구나. 부디, 제발, 용기를 내다오." 그들은 그가 편지를 읽도록 조명을 켜주었다. 그리고 다시 끈 다음엔 필요 이상으로 오래 자리를 비웠다. 그동안 그는 칠흑 같은 어둠 속에서, 저 멀리 어딘가의 감방에서 나는 듯한 먹먹한 비명 소리와 덜그렁거리는 문소리, 그리고 축 늘어진 죄수를 사슬에 묶어 석조 복도를 끌고 다니는 소리 따위를 들어야 했다. 물론 모조리 가짜였다. 그다음에는 팔레스타인 군악대의 백파이프 조곡을 틀어주었는데 야누카도 어쩔 수 없이 죄수 하나가 죽었다고 생각했을 것이다. 그는 멍하니 누워 있었다. 그들은 간수들을 보내 옷을 벗기고 두 손을 등 뒤로 묶고 발목에 족쇄를 매단 다음 다시 빠져나왔다. 그리고 한참이 지났다. 이윽고 그가 "오, 안돼."를 반복하며 울부짖기 시작했다.

267   그들은 피아니스트 새뮤얼에게 하얀 튜닉을 입히고 청진기를 주어,

야누카의 심장박동을 확인했다. 여전히 어둡기는 했어도 펄럭이는 흰색 가운 정도는 선명하게 보였을 것이다. 다시 방을 빠져나온 후 적외선으로 보니 그가 땀을 흘리며 몸을 떨기 시작했다. 어느 시점엔가는 자살이라도 하려는 듯 벽에 머리를 찧기도 했다. 체인에 묶인 터라 가능한 행동도 그뿐이었겠으나 어차피 케이폭을 두툽게 덧댄 벽이다. 설령 일 년 내내 머리를 박는다 해도 소용은 없었을 것이다. 그들은 비명을 조금 더 들려준 후 처절한 정적을 연출했다. 이윽고 어둠 속에서 총성 한 방이 들렸다. 어찌나 갑작스럽고 선명했던지 그 소리에 그도 펄쩍 뛸 수밖에 있었다. 결국 그가 흐느끼기 시작했다. 더 이상 힘도 없던지 너무도 조용하기만 한 울음이다.

작전개시를 결정한 건 바로 그때였다.

우선 간수들이 감방으로 들어가 양쪽에서 그의 겨드랑이를 끼고 일으켜 세웠다. 간수들도 격렬한 저항을 각오한 듯 최대한 가벼운 복장을 했다. 덜덜 떠는 살림을 감방 문까지 끌고 왔을 때 스위스 구원자 둘이 나타나 길을 막아 세웠다. 사람 좋은 얼굴에도 근심과 분노가 가득했다. 이윽고 간수와 스위스인들 간에 격렬한 논쟁이 이어졌다. 히브리어인 탓에 이해하기는 어려웠지만 야누카도 마지막 기회를 호소하는 분위기 정도는 느낄 수 있었다. 야누카를 취조하려면 간수장의 허가가 떨어져야 한다. 협약 6조 9항. 집중취조가 필요할 경우 반드시 간수장의 허가를 득하고 의사가 동석한다. 스위스인들이 따지자 간수들은 협약 따위는 개나 줘버리라며 코웃음을 쳤다. 자칫 드잡이질까지 있을 뻔했으나 스위스인들이 참는 덕에 위기를 모면했다. 대신 당장 간수장한테 가서 달려가 확답을 듣는 쪽으로 타협을 봤다. 그리하여 모두가 회오리바람처럼 빠져나가고 야누카만 다시 어둠 속에 남게 되었다. 그가 얼른 벽 쪽에 웅크리고 앉아 기도를 했지만 그때쯤 동쪽이 어디인지도 알지 못할 터였다.

얼마 후 스위스인들만 돌아왔는데 표정이 너무도 어두웠다. 그들의 손엔 야누카의 일기장이 들려 있었다. 비록 하찮아 보이는 물건이지만 그 덕분에 상황이 완전히 틀어졌다는 분위기였다. 그들은 또 그의 여분 여권 두 개까지 들고 있었다. 하나는 프랑스, 하나는 키프로스, 둘 다 아파트 마룻바닥 아래 숨겨놓았었다. 더욱이 키프로스 여권은 그가 납치당할 때 사용했던 여권이기도 했다.

두 사람은 자신들의 한계를 설명했다. 열심히. 하지만 어딘가 낯설고 불길한 태도였으며, 말투 또한 협박까지는 아니더라도 경고에 가까웠다. 이스라엘의 요청에 따라 서독 당국이 중앙 뮌헨에 있는 그의 아파트를 수색했다. 그 과정에서 일기장과 여권 두 개를 포함, 지난 몇 개월간의 행적에 대한 실마리들을 발견한 탓에 결국 '본격수사'를 결정했다는 요지였다. 스위스인들은 간수장을 만나 설득했다. 그런 수사는 합법적이지도 필요하지도 않다. 적십자 당국이 죄수에게 자료를 보여주고 내용 설명을 부탁해보겠다. 간수장이 직접 작성한 진술서를 원한다면, 그가 자발적으로 지난 6개월간의 근황에 대해, 날짜, 장소, 접선자, 체류지, 사용 여권 등에 대한 대답을 준비하도록 유도해보겠다. 다만 군인으로서의 명예는 존중해줄 필요가 있다. 그로 인해 묵비권을 행사하면 도리가 없으나, 다만 그렇지 않을 경우라면… 음, 적어도 그들이 대리인 역할을 수행하는 한 시간을 벌 수는 있을 것이다.

그들은 용기를 내어 살림(그때쯤 그들도 이름을 부르고 있었다.)에게 나름대로 은밀한 충고를 해주었다. 그를 위해 접이식테이블을 설치하고 담요를 제공하고 두 손도 풀어주었다. 무엇보다 정확하게 답하라. 밝히고 싶지 않은 얘기는 철저히 함구하되, 일단 얘기를 하면 반드시 사실이어야 한다. 우리한테도 지켜야 할 명예가 있지만, 차후 이곳에 들어올

동포들 생각도 해야 한다. 당신과 비슷한 처지의 사람들을 위해 최선을 다해라. 두 사람의 설득에 야누카는 이미 절반쯤 순교자가 된 기분이었다. 왜 그래야 하는지는 별 상관이 없었다. 이미 혼을 파고든 공포만이 유일한 진실이기 때문이었다.

언제나 그렇지만 실로 위험천만한 작전이었다. 결국 망쳤다고 여길 만한 순간도 있었다. 그것도 꽤 오랫동안. 야누카가 두 사람을 똑바로 쳐다보기 시작했기 때문인데 정말로 기만의 커튼을 걷어내고 정말로 자신을 억압하는 자들이 누군지 정확하게 파악한 듯 보였다. 하지만 그들 관계를 이루는 기반이 명확했던 적은 한 번도 없었고 그건 지금도 마찬가지였다. 그리하여 야누카가 펜을 잡았을 때 두 사람은 그의 눈에서 그들이 계속 속여주기를 바라는 마음을 보았다.

쿠르츠가 아테네에서 곧장 날아온 것은 이런 식의 드라마가 펼쳐진 바로 다음 날 점심이었다. 상황이 별탈 없이 진행되고 있었다. 쿠르츠는 슈빌리의 작업을 점검한 후, 야누카의 일기, 여권, 영수증들을 어떤 이유든 덧붙여 원래 자리로 되돌려 놓도록 지시했다.

처음 단계로 돌아가야 할 임무 또한 쿠르츠 자신의 몫이었다. 우선 그는 아래층에 느긋하게 앉아(간수들을 제외하고) 모든 요원을 불러들여 현재까지의 상황에 대해 보고를 들었다. 보고의 방법과 속도는 본인들에게 맡겼다. 흰색 목화장갑을 끼고 있었는데 밤새도록 찰리를 심문했을 때만큼이나 피곤해 보였다. 쿠르츠는 요원들의 자료를 검토하고 중요한 녹음 자료를 듣고, 날짜, 비행기 번호, 도착시간, 호텔 등 야누카의 최근 생활을 연신 TV 모니터에 찍어내는 미스 바흐의 데스크컴퓨터를 감탄의 눈으로 지켜보았다. 이윽고 화면이 깨끗해지고 미스 바흐의 '픽션'이 화면을 채웠다. "취리히, 시티 호텔에서 찰리에게 편지 작성, 82시간 후

THE LITTLE DRUMMER GIRL

270

드골 공항에 도착 즉시 발송… 히드로, 엑셀시어 호텔에서 찰리 접선… 뮌헨 정거장에서 찰리에게 전화….” 정보가 삽입될 때마다 그녀는 보충 자료들을 첨부해 어떤 영수증과 일기 내용이 어느 접선을 가리키는지 확인해주었다. 그 경우 실제와의 적잖은 괴리와 불확실성을 각오해야 하나 어차피 사건 복기의 경우 쉽거나 명료한 일이란 존재하지 않는다.

저녁때쯤 일을 모두 마친 후 쿠르츠는 장갑을 벗고 평범한 이스라엘 군복으로 갈아입었다. 대령 계급장과 지저분한 훈장 몇 개가 달린 옷으로, 교도소 관리이자 흔하디흔한 파견 군인으로 변신한 것이다. 그는 위층으로 올라간 후, 살금살금 감시창으로 접근해 잠시 야누카를 관찰했다. 그리고 오데드와 동료를 아래층으로 보내면서 그와 야누카만 있을 테니 아무도 개입하지 말라는 지시를 내렸다. 쿠르츠는 관료적이고 사무적인 어조로 몇 가지 사소하고 지루한 질문을 시작했다. 예를 들어 이러저러한 뇌관, 폭탄, 자동차 따위를 어디서 구했는지, 여자가 고테스베르그 폭탄을 장착하기 전 정확한 접선장소가 어디인지 따위였다. 다만 쿠르츠가 아무렇지도 않게 세세한 정보를 늘어놓는 탓에 야누카가 더욱 겁에 질리고 말았다. 야누카의 반응은 보안 문제이므로 당장 입을 닥치라며 고함을 치는 식이었는데, 그 바람에 이번엔 쿠르츠 쪽이 당혹스러워했다.

“왜 내가 입을 다물어야 하지? 어차피 네놈 형이 나발을 불면 내가 지켜야 할 비밀도 없을 텐데?” 그는 (간수이든 죄수이든) 교도소에서 오래 지낸 사람 특유의 멍한 표정까지 드러내며 따졌다.

사실 이번 질문은 폭로라기보다 상식에 따른 논리적 귀결에 불과했다. 야누카가 눈을 부라리며 노려보는 가운데 쿠르츠는 야누카의 형만이 알 법한 얘기 몇 가지를 더했다. 이것도 특별할 건 없었다. 몇 주 동안 야누카의 일상을 뒤적이고, 2년 전 예루살렘의 서류를 포함해 전화통화와 서신을 모두 점검했으니 말이다. 쿠르츠와 팀원들이 야누카에 대해 본인보다 잘 알고 있다고 해서 놀랄 필요는 없었다. 야누카가 편지들을 숨겨둔 금고 번호, 명령을 전달받는 원웨이 시스템, 상부의 통제에서 벗어난 시점 등 그들이 모르는 건 없었다. 쿠르츠가 그의 선임들과 다른 점은 그런 내용을 전달할 때는 물론, 그에 대한 야누카의 반응조차 철저히 무관심하게 대하는 데 있었다.

"어디 있소? 형님을 어떻게 한 거요? 형님이 얘기할 리 없어! 절대 안 해! 도대체 어떻게 잡은 거지?" 야누카가 바락바락 악을 썼다.

거래는 오래 걸리지 않았다. 요원들은 아래층의 확성기 주변에 몰려들어 쿠르츠가 세 시간 동안 야누카의 마지막 저항을 쓸어버리는 활약을 지켜보았는데, 그동안 일종의 경외감이 방 전체를 휩쓸기도 했다. 쿠르츠의 설명은 이랬다. 간수장으로서 내 업무는 관리에만 국한되어 있다. 네 형은 아래층 병원 감방에 있지. 지금은 약간 힘든 상태야. 우리로서도 물론 회복을 바라 마지않지만 정상적으로 걸으려면 몇 개월은 걸릴 거다. 다음 질문들에 성실하게 대답하면, 형과 함께 있으면서 간호할 수 있도록 허가서를 내주겠다. 물론 거절하면야 그냥 여기 처박혀 있을 수밖에. 쿠르츠는 한 술 더 떠서 위조한 폴로로이드 칼라사진까지 보여주었다. 두 명의 간수가 야누카의 형을 취조실에서 데려가는 장면인데, 야누카가 발뺌하지 못하게 만들기 위한 최후의 한 수였다. 사실 형의 얼굴은 알아보지도 못할 정도였다. 그저 피에 젖은 담요 밖으로 눈만 빼꼼 내밀고 있는 사진이기 때문이다.

하지만 그때도 쿠르츠의 천재성은 빛을 발했다. 야누카가 얘기를 시작했을 때 쿠르츠는 즉시 야누카에 열정에 버금가는 관심을 기울여주었다. 늙은 간수장은 위대한 전사가 그의 도제에게 했던 모든 얘기를 들을 수 있었다. 덕분에 그가 아래층으로 돌아올 때쯤 팀은 실제로 야누카에게서 짜낼 수 있는 모든 것을 얻어낸 후였다. 물론 쿠르츠가 지적했듯, 형의 행방을 추적하는 데에는 아무 도움도 되지 못했다. 아무튼 이번에도 늙은 취조꾼 쿠르츠의 금언이 진리였다. 즉, 물리적 폭력은 전문가의 윤리와 영혼에 대한 모욕이다. 쿠르츠는 그 얘기를 특히 오데드에게 강조했다. 행여 피치 못해 폭력을 사용할 경우에도 몸이 아니라 정신을 괴롭혀라. 쿠르츠는 젊은이들도 보는 눈만 있다면 어디에서든 배울 게 있다고 믿었다.

가브론에게도 그런 얘기를 했지만 별로 효과는 없었다.

하지만 그때에도 쿠르츠는 잠을 잘 생각이 없었다. 아니, 잠잘 수 없었을지도 모르겠다. 이른 아침, 야누카가 마지막 결심만 남겨둔 상황에서 쿠르츠는 도심으로 돌아가 감시팀을 위문했다. 그렇잖아도 최근 야누카의 실종 때문에 사기가 곤두박질친 터였다. 도대체 어디로 간 거죠? 레니가 우는 소리를 했다. 그렇게도 장래가 찬란하고 여러 분야에서 놀라운 활약을 펼쳤건만! 그곳에서의 선행을 마친 후 쿠르츠는 알렉시스와의 회동을 위해 다시 북쪽으로 떠났다. 박사의 성향이 불분명한 탓에 마샤 가브론에게 토사구팽까지 당했다지만 그런 건 아무래도 상관없었다.

"그 친구한테 내가 미국인이라고 말해주지." 그가 활짝 웃으며 리트박에게 약속했다. 가브론이 아테네 안가에 보낸 얼빠진 전보를 떠올렸던 것이다.

그럼에도 불구하고 기분은 조심스러운 낙관 쪽이었다. 어쨌든 움직이는 중이잖아? 미샤가 나를 공격할 때는 멍하니 앉아 있을 때거든. 그가 리트박에게 한 얘기다.

10

이곳 타베르나는 미코노스보다 거칠었다. 누군가 내버린 국기처럼 퍼덕거리는 흑백 TV, 관광객 따위는 거들떠도 안 보는 오만한 산골 촌놈들, 청색 카프탄 차림에 금팔찌를 걸고 나온 붉은 머리의 예쁘장한 영국 소녀들까지. 하지만 지금 요제프의 이야기 속엔, 찰리와 미셸 단둘이 저녁 식사를 하고 있었다. 노팅엄 외곽의 길가 여관인데 미셸이 문을 열어두도록 매수해둔 곳이다. 언제나처럼 찰리 자신의 고물차는 캠든 도로 안쪽의 코딱지만 한 차고에 처박아둔 터였다. 미셸은 메르세데스 살롱을 가져왔는데 그가 제일 좋아하는 차종이었다. 그는 차를 극장 뒷문에 대기해놓고, 즉시 그녀를 차에 태워 10분 정도 노팅엄의 억수 같은 빗속을 달렸다. 찰리의 변덕스러운 우울증도, 잠시간의 의심도 요제프의 매력적인 화술을 이길 수는 없었다.

"그는 운전 장갑을 끼고 있소. 운전 장갑을 좋아하지. 하지만 그 때문에 나무랄 생각은 말아요."

"운전은 잘하나요?" 메르세데스 뒷좌석은 구멍이 송송 나 있었다.

"소질이 있는 편은 아니지만 나쁘게 생각할 필요는 없소. 어디 사는지 물어보면, 당신을 만나기 위해 런던에서 차를 몰고 왔다고 대답해요. 직업을 물으면 '학생'이라고 대답하고. 당신이 어느 학교냐고 물어요. 그럼 '유럽'에 있는 학교라고 대답할 텐데 유럽이라는 단어를 역겹다는 듯 발음하지. 당신이 구체적으로 대답해달라고 졸라요. 그러면 기분과 누가 강의하느냐에 따라 여러 도시를 전전하며 강좌를 듣는다고 할 게요. 영국인들은 그런 시스템을 이해하지 못할 거라고 덧붙이는데, 역시 '영국'이 적대국가라도 되는 듯 발음하죠. 이유는 모르지만 정말이에요. 다음 질문은?"

"지금 어디 사는데요?"

"정확히 얘기 안 해요. 나처럼. 로마, 뮌헨, 파리, 비엔나, 기분 내키는 대로 갖다 붙이죠. 상자 안에서 산다는 얘기까지는 안 하지만 미혼인 것만은 분명하게 밝혀두죠. 물론 그 점에선 찰리도 실망하지 않을 게요. 어느 도시가 제일 마음에 드는지 물으면 아예 무시해버리고 전공이 뭐냐고 하면 '자유'라고 대답해요. 고향이 어딘지 물어도 현재 적군의 정복하에 있다고 말하지. 이에 대한 당신 반응은?"

"당혹감."

"하지만 당신이 끈질기게 물고 늘어지자 그도 결국 팔레스타인이라고 실토는 해요. 이번엔 당신도 그의 목소리에서 열정을 느꼈을 거요. 그러니까 전쟁포고라도 하듯, 팔레스타인이라고 외치니까 말이오." 요제프의 시선이 너무도 강렬한 탓에 찰리는 초조하게 웃으며 고개를 돌리고 말았다. "잊지 말아요, 찰리. 당신이 알라스테어와 깊은 관계였다고 해도. 지금 그 친구는 아가일에서 어느 쓰레기 제품 광고를 찍고 있어요. 게다가 그가 주연 여배우와 그렇고 그런 사이라는 소문도 들었어요. 맞나요?"

"맞아요." 그녀가 대답했다. 놀랍게도 그녀는 얼굴까지 벌게졌다.

"한 남자가 열정적으로 팔레스타인이라고 외쳐요. 그것도 비 오는 날 밤 노팅엄 여관에서. 그리고 이렇게 묻는 거요. '그래서 뭐가 잘못됐습니까?'라고…. 당신은 뭐라고 하겠소?"

오, 빌어먹을. 서푼짜리 거짓말에 무슨 대답이 그렇게 많다고….

"그 사람들을 존중해요."

"미셸이라고 불러요."

"그 사람들을 존중해요, 미셸."

"이유는?"

"핍박이 많지만 굴하지 않잖아요." 그녀는 어쩐지 바보가 된 기분이었다.

"헛소리. 우리 팔레스타인인은 무식한 테러리스트일 뿐이오. 그것도 조국을 빼앗겼을 때 멍청하게 타협하지 못한 자들뿐이지. 기껏 구두닦이와 행상 출신에 기관총을 든 아이들, 그리고 망각을 잊은 늙은이들이오. 그래, 우리가 누구라고? 당신 견해를 말해요. 그게 중요하오. 지금도 당신을 조안이라고 부르고 있다는 사실을 잊지 말기를."

그녀가 한숨을 삼켰다. 결국 주말 토론회에 돌아온 격이로군.

"좋아요, 얘기하죠. 당신들 팔레스타인인들은 위대한 전통을 지닌 친절하고 근면한 농부들이에요. 1948년 이후로 부당하게 고국에서 쫓겨났죠. 유대인을 달래고 또 아라비아에 서방의 교두보를 마련하기 위한다는 명목 때문이고요."

"그럴싸하오. 계속해보겠소?"

그의 집요한 자극에 이렇게 많은 내용이 기억날 줄은 몰랐다. 잊힌 팸플릿 문구들, 연인들의 강연, 자유투사의 열변, 읽다 만 책 내용들…. 그 모두가 성실한 전우처럼 그녀에게 되돌아왔다.

"유대인에 대한 유럽의 죄의식이 빚어낸 희생자가 바로 당신들이에요… 덕분에 저지르지도 않은 대학살의 대가를 지불하게 된 거죠… 당신들은 인종차별은 물론, 강탈과 추방이라는 반 아랍 제국주의 정책의 희생자예요."

"살인도 있소." 요제프가 조용히 덧붙였다.

"예, 살인도." 또다시 버벅거림. 그녀는 이 낯선 남자의 시선이 그녀에게 못 박혀 있음을 깨달았는데, 그러자 문득 미코노스에서처럼 전혀 표정을 읽을 수가 없었다. "아무튼, 팔레스타인인은 그래요. 당신이 물었잖아요. 그래서 대답한 거고요." 그가 반응이 없자, 그녀가 황급히 덧붙였다.

그녀는 계속 그를 바라보며 또 뭘 해야 하는지 지침을 기다렸다. 그의 위압적인 존재 때문에라도 과거의 찌꺼기들에 신념을 의존할 수밖에 없었다. 그녀로서는 어느 것도 달갑지 않았건만…. 그가 원했기 때문에 도리가 없었다.

"그는 잡담 따위는 하지 않는 사람이오. 당신의 진지한 측면에 쉽게 반응한다는 사실도 잊지 말아요. 어떤 점에선 지나치게 세심하기까지 하지. 예를 들어, 오늘 밤 모든 것을 준비했소. 음식, 와인, 촛불, 심지어 대화까지. 이스라엘 식으로 말한다면, 자신의 조안을 독차지하기 위해 총공격을 감행했다 할 수 있을 게요." 요제프는 평생 미소 한 번 지어본 적 없는 사람처럼 정색을 하며 말했다.

"웃기는 표현이네요." 그녀가 팔찌를 만지작거리며 대답했다.

"그동안 당신을 지구상에서 가장 찬란한 여배우라며 추켜세웠을 때 당신이 싫어하는 것 같지는 않아요. 이따금 성녀 조안과 혼동하는 문제가 있기는 해도, 그에게 인생과 극장이 하나라고 해서 당신도 그렇게 당혹해할 필요는 없잖소. 관련 서적을 읽은 후부터 그는 성녀 조안이 자신의 영웅이었다고 말하오. 비록 여자의 몸이었지만 프랑스 농민들의 계급의식을 성공적으로 일깨우고 그들을 압제자 영국 제국주의와의 전선으로 이끌었소. 혁명가 조안은 전 세계 피착취 계급을 위해 자유의 햇불을 밝혔고 노예들을 영웅으로 만들었어요. 여기까지가 그의 분석을 요약한 내용이오. 하느님의 목소리는 제국주의자들에게 저항하라는 그녀의 혁명적 양심이지. 더 이상 하느님의 목소리가 아니라는 뜻이기도 해요. 미셸의 판단으로는 신은 죽었으니까 말이오. 그 역을 연기할 때 그런 식의 의미들을 모두 의식하는 건 아니겠지?"

그녀는 여전히 팔찌를 만지작거렸다.

"음, 잘 안 되면 대충 대사발로 문대요." 그녀는 아무 생각 없이 떠들었다. 그런데 고개를 들어보니 그가 화강암 같은 표정으로 그녀를 노려보고 있었다. "오, 이런." 그녀가 탄식을 흘렸다.

"찰리, 경고하건대, 절대 서방식 농담으로 미셸을 농락하지 말아요. 그의 유머감각은 변덕스럽지만, 자신에 대한 농담에도 인색하다오. 특히 여자들 농담은 더욱 그렇소." 그는 잠시 비판이 먹혀들기를 기다렸다. "좋아. 음식이 형편없기는 하지만 당신도 별로 관심이 없는 모양이로군. 그가 스테이크를 주문했는데 당신이 변덕스럽게 채식주의자를 선언했다는 사실을 몰랐던 거요. 그래도 그의 기분을 위해 몇 조각 씹기는 했지만 나중에 편지를 쓸 때 평생 최악이자 최고의 스테이크라는 감상을 적어요. 그가 얘기하는 동안 당신의 머릿속엔 그의 생생하고 열정적인 목소리와 촛불이 어른거리는 멋진 아랍 얼굴뿐이었소, 맞죠?"

그녀가 망설이다가 미소를 지었다.

"예."

"그는 당신을 사랑하오. 당신의 재능과 성녀 조안을 사랑하오. '영국 식민주의자들에게 그녀는 범죄자였습니다. 자유를 위해 싸우는 전사들은 모두 그랬죠. 조지 워싱턴, 마하트마 간디, 로빈 후드 모두요. 오, 아일랜드 독립을 위해 싸우는 비밀결사대도 마찬가지였어요.' 그가 한 얘기요. 알다시피 그의 얘기가 특별한 사상은 아니지만 동양인 특유의 열정적인 목소리…. 그러니까, 동물적인 열정이랄까? 그런 요인들이 당신한테 최면의 마술을 부리는 거요. 낡은 상투어에 생명을 부여하고 그로써 사랑을 재발견하도록 말이오. 그의 말을 조금 더 들어봅시다. '영국인들이 보기에 제국주의의 압제에 대항해 싸우는 사람은 누구든 테러분자예요. 영국은 내 적입니다. 당신을 제외한 모두가 말이오. 내 나라를 유대인들에게 넘기고 유럽의 유대인들에게 동양을 서방으로 만들라는 주문을 들려 우리한테 보낸 나라죠. 가서 동양인들을 길들여라. 팔레스타인 쓰레기들을 노예로 만들라! 예, 그렇게 명령한 거예요! 이전의 식민주의자들이 지친 탓에 우리를 새로운 압제자들한테 넘긴 겁니다. 복잡한 매듭을 단칼에 자른 놈들이죠. 무자비하고 잔인한 인간들. 예, 아랍 놈들은 신경 안 써도 돼. 아무리 짓밟아도 끽 소리도 하지 못할 놈들이니까. 예, 영국인들이 유대인들에게 한 얘기예요.' 찰리, 듣고 있소?"

요제프, 예, 잘 듣고 있어요.

"오늘 밤 미셸은 당신의 선지자요. 과거엔 어느 누구도 오로지 당신한테 그렇게 전적인 열정을 바친 적은 없었소. 그의 신념, 약속, 헌신… 그가 말할 때마다 세상이 온통 빛을 발하오. 이론적으로야 개종자를 상대로 한 설교에 불과하겠지만 실제로는 당신의 모호하고 너절한 좌파 이념에 인간의 심장을 심어주는 게요. 당신은 그의 설교를 원하고 그도 당신의 목소리를 원해요. 당신은 그가 당신의 영국적 죄의식을 갖고 놀기를 바라고 그 점에서는 그도 마찬가지요. 당신은 수구적인 냉소주의를 완전히 걷고 새롭게 태어났소. 중산층적 편견은 물론, 느슨하기 짝이 없는 서방적 동정과도 차원이 다르건만 아직까지 이렇게 살아 있다니! …응?" 그가 찰리가 질문이라도 한 듯 되물었으나 그녀가 고개를 젓자 곧바로 아랍 대역의 열정으로 돌아갔다.

"그는 당신이 이론적으로 자기편이라는 사실조차 철저히 외면해요. 자신의 대의명분에 몰입되어 완전히 새롭게 개종하기를 바라기 때문이지. 그는 흡사 당신이 책임자라도 되는 양 온갖 통계들을 나열하기 시작하죠. 1948년 이후로 200만의 기독교와 이슬람 아랍인들이 고국에서 쫓겨나고, 집과 마을은 철거되고 자기들 멋대로 만든 법으로 국토를 강탈하는 등등…. 이런 수치들 역시 당신한테 제시해요. 당신이 물으면 그가 대답하는 방식이지. 그들이 망명길에 오를 때, 이웃 아랍인들도 그들을 쓰레기 취급하고 학살해요. 이스라엘 사람들은 저항을 빌미로 그들의 캠프를 폭파하죠. 착취에 저항하는 것이야 테러라고 볼 수도 있지만, 반면에 강제 이주하고 은신처를 폭파하고 사람들을 죽이는 건… 그런 건 불가피한 정치적 선택일 뿐이오. 요컨대 아랍인 사망자 1만의 가치가 유대인 하나보다 못하기 때문이지." 그가 상체를 굽히며 그녀의 손목을 잡았다. "자, 들어봐요. 서방의 자유주의자라면 누구나, 칠레, 남아프리카, 폴란드, 아르헨티나, 캄보디아, 이란, 북아일랜드 등 최근 갈등 지역을 향해 일침을 가하죠. 하지만… 역사상 가장 잔혹한 농담에 대해 언급하는 사람이 어디 있단 말이오? 이스라엘 30년 동안 팔레스타인 사람들을 새로운 유대인으로 만들어버렸다고? 유대인들이 내 나라를 강탈하기 전 뭐라고 불렀는지 알아요? '땅 없는 민족을 위한 민족 없는 땅.' 예, 우린 존재조차 없었어요! 유대인들은 마음으로 이미 민족 말살을 자행하였고 이제 남은 건 사실뿐이었소. 당신네 영국인들이 그 위대한 비전의 건축가였지. 이스라엘이 어떻게 생겼는지 압니까? 유럽 강국이 로비에 넘어가 유대인에게 아랍 지역을 선물로 주었소. 그러면서도 해당 지역 주민한테는 일언반구도 하지 않았는데 그 유럽 강국이 바로 영국이오. 이스라엘이 어떻게 생겼는지 자세히 설명해드릴까? …아니면, 이미 늦은 거요? 피곤합니까? 고국 호텔로 돌아가고 싶어요?"

그가 원하는 대답을 하면서도, 그녀는 이 남자의 역설에 혀를 내두르지 않을 수 없었다. 세상에 저렇게 수도 없이 갈등하는 그림자들과 춤을 추면서 어떻게 저렇게 서 있을 수 있담! 두 사람 사이에서 촛불이 타고 있었다. 양초는 기름이 질질 흐르는 검은 병에 꽂힌 채 어느 주정뱅이 나방의 끈질긴 공격에 시달렸다. 찰리도 이따금 손등으로 나방을 물리쳤는데 그때마다 팔찌가 반짝였다. 그녀를 이야기로 칭칭 감는 동안, 인화지 위에서 두 개의 이미지가 겹치듯 요제프의 얼굴이 미셸과 오버랩되었다.

"이봐요, 듣고 있소?"

요제프, 듣고 있어요. 미셸, 듣고 있어요.

"난 가부장적인 가족에서 태어났어요. 엘 칼릴에서 멀지 않은 마을인데 유대인들은 헤브론이라 불렀지."그가 잠시 뜸을 들였다. 그녀를 노려보는 검은 눈동자. "엘 칼릴. 기억나요? 여러 가지 이유로 내게는 너무도 중요한 이름이라오. 칼릴, 기억하죠? 그럼 불러 봐요!"

엘 칼릴.

"엘 칼릴은 이슬람 신앙의 메카요. 아랍어로는 신의 친구란 뜻이지. 엘 칼릴, 헤브론 사람들은 팔레스타인의 엘리트라 할 수 있소. 그래, 기가 막히게 웃기는 농담 하나 해드릴까? 유대인이 절대 쫓겨나지 않을 유일한 지역이 도시 남쪽의 헤브론 산이라는 얘기가 있어요. 요는 내 핏줄에도 유대인 피가 흐를 수도 있다는 얘기겠지. 하지만 부끄럽지는 않소. 인종적 반유대주의 역시 정치적 반유대주의일 뿐이니까. 내 말을 믿소?"

그는 대답을 기다리지 않았다. 기다릴 필요도 없었다.

"난 4남 2녀 중 막내였어요. 다들 그 땅에서 일했지. 아버지는 무크타르, 즉 마을 현자들이 선출한 촌장이셨소. 우리 마을은 무화과와 포도뿐 아니라, 전사들과 여자들도 유명했다오. 너무도 아름답고 순종적이었으니까. 대부분의 마을이야 유명한 게 하나뿐이겠지만 우리 마을은 너무도 많았어요."

"어련하시겠어요." 그녀가 이죽댔지만 그는 전혀 개의치 않았다.

"하지만 무엇보다 유명한 건 바로 아버지의 방침이셨소. 이슬람도 기독교도 및 유대교도들과 공동사회를 이루어야 한다고 주장하셨지. 바로 유대의 선지자들이 유일신의 천국에서 조화롭게 사셨듯이 말이오. 아버지, 가족, 고향마을에 대해선 앞으로도 얘기할 기회가 많을 게요. 아버지는 유대인을 존중하셨소. 시오니즘을 연구하고 그들을 마을로 불러 대화도 나누시고, 형들에게도 히브리어를 배우게 하셨다오. 나도 어렸을 때는, 밤마다 남자들이 부르는 고대 전쟁가를 들었죠. 낮이면 할아버지의 말을 타고 시냇가에 나가 여행자와 행상들 얘기를 들었고. 낙원 얘기를 하다 보니 마치 시닝송이라도 하는 기분이로군. 그것도 할 수 있소. 시에 재능도 있었고. 오, 마을 광장에 모여 다브케 춤을 추고 오우드 노래를 부르라. 노인들은 주사위 놀이를 하며 나르질을 피우리라!"

전혀 모르는 단어들이지만 그렇다고 설명을 요구할 생각은 없었다.

"솔직히 고백하자면, 그런 일들은 거의 기억나지도 않소. 그저 어른들의 회고를 전하는 데 불과하지만 그래도 망명 캠프에서도 그런 식으로 전통을 이어갈 수 있었어요. 세월이 흐를수록 우린 어른들의 기억을 통해 고국을 그린다오. 유대인들이야 우리한테 문화가 없고 또 존재하지도 않았다고 하겠지. 기껏 토굴 속에서 악취 나는 걸레를 들쳐 입고 돌아다니는 쓰레기들일 테니. 그래요, 그 옛날 반유대주의자들이 유대인들을 가리킬 때 했던 얘기들을 하나하나 아랍인들에게 돌려주려 하겠지. 하지만 어떻게 말하든 진실은 하나예요. 우린 고귀한 민족이었다오."

어둠 속이지만 그녀도 고개를 끄덕여 동의를 표했다.

"전원생활뿐 아니라 마을 공동체를 유지하기 위한 복합적인 체계에 대해서도 얘기해 주는 거요. 아버지 무크타르의 지시에 따라 마을 사람 모두 포도밭에 나가 와인을 만드는 얘기. 당신네 영국인들이 통치령에 세워준 학교에서 형들이 공부했다는 얘기. '이 마을은 너무 가난한 데다 손님들한테 불친절하다'는 말이 나오지 않도록 24시간 내내 마을 손님 방에 커피를 데워두었다는 얘기…. 할아버지의 애마 얘기도 해드릴까? 할아버지는 당신 말을 팔아 총을 사셨어요. 유대인들이 마을을 공격할 때 싸우기 위해서였지만 반대로 그자들이 할아버지를 쐈죠. 할아버지를 죽일 때 놈들은 아버지를 옆에 서 있게 했어요. 그들을 믿었던 아버지를 말이오."

"그게 사실이에요?"

"물론."

하지만 대답하는 쪽이 요제프인지, 미셸인지 알 수 없었다. 그도 알려 줄 생각은 없어 보였다.

"1948년의 전쟁은 '재앙'이었소. 전쟁이 아니라 재앙. 바로 그 재앙을 통해 평화 사회의 치명적인 약점이 노출되자, 우리한테는 조직이 없기에 무장 정복군과 싸울 능력도 당연히 없었소. 우리 문화는 작은 공동체들로 운영해요. 그리고 각 공동체는 물론 경제시스템 역시 그 자체로 완성된 형태였지. 하지만 대학살 이전의 유럽 유대인들처럼, 우리도 정치적 통합을 간과했는데 그게 몰락의 요인이오. 더욱이 공동체들은 서로를 거의 잊고 살아요. 바로 그 점이 모든 아랍인들에게 내린 저주라오. 그 점에서는 유대인들도 마찬가지일 게요. 그래, 그자들이 우리 마을을 어떻게 했는지 알겠소? 유대인들이? 다른 부족과 달리 달아나지 않았다는 이유로?"

알고 있었다. 아니 몰랐지만 그가 개의치 않기에 상관은 없었다.

"놈들은 가솔린과 폭약으로 만든 술통 폭탄을 언덕 아래로 굴려 여자들과 아이들을 태워버렸소. 내 민족이 겪은 학대라면 일주일 내내 얘기할 수도 있어요. 남자들은 두 손을 자르고, 여자들은 겁탈한 후 불태우고, 아이들 눈을 뽑고….'

그녀는 다시 한 번 그를 살펴보았다. 정말로 그 말을 믿는지 확인하고 싶었지만 역시 너무도 딱딱한 표정뿐이었다. 그런 표정이라면 그의 본성 어디에도 어울릴 것이다.

"'데이르 야신'이라는 단어를 들어본 적 있소? 무슨 뜻인지 알아요?"

아뇨, 미셸. 들어본 적 없어요.

그가 기쁜 표정을 지었다.

"그럼 물어봐요. '데이르 야신'이 뭐냐고."

그녀는 시키는 대로 했다. 데이르 야신이 뭐죠?

"이번에도 내 눈으로 직접 본 것처럼 대답하리다. 데이르 야신은 인구 254명의 아주 작은 아랍인 마을이오. 1948년 4월 9일, 젊은이들이 들판에서 일하는 동안 이스라엘 테러단들이 마을을 학살했어요. 노인, 여자, 아이들이 대부분이었는데 임부의 뱃속에 있는 아기들까지 죽였소. 시체는 대부분 우물 안에 던져 넣었고, 며칠 내에 50여만 명의 팔레스타인인들이 나라를 탈출했지만 아버지의 마을은 예외였소. '우린 떠나지 않는다. 여기서 쫓겨나면 다시는 돌아오지 못해.' 심지어 아버지는 당신네 영국인들이 돌아와 구해줄 거라 믿었소. 중동 심장부에 고분고분한 서방 괴뢰정권을 심는 것이야말로 당신네 제국주의자들의 야망이라는 사실 따위는 이해도 못하셨지."

그녀는 문득 그의 시선을 느꼈다. 내가 마음속으로 움츠러드는 걸 눈치챈 걸까? 아니면 그마저 무시해버리기로 했나? 그가 의도적으로 그녀를 반대 캠프로 유인하고 있음을 깨달은 건 훨씬 나중의 일이었다.

"재앙 이후 20년 가까이 아버지는 마을의 잔해를 지키셨소. 고집불통이라 부르는 사람도, 멍청이라고 부르는 사람도 있었지. 팔레스타인 외부의 동포들은 아버지를 부역자라고 불렀소. 아무것도 모르는 작자들이었죠. 유대인들이 그자들의 목을 짓밟고 있다는 사실도 의식하지 못했으니까. 주변 마을 사람들은 모두 끌려가고 두들겨 맞고 잡혀갔소. 유대인들은 그들의 땅을 몰수하고 집을 모조리 불도저로 밀고, 그 위에 새로운 정착촌을 세웠소. 그리고 아랍인들은 발도 못 붙이게 만들었지. 그래도 아버지는 평화와 지혜를 중시하는 분이시라 어느 정도까지는 유대인들을 막아내셨다오."

그녀는 다시 "그게 사실이에요?"라고 묻고 싶었으나 이번에도 기회를 놓치고 말았다.

"하지만 1967년 전쟁 때는 탱크부대가 몰려들었고 우리도 요르단 건너 달아날 수밖에 없었소. 아버지는 눈물을 흘리며 우리를 불러 모아 소지품을 챙기라 하셨지. '이제 프로그램이 시작될 것이다.' 아버지는 그렇게 말씀하셨는데, 당시 난 제일 어린 나이라 아무것도 몰랐소. 그래서 '아버지, 프로그램이 뭐예요?'라고 물었더니 이렇게 대답하시더군. '서방 사람들이 유대인에게 했던 일을, 이제 유대인이 우리한테 저지르고 있다. 어차피 대승리를 거두었으니 온정을 베풀 수도 있건만 그자들 정책에선 더 이상 미덕을 찾아볼 수가 없구나.' 죽는 그날까지, 당시 아버지가 그 처참한 헛간집에 들어가는 모습을 잊지 못할 게요. 앞으로 살아야 할 집이건만 아버지는 한참을 문지방에 서서 마음을 가다듬으셨다오. 그나마 끝내 울지는 않으셨어도 며칠 동안 책 담은 상자에 앉아 식음을 전폐하셨지. 정말로 20년은 더 늙어 보이셨어요. '여기가 내 무덤이다. 난 이미 죽은 목숨이야.' 요르단에 도착하는 순간 우리는 나라 없는 국민이 됐소. 신분증도 권리도 미래도 일자리도 없었지. 학교? 기껏 양철 창고에 불과했어요. 살찐 파리들과 영양실조의 아이들로 가득한. 파타가 우리를 가르쳤는데 배울 게 많았어요. 사격술. 유대인과 싸우는 방법 등등."

그가 잠시 말을 끊었다. 그녀에게 미소를 지어 보일 거라고 생각했는데 그의 표정엔 웃음기 하나 없었다.

"'나는 싸운다. 고로 나는 존재한다.' 그 말을 누가 했는지 아오, 찰리? 시온주의요. 평화를 사랑하는 애국자이자 이상주의자였지만 테러를 통해 수많은 영국인과 아랍인을 죽였소. 하지만 시온주의자이기 때문에 테러분자가 아니라 영웅이자 애국자로 추앙받았지. 바로 그들이 이스라엘이라고 부르는 나라의 수상이었소. 그가 어디 출신인지 아오? 폴란드. 어디 한번 말해보겠소? 어떻게 폴란드 놈이 내 나라 팔레스타인의 통치자가 된단 말이오? 그것도 오로지 싸우기 때문에 존재하는 인간이? 어디 설명해보시오. 영국적 정의와 공명과 정대에 맞춰서 말이오. 어떻게 그런 자가 내 나라를 지배하고 우리를 테러리스트라고 부른단 말이오?"

그 대답은 그녀가 미처 생각해보기도 전에 입에서 흘러나왔다. 도발할 생각은 없었다. 그저 그가 심어놓은 혼란으로부터 그렇게 불쑥 튀어나온 것이다.

"당신은 설명할 수 있어요?"

그는 대답하지 않았지만 질문을 피하지도 않았다. 어쩐지 그가 그 질문을 기대하고 있었다는 생각도 들었다. 그가 웃었다. 그다지 멋있지는 않은 웃음. 그가 잔을 들어 그녀를 향해 내밀었다.

"날 위해 건배하겠소? 자, 잔을 들어요. 역사는 승자의 것이오. 그 간단한 사실도 잊은 거요? 나와 한잔합시다!"

그녀도 충성스럽게 잔을 내밀었다.

"작지만 용감한 이스라엘을 위해! 하루 700만 달러의 미국 원조 덕에 살아남은 나라와, 그 나라의 반주에 맞추어 춤을 추는 펜타곤의 강력한 위력을 위해!" 하지만 그는 술을 마시지도 않고 잔을 내려놓았다. 그녀도 따라했다. 다행히 그 행동으로 멜로드라마는 잠시 끝난 듯 보였다. "찰리, 당신은 그의 얘기를 들어야 해요. 그의 낭만성, 미모, 광기에 완전히 넋을 잃었잖소. 그는 과묵하지도 않고 서방의 금제 따위도 전혀 개의치 않소. 어때, 당신 마음이 움직입니까? 아니면 당신 상상력이 그의 불온한 강요에 거부감을 일으키오?"

그녀는 그의 손을 잡고 손끝으로 손바닥을 쓰다듬기 시작했다. 질문에 대답할 시간을 벌기 위해서다.

"그런데 그 사람 영어 실력이 이 모든 얘기를 할 정도인가요?"

"전문용어로 가득한 어휘, 감동적인 문구, 의심스러운 통계, 어긋난 인용…. 그렇기는 해도 그는 젊고 열정적인 정신과 야심을 전하고 있소."

"그럼 찰리는 내내 뭘 하죠? 그냥 멍하니 바라만 보나요? 멍청한 표정으로 그의 말 한 마디 한 마디에 매달리기만 해요? 부추기지는 않고? 도대체 난 뭘 하는 거죠?"

"대본에 따르면, 당신의 연기는 매우 부적절하오. 미셸은 당신의 혼을 반쯤 빼놓아요. 어쨌든 나중에 그에게 쓴 편지에 그렇게 고백하고 있소. '우리가 함께한 첫날 밤 촛불 너머로 보았던 당신의 아름다운 얼굴을 잊지 못하겠어요.' 너무 노골적인가요? 저속하고?"

그녀가 그의 손을 놓았다.

"무슨 편지요? 우리가 어디서 편지를 받는 거죠?"

"일단은 그에게 편지를 쓴다고 가정합시다. 다시 한 번 묻겠소. 마음이 흔들리기는 하오? 아니면 작가를 쏴죽이고 없던 걸로 할까?"

그녀가 와인을 마셨다. 그리고 다시 한 잔.

"그래요. 지금까지는."

"그리고 편지는? 많은 양은 아니지만 부담스럽진 않소?"

"연애편지에 그 모든 얘기를 하지 못하면 어디서 하겠어요?"

"좋은 대답이오. 그럼 당신이 그런 식으로 연애편지를 쓰는 걸로 합시다. 픽션의 진행도 지금까지는 그런 식이오. 단 하나, 당신은 지금 미셸을 처음 만난 게 아니에요."

그녀는 자연스럽게 탁 소리를 내며 잔을 내려놓았다.

새로운 흥분이 그를 감쌌다. 그가 상체를 기울이자 헬멧을 비추는 햇빛처럼 촛불이 그의 갈색 이마를 밝혔다.

"잘 들어요. 내 말 듣고 있는 거죠?"

이번에도 그는 그녀의 대답을 기다리지 않았다.

"인용. 프랑스 철학자. '가장 위대한 범죄란, 대안이 없다는 이유로 완전히 포기하는 일이다.' 어때, 감이 와요?"

"오, 맙소사." 찰리가 나지막이 내뱉고는 충동적인 보호본능으로 팔짱을 꼈다.

"계속해도 되겠소? 이 말을 듣고 떠오르는 사람이 있는지 봅시다. '계급전쟁은 단 하나뿐. 바로 제국주의 국가와 피식민국, 자본과 임금노동 사이의 전쟁이다. 우리의 임무는 전쟁을 일으킨 사람들, 제3세계를 개인농장으로 여기는 인종주의자 재벌들, 아랍의 생득권을 팔아넘긴 부패한 오일 토호들에게 처절한 복수를 가하는 데 있다.'" 그가 잠시 인용을 중단했다. 그녀는 얼굴을 감싸던 손을 풀고 그를 보았다.

"요제프, 그만해요. 너무 힘들어요, 예? 제발 그만요." 그녀가 중얼거렸다.

"이스라엘 주전파를 무장시킨 제국주의 전쟁광들. 스스로도 자국 체계의 노예이자 지원자인 얼빠진 서방 부르주아들도 이와 동! 무고한 여자와 아이들을 공격하지 않아야 한다지만 장담컨대 더 이상 무고한 존재란 없다. 제3세계에 기아로 죽어가는 아이들이 있다면 서방엔 그들의 음식을 훔친 아이들이 있을 뿐…'"

"그만! 이제 그만해요! 내가 졌으니까."그녀가 손으로 얼굴을 감싼 채 되뇌었다. 이제 자신의 입지가 너무도 확실해졌다.

하지만 그는 인용을 멈추지 않았다.

"나는 여섯 살에 조국에서 쫓겨나 여덟 살에 아슈발에 합류했다.' '아슈발이 뭐죠?' 오, 찰리, 그게 당신 질문이었소. 나한테 질문한 사람이 당신 아니었던가? 손을 들고? '아슈발이 뭐요?' 내가 뭐라고 대답했지?"

"소년 민병대. 오, 정말 미치겠어요, 요제프, 제발."그녀가 두 손으로 얼굴을 감싼 채 애원했다.

"열 살. 시리아군이 난민촌에 로켓을 퍼붓는 동안 난 조잡한 방공호에 쪼그리고 앉아 있었다. 열다섯. 어머니와 여동생이 유대인 공습에 희생되었다.' 제발, 찰리, 나를 위해 내 인생사를 완성해봐요."

그녀가 다시 두 손으로 그의 손을 잡았다. 하지만 이번에는 비난하듯 테이블에 가볍게 때리기 위해서였다.

"아이들이 폭격당하면 그들도 싸울 수밖에 없다.' 나라를 빼앗으면? 그럼 어떻게 할 거요, 찰리? 어서!"

"보복해야죠. 죽여야 해요."그녀가 마지못해 중얼거렸다.

"아이들의 어미가 아이들을 먹이오. 그러면서 우리 조국을 훔치고 우리 피난민들을 폭격하라고 가르치면?"

"그럼 그들의 어미도 아이들과 마찬가지로 전선에 있는 거예요, 요제프…."

"그래서 어떻게 대할 생각이오?"

"죽여야죠. 하지만 그때는 그 사람 말을 믿지 않았어요. 지금은 모르겠고."

그는 그녀의 항변을 무시하고 영원한 사랑에 대해 역설하고 나섰다.

"잘 들어요, 포럼에서 발라클라바 모자를 쓰고 당신에게 영감을 불어넣는 동안 나는 눈구멍으로 당신을 관찰했소. 내게 푹 빠진 당신의 표정. 붉은 머리. 단호하면서도 혁명적인 인상. 처음 만났을 때 내가 무대 위에 있고 당신이 관중이었으니 정말 우습지 않소?"

"당신한테 빠진 적 없어요! 그저 대단한 일을 한다는 생각에 그렇게 말해주고 싶었을 뿐이라고요!"

그래도 그는 끄떡하지 않았다.

"그때 기분이 어땠든 간에, 여기 노팅엄 모텔에서는 내 최면에 걸린 터라 즉시 기억을 바꾼 거요. 얼굴을 보지는 못했어도 그 이후 내 말은 당신 기억 속에 깊이 각인되어 있소. 당연하지 않나? …이봐요, 찰리! 나한테 쓴 편지에 있는 얘기잖소!"

이제 와서 화를 낼 수는 없다. 아직은. 갑자기 요제프의 이야기가 시작된 후 처음으로 미셸은 살아 있는 별개의 인물이 되었다. 이 순간까지 가상의 연인을 그리기 위해 무의식적으로 요제프의 인상을 빌리고, 그의 연설을 특징짓기 위해 요제프의 목소리를 이용했지만, 문득 두 남자는 조개처럼 둘로 갈라져 서로 대비되는 두 개의 존재가 되었다. 미셸이 실제로 스스로의 차원을 획득한 것이다. 그녀는 그 옛날 지저분한 강의실을 떠올렸다. 구겨진 모택동 초상, 다 낡은 걸상들, 흑인 머리에서 장발까지 갖가지 머리를 보고, 걸상과 초상과 교실을 보았다. 껑다리 알은 마약에 절어 그녀 옆에 축 늘어져 있었다. 그리고 연단. 그녀는 팔레스타인 출신의 용감한 연사를 보았다. 요제프보다 키가 작고, 어쩌면 약간 땅딸막할 것 같다. 물론 확신은 어렵다. 그가 검은 가면과 카키 블라우스, 흑백의 케피예로 전신을 가렸기 때문이다. 그래도 더 젊고 열정적인 것만은 분명했다. 붕어처럼 생긴 입술도, 거칠고 무표정한 눈도 기억나고, 도발적으로 목에 두른 붉은 손수건과 연설 도중에 연신 저어대던 장갑 낀 손도 기억났다. 무엇보다 그의 목소리. 예상했던 쉰 목소리는 아니었다. 그리고 핏빛 진동하는 메시지와 달리, 시적이고 신중하기까지 했다. 요제프의 목소리와도 달랐다. 어려운 문장을 되뇌며, 머뭇머뭇 적절한 문법을 찾으려 애쓰는 모습도 생각이 났다. "우리에게 총과 조국은 하나입니다…. 우리의 혁명을 지지하지 않는 자는 누구나 제국주의자입니다…. 행동하지 않는 자는 불의를 묵인하는…."

"난 그 즉시 당신을 사랑했소. 어쨌든 지금 그렇다고 말하고 있어요. 강의가 끝난 후에 당신이 누구인지 물었소. 그래도 사람이 많은 탓에 당신한테 접근할 수는 없었지. 물론 최대의 장점이기는 해도 그곳에서 얼굴을 드러낼 수도 없었어요. 그래서 결국 극단을 찾아가기로 한 거요. 그래서 수소문 끝에 노팅엄까지 쫓아왔고. 자, 내가 왔습니다! 당신을 죽도록 사랑합니다. 미셸 올림!"

요제프는 보상이라도 하듯, 애써 그녀의 기분을 챙기려 했다. 잔을 채우고 커피를 주문하고… 설탕 한 스푼이죠? 화장실 다녀오지 그래요? 아뇨, 괜찮아요. TV에서는 정치인 하나가 잔뜩 미소를 발하며 비행기 트랩을 내려왔다.

요제프는 임무를 마치자 심각한 표정으로 타베르나를 돌아보고 다시 찰리를 보았다. 목소리도 다시 현실로 돌아와 있었다.

"자, 찰리. 당신은 그의 조안이자 사랑이자 강박관념이오. 스태프들은 모두 집으로 돌아가고 지금은 식당에 둘뿐이오. 가면을 벗은 추종자와 당신. 자정이 넘었소. 내가 너무 오래 떠든 탓이지만 그래도 마음속의 얘기는커녕, 죽도록 사랑하는 당신에 대한 궁금증은 거의 시작도 못했다오. 그런 감정은 처음이오. 내일은 일요일, 당신도 선약이 없고 난 모텔에 방을 예약해두었소. 당신을 채근할 생각은 없어요. 그건 내 스타일이 아니니까. 어쩌면 당신을 너무 존중해서인지도 모르지. 아니면 내가 너무 오만해 그럴 필요를 못 느꼈을 수도 있고. 당신은 동무이자, 진실하고 자유로운 연인이거나, 아니면 전사의 심정이었을 게요. 어떻게 하시겠소? 갑자기 정거장 옆의 아스트랄커머셜앤프라이빗 호텔로 돌아가고 싶어 미치기라도 할 것 같소?"

그녀는 그를 빤히 보다가 시선을 돌렸다. 우스꽝스러운 대답 10여 개를 마련했지만 그냥 참기로 했다. 포럼의 가면은 다시 추상형이 되었다. 질문을 던진 사람은 이방인이 아니라 요제프였다. 머릿속에서 이미 함께 침대에 누워 있는데 더 이상 할 말이 어디 있겠는가? 요제프는 짧은 머리를 그녀의 어깨에 기대고, 흉터투성이의 단단한 몸으로 그녀를 덮었다…. 그럼 그동안 나는 그의 본심을 캐내고 있었던 걸까?

"찰리, 얼마 전 고백했듯 당신은 많은 남자와 잠자리를 했소."

"오, 그렇게 많지는 않아요." 그녀는 투덜대며 갑자기 플라스틱 소금 통에 관심을 보였다.

"당신은 그의 값비싼 보석을 차고 있소. 지금 황량한 도시에 혼자 있는데 비가 내려요. 그는 당신을 매료시키고, 달콤한 유혹으로 혁명성을 투여하고 있소. 그런데 어떻게 그를 거부할 수 있겠소?"

"먹여주기까지 했어요. 고기는 싫어하지만." 그녀가 덧붙였다.

"장담컨대, 그는 따분한 서방 여자가 꿈꾸는 모든 것이오."

"맙소사, 요제프." 그녀가 중얼거렸지만 그를 보지는 못했다.

"자, 어쨌든 축하하리다. 드디어 필생의 짝을 만났으니." 그가 힘차게 말하며 카운터를 향해 청구서를 요구했다.

그의 태도가 어딘가 거칠어졌다. 그녀의 순종이 오히려 화를 북돋았다는 기이한 기분까지 들었다. 그는 돈을 지불하고 영수증을 주머니에 넣었다. 그녀도 그 뒤를 쫓아 어두운 밖으로 나섰다. 난 두 번 약속받은 여자야. 요제프를 사랑하면 미셸이 덤으로 따라오잖아? 요제프는 현실의 극장에서 자신의 유령으로 날 유혹한 거야. 그녀가 머릿속으로 중얼거렸다.

"침대에서, 그가 살림이라는 본명을 밝히는데 그건 정말 비밀이오. 어쨌든 그보다 미셸이라는 이름을 좋아하기는 해요. 보안 때문이기도 하고, 그 자신이 유럽 퇴폐주의와 사랑에 빠졌기 때문이기도 하지." 차에 타면서 요제프가 가볍게 얘기했다.

"살림이 더 맘에 들어요."

"그래도 미셸이라고 불러요."

예, 뭐든 시키는 대로 하죠. 그녀가 속으로 대답했으나 그런 식의 순종은 기만이었다. 자기 자신한테조차. 때문에 그녀 또한 조금씩 용트림하는 분노를 느낄 수 있었다. 아직 저 아래쪽이지만 꾸준히 치밀어 오르는 분노.

모텔은 허름한 공장 단지 같았다. 처음엔 주차할 공간도 없었으나 잠시 후 흰색 폭스바겐 미니버스가 빠져나가며 자리를 내주었다. 언뜻 보니 운전사가 디미트리였다. 요제프가 붉은색 블레이저를 세우는 동안 그녀는 일러준 대로 난초를 끌어안고 기다렸다가 그를 따라 포장길 맞은편의 현관으로 향했다. 쭈뼛쭈뼛 그와 어느 정도 거리를 유지한 채였다. 요제프는 자기 검은 손가방 외에 찰리의 숄더백까지 들어 주었다. 돌려줘. 내 가방이야. 홀에 들어가면서 보니 라울과 레이철이 조잡한 형광등 불빛 아래, 내일의 여행안내를 읽고 있었다. 그녀가 그들을 노려보았다. 요제프는 데스크에 다가갔고 그녀는 그의 경고에도 불구하고 그가 숙박부에 기재하는 내용을 훔쳐보았다. 아랍 이름. 레바논 국적. 베이루트의 아파트 주소. 태도는 고위관직 만큼이나 오만했으며 표정도 언제든 성질을 부릴 것만 같았다. 대단하셔. 문득 애처로운 생각이 들었다. 그를 미워하는 것도 쉽지 않았다. 깔끔한 동작에 풍부한 스타일. 놀라울 정도로 완벽한 연기였다. 야간 근무자가 그녀를 향해 탐욕스러운 눈길을 보냈으나, 그래도 예전에 질리도록 경험했던 경멸의 눈빛과는 거리가 멀었다. 벨보이가 두 사람의 짐을 커다란 카트에 실었다. 난 파란색 카프탄을 입고 금팔찌를 했으며, 속옷은 뮌헨의 페르세포네야. 누구든 나를 창녀라고 부르면 물어버리겠어. 요제프가 팔을 잡자 살갗이 타는 것만 같았다. 그녀가 손을 뿌리쳤다. 꺼져. 두 사람은 그레고리안 성가를 들으며 짐을 따라 파스텔 색 객실이 가득한 회색 터널을 걸어 내려갔다. 침실은 더블침대였으며, 오페라 극장만큼이나 웅장하고 황량했다.

"맙소사!" 그녀가 반감을 노골적으로 드러내며 주위를 노려보았다.

벨보이가 놀라 돌아봤지만 그녀는 무시해버렸다. 과일 그릇, 얼음통, 잔 두 개, 보드카 병이 침대 옆에서 기다리고 있었다. 그리고 난초 화분. 그녀는 화분에 난초를 세웠다. 요제프가 벨보이에게 팁을 주자 카트가 삐걱거리며 떠났다. 마침내 축구장 크기의 침대가 놓인 방에 둘만 남았다. 크레타의 황소들을 목탄으로 그린 액자가 묘하게 에로틱한 분위기를 자아냈다. 발코니 밖으로는 주차장이 그대로 보였다. 찰리는 얼음통에서 보드카 병을 꺼내 한 잔을 가득 따라, 침대 끄트머리에 털썩 주저앉았다.

"건배."

요제프는 여전히 무표정한 얼굴로 그녀를 바라보았다.

"건배." 그도 화답했지만 술잔은 없었다.

"자, 이제 뭘 하죠? 보드게임? 아니면 방 구경만 하려고 떼돈을 쓴 건가요? 도대체 우리가 누군데 여기 있는 거죠? 궁금해서 그래요. 누구죠? 예? 누구냐고요?" 그녀의 목소리가 점점 올라갔다.

"우리가 누구인지는 당신이 잘 알잖소, 찰리. 우리는 그리스 밀월여행을 즐기는 연인이오."

"노팅엄 모텔에 있는 줄 알았는데요?"

"1인 2역을 하는 중이오. 알고 있다고 생각했는데? 지금 과거와 현재를 만들고 있잖소."

"시간이 너무 없기 때문이겠죠?"

"인간의 삶이 위기에 처했기 때문이라고 해둡시다."

그녀는 보드카를 꿀꺽꿀꺽 들이켰다. 그래도 손은 바위만큼이나 흔들림이 없었는데 울화가 치고 들어올 때면 늘 그랬다.

"유대인의 삶이겠죠." 그녀가 수정해주었다.

"유대인이라고 뭐가 다르겠소?"

"당연히 다르죠! 맙소사! 키신저가 캄보디아를 죽어라 폭격해봐요. 누가 눈 하나 깜짝하나. 이스라엘은 언제든 팔레스타인을 갈가리 찢을 수 있지만, 프랑크푸르트 같은 곳에서 랍비 둘이 당하는 날엔… 말 그대로 초특급 세계 재앙 아닌가요, 예?"

그녀는 요제프의 등 뒤에 가상의 적을 만들고 노려보았다. 그러다 언뜻 요제프가 그녀를 향해 다가섰다. 잠깐 동안은 정말로 다짜고짜 옷을 벗길 줄 알았다. 하지만 그는 그녀를 지나쳐 창문으로 가서 문을 열었다. 자동차소음으로 그녀의 목소리를 죽이려는 것이리라.

"그들은 모두 재앙이오. 팔레스타인의 폭탄이 떨어질 때 키르야트 시모나 주민들 기분이 어떤지 아오? 집단농장 사람들한테 한 번에 마흔 발씩 쏘아대는 카추샤 로켓 폭음에 대해 물어보지 그래요? 그럼에도 불구하고 아이들을 데리고 방공호에 숨었기 때문에 아무렇지 않은 척해야 한단 말이오." 그가 담담하게 나열하다가 잠시 말을 끊더니 깊은 한숨을 내쉬었다. 마치 스스로의 논쟁에 지치기라도 한 사람 같았다. 그가 좀 더 사무적인 말투로 덧붙였다. "하지만 다음에 그런 논쟁을 벌일 때는 부디 키신저가 유대인임을 잊지 말아요. 그 개념 또한 미셸의 기초적인 정치 어휘 속에 들어 있으니까."

그녀가 문득 주먹을 깨물었다. 자신도 모르게 울고 있었던 것이다. 그가 다가와 옆에 앉았다. 그래서 이번에야말로 그녀를 감싸주거나, 좀 더 감미로운 얘기를 할 줄 알았다. 물론 제일 바라는 바야 그냥 그녀를 취하는 것이지만 실상은 그 어느 쪽도 아니었다. 그는 그냥 그녀가 울도록 내버려두었다. 어쩌면 그도 함께 울고 있을지 모른다는 생각까지 들었다. 그의 침묵은 그 어떤 웅변보다 효율적으로, 앞으로 해야 할 일에 대한 부담감을 덜어주었다. 두 사람은 오랫동안 그렇게 나란히 앉아 있었다. 그녀의 가쁜 울음도 차츰 지친 한숨으로 잦아들었지만 그래도 그는 움직이지 않았다. 더 이상 다가오지도 않고, 멀어지지도 않았다.

"요제프, 당신 정체가 뭐죠? 가시철망에 갇힌 채 무슨 생각하는 거예요?" 그녀가 힘없이 속삭이며 다시 그의 손을 잡았다.

그녀가 고개를 들었다. 옆방에서 사람들 소리가 들리기 시작했다. 잠 못 든 아이가 칭얼거리는 소리. 부부싸움 하는 소리. 발코니의 발자국 소리…. 돌아보니 타월 소재 운동복 차림의 레이철이 문지방을 넘어 방 안으로 들어서고 있었다. 손에는 세면도구 가방과 보온병을 들었다.

그녀는 너무 지쳐 잠을 이룰 수가 없었다. 노팅엄도 이렇지는 않았다. 옆방에서 답답한 전화소리가 들렸는데 아는 목소리였다. 그녀는 미셸의 품에 안겼다. 요제프의 품에 안겼다. 알이 그리웠다. 노팅엄에서는 일생의 사랑을 했고, 캠든의 자기 침대에서 편안하게 잠들었다. 엄마가 지금도 아기방이라고 부르는 자기 방에, 어릴 적 말에서 떨어졌을 때처럼 그렇게 누워 있었다. 누워서 자신의 삶을 되새겨보고, 자신의 몸을 탐하듯 그렇게 마음을 탐색하며 하나하나 만져보고 상처를 확인했다. 침대 반대편 저 먼 곳에 레이철이 누워 작은 등잔불빛에 의지해 토머스 하디의 페이퍼백을 읽고 있었다.

"저 사람한테 누가 있죠, 레이철? 누가 양말을 깁고 담배파이프를 닦아주는 거예요?" 그녀가 물었다.

"직접 물어보지 그래요, 예?"

"당신인가요?"

"둘이 어울리기나 해요? 결국 오래 못 갔을 거예요."

그의 정체를 가늠해보는데 문득 졸음이 밀려왔다.

"전사였죠?" 그녀가 물었다.

"최고였어요. 지금도 그렇고." 레이철이 자랑스럽게 대답했다.

"싸움 상대는 어떻게 골라요?"

"그가 고른 게 아니잖아요?" 레이철은 여전히 책에 푹 빠진 채로 대답했다.

찰리는 도발을 해보기로 했다.

"결혼도 했었죠? 그런데 부인한테 무슨 일이 있었나요?"

"이제 그만."

레이철이 대답을 회피했지만 찰리는 포기하지 않았다.

"뛰어내린 건가요, 아니면 누군가 떠밀었어요?' 그런 노래도 있죠? 예, 있어요. 불쌍한 여자, 저 사람과 함께 살려면 마음속에 카멜레온 여섯 마리는 키워야 했을 거예요."

찰리는 한동안 가만히 누워 있었다.

"어떻게 여기 들어왔죠, 레이철?" 그녀가 물었다. 그런데 놀랍게도 레이철이 책을 배 위에 내려놓고 대답을 하는 것이 아닌가. 그녀의 설명에 의하면, 부모는 포메라니아 출신의 유대인 정교도로, 전후 맥클리스필드에 정착해 방직업으로 부자가 됐다. "유럽 지사들과 예루살렘 저택." 그녀는 그런 단어들을 아무렇지도 않게 내뱉었다. 부모는 레이철이 옥스퍼드에 진학해 가업을 물려받기를 원했으나, 그녀는 그냥 히브리 대학에서 성경과 유대사를 연구하고 싶었다.

"어쩌다 보니 그렇게 됐어요." 하지만 찰리가 얘기를 재촉하자 대답은 정작 그런 식이었다.

어떻게요? 왜요? 찰리가 고집을 부렸다.

"누가 포섭한 거예요, 레이철? 뭐라고 하던가요?"

레이철은 '누가', '어떻게' 대신 '왜'에 대해서만 얘기했다. 그녀는 유럽을 알고 반유대주의를 알았다. 그래서 대학의 꽉 막힌 이스라엘 전쟁 영웅들에게 그녀도 누구 못지않게 이스라엘을 위해 싸울 수 있음을 보여주고 싶었다.

"로즈는 어땠어요?" 찰리가 행운을 믿고 다시 물었다.

로즈는 복잡했다. 스스로는 아닌 것처럼 굴었지만. 레이철은 그런 말로 대답을 시작했다. 로즈는 남아공에서 유대주의 청년운동을 하다가 이스라엘로 돌아왔으나, 금방 후회했다. 귀국하지 말고 아파르트하이트, 즉 남아공 인종격리 정책과 싸워야 했다.

"어찌 해야 할지 몰라서 더 열심히 싸운다고 봐야겠죠." 레이철은 더 이상의 논의는 사절이라는 양 단호하게 선언하고 《캐스터브리지의 시장》으로 돌아갔다.

찰리는 이념의 과잉이라는 개념을 떠올렸다. 이틀 전만 해도 하나도 없었건만 지금은 있는지조차 헷갈렸다. 아침에 다시 물어볼 것. 한동안은 꾸벅꾸벅 졸며 헤드라인을 훑어 내려갔다. "저명한 여성몽상가 현실과 부딪치다." "잔 다르크, 팔레스타인 행동가들을 불태우다." 어, 찰리, 안녕, 잘 자.

베커의 방은 몇 미터 떨어진 곳이었다. 방에는 트윈베드가 놓여 있었는데 그나마 호텔이 그가 독신이라고 짐작한 게 그 정도였다. 그는 한쪽 침대에 누워 다른 쪽을 바라보았다. 전화는 침대 사이의 협탁 위에 놓여 있었다. 10분 후면 1시 30분. 작전시간. 밤 근무자에게 팁을 주고 전화를 걸어주겠다는 약속을 받아냈다. 이 시간엔 흔히 있는 일이지만 베커는 완전히 깨어 있었다. 생각만 너무 또렷하고 결정은 계속 미루기. 상황을 모두 머리 앞으로 가져오고 뒤에 있거나 없는 건 잊어버리기. 전화벨은 정시에 울리고 곧바로 쿠르츠의 목소리가 그를 반겼다. 어디일까? 전화기 너머 녹음된 음악 소리가 들리는 걸 보면 호텔일 것이다. 독일. 독일의 호텔이 델포이의 호텔에 말한다. 쿠르츠가 영어로 얘기하는 이유는 사람들의 이목을 피하기 위해서인데, 행여 엿듣는 사람이 있을 경우에 대비해 사소한 사업 얘기로 위장까지 했다. 거래는 잘 진행되며 당장 가시적인 어려움은 없습니다. 신제품은 어떻게 되어갑니까? 그가 물었다.

"협조를 많이 받고 있네. 꽤 큰 건들이야. 시간 나는 대로 공장에 내려가 보라고. 제품도 자네 맘에 들 거야." 쿠르츠가 장담했다. 대규모 군대를 결집시킬 때의 호탕한 목소리였다.

쿠르츠와 전화대화를 끝까지 해본 적은 없다. 그 점에 있어서는 쿠르츠도 마찬가지인데, 기이하게도 두 사람은 항상 다투다시피 먼저 전화를 끊었다. 하지만 이번에는 쿠르츠도 끝까지 얘기를 듣고 베커도 그랬다. 그리고 수화기를 놓자마자 베커는 거울 속에 비친 자신의 매혹적인 이목구비를, 역겹다는 듯 빤히 노려보았다. 한동안 표정이 흡사 조난선의 등불처럼 보였는데, 문득 그 불을 끄고 싶어 미칠 것만 같았다. 도대체 넌 누구냐? …무슨 생각을 하는 거야! 그는 거울로 조금 더 다가갔다. 죽은 친구를 보는 기분이야. 그것도 살아 돌아오기를 바라면서! 다른 사람을 향해 해묵은 희망을 찾다가 결국 실패하고 만 기분. 당신처럼 배우가 된 덕분에, 원래의 자아를 길 어딘가에서 잃어버리고 대신 각색된 자아들로 주변을 가득 채워둔 기분…. 하지만 사실 아무 느낌도 없다. 진정한 느낌은 항상 전복적이고 군법에도 반하기 때문이다. 고로 나는 느끼지 않는다. 나는 싸운다. 고로 존재한다.

마을에서는 조바심을 부렸다. 성큼성큼 걸으면서도, 걷는 게 따분한 사람처럼 잔뜩 앞을 노려보았건만 늘 그렇듯 거리는 너무 짧기만 했다. 그곳은 공습을 두려워하는 마을이다. 지난 20여 년간 이런 마을들은 얼마든지 있었다. 사람들은 달아나고 아이들 목소리는 들리지도 않았다. 집은 닥치는 대로 부수고 움직이는 건 뭐든지 쏴버려. 버스와 자동차들이 여기저기 버려졌건만 언제 다시 주인을 만날지 기약도 없었다. 이따금 시선이 무의식적으로 어느 불 꺼진 복도 안으로 미끄러지기도 했으나 어차피 관찰은 습관이었다. 보폭도 줄어들지 않았다. 그는 옆 골목으로 들어가 거리 이름을 확인하고 곧바로 지나쳐서는 다시 어느 건물 부지로 들어섰다. 번쩍이는 미니버스 한 대가 키 큰 벽돌 잔해 사이에 서 있었다. 빨랫줄을 걸어두었던 장대들이 그 옆으로 기울어져 있었는데, 10미터 길이의 안테나를 위장하기 위한 장치였다. 안에서 나지막이 음악 소리가 흘러나왔다. 이윽고 문이 열리더니, 불쑥 총구가 빠져나와 그의 얼굴을 훑어보았다. 총구는 이내 사라지고 대신 점잖은 목소리가 들려왔다. "샬롬." 그는 안으로 들어가 문을 닫았다. 음악 소리 너머 소형인쇄전신기의 소음이 들려왔다. 데이비드, 아테네 안가의 교환원이 그 너머에 웅크리고 앉았고 리트박의 부하 둘이 그 곁을 지켰다. 베커는 고개만 까딱하고는 곧바로 패드 의자에 앉아 그를 기다리던 두툼한 인쇄용지 다발을 읽기 시작했다.

요원들이 존경스러운 눈으로 그를 보았다. 그들이 굶주린 시선으로 그의 기장을 세고 있다는 것 정도는 그도 알고 있다. 어쩌면 그가 이룬 영웅적 위업에 대해 요원들이 더 잘 알지도 모르겠다.

"여자는 좋아 보입니다, 가디." 개중 배짱 있는 요원이 먼저 입을 열었다.

베커는 그 말을 못 들은 척했다. 그는 이따금 문단에 옆줄을 긋고 날짜에는 밑줄을 그었다. 다 읽은 다음엔 인쇄지 다발을 요원들한테 넘긴 다음, 그가 정보를 확실하게 챙겼다고 확신할 때까지 테스트를 하게 했다.

다시 미니버스 밖으로 빠져나온 그는 부지불식간에 창가에 멈춰 서서는 요원들의 가벼운 뒷담화를 엿들었다.

"까마귀가 감독직을 독점하고 하이파 근처에 대형 직물공장을 돌리고 있다던데?" 배짱이 두둑한 친구.

"그래? 우리도 은퇴나 하고 가브론에게 백만장자나 만들어 달랠까?"

11

그날 밤 알렉시스 박사와의 금지된(하지만 불가피한) 재회를 위해, 쿠르츠는 동료 간 유대라는 옷 위에 옛정까지 덧칠했다. 쿠르츠의 제안에 따라 두 사람은 비스바덴이 아니라 프랑크푸르트의 거리에서 만났다. 원래 북적거리는 곳인 데다 유동 인구도 많기 때문이다. 더욱이 약속장소인 컨퍼런스 호텔은 이번 주에 봉제 산업 종사자들을 맞이하고 있었다. 알렉시스는 자기 집을 제안했으나 쿠르츠는 센스가 없다고 놀리는 식으로 거절했었다. 두 사람이 만났을 때가 10시였다. 봉제 관계자 대부분이 색다른 봉제 장난감을 찾기 위해 이미 시내로 떠난 터라, 바의 4분의 3이 비어 있었다. 테이블에는 조화 화분이 하나 놓여 있었다. 사람들이야 기껏 생계를 해결하려는 장사치들로 보겠지만, 실제로 말투만 듣더라도 정녕 장사꾼들이었다. 녹음된 음악이 흐르고 있으나 바텐더는 자기 트랜지스터로 바흐 연주회를 듣고 있었다.

처음 만났을 때의 악동 알렉시스는 마침내 잠자리에 든 모양이었다. 최초의 실패가 빚어낸 아련한 그림자가 죽음의 징조처럼 그의 전신을 휘감고 있었다. TV에서나 볼 법한 미소도 어딘가 자신이 없어 보였다. 쿠르츠도 마지막 일격을 준비하던 터라 단번에 이를 눈치채고 크게 기뻐했다. 알렉시스는 욕실에 들어갈 때면 눈언저리를 꾹꾹 누르며 썰물처럼 빠져나가는 젊음의 단맛을 어떻게든 붙들려 애를 썼다. 쿠르츠는 예루살렘의 인사를 전하며, 그 징표로 탁한 물을 병에 담아 가져왔는데 라벨로 보아 진짜 요단 강 물이었다. 얼마 전 결혼한 부인이 출산을 기다리고 있는데 쿠르츠는 그 물이 도움이 될 거라고 얘기했다. 그 제스처에는 알렉시스도 감동하지 않을 수 없었다. 조금 과하게 들뜬 기분도 그 때문이리라.

"하지만 어떻게 알았죠? 사무실에도 얘기 안 했는데." 그가 병을 보고는 가볍게 놀라며 되물었다. 맞는 말이었다. 얘기하지 않은 이유는 어떻게든 놀림을 피해보려는 안간힘 같은 것이었다.

"그 사람들한테는 출산 후에 사과해요." 쿠르츠의 제안은 건성만은 아니었다. 그들은 격식을 싫어하는 사람들답지 않게 태아의 행복한 미래와 생명을 위해 건배했다.

"요즘 조정관으로 일하신다고 하던데." 쿠르츠가 눈을 반짝이며 물었다.

"세상의 모든 조정관을 위해." 알렉시스의 대답에 둘은 다시 한 번 의례적인 건배를 했다. 서로 이름을 부르기로 했지만 쿠르츠는 여전히 존대를 고수했다. 알렉시스에 대한 주도권을 잃고 싶지 않았기 때문이다.

"어떤 유형의 조정인지 얘기해주겠어요, 폴?" 쿠르츠가 물었다.

"슐만 씨, 대인 서비스는 더 이상 제 공식 업무에 포함되지 않는다, 이렇게 말씀드리고 싶군요." 알렉시스는 일부러 본 특유의 억양으로 대답하고 쿠르츠가 좀 더 채근하기를 기다렸다.

303　　쿠르츠는 추측을 시도했지만 사실 그건 추측 이상이었다.

"조정관이라면 공작 분야의 수송, 훈련, 채용, 재정 같은 중요한 행정 업무를 담당하는 것으로 알고 있어요. 연방과 지방 정보국 사이의 정보 교환은 물론이고."

"휴가 배정을 빼놓으셨습니다. 휴가를 원하신다면 비스바덴으로 오세요. 제가 처리해드리죠. 휴가만 전담하는 대단한 권력의 위원회가 있죠." 알렉시스가 꼬투리를 잡았지만 실제로는 쿠르츠의 놀라운 정보력에 질린 동시에 무척 기분도 좋았다.

쿠르츠는 그렇게 하겠다고 약속했다. 지금이야말로 잠시 쉬어야 할 때라는 엄살도 덧붙였다. 과로 얘기를 듣자 알렉시스도 현장 시절을 떠올리며 자신을 불면으로 몰아넣었던 사례를 들먹였다. 마티, 정말로 사흘 밤 동안 눕지도 못했답니다. 쿠르츠는 존중과 공감의 마음을 담아 그의 얘기를 들었다. 쿠르츠는 얘기를 잘 들어주었다. 비스바덴에서는 거의 만날 수 없는 부류.

"그거 압니까, 폴? 한때는 나도 조정관이었어요. 가브론이 보기에 아주 독한 놈이었던가 봅니다. 그래서 조정관을 시킨 거겠죠." 쿠르츠는 공모자답게 슬픈 미소를 지어 보였다. "그런데 너무 따분한 겁니다. 그래서 한 달 후 가브론 장군한테 '이 개자식아'라는 편지를 썼죠. '국장님, 이건 공식선언입니다. 마티 슐만 왈, 당신은 개자식이오.' 그랬더니 나를 호출하더군요. 가브론을 만난 적이 있습니까? 없어요? 키가 작아요. 주름살도 많고 머리는 검은 더벅머리인데, 평화나 휴식 따위는 쓸데없는 사치품 취급이죠. 예, 나한테 고함을 치더군요. '슐만, 이게 무슨 짓인가? 기껏 한 달 일하곤 나보고 개자식이라고? 내 출생 비밀은 어떻게 알아낸 거야?' 그도 농담을 했지만 어렸을 때 높은 데서 떨어지기라도 한 듯 목소리가 크게 갈라져 있었죠. 나는 이렇게 대답했어요. '국장님, 국장님께 자존심이 티끌만큼이라도 있다면 나를 강등시켜 예전 팀으로 던져버리십시오. 다시는 국장님을 모욕하지 못하도록 말입니다.' 미샤가 어떻게 나온 줄 알아요? 나를 진급시켜 내쫓은 겁니다. 덕분에 팀을 되찾기는 했죠."

이번 얘기가 더 재미있었다. 본의 멍청한 권력 집단 사이에서 이단자로 유명했던 옛시절을 떠올리게 했기 때문이다. 그런 식으로 대화는 자연스럽게 바트 고데스베르크 문제로 넘어갔다. 결국 그 사건 덕분에 두 사람이 서로 알게 되지 않았던가.

"진전이 있다고 들었습니다. 파리 오를리까지 여자를 추적했다니 대단한 성과죠. 아, 아직 여자 정체는 모르고 있습니다만."

자신이 존경하고 숭배하는 사람한테서 나온 칭찬인지라 알렉시스도 적잖이 놀랄 수밖에 없었다.

"그걸 성과라고 부르십니까? 어제, 최신 정보 분석을 확인했는데 폭격 당일 아침에 오를리-쾰른으로 날아갔다는 게 요원들의 판단입니다. 청바지 차림에 머리스카프를 했고 예쁘장했다더군요. 금발일 가능성도 있지만… 결국 무슨 소용이죠? 프랑스 놈들은 여자가 어느 비행기에 탔는지도 모릅니다. 예, 모른다고 발뺌은 하더군요."

"쾰른 비행기에 타지 않았기 때문일 수도 있어요, 폴." 쿠르츠가 지적했다.

"쾰른 비행기에 타지 않았는데 어떻게 쾰른에 도착하죠? 어차피 코코아 더미에 숨은 코끼리도 못 찾아낼 놈들입니다." 알렉시스가 항변했지만 다소 초점을 벗어난 얘기였다.

주변 테이블은 아직 비어 있었다. 트랜지스터에서는 바흐, 스피커에서는 〈오클라호마〉가 흘러나왔다. 음악은 몇 가지 취향을 단번에 만족시킬 정도였다.

"다른 지역 표를 끊었다고 가정해 봐요. 마드리드 같은. 오를리에서 비행기에 오르지만 표는 마드리드행을 사는 거죠."

엘렉시스도 그 가설을 인정했다.

"오를리-마드리드행 표를 사요. 오를리에 도착해 마드리드행 출구로 나갔다가 다시 마드리드 탑승권을 들고 대기 라운지로 가서 자리에 앉아 기다리는 거죠. 탑승 게이트 근처에서. 가능하잖아요? 예를 들어 11번 게이트에서 기다린다고 가정하죠. 잠시 후 어떤 여자가 다가와요. 서로 약속한 암호를 나눈 다음 함께 여자 화장실로 가서 표를 교환하는 겁니다. 기막힌 작전이죠. 딱딱 들어맞기도 하고. 아, 여권도 교환해야겠군요. 여자들이라면 아무 문제없잖아요? 화장, 가발…. 폴, 예쁜 여자들은 다 똑같이 생긴 법입니다."

알렉시스도 이미 눈치챈 사실이라고 말해주었다.

"이 작전에서 남의 역할은 교란이에요. 오직 그뿐이죠. 회로를 여는 일. 놈은 미행이 없음을 확인하고, 여자를 차에 태워 잠시 돌아다니다가 안가로 데려가 브리핑을 합니다. 멜렘 인근에 증권브로커 별장이 있어요. 하우스좀머라는 이름인데 남쪽 진입로 끄트머리에 개조한 헛간이 있어요. 그 진입로가 곧바로 아우토반과 이어져요. 별장 아래 차고가 있고 차고 안에 지그부르크 번호판의 오펠이 한 대 서 있어요. 운전사는 이미 차 안에 대기 중이고."

마침내 알렉시스가 개입할 여지가 생겼다.

"아흐만. 뒤셀도르프의 출판업자 아흐만? 맙소사? 왜 아무도 그자를 생각하지 않은 거죠?"

"아흐만이 맞아요. 하우스좀머는 뒤셀도르프의 아흐만 박사 소유니까. 유명한 가문이죠. 잘나가는 제재업, 다수의 잡지사에다 일련의 포르노숍까지. 부업으로 아주 낭만적인 독일 풍경 달력을 찍어내기도 하더군요. 개조 헛간은 아흐만 박사의 딸 잉게 소유로, 급진 성향의 토론회를 수도 없이 유치했어요. 주로 인간의 영혼을 탐구하는 부유한 지식인들이었죠. 문제의 시간에는 잉게가 곤경에 처한 친구한테 건물을 빌려줬어요. 여자 친구가 있는 남자였는데….”

“대단하십니다.” 알렉시스가 감탄한 듯 중얼거렸다.

“연기를 몰아내면 더 많은 연기가 나오죠. 아직 불씨가 남아 있으니까. 그 사람들이 일하는 방식이 그래요. 늘 그런 식이죠.”

요르단 계곡의 동굴들. 여분의 전선 뭉치. 집 뒷마당에서도 제조가 가능한 비키니폭탄 몇 개. 이제야 아귀가 맞는군.

쿠르츠가 얘기하는 동안, 알렉시스의 얼굴 표정이 신기할 정도로 편해졌다. 물론 그런 변화를 쿠르츠가 놓칠 리는 없었다. 그렇게 그를 괴롭혔던 근심과 무기력증도 완전히 사라졌다. 심지어 등을 기대고 앉아 팔짱을 꼈는데, 얼굴엔 미소까지 가득했다. 머리는 멘토의 위대한 업적에 순종이라도 하듯 앞으로 살짝 숙인 터였다.

“이 흥미로운 가설에 어떤 근거가 있는지 여쭤봐도 되겠습니까?” 알렉시스가 애써 의심을 보였지만 역시 형식적인 절차였다.

쿠르츠도 고심하는 시늉을 했으나, 실제로 야누카가 실토한 정보는 너무도 생생했다. 뮌헨의 좁은 감방에서 야누카가 머리를 부여잡은 채 쿨럭거리고 훌쩍거리던 모습까지 선명하게 기억났다.

“자, 폴, 우리 둘 다 오펠의 번호판들에 렌터카 계약서 사본까지 입수했어요. 참석자가 사인한 증언까지 있죠.” 그는 먼저 그 점을 밝힌 후에 얘기를 이어갔다. 당분간은 빈약한 실마리나마 근거로 받아들였으면 하는 바람이었다.

“턱수염 남자는 여자를 헛간에 남겨두고 떠나 다시는 돌아오지 않아요. 여자는 깔끔한 청색드레스로 갈아입고 가발도 쓰는데, 실제로 순박한 바람둥이 노무관을 유혹하려는 의도였죠. 그녀는 다른 젊은이가 모

307

는 오펠을 타고 목표 건물로 가던 중에 어딘가 들러 폭탄을 준비합니다… 예?"

"그 남자. 여자가 남자를 아나요? 아니면 미지의 인물인가요?" 알렉시스가 물었다.

쿠르츠는 야누카의 역할 얘기는 그쯤에서 끊기로 하고 알렉시스의 질문을 넘겨버렸지만 특유의 미소 덕분에 그다지 무례해 보이지는 않았다. 알렉시스도 이미 모든 사항에 대해 캐묻던 터라 매번 욕심을 채울 형편도 아니었다. 더욱이 바람직하지도 않았다.

"임무를 완수한 후 예의 운전사가 번호판과 서류를 바꾼 다음 여자를 바트 노이엔아르의 작은 라인란트 스파로 데려가 내려줘요." 쿠르츠가 설명을 재개했다.

"그다음엔?"

쿠르츠는 이제 무척이나 느린 속도로 설명했는데, 단어 하나하나가 자신의 복잡한 계획에 위험요소라도 되는 듯 보였다. 아니, 그게 사실이기도 했다.

"내 생각엔 그곳에서 여자를 흠모하는 모종의 남자를 소개받은 듯해요. 필경 그날 그녀의 역할을 지시한 자일 게요. 그러니까, 어떻게 폭탄을 설치하고 타이머를 조절하고 부비트랩을 준비하느냐 같은. 이것도 짐작이지만, 그자가 이미 어딘가에 호텔방도 빌려두었을 거예요. 물론 서로의 위업에 흥분한 상태에서 열정적인 섹스를 즐겼겠지. 다음 날 아침 쾌락 후의 숙면을 만끽하던 중에 폭탄이 터져요. 예정보다 늦기는 했지만… 무슨 상관이겠습니까?"

알렉시스는 들뜬 마음에 황급히 상체를 기울였다. 거의 비난이라도 할 듯한 자세기였다.

"마티, 형은 어떻게 됐죠? 이스라엘인을 수도 없이 죽인 위대한 전사라는…. 내내 어디 있던 겁니까? 바트 노이엔아르? 내 생각엔 이 폭탄녀와 가끔 재미를 봤을 법한데, 아닌가요?"

쿠르츠는 거의 무표정이었으나 덕분에 박사의 흥분만 더 자극했다.

"어디 있든 간에 효과적인 공작을 주동하고 있어요. 구역을 정비하고 담당자를 파견하고, 철저히 조사하고… 턱수염이 아는 건 여자의 인상착의뿐이었죠. 목표는커녕 아무것도 모릅니다. 여자한테는 그의 오토바이 번호가 있었고, 운전사는 목표를 알지만 턱수염은 모릅니다. 즉, 그쪽에도 두뇌가 있다는 뜻이죠." 쿠르츠가 만족스러운 표정으로 답했다.

그 이후 쿠르츠는 지품천사의 침묵에 빠진 듯 보였다. 때문에 알렉시스도 몇 번 질문을 던지다 포기하고 위스키를 새로 주문했다. 박사도 숨쉬기가 편치만은 않았다. 지금껏 평생을 밑바닥 인생으로 살아왔건만 요즘에는 말 그대로 무저갱에 빠지기라도 한 기분이었다. 그런데 갑자기 위대한 슐만이 나타나 그를 깨우더니 평생 꿈도 꿔보지 못한 고지로 데려온 것이다.

"그런데 파트너에게 전하기 위해 직접 독일까지 오신 거군요?" 알렉시스가 도발하듯 지적했다.

하지만 쿠르츠는 대답 없이 긴 명상에 잠겼는데 그동안에도 눈과 머리로 알렉시스를 시험하는 듯 보였다. 이윽고 그가 특유의 동작을 취했다. 알렉시스가 찬양해 마지않는 동작으로, 소매를 걷고 손목을 들어 시계를 물끄러미 바라보는 것이다. 그리고 이번에도 여지없이 눈앞에서 시간이 썰물처럼 빠져나가는 느낌을 받았다. 물론 쿠르츠에게 시간이 충분했던 적은 한 번도 없었다.

"쾰른도 마티한테 고마워할 겁니다. 틀림없이. 제 선임자를 기억하시죠? 덕분에 엄청난 승리를 거두게 되겠죠. 매체의 도움만 있다면 서독에서 가장 총명하고 인기 있는 정치가가 될 겁니다. 너무도 당연한 일이죠.

모두 마티 덕분입니다."

쿠르츠가 밝은 미소로 그 말에 동의해주었다. 그는 위스키를 조금 마시고 낡은 카키색 손수건으로 입술을 훔쳤다. 그리고 손으로 턱을 괴며 한숨을 내쉬었는데, 이런 말을 할 생각은 없지만 알렉시스가 얘기를 꺼냈기 때문에 어쩔 수 없다는 뜻이었다.

"음, 폴, 그래서 말이오만, 예루살렘도 그 문제를 심각하게 고민했어요. 솔직히 말해, 당신 선임자의 진급이 옳은지 아직 확신을 못 내린 상태랍니다." 그가 인상을 썼는데, 말인즉슨 누가 확신할 수 있겠소?라는 의미일 것이다. "그러다보니 우리한테 대안까지 있다는 생각이 들더군요. 사실, 당신과 그 문제를 연구해보고 당신 대답을 시험해볼까 하는 중입니다. 알렉시스가 직접 쾰른에 정보를 전달할 방법도 있지 않나 하는 의견도 있고 말입니다. 물론 우리 대신이죠. 사적으로. 또한 비공식적이면서도 공식적으로. 개인사업도 있고 현명한 직원들을 바탕으로… 무슨 말인지 아시겠죠? 예, 우리가 계속 자문해본 것도 바로 그 문제입니다. 직접 폴을 만나 이렇게 말해보면 어때? '폴, 당신은 이스라엘의 친구요. 그 점을 잊지 말아요. 충분히 이용하고 그로부터 이익을 얻으란 말이오. 우리 선물을 받아 독차지하는 겁니다.' 아니면… '이런 일이 있으면 왜 매번 엉뚱한 자만 잘되는 거지? 그게 우리 원칙이야? 그런 인간들을 진급시키는 게? 그런 것도 충성도로 보상을 하나?'"

알렉시스는 이해하지 못한 척했으나 얼굴은 이미 벌겋게 상기된 후였다. 거부하는 목소리도 다소 신경질적이었다.

"하지만, 마티, 난 자격이 없습니다! 공작원이 아니라 관료 아닙니까! 내가 전화를 들고, '쾰른, 나 알렉시스요. 충고 하나 하리다. 당장 하우스 좀머에 가서 아흐만의 딸을 체포하고 친구들을 잡아다 심문하쇼.'라고 하란 말입니까? 마술사도 연금술사도 아닌데, 어떻게 그렇게 놀라운 정보들을 만들어내라는 거죠? 예루살렘에선 도무지 무슨 생각들을 하는지 모르겠군요. 조정관이 마술사라도 된답니까? 턱수염을 달고 오토바이를 타는 이탈리아인은 무조건 체포하라고 할까요? 그래봐야 비웃음만 살 겁니다!" 그의 과장된 자기비하는 불편한 데다 점점 비현실적으로 변해가고 있었다.

이야기를 마친 후 쿠르츠는 그가 빠져나올 구멍을 만들어주었다. 당연히 알렉시스도 바라는 바였다. 기껏 권력의 관용을 구걸하기 위해 비판하는 철부지가 된 기분이었기 때문이다.

"폴, 누굴 체포하자는 게 아니에요. 아직 우리 쪽은 없습니다. 게다가 공공연하게 일을 벌이자는 것도 아니잖습니까. 적어도 예루살렘은 아니에요."

"그럼 뭘 원하시는 거죠?" 알렉시스가 불쑥 말을 끊으며 되물었다.

"정의. 정의와 약간의 인내. 약간의 배짱. 물론 우리 편에서 일하는 사람이 창의력과 기지가 많으면 좋겠죠. 뭐 하나 물어봅시다, 폴." 그의 진솔하고 당당한 미소에는 또 다른 메시지가 숨어 있었다. 그리고 갑자기 그가 머리를 드밀며 한 손을 박사의 팔뚝에 얹었다. "이렇게 생각해봅시다. 일급비밀과 익명의 정보원이 하나 있습니다. 아랍 고위층의 주류 온건파인데 독일인처럼 그 여자를 숭배하고 또 그가 원치 않는 테러공작에 대한 정보를 알고 있어요. 그 남자가 얼마 전 TV에서 알렉시스의 활약상을 본 겁니다. 어느 날 밤, 본이든 뒤셀도르프든, 그가 호텔 방에 앉아 있는데, 심심풀이로 켜둔 TV에서 갑자기 알렉시스 박사가 나왔습니다. 변호사 겸 정치가로 존경받는 인물이죠. 실용적인 인본주의자이기도 하고…. 간단히 말해 대단한 인물입니다, 예?"

"가정이라…." 알렉시스의 머릿속은 쿠르츠의 엄청난 찬양에 반쯤은 마비된 듯했다.

311

"폴, 이 아랍인은 당신한테 접근하기로 결심했어요. 다른 사람한테는 아무 말하지 않고 충동적으로 당신을 믿은 겁니다. 다른 독일인 대표들과 거래할 생각 따위는 없었죠. 아니, 공무원, 경찰, 정보요원 등도 거부했고요. 그래서 전화번호부에서 당신을 찾아… 음, 오늘 당신 집으로 전화한 겁니다. 아니면 사무실로 해둡시다. 어차피 당신 이야기이니까. 그리고 이 호텔에서 만난 겁니다. 오늘 밤. 함께 위스키 두어 잔 마시고 술값은 당신한테 양보했죠. 그런데 위스키를 마시며 당신한테 몇 가지 사실을 알려줬어요. 위대한 알렉시스… 다른 사람이 아니라. 자, 어떤 이득이 있는지 알겠습니까? 한창 출세 가도를 달려야 할 기회까지 부당하게 빼앗긴 사람한테?"

알렉시스는 후에 이 장면을 되새겨보았다. 경이로움, 자긍심, 두려움 등등 복잡한 감정들에 비추어 반복적으로 하는 일이지만, 어쨌든 그다음에 이어진 쿠르츠의 연설은 그가 마음속에 담고 있는 의도에 대한 어설픈 정당화로 읽을 수 있을 것 같다.

"요즈음 테러분자들도 점점 진보하고 있어요. '스파이를 하나 심어, 슐만.' 미샤 가브론이 책상에서 일어나며 소리치더군요. 그래서 대답했죠. '알겠습니다, 국장님. 요원을 하나 찾아 싸울 수 있게 훈련하고 도와주고 적당한 시기에 반대파에 넘겨주겠습니다. 뭐든 명령대로 하죠. 그런데 그자들이 제일 먼저 어떻게 나올지 아십니까? 그가 스스로를 입증하게 만들 겁니다. 은행경비원이나 미군을 쏘게 만드는 거죠. 아, 직접 식당을 폭파하거나 누군가에게 가방을 배달해 날려버릴 수도 있겠죠. 그걸 원하십니까? 나보고 그런 일을 하라고요? 스파이를 심은 다음 느긋하게 물러나, 우리 편을 죽이는 모습을 지켜보란 말입니까?" 쿠르츠는 이번에도 알렉시스에게 슬픈 미소를 지었는데, 그 자신이 터무니없는 상사의 횡포에 시달리는 사람 같았다. "테러조직은 방관자를 용납하지 않아요, 폴. 미샤한테도 그렇게 말했죠. 비서, 타이피스트, 암호요원 등 현장에 가지 않는 요원 따위는 키우지 않는다는 뜻입니다. 그들은 특별한 종류의 전투력을 요구합니다. 그래서 내가 이렇게 말했답니다. '테러조직을 부수고 싶으십니까? 그럼 먼저 테러분자가 되어야 할 겁니다.' 그런데 그가 내 말을 들었겠습니까?"

알렉시스는 더 이상 흥미를 억제할 수가 없었다. 그는 상체를 잔뜩 기울였다. 두 눈은 위험한 호기심으로 번들거렸다.

"그래서 그렇게 하셨습니까, 마티? 이곳 독일에서요?"

늘 그렇듯 쿠르츠는 이번에도 즉답을 피했다. 그의 눈은 이미 저 너머 자신만의 목표로 향하고 있었다.

"폴, 당신한테 내가 사건을 하나 보고한다고 해봅시다. 그러니까 나흘 내에 일어날 사건 같은 것 말이오." 마치 수많은 가능성 중에 가장 쓸모없는 내용을 고르기라도 한 듯한 말투였다.

바텐더는 콘서트가 끝나자 쾅 소리가 나도록 바 문을 닫았다. 이제 잠자러 가야겠다는 선전포고인 셈이다. 쿠르츠의 제안에 두 사람도 호텔 라운지로 자리를 옮겨서는, 마치 갑판에서 폭풍을 견디는 승객들처럼 머리를 맞대고 앉았다. 토론 도중 두 번, 쿠르츠는 낡은 금속시계를 확인하더니 황급히 양해를 구한 다음 전화를 걸었다. 후에 알렉시스가 무슨 일인지 물었을 때, 그리스, 델포이의 호텔과 12분간 통화를 했고 예루살렘에도 전화를 걸었지만 수신자를 밝힐 수는 없다고 대답했다. 3시가 지나자 동양인으로 보이는 외국인 근로자 몇 명이 낡은 작업복 차림으로 나타나 크루프 대포처럼 생긴 녹색의 대형 진공청소기를 돌리기 시작했다. 쿠르츠와 알렉시스는 소음 속에서도 대화를 했다. 실제로 두 사람이 밖으로 나와 거래 성사를 축하하는 악수를 교환한 건 동이 트고도 한참 후였다. 쿠르츠는 이번 포섭에 너무 좋아하는 티를 내지 않으려 애를 썼다. 쿠르츠가 잘 알다시피, 알렉시스라는 인물이 인사가 과하면 도리어 움찔하는 성격이기 때문이다.

다시 태어난 알렉시스는 서둘러 집으로 돌아가 면도를 하고 옷을 갈아입었다. 그리고 오랜 시간 공을 들여 자신이 얼마나 굉장한 비밀임무를 맡았는지 신부한테 자랑한 다음에야 사무실로 향했다. 무척이나 흡족한 얼굴이었는데 그런 표정은 실로 오랜만의 일이었다. 직원들의 전언에 따르면, 그날은 농담도 많이 했다. 심지어 외설스러운 농담까지 곁들였다. 비로소 예전의 알렉시스로 돌아온 셈이지만 솔직히 유머감각은 역시나 썰렁한 수준이었다. 그는 백지를 주문한 다음, 개인비서를 물린 채, '예전 직무로 알게 된 고위직의 동양인 출처'로부터 확보한 접선 지침에 따라, 상사들에게 암호 같은 장문의 편지를 쓰기 시작했다. 고데스베르크 사건에 대한 새로운 정보를 잔뜩 담기는 했으나, 정보원의 실재와 조정관으로서 박사의 지위를 증명하는 수준 이상의 내용은 없었다. 그는 일정한 권력과 시설은 물론, 자신의 판단에 따라 인출이 가능한 비책무 공작금 계좌를 스위스에 개설해줄 것을 요구했다. 그다지 욕심이 많은 인물은 아니었지만 재혼과 이혼의 대가가 컸음은 분명한 사실이다. 어쨌든 이 물질만능의 시대에, 다른 사람들 또한 돈이 많이 드는 목표에 높은 가치를 두고 있다는 정도는 그도 알고 있었다.

최근 그가 애매모호한 예언을 하나 했는데, 쿠르츠가 이미 단어 하나하나 일러주고 다시 반복하게 한 내용이지만, 무용지물에 가까울 정도로 부정확한 반면 일단 성공하고 나면 큰 인상을 남길 만큼 정교한 종류였다. 미확인 보고에 따르면, 최근 터키의 이슬람 극단주의자들이 서유럽의 반유대주의 행동을 위해 폭발물을 대량으로 유입했다. 이제 며칠이내에 폭탄테러가 우려되는 바, 소문에 따르면 타깃은 서독으로 보인다. 따라서 국경수비대와 지방경찰의 경계강화가 필요하다. 구체적인 사항 확인 불가. 그날 오후 알렉시스는 상사들에게 소환되었다. 그리고 같은 날 밤 거물 친구 슐만과도 아주 오랫 동안 비밀통화를 나누었다. 슐만은 그를 축하하고 격려한 후 새로운 지침을 하달했다.

"그자들이 물기 시작했어요, 마티! 양처럼 순순히 우리 손안에 들어왔단 말입니다!"그가 흥분해서 외쳤다. 대화는 영어로 했다.

알렉시스가 물었어. 쿠르츠가 뮌헨의 리트박에게 한 얘기도 그랬다. 물론 양처럼 잘 다독여 이탈하지 않도록 돌봐야 한다는 얘기도 덧붙였다.

"가디는 뭘 하는 거야? 여자를 빨리 올리지 않고?"그가 시계를 확인하며 투덜댔다.

"그 양반 더 이상 살상을 원치 않습니다. 저도 그 정도는 알 수 있습니다. 정말 모르고 계신 건 아니죠?"리트박이 흥분을 주체하지 못하고 외쳤다.

쿠르츠가 닥치라고 다그쳤다.

12

언덕마루에서는 백리향 냄새가 났다. 요제프에게는 특별한 장소였기에 지도에서 찾아 어렵지 않게 찰리를 데려왔다. 처음엔 자동차로, 지금은 걸어서 일련의 벌집들을 지나고 삼나무 숲길과 노란 꽃이 만발한 돌길을 올랐다. 아직 해가 중천에도 이르지 못한 시각이건만 두 사람은 갈색의 산들을 지나고 또 지나 이곳 오지에 다다랐다. 동쪽으로 에게해의 은빛 들판이 언뜻 보이더니 어느새 안개가 완전히 뒤덮어버렸다. 바람에서 송진과 꿀 냄새가 났다. 딸랑거리는 염소 종소리도 들렸다. 시원한 산들바람이 그녀의 얼굴을 훑고 드레스를 몸에 달라붙게 했다. 그녀는 요제프의 팔짱을 꼈으나 정작 그는 전혀 상관없다는 눈치였다. 대문에서 디미트리를 봤다고 했더니 그는 절대 아는 척하지 말라고 경고했다. 지평선 위에서도 로즈의 실루엣을 본 듯했지만 다시 고개를 돌렸을 땐 어디에도 없었다.

그때까지만 해도 두 사람의 하루는 순조로웠다. 그녀는 그가 특유의 습관적인 불안감으로 이끄는 대로 따라왔다. 오늘 아침 일찍 일어났더니 레이철이 침대 옆에 서서는, 긴소매가 달린 남색 옷을 내밀며 입으라고 했다. 재빨리 샤워를 하고 침실로 돌아왔더니, 레이철은 간 데 없고 요제프가 두 사람의 아침 식사를 앞에 두고 앉아 작은 라디오로 그리스 뉴스를 듣고 있었다. 원래 요제프의 것이지만 지금은 그녀가 밤의 연인 대용으로 듣는 라디오였다. 그녀는 홀딱 벗은 상태였다. 깜짝 놀라 후다닥 욕실로 달아나자 그가 문 너머로 옷을 건네주었다. 두 사람은 거의 한마디도 없이 서둘러 식사를 마쳤다. 로비에서는 그가 현찰로 계산하고 영수증을 주머니에 넣었다. 짐을 들고 메르세데스에 다다르자, 히피 소년 라울이 뒷범퍼 2미터 거리에 누워, 장식을 덕지덕지 붙인 오토바이의 엔진을 만지고 있었다. 로즈는 잔디 위에 엎드려 누워 롤케익을 우적거렸다. 저 사람들은 언제부터 그곳에 와 있는 걸까? 그런데 왜 자동차를 지키는 거지? 찰리는 그런 생각을 했다. 요제프는 자동차를 몰고 유적지로 달려가 다시 주차를 했다. 이번에도 무더위에 줄을 서는 대신 옆문을 통해 다시 한 번 우주 중심의 여행을 즐길 수 있었다. 그는 그녀에게 아폴로 신전, 찬가를 새긴 도리스 성벽, 세상의 배꼽이라는 돌을 보여주었다. 아테네 보고와 육상 트랙도 보여주고 신탁을 차지하기 벌였던 수많은 전쟁에 대해 논평해주었다. 하지만 그동안 내내 아크로폴리스에서만큼이나 분위기는 무겁기만 했다. 머릿속에 체크리스트를 담고 그녀를 끌고 다니며 하나하나 확인하는 모습이 무척이나 인상 깊었다.

자동차로 돌아오자 그가 그녀에게 열쇠를 넘겼다.

"내가요?" 그녀가 물었다.

"왜요? 고급차를 좋아하지 않았던가?"

두 사람은 텅 빈 굽잇길을 따라 북쪽으로 올라갔다. 처음에는 운전면허 시험이라도 보듯 그녀의 운전 실력만을 가늠했다. 하지만 그녀를 초조하게 만들 수는 없었고 그녀도 그를 불안하게 만들고 싶지 않았다. 때문에 그는 곧바로 무릎 위에 지도를 펼쳐놓고 그녀를 외면했다. 자동차는 꿈처럼 흐르고 길은 아스팔트에서 자갈로 바뀌었다. 방향을 틀 때마다 먼지 구름이 일더니 산뜻한 햇빛을 반사하며 멋진 풍경 속으로 흩어져갔다. 이윽고 그가 지도를 접어 옆자리 주머니에 집어넣었다.

"자, 찰리, 이제 준비됐소?" 그가 물었다. 지금껏 그녀를 기다리기라도 한 듯 느닷없는 질문이다. 그가 다시 시나리오를 설명하기 시작했다.

우선, 여전히 노팅엄이다. 열정도 절정이라 그곳 모텔에서 이틀 밤과 하루 낮을 지냈는데 그건 숙박부에도 기록되어 있다.

"직원들을 다그치면 우리 설명에 부합되는 연인을 기억해낼 거요. 우리 침실은 서쪽 복도 끝이고 호텔 정원이 내다보였소. 언젠가 그곳에 가서 직접 보게 될 거요."

그에 말에 의하면, 두 사람은 대부분의 시간을 침대에서 보내며, 정치를 논하고 삶을 교환하고 섹스를 했다. 두어 번 정도 교외에 나오기는 했지만 사랑의 갈증 덕분에 서둘러 모텔로 돌아가는 게 대부분이었다.

"자동차에서 해도 되잖아요? 일탈적인 섹스가 더 좋은데." 그녀가 놀렸다. 그를 어두운 기분에서 끌어내기 위해서였다.

"당신 취향을 존중하긴 하지만 불행하게도 미셸은 보수적이라 은밀한 침실을 선호해요."

"그래서 그에 대한 평가는 어때요?" 그녀가 다시 지분거렸다.

그는 그 대답도 이미 마련해두었다.

"정통한 보고에 따르면, 상상력이 조금 부족하지만 열정은 무한하고 정력도 대단하다더군."

"고맙기도 해라." 그녀가 샐쭉해서 대답했다.

그가 다시 설명을 이어갔다. 월요일 아침 일찍 미셸은 런던으로 돌아가지만 찰리는 오후까지 연습이 없기에 상심한 마음으로 호텔에 남게 된다. 요제프가 생생하게 그녀의 슬픔을 묘사했다.

"그날은 장례식처럼 어두워요. 비는 계속 내리고… 날씨 기억하죠? 처음 당신은 너무나 운 탓에 서 있을 기운도 없소. 그래서 그의 체온이 남아 있는 침대에 누워 심장이 터지도록 흐느끼는 거요. 다음 주에는 뉴욕으로 오겠다고 했지만 당신은 다시는 그를 보지 못할 거라고 확신하고 있지. 자, 이제 어떻게 할 거요?" 하지만 역시 대답할 기회는 주지 않았다. "당신은 비좁은 화장대에 앉아 당신 몸에 남은 그의 손자국과 하염없이 흐르는 눈물만 멍하니 바라봐요. 그러다가 서랍을 열어 호텔 폴더를 꺼내지. 그 안에 편지지와 볼펜이 들어 있소. 그래서 앉은 자리에서 그에게 편지를 쓰는 거요. 자신의 처지와 머릿속에 떠오른 생각 등등… 모두 다섯 페이지. 당신이 보낸 수많은 편지 중 첫 번째지. 그렇게 하겠소? 절망에 빠졌으니까? 결국 충동적으로 편지를 쓰는 사람이었나요?"

"주소만 알면 쓸 거예요."

"그가 파리의 주소를 알려줬지." 그가 직접 그녀에게 주소를 건넸다. 몽파르나스 담배가게 경유 미셸에게 전송 요청. 성은 없었다.

"그날 밤, 당신은 다시 편지를 써요. 이번에도 충동적이었소. 그리고 아침에 깨자마자 또 쓰고. 그 후로는 온갖 종류의 종이 쪼가리를 동원해, 연습시간이든 휴식시간이든 닥치는 대로 써대는 거요. 솔직하고 열정적인 무아지경의 편지들. 그렇게 할 거요? 정말 그런 편지를 쓸 거요?" 그가 그녀를 힐끗 보며 다시 물었다.

도대체 얼마나 더 확인이 필요한 걸까? 그런 생각을 하는데 그는 벌써 얘기를 이어가고 있었다. 그녀의 비관에도 불구하고, 미셸은 요크뿐 아니라, 브리스톨까지 찾아왔다. 무엇보다 런던에서는 그곳 캠든의 찰리 아파트에서 함께 기적과 정열의 밤을 보냈다.

319 "지금 우리가 즐기는 이 그리스 여행을 계획한 것도 바로 그곳이었소.

당신 아파트, 당신 침대 위에서 영원한 사랑을 맹세하면서 말이오." 요제프는 마치 복잡한 수학 가설을 완성이라도 하듯 선언했다.

그리고 오랜 정적. 그녀는 운전을 하면서 깊은 생각에 잠겼다. 마침내 여기까지 왔군. 노팅엄에서 그리스까지 자동차로 한 시간.

"미코노스 이후에 미셸과 만나는 문제 말이에요." 그녀가 미심쩍다는 듯 지적했다.

"그게 어때서요?"

"가족과 함께 미코노스에 있다가 훌쩍 떠나 아테네 레스토랑에서 미셸을 만나 달아나는 거죠?"

"그래요."

"거기에서 알은 빼죠? 나한테 당신이 있다면 알을 미코노스에 데려가지도 않았을 거예요. 그냥 차버렸죠. 알은 스폰서들 초대도 받지 못했어요. 그냥 따라온 거죠. 한 번에 한 사람. 그게 나예요."

그는 그녀의 반대를 물리쳤다.

"미셸이 그런 식의 정절을 원하는 건 아니오. 그런 건 주지도 받지도 않소. 전사이자 당신 사회의 적이라 언제든 체포될 수 있기 때문이지. 그를 만나려면 일주일 후일 수도, 6개월 후일 수도 있어요. 그런데 당신이 갑자기 수녀처럼 산다고 좋아할 것 같소? 죽치고 앉아 기다리고 원망하고 여자 친구들한테 비밀이나 털어놓으면서? 허튼소리. 그가 시키면 당신은 사단 병력과도 잘 여자요…. 속도 줄여요." 그가 명령하고 다시 지도를 살폈다. 지금은 어느 노변 성당을 지나는 참이었다.

속도 줄여요. 여기 주차해요. 밟아요.

그는 걸음을 재촉했다. 길은 일련의 폐헛간을 지나고 화산 분화구처럼 파헤친 폐채석장을 통해 언덕 꼭대기로 이어졌다. 짧게 벌목한 정상에 오래된 기름통이 하나 놓여 있었다. 요제프는 아무 말 없이 작은 돌멩이들을 던져 그 무게를 가늠했다. 찰리는 영문을 모르고 지켜보았다. 그가 붉은 블레이저를 접어 조심스레 바닥에 내려놓았다. 총은 벨트로 묶은 가죽지갑 안에 들었는데 손잡이가 오른쪽 겨드랑이 바로 아래로 살짝 삐져나와 있었다. 왼쪽 어깨에도 총지갑이 있었으나 총은 없었다. 그가 그녀의 손목을 잡아 아랍식으로 자기 옆에 쪼그려 앉게 했다.

"그런 고로, 노팅엄은 과거요. 요크도 브리스톨도 런던도 마찬가지고. 오늘은 오늘. 그리스 밀월여행의 세 번째 날, 우리는 지금 이곳에 있소. 델포이의 호텔에서 밤새도록 사랑을 나누고, 미셸은 당신네 문명의 요람에 대해 또 하나의 기념비적인 식견을 당신한테 전수했어요. 운전을 통해 과거 당신이 했던 큰소리도 확인했지. 운전을 좋아하고 또 여자치고는 솜씨가 좋다는 사실. 그리고 당신을 이곳으로 데려왔소. 이 언덕마루에. 당연히 영문을 모르겠지만 알다시피 지금 내 기분은 엉망이오. 생각이 복잡해요. 뭐든 커다란 결심을 내려야 하는데 당신이 자꾸 생각을 방해하는 바람에 짜증만 더해졌소. 당신도 쓸데없는 생각이 너무 많아. 무슨 일일까? 청혼이라도 하려는 걸까? 아니면 내가 싫어할 일이라도 저지르려는 건가? 청혼을 한다면… 어떤 식일까? 나는 당신을 여기 이렇게 앉혀두고… 총을 꺼내고 있소."

그가 지갑에서 능숙하게 총을 꺼냈다. 총을 자기 손처럼 다루는 솜씨가 놀라울 정도였다.

"내 특권으로 이제부터 이 총의 역사에 대해 얘기해주겠소. 그리고 처음으로… 내 위대한 형님 얘기도 해주리다. 그의 존재 자체가 군사비밀인 탓에 아주 충성스러운 일부만이 알고 있지. 당신한테 얘기를 해주는 이유는 당신을 사랑하기 때문이오. 또한…" 그가 머뭇거렸다. 강조라도 하듯 아주 느린 말투였다.

미셸이 비밀 얘기를 좋아하기 때문이겠죠. 그녀는 그런 생각을 했지만 입 밖으로 낼 생각은 없었다.

"유대주의 침략의 희생자로서 방랑하는 동안, 형님은 위대한 별처럼 빛을 발했어요. 요르단의 첫 캠프에선 학교라고 해봐야 벼룩만 득시글한 양철 헛간에 불과했지. 요르단 군대가 탱크를 밀고 들어온 후 우린 시리아로 달아났어요. 레바논에 있을 땐 유대인들이 바다와 공중에서 폭격하고 시아파들이 그들을 도왔지. 그런 식의 핍박 와중에도 나는 늘 위대한 영웅 형님을 생각했다오. 사랑하는 누나 파트메가 일러준 바에 따르면, 형님의 위업은 비할 데가 없었어요."

그는 더 이상 그녀가 듣고 있는지조차 묻지 않았다.

"거의 만나지는 못해요. 만나도 철저한 비밀이고. 다마스쿠스. 암만. 갑자기 명령이 떨어져요. 와라! 그럼 하룻밤 동안 형님 옆에서 고귀한 말씀과 열정과 정신과 용기를 마셔요. 어느 날 밤 나보고 베이루트에 가야겠다고 하시더군요. 형님은 그때 막 위대한 싸움을 마치고 돌아왔는데 파시스트에 대한 완승이었다는 사실만 알고 있어요. 베이루트에는 형님과 함께 가기로 했죠. 위대한 정치 강연을 듣기 위해서였어요. 웅변력과 설득력이 대단한 리비아인이라고 했죠. 우리는 들뜬 마음을 억누르고 베이르트의 새벽을 걸었어요. 비밀 강연장으로 갈 때는 아랍식으로 서로 팔짱까지 꼈는데 내 눈에선 눈물까지 흘렀죠. 그때 형님이 충동적으로 멈춰 서더니 도로 위에서 나를 포옹하더군요. 지금도 내 뺨에 닿은 형님의 얼굴을 느낄 수 있어요. 그때 형님은 주머니에서 이 총을 꺼내 내 손에 쥐어주었어요." 그가 손에 든 총을 내밀어 그녀가 만질 수 있도록 한 다음 곧바로 그녀의 손에 넘겨주었다. 그래도 그는 그녀의 손을 잡고 총구가 채석장 암벽을 향하게 했다. "선물이다. 복수를 위해, 우리 민족의 자유를 위해, 전사가 전사에게 주는 선물이야. 이 총을 들고 아버지의 무덤 위에서 맹세했단다.' 형님의 말에 나는 할 말을 잃었죠."

그는 차가운 손으로 그녀의 손과 총을 잡아주었다. 그 안에서 그녀의 손이 마치 별개의 부속처럼 바들바들 떨렸다.

"찰리, 이 총은 신성한 물건이오. 적어도 나한테는. 당신한테 이 말을 하는 이유는 형님과 아버지를 사랑하고 당신을 사랑하기 때문이오. 이 제 사격술을 가르쳐주겠지만 그전에 먼저 총에 입을 맞춰요. 부탁이오."

그녀가 그를 보고 다시 총을 보았다. 하지만 상기된 표정으로 보아 그는 어떤 유예도 허락지 않았다. 그가 다른 손으로 팔짱을 끼고 그녀를 일으켜 세웠다.

"우린 연인이오, 잊었소? 동지이며 혁명의 노예들이오. 우리는 심신 일체의 동지로 살고 있소. 나는 열정적인 아랍인인지라 말과 행동을 좋아하오. 그러니 총에 키스해요."

"요제프, 그건 못해요."

그녀는 그를 요제프라고 불렀다. 그래서 그도 요제프로서 대답했다.

"지금 영국 티파티라고 생각하는 거요, 찰리? 미셸이 잘생긴 남자라 지금 장난한다고 여기는 거요? 그에게 인간으로서의 가치를 부여한 유일한 존재가 바로 총인데 도대체 장난을 칠 여지가 어디 있다고?" 그의 힐난은 사실 충분히 일리가 있었다.

그녀가 총을 바라보며 고개를 저었다. 하지만 그가 그녀의 반발 때문에 화난 건 아니었다.

"잘 들어요, 찰리. 어젯밤 사랑을 나눌 때 당신이 이렇게 물었소. '미셸, 전쟁터는 어디 있죠?' 그래서 내가 뭐라고 했는지 알아요? 당신 가슴에 이렇게 손을 얹고 대답했어요. '우리는 지하드를 치르고 있소. 따라서 전쟁터는 바로 여기라오.' 당신은 내 사도요. 당신의 사명감 또한 더할 나위 없이 고양되어 있소. 그게 뭔지는 알고 있소? 지하드?"

323

그녀가 고개를 저었다.

"지하드는 나를 만나기 전까지 당신이 추구하던 목표요. 바로 성전이지. 당신은 우리의 성전에서 첫 사격을 하게 될 거요. 그러니 총에 키스해요."

그녀는 망설이다가 푸르스름한 총구에 입술을 댔다.

"자, 이제부터 이 총은 우리 둘의 일부요. 우리의 명예이자 깃발이라오. 그 말을 믿소, 찰리?" 그가 힘차게 그녀의 손을 놓으며 물었다.

예, 요제프, 믿어요. 예, 미셸, 믿어요. 그러니 다시는 그런 짓 시키지 말아요. 그녀는 저도 모르게 마치 입술에 피라도 묻은 양 손등으로 훔쳤다. 자신과 요제프 둘 다 미웠다. 약간 화도 났다.

"월터 PPK. 무겁지는 않지만 기억해야 할 점은, 어느 권총이든 은폐, 휴대, 성능을 조금씩 양보한 결과물이에요. 미셸이 총에 대해 설명하면서 한 얘기지만 엄격히 말하면 그도 형한테 들은 얘기일 게요."

그는 뒤에 서서 그녀가 타깃을 마주하도록 엉덩이를 돌리고 두 발을 벌려주었다. 그리고 그녀의 손을 잡고 서로의 손가락을 섞고 두 팔을 쭉 뻗었다. 이제 총구는 그녀의 발 사이 중간쯤을 겨냥했다.

"왼쪽 팔은 자유롭고 편안하게 해요. 이렇게." 그가 그녀 대신 팔의 긴장을 풀어주었다. "두 눈을 뜨고 천천히 총을 들어 타깃과 자연스럽게 일직선을 만들어요. 총과 팔은 수평으로 맞추고. 좋아요. 내가 발사라고 하면 두 번 쏘고 다시 팔을 내리는 거요. 준비."

그녀는 얌전히 총을 내려 다시 바닥을 겨냥했다. 그가 지시를 내렸다. 그녀가 팔을 들었다. 지시대로 팔을 팽팽하게 유지한 다음 방아쇠를 당겼다. 아무 반응도 없었다.

"이번에는 진짜로." 그가 안전장치를 풀었다.

그녀는 과정을 되풀이했다. 다시 방아쇠를 당기자 마치 자신이 총알에라도 맞은 듯 강한 반동이 전해졌다. 두 번째 사격을 한 후엔 가슴이 미친 듯이 날뛰기 시작했다. 처음 말에 올라타거나 바다에서 알몸으로 수영을 했을 때가 이랬던 것 같았다. 그녀가 총구를 낮추었다. 요제프가 다시 명령을 내렸다. 그녀는 조금 더 빠른 속도로 두 발을 쏘았고 행운을 빌며 한 발을 더 쏘았다. 그다음부터는 지시 없이 원하는 대로 방아쇠를 당겼다. 요란한 총성과 반향음이 대기를 찢으며 멀리 계곡과 바다를 향해 날아갔다. 그녀는 탄창이 모두 빌 때까지 사격을 한 후 총을 옆으로 늘어뜨렸다. 백리향과 화약 냄새에 심장이 터질 것만 같았다.

"어때요?" 그녀가 그를 돌아보며 물었다.

"직접 확인해 봐요."

그녀는 기름통으로 달려갔지만 금세 믿을 수 없다는 표정이 되었다. 세상에, 아무 흔적도 없다니.

"뭐가 잘못된 거죠?" 그녀가 화난 목소리로 물었다.

"빗나간 거요." 요제프가 그녀에게서 총을 돌려받으며 대답했다.

"공포탄이죠?"

"절대 아니오."

"하라는 대로 다 했단 말이에요!"

"처음부터 한 손으로 쏘면 안 돼요. 기껏 체중 50킬로그램에 아스파라거스 같은 손목으로? 말도 안 돼."

"그렇게 쏘는 거라고 가르친 사람이 누군데요?"

그는 그녀의 팔을 잡고 자동차로 향했다.

"미셸한테 배우면 미셸의 제자처럼 쏴야 하요. 미셸은 두 손 사격에 대해서 아무것도 모르오. 형을 모델로 했으니까. 당신 몸에 온통 '이스라엘 제품'이라고 프린트라도 해주길 바라는 거요?"

운 이유가 뭐래요?"

"말했잖소. 형한테 배웠다고."

"그럼, 형이라는 사람은 왜 제대로 가르치지 않았는데요?"

그녀는 정말로 알고 싶었다. 너무 창피한 탓에 난장이라도 칠 판이었다. 그도 이를 눈치채고 미소로써 나름대로 항복 선언을 했다.

"'칼릴이 한 손으로 사격하는 건 신의 뜻이다.' 그가 한 얘기요."

"왜요?"

그가 고개를 저어 그녀의 질문을 묵살했다. 두 사람은 자동차로 돌아왔다.

"칼릴이 형 이름이에요?"

"그래요."

"헤브론을 뜻하는 아랍 이름이라고 했잖아요."

왠지 심사가 복잡하기는 했지만 그래도 기분은 좋았다. 그가 시동을 걸었다.

"둘 다요. 우리 마을을 뜻하는 칼릴. 형을 뜻하는 칼릴. 신과 히브리 선지자 아브라함의 친구를 뜻하는 칼릴. 아브라함은 이슬람이 존경하는 인물이며 고대 모스크에 모시고 있어요."

"그래서 칼릴이군요." 그녀가 중얼거렸다.

"칼릴. 그 이름을 기억해요. 그가 당신한테 얘기를 들려준 상황도 기억하고. 그는 당신을 사랑해요. 자기 형도 사랑하고. 형의 총에 키스한 이상 당신도 그의 핏줄이 된 거요."

두 사람은 언덕을 내려갔다. 이번에는 요제프가 운전했다. 그녀는 이제 자신이 누군지조차 헷갈렸다. 아니, 처음부터 내 자신이 있기는 했던가? 그녀가 쏜 총성이 아직도 귓전을 맴돌았다. 총신의 맛도 입술에 감돌았다. 그가 올림푸스를 가리켰지만 그녀가 본 것이라곤 기껏 핵구름 같은 흑백의 비구름뿐이었다. 요제프의 생각도 그녀만큼이나 복잡했으련만 이번에도 목적이 먼저였다. 때문에 그는 운전하는 동안 끊임없이 얘기를 이어갔으며 구체적인 사실에 사실을 더했다. 칼릴의 얘기도 다시 나왔는데 그가 싸우러 떠나기 전 미셸과 함께 있을 때였다.

노팅엄. 두 영혼의 위대한 조우. 누이 파트메와 그녀를 향한 무한한 사랑. 죽은 형제들에 대한 상념. 그들은 해안도로를 달렸다. 자동차들은 시끄러운 데다 너무 빨랐다. 해변은 어디나 부서진 오두막, 교도소처럼 생긴 공장 타워들로 지저분했다.

그를 위해서라도 깨어 있으려 했지만 결국 무리였다. 마침내 그녀가 그의 어깨에 머리를 기댄 채 잠시 잠에 빠져들었다.

테살로니카의 호텔은 에드워드풍의 낡은 건물군으로 투광조명의 돔 지붕들과 주변 환경이 유명하다. 두 사람의 스위트룸은 꼭대기 층이었다. 아이들 놀이공간과 6미터 길이의 욕실이 있고, 20년대의 다 낡은 가구들이 일반 가정을 느끼게 해주었다. 그녀가 스위치를 올리자 그가 당장 불을 끄라고 명령했다. 음식을 주문해놓은 터이나 아직 아무도 손을 대지 않았다. 그는 그녀를 등지고 퇴창을 통해 초록의 광장과 그 너머 달빛 어린 부두를 내다보았다. 찰리는 침대에 앉았다. 거리의 산만한 그리스 음악이 방을 가득 채웠다.

"자, 찰리."

"자, 찰리."

그녀는 온전히 자신을 위한 설명을 기다리며 조용히 따라 말했다.

"당신은 내 싸움에 동참하겠다고 선언했소. 그런데 어떤 싸움이지? 어디에서 어떻게 싸워야 하는 거요? 난 명분에 대해 얘기하고 행동에 대해 얘기했소. 우리는 믿는다. 고로 행한다. 테러는 극장이라는 얘기도 했고, 이따금 세상이 듣고 판단하게 하려면 강제로 귀부터 열어야 한다는 얘기도 했소."

그녀가 불안한 듯 몸을 뒤척였다.

"편지로, 오랜 논쟁으로, 당신을 전사로 만들겠다는 약속도 여러 번 했지만, 솔직히 계속 얼버무리고 대답을 회피했던 거요. 오늘 밤까지. 어쩌면 당신을 믿지 못할 수도 있고 당신을 너무나 사랑하기에 전선으로 내몰고 싶지 않은 건지도 모르오. 당신은 어느 쪽이 사실인지 모르겠지만 이따금 내 망설임 때문에 상처를 받았을 게요. 당신 편지에서도 드러났듯이 말이오."

또 편지. 늘 편지 핑계로군. 그녀가 속으로 투덜댔다.

"그래서… 어떻게 내 전사가 될 생각이지? 오늘 밤, 우리가 논의할 주제라오. 이곳, 당신이 앉아 있는 침대에서. 그리스 밀월여행이 끝나는 마지막 날 밤에… 아니, 정말로 마지막 밤일 수도 있겠군. 다시는 나를 보지 않겠다고 결심할 수도 있을 테니까."

그가 돌아보았지만 다그치는 표정은 아니었다. 그보다는 그의 목소리를 억제한 바로 그 속박으로 자신의 몸을 묶어두기라도 한 사람 같았다.

"울음이 많더군. 그래, 오늘 밤도 울게 될 거요. 나를 끌어안고 내게 영원한 사랑을 약속하면서. 그렇지 않소? 당신은 울고, 당신이 우는 동안 난 얘기해요. '시간이 됐소.'라고. 내일은 당신도 선택을 해야 하오. 내일 아침엔 위대한 칼릴의 총에 맹세했던 서약을 실천해야 하니까." 그가 과장된 몸놀림을 하며 퇴창으로 돌아갔다. "당신은 저 메르세데스를 몰고 유고슬라비아 국경을 넘어 북쪽 오스트리아로 들어가야 해요. 차는 그곳에서 회수되고 당신은 혼자 남게 돼요. 그렇게 하겠소? 할 수 있겠소?"

그녀에게 지금의 감정이라면 아무 감정도 느끼지 못한다는 것뿐이었다. 두려움도, 위기감도, 충격도 없었다. 그녀는 한 방에 모든 감정을 담아버렸다. 이제 시작이야, 찰리, 드디어 무대에 오를 시간이야. 차를 몰고 멀리 떠나는 거야. 그녀는 입을 다물고 그를 노려보았다. 거짓말 할 때면 늘 그런 식으로 사람들을 보았었다.

"음… 그에게 어떻게 대답하겠소? 알다시피 혼자 운전해서 먼 거리를 가는 일이오. 1천300킬로미터를 달리고 유고슬라비아를 관통해야 하니… 첫 임무로도 대단한 일이지. 어떻게 대답할 거요?"

"그 안에 뭐가 있죠?"

의도적이든 아니든, 그는 그녀의 말을 잘못 알아들은 척했다.

"돈. 현실 극장의 데뷔. 마티가 당신한테 약속한 모든 것." 그의 마음은 그녀에게 닫혀 있었다. 아니, 그건 그 자신한테도 마찬가지였다. 말투는 짧고 변명조였다.

"내 말은… 차 안에 뭐가 있어요?"

하지만 3분 요리 뒤에 나온 목소리는 협박조였다.

"차 안에 뭐가 있든 무슨 상관이오? 군의 지령이나 서류 따위겠지. 첫날부터 공작의 비밀을 속속들이 알 거라고 생각한 건가?" 잠시 정적. 그래도 그녀는 대답하지 않았다. "차를 탈 거요, 말 거요? 중요한 건 그뿐이오."

그녀는 미셸이 아니라 그의 대답을 원했다.

"왜 그가 직접 운전하지 않죠?"

"찰리, 당신은 신임이야. 명령에 토를 달다니. 물론, 당신이…." 지금은 누구지? 그의 마스크가 벗겨지는 느낌은 있지만 누구의 마스크인지는 알 수가 없었다. "픽션 속에서 이 남자가 당신을 조종한다는 의심을 하면… 그러니까 당신에 대한 애정, 그의 매력, 영원한 사랑의 약속 따위를 믿지 못하겠다면…." 이번에도 그는 발판을 잃은 듯 보였다. 아니면 그 역시 착시였을까? 이 캄캄한 어둠 속에서 자신도 모르게 어느 정도의 감상에 물들었다고 여겼던 걸까? 지금껏 어떻게든 막아보려고 했던 감상이?

"이 단계에서, 당신 눈의 껍데기가 벗겨져 도저히 용기를 낼 수 없다면, 솔직하게 싫다고 말해요." 그가 목소리의 힘을 회복했다.

"그냥 질문한 거예요. 왜 미셸 당신이 직접 운전하지 않죠?"

그가 재빨리 퇴창으로 돌아갔는데, 찰리에게는 대답하기 전 마음을 달랠 일이 많은 것처럼 보였다. 그가 입을 열었을 때 목소리엔 긴장과 인내가 가득했다.

"미셸은 이 한마디만 해요. 자동차에 뭐가 있든…." 그는 그 자리에서 메르세데스를 내려다보았다. 광장의 차는 폭스바겐 버스의 경비를 받고 있었다. "우리의 위대한 투쟁에 필연적이고 동시에 위험한 물건이오. 1천300킬로미터를 달리는 도중 잡히기라도 하면, 그 물건이 반체제 문학이든 메시지이든 간에, 운전사는 중범죄로 걸릴 수밖에 없소. 결국 외교적 압력, 유명 변호사 등등을 총동원한다 해도 시련과 고통을 막지 못해요. 당신 인생을 챙겨야겠다면 그 점도 고려해봐야 할 거요. 그래, 당신도 결국 자신의 삶이 있으니까. 우리와는 다른 존재이니까." 마지막 말은 미셸과 전혀 다른 목소리였다.

미미하기는 해도 분명 버벅거리는 말투였다. 그리고 그 덕분에 이전에 느껴보지 못한 확신을 가질 수 있었다.

"왜 그가 직접 운전하지 않는지 물었어요. 왜 대답을 않는 거죠?"

이번에도 그가 목소리 힘을 회복했지만… 너무 힘이 들어갔다.

"찰리! 난 팔레스타인 활동가요. 팔레스타인 전사로 알려져 있는 데다 또 가짜 여권으로 여행 중이잖소…. 당신은, 그냥 매력적인 외모의 영국 여성이오. 재치는 있고 전과는 없는… 당신은 당연히 위험하지 않아요. 자, 이제 대답이 된 거요?"

"아까는 그냥 위험하다고만 했어요."

THE LITTLE DRUMMER GIRL

"헛소리. 미셸은 전혀 위험하지 않다고 장담하오. 미셸 자신이라면 또 모르지만 당신은 아니야. 절대로. 내가 이렇게 말하오. '나를 위해 해줘요. 자랑스럽게. 우리 사랑과 혁명을 위해, 우리가 서로 맹세한 모든 것을 위해, 위대한 형님을 위해. 당신의 서약은 거짓이었소? 당신 스스로 혁명적이라고 했을 때 그저 서방의 위선이었던 겁니까?'" 그가 다시 한 번 뜸을 들였다. "부디 해주기 바라리다. 당신이 회피하면 당신의 삶은, 그 어느 때보다 공허해질 거요. 해변에서 만났을 때보다 더."

"극장에서 만났을 때겠죠." 그녀가 교정해주었다.

그는 대답하지 않고 그대로 등진 채 메르세데스를 내다보았다. 다시 요제프로 돌아온 것이다. 답답한 모음과 소심한 문장, 무고한 생명들을 구하겠다는 사명감의 요제프.

"드디어 당신이로군. 이건 당신의 루비콘이오. 그게 뭔지는 알지? 루비콘? 이제 그만두고 집으로 돌아가요. 약간의 돈은 챙길 수 있소. 혁명, 팔레스타인, 미셸, 모두 잊어요."

"아니면?"

"저 차를 몰아요. 최초의 단독 거사. 1천300킬로미터."

"당신은 어디로 갈 건가요?"

그는 다시 범접불가의 냉정을 회복하고, 이번에도 미셸로 피신했다.

"영적으로는 당신과 함께하겠지만 도울 수는 없소. 아무도 못해요. 당신은 혼자 떠나, 세상 사람들이 테러분자라고 부르는 사람들을 위해 범죄행위를 감행해야 하오." 그가 얘기를 이어갔지만 이번엔 요제프였다. "요원 몇이 경호하겠지만 상황이 틀어질 경우 그 친구들도 도움이 되지 못해요. 마티와 내게 보고는 하겠지만… 유고슬라비아는 이스라엘의 친구가 못 돼요."

찰리는 기다렸다. 생존본능이 촉각을 온통 곤두세우고 그렇게 하라고 했기 때문이다. 그가 다시 돌아서서 그녀를 마주 보았다. 그녀도 그의 검은 시선을 맞받았다. 그는 그녀의 얼굴을 볼 수 있지만 그의 얼굴은 아니다. 당신은 누구와 싸우는 거죠? 당신 자신? 아니면 나? 왜 양 진영 모두의 공적이 된 건가요?

"아직 막을 내린 건 아니에요. 내가 물었어요… 두 사람 모두에게…. 저 차에 뭐가 있죠? 나보고 운전하라고 했는데… 그게 누구든… 그 안에 당신이 얼마나 많은지는 몰라도… 저 차에 뭐가 있는지는 알아야겠어요. 지금 당장."

그녀는 기다려야 할 거라고 생각했다. 3분의 요리 동안 이런저런 조건들을 검색하고 나서야 기껏 애매모호한 대답을 내놓을 줄 알았다. 하지만 그녀의 판단은 틀렸다.

"폭발물. 러시아 플라스틱 폭탄 100킬로그램. 200그램 단위로 분할. 최신형. 완벽한 안전 처리. 극단의 고온과 저온을 포함한 거의 모든 온도에 내구력…."

"오, 안전 처리가 완벽하다니 다행이군요. 어디 숨겨두었는데요?" 찰리는 심적 동요를 억누르며 짐짓 아무렇지도 않은 목소리를 냈다.

"차창 프레임, 크로스멤버, 지부안감, 의자. 구형 차인 덕분에 박스와 차체 구조에 여유가 많더군."

"어디에 쓸 건데요?"

"우리 투쟁."

"하지만 그리스까지 운반한 이유가 뭐예요? 그냥 유럽에서 인수하지 않고?"

"형님은 비밀에 대해 일정한 원칙이 있었소. 내게도 철저히 원칙을 따르도록 했지. 거의 아무도 믿지 않았고 또 신뢰의 범위를 넓힐 생각도 없었어요. 본질적으로 아랍인도 유럽인도 믿지 않았으니까. 혼자 일하면 배신도 불가능하죠."

"이 경우… 우리 투쟁이라는 게 어떤 형식인가요?" 찰리가 물었다. 여전히 경쾌하고 느긋하기만 한 목소리였다.

이번에도 그는 망설이지 않았다.

"국외 유대인 학살. 그자들이 팔레스타인을 이산민족으로 만들었으니 우리도 그들의 이산 거주지에서 그들을 징벌하고 세상의 귀와 눈을 향해 우리의 고통을 선언할 거요. 그런 식으로 프롤레타리아트의 잠든 의식을 깨우기도 하오." 그가 뒷말을 덧붙였지만 다소 설익은 데다 확신도 부족했다.

"그건 충분히 합리적으로 보이네요."

"고맙소."

"그리고 당신과 마티… 두 분은 내가 황송해하며 날름 오스트리아로 달려가면 좋겠다고 생각했군요." 그녀는 짧은 숨을 삼키며 일어나 아주 천천히 창가로 걸어갔다. "나 좀 안아줄래요, 요제프? 제발… 혼란스러워서 그래요. 그냥… 너무나 외롭네요."

그가 한 팔로 어깨를 감싸자 그녀가 격렬하게 몸서리를 쳤다. 그녀는 그에게 몸을 기댔다가 그의 품으로 돌아서서 두 팔로 끌어안았다. 고맙게도 그가 긴장을 풀고 그녀를 보듬는 것으로 화답했다. 그녀의 머릿속은 한꺼번에 사방으로 뛰어다녔다. 마치 갑자기 나타난 장대한 파노라마를 한쪽 눈으로 훑는 격이다. 그럼에도 무엇보다 분명한 점은, 운전의 직접적인 위험을 넘어, 마침내 저 앞으로 한없이 뻗어나간 보다 큰 의미의 여행을 보기 시작했다는 사실이었다. 이제 그 길을 따라가며 얼굴 없는 동지들과 합류하게 될 것이다. 그가 나를 보낼까? 아니면 막을까? 사실은 그도 모른다. 그는 잠에서 깬 동시에 잠을 청하고 있다. 그렇지만 그를 꼭 안아준 가슴이 새로운 용기를 불어넣기는 했다. 지금껏 단호한 내외 덕분에, 그 탄탄한 몸이 그에게 어울리지 않는다는 생각을 했었다. 지금도 이유는 알지 못하지만 더 이상의 모멸감은 느끼지 않았다.

"계속 설득해 봐요. 그게 당신 일이잖아요." 그녀가 그를 끌어안은 채 말했다.

"미셸이 당신을 보내는 것만으로 부족하오? 아니면 가고 싶지 않은 거요?"

그녀는 대답하지 않았다.

"굳이 셸리를 인용하자면 '테러의 유혹적인 매력'이라 하겠소. 아니면, 우리가 서로에게 말한 수많은 약속을 되풀이할까요? 죽을 각오로 죽일 각오를 한다는?"

"더 이상의 말은 무의미해요. 먹고 죽을 만큼 많이 들었으니까. 가까이 있겠다는 약속도 했잖아요." 그녀가 그의 가슴에 얼굴을 묻었다. 그러자 그가 포옹을 풀며 대신 목소리에 힘을 주었다.

"오스트리아에서 기다리겠소. 미셸의 약속이긴 하지만 동시에 내 약속이기도 하니까." 그가 대답했다. 설득하기보다 밀어내기 위한 어투였다.

그녀는 살짝 물러 나와서는 아크로폴리스에서처럼 두 손으로 그의 머리를 잡고 광장의 불빛을 받으며 찬찬히 살펴보았다. 문득 그 머리가 흡사 단단히 잠근 문처럼 그녀를 들어오지도 나가지도 못하게 만들고 있다는 기분이 들었다. 그녀는 싸늘한 동시에 울화가 치미는 심정으로 다시 침대로 돌아와 앉았다. 목소리에는 자신도 놀랄 정도의 새로운 확신이 실렸다. 그리고 말을 하면서도 어스름 속의 팔찌를 내려다보며 하릴없이 돌리고 있었다.

"그래서 어느 쪽을 원해요? 요제프, 당신 말이에요. 찰리가 남아 그 일을 할까요? 아니면 돈을 갖고 달아날까요? 당신 개인의 시나리오는 뭔가요?"

"위험을 알잖소. 당신이 결정해요."

"당신도 알아요. 나보다 정확하게. 처음부터 알고 있었어요."

"이미 다 한 얘기요. 마티도 나도."

그녀는 팔찌를 풀어내 손에 들었다.

"무구한 생명을 구해요. 그러니까, 내가 폭탄을 배달한다는 가정하에서요. 물론 배달하지 않으면 더 많은 생명을 구할 수 있다는 바보들도 있겠죠. 그렇죠? 그들이 틀린 거겠죠?"

"제대로만 된다면, 결국 우리가 옳소."

그는 다시 한 번 그녀를 등지고 창밖의 상황을 점검했다.

"지금 얘기하는 사람이 미셸이라면 더 쉽겠네요. 그가 나를 유혹했고 난 총에 키스했어요. 나도 얼른 전쟁터에 나가고 싶어요. 그걸 믿지 않으면 지난 며칠간 당신의 노력은 물거품이 되는 건가요? …아니, 물거품 아니에요. 당신 노력으로 나를 캐스팅했고 그렇게 나를 사로잡았으니까. 논쟁 끝. 가겠어요."

그가 가볍게 고개를 끄덕였다.

"요제프가 얘기하면 무슨 차이가 있는지 알아요? 가지 않겠다고 선언하고 다시는 당신을 보지 않을 생각이었어요. 보상금만 챙기고 아무도 모르는 곳으로 숨어버리는 거죠."

그녀는 그가 더 이상 그녀에게 관심이 없음을 알 수 있었다. 사실 의외였다. 그가 어깨를 들고 길게 한숨을 내뱉었다. 머리는 여전히 창을 향하고 시선은 지평선에 못 박혔다. 이윽고 그가 입을 열었다. 처음에는 이번에도 그녀의 채근을 회피한다고 생각했는데, 듣다 보니 처음부터 그에게 요제프와 미셸의 정확한 구분이 왜 불가능했는지 설명하고 있었다.

"미셸도 이 마을이 마음에 들 거요. 독일인들이 정복하기 전만 해도 저 언덕 중턱에만 6만의 유대인이 평화롭게 살았었지. 우편배달부, 상인, 은행원, 세파르디, 즉 스페인에서 발칸을 거쳐 들어온 사람들이지만 독일인이 떠날 때쯤엔 한 명도 남지 않았어요. 말살정책을 피한 사람들이 이스라엘로 들어왔기 때문이오."

그녀는 침대에 누워 있었다. 요제프는 여전히 창가에서 가로등들이 꺼져가는 모습을 지켜보았다. 그녀에게 올까 하는 생각도 해봤지만 물론 그럴 리는 없다. 그가 길게 자리를 잡고 눕자 긴 의자가 삐걱거리며 신음을 토했다. 그의 몸이 그녀와 수평을 이루었다. 둘 사이를 가로막는 건 오직 유고슬라비아뿐이었다. 그녀는 그 누구보다 그를 원했다. 내일에 대한 두려움이 욕망을 부추겼다.

"요제프, 형제가 있나요?" 그녀가 물었다.

"형 하나."

"뭐 해요?"

"67년 전쟁에서 죽었소."

"미셸이 자동차로 요르단을 휘저은 전쟁이군요. 당신도 그 전쟁에 참전했어요?" 솔직한 대답을 하리라는 기대는 없었지만 지금 그의 대답은 진짜였다.

"그랬을 거요."

"그전 싸움은요? 연도는 모르겠지만."

"56년."

"싸웠어요?"

"싸웠소."

"그럼 73년 이후의 전쟁은?"

"아마도."

"뭘 위해 싸웠죠?"

다시 정적.

"56년은 영웅이 되고 싶어서, 67년엔 평화를 위해서, 그리고 73년 엔…."마치 기억해내기가 어려운 사람 같았다. 마침내 그가 대답을 찾았다. "…이스라엘을 위해서."

"그럼 지금은? 지금은 싸우는 이유가 뭐예요?"

싸움이 있기 때문에. 생명을 구하기 위해서. 그들이 싸우라고 했기 때문에. 그래야, 우리 마을 사람들이 다브케를 추고, 우물가에서 여행자들의 얘기를 들을 수 있으니까.

"요제프?"

"응?"

"그 잘생긴 흉터들은 어떻게 생긴 거예요?"

어둠 때문에라도 그의 침묵은 캠프파이어처럼 자극적이었다.

"화상이오. 탱크에서 빠져나오다가 총을 맞았소."

"몇 살이었어요?"

"스물, 스물하나."

여덟 살에 아슈발에 합류하고. 열다섯에….

"아버지는 어떤 분이셨죠?" 그녀가 물었다. 지금의 여세를 늦추고 싶지 않았다.

"개척자셨소. 초기 정착민."

"어디 출신이셨는데요?"

"폴란드."

"넘어온 건 언제예요?"

"20년대. 제3알리야 때였지. 무슨 뜻인지 알겠소?"

모르지만 지금은 상관없다.

"직업은요?"

"건설노무자. 오로지 두 손으로만 일했죠. 모래 사구를 도시로 만들어 텔아비브라 부르셨다오. 사회주의자였지만 현실적이셨고 신은 별로 신경 쓰지 않았어요. 술은 입에도 대지 않았고 평생 몇 달러 이상 쥐어본 적이 없었죠."

"당신도 그렇게 살고 싶어요?" 그녀가 물었다.

저 사람, 대답하지 않을 거야. 그냥 자겠지? 그래도 너무 괴롭히지는 말자.

"난 더 고귀한 소명을 선택했소." 그가 담담하게 대꾸했다.

선택을 당했거나요. 공동체 소속으로 태어나면 선택을 소명이라고 부르지 않나요? 그리고 그녀는 금세 잠이 들고 말았다.

하지만 노련한 전사 가디 베커는 잠들지 못한 채 어둠 속을 노려보며 나이 어린 신입요원의 불규칙한 숨소리를 들었다. 왜 그런 식으로 얘기했을까? 첫 번째 임무 수행을 위해 떠나보내는 바로 그 순간에 왜 본심을 밝히고 만 걸까? 이따금 자기 자신을 믿지 못할 때가 있다. 손발을 꿈틀거려보았으나 예전과 달리 훈련으로 다진 근육은 느낄 수가 없다. 항상 정공법을 선택했건만 돌아보면 결국 끔찍한 실수에 혀를 내두르고 만다. 내가 원하는 게 뭐지? 싸움? 아니면 평화? 사실 이제 나이가 든 탓에 둘 다 버겁기만 하다. 나아갈 수도 멈출 수도 없다. 몸을 던질 수도 없지만 물러서는 것도 불가능하다. 누군가를 죽이려면 먼저 죽음의 냄새를 맡아야 할 정도이니 더 말해 무엇하랴. 그녀의 숨소리도 잠의 잔잔한 리듬으로 바뀌었다. 그는 어둠 속에서 쿠르츠처럼 손목을 들어 야광판을 들여다보았다. 그리고 그녀가 깨어 있다고 해도 눈치채지 못할 정도로 조용조용 붉은색 블레이저를 입고 방을 빠져나갔다.

야간근무자는 잽싼 남자였다. 그는 잘 차려입은 신사가 다가오는 모습에서 곧바로 짭짤한 팁의 냄새를 맡았다.

"전보용지 있죠?" 베커가 단호한 말투로 물었다.

야간근무자가 카운터 아래쪽을 뒤졌다.

베커는 내용을 적기 시작했다. 검은 잉크에 정성들인 글자들. 그의 손에는 주소가 들려 있었다. 제네바의 변호사 귀하. 야누카에게 확인을 받은 후 뮌헨의 쿠르츠가 안전을 위해 보낸 주소인데 아직 유효하다. 머릿속에도 전보 내용이 들어 있다. "부디 고객께 조언하셔서….."라고 시작해서, 표준계약서에 따라 유대를 강화해야 한다는 점을 강조했다. 모두 마흔다섯 단어. 그는 내용을 점검하고, 슈빌리가 일러준 대로 딱딱하기 이를 데 없는 사인을 더했다. 그리고 전보용지를 카운터 너머로 넘긴 다음 근무자에게 400드라크마를 주었다.

"두 번 보내요, 알겠죠? 같은 메시지를 두 번이오. 하나는 전화로 지금, 두 번째는 내일 아침 우체국에서. 아이한테 맡기지 말고 직접 해요. 다 끝나면 내 방으로 인증 복사를 보내고."

근무자는 신사의 말대로 따를 생각이었다. 그렇잖아도 아랍인의 팁에 대해 들은 이후로 잔뜩 군침을 흘리던 터였는데, 오늘 밤 뜻밖에 하나가 걸린 것이다. 뭐든 닥치는 대로 해주고 싶건만, 아아, 안타깝게도 이 친구, 아무리 옆구리를 찔러도 반응이 없다. 신사는 성큼성큼 거리로 달아나고 근무자는 안타까운 표정으로 먹이를 지켜보았다. 베커는 해안도로를 향해 이동했다. 통신밴이 주차장에 서 있었다. 드디어 위대한 가디 베커가 보고서를 철하고, 준비가 모두 끝났음을 확인할 시간이다.

13

수도원은 국경에서 2킬로미터 거리의 빈 터에 있으며, 커다란 바위와 노란 사초들에 둘러싸여 있었다. 지붕은 여기저기 함몰하고, 안뜰에는 허물어진 방 돌벽마다 현란한 하와이 훌라걸들을 그려놓았다. 역겹고도 불경스러운 곳. 어느 탈기독교도가 디스코장을 차렸다가 수사들처럼 줄행랑을 쳤기 때문이다. 댄스 플로어로 사용하던 콘크리트 바닥에 붉은색 메르세데스가 서 있었는데, 말 그대로 전투태세를 갖춘 군마처럼 보였다. 그 옆에 그 차에 올라탈 기사가 있고 감독관 요제프도 바로 옆에서 감독 중이었다. 미셸이 당신을 데려와 번호판을 바꾸고 배웅할 곳이오, 찰리. 그가 가짜 신분증과 열쇠를 넘겨줄 거요. 로즈, 차 문을 다시 한 번 닦아줘. 레이철, 바닥에 저 종이 쪼가리는 뭐지? 그는 완벽주의자 요제프로 돌아와 세부사항을 꼼꼼히 챙겼다. 통신밴은 외벽 바로 옆에 세워두었다. 뜨거운 바람에 안테나가 가볍게 고개를 끄덕였다.

차에는 이미 뮌헨 번호판을 달아두었다. 외교관 스티커 대신 독일을 뜻하는 더러운 'D'를 붙여놓고 쓸데없는 잡동사니들도 제거했다. 베커는 이제 잡동사니를 대체할 감동의 선물을 하나하나 소개하기 시작했다. 아크로폴리스 안내책자는 도어포켓에 꽂아두고 잊었는데 하도 읽어서 걸레처럼 너덜거려요. 재떨이 대용의 껌 통, 바닥의 오렌지껍질, 그리스에서 사먹은 아이스크림 막대기들, 초콜릿 포장지 쪼가리들을 준비했소. 델포이의 유적지 관람권 두 장이 있지만 시간 때문에 포기해야 했죠. 그리스 도로 지도에는 델포이와 테살로니카까지 사인펜으로 표시를 해두었소. 여백 두 군데에 미셸이 아랍어로 낙서를 했는데, 찰리가 총을 쏘다가 실패한 언덕 부근이오. 머리빗도 하나 있어요. 빗 이빨에 머리카락이 몇 올 얽혀 있고 자극적인 독일제 헤어로션 향이 배어 있죠. 물론 미셸의 것이오. 가죽 소재의 운전 장갑 한 짝에도 미셸의 향수 냄새가 가볍게 날 거요. 뮌헨의 프레이 안경 케이스도 있지만 선글라스는 실수로 박살났소. 안경 주인이 레이철을 데리러 국경에 다녀올 때였지.

마지막으로는 찰리를 꼼꼼하게 살폈다. 그는 구두에서 머리, 다시 아래로 팔찌까지 전신을 확인한 후, 아쉬운 듯(그녀에겐 그렇게 보였다.) 작은 가대식 식탁을 향해 돌아섰다. 그곳에 새로 준비한 소지품들이 놓여 있었다.

"자, 저 물건들을 핸드백에 넣어요." 그가 다시 내용물을 확인한 후 지시했다. 그녀는 나름대로 핸드백을 채워 넣기 시작했다. 손수건, 립스틱, 운전면허증, 동전, 지갑, 기념품, 열쇠 등 모두 그녀의 복잡한 허구를 증언해줄 잡동사니들로, 꼼꼼하게 계산하고 점검한 것들이다.

"그의 편지는요? 그렇게 뜨거운 편지를 썼으면 주변에도 몇 개는 있지 않겠어요?" 그녀가 물었다.

"미셸이 허락하지 않아요. 당신 아파트의 안전한 곳에 보관하고 국경을 넘을 때는 절대 소지하지 말라는 엄명까지 내렸거든요. 하지만… 당신이 일기를 쓰지 않기에 우리가 하나 마련했어요." 그가 재킷 안주머니에서 셀로판지로 포장한 작은 일기장을 꺼냈다. 장정은 천이고 등에 작은 연필이 꽂혀 있다. 그녀는 조심스럽게 일기장을 받아 포장을 벗겼다. 연필을 꺼내보니 가볍게 잇자국이 나 있었는데, 연필을 씹는 건 지금도 그녀의 습관이다. 대여섯 페이지를 넘겨보았다. 레온의 글재주와 미스 바흐의 정확한 기억력에 의존해 슈빌리가 위조한 일기장…. 내용은 많지 않아도 분명 찰리의 필체였다. 노팅엄 시기에 대해서는 기록이 전혀 없었다. 미셸이 예고도 없이 그녀를 습격했기 때문이다. 요크에서는 커다랗게 'M'을 쓴 다음 둘레에 원을 그리고 의문부호를 달았다. 날이 저물 때쯤, 마치 꿈을 꾸듯 오랫동안 멍한 상태. 그녀의 차종도 기록했다. 피아트로 유스타스. 오전 9시. 어머니 얘기. 엄마 생일까지 일주일. 당장 선물 준비. 알라스테어 얘기. 알은 와이트 섬… 켈로그의 광고 건? 그녀가 기억하는 한 알은 가지 않았다. 켈로그가 더 멀쩡하고 잘생긴 스타를 찾아냈기 때문이다. 월경 때마다 우울. 한두 번 장난기 어린 낙서. 그리스 휴가로 접어들면서는 미코노스라는 이름이 등장했다. 크고 심각한 느낌의 대문자. 그 옆에 배의 출발과 도착 시간. 마침내 아테네에 도착하자, 두 페이지 가득 청색과 적색의 볼펜으로 그린 새떼가 마치 어부의 문신처럼 하늘로 치솟았다. 그녀는 일기장을 핸드백에 넣고 딸깍 소리를 내며 고리를 잠갔다. 너무해. 정말로 능욕당한 기분이었다. 그녀에게 감동할 새로운 사람들이 있으면 좋으련만…. 그녀의 감정과 필체를 위조해 그녀마저도 진짜와 가짜를 헷갈리게 만들지 않을 사람들. 요제프도 그 정도는 알고 있으리라. 저 무뚝뚝한 표정에 다 적혀 있지 않은가. 오, 부디 알고 있기를. 그가 장갑 낀 손으로 문을 열어주었다. 그녀가 황급히 차에 올라탔다.

"서류를 다시 한 번 검토해요." 그가 지시했다.

"그럴 필요 없어요." 그녀가 앞만 노려보며 대답했다.

"차번호는?"

그녀가 번호를 댔다.

"등록일?"

등록일도 얘기했다. 이야기 속의 이야기 속의 이야기. 자동차는 뮌헨의 상류층 의사 소유였다. 이름도 있다. 그녀의 애인이며 보험과 등록 모두 그의 이름으로 되어 있다. 자세한 사항은 서류 참조.

"왜 함께 있지 않는 거요, 의사가? 지금은 미셸이 묻는 거예요."

"오늘 아침 급한 용무로 테살로니카를 떠났어요. 비행기 편으로. 차는 내가 대신 몰기로 했죠. 지금은 강연 때문에 아테네에 있지만 함께 여행 중이었죠."

"처음에 어떻게 만났소?"

"영국에서 만났어요. 부모님 친구였죠. 두 분의 숙취를 치유해주죠. 부모님은 엄청 부자시고요. 힌트. 힌트."

"만약을 위해, 핸드백에 미셸의 1천 달러를 넣어두었소. 여비라고 생각합시다. 아무래도 이런저런 일이 생기면 콩고물을 조금 발라야 할 게요. 그의 부인 이름이 뭐죠?"

"르네이트. 난 그 여자 싫어해요."

"아이들은?"

"크리스프와 도로시아. 르네이트만 물러선다면 나도 좋은 엄마가 될 수 있어요. 빨리 가고 싶네요. 또 남은 게 있나요?"

"그래요."

나를 사랑한다느니 운운할 건가요? 아니면 고성능 플라스틱 폭탄을 가득 싣고 유럽의 절반을 관통하게 한 데 대한 사과라도?

"지나친 확신은 금물이오. 국경수비대원 모두가 바보나 색광은 아니니까." 그가 경고했다. 흡사 그녀의 운전면허라도 검사하는 듯 밋밋한 태도였다.

그녀는 절대 작별 인사를 하지 않겠다고 장담했다. 모르긴 몰라도 요제프도 마찬가지일 것이다.

"그럼." 그녀는 짤막하게 내뱉고 시동을 걸었다.

그는 손을 흔들지도 미소를 짓지도 않았다. "그럼."이라고 화답했을지 모르겠지만 그녀는 듣지 못했다. 잠시 후 주도로에 접어들었다. 사원과 임시거주민들도 거울에서 사라졌다. 빠른 속도로 2킬로미터 정도 달리자 '유고슬라비아'를 가리키는 낡은 화살표가 나타났다. 그녀는 도로를 따라 천천히 이동했다. 도로가 넓어지더니 이윽고 주차장이 나타났다. 대형 관광버스와 승용차들이 줄지어 서 있고 만국기들이 햇볕에 여린 파스텔화처럼 익은 채 펄럭였다. 나는 영국인이자 독일인이며, 이스라엘인에 아랍인이야. 그녀는 무개형 스포츠카 뒤에 차를 세웠다. 앞자리에 남자 둘, 뒷자리에 여자 둘. 저들도 요제프의 졸개들일까? 아니면 미셸? 어쩌면 경찰일 수도 있다. 그녀도 세상을 그런 식으로 보는 법을 배웠다. 누구든 어딘가에 속해 있다. 회색 정복의 직원이 신경질적으로 그녀에게 손짓을 했다. 준비는 완벽하다. 가짜 서류. 가짜 설명…. 단 믿는 사람이 없다면 끝장이다.

요제프는 사원 위쪽의 언덕 꼭대기에 서서 쌍안경으로 지켜보다가 대기 중인 밴으로 돌아갔다.

"소포 배달 완료." 그가 짧게 말하자 데이비드가 그 문구를 기계에 입력했다. 베커를 위해서라면 뭐든지 타이핑하고, 모든 위험을 무릅쓰고, 누구든 쏠 각오가 되어 있는 아이. 베커야말로 능력이 무한한 영웅이자 살아 있는 전설이다. 그가 끊임없이 추구해야 할 목표.

"마티께서 축하 답변을 보내셨습니다." 소년이 존경의 염을 담아 보고

했다.

　하지만 위대한 베커는 듣지 못한 듯 보였다.

　그녀는 끝없이 차를 몰았다. 운전대를 너무 움켜잡은 탓에 두 팔이 아팠다. 두 다리에도 너무 힘을 주었고 목도 욱신거렸다. 긴장이 풀리면서는 뱃속까지 울렁거렸다. 그 후에는 두려움 때문에 멀미가 날 지경이었으며 엔진이 버벅거릴 때는 정말로 돌아버리는 줄 알았다. 오, 맙소사, 총체적으로 무너지고 있어. 차가 고장 나면 모퉁이에 받아버리고 서류는 소거한 다음 차를 얻어 타고 기차로 갈아타요. 무엇보다 최대한 빨리 차에서 멀어져야 해요. 요제프가 한 얘기다. 하지만 막상 떠나고 보니 그렇게 할 자신이 없다. 그야말로 공연 중에 달아나는 격이 아닌가. 음악을 너무 들은 탓에 귀가 아팠다. 그래서 라디오를 껐지만 트럭 소음도 만만치가 않다. 그녀는 한증막 안에 앉아 있다. 얼어 죽고 있다. 노래를 부른다. 진척은 없고 움직임뿐이다. 잠깐은 죽은 아버지, 답답한 어머니와 잡담도 했다. "정말 매력적인 아랍인을 만났어요, 엄마. 학벌도 좋고 교양도 짱짱하고 또 엄청난 부자예요. 새벽부터 저녁까지 쉬지도 않고 섹스를 했어요. 그리고 다시…."

　정신이 백지 상태라 아무 생각도 할 수 없었다. 그녀는 애써 경험의 외피에 머물렀다. 오, 마을이야. 저기 봐, 호수야…. 생각을 해야 해. 다시 저 아래 혼돈 속으로 추락할 수는 없잖아. 지금 자유롭고 평온하고 황홀한 시간을 보내는 중이야. 점심에는 과일과 빵을 먹었지. 정비소 매점에서 사왔는데… 아, 그래, 아이스크림도 먹었다. 갑자기 입덧이라도 하듯 미친 듯이 궁금했거든. 노란색의 촉촉한 유고슬라비아 아이스크림. 포장지 모델 가슴은 왜 이렇게 크담. 한번은 남자 히치하이커를 보았다. 문득 요제프의 지시를 무시하고 그를 태우고 싶었다. 걷잡을 수 없는 욕망에 치까지 떨렸다. 갑자기 미치도록 외로워져 무슨 짓을 해서라도 그를 차지해야 할 것 같았다. 어디든 작은 성당을 골라 결혼하고 도로 옆 노란 잔디밭에서 물리도록 섹스를 하고 싶었다. 하지만 그렇게 오랫동안 운전하면서도, 200그램씩 나눈 러시아산 고성능 플라스틱 폭탄을, 창틀, 크로스멤버, 천장안감, 의자에 감춰 운반한다거나, 구형 승용차가 엔진 박스와 거더에 이점이 있으며, 폭탄이 최신형이라 안전장치가 확실하고, 열과 냉기는 물론 거의 모든 온도에 강하다는 사실을 인정해본 적은 없다.

계속 달려, 바보야. 그녀는 끊임없이 혼잣말을 했다. 이따금 입 밖으로 내기도 했다. 오늘은 일요일. 애인의 메르세데스를 모는 돈 많은 창녀. 그녀는 〈좋으실 대로〉의 1막과 〈성녀 조안〉의 대사를 인용했다. 요제프 생각은 전혀 하지 않았다. 평생 이스라엘 사람을 만난 적도, 그리워한 적도 없으며, 그를 위해 입장과 신념을 저버린 적도 없다. 적의 피조물이 되는 척하며 그의 피조물이 된 적도 없고, 그의 내면에서 벌어지는 비밀 전쟁에 놀라거나 불안해한 적도 없다.

저녁 6시, 마음으로야 밤새도록 운전하고 싶었지만 어쨌든 페인트로 칠한 간판이 눈에 들어왔다. 적어도 그 집을 조심하라는 경고는 없었다. "오, 괜찮아 보이는데? 들어가 봐야겠어." 그녀는 어머니한테 하듯 큰 소리치고 계속 차를 몰았다. 호텔은 2킬로미터쯤 떨어진 언덕지대에 있었다. 무존재의 존재께서 설명하신 대로 폐허 안에 지은 호텔이며, 풀장과 미니 골프코스가 딸려 있었다. 그리고 로비에 들어서자마자 미코노스의 옛 친구 디미트리와 로즈와 곧바로 마주치고 말았다. 맙소사, 이런, 찰리 아니에요? 이런 우연이 다 있다니. 함께 저녁 식사라도 안 할래요? 그들은 풀장 옆에서 바비큐를 먹고 수영을 했다. 풀장이 문을 닫은 후, 찰리가 잠을 못 이룬다는 핑계로, 그녀의 방에서 함께 스크래블 게임도 했다.

두 사람은 마치 그녀의 처형 전야를 지키는 망나니들 같았다. 그녀는 몇 시간 꾸벅꾸벅 졸다가 새벽 6시, 다시 도로를 달려 이른 오후엔 오스트리아 국경의 자동차 행렬에 끼어들었다. 문득 자신의 외모를 가다듬어야겠다는 생각이 들었다.

지금은 미셸이 선물한 민소매 블라우스 차림이었다. 그래도 머리를 빗으니 거울 세 곳 모두 괜찮아 보였다. 대부분의 차들이 손짓을 받고 곧바로 통과했지만 거기에 의존할 생각은 없다. 이젠 아니다. 서류를 보여주는 차량도 있고 아예 밖으로 빠져 정밀조사를 받는 차량도 있었다. 조사차량을 임의로 고르는 걸까? 아니면 사전 경고가 있거나 뭔가 낌새가 이상한 차들일까? 정복 차림의 남자 둘이 천천히 차선을 따라오며 차량마다 잠깐씩 멈춰 섰다. 하나는 녹색, 다른 하나는 청색. 청색은 공군조종사처럼 챙 모자를 삐딱하게 썼다. 두 사람은 그녀를 힐끗 보더니 천천히 자동차를 한 바퀴 돌았다. 한 놈이 뒷바퀴를 발로 걷어찼다. 마음 같아서는 "아야, 아파요."라고 외치고 싶었으나 꾹 참았다. 생각도 하기 싫지만 어쨌든 요제프가 한 말 때문이었다. 그자들한테 절대 접근하지 말고 거리를 유지할 것. 뭐가 필요한지 결정하고 이등분할 것. 녹색 남자가 독일어로 뭔가 묻기에 그녀는 영어로 "예?"라고 되물었다. 영국 여권도 내밀었다. 전문 배우. 그는 여권을 받아 사진을 비교한 다음 동료에게 건넸다. 둘 다 잘생겼다. 생각보다 훨씬 젊기도 했다. 생기발랄한 금발 청년들. 정직한 눈, 산악인처럼 건강하게 그을린 살갗. 비록 자기소멸의 위기에 몰려 있는 신세였지만 찰리는 두 사람에게 이렇게 말해주고 싶었다. 정말 잘생겼네요. 전 찰리라고 해요. 나 예쁘죠?

질문을 하는 동안 네 개의 눈은 그녀의 얼굴에서 떠날 줄을 몰랐다. 질문도 사이좋게 너 한 번, 나 한 번식이었다. 아뇨…. 음, 그리스 담배 100갑하고 우조 술 한 병이에요. 아뇨, 선물은 없는데요. 정말이에요. 그녀는 농탕질의 유혹을 억누르기 위해 시선까지 피했다. 엄마한테 줄 싸구려는 하나 있지만 말 그대로 싸구려인 걸요. 10달러짜리 습자책이요. 뭔가 생각할 건수를 줘야 해. 그때 그들이 차문을 열며 우조 병을 보자고 했지만, 지금껏 그녀의 블라우스에 공을 들인 점으로 보아 마지막으로 다리마저 감상하고 일을 마무리하려 한다는 확신이 들었다. 우조는 바로 옆 바닥의 바구니에 들어 있었다. 그녀는 조수석 너머로 상체를 기울여 병을 빼냈다. 아, 그 와중에 치마가 벌어지기는 했다. 90퍼센트 우연이기는 했지만 왼쪽 허벅지가 엉덩이까지 드러난 것도 분명한 사실이다. 그녀가 병을 집어 보여주려는데, 순간 맨살에 뭔가 축축하고 차가운 감촉이 있었다. 맙소사, 칼로 찔렀어! 그녀가 비명을 지르며 자기 허벅지를 찰싹 때렸다. 놀랍게도 그곳엔 오스트리아 공화국 입국을 허락하는 파란색 입국 도장이 찍혀 있었다. 그녀는 너무나 화가 나 그들에게 달려들 뻔했다. 물론 너무 고마워 미친 듯이 웃음을 터뜨릴 뻔한 것도 틀린 말은 아니다. 요제프의 경고메시지가 없었다면, 그 자리에서 두 사람을 끌어안고, 순수하고 사랑스럽고 고맙기 짝이 없는 관용에 감사했을 것이다. 그녀는 통과했다. 기적처럼. 거울을 보니 귀여운 남자들이 수줍은 듯 손을 흔들어 주었다. 다른 입국자들은 아예 안중에도 없는 듯, 그들은 그녀에게서 시선을 떼지 못했다.

공무원을 그렇게 사랑해본 적은 맹세코 없었다.

시몬 리트박의 장시간 감시는 이른 아침에 시작했다. 찰리가 무사히 국경을 넘었다는 보고가 있기 여덟 시간 전, 요제프가 미셸을 대신해 제네바의 변호사에게 전보를 보내 고객한테 전해줄 것을 요청하고는 이틀 밤과 하루 낮이 지난 후였다. 지금은 이른 오후라 리트박도 경비요원을 세 번이나 바꿨다. 모두들 지루해하지 않고 열심히 감시를 이어갔다.

경비요원의 경계태세가 아니라, 휴식시간에 적당한 휴식을 취하도록 설득하는 게 더 어려울 지경이었다.

낡은 호텔의 스위트룸 창가, 리트박은 아름다운 카린티아 시장광장을 내려다보았다. 사실 광장이라고 해봐야, 야외 테이블이 있는 전통 여인숙 두 곳, 작은 주차장, 그리고 양파 지붕모양의 역장실이 딸린 낡은 정거장 정도였다. 가까운 여인숙은 '검은 백조'로 아코디언 연주자가 유명했다. 아이는 창백하고 내성적이었고 연주는 넘칠 정도로 좋았다. 다만 자동차가 지날 때마다 인상을 찌푸렸는데, 물론 자동차야 시도 때도 없이 지나갔다. 두 번째 여인숙 이름은 '목수의 쉼터'이며 손도구로 만든 멋진 황금간판이 달렸다. 목수의 쉼터는 급이 달랐다. 하얀 식탁보에서 숭어까지. 숭어는 외부 수조에서 직접 고를 수도 있다. 이 시간엔 보행자가 거의 없었다. 늘쩍지근한 먼지와 열기가 마을 전체에 기분 좋은 졸음기를 뿌려댔다. 검은 백조 야외 카페에서 여자 둘이 차를 주문하고, 함께 편지를 쓰며 키득거렸다. 그들의 임무는 광장에 들어오거나 나가는 차량의 번호를 기록하는 일이었다. 목수의 쉼터 밖에서는 젊은 성직자가 와인을 마시며 열심히 성무일도서를 읽었다. 남부 오스트리아에서 성직자에게 꺼지라고 말할 사람은 없다. 성직자의 본명은 우디, 모하브 왕을 살해한 왼손잡이 킬러 에후드의 애칭이다. 그리고 이름답게 그도 왼손잡이에 철저히 무장했으며, 그곳에 온 이유도 해치울 싸움이 있기 때문이다. 뒤쪽 주차장의 로버 안에는 중년의 영국 부부가 여유롭게 오후의 식곤증을 즐기는 중이었다. 물론 그들도 발 사이에 화기를 끼워 넣고 있으며 주변 손 닿는 곳 여기저기 다양한 무기를 배치해두었다. 무전기는 잘츠부르크 쪽으로 200미터 거리의 통신밴에 맞춰져 있었다.

리트박은 모두 남자 아홉과 여자 넷을 배치했다. 원래는 열여섯이었지만 그래도 불만은 없었다. 그는 체계적인 잠복을 좋아했다. 긴장은 그를 행복감으로 채워주었다. 난 이 일을 위해 태어났어. 행동개시에 이르기까지 내내 그런 생각을 했다. 마음은 차분하고 몸과 머리는 깊은 잠에 들었다. 부하들도 옥상에 누운 채 애인과 갈릴리에서의 산책을 꿈꾸었다. 하지만 부하들은 물론 산들바람 한 올까지, 돛이 첫 번째 기운을 잡아챌 때까지 제 위치를 지킬 것이다.

리트박은 레드셋으로 일상적인 점검을 하고 대답도 받았다. 관심을 끌지 않기 위해 독일어를 사용하고, 신분은 그라츠의 콜택시 회사로 위장했으며 지금은 인스브루크의 헬기 구조본부를 기지로 삼았다. 주파수도 자주 바꾸고 다양하고 난해한 암호 신호를 사용했다.

4시, 찰리가 메르세데스를 몰고 광장으로 들어서자, 주차장의 감시요원 하나가 헤드셋으로 팡파르 음을 세 번 연속 터뜨렸다. 주차구역을 찾는 데 애를 먹었지만 리트박이 아무도 돕지 않도록 지시를 해둔 터였다. 순리대로 연기하도록 놔둬. 과잉친절은 필요 없다. 주차 공간이 하나 비었다. 그녀는 차를 세우고 밖으로 나와 기지개를 켜고 엉덩이를 문질렀다. 그리고 트렁크에서 숄더백과 기타를 꺼냈다. 잘하는군. 아주 자연스러워. 이제 차문을 잠가. 리트박이 쌍안경으로 보며 중얼거리자 그녀가 시키는 대로 따랐다. 트렁크는 마지막에 닫았다. 이제 열쇠를 배기관에 넣어야지. 그녀는 그 일도 했다. 아주 노련한 동작이었다. 그녀는 상체를 숙여 짐을 챙긴 다음 지친 걸음으로 정거장을 향해 움직였다. 왼쪽도 오른쪽도 돌아보지 않았다. 리트박은 다시 기다리기로 했다. 염소를 잡아 맸으니 사자를 들여라. 쿠르츠가 즐겨 쓰는 문구다. 그가 헤드셋으로 지시를 내리고 확인을 받았다. 쿠르츠는 뮌헨 안가의 소형 인쇄전산기 옆에 앉아 통신밴이 두드려 대는 신호를 기다리겠지? 대수롭지 않은 듯 위태로운 듯, 두터운 손을 휘저어가며 특유의 미소를 터뜨리는 쿠르츠. 손목을 들어 시간을 확인하는 쿠르츠. 마침내 우린 암흑 속으로 들어온 거야. 리트박은 초저녁의 어스름을 내려다보며 그런 생각을 했다. 어둠이야말로 지난 몇 개월 동안 기다려왔던 기회였다.

한 시간이 지났다. 사제 우디는 요금을 치른 다음 경건한 걸음으로 안가를 향해 사라졌다. 휴식을 취하고 위장을 바꾸기 위해서다. 여자들도 편지를 마치고 소인을 찍으러 가야 했다. 일을 마친 다음에는 역시 우디와 같은 이유로 헤어졌다. 리트박은 교대 요원들이 자리를 차지하는 과정을 흡족한 표정으로 지켜보았다. 다 찌그러진 세탁소 밴. 늦은 점심을 위해 온 남자 여행자 둘. 커피를 마시며 밀란 신문을 읽는 이탈리아 근로자. 순찰차 한 대가 광장으로 들어와 천천히 세 번을 돌았지만, 운전사도 동승자도 시동열쇠를 배기관에 숨긴 적색 메르세데스엔 아무 관심도 보이지 않았다. 7시 40분, 감시요원 사이에서 동요가 일었다. 뚱뚱한 여인이 곧바로 운전석 문으로 걸어가 열쇠를 꽂는 등 허튼짓을 하더니 결국 빨간 아우디를 끌고 떠났다. 자기 차를 오인한 것이다. 8시, 대형 오토바이가 다가왔다가 사람들이 번호판을 읽기도 전에 굉음을 터뜨리며 떠났다. 동승자는 긴 머리의 여자로 보였으며 둘 다 술에 취해 흥청거리는 모양새였다.

"접선?" 리트박이 헤드셋으로 물었다.

여러 가지 의견이 들어왔다. 너무 부주의합니다. 너무 빨라요 등등…. 왜 경찰 검문의 위험을 자초하는 거죠? 리트박의 의견은 달랐다. 지금은 일차 현장점검에 불과하다. 확신은 있지만 요원들의 판단을 흐릴까 봐 말을 하지는 않았다. 그는 다시 기다렸다. 사자가 콧방귀를 뀌었다. 그가 돌아올까?

10시. 식당 손님들도 빠져나가기 시작했다. 시골마을 특유의 깊은 정적이 내려앉고 있었다. 하지만 붉은 메르세데스는 그대로 남아 있었고 오토바이는 돌아오지 않았다.

아무도 타지 않은 차를 지켜보는 것만큼이나 답답한 짓거리도 없다지만, 리트박에게는 비근한 일이다. 오랫동안 초점을 붙들고 있노라면, 사람이 부재할 경우 자동차가 얼마나 부질없는 존재인지 새삼 깨닫게 된다. 애초에 인간이 차를 발명한 것 자체가 얼빠진 짓이다. 두 시간만 지나면, 자동차는 지금껏 당신이 경험한 최악의 쓰레기가 되고 급기야 말과 보행자의 세계를 꿈꾸기 시작한다. 삶이라는 이름의 금속쓰레기를 벗어던지고 맨몸을 되찾아 키부츠의 오렌지 농장으로 돌아가고 싶다. 그건 유대인의 피를 흘리는 게 얼마나 위험한지 온 세상이 깨닫게 될 날을 뜻한다.

전 세계 적들의 차를 모두 박살 내고 이스라엘이 영원한 자유를 되찾는 날.

또는 안식일을 기억할 것. 율법 가라사대, 안식일을 지키느라 영혼을 외면하지 말고 행하며 영혼을 구할지어다.

부모님의 바람대로, 평범하고 독실한 여자와 내키지 않는 결혼을 하고, 융자를 받아 헤르질야에 정착한 후 저항 한 마디 못한 채 출산의 무한 함정에 빠질 수 있음을 기억하라.

또는 유대의 신에 대해 고민하라. 현재 상황에 대한 성서적 비유에 대해서도 생각해볼 것.

하지만 어떤 생각 및 행동을 하거나 하지 않던 간에, 리트박만큼 훈련이 완벽한 사람이 지휘를 맡는다면, 또 그가 유대인의 학대자들에게 본때를 보여준다는 기대감에 마약처럼 젖어 산다면, 한순간도 차에서 눈을 뗄 수는 없으리라.

오토바이가 돌아왔다.

오토바이는 역 광장에 머물렀다. 시몬 리트박의 손목시계 기준으로는 영원히 이어질 듯한 5분 30초였다. 어두운 호텔방 창가까지는 불과 15미터 정도로 사정권이기도 하다. 그는 내내 오토바이를 지켜보았다. 최고급 오토바이. 일제. 비엔나 번호판. 특별 제작한 핸들. 오토바이는 도망자처럼 엔진도 켜지 않은 채 미끄러져 들어왔다. 운전사는 가죽옷에 헬멧을 썼는데 여전히 성별 구분은 불가능했다. 동승객은 남자였다. 어깨가 넓고 머리카락은 허리까지 길렀으며, 진과 스니커즈 차림에 화려한 스카프를 목에 둘렀다. 오토바이는 메르세데스 옆이지만 뭔가 의혹을 살 정도로 가깝지는 않았다. 리트박이라도 그렇게 했을 것이다.

"집합 완료." 헤드셋에 대고 조용히 속삭이자 즉시 4인의 확인 보고가 돌아왔다. 리트박은 상황을 정확히 판단하고 있었다. 때문에 행여 그 순간 두 사람이 겁을 먹고 달아난다면, 그로 인해 작전이 완전히 수포로 돌아간다 해도, 일고의 망설임 없이 지시를 내렸을 것이다. 그러면 세탁 밴 운전석의 아아론이 일어나 광장에서 두 사람을 총살해야 한다. 하지만 천만다행으로 오토바이는 달아나지 않았다. 그저 오토바이에 앉아 턱끈과 버클을 만지작거렸을 뿐이다. 폭주족이 다 그렇듯 몇 시간이라도 그렇게 죽치고 앉아 있을 판이지만 사실은 기껏 2분 정도에 불과했다. 두 사람은 계속해서 거리의 냄새를 맡고, 모퉁이와 주차 자동차들은 물론, 리트박의 방 같은 위층 창들도 꼼꼼히 살폈다. 물론 특별한 변수가 없다는 점을 확인한 건 이미 오래전이다.

명상의 시간은 지났다. 장발이 어그적어그적 안장에서 내려와 천천히 메르세데스를 지나갔다. 고개를 삐딱하게 기울이는 동안 분명 배기관 밖으로 삐죽 고개를 내민 자동차 열쇠를 확인했으리라. 그래도 열쇠를 향해 덤벼들지는 않았는데 리트박도 동료 연기자로서 고마워하는 바였다. 그는 느릿느릿 자동차를 지나 역사 공중화장실에 갔다가 곧바로 다시 나왔다. 행여 미행자가 있을 경우 허를 찌르기 위한 수순이다. 미행자는 없었다. 어쨌든 여자들은 불가능했고 남자들은 지나치게 신중했다. 장발은 두 번째로 지났다. 리트박은 결정적인 행동을 원했기에 그가 열쇠 챙기기를 간절히 바랐으나 장발은 그의 바람을 따르지 않았다. 그는 오토바이로 돌아갔다. 동료 운전사가 안장을 고수하는 이유는, 필요할 경우 자연스럽게 달아나야 하기 때문이다. 장발이 동료에게 무슨 말인가를 하더니 헬멧을 벗고 고개를 젖혀 얼굴을 무심코 불빛에 드러냈다.

"루이기." 리트박이 헤드셋으로 미리 정한 암호명을 불러주었다.

문득 벅찬 만족감이 밀물처럼 밀려들어왔다. 너무도 순수한 만족. 이런 기분을 한 번이라도 느껴본 적이 있었던가? 네 덕분이다, 로시노. 평화적 해결의 사도. 그가 속으로 중얼거렸다. 리트박은 그를 너무나 잘 안다. 여자 친구들과 남자 친구들은 물론, 로마의 우익 파트너, 밀란 음악학원에 근무 중인 좌파 멘토의 이름과 주소까지 모두 알고 있다. 비폭력만이 유일한 해법이라는 그의 주장은 물론 그 주장을 출판한 나폴리의 고급 잡지도 알고, 그에 대한 예루살렘의 뿌리 깊은 불신도 알고 있다. 항상 실패로 끝나긴 했지만 어떻게든 증거를 확보하려는 끈질긴 노력도 잘 안다. 그의 체취와 구두 사이즈를 알고 있으며, 바트 고데스베르크를 비롯한 여타 지역에서의 역할도 의심하던 터였다. 무엇보다 그를 어떻게 처리해야 할지에 대한 분명하고도 확실한 생각도 갖고 있다. 하지만 아직은 아니다. 아직 오랫동안 기다려야 한다. 이 고통스러운 여행이 모두 끝나야 그 문제도 해결이 될 것이다.

그녀는 할 바를 다했어. 단 하나의 신분으로 그 지난한 여행을 완수하다니. 리트박은 무척 흡족했다. 그가 보기에 그녀야말로 진짜 반유대주의자였다.

마침내 운전사도 내렸다. 그는 내리자마자 기지개를 켜고 턱끈을 풀었다. 그리고 로시노가 대신 오토바이 핸들을 잡았다.

운전사는 여자였다.

리트박이 쌍안경으로 본 바에 따르면 날씬한 금발이었으며, 대형오토바이를 다루는 솜씨에도 어딘가 우아한 매력이 엿보였다. 그렇다고 여자가 파리의 오를리에서 마드리드까지 운전을 했는지, 죽음기레코드들을 담은 가방을 스웨덴 여자 친구한테 배달했는지에 대해 고민할 생각은 추호도 없었다. 중요한 순간이다. 그런 식으로 삼천포로 빠졌다가는 팀원들 사이에 누적된 증오는 지금까지의 고된 훈련으로도 막기 힘들 것이다. 요원 대부분은 사람을 죽인 경험이 있는 터라 더더욱 망설일 이유가 없다. 그래서 그는 아무 지시도 내리지 않았다. 그들 스스로 판단하게 하자. 그러면 그만이다.

지금은 여자가 화장실을 찾을 때였다. 그녀는 짐받이에서 작은 가방을 꺼내고 헬멧을 로시노에게 맡긴 다음 광장을 가로질러 곧바로 역내로 들어갔다. 이번에는 파트너와 달리 한참 후에나 밖으로 나왔다. 이번에도 리트박은 자동차 열쇠를 향해 달려들기를 기대했으나 역시 허사였다. 걸음걸이는 로시노만큼이나 유연하고 느긋했다. 비틀거리지도 않았다. 실제로 무척이나 매혹적인 여성이었다. 노무관이 그녀에게 빠진 것도 당연하다. 리트박은 다시 로시노를 보았다. 그는 앞 안장에 가볍게 서서 고개를 기울이고 있었다. 그것도 당연하다. 리트박 자신도 잔뜩 귀를 기울인 채 소리를 기다리고 있으니까. 희미하게 우르릉거리는 소리. 클라겐푸르트 10시 24분발. 드디어 도착시간이다. 기차가 천천히 몸서리를 치며 플랫폼에 정차하고 첫 번째 승객들이 충혈된 눈으로 역사를 빠져나왔다. 택시 두 대가 앞으로 이동해 다시 자리를 잡았다. 승용차 두 대는 떠났다. 잠시 후 피곤한 표정의 여행단이 등장했다. 모두 가방을 들고 모두 동일한 화물 꼬리표를 달았다.

지금이야. 그 차를 타고 다른 차들과 함께 빠져나가! 네가 이곳에 온 목적을 행하란 말이다. 리트박이 속으로 애원했다.

하지만 그들의 실제 행동은 리트박으로서도 크게 의외였다. 초로의 부부가 택시 줄에 서 있었다. 그 뒤의 심각한 여자는 유모나 동행으로 보였다. 여자는 젊었고 갈색 더블 정장을 입었으며 챙을 늘어뜨린 작고 딱딱한 갈색 모자를 썼다. 리트박은 그녀를 주목했다. 물론 역사 부근에 그가 주목한 사람은 그 외에도 많았다. 긴장감 때문인지 눈은 더욱 밝고 또렷했다. 소형 여행 가방을 든 미인. 초로의 부부가 함께 택시를 부를 때 여자는 그들 뒤에 바짝 붙은 채 택시를 지켜보았다. 부부가 차에 올랐다. 여자가 그들을 도와 소지품을 챙겨주었다. 두 사람의 딸이로군. 리트박은 쌍안경을 메르세데스로 돌렸다가 다시 오토바이로 향했다. 행여 갈색 옷의 여자를 의심했더라도 일단 부모와 함께 택시를 타고 떠났다고 판단했다. 당연하지 않은가. 리트박은 세 번째 여행단을 살펴보았다. 다들 줄을 지어, 인도 옆에 대기 중인 두 대의 여행버스로 이동 중이었는데, 리트박은 문득 그녀가 우리 요원임을 깨달았다. 화장실에서 재빨리 옷을 갈아입은 탓에 그마저 속고 만 것이다. 그녀는 여행단에 따라붙어 광장을 가로지르고 있었다. 그는 흡족한 표정으로 그녀가 차 문을 연 다음 열쇠를 여행 가방에 넣고 운전석에 자리를 잡는 모습을 지켜보았다. 교회라도 가듯 너무도 정결한 자세였다. 그녀가 차를 몰고 떠났다. 열쇠는 여전히 배기관 안에서 반짝거렸다. 너무도 기분 좋은 한 수였다. 보라, 얼마나 뻔한 수인가? 얼마나 교묘한 수인가? 두 번의 전보. 두 벌의 열쇠. 이중의 장치를 맹신하라! 지도자 동지 만세!

그가 한 단어로 지시를 내리자 부하들이 조심스럽게 이동하기 시작했다. 여자 둘은 포르쉐, 우디는 꼬리에 유럽기를 매단 대형 오펠에 올라탄 후 꼼짝도 않고 대기했다. 우디의 파트너는 오토바이를 맡았는데, 로시노의 오토바이보다는 훨씬 뒤떨어진 종류였다. 리트박은 창가에 서서, 공연이라도 끝난 듯 서서히 비어가는 광장을 내려다보았다. 승용차가 떠나고 여행버스도 떠나고 보행객들도 떠났다. 역내 주변의 조명들도 꺼졌다. 이윽고 누가 철문을 닫는 소리가 철컹 하고 들렸다. 이제 정거장도 잠들었다. 광장에는 여인숙 두 곳만 맨정신이었다.

마침내 헤드셋을 통해 기다리던 암호가 지직거렸다.

"오시안." 차가 북쪽으로 향하고 있다.

"루이기는 어디로 가고 있나?" 그가 물었다.

"비엔나."

"잠깐 기다려." 리트박이 헤드셋을 벗었다. 좀 더 생각이 필요했다.

중대한 선택을 해야 했다. 그것도 지금 당장. 로시노와 여자를 동시에 쫓는 건 불가능하다. 인력이 부족하기 때문이다. 이론적으로 폭탄을 쫓아야 했지만… 선뜻 마음이 나서지 않았다. 로시노는 미꾸라지 같은 인물인 데다 훨씬 더 큰 먹잇감이다. 반면에 메르세데스는 눈에 잘 띄는 데다 목적지도 어느 정도 확보한 터였다. 리트박은 조금 더 망설였다. 헤드셋이 찌직거렸으나 그마저 외면하고는 머릿속으로 픽션의 논리를 돌려보았다. 로시노를 포기한다고 생각하니 미칠 것만 같았다. 로시노는 분명 적의 사슬을 잇는 중요한 고리다. 그리고 쿠르츠가 여러 차례 강조한 대로, 사슬이 끊어지면 찰리를 어떻게 싸움터로 끌어들이겠는가? 로시노는 아무 문제없다고 확신하고 비엔나로 돌아갈 것이다. 그는 중요한 고리일 뿐 아니라 중요한 증인이기도 하다. 하지만 여자는… 여자는 단순 요원에 불과하다. 메르세데스의 운전자, 폭탄의 운반자, 거대한 명분의 소모품. 게다가 쿠르츠가 그녀의 미래와 생사를 위한 계획을 마련해두었다. 로시노의 미래는 더 이상 미룰 수 없다.

리트박이 다시 헤드셋을 착용했다.

"차를 쫓아. 루이기는 보내."

결심을 굳힌 후 그는 애써 만족한 미소를 지었다. 공식은 잘 알고 있다. 첫째, 우디가 오토바이로 선두에 나서고 다음이 붉은 메르세데스의 금발 여자, 그리고 오펠. 오펠 다음에는 상당히 떨어진 거리에서, 비상용의 포르쉐 내에서 여자 둘이 교대의 순간을 위해 대기 중이다. 그는 독일 국경에서 메르세데스를 추적할 고정 위치들도 재확인하고, 문제없이 통과하도록 알렉시스가 고안해낸 가상의 시나리오도 떠올려보았다.

"속도는?" 리트박이 시계를 보며 물었다.

속도가 매우 적당하다는 우디의 대답이 돌아왔다. 그렇다, 여자는 경찰과 문제를 일으키고 싶지 않았다. 화물이 신경 쓰인다는 얘기다.

당연하겠지. 리트박은 헤드셋을 벗으며 고개를 끄덕였다. 내가 여자라 해도 화물 때문에 식겁했을 것이다.

그는 서류 가방을 들고 아래층으로 내려갔다. 이미 요금을 지불했지만, 호텔에서 다시 정산을 요구했다 해도 돈을 냈을 것이다. 지금은 온 세상과 사랑에 빠져 있기 때문이다. 지휘차량은 호텔 주차장에 대기 중이었다. 그는 산전수전을 통해 몸에 밴 절제력을 유지하며 조용히 호송대를 추적하기 시작했다. 여자는 얼마나 많이 알고 있을까? 그들이 알아낼 때까지 시간이 얼마나 남은 걸까? 진정하자. 우선 염소를 묶어둘 것. 그는 다시 쿠르츠를 떠올려보았다. 그가 히브리어로 엄청난 찬사를 쏟아붓을 거라는 기대감엔 어찌나 기쁜지 한쪽 가슴이 아리기까지 했다. 물론 쿠르츠에게 푸짐한 선물을 가져다줄 수 있다는 생각만으로도 기쁘기가 한이 없었다.

잘츠부르크는 아직 여름이 오지 않았다. 신선한 봄바람이 산악지대에서 불어오고 잘츠부르크 강에서는 바다 냄새가 났다. 그곳에 도착했을 땐 그녀도 어리둥절했다. 여행 도중 내내 잠에 빠져들었기 때문이다. 그라츠에서 비행기로 비엔나에 왔지만 비행이 5초밖에 걸리지 않은 것으로 보아 내내 잠이 들었던 모양이다. 비엔나에선 렌터카가 대기했다. 잘 빠진 BMW. 그녀는 다시 잠이 들었다. 시내에 들어가면서 한순간 차에 불이 붙었다는 착각에 빠졌는데 눈을 떠보니 저녁 햇살이 진홍색 페인트를 비추고 있었다.

"아무튼 왜 잘츠부르크죠?" 그녀가 그렇게 물었었다.

미셸의 도시 중 하나니까. 그리고 도중에 있으니까. 그의 대답은 그랬다.

"도중이라뇨? 목적지가 어딘데요?" 그녀가 물었지만 대답은 또다시 유보였다.

호텔 안에는 지붕이 달린 뜰도 하나 있었다. 금빛의 낡은 난간과 대리석 도자기 화분들로 장식한 정원. 그들이 묵은 스위트룸에선 갈색 강의 급류가 내려다보였다. 그 너머로 돔 지붕이 가득했는데 언뜻 보기에도 천국보다 많은 듯했다. 돔 지대 뒤로는 성이 하나 보이고 케이블카가 한 대 오르내렸다.

"걸어가고 싶어요." 그녀가 말했다.

그녀는 목욕을 하다 욕탕에서 잠이 들었다. 덕분에 그가 문을 두드려 깨워야 했다. 그녀가 주섬주섬 옷을 입었다. 이번에도 그는 멋진 곳들을 보여주고 그녀가 좋아할 물건들을 사주었다.

"오늘이 마지막 밤인 거죠?" 그녀가 물었다. 이번엔 그도 미셸 뒤에 숨지 않았다.

"그래요, 마지막 밤. 내일은 방문할 곳이 있소. 그다음 당신은 런던으로 돌아가고."

그녀는 두 손으로 그의 팔을 끌어안고, 응접실처럼 이어진 좁은 거리들과 광장들을 누비고 다녔다. 모차르트가 태어났다는 집 밖에 섰을 때는 관광객들이 마치 마티네 관중처럼 보였다. 한없이 즐겁기만 한 이방인들.

"내가 잘한 거죠, 요제프? 잘했다고 말해줘요."

"멋지게 해냈소." 그가 대답했다. 하지만 머뭇거리는 표정으로 보아 칭찬 이상의 뭔가가 있었다.

교회들은 인형집처럼 생겼고 상상했던 것보다 아름다웠다. 소용돌이 무늬의 황금 제단과 도발적인 천사들, 그리고 죽은 자들이 여전히 쾌락을 꿈꿀 듯싶은 무덤이 특히 인상적이었다. 이슬람인 흉내를 내는 유대인이 기독교 유산을 소개하는 격이었지만, 그마저 뭐든 묻기라도 할라치면 기껏 안내책자를 사주고 영수증을 지갑에 끼워 넣는 게 다였다.

"안됐지만 미셸이 미처 바로크 시대를 연구할 시간이 없었던 모양이오." 그가 특유의 건조한 목소리로 변명했다. 하지만 이번에도 그에게서 뭔가 알지 못할 장벽을 느껴야 했다. "돌아갈까요?"

그녀가 고개를 저었다. 아직 싫어요. 저녁 시간은 깊어가고 사람들도 떠나갔다. 어느 집에선가 소년의 노랫소리가 들렸다. 두 사람은 강가에 앉아, 낡은 종들이 경쟁하듯 울어대는 소리를 들었다. 이윽고 두 사람이 다시 걷기 시작했는데, 그녀가 갑자기 축 늘어지는 바람에 그가 허리를 안고 부축해야 했다.

"식사. 샴페인. 음악." 그의 도움으로 승강기에 오르며 그녀가 주문했다.

하지만 룸서비스를 부를 때쯤 그녀는 침대에 쓰러져 잠이 들었고 요제프는 물론 이 세상 누구도 깨우지 않았다.

그녀는 미코노스의 모래에서처럼 왼팔을 굽혀 얼굴을 묻은 자세로 누워 있었다. 베커는 팔걸이의자에 앉아 그녀를 지켜보았다. 새벽 먼동이 희미하게 커튼 사이로 비집고 들었다. 신선한 낙엽과 나무 향도 코밑을 간질였다. 밤새 비바람이 몰아친 터라, 계곡은 고속열차가 달리듯 요란스러웠다. 창밖으로 도시 전체가 자체의 조명 아래 신음하고 빗물은 돔 지붕들 위에서 춤을 추었다. 그래도 찰리는 죽은 듯 누워 있었다. 그래서 그는 정말로 그녀의 입에 귀를 대고 숨을 쉬는지 확인까지 했다.

시계를 보았다. 계획하고 움직일 것…. 행동으로 의혹을 죽일 것. 창가 식탁 위엔 손도 대지 않은 음식이 놓여 있고 얼음통의 샴페인 병도 그대로였다. 그는 포크를 차례로 집어 들고 로브스터 살을 바르기 시작했다. 접시를 더럽히고 샐러드를 섞고 딸기를 뭉개, 두 사람이 만들어낸 수많은 허구에 마지막 허구를 더했다. 잘츠부르크의 축제. 찰리와 미셸은 혁명을 위한 첫 번째 임무 수행을 축하한다. 그는 샴페인 병을 들고 욕실에 들어가 문을 닫았다. 그녀를 코르크 소리로 깨우고 싶지는 않았다. 샴페인은 세면대에 쏟아 씻어내고, 로브스터 살과 딸기와 샐러드는 변기에 넣은 후 물을 내렸다. 한 번에 모두 쓸리지 않은 탓에 시간이 조금 걸리기는 했다. 샴페인은 조금 남겨 그의 잔에 따르고 찰리의 가방에서 립스틱을 꺼내 그녀의 잔에 흔적을 남긴 다음 남은 술을 마저 따랐다. 그는 다시 창가로 돌아가 비에 흠뻑 젖은 언덕을 내려다보았다. 그러고 보니 이 자리에서 밤을 온통 지새운 모양이다. 나는 등산에 지친 산악인이야. 문득 그런 생각이 들었다.

그는 면도를 하고 붉은 블레이저를 걸쳤다. 그리고 침대로 다가가 손을 내밀었다. 그녀를 깨울 생각이었으나 그만 화들짝 손을 거두고 말았다. 갑자기 망설임이 지독한 피로처럼 그를 휩쓸었다. 그는 다시 의자에 앉아 눈을 감았다. 잠시 후 깜짝 놀라 잠을 깼을 때는 무거운 사막 이슬이 전투복에 달라붙고, 축축한 모래냄새가 코를 찔렀다.

"찰리?" 그가 다시 손을 내밀었다. 처음엔 뺨을 만지려 하다가 대신 팔을 선택했다. 찰리, 당신은 작품이오. 마티도 당신이 스타라고 했소. 당신 덕분에 새로운 배우를 섭외할 필요가 없어졌다고. 지난밤 그가 전화했을 때 당신은 잠들어 있었지만 당신이 가르보보다 낫다고 했소. 함께라면 뭐든 할 수 있다는 말도. 찰리, 일어나요. 할 일이 있소, 찰리.

하지만 그는 기껏 그녀의 이름을 부르고는 곧바로 아래층으로 내려가 요금을 지불하고 마지막 영수증을 받았다. 호텔 뒤로 돌아가 렌트한 BMW도 확인했다. 새벽이 어둠을 걷어내고 있었다. 신선한 바람. 아직 여름은 오지 않았다.

"지금부터는 손짓으로 작별 인사를 하고 산책하는 척해요. 디미트리가 당신을 따로 뮌헨으로 데려다줄거요." 그가 그녀에게 말했다.

14

그녀는 아무 말 없이 승강기에 올랐다. 승강기에서 소독약 냄새가 났다. 누군가 회색 비닐 깊이 그래피티를 긁어놓았다. 그녀는 애써 마음을 다잡았다. 데모와 집회 같은 행사를 앞두고도 늘 그랬다. 가슴이 두근거렸다. 비로소 임박한 완성을 예감한 것이다. 디미트리가 벨을 누르자 쿠르츠가 직접 문을 열었다. 그 뒤가 요제프였다. 우그러진 청동 방패가 뒷벽에 걸렸는데 아기를 어르는 크리스토퍼 성인의 모습이 그려져 있었다.

"찰리, 정말 대단했소. 당신 정말 최고야. 이건 기적이었어요." 쿠르츠가 부드럽고 진솔한 말투로 치하하며 그녀를 힘껏 끌어안았다.

"그 사람은 어디 있어요?" 그녀가 요제프 뒤쪽의 닫힌 문을 보았다. 디미트리는 들어오지 않고 그녀를 배달한 후 다시 승강기를 타고 내려갔다.

대화는 마치 교회 안만큼이나 조심스러웠다. 쿠르츠는 그녀의 질문을 두루뭉술 받아넘겼다.

"찰리, 그 친구는 잘 있어요. 여행으로 조금 피곤하다지만 왜 아니겠소? 걱정할 필요 없어요. 휴식. 그래요, 그 친구한테 휴식을 줍시다. 찰리도 잘 쉬었겠지, 응? 자, 이거. 그 멋진 머리카락을 감춰줄 머리스카프라오. 어서 받아요." 그가 그녀를 풀어주며 스카프를 내밀었다. 녹색 실크. 고급스러워 보였다. 그녀에게 주기 위해 쿠르츠가 내내 주머니에 넣고 있었다. 그녀가 거울 앞에서 간호사처럼 머리를 묶는 동안 두 남자는 꼭 붙어 서서 지켜보았다.

"노파심에 하는 얘기네만 이번 일은 정말로 신중해야 해. 알고 있지, 요제프?"

찰리는 핸드백에서 새 파우더콤팩트를 꺼내 화장을 고쳤다.

"찰리, 이번 일은 다소 감상적일 수 있소." 쿠르츠가 경고했다.

그녀는 콤팩트를 넣고 립스틱을 꺼냈다.

"행여 멀미라도 나면, 그냥 무고한 인간을 수도 없이 죽인 자임을 명심해요. 누구나 인간의 얼굴을 하고 있지만 이자도 마찬가지요. 하지만 수많은 미모, 수많은 재능, 써보지도 못한 능력…. 모두가 희생되었소. 그것도 끔찍하게. 일단 그곳에 들어가도 아무 말도 하면 안 돼요. 절대로. 얘기는 모두 내게 맡겨요." 그가 문을 열었다. "지금은 그 친구도 아주 유순하다오. 이동하는 동안 조금 길을 들이긴 했는데 이곳에 있는 한은 그럴 수밖에 없다오. 그 밖에는 아주 좋아요. 문제도 없고. 다만 그와 대화할 수는 없소."

최신형 난평면 구조가 사라지고, 대신 세련된 개방형 계단과 소박한 중앙발코니, 철제 난간 등이 나타났다. 캔버스에 그려놓은 영국 스타일의 석탄 벽로, 사진 조명들, 삼각대에 걸쳐놓은 값비싼 카메라들. 역시 받침대에 고정해둔 가정용 테이프레코더, 강철보다 단단하면서도 우아한 마르베야 스타일의 고급 소파. 그녀는 소파에 앉았다. 요제프도 바로 옆에 앉았다. 손을 잡아야 하는 건가? 문득 그런 생각이 들었다. 쿠르츠는 회색 전화를 들고 외선 버튼을 눌렀다. 히브리어. 그는 통화 내내 중앙발코니를 올려다보았다. 마침내 그가 전화를 내려놓고 그녀에게 걱정 말라는 미소를 지었다. 방 안에서는 남자, 먼지, 커피, 간소시지 냄새와 무엇보다 수백만 개비의 담배 냄새가 났다. 그 밖에 다른 냄새도 있었지만 정체가 불명했다. 처음 산 당나귀 마구에서 첫 남자의 땀 냄새까지 머릿속이 너무 복잡했기 때문이다.

머릿속이 복잡해지면서는 거의 잠들 뻔했다. 많이 아파. 지금 난 검진 결과를 기다리는 거야. 선생님, 선생님, 그냥 솔직하게 말씀해주시겠어요? 대기실용 잡지가 한 무더기 쌓여 있었다. 아무 잡지나 붙잡고 기댈 수 있으면 좋으련만. 이제 요제프도 발코니를 올려다보았다. 찰리도 그의 시선을 따르기는 했지만 어느 정도 시간이 지난 후였다. 실제로 종종 있는 일이기에 바라볼 필요도 없다는 인상을 스스로에게 주고 싶었던 것이다. 발코니의 문이 열리더니 턱수염을 기른 남자가 비척비척 옆걸음으로 방에 돌아왔다. 비록 뒷모습이지만 억눌린 분노를 감출 수 없는 듯 보였다.

한동안은 아무 일도 없었다. 잠시 후 간단한 진홍색 보따리 같은 물건이 나타나고, 그 뒤를 깔끔하게 면도한 남자가 나타났다. 남자는 화났다기보다는 굉장히 경건한 쪽에 가까웠다.

마침내 그녀도 상황을 이해했다. 남자는 둘이 아니라 셋이었다. 그런데 가운데 남자가 뒤처져 나타난 것이다. 붉은 블레이저코트. 날씬한 아랍인. 그녀의 연인. 현실 무대에서 끄집어낸 그녀의 몰락한 꼭두각시.

그렇다. 몇 년의 나이 차이, 그리고 요제프가 성숙해 보이는 점을 감안한다면 꽤나 비슷해 보이긴 했다. 그녀는 선글라스 깊이 숨어 그런 생각을 했지만 왜 아니겠는가. 이따금 요제프의 인상을 이용해 꿈속의 애인을 만들곤 했으니 말이다. 다른 경우라면 다른 인물이 등장해, 마스크 쓴 팔레스타인인에 대한 불완전한 기억을 보완했을 터였다. 그리고 그녀는 그가 현실에 등장한 순간 둘이 너무도 닮았다는 사실에 감격했다. 입꼬리를 다소 길게 처리했었던가? 섹시한 매력이 전혀 살아나지 않잖아! 콧구멍도 너무 커. 허리 살집도 많은 듯하고…. 당장이라도 달려가 그를 보호하고 싶지만 무대에서 그럴 수는 없다. 대본에 없는 연기는 결코 안될 말이다. 게다가 아직 요제프한테서 자유로운 것도 아니니….

그럼에도 불구하고 자제력을 잃을 뻔했다. 그 순간 그녀는 요제프가 묘사한 바로 그 존재가 되고 말았다. 미셸의 구원자이자 해방자. 그의 성녀 조안. 육신의 노예이자 찬란한 별. 그녀는 지금껏 그를 위해 혼신의 연기를 펼쳤다. 지저분한 모텔에서 촛불만 켠 채 함께 식사를 하고, 침대를 공유했으며 그의 혁명에 동참하고 그의 팔찌를 차고 그의 보드카를 마시고 그의 육체를 난도질했으며, 보답으로 그가 그녀를 난도질하도록 허락했다. 그를 위해 그의 메르세데스를 몰고 그의 총에 키스하고, 곤경에 빠진 그의 혁명군에 러시아제 최고급 TNT를 운반해주었다. 그녀는 잘츠부르크의 강변호텔에서 그와 함께 승리를 자축했다. 밤에는 아크로폴리스에서 함께 춤을 추었고 그로써 온 세상이 그녀를 위해 되살아났다. 그리고 동시에 다른 사랑을 꿈꾸었다는 죄의식에 괴로워했다.

너무도 아름다운 남자…. 요제프가 말한 그대로였다. 아니, 더 아름다웠다. 찰리 같은 여자라면 도저히 저항이 불가능한 절대적인 매력. 그는 군주의 매력을 지녔으며 자신도 그 사실을 안다. 날렵하고도 완벽한 몸매. 잘 다듬어진 어깨와 매끄럽게 빠진 둔부. 복서의 이마와 목양신의 얼굴, 흡사 왕관과도 같이 바짝 달라붙은 검은 머리…. 아무리 길들이려 해도 칠흑 같이 까만 두 눈에서 저 열정적인 본성을 감추거나 반란의 빛을 끌 수는 없으리라.

그는 너무도 평범했다. 올리브나무에서 떨어진 어린 목동. 명언을 외우고 예쁜 장난감, 예쁜 여자를 탐하는 까치 눈. 그리고 그를 목장에서 몰아낸 자들을 향한 농부의 분노. 애야, 침대에 들어오렴, 엄마가 평생 잊지 못할 재미있는 얘기해줄게.

그들이 양쪽에서 그의 겨드랑이를 부축했다. 맥없이 나무계단을 끌려 내려올 때에는 구찌 구두가 자꾸만 미끄러지고 말았다. 그 때문에 당혹 스러운지 그가 자꾸 헛딛기만 하는 두 발을 향해 서글픈 미소를 지었다.

그들이 그를 데려오고 있다. 하지만 그녀로서는 도저히 바라볼 자신 이 없었다. 그래서 그렇게 애원하기 위해 요제프를 돌아보는데, 그도 그 녀를 똑바로 노려보기만 했다. 무슨 말을 하기는 했으나 그 순간 가정용 테이프레코더가 떠드는 바람에 그녀도 돌아설 수밖에 없었다. 카디건 차림의 마티가 얼른 볼륨을 줄였다.

녹음 목소리는 부드럽고 억양은 강했다. 토론회에서 듣던 바로 그 목 소리. 그가 모호한 열정으로 저항의 선동구호를 낭독하고 있었다.

"우리는 쫓겨난 민족입니다! 우리는 원주민들을 대신해 침략자들과 싸웁니다…. 우리는 침묵하는 사람들을 대변합니다. 침묵을 깨고 소리 를 들려줘야 합니다! …우리는 박해받는 짐승입니다. 더 이상 더 뭘 참 으라는 겁니까? …우리는 법에 따라 매일매일 폭격을 받으며 태어나고 또 살아갑니다! …이제 더 이상 잃을 게 있습니까? …우리 땅을 빼앗아 간 모든 자들과 싸울 것입니다!"

요원들이 그를 소파에 앉혔다. 바로 그녀의 맞은편이다. 균형 감각이 망가졌는지 상체를 잔뜩 굽히고는 두 팔뚝으로 간신히 상체를 지탱했 다. 두 손은 수갑이라도 찬 듯 포갰지만 그들이 쇼를 목적으로 걸쳐준 금 팔찌가 고작이었다. 턱수염 요원은 뒤에 서서 인상만 잔뜩 찡그렸고 면 도 요원은 얌전히 그의 옆에 앉았다. 녹음 목소리가 배경처럼 울려퍼지 는 동안, 미셸의 입술도 뭔가를 중얼거리는 눈치였다. 자신의 구호를 따라하는 모양이나 사실 구호는 원래의 주인에게도 너무 빠르고 힘찼다. 그는 이내 시도를 포기하고 멋쩍은 미소를 지었다. 뇌졸중에 걸린 아버지를 보는 기분이었다.

"상대가 국가의 폭력이라면… 폭력은 범죄가 아닙니다…. 국가의 폭력이 범죄이기 때문이죠…." 부스럭 원고를 넘기는 소리. "여러분을 사랑합니다. 여러분은 나의 자유입니다…. 여러분은 우리의 동지입니다. 우리의 몸과 우리의 피는 하나입니다…. 여러분이 바로 나이며 나의 병사입니다…. 자, 내가 왜 이런 말을 하겠습니까? 우리는 함께 뇌관에 불을 붙일 겁니다." 당혹스러운 정적. "이게 뭐죠? 무슨 일인지 말해주겠습니까?"

"그녀에게 손을 보여줘." 쿠르츠가 녹음기 스위치를 끄며 지시했다.

면도 요원이 미셸의 두 손을 펴서 그녀에게 내밀었다.

"난민촌에서야 강제노동으로 손이 거칠었지만, 지금은 위대한 지성으로 통하는 데다 돈도 많아요. 여자와 맛난 음식을 즐기며 태평성대를 누리고 있지. 안 그런가, 친구?" 쿠르츠가 다가오며 말했다. 그는 소파 뒤로 접근해 두툼한 손을 미셸의 머리에 얹고 자기 쪽으로 돌려세웠다. 가혹하거나 비꼬는 말투는 아니었다. 그보다는 말썽꾸러기 아들을 대하는 쪽이었다. "자네가 위대한 지성 맞지? 여자들한테 대신 일하게 하고, 응? 이 친구, 한 여자는 정말로 폭탄으로 사용했다오." 그가 찰리에게 설명했다. "보따리를 주어 비행기에 태웠는데 펑 하고 날아갔지. 여자도 전혀 상상하지 못했을 게요. 이봐, 그건 예의가 아냐, 응? 숙녀에게 할 짓이 따로 있지."

그제야 아리송했던 냄새의 정체를 깨달았다. 요제프가 욕실마다 놓아두던 애프터셰이브 로션이었다. 두 사람이 한 번도 함께 써본 적이 없는 욕실들. 아마도 임시로 그에게 발라준 모양이다.

"이 숙녀분한테 말할 생각 없나? 빌라까지 오셨는데 환영인사는 해야지, 응? 왜 그래? 더 이상 협조할 생각이 없어지기라도 한 거야?" 쿠르츠의 채근에 복종이라도 하듯 미셸이 살짝 두 눈을 뜨고 상체를 세웠다. "자, 신사답게 아름다운 숙녀 분을 환영하라고. 안녕하세요라고 할 거지? 안녕하세요? 이봐, 안녕하세요 안 할 거야?"

물론 그는 인사를 했다. 테이프보다 불안한 목소리였다.

"안녕."

"대답하지 말아요." 요제프가 옆에서 조용히 경고했다.

"안녕하세요, 부인." 쿠르츠가 아무 감정이 없는 목소리로 몰아붙였다.

"안녕하세요, 부인." 미셸이 시키는 대로 했다.

"저기 데리고 가서 뭐든 쓰게 해." 쿠르츠가 지시했다.

그들은 그를 탁자에 앉히고 그 앞에 펜과 종이 한 장을 주었다. 그가 제대로 할 리가 없지만 쿠르츠는 개의치 않았다. 펜 잡는 스타일을 눈여겨봐요. 아랍 글자를 쓸 땐 저렇게 손을 모아야 하지. 그가 찰리에게 설명했다.

"한밤중에 일어나 회계업무를 본 적이 있을 게요. 바로 저런 모습이에요."

그녀가 요제프에게 사정했다. 나 좀 내보내줘요. 이러다 죽을 것 같아요. 아니, 그것도 머릿속 얘기다. 요원들이 그를 계단 위로 데려가면서 쿵쿵거리는 발소리가 찰리의 귀를 때렸다. 하지만 쿠르츠는 자신은 물론 찰리에게도 휴식을 허락하지 않았다.

"찰리, 아직 남은 무대가 하나 있어요. 약간 노력이 필요하겠지만 어쨌든 지금 해치워야 할 것 같군요. 피치 못할 일이야 늘 있는 법이니까."

거실은 무척이나 조용했다. 여느 가정집만큼이나. 그녀는 요제프의 팔을 잡고 쿠르츠를 따라 위층으로 올라갔다. 이유는 모르겠지만 미셸

처럼 살짝 비틀거리자 조금 마음이 진정된 기분이었다,

　나무 난간은 여전히 땀으로 끈적거렸다. 계단 위에 사포 같은 종이 쪼가리들이 흩어져 있었으나 밟아도 바스락거리는 소리는 나지 않았다. 그녀는 이런 세세한 부분들을 구체적으로 분류해나갔다. 구체성만이 현실과의 유일한 고리 역할을 할 때가 있다. 화장실 문은 열려 있었다. 아니다. 다시 보니 아예 문이 없었다. 수조에 체인도 매달려 있지 않았다. 죄수가 아무리 넋이 나간 자라 해도, 하루 종일 죄수를 끌고 다니려면 돌발 상황에 대비해서라도 집을 개조할 수밖에 없었으리라. 그런 문제들을 하나하나 따져보고 나서야 그녀는 방에 들어가는 데 동의했다. 벽에는 패드를 덧대고 반대편에 싱글침대가 하나 붙어 있었다. 그리고 그 위에 다시 미셸이 있었다. 메달 목걸이를 빼고는 완전히 알몸이었다. 두 손은 사타구니를 가렸는데 탄탄한 몸에 뱃살이 거의 없었다. 어깨 근육은 단단하고 풍성했으며 가슴 근육은 넓고 판판했다. 근육의 굴곡 또한 먹물로 그린 듯 또렷했다. 쿠르츠의 지시에 따라 요원 둘이 그를 세우고 두 손을 떼어놓았다. 성기는 할례를 치렀고 크고 아름다웠다. 턱수염 요원이 인상을 찡그리며, 왼쪽 옆구리에 우유 자국 같은 하얀 모반, 오른쪽 어깨에 칼에 찔린 흉터 자국, 그리고 배꼽에서부터 흘러내린 검은 털을 가리켰다. 두 사람은 아무 말도 없이 그를 돌려세웠는데, 문득 루시가 흉터 많은 등을 좋아했던 기억이 났다. 흉터로 얼룩진 척추와 등. 하지만 그의 등에는 총상은커녕 사소한 흉터 하나 없이 아름답기만 했다.
　요원들이 다시 그를 일으켜 세웠다. 하지만 그 정도면 충분했다고 판단했는지, 요제프가 그녀를 아래층으로 데려갔다. 그는 한 팔로 그녀의 어깨를 감싸고 한 손으로 그녀의 손목을 움켜쥐었는데 손목도 아프고 걸음걸이도 지나치게 빨랐다. 그녀는 화장실에 들어가 토악질을 했다.

그 후 그녀의 바람은 그곳을 빠져나가는 것뿐이었다. 이 건물에서 나가고 그들한테서 달아나고, 정신과 살갗을 벗어던지고만 싶었다.

그녀는 달리고 있었다. 마치 운동회라도 하듯 죽을힘을 다해 달렸다. 주변의 콘크리트 같은 지평선이 톱니처럼 깔쭉거리며 반대방향으로 달려갔다. 옥상 정원은 말쑥한 벽돌길로 이어지고 자그마한 이정표들이 미지의 장소들을 가리켰다. 머리 위에서 청색과 황색의 연관들이 길게 색무늬를 만들었다. 그녀는 죽을힘을 다해 달렸다. 위층과 아래층. 달리는 길마다 다양한 식물이 괜스레 불필요한 시선을 끌기도 했다. 우아한 제라늄, 발육부진의 관목들, 담배꽁초…. 이윽고 표식 없는 공동묘지 같은 공터가 나타났다. 요제프도 옆에 있었다. 그녀는 그에게 가라고 소리쳤다. 꺼져! 초로의 부부가 벤치에 앉아 흐뭇한 표정으로 둘의 사랑싸움을 지켜보았다. 그녀는 이런 식으로 플랫폼 두 곳을 지나 주차장으로 이어지는 울타리와 가파른 절벽에 이르렀다. 그렇다고 자살할 생각은 없었다. 이미 오래전에 자살할 타입이 아니라고 결론을 내렸다. 뿐만 아니라 미셸과 함께 죽는 게 아니라 요제프와 함께 살고 싶었다. 그녀가 마침내 걸음을 멈췄다. 그래도 별로 헐떡이지 않는 걸 보니 달리기가 오히려 도움이 된 모양이다. 좀 더 자주 달려야겠어. 그녀가 담배를 청했지만 요제프한테도 없었다. 그가 그녀를 벤치로 이끌었다. 그녀는 잠시 앉았다가 다시 일어났다. 처음에는 싸울 생각이었으나 제대로 싸우기엔 지나다니는 사람들이 너무 많았다.

"동정은 무고한 사람들을 위해 남겨둬요." 요제프가 그녀의 욕설을 담담하게 차단했다.

"당신들이 날조하기 전엔 그 사람도 무고했어요!" 그녀는 그의 침묵을 당혹감으로, 당혹감을 약점으로 오인하고 잠시 말을 끊었다. 그러고는 들쭉날쭉한 지평선을 보는 척하다 다시 가차 없이 몰아붙였다. "인용.

'불가피했다. 필요 없었다면 여기 오지도 않았을 것이다.' 다시 인용. '당신한테 부탁한 일 때문에 우리를 기소할 법정은 세상에 존재하지 않는다.' 당신 말 아니었던가요? 되담고 싶겠군요?"

"아니, 그렇지 않소."

"아니, 그렇지 않소.' 이봐요, 분명하게 해두는 게 좋아요. 행여 의혹이 남아 있다면 당연히 내 쪽이어야 하니까 말이에요."

그녀는 곧바로 시선을 정면으로 돌렸다. 맞은편에 건물이 하나 있었는데 그녀는 정말 그 건물을 사들일 사람처럼 열심히 노려보았다. 요제프는 가만히 앉아 있기만 했다. 그리고 그 바람에 장면 전체가 일그러진 기분이었다. 차라리 가까이에서 서로를 마주 보거나, 아니면 그가 조금 뒤에서 저 멀리 분필 낙서들을 바라보는 게 자연스러웠을 것이다.

"몇 가지 더해도 되요?" 그녀가 물었다.

"부디."

"그가 유대인을 죽였어요."

"유대인뿐 아니라, 유대인이 아닌 구경꾼들, 싸움과 무관한 사람들까지 모두 죽였소."

"무고한 구경꾼들의 죄라면 책을 한 권 쓸 수도 있어요. 먼저 레바논 폭격부터 해서 얼마든지."

그는 기대했던 것보다 더 빨리, 더 강하게 반격을 시도했다.

"그런 책은 이미 나와 있소, 찰리. 제목이 홀로코스트였지."

그녀는 엄지와 검지로 둥근 고리를 만들고 그 구멍을 통해 멀리 발코니를 보았다.

"당신도 아랍인들을 죽였잖아요?"

"물론."

"얼마나?"

"죽일 만큼."

"하지만 모두 정당방위겠죠? 이스라엘 사람들은 정당방위 때만 사람을 죽이니까." 무응답. "나는 아랍인들을 죽일 만큼 죽였다. 끝. 서명, '요제프.'" 그래도 반응이 없었다. "음, 좋아요, 그것도 책에 넣기로 하죠. 아랍인을 죽일 만큼 죽인 이스라엘인."

그녀의 타탄 치마는 미셸의 선물이지만 양쪽에 주머니가 달렸다는 사실은 최근에야 알았다. 그녀는 주머니에 두 손을 넣고 옷매무새를 다지기라도 하듯 치마를 조금 옆으로 틀었다.

"당신은 개자식이에요. 진짜 개자식. 그런 생각 안 해봤나요? 어느 누구보다 나쁜 놈이라고요, 예? 어느 모로 보나 그래요. 한순간 우리의 피 흘리는 심장이었다가 다음 순간 냉혹한 전사가 되잖아요? 하지만 당신의 본모습은 기껏 피와 땅에 굶주린 끔찍한 유대인일 뿐이에요." 그녀는 여전히 치마를 내려다보았다. 치마가 펄럭이며 돌아가는 모습이 정말로 신기했다.

순간 그가 갑자기 자리에서 일어나 그녀의 뺨을 때렸다. 두 번. 같은 쪽. 먼저 선글라스부터 벗기기는 했으나 어느 때보다 빠르고 강한 매질이었다. 첫 번째는 정말로 아팠지만 어디 해볼 테면 해보라는 식으로 오히려 주먹이 날아든 방향으로 얼굴을 돌렸다. 그녀는 아테네 안가를 떠올리며 이걸로 비겼다고 생각했다. 두 번째는 같은 분화구에서 또다시 용암이 터진 격이었다. 매질이 끝나자 그가 그녀를 강제로 벤치에 앉혔다. 그 자리에서 심장이 터질 때까지 울 수도 있었지만 너무 기분이 좋아 눈물조차 나오지 않았다. 자기 자신을 위해서 때린 걸까? 아니면 나를 위해서? 궁금했다. 부디 그 자신을 위해 때렸기를…. 그래야 말도 안 되는 결혼 열두 시간 만에 그의 내면을 꿰뚫은 격이 되기 때문이다. 하지만 전혀 흔들림 없는 시선을 보고는 환자는 요제프가 아니라 그녀 자신임을 깨달아야 했다. 그가 손수건을 내밀었지만 그녀가 힘없이 밀쳐냈다.

"집어치워요." 그녀가 중얼거렸다.

그녀는 그의 팔을 잡았다. 그는 그녀를 데리고 콘크리트 보도를 따라 돌아왔다. 이번에도 노부부가 두 사람을 보며 미소 지었다. 우리 젊었을 때도 저랬다오. 노부부가 서로에게 중얼거렸다. 한순간 살인이라도 할 듯 싸우다가, 다음 순간 침대로 돌아가서는 그 어느 때보다 격렬한 섹스를 하는 것이다.

아래층도 위층과 비슷했지만 이곳엔 발코니도 죄수도 없었다. 그리고 책을 읽거나 귀를 기울이면서, 아예 이층에 올라간 적이 없다고 자위할 수도 있었다. 위층은 그녀의 머릿속 어두운 다락방에 자리 잡은 귀신의 집에 불과했다. 때때로 포장 상자 부딪는 소리가 들려왔다. 요원들이 조명장비를 치우고 공작을 마감할 준비에 들어간 것인데, 결국 그 바람에 위층이 아래층만큼이나 실재한다는 사실을 인정해야 했다. 아니, 미셸이 실존하고 편지들이 조작인 한, 위층이 보다 실체에 가까웠다.

셋이 동그랗게 모여 앉자, 쿠르츠가 특유의 서론으로 얘기를 시작했다. 그의 화법은 평소보다 훨씬 생생하고 직접적이었다. 그녀가 이제 전사임을 스스로 증명했기 때문일 것이다. 그의 표현을 빌자면, 그녀는 '지혜를 탑재한 고성능 미사일'이었다. 편지는 테이블 위 서류 가방에 들어 있었다. 그는 가방을 열기 전 다시 한 번 그녀에게 '픽션'을 일깨워주었다. 물론 요제프와도 뜻을 공유한 단어다. 픽션에 따르면, 그녀는 정열적인 애인일 뿐 아니라 미친 듯이 편지를 써내는 편지광이다. 미셸이 떠나 있는 동안 편지가 유일한 배출구였던 것이다. 쿠르츠는 그런 설명을 하며 싸구려 면장갑을 두 손에 꼈다. 따라서 편지는 관계에 따른 부산물이 아니라, "찰리, 당신이 삶을 토로할 유일한 공간"이었다. 그들은 점점 강박 증세가 심해지는(그러면서도 어이없을 정도로 진솔한) 사랑은 물론, '범세계적 실천주의'를 향한 정치적 개안과 변천과정까지 모두 기록했다. 범세계적 실천주의란 전 세계 반억압 투쟁 조직의 '연대'를 주장하는 운동이다. 그들은 그런 내용들을 조합해 '정서적, 성적으로 각성된 개인'의 일기를 만들어냈으며, 그 속에서 그녀는 낭만적인 저항운동에서 폭력을 맹신하는 철저한 전사로 성장해나갔다.

"그 상황에서, 당신이 특유의 다양한 문체를 구사하기 어렵다고 판단했기에, 우리가 대신 편지들을 작성한 거요." 그가 서류 가방을 열며 결론을 내렸다.

어련하시겠어요. 그녀는 속으로 중얼거리며 힐끔 요제프를 보았다. 지금은 허리를 곧추세우고 앉아 있었다. 손바닥은 수직으로 모아 무릎 사이에 끼웠는데, 평생 아무도 때려보지 않은 사람처럼 너무도 순진한 표정이었다.

편지는 갈색 포장꾸러미 두 개에 들어 있었으며 한쪽이 훨씬 더 컸다. 쿠르츠는 먼저 작은 꾸러미를 고르더니 더듬더듬 장갑 낀 손으로 개봉해 모두 평평하게 펼쳐놓았다. 미셸의 학생 같은 필체는 찰리도 익숙했다. 그가 두 번째 꾸러미를 풀었다. 놀랍게도 그녀 자신의 필체였다. 미셸이 당신한테 보낸 편지 사본들이오, 찰리. 원본은 영국에서 당신을 기다리고 있지. 하지만 당신 편지들은 원본이오. 그러니 미셸 수중에 있어야 하지 않겠소?

"그렇겠죠." 그녀가 동의하면서 본능적으로 요제프를 돌아보았다. 이번에는 특히 두 손에 주목했다. 단단히 맞잡은 두 손은 자기와 아무 상관 없는 편지들이라고 우겨대고 있었다.

그녀는 우선 미셸의 편지를 읽었다. 그 정도는 그에 대한 예의라고 생각했다. 모두 열두 장. 진술하고 열정적인 편지에서 짧고 권위적인 것들까지 종류도 다양했다. "편지에 번호를 매겨줘요. 번호를 넣기 싫으면 차라리 쓰지 않는 게 좋아요. 빠진 편지가 없어야 마음 편히 읽을 수 있겠기에 하는 말이에요. 내 안전을 위한 부탁이니 부디 들어주리라 믿어요." 그는 그녀의 연기에 열광적인 찬사를 쏟아붓다가 갑자기 딱딱한 선생으로 돌변해, "사회 각성을 위해 의미 있는 역할"을 수행할 것을 주문했다. 동시에 그녀는 "정치적 성향을 드러낼 소지가 있는 대중 활동"을 자제해야 했다. 진보 토론 모임에 나가거나 데모 및 시위에 참가하는 것도 금했다. 외면적으로 '유산 계급'처럼 처신하고 자본주의 원칙을 받아들이는 것으로 보여야 했기 때문이다. "혁명에 거부감이 있는" 것처럼 보이되 보이지 않는 곳에서는 "진보 관련 독서를 게을리하지 말아야" 했다. 논리의 맹점도 많고, 잘못된 구문, 오타도 수두룩했다. "머지않은 재회"에 대한 얘기도 있었는데 필경 아테네일 것이다. 백포도주, 보드카에 대한 묘한 언급이 두어 곳 있고 "다시 만날 때까지 잠을 푹 자두라."는 주문도 보였다.

편지를 읽어 내려가면서 미셸에 대해 보다 소박한 그림을 그릴 수 있었다. 문득 이층의 죄수에게 친근감이 생기기도 했다.

"저 사람, 아기예요. 그냥 어린애 같은 사람인데 너무 크게 띄웠군요." 그녀가 중얼거리며 요제프를 흘겨보았다.

요제프의 대답이 없자, 그녀는 자기가 미셸에게 보낸 편지들에 관심을 돌렸다. 정성껏 집어 드는 모습이 마치 대단한 수수께끼라도 풀어줄까 기대하는 눈치였다. "교과서들 같네요." 그녀가 편지들을 바라보며 멋쩍은 미소를 지었다. 네드 퀼리의 기록보관실 덕분에, 그루지아 영감은 편지지 종류에 대한 찰리의 유별난 기호뿐 아니라(메뉴 뒷면, 영수증, 자주 다니는 호텔, 극장, 여인숙 등의 메모지 등), 어린 시절 비애기의 휘갈긴 낙서에서 시작해, 열정적 사랑에 빠진 여인, 그리고 지칠 대로 지친 여배우의 취침 전 낙서까지 다양한 필체를 섭렵할 수 있었다.

레온은 작문 스타일을 그대로 복사했다. 그리하여 특유의 현란한 과장법, 갑작스럽고 섣부른 결론, 토리 정부를 향한 폭력적인 저항까지 완벽하게 재현해냈고, 그 때문에 찰리 자신도 얼굴을 붉히고 말았다. 미셸과의 성행위에 대한 묘사도 그림처럼 상세했다. 부모를 욕하기도 했는데, 어린 시절에 대해서도 역시 한과 분이 많았다. 그녀는 편지 속에서 낭만주의자 찰리를 만나고, 참회자 찰리, 콧대 높은 창녀 찰리를 만났다. 요제프가 얘기한, 찰리 내면의 아랍 여인도 만났다. 자신의 웅변과 사랑에 빠진 찰리, 실체보다는 당위를 숭상하는 여인 찰리도 만났다. 그리하여 글을 모두 읽었을 때, 그녀는 파일 두 개를 모아놓고, 편지 왕래 순서대로 다시 읽어 내려갔다. 다섯 장의 편지에 대한 다섯 번의 답장. 그의 질문에 대한 답변과 그녀의 질문에 대한 그의 얼버무림.

"정말 고마워요, 요제프. 그 잘난 총만 빌려주면 이 자리에서 내 머리를 날려버리고 싶군요." 그녀가 마침내 입을 열었다. 고개는 들지도 않았다.

쿠르츠는 벌써 웃기 시작했지만 동참하는 사람은 없었다.

"이런, 찰리, 그건 여기 요제프한테도 별로 공정하지 않을 것 같소. 편지는 모두 위원회가 만들었다오. 알다시피 이번 일에 머리 좋은 친구들이 많지."

쿠르츠가 마지막 부탁을 했다. 편지를 담은 봉투에 대해서였다. 이봐요, 찰리, 이곳으로 곧바로 가져온 거예요. 우표를 붙이지도 소인을 찍지도 않았고 봉투에 넣지도 않았기에, 미셸은 아직 꺼내보지도 못했어요. 그 일을 찰리가 해주면 좋겠는데? 아, 물론 지문 때문이오. 제일 먼저 찰리, 그다음이 우체국 분류계, 마지막으로 미셸. 그 밖에 사소하지만 봉투 귀와 소인 아래 당신 침을 바르는 게 좋겠소. 그쪽의 똑똑한 인간들이 혈

액형을 확인하려 들지도 모르니까. 그쪽에도 아주 똑똑한 인간이 있다는 사실을 잊으면 안 되겠지. 어젯밤, 찰리의 기막힌 솜씨 덕분에 충분히 확인한 사실이오.

그녀는 쿠르츠의 포옹을 기억했다. 아버지처럼 포근한 포옹. 그때만 해도 그런 포옹이 부모만큼이나 애절하고 간절해 보였기 때문이다. 하지만 요제프와의 작별은 마지막 행사였음에도 불구하고 아무런 기억도 나지 않았다. 어떤 식으로 헤어졌더라? 어디서? 최종 브리핑은 기억났다. 여유롭게 잘츠부르크로 돌아온 일도. 디미트리의 고물 밴 뒷자리에서 한 시간 반을 달릴 때도 조명을 끈 이후엔 아무 말도 하지 않았었다. 그리고 런던에 착륙했다. 그 어느 때보다도 더할 나위 없이 외로웠건만, 활주로를 미끄러질 때부터 영국 특유의 슬픔이 그녀를 반겨주었다. 그렇다, 애초에 그녀를 급진적 해결책에 기대게 만든 원인이 거기에 있었다. 사악하고 게으른 위정자들. 절망의 무저갱 속에서 허우적거리는 패배자들. 수화물 노무자들의 태업과 철도 파업. 여성화장실은 교도소 같았다. 그녀는 녹색검색대를 통과했다. 그러자 언제나처럼 세관원이 그녀를 붙들고 질문을 했다. 차이가 있다면 이번에는 가벼운 잡담 외에 그녀가 신경 쓸 일이 없다는 사실이었다.

집으로 오는 길은 오히려 출국하는 심정이었다. 모조리 날려버리고 다시 시작할까? 그녀는 풀 죽은 사람들과 함께 버스를 기다렸다.

15

모텔 이름은 로만츠, 아우토반 인근 언덕의 소나무 숲 사이에 있었다. 12개월 전, 고리타분한 취향의 연인들을 위해 세운 건물로, 문양을 새긴 시멘트 회랑, 구식 플라스틱 소총, 엷은 네온조명들로 장식했다. 쿠르츠는 마지막 방갈로를 잡았다. 아연 소재의 미늘살 창문 밖으로 서쪽 방향의 차선이 보였다. 새벽 2시, 그가 제일 좋아하는 시간대다. 그는 샤워와 면도를 하고, 커피머신으로 커피를 만들고 티크 무늬 냉장고에서 코카콜라를 꺼내 마셨다. 그리고 남은 시간 동안 하던 일을 이어갔다. 지금은 셔츠 차림으로 작은 책상에 앉아 있었다. 조명은 모두 끄고 팔꿈치 옆에 쌍안경을 놓고 나무 틈새로 깜빡이는 자동차 헤드라이트들만 잔뜩 노려보는 중이었다. 모두 뮌헨 방향이다. 새벽이라 차는 많지 않아 기껏 1분에 다섯 대 꼴이었으며 한꺼번에 몰려다니는 경향이 있었다. 비가 내리고 있다.

역시 길고도 긴 밤낮이었다. 하지만 쿠르츠는 머릿속이 몽롱한 이유가 단순히 피로 때문이라 믿었다. 다른 사람에게도 수면은 다섯 시간이면 충분하고, 이마저 그에겐 너무 많다. 어쨌거나 기나긴 하루였다. 그리고 그마저 찰리가 도시를 떠난 다음에야 시작한 셈이었다. 올림픽빌리지 안가들도 철수해야 했기에 쿠르츠가 직접 청소과정을 감독했다. 세세한 것까지 챙기겠다는 의지를 보일 때 요원들이 훨씬 긴장한다는 사실을 알기 때문이다. 편지들을 야누카의 아파트에 돌려주는 문제도 직접 챙겼다. 그는 거리 맞은편 감시초소에 서서, 감시요원들이 침투하는 모습을 지켜본 후에도 자리를 비우지 않고, 일을 마치고 돌아온 요원들을 치하했다. 반드시 자네들의 영웅적 감시 활동을 포상하겠네.

"그 친구는 어떻게 되죠? 그에게도 미래가 있습니다, 마티. 설마 잊지는 않으셨겠죠?" 레니가 도발하듯 물었다.

쿠르츠의 대답은 모호했다.

"당연히 있겠지. 하지만 그 미래까지 우리가 함께 가진 않아."

시몬 리트박은 쿠르츠 뒤쪽의 더블침대 끄트머리에 앉았다. 빗물이 줄줄 흐르는 레인코트는 벗어 발밑에 던져놓았는데, 누군가에게 사기라도 당한 양 무척 화가 난 표정이었다. 베커는 두 사람과 조금 벗어난 고급 침실 의자에 앉아 있었다. 아테네 안가에 있을 때처럼 몸에서 나온 자그마한 빛이 고리처럼 그를 에워쌌다. 그때만큼이나 외로운 모습이었으나 전쟁 전야와도 같은 긴박감도 여전했다.

"여자는 아무것도 모릅니다. 그렇게 똑똑한 여자가 못 돼요." 리트박이 쿠르츠의 등에 대고 말했다. 목소리 톤이 다소 높고 살짝 떨고 있었다. "네덜란드인이고 이름은 라르센. 프랑크푸르트에서 노숙생활을 하던 중에 야누카가 포섭했다고 생각하지만, 그것도 확신은 못합니다. 워낙에 남자가 많은 데다 잘 잊기 때문이죠. 야누카는 여자를 몇 군데 데리고 다니며 대충 총 쏘는 방법을 가르쳐주다가, 형한테 데리고 놀라며 넘겨버립니다. 여자도 기억하는 부분이죠. 그동안 여자는 둘을 위해 차를 운전하고, 두 번 폭탄을 설치하고, 여권도 몇 번 훔쳤습니다. 환심을 사기 위해서죠. 물론 무정부주의자인 데다 조금 모자란 탓도 있습니다."

"창녀이기도 하고." 쿠르츠가 조심스레 내뱉었다. 리트박이 아니라 창유리에 비친 자기 얼굴에 대고 말하는 사람 같았다.

"고데스베르크는 인정하고 취리히도 반쯤은 인정했습니다… 시간이 있다면 그마저 실토했겠죠. 앤트워프는 계속 부정하고 있습니다."

"레이덴은?" 쿠르츠가 물었다. 이제 쿠르츠도 까마귀 목소리 같았다. 베커가 앉은 자리에선 두 사람 모두 성대에 중병이라도 걸린 것처럼 들렸다.

"레이덴은 죽어도 아니랍니다. 아뇨. 아뇨. 실제로도 안 했어요. 부모와 함께 휴가 중이었다죠. 쥘트에서. 쥘트가 어디죠?"

"독일 북부 해안 근처." 베커가 대답했지만, 리트박은 모욕이라도 당한 듯 그를 노려보았다.

"정말 답답한 여자예요. 정오쯤에 얘기를 시작하면 서너 시면 그동안 한 얘기를 모두 거부합니다. '아뇨, 그런 말 한 적 없어요. 거짓말 마세요!' 테이프를 틀어줘도 위조라고 우겨대며 우리한테 침을 뱉기까지 합니다. 진짜 골통이에요."

"이해하네." 쿠르츠가 답했다.

하지만 리트박은 이해 이상을 원했다.

"조금이라도 몰아세우면 더 골통처럼 굽니다. 그렇다고 얌전히 다루면 금세 기가 살아서는 생떼를 쓰고 욕을 해대고 난리가 아니에요."

쿠르츠가 반쯤 돌아섰다. 하지만 그때 누군가를 봤다 해도 리트박이 아니라 베커였을 것이다.

"거래를 내걸기도 합니다. 우리가 유대인이니까 거래를 하자는 거예요. '이만큼 얘기하면 살려줄 건가요? 저만큼 얘기할 테니 내보내줘요,

예?'" 여전히 귀에 거슬리는 불평이었다. 그러다가 리트박이 갑자기 베커를 향해 돌아섰다. "그래, 그럼 영웅은 어떻게 하시나? 여자를 꼬여서 나한테 푹 빠지게라도 만들어야 합니까?"

"그래, 지금은 어디 있어? 현실 속에?" 쿠르츠가 물었다. 아무리 생각이 많아도 절대 세부 정보를 놓치는 사람이 아니다.

"밴에 있습니다." 리트박이 대답했다.

"밴은?"

"메르세데스 옆이죠. 대피 차선. 지시하시는 대로 옮길 겁니다."

"그럼 야누카는?"

"역시 밴입니다. 함께 있는 마지막 밤이죠. 합의한 대로 둘 모두 진정제를 투약했습니다."

쿠르츠는 다시 쌍안경을 집어 올리다가 그냥 테이블에 내려놓았다. 대신 두 손을 맞잡고 잔뜩 인상을 찌푸렸다.

"다른 대안이 있으면 언제든 말해." 그가 투덜댔지만, 이번에도 고개는 베커를 향한 채 혼자 중얼거리는 수준이었다. "여자를 네게브 사막의 집으로 데려가 가둬버려. 그다음엔? 어떻게 되었는지 묻겠지? 여자가 사라지는 순간부터 놈들도 최악을 가정할 거야. 아마도 변절을 의심하겠지. 알렉시스가 유대인들한테 넘겼을 거라고. 어느 경우든, 그쪽의 공작은 위기이고, 틀림없이 이렇게 나올 거야. '팀을 해체하고 모두 집으로 돌려보내.' 그다음엔 여자가 야누카와 함께 죽었다는 증거를 찾으려 들 거야. 어쨌든 사실은 확인해야 하니까. 다른 가설이 있나, 가디? 자네 표정을 보아하니 더 좋은 방법이 있는 것 같은데?"

쿠르츠는 기다렸다. 리트박은 여전히 비난조로 베커를 노려보았다. 아마도 죄의식을 공유해야 할 순간에 베커가 혼자서 살짝 빠져나가려 한다고 생각했을 것이다.

"아뇨." 베커가 한참 후에야 대답했다. 하지만 억지 충성을 강요받는 사람처럼 딱딱한 표정이었다. 그 점은 쿠르츠도 눈치챘다.

그때 갑자기 리트박이 그를 공격하기 시작했다. 말투가 어찌나 요동을 쳤던지 마치 그 자신이 널뛰기라도 하는 것 같았다.

"아뇨? 뭐가 아니라는 겁니까? 작전이 아니라는 건가요? 도대체 뭐가 아니죠?"

"그냥 없다는 뜻이야. 네덜란드 여자를 살려두면 저들도 찰리를 인정하지 않겠지. 마티, 살아 있는 라르센은 야누카만큼이나 위험해요. 작전을 계속하려면 뭐든 결정을 해야 할 겁니다."

"결정이라…." 리트박이 못마땅한 말투로 되뇌었다.

쿠르츠가 다른 질문으로 상황을 정리했다.

"여자한테 캐볼 만한 이름이 하나도 없나? 함께 추적하거나 묶어둘 이유 같은 것 말이야."

리트박이 크게 어깻짓을 했다.

"북독일에 에다라는 거물 여자가 있습니다만 단 한 번 만난 정도였죠. 에다 말고는 파리에 전화 통화만 한 여자가 있고, 그다음이 칼릴이에요. 하지만 칼릴이 명함을 돌릴 리는 없지 않겠습니까? 살짝 맛이 간 여자예요. 마약을 어찌나 많이 하는지 그 옆에 서 있는 것만으로도 취할 지경이니까요."

"그럼 그 여자도 막다른 골목이로군." 쿠르츠가 대답했다.

"예, 정확한 표현이십니다." 리트박이 담담한 미소와 함께 대답했다. 그도 레인코트를 여미기 시작했지만 그렇다고 밖으로 나가지는 않았다. 뭐든 구체적인 지시를 기다렸기 때문이다.

쿠르츠가 마지막 질문을 던졌다.

"여자가 몇 살이라고?"

"다음 주에 스물하나. 그게 이유가 되나요?"

쿠르츠도 주섬주섬 자리에서 일어나더니, 좁은 방을 가로질러 리트박과 정면으로 마주섰다. 방은 사냥꾼 산막 같은 가구와 연철 부속들로 장식되어 있었다.

"전부 개별 면담해서 손 떼고 싶은 아이가 있는지 알아봐, 시몬. 나한테 설명할 필요도, 이름을 적을 필요도 없어. 물론 철저하게 자기 의사여야 한다."

"이미 했습니다." 리트박이 대답했다.

"다시 해. 그리고 정확히 한 시간 후에 나한테 전화하도록. 더 빨리도 안 되고, 보고하기 전에 어떤 조치를 취해도 안 돼."

쿠르츠의 말은, 도로가 한가해지고 그도 만반의 준비를 갖춘 후라는 뜻이었다.

리트박이 떠났다. 베커는 남았다.

쿠르츠는 제일 먼저 아내 엘리에게 전화를 걸기로 했다. 청구서들도 다시 검토해야 했다. 비용 문제라면 그도 여간 신경 쓰이는 게 아니었다.

"가디, 어디 가지 말고 기다리게." 베커가 일어나려는데 그가 조용히 말렸다. 쿠르츠는 자기 가정사를 스스럼없이 드러내는 쪽이었다. 덕분에 베커는 10분 동안 꼼짝없이, 엘리가 성경연구 모임에서 잘 지내는지, 차가 고장 난 동안 쇼핑은 어떻게 했는지 등등 시시콜콜한 잡담에 시달려야 했다. 쿠르츠가 왜 그 시간을 노려 그런 문제들을 상의하는지는 물어볼 필요도 없었다. 전성기에도 마찬가지였지만 살인을 하기 전에 바닥을 접하고 싶었던 것이다. 사랑하는 이스라엘 사람이 살아 있음을 귀로 확인하고 싶었기 때문이다.

"엘리는 잘 지낸대. 안부 전하라네. '가디, 어서 집에 돌아가요.'라는군. 이틀 전에 프랭키와 충돌했는데 프랭키도 괜찮대. 자네가 없어서 조금 쓸쓸해도 잘 지내는 모양이야." 쿠르츠가 전화를 끊고 베커에게 힘주어 보고했다.

쿠르츠의 두 번째 전화는 알렉시스였다. 쿠르츠를 잘 몰랐다면 그 전화도 친구 사이의 안부전화라고 여겼을 것이다. 쿠르츠는 알렉시스의 가족소식에 귀를 기울이고 태아에 대해 물었다. 예, 엄마와 아기 둘 다 건강합니다. 하지만 일단 서곡이 끝나자 그도 정색을 하고 곧바로 핵심을 치고 들어갔다. 요즘 알렉시스와 가진 몇 번의 통화로 볼 때 어딘가 느슨해진 구석을 느낀 모양이었다.

"폴, 최근에 얘기했던 사건 하나는 당장이라도 일어나겠지만 이미 나도 당신도 어쩔 수 없는 수준이에요…. 먼저 펜과 종이부터 준비해요." 그가 가볍게 말하고는 곧바로 말투를 바꾸어 활기찬 독일어로 지시를 쏟아내기 시작했다. "공식발령을 받은 후 처음 24시간은 프랑크푸르트와 뮌헨 대학가들을 계속 탐문해요. 주요 용의자들이 좌파 선동가들이고 파리 점조직과 관계있다는 사실을 알려야 하니까. 알겠죠?" 그는 시간을 주어 알렉시스가 모두 적을 때까지 기다렸다.

"이틀째, 정오 이후 뮌헨 중앙우체국에 가서 유치우편을 회수해요. 폴 이름으로 되어 있는데, 폴의 첫 번째 범인이 될 네덜란드 여자의 신원을 비롯해, 과거 그녀가 연루된 사건들 배경자료가 기록되어 있을 거예요." 쿠르츠는 중간중간 말을 끊으며 알렉시스가 들었는지 확인했다.

쿠르츠의 지시는 거침없이 진행되었다. 뮌헨 시내 중심가 탐색은 14일째까지 완전히 보류했다. 법의학 실험 결과는 즉시 알렉시스한테 전달한 후 쿠르츠의 안전 확인 절차를 거쳐 배포할 것. 다른 사건들과의 공개 비교 또한 쿠르츠의 허락하에서만 진행할 것 등등. 알렉시스가 반발하자 쿠르츠는 수화기를 귀에서 떼어 베커가 들을 수 있게 해주었다. "하지만, 마티, 그건… 내 친구는… 먼저, 하나 여쭐 게 있습니다…."

"얘기해요."

"여기에서 뭘 봐야 하는 거죠? 사고가 소풍은 아니잖습니까, 마티. 우린 문명인이고 여긴 민주사회예요. 무슨 뜻인지 아시죠?"

당연히 알고 있지만 그렇다고 인정할 사람은 아니다. 알렉시스가 계속 다그쳤다.

"마티, 요구할 게 있습니다. 꼭 들어주셔야겠습니다. 절대 피해나 희생자가 발생하지 않아야 할 것. 이게 조건입니다. 우리 친구 맞죠, 예?"

쿠르츠는 간단한 대답으로 얼버무렸다.

"폴, 독일 재산엔 분명 큰 피해 없어요. 그저 약간 긁히는 정도라면 모를까."

"그럼 생명은요? 맙소사, 마티, 우린 원시인이 아닙니다!" 알렉시스가 외치며 위기감을 키워갔다.

하지만 쿠르츠의 목소리는 너무도 차분했다.

"무고한 피를 흘리는 일도 없을 거요, 폴. 약속하죠. 독일 시민은 흠집 하나 나지 않아요."

"그 말, 믿어도 됩니까?"

"믿어야 할 거요." 쿠르츠는 그 말을 끝으로 수화기를 내려놓았다. 연락처를 남기지도 않았다.

평소라면 쿠르츠도 전화를 여기저기 걸지 않았겠지만, 알렉시스가 도청 책임을 맡은 이상 그 정도 모험할 자격은 있다고 판단했다.

리트박은 10분 후에 전화를 걸었다. 시작해. 녹색불이 들어왔다. 쿠르츠의 지시가 떨어졌다.

두 사람은 기다렸다. 쿠르츠는 창가를 차지하고, 베커도 다시 자기 의자에 앉아 창밖의 불안한 밤하늘을 내다보았다. 이윽고 쿠르츠가 중앙 걸쇠를 풀고 여닫이창 두 개를 끝까지 열어젖혔다. 아우토반의 자동차

소음이 한꺼번에 쇄도했다.

"왜 불필요한 위험을 무릅쓰지?" 그가 중얼거렸다. 마치 쓸데없는 공상을 하다가 불쑥 입 밖으로 내뱉은 사람 같았다.

베커는 군인의 행군 속도로 수를 세기 시작했다. 두 사람이 자리를 잡고 마지막 점검 및 확인도 했다. 거리는 양쪽 모두 정지신호로 바뀌었다. 그러고도 시간이 남아 그는 인간의 생명이 얼마나 가치가 있는지 자문해보았다. 인간의 관계를 경시하는 사람은 물론, 그렇지 못한 사람들까지….

언제나 그렇듯, 그 누구도 들어보지 못했을 정도로 엄청난 굉음이었다. 고데스베르크보다, 히로시마보다 컸다. 그가 벌인 전투를 모두 더한 것보다 컸다. 베커는 의자에 앉아 쿠르츠의 실루엣 너머로 내다보았다. 오렌지색 불공이 지상에서 솟구쳤다가 이내 사라졌다. 늦은 별과 새벽 여명까지 사라졌다. 그리고 곧바로 기름처럼 시꺼먼 연기가 일더니, 가스가 번져나가며 남은 공간을 채워나갔다. 그 뒤로 온갖 파편들이 허공으로 치솟더니 빙글빙글 돌며 사방으로 날아다녔다. 바퀴, 아스팔트 조각, 신체부위…. 그가 누구인지 어찌 알겠는가? 이윽고 커튼이 가볍게 펄럭이며 쿠르츠의 팔을 스치고 헤어드라이어만큼이나 더운 바람이 훅하고 밀려들었다. 방 안의 물건들도 서로 부딪치며 벌레처럼 파르르 울어댔다. 그리고 그 소리가 멈추기도 전에 최초의 울부짖음이 들려왔다. 개 짖는 소리, 겁먹은 사람들이 방갈로 통로로 몰려들며 우왕좌왕 떠드는 소리와 침실 슬리퍼 소리, 침몰하는 선박 승객처럼 서로 외쳐대는 고함 소리들. "엄마! 엄마, 어디 있어요!" "내 보물이 없어졌어!" 어떤 여자가 공포에 질려 러시아가 쳐들어왔다며 비명을 질렀다. 누군가 유조차가 폭발한 거라며 달랬지만 마찬가지로 겁먹은 목소리였다. 군사훈련이라고 주장하는 사람도 있었다. 밤에 그런 걸 하다니 미쳤어! 침대 옆에

라디오가 있었다. 쿠르츠는 창가를 지켰다. 베커는 스위치를 켜고, 불면 증환자들을 위한 지방 채팅 채널에 맞춰놓았다. 중간에 뉴스속보가 끼어들 수도 있기 때문이다. 사이렌이 미친 듯이 울고 경찰차 한 대가 아우토반으로 치고 들어왔다. 파란 경광등이 번쩍였다. 잠시 후엔 소방차에 이어 구급차도 달려 들어왔다. 음악이 그치고 대신 최초의 속보가 등장했다. 뮌헨 서부에 정체불명의 폭음. 원인 미상. 자세한 소식은 추후 보충. 아우토반 양방향이 모두 봉쇄되었으니 우회로를 이용할 것.

베커는 라디오를 끄고 불을 켰다. 쿠르츠도 창문을 닫고 커튼을 드리운 다음 침대에 앉아 구두를 벗었다. 구두끈은 끄르지도 않았다.

"아, 맞다. 며칠 전 본 대사관 요원들한테서 보고가 들어왔어, 가디. 그래서 베를린에서 자네와 함께 일하는 폴란드인들에 대해 한두 가지 사항을 확보하라고 했지. 그 친구들 재정을 확인해보라고 말이야." 마치 갑자기 기억이 났다는 투였다.

베커는 대답하지 않았다.

"상황이 좋지 않은 것 같더군. 자네한테 돈을 더 마련해주든가, 아니면 폴란드인을 보충해야 할까 봐."

그래도 대답이 없자 쿠르츠가 천천히 고개를 들었다. 베커는 문간에서 그를 바라보고 있었는데 자세만으로도 저절로 분노가 느껴졌다.

"나한테 할 말 있나, 베커? 왜 도덕적 비난이라도 퍼부어야 마음이 편해질 것 같아서 그래?"

베커는 그러지도 않았다. 그저 조용히 문을 닫고 떠나버린 것이다.

쿠르츠는 아직 전화할 곳이 한 군데 남았다. 가브론. 그의 집 직통선이다. 그는 전화를 향해 손을 내밀었지만 잠시 머뭇거리다가 결국 회수하고 말았다. 까마귀는 나중에. 그렇게 생각하자 다시 화가 치밀었다. 어쨌거나 그에게 전화를 하긴 했다. 인사는 온화했으며 대화도 합리적이고 적절했다. 언제나처럼. 언어는 영어, 그 주를 위해 지명한 암호명을 썼다. "네이선, 해리예요. 안녕. 부인은 어때요? 오, 잘됐네요. 내 안부도 전해줘요. 염소 두 마리가 새끼를 낳았어요. 노모님께서 기뻐하실 소식 같아 연락드렸습니다."

가브론의 애매한 쉿소리를 듣노라니 쿠르츠 자신도 마음이 흔들리기 시작했다. 그렇다 해도 목소리는 철저하게 통제했다.

"네이선, 지금이야말로 당신이 나설 때입니다. 여태껏 간섭을 자제하고 상황이 무르익기를 기다리는 것도 나 때문이잖습니까? 수많은 약속을 했지만 모두 지켰고 어느 정도 신뢰와 인내도 확보했습니다." 남녀 모두를 통틀어, 그가 후에 후회할 말을 하도록 자극하는 건 오로지 가브론뿐이다. 그래도 아직은 감정을 억제했다. "네이선, 아침 식사 전에 체스 게임을 원하는 사람은 아무도 없어요. 나도 숨 쉴 공기가 필요합니다, 예? 공기, 약간의 자유, 나만의 공간 말입니다." 갑자기 화가 치밀었다. "그러니, 그놈의 성질 좀 매어두시죠, 예? 시장에 나가서 내가 갈아입을 옷이나 몇 벌 사놓고요."

전화가 끊겼다. 폭발 때문인지, 미샤 가브론이 끊었는지는 쿠르츠도 알지 못했다. 그도 다시 전화를 걸지는 않았다.

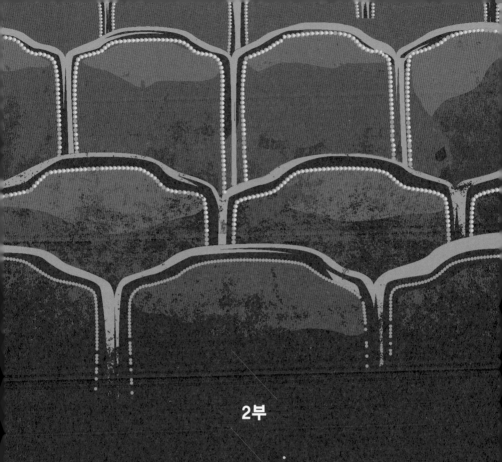

2부

전리품

The Little Drummer Girl

16

지루한 3주가 흘렀다. 그동안 런던도 여름에서 가을로 접어들었다. 찰리는 절반의 현실 속에서 살며, 불신에서 조바심, 각오에서 공포 사이를 오락가락했다.

조만간 데리러올 거라고 했다. 계속 약속하지 않았던가. 당연히 그래야 한다. 그도 거기에 맞춰 그녀의 마음가짐을 세팅해두었을 테니 말이다.

하지만 와야 할 이유는 또 뭐지? 그녀도 모르고 그도 얘기한 바 없지만, 그녀는 그의 부재를 일종의 보호막으로 이용했다. 마이크와 마티가 미셸을 포섭했을까? 찰리를 포섭했듯이? 며칠 동안은 미셸도 결국 그들이 만들어준 픽션을 받아들이고, 그녀 앞에 나타나 픽션의 애인답게 열정적인 사랑을 해줄 거라는 생각도 했다. 요제프는 교묘하게 그녀의 정신분열을 자극해 그녀가 자신의 대체존재를 향해 한없이 접근하도록 유도했다. 미셸, 사랑하는 미셸, 내게로 와요. 요제프를 사랑하면서 미셸을 꿈꾸는 여인. 처음에는 거울을 들여다보지도 못했다. 비밀이 드러날

THE LITTLE DRUMMER GIRL

까 너무 겁이 났던 것이다. 교묘히 감춘 폭력에 대한 기억으로 잔뜩 긴장한 얼굴. 목소리와 동작은 마치 물속을 걷는 듯 아련하기만 했다. 이웃과 어울릴 수도 없었다. 나는 24시간 내내 공연하는 원맨쇼예요. 모두가 세상 탓이고 그다음이 내 탓이죠.

요제프 문제라면, 그녀는 유고슬라비아를 관통하며 완성한 기술을 써먹었다. 그는 그녀 자신의 행동과 결의 모두를 의존하는 준거인이다. 우스갯소리를 던지고 화장을 보여주고 싶은 연인이며, 그녀의 안식처이자 절친한 친구이고 최고의 자산이다. 그는 그녀의 동선을 예견하고 어디에서나 불쑥불쑥 나타나는 마법의 요정이다. 버스정류장, 도서관 어디든… 한 번은 세탁방에 나타나더니, 네온 조명 아래 꾀죄죄한 여자들 사이에 서서 자기 셔츠가 빙빙 돌아가는 모습을 지켜보기도 했다.

하지만 그녀는 그의 존재를 인정한 적이 없다. 그는 완전히 그녀의 삶 밖에 있다. 시간 밖에 있고 손길 밖에 있다…. 다만 그들의 은밀한 약속, 그녀는 그 덕분에 지탱한다. 그의 타자, 미셸 덕분에….

〈좋으실 대로〉 리허설 중에, 극단에서 빅토리아 역 근처에 있는 국방의용군의 옛 수련장을 임대한 적이 있었다. 그녀는 매일 아침 그곳에 갔다. 그리고 매일 저녁 머리에서 김빠진 맥주 냄새를 씻어냈다.

그녀는 퀼리의 점심 초대에 응해 비앙키 레스토랑에서 만났다. 그는 어딘가 이상했다. 뭔가 경고하려는 듯 보였는데 정작 무슨 얘기냐고 되물으면 입을 꼭 다물고, 정치란 정치가들 문제라는 등, 그 바람에 보병연대에 입대해 전쟁까지 치렀다는 등 엉뚱한 소리만 늘어놓았다. 어쨌든 그는 크게 취했다. 그녀는 계산을 도와주고 다시 거리 인파에 섞여들었다. 문득 자기가 자신보다 앞서 달아나는 기분이 들었다. 그래서 혼잡한 사람들 사이로 달아나는 자신을 쫓아가야 했다. 난 삶에서 추방당했어. 다시는 돌아가지 못할 거야. 하지만 그런 생각을 하는 동안에도 그녀의 팔꿈치를 스치는 손길을 느꼈다. 요제프가 잠시 옆으로 다가왔다가 어느새 막스앤스팍스 백화점으로 사라졌다. 그런 식의 환각이 그녀에게 미치는 영향은 너무도 각별했기에 한순간도 긴장을 늦출 수가 없었다. 아니, 솔직하게 말한다면 긴장보다는 욕정이었다. 그가 부재한 삶은 무의미하다. 순간의 착시만으로도 열여섯 처녀처럼 전신이 온통 전율을 일으키니….

그녀는 평판 좋은 일요신문 몇 개를 골라 읽었다. 색빌-웨스트… 아니, 시트웰이었던가? 아무튼 최근의 놀라운 폭로들을 살펴보며, 영국 지배 계급의 이기적인 모순에 놀라곤 했다. 그녀는 그동안 잊고 지냈던 런던을 보았다. 물론 급진주의자로서의 자신이 폭력의 길에 의지한 데 대한 정당성은 어디에나 있었다. 그녀가 아는 런던은 죽은 혹성에 불과했다. 그녀의 임무는 그 사회를 쓸어버리고 그 땅에 보다 나은 공동체를 짓는 것이다. 속박당한 노예처럼 희망 없이 이리저리 휩쓸리는 행인들 얼굴이 그렇게 말해주었다. 절망에 빠진 노인들, 사악한 눈빛의 경찰. 달리는 롤스로이스를 부러운 듯 바라보는 흑인 아이들, 그리고 세속적 탐닉과 오만하기 짝이 없는 표정으로 화려한 은행을 올려다보는 매니저들도 마찬가지였다. 빌딩 사회는 미혹에 빠진 사람들을 재산이라는 함정으로 유인한다. 술집, 도박장, 창녀촌…. 찰리가 볼 때 런던이라는 무대는 방기된 희망과 낙담한 영혼들로 가득한 쓰레기통에 불과했다. 미셸의 영감 덕분에 그녀는 제3세계 자본주의 착취와 여기 캠든 타운의 문지방 사이에 상징적 다리를 세울 수 있었다.

지금껏 내키는 대로 살아온 그녀였다. 때문에 삶마저도 그녀에게는 표류하는 인간이라는 묵직한 상징에 불과했다. 어느 일요일 아침 일찍이 리젠트의 운하를 따라 약속장소로 가는 길에(사실 요제프와 이따금 만날 때였다.) 애절한 현악기의 흑인 영가를 들었다. 운하는 탁 트인 공간이

기에, 흑인 노인이 폐창고들로 가득한 선창 한가운데 앉아 있는 장면쯤
은 쉽게 찾을 수 있었다. 노인은 마치 〈엉클 톰스 캐빈〉에서 곧바로 끄집
어 낸 것처럼 보였다. 그는 끈으로 묶은 뗏목에 앉아 첼로를 연주했고 주
변에는 아이들이 넋을 잃고 듣고 있었다. 그야말로 펠리니의 영화에서
나 봄직한 광경이었다. 허상이자 신기루였다. 동시에 그녀의 잠재의식
에서 비롯된 환각이었다.

의미가 뭐든 간에, 며칠 동안 그 그림은 주변의 모든 상황에 대한 개
인적 준거가 되었다. 너무나 개인적이라 요제프에게조차 밝히지 못하
는…. 그가 비웃을 수도 있지만 그보다 합리적인 설명을 요구할까 봐 더
겁이 났다.

그녀는 알과 몇 번 잠자리를 했다. 그와의 마찰을 원치 않았지만, 그
밖에도 요제프와의 오랜 갈증 후라 그녀의 몸이 그를 원하기도 했다. 또
미셸이 그렇게 하라고 지시를 내리기도 했다. 그래도 알이 아파트에 찾
아오는 것만은 한사코 거부했다. 또다시 집 없는 신세인지라 죽치고 들
어앉을까 봐 더럭 겁이 났기 때문이다. 아니, 이미 시도한 바도 있지만
그녀는 그의 옷과 면도기를 창밖으로 내던져버렸다. 어쨌거나 이제 그
녀의 아파트엔 새로운 비밀이 많아서, 목에 칼이 들어오는 한이 있어도
동거를 허락할 수는 없었다. 무엇보다 침대의 주인은 미셸이어야 했다.
미셸의 총도 베개 밑에 숨겨두었지만 알을 포함해 그 누구도 총을 포기
하도록 강요할 수는 없다. 그 밖에도 알과 소원할 수밖에 없는 이유는 그
의 영화 계약이 완전히 실패했다는 요제프의 경고 때문이었다. 알이 자
존심을 다칠 경우 얼마나 잔인해지는지는 옛날부터 잘 알고 있다.

두 사람의 정열적인 재회는 그의 단골 주점에서였다. 그곳에 갔을 때
위대한 철학자 한 명이 여 제자 둘과 몸을 숨기고 있었는데, 그녀는 합석
할 생각에 그 테이블로 다가갔다. 어쩌면 미셸의 냄새가 날지도 몰라. 그

가 내 옷, 내 살갗, 내 미소를 입고 있을지니…. 하지만 알이 무관심을 드러내느라 바쁜 탓에 아무 냄새도 맡을 수가 없었다. 의자도 발로 밀어 빼주었다. 그녀는 기가 막혔다. 세상에, 불과 한 달 전만 해도 세상의 이치를 일러준 최고의 멘토였건만! 술집이 파한 후 그들은 친구 아파트로 달려가 방 하나를 징발했다. 그녀는 놀랍게도 미셸이 자신의 내면을 차지하고 있다고 상상하고 있었다. 미셸의 얼굴이 그녀를 내려다보았으며, 어스름을 뚫고 미셸의 올리브색 몸이 다가오고 있었다. 영혼의 살인자 미셸, 그가 그녀를 벼랑으로 밀어내고 있었다. 그런데 미셸 너머에도 누군가 있었다. 그래, 요제프. 마침내 그녀의 요제프였다. 지금껏 감춰둔 그의 욕정이 마침내 터져버렸다. 그리하여 흉터투성이의 몸과 정신이 모두 그녀의 것이 되었다.

일요일이 아니면, 이따금 자본주의 신문도 읽고 소비자 중심의 라디오 뉴스도 들었다. 고성능 러시아제 고성능 플라스틱 폭탄을 오스트리아로 반입한 붉은 머리 영국여자를 수배 중이라는 얘기는 어디에도 없었다. 그런 일은 없었다. 다른 여자도 둘이 있었지만 그 역시 상상력의 소산에 불과했다. 대부분의 경우 다른 세상사는 전혀 관심이 없었다. 아헨에서 발생한 팔레스타인 폭탄 테러 소식은 읽었다. 이스라엘이 레바논 난민촌을 공습해 많은 시민들이 희생되었다는 얘기도 있었다. 이스라엘 내의 불만이 폭주하고 있었다. 한 이스라엘 장군이 팔레스타인 문제를 '발본색원' 하겠다는 약속으로 간신히 진정 국면을 맞았다지만, 음모에 가담한 이후 사건에 대한 공식 논평을 믿은 적은 없었다. 물론 앞으로도 그럴 것이다. 그녀가 믿을 만한 뉴스라고는 런던 동물원의 자이언트 판다 암컷 얘기였다. 한사코 짝짓기를 거부하고 있다는데 페미니스트들의 주장에 의하면 그 역시 수컷의 잘못이었다. 그 동물원은 요제프와의 추억이 깃든 장소이기도 했다. 두 사람은 그곳 벤치에 앉아 연인처럼 서로의 손을 조물락거리다가 서로의 길을 떠났다.

이제 금방이오. 얼마 남지 않았어요. 그는 그렇게 말했다.

이런 식으로 떠돌거나 보이지 않는 관객을 향해 연기하며, 말 한 마디, 동작 하나하나 실수할까 조심하는 동안, 찰리는 문득 자신이 관습에 크게 의존하고 있음을 깨달았다. 주말이면 주로 페컴의 클럽을 찾았다. 브레히트를 공연할 만큼 넓은 아치형 홀이 있는 곳인데, 그녀는 그곳에서 과거의 연극 모임을 다시 규합하기 시작했다. 그 일은 맘에 들었다. 지금은 크리스마스를 위해 록 팬터마임을 기획 중이었으며 급진적 무정부주의가 주제였다.

금요일이면 이따금 알의 주점에 들르고, 수요일엔 브라운 에일 두 병을 들고 미스 더버의 집을 찾았다. 코러스라인의 은퇴한 창녀로 지금은 모퉁이 너머에 살고 있었다. 관절염, 구루병, 나무좀 등 심각한 질병으로 고통받는 터라, 한때 비열한 연인들을 위해 비축해두었던 열정으로 열심히 자기 몸을 저주했다. 찰리도 쇼비지니스 세계의 황당한 추문들로 그녀의 귀를 즐겁게 해주었다. 그러다가는 함께 미친 듯이 웃어젖히는 통에 옆집 사람들은 텔레비전 볼륨을 높여 소음과 싸워야 했다.

그 밖에는 친구를 감당할 수가 없었다. 연기 경력으로 보아, 당장이라도 불러낼 수 있는 가족이 여섯 명은 족히 됐지만.

루시와는 전화로 통화했다. 물론 만나자는 약속이야 했지만 건성이었다. 그녀는 로버트를 따라 배터시로 갔다고 했다. 사실 미코노스 식구들과는 10년 전 동창 같은 기분이었다. 더 이상 공유할 삶이 없었다. 윌리, 폴리와는 카레요리를 먹었다. 그들도 이별을 생각한다니 그 만남 역시 실패인 모양이었다. 그 밖에도 과거의 친구 몇을 만나보았으나 별 재미를 보지는 못했고 그 이후로는 그녀도 할머니 신세가 되고 말았다. 비가 오지 않으면 집 밖 어린 나무들에 물을 주고, 작은 그릇에 신선한 땅콩을 담아 참새들이 먹도록 창틀에 놓아두었다. 모두 그에게 보내는 신호였다. 자동차에 붙인 '세계 무장해제!' 스티커, 숄더백의 가죽 라벨에 붙인 청동 'C' 장식도 같은 암호다. 그는 그런 소품들을 안전신호라며, 반복적으로 사용법을 가르쳤다. 그중 하나가 보이지 않으면 도와달라는 비명이 된다. 핸드백 안에도 새로 산 흰색 실크스카프가 들어 있다. 항복신호가 아니라 '그들이 왔다'는 뜻이다. 일기장도 갖고 있다. 게다가 문학위원회가 끝낸 부분부터 다시 내용을 채워나가는 중이었다. 휴가를 떠나기 전에 구입한 자수 액자의 수리도 마쳤다. 베르테르의 무덤 위에 엎드린 채 죽기를 갈망하는 바이마르의 롯데를 형상화한 그림이었다. 또 내 얘기로군. 진부해. 떠나버린 남자에게 수도 없이 편지를 썼건만, 우체통에 넣는 횟수는 점점 줄어들었다.

미셸, 오, 미셸, 제발 돌아와요.

정착촌은 물론, 맛없는 커피를 위해 가끔 들렀던 이슬링튼의 현대식 서점 골목도 일부러 멀리했다. 세인트판크라스의 데모꾼들과도 거리를 두었다. 코카인에 취한 상태에서 팸플릿을 찍어 그녀에게 배포를 떠넘겼던 인간들. 유스타스의 정비소에서 차도 찾아왔다. 알이 모처럼 인심을 써서 사준 고물 피아트인데, 그녀는 시운전 겸 릭먼스워스로 가서 엄마를 만나고, 미코노스에서 산 식탁보를 선물로 주었다. 엄마를 만나는 일이 달가운 적은 없었다. 일요일의 지긋지긋한 점심. 세 가지 채소요리와 루밥 파이에 이어, 지난번 방문 이후 세상이 얼마나 그녀를 괴롭혔는지에 대한 미주알고주알 끝도 없는 얘기들. 하지만 이번에는 놀랍게도 어머니와 무척 즐거운 시간을 보냈다. 그녀는 하룻밤을 묵고 다음 날 아침 검은 머리스카프를 두르고(흰색 스카프는 질색이다.) 어머니를 교회까지 데려다주었다. 마지막 스카프를 맸을 때 일은 애써 머릿속에서 밀어냈다. 그뿐 아니라 교회에서 무릎을 꿇자, 세상에 마음까지 경건해지는 것이 아닌가! 전혀 기대하지 않았던 느낌이지만, 하나님한테 몇 가지 신분을 실토하기까지 했다. 오르간 음악이 연주될 때는 심지어 흐느껴 울기까지 했는데, 그 모습에는 자신도 너무 놀라 황급히 마음을 추스렸다.

이게 다 아파트로 돌아갈 자신이 없기 때문이야. 그녀는 속으로 그렇게 주장했다.

그녀가 당혹해하는 이유는 아파트가 묘하게 개조되었기 때문이다. 그러니까 그녀가 어렵사리 적응한 새로운 정체성에 걸맞게 변경한 것인데, 사실 변화라고는 해도 남들 눈에 띄는 건 거의 없었다. 특히 그녀가 떠나 있는 동안, 은밀하게 진행된 개조야말로 가장 당혹스러운 부분이었다. 지금껏 그녀는 자신의 아파트를 가장 안전한 곳이자, 네드 퀼리의 건축학적 재현으로 여겼다. 아파트는 은퇴한 배우가 물려준 유산이었다. 그가 강도죄로 체포된 후, 남자 애인과 함께 스페인으로 이사했을 때였다. 위치는 캠든 타운 북쪽이며, 바로 아래 고아 인도인이 운영하는 트럭운전사 식당이 있다. 새벽 2시에 문을 열어 7시까지 사모사와 튀김 요리를 파는 식당이다. 아파트 계단에 접근하려면 화장실과 부엌 사이를 비집고 들어가 다시 마당을 가로질러야 하기 때문에, 그때쯤이면 손님, 주방장, 주방장의 건방진 남자 친구는 물론, 화장실에 있는 사람들 모두의 시선을 받을 수밖에 없다. 계단 꼭대기에 다다른 후에도, 두 번째 현관문을 지나야 안전한 실내에 들어오게 된다. 세계 최고의 침대가 딸린 다락방 하나, 그리고 욕실과 부엌, 모두 별개의 공간이며 또 임대보호법으로 보호받고 있었다.

그런데 갑자기 그들이 그 안전한 보호막을 빼앗아간 것이다. 그녀가 없는 동안 누군가에게 집을 빌려줬는데 호의랍시고 집 안에 온갖 지저분한 실내장식을 더한 기분이었다. 그런데 어떻게 들키지 않고 들어올 수 있었지? 식당에 물었지만 아무도 모른다지 않았던가. 예를 들어 소형 집 필탁자. 미셸이 그녀에게 보낸 편지가 서랍에 들어 있었다. 모두 원본으로 뮌헨에서 사진 복사를 본 적이 있다. 속칭 전투자금도 있었다. 300파운드가 5파운드 지폐로 나뉘어 욕조의 깨진 틀 뒤에 끼워 있었다. 예전에 대마초를 감춰두었던 곳이건만. 그녀는 그 돈을 마룻바닥 아래로 옮겼다가 다시 욕조로 가져갔다가, 결국 마룻바닥으로 마음을 정했다. 그리고 기념품들. 노팅엄의 첫날부터 지금까지 이어온 사랑의 편린들… 모텔의 종이성냥, 파리에 첫 번째 편지를 보낼 때 사용한 싸구려 볼펜, 《비튼 부인 요리비법》책 사이에 끼워둔 황갈색 난초, 그가 처음으로 사준 드레스(그래, 요크였다. 함께 가게에 들어갔었지?), 런던에서 선물 받은 못생긴 귀걸이 세트(그래서 그를 만날 때가 아니면 절대 끼지 않는데.). 사실 어느 정도 예상은 했다. 요제프가 충분히 경고했기 때문이다. 당혹스러운 문제는, 그 속에서 살다보니 이들 사소한 마무리들이 그녀보다 더 그녀다워졌다는 데 있었다. 책장에는 팔레스타인 주제의, 낡고 고급스러워 보이는 책들이 즐비하고, 벽에는 개구리 인상의 이스라엘 수상이 아랍 난민 위에 당당하게 군림한 상황을 묘사한, 팔레스타인 지지 포스터가 걸렸으며, 그 곁에도 1967년 이후 이스라엘의 팽창을 추적한 컬러 지도가 핀으로 꽂혀 있었다. 티레와 시돈 위에 그녀가 직접 의문부호를 적어 넣었는데, 벤구리온이 그 땅의 소유권을 주장하는 글을 읽고 난 후였다. 반이스라엘 성향의 조잡한 영어 잡지들도 한 무더기 쌓여 있었다.

그 모든 게 다 나야. 매수된 이상 인정할 수밖에…. 그녀는 잡동사니들 사이를 걸으며 그렇게 체념해야 했다.

아냐, 내가 한 게 아니잖아. 그 사람들이지.

하지만 그런다고 달라질 것도 없다. 시간이 아무리 지나도 현실과 가상의 차이를 구분할 수조차 없지 않는가. 오, 맙소사, 미셸, 저들이 당신을 잡고 있어요!

런던으로 돌아온 직후, 지시대로 메이다 베일 우체국을 찾아가 신분증을 보여주고 편지 한 장을 받았다. 이스탄불 소인. 런던에서 미코노스로 떠난 직후에 도착한 편지가 분명했다. 이제 곧 아테네에서 만납니다. 사랑해요. 사인, 'M.' 그녀를 격려하는 낙서에 불과했지만 그렇듯 생생한 통신엔 크게 당혹스러울 수밖에 없었다. 깊이 묻어둔 그림들이 한꺼번에 쏟아져 나와 그녀를 괴롭혔다. 구찌 구두를 끌며 비척비척 계단을 내려오던 미셸, 매혹적인 몸을 축 늘어뜨린 채 간수들의 부축에 의지한 미셸, 목신의 얼굴을 지닌 미셸, 전사가 되기엔 너무도 어린 미셸. 너무도 깊고 너무도 순진한 목소리의 미셸. 올리브처럼 가무잡잡한 가슴을 지닌 미셸, 그리고 그 가슴을 가볍게 두드리던 메달… 오, 요제프, 사랑해요.

그 후 그녀는 매일 우체국에 들렀다. 때로는 두 번씩 가는 바람에 우체국에서도 얼굴을 기억했다. 빈손으로 돌아갈 때마다 괴로운 표정을 짓기 때문이겠지만 역시 정교하게 연출된 연기였다. 그녀는 실감나게 연기했다. 비밀조교 요제프도 조금 떨어진 카운터에서 우표를 사며 목격한 것도 두 번 정도는 되었다.

같은 기간, 파리의 미셸에게 편지 세 통을 보내 답장을 채근했다. 사랑해요. 답장 기다릴게요. 지금까지의 무소식은 미리 용서해요. 어쨌든 그녀가 직접 작성해 보낸 최초의 편지들이었다. 편지를 보내자 신기하게 마음이 놓이기도 했다. 먼저 보낸 편지들뿐 아니라 그녀 자신의 감정에도 신빙성을 더해주기 때문이다. 편지를 쓰면 항상 미리 지정해준 우체통으로 가져갔다. 우체통을 담당하는 요원들이 있겠지만 주변을 둘러보거나 궁금해하지 말라는 지시는 받았다. 윔프 바 창문에서 레이철을 보기도 했는데 너무나 지친 영국 여자 표정이었다. 한 번은 라울과 디미트리가 오토바이를 타고 지나치기도 했다. 미셸에게 쓴 마지막 편지는 속달로 보냈다. 같은 우체국. 그녀에게 줄 편지가 있는지 물었지만 이번에도 허탕이었다. 그녀는 서명을 한 후, 봉투 뒷면에 "제발 제발 오 제발 편지 좀 해요!"라고 휘갈겨 썼다. 요제프가 바로 뒤에서 끈기 있게 기다렸다.

그동안 그녀는 자신의 삶에 커다란 그림과 작은 그림이 있다는 생각을 하기 시작했다. 큰 그림은 그녀가 사는 세계. 작은 그림은 큰 세상이 지켜보지 않을 때 몰래 숨어들거나 빠져나오는 세계다. 이제 그녀에게 비밀이 될 만한 연애는 없다. 그건 상대가 유부남이라 해도 마찬가지다.

노팅엄 여행은 5일째 되는 날이었다. 요제프가 특별히 주의를 주었다. 토요일 저녁, 그는 로버를 몰고 멀리 떨어진 지하철역까지 와서 그녀를 태워주었으며, 일요일 오후에도 다시 데려왔다. 고급 금발가발과 모피코트를 비롯해 갈아입을 옷을 사서 옷가방에 담아주기도 했다. 저녁 늦게 그가 고른 식당은 정말로 맛이 끔찍했다. 찰리는 식사 도중, 근간의 두려움을 고백하고 그녀의 연인이 어떻게 되었는지도 따져 물었다. 아무튼 가발과 모피코트 때문에라도 종업원들이 그녀를 알아보지는 못했을 것이다.

그러고는 함께 침실로 들어갔다. 정숙한 침대 두 개. 픽션에서라면 침대를 붙이고 매트리스를 반대 방향으로 돌려놓았을 것이다. 잠시나마 드디어 때가 되었나보다는 생각도 했다. 욕실에서 나왔을 때 요제프가 침대에 똑바로 누워 그녀를 바라보았다. 그녀도 옆에 누웠다. 그리고 그의 머리를 가슴으로 끌어당겨 키스를 퍼붓기 시작했다. 관자놀이 주변에서 빰, 마침내 입술까지. 그도 그녀를 조금 밀어내고는 손을 얼굴로 가져가 키스에 화답했다. 그가 그녀의 빰을 어루만졌다. 두 눈은 뜬 채였다. 그리고 아주 조심스럽게 그녀를 밀어내고는 일어나 앉아 다시 한 번키스했다. 잘 자요.

"이봐요." 그녀가 한숨을 내쉬었다.

그가 코트를 집으며 미소를 지었다. 아름답고 자애로운 미소. 최고의 미소. 귀를 기울이자 노팅엄의 비가 호텔 창문을 두드려대는 소리가 들렸다. 그 옛날의 이틀 밤과 하루 낮 두 사람을 침대에 묶어두었던 바로 그 비.

다음 날 아침, 두 사람은 추억의 소풍을 떠났다. 그녀와 주변을 돌아다니다가 욕망에 겨워 모텔로 돌아온 부근이었다. 요제프의 설명에 의하면, 그 모두가 가상의 기억에 실제의 확신을 더하기 위한 과정이었다. 훈련 사이사이, 그는 가벼운 기술들도 가르쳤다. 소위 비밀 신호들이다. 말보로 담뱃갑 안쪽에 기록하는 방법도 있었지만 그녀는 별로 심각하게 받아들이지 못했다.

스트랜드 거리 뒤, 연극 의상점에서 만난 것도 여러 번이었다. 주로 리허설이 끝난 후였다.

"한번 입어봐야지, 자기? 저 안에 탈의실이 있어." 찰리가 문 안으로 들어갈 때마다, 치렁치렁한 가운 차림의 뚱뚱한 60대 금발여자가 나와 그녀를 뒷방으로 안내했다. 그 안에는 요제프가 창녀를 기다리는 고객처럼 앉아 있었다. 당신은 가을이 어울려요. 영원히 그럴 거예요. 그의 머리에 내려앉은 성에와 추위에 발그레해진 두 빰을 보며 그런 생각도 했다.

가장 걱정스러운 부분은 그와 연락할 방법을 모르는 데 있었다.

"어디 묵고 있죠? 어떻게 연락하면 돼요?"

캐시를 통해. 안전 신호를 드러내면 캐시가 찾아갈 거요. 그는 그렇게 말했다.

캐시는 그녀의 생명줄이자 요제프의 대 찰리 창구인 동시에, 그의 배타성을 지켜주는 수호자였다. 매일 저녁 6시와 8시 사이, 찰리는 공중전화 부스에 들어갔다. 매일 다른 부스여야 한다. 그리고 웨스트엔드 번호를 눌러 캐시에게 그녀의 일과를 보고했다. 리허설이 어떻게 끝나고, 알을 포함한 가족은 어떻게 지내는지 같은 얘기들. 퀼리와의 관계도 보고했다. 향후 배역은 논의했는지, 영화 오디션은 봤는지, 그 밖에 필요한 것들은 없는지 등등, 통화는 종종 30분 이상 이어지기도 했다. 처음엔 캐시가 요제프와의 사이에 끼는 게 못마땅했지만 조금씩 그녀와의 수다를 기다리게 되었다. 캐시가 고급 유머와 세속적인 지혜에도 밝은 덕분이었다. 찰리는 캐시가 따뜻하고 초연한 캐나다인일 거라고 추측했다. 학교에서 쫓겨나서 돌아버리기 일보 직전, 타비스톡 의료원에 다닌 적이 있는데, 그곳 당당했던 여자 정신과의사들도 그랬다. 잘못된 판단은 아니다. 미스 바흐가 캐나다가 아니라 미국인이기는 했지만, 그녀의 가문은 대대손손 의사였다.

쿠르츠가 감시 요원들을 위해 임대한 햄스테드 건물은 상당히 넓고 조용한 오지였다. 원래는 핀철리 운전학교 소유였으나, 예루살렘의 친구 마티의 제안에 주인이 후다닥 말로로 달아나버렸다. 건물은 조용하고 지적이고 우아했으며, 보안은 요새가 부럽지 않을 정도였다. 거실에는 놀데의 그림 몇 점이 있고 온실에도 토마스 만의 사인이 포함된 사진이 걸려 있었다. 새장 안의 새는 태엽을 감으면 노래를 불렀다. 의자들이 삐걱대는 서재, 백스타인 그랜드피아노를 비치한 음악실도 있고. 지하실에는 탁구대도 보였다. 잡초 우거진 뒤뜰에 다 망가진 테니스코트가 있어, 요원들이 코트를 이용해 새 게임을 만들기도 했다. 코트에 홀을 파서 즐기는 일종의 테니스골프였다. 앞마당에는 작은 수위실을 두고, '히브이 인문연구소. 학생 및 교직원 외 출입금지'라는 푯말을 달았다. 햄스태드라면 그 누구도 눈썹 하나 까딱할 일 없는 문구다.

네 개 층에 요원은 리트박을 포함해 모두 열넷이었는데, 어찌나 고양이처럼 은밀하고 질서 정연하게 퍼져 있던지 어지간해선 사람이 있다는 사실조차 눈치채기 힘들었다. 요원들의 사기가 문제가 된 적은 없지만 햄스태드 안가는 훨씬 더 활력을 불어넣었다. 짙은 색 가구들도 마음에 들고, 주변 사물 하나하나가 그들보다 더 많은 것을 알고 있다는 느낌도 좋았다. 하루 종일 일하고 가끔은 밤을 새다시피 하는 요원들이다. 유대인 특유의 우아한 삶의 신전에 입주한 것도, 그 유산을 만끽할 수 있는 것도 고마운 일일 수밖에 없다. 리트박은 브람스를 즐겨 연주했다. 그가 연주를 할 때면 유행가 마니아인 레이철조차 편견을 미뤄두고 아래층으로 내려와 귀를 기울였다. 영국으로 돌아간다는 말에 길길이 날뛰고, 영국 여권으로는 절대 여행하지 않겠다고 큰소리를 치던 그녀였다.

그토록 사기가 충천한 가운데 요원들은 시계처럼 정교하게 대기상태에 들었다. 특별히 지시한 사람은 없지만, 지역 술집과 식당은 물론 지역 주민과의 불필요한 접촉도 피했다. 다른 한편 자기 자신을 수신자로 하는 편지를 보내고 우유나 신문을 사는 등, 자칫 소홀히 함으로써 의심을 살 수 있는 일들은 꼼꼼히 챙겼다. 자전거를 타고 돌아다니며 특이하거나 의심스러운 유대인이 살았는지도 수소문했다. 그리고 형식적이나마 프리드리히 엥겔스의 생가, 칼 마르크스의 무덤 같은 곳도 빠짐없이 찾아다녔다. 자동차는 하버스톡힐 인근의 작고 예쁜 분홍색 차고에 넣어두었는데, 은색의 낡은 롤스로이스 창문엔 '비매품,' 그리고 버니라는 소유자 이름을 적어 붙여두었다. 버니는 가무잡잡한 얼굴에 심술궂은 표정의 거한이었고, 파란색 정장에 피다 만 담배를 물고 있었으며, 슈빌리가 타이핑할 때 쓰던 모자와 똑같이 생긴 노란색 홈버그 모자를 썼다. 그의 차고엔 밴과 승용차와 오토바이와 번호판들이 얼마든지 있었다. 그들이 도착한 날 그는 '계약건 외 방문객 사절'이라는 커다란 간판을 내걸었다. "제길, 게이 새끼들이 한 무더기 들이닥치더니 지들이 영화회사라는 거야. 차고 전부를 임대하더라고. 돈도 더럽게 많이 주더라고…. 그런데, 젠장, 어떻게 거절하냐?" 그가 후에 거래처 사람들에게 한 얘기다.

어떤 점에서 그 얘기는 모두 사실이다. 그와 사전에 합의한 픽션이기도 하지만, 사실 버니도 바보는 아니다. 그 역시 전성기엔 한두 가지 큰 건을 해치운 인물이 아닌가.

그동안 거의 매일 런던대사관을 통해 먼 나라의 싸움 같은 가벼운 소식을 들었다. 로시노는 다시 뮌헨의 야누카 집을 찾았다. 이번에는 에다로 알려진 여자 가설과 딱 들어맞는 금발 여인과 함께였다. 다른 사람들도 파리, 베이루트, 다마스쿠스, 마르세유 등지의 모처를 방문했다. 로시노의 신분 덕분에 새로운 길이 10여 곳의 서로 다른 방향으로 열렸다. 리트박은 일주일에 세 번, 간단한 설명과 자유 토론을 개최해, 사진을 찍고 환등기를 돌렸으며, 확보한 별명, 행동 패턴, 식성, 첩보 기술 등에 대한 간단한 강연도 했다. 주기적으로 퀴즈 대항전도 열어 승자에게 상당한 포상을 하기도 했다.

자주는 아니지만 가디 베커도 몰래 들어와 마지막 부분을 듣기도 했다. 하지만 다른 사람과 떨어진 곳에 앉아 있다가 모임이 끝나자마자 떠나는 식이었다. 그 밖의 생활에 대해서는 요원들도 아는 바가 없었다. 아니, 알고 싶지도 않았다. 그는 요원 조련사이며 따라서 별종이었다. 베커. 요원들의 생일을 다 합한 것보다 비밀공작을 많이 수행한 무명 영웅. 요원들은 그를 '고독한 늑대'라는 별명으로 부르고 그의 기적 같은 신화에 대해 서로 속닥거린다.

　소식이 들어온 건 열여덟 번째 날이었다. 제네바의 텔렉스를 받는 순간 그들 모두 대기상태에 들었다. 파리의 외전도 사실을 확인해주었다. 그리고 한 시간 내에 팀원의 3분의 1이 거리로 나가 검은 비를 뚫고 서쪽으로 이동했다.

17

극단 이름은 '이단자들'이었다. 첫 순회공연은 엑서터였으며, 대성당에서 바로 나온 신자들이 청중이었다. 담자색 옷차림의 여자들, 항상 슬픔이 배어 있는 늙은 사제들. 마티네가 없을 때면 단원들은 도시를 방황했으며 공연이 끝난 저녁 시간엔 열정적인 예술대학 학생들과 와인에 치즈를 곁들여 마셨는데 그것도 토박이들과 침대를 나눠 쓰기 위한 거래에 속했다.

엑서터에서 플리머스로 자리를 옮겨서는, 해군기지의 젊은 장교들 앞에서 공연을 펼쳤는데 어쩐지 단원들을 식사에 초대해야 하는지에 대해 고민하는 눈치였다.

하지만 엑서터도 플리머스도, 콘월 반도 저 아래 비 내리는 화강암 탄광촌에 비하면 고작 조금 거칠고 삶이 팍팍한 도시에 불과했다. 탄광촌은 좁은 골목마다 바다 안개가 스멀거리고 굵은 나무들이 돌풍에 곱추처럼 휘어졌다. 단원들은 여섯 곳의 여관으로 흩어졌다. 찰리한테는 수국이 만발한 슬레이트 벽의 외딴 집이 배당되었다. 침대에 누워 있으면

덜커덩거리는 런던행 기차소리가 들려, 마치 아득히 멀리 배를 목격하고 가슴을 졸이는 표류자가 된 기분이었다. 스포츠홀 내에 가설무대를 만들었는데, 삐걱거리는 무대에선 수영장 염소 냄새가 나고 벽 저편에서 스쿼시 공이 쿵쿵거리는 소리도 들려왔다. 머리스카프를 쓰고 편두를 씹어대는 인간들. 마약과 질투에 절은 부류들이지만, 표정만 보아도 자기들이 극단보다 훨씬 잘할 수 있지만 쪽팔려서 쳐다보지도 않는다는 의도가 역력했다. 마지막으로 분장실은 여성용 라커룸으로 정했다. 그들이 난초를 가져온 곳이 바로 거기였다. 막이 오르기 10분 전 분장을 하고 있을 때였다.

그녀는 먼저 세숫대야 위의 전신거울을 통해 보았다. 축축한 흰 종이로 목까지 감싼 채 둥둥 떠서 들어오는 꽃다발. 꽃은 잠시 머뭇거리다가 불안한 듯 그녀에게 다가왔다. 그녀는 평생 난초는 처음 봤다는 듯 분장을 계속해 나갔다. 50세의 콘월 신녀 발이 촉촉이 젖은 꽃다발을 아기처럼 두 팔에 걸쳐 안았다. 황갈색 난초.

"지금부터는 그대를 아름다운 로잘린드라고 불러야겠어." 발이 장난처럼 말했다.

싸늘한 정적이 라커룸을 휩쓸었다. 여배우들은 일제히 발의 헛소리를 비웃어주었다.

"그래요, 내가 로잘린드예요. 무슨 일이죠?" 찰리가 가볍게 대답하며 계속해서 아이라인을 그렸다. 대답이 뭐든 별로 개의치 않겠다는 시위인 셈이다.

발은 호들갑을 떨며 난초를 세숫대야에 넣고 총총걸음으로 빠져나갔다. 찰리는 만인이 보는 앞에서 봉투를 집었다. 로잘린드 양께. 당당한 필체, 검은 잉크가 아닌 파란 볼펜. 봉투 안에는 고광택지로 만든 화려한 명함 한 장이 들어 있었다. 이름은 끝이 뾰족한 검은색 대문자였지만 인쇄가 아니라 도톰한 엠보싱이었다 그 아래, '정의'라는 단어가 적혀 있고 다른 메시지는 없었다. '조안, 내 자유를 위한 영혼'이라는 찬사조차 없었다.

그녀는 관심을 돌려 다른 눈썹을 칠하기 시작했다. 눈썹이야말로 이 세상 무엇보다 중요하다는 듯 너무도 신중한 태도였다.

"누구예요, 찰리?" 옆방 세면대에 있던 시골 목동 여자가 물었다. 이제 막 대학을 나왔지만 정신연령은 열다섯에 불과했다.

찰리는 거울을 노려보며 자신의 솜씨를 세밀히 살폈다.

"엄청나게 비쌀 것 같아요. 안 그래요, 찰리?" 여자 목동이 재차 물었다.

"안 그래요, 찰리?" 찰리가 되뇌었다.

그 사람이야!

그 사람의 전갈이야!

그런데 왜 여기 없지? 메모는 왜 다른 사람 필체지?

아무도 믿지 말아요. 미셸은 그렇게 경고했었다. 특히 아는 척하는 사람들을 의심하라!

함정이야. 위험해. 유고슬라비아 횡단 운전에 대해 알아낸 거야. 그래서 애인을 엮기 위해 함정을 놓고 있어.

미셸, 미셸! 내 사랑, 내 생명… 어떻게 해야 하는지 말해줘요.

누군가 그녀의 이름을 불렀다.

"로잘린드. 도대체 찰리 어디 갔나? 찰리! 이런 세상에!"

라커룸에서 나가자, 복도에는 목에 수건을 두른 수영선수들이 엘리자베스 시대 복장을 한 붉은 머리 여성을 무표정한 얼굴로 바라보았다.

공연은 어떻게든 해낼 수 있었다. 연기도 괜찮았을 것이다. 막간에 브라더 마이크로프트라는 별명의 무대감독이 가볍게 고개를 갸웃하며

"조금 톤을 가라앉힐 것."을 주문했다. 그녀도 그렇게 하겠다고 답했지만 사실 그의 말은 거의 듣지도 못했다. 반쯤 빈 복도에서 붉은 블레이저를 찾느라 여념이 없었기 때문이다.

그는 없었다.

다른 얼굴들, 예를 들어 레이철, 디미트리는 봤지만 그 사람들은 그녀의 안중에 없었다. 그가 없어. 함정이야. 경찰이 온 거야. 그녀는 절박하기 짝이 없었다.

그녀는 라커룸으로 돌아가 재빨리 옷을 갈아입고 하얀 머리스카프를 쓰고, 그러고는 수위들한테 쫓겨날 때까지 그곳을 어슬렁거렸다. 현관 홀로 나가서도 귀가하는 운동선수들 사이에 서서 백발 유령처럼 기다렸다. 난초 다발은 가슴에 꼭 끌어안고 있었다. 한 노파가 지나가다 직접 키운 난초인지 물었다. 학생 한 명은 사인을 원했다. 목동 여자가 그녀의 소매를 잡아당겼다.

"찰리, 파티 안 가요? 맙소사, 발리스가 찾고 난리가 아니에요!"

스포츠홀 현관문이 쾅 소리를 내며 하나씩 닫혔다. 그녀도 결국 밤거리로 나갔다. 돌풍이 갑자기 아스팔트를 휩쓰는 바람에 하마터면 바닥에 곤두박질 칠 뻔도 했다. 그녀는 비틀비틀 자동차로 다가가 문을 열고 들어갔다. 난초는 조수석에 두었다. 시동은 쉽게 걸리지 않으나, 일단 엔진이 돌아가자, 집에 가고 싶어 안달이 난 경주마처럼 달리기 시작했다. 그녀는 진입로를 빠져나가 주도로에 접어들었다. 백미러를 보니, 헤드라이트가 어느 정도 거리를 두고 따라붙어 여관까지 쫓아왔다.

여관에서는 바람이 수국 꽃밭 찢는 소리를 냈다. 그녀는 외투를 단단히 여미고 난초를 갈무리한 다음 현관문을 향해 줄달음질쳤다. 층계는 기껏 네 단이었지만, 그녀는 두 번이나 세었다. 한 번은 계단을 뛰어오르면서, 한 번은 접수데스크 앞에 헐떡거리며 서 있을 때였다. 누군가 뒤를 쫓아왔는데 가볍고도 단호한 걸음걸이였다. 숙박인은 아무도 보이지 않았다. 라운지에도 홀에도 없었다. 유일한 생존자라면 험프리, 야간 포터로 있는 뚱보 소년뿐이었다.

"6호실이 아니라 16호실이야. 저기 제일 윗줄이잖아. 그러다 거기 연애편지까지 다른 사람한테 줄라." 아이가 열쇠를 못 찾고 헤매자 찰리가 가볍게 농담을 했다.

아이가 접은 종이 쪼가리를 건넸다. 미셸이기를 바랐으나 기껏 언니 편지였다. 그녀의 표정이 금세 가벼운 실망감으로 바뀌었다.

"오늘 밤 공연 잘해. 성공을 빌어." 물론 "우리가 함께 있소."라는 요제프의 속삭임이었지만 너무 조심스러운 탓에 그녀에게조차 거의 들리지 않았다.

등 뒤의 홀 문이 열렸다 닫히더니 곧이어 카펫을 가로지르는 남자 발소리가 들렸다. 그녀는 얼른 뒤를 돌아보았다. 미셸일까 하는 기대 때문이었지만 물론 아니었다. 그녀는 다시 실망하고 말았다. 남자는 그녀와 무관한 바깥세상의 어중이떠중이였다. 날씬하지만 위험할 정도로 온화한 표정. 어머니처럼 자애로운 검은 눈. 갈색의 길고 헐렁한 트렌치코트엔 군용 멜빵을 달아 착해 보이는 어깨에 강세를 주었다. 넥타이도 눈도 트렌치코트와 같은 갈색이고 갈색 구두는 짤막한 앞달이를 이중 박음질해 덧붙였다. 경찰은 아니야. 그보다는 약자 쪽이리라. 어린 시절 심한 핍박에 시달린 불혹의 낙오자.

창백한 턱과 작고 두툼한 입.

"미스 찰리? 미셸의 인사를 가져왔습니다. 아시는 분이죠?"

순간 찰리의 얼굴이 딱딱해졌다. 마치 사형집행을 기다리는 사람 같았다.

"미셸이라뇨?" 상대가 어찌나 꿈쩍도 않는지 그 바람에 그녀도 가만히 서 있어야 했다. 조각 모델이나 정문을 지키는 경찰을 바라보는 기분이었다.

"노팅엄의 미셸입니다, 미스 찰리. 내게 황금 난초를 보내셨죠. 대신 저녁 식사를 대접하라는 당부도 계셨습니다. 꼭 모시라고 하셨으니 부디 허락하시길. 전 미셸과 가까운 친구입니다. 가시죠." 스위스 억양에는 어딘가 불만과 비난이 배어 있었다. 목소리는 대단한 비밀을 누설하기라도 하듯 은밀하기만 했다.

당신이? 친구라고? 미셸한테 친구 따위가 있을 리 없잖아? 그녀는 그런 생각을 했지만 인상을 잔뜩 찡그리는 것으로 대답을 대신했다.

"전 또한 미셸의 법적 대리인이기도 하답니다, 미스 찰리. 미셸은 전적으로 법의 보호를 받을 자격이 있죠. 자, 어서 가시죠."

커다란 노력이 필요한 행동이었지만 그녀는 피하지 않기로 했다. 난초는 엄청나게 무거운 데다 거리를 극복하고 그에게 넘기는 것만도 대단한 용기가 필요했다. 그래도 해야 했다. 그녀는 젖 먹던 힘과 용기를 끌어모아 꽃다발을 내밀었다. 그가 두 손을 내밀어 받았다. 그리고 그녀는 최대한 새침한 말투를 골랐다.

"사람 잘못 봤어요. 노팅엄의 미셸은커녕 옆동네 미셸도 모르는 걸요. 당연히 지난 시즌 몬테에서 만난 적도 없겠죠? 시도는 좋았지만 지금 무척 피곤하네요. 아, 선생님도 피곤하시겠지만요."

그녀는 카운터로 돌아서서 열쇠를 받았다. 미처 깨닫지 못했지만 포터 험프리가 꽤나 중요한 얘기를 하고 있었던 모양이다. 커다란 장부 위로 연필을 들고 있었는데 흐리멍텅한 두 눈이 더욱 크게 흔들렸다.

"제 말씀은요, 아침 차를 언제 갖다드리면 되죠?" 화난 목소리. 북부 특유의 느린 말투.

"9시. 더 빠르면 안 돼." 그녀가 터벅터벅 계단 쪽으로 걷기 시작했다.

"신문은요?" 험프리가 다시 물었다.

그녀가 돌아서서 그를 노려보며 중얼거렸다.

"미치겠군."

험프리도 호들갑을 떨었다. 그래야 그녀의 관심을 끌 수 있다고 생각한 모양이었다.

"조간신문이요! 읽을거리! 어떤 걸 갖다드릴까요?"

"〈타임스〉." 그녀가 대답했다.

그녀의 대답에 험프리는 털썩 주저앉아 "전보. 신문은 〈타임스〉."라고 소리까지 내어 기록했다. 그때쯤 그녀는 넓은 계단의 깜깜한 층계참을 향해 가는 중이었다.

"미스 찰리!"

다시 한 번만 그런 식으로 불러봐. 다시 내려가는 한이 있더라도 네놈의 돼지 똥배를 걷어차주고 말테니까. 하지만 채 두 단을 오르기 전에 다시 목소리가 들렸다. 그에게 그런 위엄이 있으리라고는 상상도 못했건만….

"로잘린드가 오늘 밤 팔찌를 착용했다는 사실을 알면 미셸도 크게 기뻐할 겁니다! 오, 지금도 차고 있나보군요. 아니면 다른 신사분의 선물인가요?"

그녀가 천천히 고개와 몸을 돌려 계단 아래의 사내와 마주섰다. 사내는 난초 다발을 왼손으로 옮겨 안고 있었다. 오른팔은 텅 빈 소매처럼 옆구리에서 대롱거렸다.

"가라고 했잖아요! 제발… 꺼져주시겠어요, 예?"

하지만 이미 자신감을 잃은 터였다. 더듬거리는 목소리에도 속마음이 그대로 드러났다.

"신선한 로브스터와 부타리스 와인을 사드리라고 했습니다. 시원한 백포도주라고 하더군요. 다른 소식도 있습니다. 아가씨가 호의를 거부하셨다면 크게 화를 낼 겁니다. 당연히 모욕감도 느끼겠죠."

너무해. 그녀는 찰리 자신의 어두운 천사다. 그런데 멋도 모르고 한 서약을 빌미로 영혼을 달라고 협박하다니. 거짓말이든 아니든, 경찰이든 싸구려 협박범이든, 미셸에게 갈 수만 있다면 지옥 한가운데라도 따라갈 것이다. 그녀는 천천히 접수카운터를 향해 내려가기 시작했다.

그녀는 키를 카운터에 던지고 맥없이 연필을 집어 들었다. 그리고 카운터 메모지에 '캐시'라는 이름을 적었다.

"험프리, 미국 여자야. 내 동료. 전화 오면 애인 여섯 명과 함께 나갔다고 해줘. 어쩌면 내일 점심 먹으러 갈지도 모른다는 말도. 알겠지?"

그녀는 메모지를 뜯어 그의 상의주머니에 끼워 넣고 재빨리 뺨에 키스했다. 그동안 메스테르바인은 분노를 억누른 표정으로 서 있었는데, 흡사 그날 밤 그녀를 차지하기 위해 대기 중인 연인처럼 보였다. 그가 현관 앞에서 예쁜 스위스 손전등을 꺼냈다. 그의 차 앞 유리에서 노란 헤르츠 스티커가 불빛에 드러났다. 그는 조수석 문을 열어 주며 "타시죠."라고 말했다. 하지만 그녀는 곧바로 피아트에 올라타 시동을 걸고 기다렸다. 그가 앞서 나갈 때 보니 검은 베레모를 썼다. 수영모처럼 챙이 없는 종류라 양 귀가 삐죽 삐져나왔다.

안개가 짙어 운전은 호송단만큼이나 느렸다. 아니, 메스테르바인이 늘 그런 식으로 운전했을 수도 있고, 운전자 특유의 공격성 강직척추염으로 고생 중인지도 모르겠다. 두 사람은 언덕을 지나고 황량한 황무지를 뚫고 계속 북쪽으로 달렸다. 안개가 흩어지면서 밤하늘을 배경으로 전봇대가 실 꿴 바늘처럼 늘어섰다. 구름 사이로 언뜻언뜻 그리스의 달빛이 고개를 내밀었다가 얼른 숨어버렸다. 메스테르바인은 교차로에서 차를 세우고 지도를 확인했다. 잠시 후 그가 왼쪽을 가리켰는데 처음엔 플래시 불빛, 두 번째는 창백한 손을 이용했다. 그리고 차가 방향을 돌렸다. 예, 안톤, 이해했어요. 그녀는 그를 따라 언덕 아래의 마을을 관통했다. 창문을 내리자 짭짤한 바다 내음이 차 안을 가득 채웠다. 차 안으로 밀려드는 강풍에는 마치 비명이라도 지르듯 저절로 입이 벌어졌다. 그는 '동서 콘도형 호텔'이라는 다 헤진 간판 아래를 통과하고, 다시 모래 언덕 사이의 좁은 신작로를 따라 지평선 위 주석 폐광을 향해 차를 몰았다. 그 위에 '콘월에 오신 걸 환영합니다'라는 광고판이 보였다. 좌우로 불 꺼진 미늘벽 방갈로들이 늘어서 있었다. 메스테르바인이 차를 세웠다. 그녀도 바로 뒤에 차를 세웠지만 경사 때문에 기어를 풀지는 않았다. 수동브레이크가 또 고장 나겠군. 유스타스에 다시 가져가지 뭐. 그녀는 그런 생각을 하며 그를 따라 차에서 내려 문을 잠갔다. 바람은 어느새 멎어 있었는데 반도에서도 바람의 반대쪽이기 때문일 것이다. 갈매기들이 낮게 날며 꽥꽥거리는 모습이 땅바닥에 소중한 물건을 잃기라도 한 것 같았다. 메스테르바인이 손전등을 들고 그녀의 팔꿈치를 잡아 앞으로 인도했다.

"이거 놔요." 그녀가 으르렁거렸다. 그가 밀자 대문이 삐걱, 신음 소리를 토했다. 손전등 불빛이 먼저 앞으로 달려갔다. 짧은 콘크리트 통로. 그리고 '바닷말'이라는 이름의 파란 문이 나타났다. 메스테르바인에게 열쇠가 있었다. 문이 열렸다. 그가 먼저 들어가서는 뒤로 물러나 그녀가 들어오게 도와주었다. 마치 고객에게 집을 보여주는 부동산업자 같았다. 현관은 없고, 이상하게 경고문도 보이지 않았다. 그녀가 안으로 들어가자 그가 문을 닫았다. 거실. 썩은 세탁물 냄새와 천장을 가득 덮은 검버섯 자국들. 청색 골덴 정장 차림의 키 큰 금발이 전기계량기에 동전을 넣다가 두 사람이 들어오는 것을 보고 벌떡 일어나 재빨리 환한 웃음을 지었다. 기다란 금발머리가 파도처럼 일렁였다.

"안톤! 오, 대단하다! 찰리를 데려오다니! 찰리, 환영해요. 그런데 이 망할 놈의 기계 작동법을 가르쳐주면 두 배로 고맙겠어!" 그녀가 찰리의 양어깨를 잡더니 양볼까지 맞대며 격한 포옹을 했다. "찰리, 오늘, 셰익스피어에서 너무 환상적이었다면서, 응? 그렇지, 안톤? 분명 최고였을 거야. 오, 난 헬가라고 해요, 헬가. 아가씨는 찰리, 나는 헬가, 응?" 그녀는 말장난하듯 자기소개를 했다.

여자는 반짝이는 회색 눈이었다. 메스테르바인처럼 지나치게 순수하고 군인답게 단순명료한 시선이 복잡한 세상을 굽어보았다. 진실을 길들일 수는 없다. 미셸이 편지에서 한 얘기다. 나는 느낀다. 고로 행한다.

"예, 대단히 인상적이었죠."

메스테르바인이 헬가의 질문에 뒤늦은 대답을 내놓았다. 그는 가는 철사로 만든 옷걸이를 트렌치코트 안에 끼우는 중이었다.

헬가는 여전히 두 손을 찰리의 어깨에 얹고 튼튼한 엄지로 가볍게 목을 쓰다듬었다.

"그렇게 많은 단어를 배우면 너무 힘들지 않아, 찰리?" 그녀가 환한 표정으로 찰리의 얼굴을 바라보았다.

"그런 건 못 느꼈어요." 그녀는 그렇게 대답하며 헬가에게서 떨어져 나왔다.

그녀가 찰리의 손을 잡더니 손바닥에 50페니를 떠넘겼다.

"그럼 이것도 쉽게 배우겠다. 어서, 이것 좀 해봐. 불이라는 이름의 이 빌어먹을 영국 기계를 어떻게 작동하는지 가르쳐줘."

찰리는 미터기 앞에 쪼그리고 앉았다. 그리고 레버를 한쪽으로 돌리고 동전을 넣고 다시 반대 방향으로 돌리자 동전이 덜그럭 소리를 내며 떨어졌다. 잠시 후 부 하는 잡음과 함께 불이 들어왔다.

"이런, 세상에, 찰리! 대단하다! 내가 이런 사람이라우. 기계치도 이런 기계치가 없지 뭐야?" 헬가는 곧바로 변명을 했다. 그녀에 대해 꼭 알아두어야 할 사항이라도 된다는 투였다. "거기에 완전히 무산층이야. 아무것도 가진 게 없으니 쓰는 법을 어찌 알겠어? 안톤이 대신 번역해줄 거야. 나는 자인(존재)을 믿어, 하벤(소유)이 아니라." 그건 어느 훈련소 독재자가 발표한 원칙이었다. "에리히 프롬은 읽었지, 찰리?"

"소유가 아니라 존재가 먼저라는 뜻입니다. 헬가의 핵심 도덕이죠. 인간의 근본적인 선을 믿고 과학보다 자연이 우위임을 믿습니다. 저도 그렇고요." 그가 둘 사이에 끼고 싶은 사람처럼 열심히 설명을 했다.

"에리히 프롬 읽었지?" 헬가가 되물으며 금발머리를 젖혔지만 이미 다른 문제를 고민하는 표정이었다. 그녀는 불 옆에 앉아 두 손을 내밀었다. "내가 그분한테 푹 빠졌잖아. 철학자를 존경하면 사랑하게 되거든. 내가 그런 여자야." 그녀의 동작은 보기에도 우아했으며 10대의 행복감이 묻어났다. 키가 너무 큰 탓에 굽 없는 구두를 신었다.

"미셸은 어디 있죠?" 찰리가 물었다.

"헬가는 미셸이 누군지도 모릅니다. 변호사도 아니에요. 그저 여행과 정의를 위해 이곳에 왔으니 미셸의 활동과 근황에 대해 알 리가 없죠. 자, 자리에 앉으시죠." 메스테르바인이 먼저 모퉁이 자리를 차지했다.

찰리는 그래도 앉지 않았다. 메스테르바인은 식탁 의자에 앉아 두 손을 무릎 위에 얹었다. 트렌치코트를 벗으니 새 갈색정장이 드러났는데 필경 어머니의 생일선물이었을 것이다.

"그 사람 소식이 있다고 했잖아요." 찰리가 따졌다. 목소리는 떨리고 입술도 딱딱하게 굳었다.

헬가는 여전히 쪼그리고 앉아 그녀를 돌아보았는데 깊은 생각에라도 잠긴 듯 엄지손톱을 튼튼한 앞니에 갖다 댔다.

"마지막으로 본 게 언제죠?" 메스테르바인이 물었다.

찰리는 둘 중 누구를 봐야 할지마저 헷갈렸다.

"잘츠부르크."

"잘츠부르크는 날짜가 아니잖아?" 헬가가 지적했다.

"5주. 6주? 지금 어디 있죠?"

"그럼 마지막으로 소식을 들은 때는?" 메스테르바인이 다시 물었다.

"그 사람 어디 있는지부터 말해요! 무슨 일이 생긴 건가요? 지금 어디 있어요?" 그녀가 홱 하고 헬가를 돌아보았다.

"찾아온 사람도 없습니까? 그의 친구나 경찰이?"

"어쩌면 자기가 잘 기억 못할 수도 있잖아, 찰리?" 헬가가 끼어들었다.

"접촉한 사람이 누군지 말해줘요, 미스 찰리. 당장. 중요한 일입니다. 우리가 온 것도 위급해서예요." 메스테르바인이 말했다.

"찰리는 거짓말도 쉽게 할 거야. 대단한 배우니까. 그렇게 오래 연기 훈련을 했는데 어떻게 믿을 수 있겠어?" 헬가는 탐색하듯 눈을 똘망거리며 찰리를 올려다보았다.

"조심해야겠죠." 메스테르바인이 동의했다. 미래를 위해 몰래 메모라도 하는 사람 같았다.

두 사람의 합작은 고문처럼 혹독했다. 찰리에게라면 피치 못할 고통을 갖고 놀기 때문이다. 그녀는 헬가를 노려보고 다시 메스테르바인을 보았다. 더 이상 아무 말도 생각나지 않았다. 단어들이 머릿속에서 모래알처럼 빠져나가고 있었다.

"죽은 건가요?" 그녀가 속삭이다시피 물었다.

헬가는 못 들은 모양이었다. 찰리를 지켜보는 데에만 열중했기 때문이다.

"아, 예, 미셸은 죽었습니다. 유감입니다. 우리 둘 다. 그동안의 편지로 미루어 당신도 당연히 유감이겠죠."

"그 편지들도 가짜일지 몰라, 안톤." 헬가가 그에게 상기시켜주었다.

전에도 한 번 이런 일이 있었다. 학창시절. 체육관 벽에 줄을 선 300명의 여학생들과 그 중앙의 교장. 다들 범인이 자수하기를 기다리는 중이었다. 찰리도 다른 아이들처럼 주변을 엿보며 범인을 찾아보았다. 저 아일까? 아냐, 저 애가 틀림없어. 그 아이는 얼굴을 붉히지도 않았고 긴장하거나 태연하지도 않았다. 그럼 저 애는 아니야. 나중에 밝혀졌지만, 그 애는 아무것도 훔치지 않았다. 그런데 갑자기 다리가 풀리며 풀썩 주저 앉고 말았다. 허리 위로는 아무렇지도 않았건만 아래가 마비되고 만 것이다. 지금도 그랬다. 그녀도 미처 깨닫지 못한 일이었다. 그 행위가 얼마나 엄청난 의미가 될지도 생각지 못했다. 헬가도 미처 손을 내밀어 부축해줄 틈이 없었다. 그녀는 쿵 소리를 내며 무릎을 꿇었다. 그 바람에 천장에 매달린 전구가 가볍게 덜컥거렸다. 헬가가 재빨리 그녀 옆에 무릎을 꿇고 독일어를 중얼거리며 그녀의 어깨를 짚었다. 친절하고 진실한 행동. 메스테르바인도 허리를 굽히고 지켜보았지만 손을 대지는 않았다. 그보다는 그녀가 우는 모습을 살피는 데 더 관심이 많았다.

고개를 옆으로 돌리고 뺨을 주먹 쥔 손에 기댄 탓에 눈물이 얼굴을 가로지르며 흘러내렸다. 그녀의 눈물을 지켜보고 있자니 왠지 조금씩 기분이 좋아졌다. 그는 허락이라도 내리듯 크게 고개를 끄덕였다. 그리고 헬가가 찰리를 소파로 데려가 눕히는 동안에도 곁을 떠나지 않았다. 찰리는 두 손으로 얼굴을 감싸고 쿠션에 파묻은 자세로, 상주나 고인의 아이들처럼 서럽게 울어댔다. 혼란, 분노, 죄의식, 후회, 두려움. 그녀는 그 감정 하나하나를 잘 연출된 연극 대사만큼이나 절실하게 느꼈다. 알고 있었잖아! 아니 몰랐어! 차마 생각하고 싶지 않았어. 사기꾼! 파시스트 살인마! 나쁜 놈, 현실 극장에서 내 사랑하는 사람을 죽이다니!

어쩌면 그중 일부를 입 밖에 냈을 것이다. 아니, 분명 그랬다. 심장이 찢어지는 슬픔 와중에도 그녀는 저주의 대사를 꼼꼼하게 선택하고 걸러냈다. 이 파시스트 놈, 너도 나가 죽어! 오, 신이여, 오, 미셸!

잠시 정적. 메스테르바인이 좀 더 자세히 얘기해보라 했지만 그녀는 머리를 두 손으로 감싼 채 좌우로 젓기만 했다. 목이 크게 멘 탓에 언어도 목청에 걸리거나 입술에서 고꾸라졌다. 눈물, 고통, 그치지 않는 울음이 문제가 아니었다. 슬퍼하고 아파할 이유는 얼마든지 있지 않은가. 죽은 아버지에 대해 생각할 필요도 없고, 퇴학의 굴욕 때문에 그의 무덤으로 쪼르르 달려갈 필요도 없었다. 옛날처럼 황폐한 성인세계에 버려진 불쌍한 아이처럼 굴 필요도 없었다. 지금은 사랑하는 아랍 남자만 생각하면 그만이다. 그녀에게 사랑의 능력을 되찾아주고, 평생을 갈망했던 삶의 지표를 가르쳐주고, 지금은 죽어서 하염없이 눈물만 뽑아내는 남자.

"헬가 말로는 시온주의자들 짓이라더군요. 왜 사고라는데 그쪽에 책임을 떠넘기는 거지? 경찰도 확인해줬잖아요. 경찰 발표에 토를 다는 이유가 뭡니까? 그건 아주 위험한 행위예요." 메스테르바인이 헬가의 주장을 반박했다. 영어였다.

헬가는 이미 들었던 얘기인지 그의 대꾸를 간단히 무시해버리고 대신 전기스토브에 커피포트를 올려두었다. 그러고는 찰리의 머리 옆에 무릎을 꿇고 앉아, 안타까운 표정과 튼튼한 손으로 얼굴에 흘러내린 붉은 머리카락을 쓸어주었다. 찰리가 울음을 그치고 설명해주기를 기다리는 것이다.

커피포트가 보글거렸다. 헬가가 일어나 차를 따라왔다. 찰리는 소파에 앉아 두 손으로 머그잔을 들고 마치 수증기를 마시기라도 하듯 들여다보았다. 눈물은 여전히 두 뺨 위로 흘러내렸다. 헬가가 찰리에게 어깨동무를 했다. 메스테르바인은 반대편, 자신만의 어두운 세계에 숨어 두

421

여인을 엿보았다.

"폭발사고였어요. 잘츠부르크-뮌헨간 아우토반이었죠. 경찰에 따르면 그의 차에 폭발물이 가득했다더군요. 엄청난 양이… 왜죠? 평평한 아우토반에서 갑자기 터진 이유가 뭐죠?"

"자기 편지는 안전해." 헬가가 속삭이며 자애로운 손길로 찰리의 머리카락을 귀 뒤로 넘겨주었다.

"메르세데스였어요. 뮌헨 번호판이었지만 경찰 말로는 위조라더군요. 서류도 모두 위조이고. 왜 내 의뢰인이 가짜 서류를 들고 폭발물이 가득한 차를 몰고 다닌 겁니까? 그 친구, 겨우 학생이었어요. 폭파 테러범이 아니라. 내가 보기엔 분명 음모가 있습니다." 그가 말했다.

"그 차를 알아, 찰리?" 헬가가 찰리의 귀에 속삭이고는 마치 그녀를 달래 대답을 끌어내리려는 듯 가볍게 어깨를 눌렀다. 하지만 찰리의 머릿속에는 100킬로그램의 폭탄에 갈가리 찢긴 연인뿐이었다. 차창 프레임, 크로스멤버, 지붕 안감, 의자에 감춘 러시아제 플라스틱 폭탄 100킬로그램이 그녀가 그토록 사랑했던 사람을 박살낸 것이다. 그녀의 귀에 들리는 소리도 또 다른 이름 없는 멘토의 목소리뿐이었다. 이자들을 믿으면 안 돼! 거짓말 해. 모두 부정하고 거부하고 거절하란 말이야!

"뭐라고 했죠?" 메스테르바인이 비난하듯 물었다.

"'미셸'이라고 했어요." 헬가는 핸드백에서 간단한 손수건을 꺼내 눈물을 한 움큼 닦아주었다.

"여자도 한 명 죽었어요. 차에 같이 타고 있었다더군요." 메스테르바인이 말했다.

"네덜란드. 굉장한 금발 미인이었대." 헬가가 부드럽게 덧붙였다. 어찌나 가까운지 찰리의 귀에 뜨거운 입김까지 전해졌다.

"함께 죽었죠." 메스테르바인이 목소리를 높이며 말했다.

"자기만이 아니었어, 찰리. 자기만 그 팔레스타인 남자를 이용한 게 아니었다고." 헬가가 목소리에 힘을 주며 말했다.

찰리가 입을 열었는데 사망 소식을 들은 후 처음으로 조리가 있는 문장이었다.

"내가 원한 게 아니에요."

"경찰은 독일 여자가 테러분자였다고 했어요." 메스테르바인이 투덜댔다.

"미셸도 테러분자였다고 한 걸요." 헬가가 덧붙였다.

"네덜란드 여자는 벌써 폭파 전과가 여러 번이었답니다. 그것도 미셸의 지시로. 미셸과 여자가 또 다른 범죄를 계획 중이었다는 얘기도 하더군요. 차 안에서 뮌헨 지도가 발견되었는데 미셸의 필체로 이자르 강의 이스라엘 무역센터를 표시했대요. 위층… 정말 어려운 목표물이죠. 그 작전에 대해 당신한테 얘기했나요, 미스 찰리?" 메스테르바인이 물었다.

찰리가 몸을 부르르 떨며 커피를 약간 홀짝였다. 그 모습에 헬가는 그녀가 대답이라도 한 것처럼 기뻐했다.

"잘됐다! 깨어나고 있는 거야. 커피 더 줄까, 찰리? 춥지는 않아? 배는? 아직 안 고파? 치즈, 달걀, 소시지 등등 없는 게 없거든."

찰리는 고개를 저었지만, 헬가에게 부탁해 화장실에 갔다. 그녀는 그곳에서 한참을 머물며 얼굴에 물을 뿌리고 구토를 했다. 아쉽게도 독일어가 부족한 탓에 저 종이처럼 가는 문을 통해 들려오는 불편한 대화를 알아듣지는 못했다.

그녀가 돌아갔을 때 메스테르바인은 트렌치코트 차림으로 문가에 서 있었다.

"미스 찰리, 헬가에게도 법의 보호를 받을 전적인 권리가 있습니다. 잊지 말아요." 그는 그 말을 끝으로 성큼성큼 방을 나가버렸다.

이제 여자들 뿐.

"안톤은 천재야. 우리 수호천사이기도 하고. 법을 미워하지만 원래 미운 놈하고 사랑에 빠지는 법 아닌가? 내 말이 맞지? …찰리, 내 말에 늘 동의해야 해. 안 그러면 내가 너무 실망하거든." 그녀가 웃으며 말하고는 조금 더 다가서더니 다른 얘기를 꺼냈다. "폭력이 문제가 아니야. 절대로. 우리 역시 폭력을 불사하지만 평화적인 활동도 해. 그건 달라. 우리와의 논쟁은 논리적이어야 해. 세상이 제멋대로 돌아가는 동안 나 몰라라 하지 않고, 의견을 신념으로 신념을 행동으로 전환해야 하니까." 그녀는 잠시 멈추고 자기 말이 학생한테 어느 정도 먹혔는지 확인부터 했다. 두 사람의 머리가 너무도 가까웠다. "행동은 자기실현이야, 객관적이기도 하고, 응?" 다시 멈춤. 하지만 대답은 없었다. "그거 알아? 자기가 완전히 기절초풍할 만한 사실이 있는데 이미 자기도 알고 있다는 거? 나야 부모님과 관계가 좋아도 너무 좋지만… 자기? 자기는 달라. 자기 편지에다 있잖아. 안톤도 당연히 읽었지. 우리 엄마는 머리가 좋은데 아버지는…." 그녀가 다시 입을 다물었지만 이번엔 찰리의 침묵에 화가 났기 때문이었다. 다시 울기 시작한 것도 마음에 들지 않았다.

"찰리, 그만. 당장 그만둬, 응? 우리가 늙은 여자는 아니잖아. 자기는 미셸을 사랑했어. 그건 당연하다고 생각해. 하지만 죽었잖아. 죽은 사람이라고. 우린 개인 사정 봐줄 여유 없어. 전사이자 노동자니까! 그만 울어!" 그녀의 목소리는 놀랍도록 차가웠다.

헬가는 찰리의 팔꿈치를 잡고 일으켜 세운 다음 천천히 방 맞은편으로 끌고 갔다.

"내 말 잘 들어. 언젠가 아주 돈이 많은 애인이 있었어. 이름은 쿠르트였는데 지독한 파시스트에 야만인이었어. 안톤과 마찬가지로 섹스 상대에 불과했지만 그래도 난 그를 가르치려고 했지. 언젠가 볼리비아의 독일 대사관에 근무하는 그라프 뭔가 하는 자가 자유의 투사들에게 살해당했는데, 그 작전 알지? 쿠르트는 그를 알지도 못하면서 버럭 화를 내더라고. 나쁜 놈들! 테러분자들! 다 죽여버려야 해! 그래서 내가 그랬어. 쿠르트, 왜 그렇게 흥분해요? 볼리비아 사람들은 매일 굶어죽어요. 그런데 그라프 하나 죽었다고 그렇게 열을 내는 이유가 뭐죠? 자기도 내 판단에 동의하지, 응? 찰리?"

찰리는 보일 듯 말 듯 어깻짓만 했다. 헬가는 그녀를 돌려세운 다음 다시 원래 자리로 끌고 갔다.

"이제 더 가혹한 얘기를 해야 해. 미셸이 순교자이긴 하지만 죽은 사람은 싸울 수 없어. 순교자들이 한두 명도 아니잖아? 투사 한 명이 죽었다고 혁명을 멈출 수는 없어. 그렇지?"

"예." 찰리가 기어가는 목소리로 대답했다.

두 여자는 소파에 다다랐다. 헬가는 자기 핸드백을 집어 작고 납작한 위스키 병을 꺼내 뚜껑을 열어 찰리에게 내밀었다. 면세 딱지가 붙은 병이었다.

"미셸을 위해. 그를 위해 건배하는 거야. 따라해. 미셸을 위해."

찰리가 위스키를 홀짝이고는 인상을 찌푸렸다. 헬가가 병을 돌려받았다.

"앉아, 찰리. 어서."

그녀는 무덤덤한 표정으로 소파에 앉았지만 헬가는 그 자리에 서서 그녀를 내려다보았다.

"내 말 잘 듣고 대답해야 해, 알았지? 여기 놀자고 온 거 아니니까, 응? 토론도 아냐. 토론을 좋아하기는 하지만 그건 나중에. 대답해. '예'라고."

"예." 찰리가 맥없이 대답했다.

"그 애는 자기한테 반했어. 아니, 그보다 푹 빠진 쪽인데 그건 알겠어.

그의 아파트 책상에 자기한테 쓰다 만 편지가 한 통 있었는데 사랑과 섹스에 대한 환상적인 문구들로 가득했거든. 모두 자기 얘기였지. 정치하고."

그 의미가 전해지기라도 한 듯 찰리의 얼룩진 얼굴이 조금씩 간절하게 변했다.

"편지 어디 있어요? 나한테 줘요!"

"그 편지는 혁명의 재산이야. 나중에 자기한테 갈지도 모르지만… 그야 두고 봐야지." 헬가는 찰리를 소파에 주저앉혔다. 다소 거친 동작이었다. "그 차. 잿더미가 된 메르세데스. 자기가 몰고 독일 국경을 넘었지? 미셸을 위해? 임무였나? 대답해."

"오스트리아." 그녀가 중얼거렸다.

"어디에서?"

"유고슬라비아를 통해서."

"찰리, 조금 더 제대로 대답해줬으면 좋겠어. 어디에서?"

"테살로니카."

"물론 미셸이 함께 왔겠지? 그 양반 방식이니까, 응?"

"아뇨."

"아니라고? 혼자 운전했어? 그 먼 길을? 말도 안 돼! 자기한테 그런 일을 떠맡겼을 리가 없잖아. 도대체 자기 말은 한 마디도 못 믿겠어. 모조리 거짓말뿐이야."

"상관없어요." 찰리가 다시 냉담해졌다.

헬가는 상관있었다. 벌써 화도 머리끝까지 치솟았다.

"그래, 상관없겠지. 자기가 스파이인데 왜 상관하겠어? 어떤 일이 있었는지는 나도 똑똑히 알아. 솔직히 물어볼 필요도 없지만 절차라는 게 있으니까. 그래, 미셸이 자기를 포섭해 비밀 애인으로 만들었겠지. 그리고 자기가 능력이 되자마자 경찰에 신고한 거야. 애인을 보호하고 돈도 벌기 위해서 말이야. 자기는 경찰 스파이야. 우리한테도 힘 있는 사람이 있어. 그 사람한테 자기를 넘겨 처리하게 하겠지만 지금부터 20년은 기다려야 할 거야. 그럼 당연히 사형이겠지만."

"잘됐네요. 좋아요. 그렇게 해요, 헬가. 나도 바라는 바니까. 되도록 빨리 보내줄래요? 호텔 16호실로?" 찰리가 담배를 비벼 껐다.

헬가는 창문으로 걸어가 커튼을 걷어 젖혔다. 메스테르바인을 부르려는 모양이다. 창밖으로 작은 렌터카가 보였다. 실내등이 켜 있는데 운전석에는 메스테르바인이 모자를 쓴 채로 무덤덤하게 앉아 있었다.

"안톤? 안톤, 여기 좀 와 봐요. 지독한 스파이를 잡은 모양이니까." 헬가가 창문을 두드렸지만 목소리가 너무 작은 탓에 그가 들을 수는 없었다. 어차피 흉내에 불과했기 때문이다. "미셸이 왜 우리 얘기를 하지 않은 거지? 자기한테 왜 우리를 밝히지 않았을까? 몇 달 동안 미셸의 다크호스였잖아. 도무지 말이 안 돼!" 그녀가 다시 커튼을 닫고 찰리를 마주 보았다.

"나를 사랑했으니까요."

"개소리! 자기를 이용했을 뿐이야. 지금도 그 사람 편지 갖고 있지?"

"그가 없애버리라고 했어요."

"그래도 안 했잖아! 당연히 못하지. 어떻게 그게 가능해? 감상적인 멍청인데? 자기가 쓴 편지만 봐도 알 수 있어. 자기는 미셸을 이용하고 그는 자기한테 돈을 탕진했어. 옷, 보석, 호텔. 그런데도 경찰에 밀고한 거야. 뻔한 얘기라고!"

헬가는 찰리의 핸드백으로 다가가더니 충동적으로 식탁 위에 내용물을 쏟아냈다. 하지만 그 안에 심어둔 실마리들, 즉 일기, 노팅엄의 볼펜, 아테네 디오게네스의 성냥 따위에 헬가가 만족할 리는 없었다. 그녀는 애정이 아니라 배신의 증거를 찾아야 했다.

"이 라디오."

알람시계가 달린 소형 일제라디오. 리허설을 위해 산 물건이다.

"이게 뭐지? 스파이 장비 아냐? 어디서 구했어? 자기 같은 여자가 핸드백에 왜 라디오를 넣고 다니는데?"

헬가가 라디오를 살피는 동안, 찰리는 시선을 불이 있는 곳으로 돌렸다. 헬가도 라디오 다이얼을 돌리다가 음악방송이 나오자 스위치를 끄고 신경질적으로 밀쳐놓았다.

"자기한테 보낸 마지막 편지에 보니까, 총에 키스했다던데… 그게 무슨 의미지?"

"정말로 총에 키스했어요. 형님 총에." 찰리가 자세를 바로했다.

헬가의 목소리가 갑자기 올라갔다.

"형? 무슨 형?"

"형님이 있어요. 그 사람의 영웅이자 위대한 전사죠. 형님이 총을 줬다면서 서약 대신 내게 키스를 하게 했어요."

헬가는 그럴 리 없다는 시선으로 그녀를 노려보았다.

"미셸이 그렇게 말했다고?"

"신문에도 나오지 않았어요?"

"언제 그 얘기를 했지?"

"그리스 언덕에서."

"형에 대해 또 다른 얘기는? …어서!" 그녀는 거의 비명 수준이었다.

"미셸이 존경했다고 말했잖아요."

"구체적인 얘기만 해. 감정 말고. 형에 대해 또 무슨 얘기를 했어?"

하지만 찰리의 머릿속에선 이미 너무 많이 나갔다는 경고가 울리기 시작했다.

"군사 비밀이에요." 그녀는 그렇게 말하고 다시 담뱃불을 붙였다.

헬가가 좀 더 다가갔다.

"어디에 있는지도 얘기했어? 뭘 하는지도? 찰리, 당장 말하지 못해? 경찰, 정보부, 시온주의자들…. 다들 자기를 찾고 있어. 우린 독일 경찰하고 끈이 닿아 있지만 그쪽에서도 차를 몰고 유고슬라비아를 건너온 사람이 네덜란드 여자가 아니라는 것 정도는 알고 있지. 인상착의도 있고, 자기를 얽어 넣을 정보도 충분해. 자기를 도와줄 수는 있지만 그전에 미셸이 형에 대해 어떤 얘기를 했는지 모두 밝혀야 해." 그녀가 상체를 굽히더니 크고 투명한 눈을 찰리 눈에서 한 뼘도 안 되게 바짝 들이댔다. "그에겐 형 얘기를 할 권리가 없었어. 당연히 자기도 그 정보를 알 자격이 없지. 그러니까 어서 실토해."

찰리는 잠시 헬가의 논리를 생각해봤지만 결국 거부하기로 했다.

"싫어요." 그가 대답했다.

사실은 계속 떠들어댈까도 했다. 아무한테도 말하지 않겠다고 약속했어요. 당신을 믿지도 않고. 그러니 괴롭히지 말아요. 하지만 한동안 단순히 "싫어."라는 단어를 내뱉고 보니 그 대답이 최선이라고 마음을 정했다.

그들이 당신을 필요로 하게 만드는 게 당신 임무요. 요제프는 그렇게 말했다. 구애라고 생각해요. 그들도 손에 넣지 못한 물건을 제일 원할 테니까.

헬가는 믿기 어려울 정도로 담담한 표정이었다. 연극은 끝났다. 지금은 얼음처럼 차가운 단절의 단계다. 그 정도는 찰리도 본능적으로 이해했다. 그녀 자신의 특기이기도 하다.

"좋아. 자기가 오스트리아로 차를 몰았어. 그다음엔?"

"그가 지시한 대로 버렸어요. 그리고 그를 만나 잘츠부르크로 갔고요."

"어떻게?"

"비행기와 자동차."

"그러고는? 잘츠부르크에서?"

"호텔에 갔어요."

"호텔 이름은?"

"기억나지 않아요. 신경 쓰지 않았거든요."

"그럼 설명이라도 해봐."

"낡고 크고 강 옆이었어요. 아름다웠고." 그녀가 덧붙였다.

"그리고 섹스를 했겠지? 미셸도 한창 때니까. 늘 그렇듯 수도 없이 했을 거야."

"산책을 했어요."

"그럼 산책 후에 섹스한 거야. 쓸데없이 고집 부리지마."

이번에도 찰리는 뜸을 들였다가 대답했다.

"그럴 생각이었지만 저녁을 먹자마자 내가 잠이 들고 말았어요. 운전 때문에 지쳤거든요. 그도 두어 번 날 깨우려다가 포기했는데 아침에 일어났더니 벌써 옷을 다 입고 있었죠."

"그리고 함께 뮌헨으로 갔군⋯. 맞지?"

"아뇨."

"그럼 자기는 어디 갔는데?"

"오후 비행기를 타고 런던에 갔어요."

"미셸한테 차가 있었나?"

"렌터카예요."

"차종은?"

그녀는 기억 못하는 척했다.

"뮌헨에 따라가지 않은 이유는?"

"그가 함께 국경을 넘지 않으려 했어요. 할 일이 있다고 했죠."

"자기한테 그렇게 말했어? 할 일이 있다고? 말도 안 돼! 무슨 일? 자기가 배신하면 어떻게 하려고?"

"메르세데스를 찾아 형한테 배달하라는 지시를 받았다고 했어요. 어디인지는 말하지 않았지만."

사실 미셸의 방심은 밑도 끝도 없을 정도였지만 이번에는 헬가도 놀란 표정이 아니었다. 화를 내지도 않았다. 그녀의 관심은 오직 행동뿐이었고 행동은 그녀가 신봉하는 모든 것이다. 그녀는 성큼성큼 문으로 걸어가 활짝 열어젖힌 다음 메스테르바인에게 신경질적으로 손을 흔들어 불러들였다. 그리고 홱 하고 돌아서서 엉덩이에 두 손을 대고 찰리를 노려보았다. 크고 창백한 두 눈이 위태로울 정도로 공허했다.

"갑자기 자기가 로마 같아졌어, 찰리. 모든 길이 자기로 통하잖아. 너무 이상해. 자기는 그가 숨겨놓은 애인이고 그의 차를 몰고 지상에서의 마지막 밤을 함께 보내. 그 차를 몰았을 때 차 안에 뭐가 있는지 알았어?"

"폭발물."

"헛소리. 어떤 종류지?"

"러시아산 플라스틱 폭탄. 100킬로그램."

"경찰이 말한 건가? 거짓말이야. 그 인간들 매일 거짓말만 하잖아."

"미셸이 말했어요."

헬가는 의도적으로 허탈한 웃음을 내뱉었다.

"이런, 찰리! 이젠 한 마디도 못 믿겠잖아! 어떻게 입만 열면 거짓말이야?" 그때 메스테르바인이 소리 없이 그녀의 등 뒤에 나타났다. "안톤, 이제 알겠어요. 이 생과부 아가씨 완전히 거짓말쟁이야. 분명해요. 도와줄 필요가 전혀 없어. 그러니 어서 떠나기나 합시다."

메스테르바인이 찰리를 노려보았다. 헬가도 노려보았다. 둘 다 헬가의 말처럼 확신이 있는 것 같지는 않았지만 어느 쪽이든 찰리도 맘에 들지는 않았다. 그녀는 숨 빠진 인형처럼 앉아 있었다. 자신의 상실감 말고는 사실 어느 것에도 관심이 없었다.

헬가가 다시 옆에 앉아 찰리의 무덤덤한 어깨를 끌어안더니 광대뼈에 가볍게 입을 맞추었다.

"형 이름이 뭐였어? 어서. 우리도 친구가 될 수 있어. 조심해야 하기에 약간 허세를 부리기는 했지만 그건 당연한 거야. 좋아, 우선 찰리 이름부터 얘기해 봐."

"살림. 하지만 그 이름은 부르지 않겠다고 맹세했어요."

"형 이름은?"

"칼릴. 미셸이 숭배하는 분이었죠." 그녀가 다시 울기 시작했다.

"공작명은?"

찰리는 무슨 말인지 이해하지 못했다. 개의치도 않았다.

"군사 비밀이랬어요."

그녀는 죽을 때까지 계속 차를 몰겠다고 결심했었다. 다시 유고슬라비아를 가로지르자. 이제 쇼는 그만두고 노팅엄으로 돌아가 우리의 모텔 침대에서 목숨을 끊는 거야.

그녀는 다시 황무지에 올랐다. 혼자서. 도로에서 이탈할 뻔했을 땐 이미 130킬로미터에 근접했다. 그녀는 차를 세우고 황급히 핸들을 놓았다. 목덜미 근육이 달군 철사처럼 뜨거웠다. 구역질이 나올 것만 같았다.

그녀는 도로변에 앉아 무릎 사이에 머리를 묻었다. 야생 조랑말 한 쌍이 다가와 그녀를 엿보았다. 잡초는 무성한 데다 새벽이슬로 가득했다. 두 손으로 이슬을 훑어 얼굴에 적시니 조금 정신이 들었다. 오토바이 한 대가 천천히 지나갔다. 손가락 사이로 보니 멈춰 서서 도와야 하는지 고민하는 듯 보였는데, 결국 지평선 아래로 떠나가고 말았다. 우리 편? 아니면 저쪽 편? 그녀는 자동차로 돌아가 오토바이 번호판을 적었다. 이번에는 자신의 기억력을 믿을 수가 없었다. 미셸의 난초는 옆자리에 놓여 있었다. 그들에게서 풀려나며 돌려줄 것을 요구했었다.

"찰리, 어리석은 짓은 하지 마. 자긴 너무 감상적이야." 헬가가 경고했었다.

그래요, 헬가, 엿이나 먹어요. 난초는 내 거예요.

분홍색과 갈색과 회색의 고원. 나무 한 점 없었다. 백미러 안으로 동녘이 밝아왔다. 카오디오에선 온통 프랑스어뿐이었다. 사춘기 소녀 문제에 대한 질의 시간인 듯했는데 내용은 이해가 불가능했다.

청색 이동주책이 들판에 서 있었다. 그 옆에 랜드로버도 한 대 보였다. 랜드로버 옆의 전선 빨랫줄에 아기 옷들이 매달려 있었다. 전에 저런 빨랫줄을 본 적이 있었던가? 없다. 어디에서도.

그녀는 여관 침대에 누워, 천장에 비친 햇빛을 보고, 창턱에서 비둘기들이 푸드덕거리는 소리를 들었다. 당신이 산에서 내려올 때가 제일 위험하오. 요제프의 경고였다. 그때 복도에서 조심스러운 발소리가 들렸다. 드디어 왔구나. 하지만… 어느 쪽이지? 항상 똑같은 질문이다. 붉은색? 아뇨, 경사님, 평생 붉은색 메르세데스를 몰아본 적 없어요. 그러니 당장 내 방에서 꺼져요. 식은땀 방울이 벗은 배 위를 흘러내렸다. 그녀는 머릿속으로 배꼽에서 갈빗대, 그리고 시트까지 땀이 흐르는 경로를 추적했다. 삐걱거리는 마룻바닥. 낑낑거리는 숨소리. 열쇠구멍을 엿보고 있어. 문 아래로 하얀 종이 모서리가 나타나 꿈틀거리며 점점 커졌다. 뚱보 험프리가 〈데일리 텔레그래프〉를 배달하고 있었다.

그녀는 목욕을 하고 옷을 입었다. 운전은 천천히 하고 인적이 뜸한 도로들을 골랐으며 가던 중에 상점 두 곳에 들렀다. 그가 가르친 대로였다. 옷은 꾀죄죄하고 머리도 엉망이었다. 그녀의 멍한 태도와 산만한 외양을 본 사람이라면 그녀가 얼마나 커다란 비탄에 빠져 있는지 알았을 것이다. 길은 어두워졌다. 병든 느릅나무들이 사방에서 조여들고, 그 사이로 낡은 콘월 교회가 보였다. 그녀는 다시 차를 세우고 철문을 밀었다. 무덤은 방치된 지 오래인지라 묘비도 거의 남지 않았다. 무덤 하나가 다른 것들과 따로 떨어져 있었다. 자살? 살인자? 땡. 혁명가의 무덤이었다. 그녀는 무릎을 꿇고 그의 머리가 놓여 있음직한 위치에 난초를 내려놓았다. 즉흥 애도. 그런 상황 및 현실 극장에서 찰리가 했음직한 행사잖아? 그녀는 얼음처럼 차가운 교회 안으로 들어서며 생각했다.

다시 한 시간 동안 그녀는 이런 식으로 목적 없이 떠돌았다. 딱히 움직일 이유도 없기에, 그저 철문에 기대 들판을 바라보거나 아니면 철문에 기대 아무것도 보지 않았다. 그녀를 쫓던 오토바이가 마침내 멈췄다고 확신한 건 12시가 지나서였다. 그 후에도 그녀는 몇 번 주변을 우회하고 교회 두 곳을 더 들른 후에야 주도로를 타고 펠머스로 향했다.

호텔은 헬포드 후미에 있는 왜기와 방목장이었다. 실내 풀장, 사우나, 나인홀 골프코스, 그리고 호텔 종업원들처럼 보이는 손님들이 있었다. 다른 호텔은 가봤지만 이 호텔은 처음이다. 그는 독일 출판업자로 예약했으며, 이를 증명하기 위해 읽지도 못하는 책을 한 보따리 챙겨왔다. 교환원들에게는 팁을 충분히 주면서, 국제 통화할 일이 많은데 어느 곳 하나 그의 취침시간을 개의치 않는다며 너스레를 떨었다. 웨이터와 벨보이들은 그가 팁을 잘 주며 밤새도록 앉아 있는 사람이라고 기억했다. 그는 지난 2주 동안 서로 다른 이름과 구실을 대며, 찰리를 따라 반도로 내려오는 길고도 고독한 여행을 이어갔다. 그는 침대에 누워 찰리처럼 천장을 멍하니 보았다. 쿠르츠와는 전화로 통화했고 매시간 리트박의 현장 공작을 확인했다. 찰리와는 거의 대화가 없었다. 약간의 식사를 제공하고 비밀 작성과 통신에 대한 요령을 좀 더 가르쳤다. 그녀가 그의 죄수이듯 그 역시 그녀의 죄수였다.

그가 문을 열어주었다. 그녀는 잔뜩 인상을 쓴 채 그를 지나쳤다. 어떤 기분이어야 할지 판단이 서지 않았다. 살인자. 개자식. 사기꾼. 하지만 그런 식의 상투적인 장면을 연출할 생각은 없다. 이미 그런 연기는 충분히 했고 곡하는 연기도 신물이 났다. 그녀가 들어갔을 때 그는 서 있었다. 그녀에게 다가와 안아주었으면 한 것도 그 때문이었건만 그는 꼼짝도 하지 않았다. 아니 그렇게 심각한 모습도 처음이라 오히려 그녀가 주춤했다. 그의 두 눈엔 깊은 그림자가 드리웠다. 지금은 흰 셔츠에 소매를 팔꿈치까지 접어 올렸다. 실크가 아니라 면이었다. 그녀는 그를 보고 결국 어떤 기분이어야 할지를 깨달았다. 커프스단추도 없고 목걸이도 걸지 않았다. 구두도 구찌가 아니었다.

"그럼 지금은 당신 자신이군요."

그녀가 먼저 운을 뗐지만 그는 이해를 못하는 표정이었다.

"붉은색 블레이저는 없어도 되죠? 당신은 당신일 뿐 다른 누구도 아니에요. 자기 보디가드까지 죽였고 남겨둔 사람도 없잖아요."

그녀는 핸드백에서 작은 시계라디오를 꺼내 그에게 건넸다. 그는 탁자에서 원래 모델을 집어 그녀 대신 핸드백 안에 넣어주었다.

"오, 그럼 이제부터 우리 관계는 중재가 필요 없겠군." 그가 핸드백을 닫으며 웃었다.

"나 어땠어요? 베르나르 이후로 최고 여배우 아닌가요?" 찰리가 앉으며 물었다.

"더 나아요. 마티 눈에는 모세가 산에서 내려온 이후… 아니, 산에 오르기 전부터라고 해도 최고였을 게요. 원한다면 지금 명예롭게 손을 놓아도 돼요. 그들도 그만하면 충분히 빚진 셈이니까. 아니 그 이상이겠군."

그들. 절대로 우리는 없군.

"그럼 요제프의 눈에는요?"

"그자들은 거물이었소, 찰리. 중앙에서 나온 거물이자 실세요."

"내가 그 사람들을 엿 먹인 건가요?"

그가 다가와 그녀 옆에 앉았다. 가깝기는 했지만 접촉은 없었다.

"당신이 아직 살아 있으니, 엿 먹였다고 봐야 하겠지."

"시작해요." 그녀가 말했다. 탁자 위에 작고 예쁜 녹음기가 놓여 있었다. 그녀는 요제프 너머로 손을 내밀어 스위치를 켰다. 두 사람은 각설하고, 마치 나이든 부부처럼 곧바로 본론으로 들어갔다. 어젯밤 리트박의 통신 밴이 찰리의 핸드백에 들어 있던 개조 라디오를 통해 대화를 모두 엿듣기는 했지만 그녀가 느낀 핵심은 이제부터 발굴하고 걸러야 했다.

18

런던 주재 이스라엘 대사관에 전화한 남자는 젊고 민첩했다. 가죽 롱
코트와 금테안경을 썼는데 이름이 매도우즈라고 했다. 차는 깨끗하고
빠른 녹색 로버였다. 쿠르츠는 조수석에 앉아 매도우즈의 상대가 되어
주었으나 리트박은 뒷자리에서 씩씩거리는 참이었다. 쿠르츠는 연신 쭈
뼛거리는 데다 추레해 보이기까지 했는데, 정말로 엄청난 상사들과 대
면하기라도 하는 눈치였다.

"이제 막 비행기로 귀국한 거죠? 우리가?" 매도우즈가 경쾌한 목소리
로 물었다.

"어제라고 해두죠." 쿠르츠의 대답이었다. 그가 런던에 들어온 지는
벌써 일주일이었다.

"미리 연락주시지 그러셨습니까? 그럼 사령부에서 미리 공항에 조처
를 취해두었을 텐데요."

"오, 별로 신고할 것도 없었는 걸요." 쿠르츠의 대답에 둘 다 웃었다.
접선이 제대로 이루어지고 있다는 생각 때문이었다. 리트박도 뒷자리에

서 웃었지만 별로 확신은 없는 듯했다.

자동차는 빠른 속도로 에일즈베리에 도착해 예쁜 시골길을 달렸다. 그들이 도착한 곳은 사암으로 된 대문으로, 양쪽에 돌닭이 지키고 서 있었다. 청색의 간판에는 'NO.3 TLSU'라고 적혀 있고 하얀 차단막이 길을 막았다. 매도우즈는 쿠르츠와 리트박을 남겨두고 경비실로 들어갔다. 창문 안에서 검은 눈이 그들을 지켜보았다. 지나가는 차도 없고 트랙터 지나는 소리도 들리지 않았다. 주변에 생명체라고는 거의 없는 분위기였다.

"좋은 곳 같군." 쿠르츠가 기다리는 동안 히브리어로 말했다.

"아름답군요. 좋은 사람들 같기도 하고." 리트박이 마이크에 대고 말하듯 동의했다.

"최고 고위직. 분명해." 쿠르츠가 덧붙였다.

매도우즈가 돌아오고 차단막이 올라갔다. 그러고도 자동차는 한참 동안 준군사지역의 풍치지구를 꾸불꾸불 굽이쳤다. 풀을 뜯어먹는 순종 말 대신 청색 유니폼에 웰링턴 부츠를 신은 초병들이 보였다. 후면이 낮고 창문 없는 벽돌건물들이 땅에 반쯤 묻힌 채 누워 있었다. 그들은 유격훈련장, 오렌지색 원뿔이 즐비한 사설 착륙장을 지났다. 밧줄다리 몇 개가 강을 가로질러 매달려 있었다.

"꿈이 따로 없군요. 너무 아름답습니다, 매도우즈 씨. 모두 고국으로 가져가고 싶지만 안타깝군요." 쿠르츠가 공손히 대답했다.

"하하, 감사합니다."

건물은 낡았지만 외관을 전함풍의 푸른 페인트로 칠해놓았다. 어느 창이나 붉은색 꽃들이 놓여 있었는데 일률적으로 왼쪽 정렬이었다. 두 번째 젊은이가 입구에서 기다리고 있다가 재빨리 잘 닦인 소나무 계단으로 안내했다.

"로슨입니다." 그는 많이 늦었다는 듯 황급히 자기소개를 하고 손가락 관절로 양쪽여닫이문을 노크했다. 안에서 큰 목소리가 들려왔다. "들어와!"

"예루살렘에서 라파엘 씨가 오셨습니다. 도로가 막혀 조금 늦으신 듯합니다." 로슨이 보고했다.

픽튼 부사령관은 무례하게 책상에서 일어나지도 않았다. 그가 시선을 들어 쿠르츠를 바라본 건 서류 사인을 모두 마감한 후였다. 황색 눈. 그는 마치 담배라도 비벼 끄려는 듯 고개를 살짝 오른쪽으로 내밀다가 천천히 몸을 일으켜 완전히 정자세를 취했다.

"어서 오시죠, 라파엘 씨." 그가 인사했다. 얼굴 표정은 딱딱하고 건조하기만 했다.

아리아 인종의 부사령관은 금발머리를 양쪽으로 칼같이 가르마를 탔다. 키가 크고 어깨는 넓었으며 인상은 과격하고 뻔뻔한 쪽이었다. 입술은 굳게 다물고 눈빛도 깡패처럼 강렬했다. 고위직 경찰답게 의도적으로 말을 비비 꼬았는데 신사다운 태도는 어딘가 어색했다. 물론 여차하면 언제든 안면몰수하고 태도가 돌변할 위인이었다. 왼소매 안쪽에 물방울 패턴의 손수건을 끼워 넣고, 펼친 황금왕관 무늬 넥타이를 맸는데, 마치 너같이 미천한 것들하고 놀 시간 없다고 시위라도 하는 듯했다. 그는 자수성가한 테러진압 요원으로서, 스스로 인정하듯 '군인이자 경찰이자 깡패'였다. 게다가 그 분야의 전설적인 세대에 속했다. 말레이시아, 마우마우 케냐에선 공산주의자, 팔레스타인에서는 유대인, 아덴에서는 아랍인들, 그리고 때와 장소를 가리지 않고 아일랜드인들을 사냥했다. 휴전파 오만군과 협력해 무고한 시민들을 날려보내기도 했다. 키프로스의 영웅 레지스탕스 그리바스를 아깝게 놓쳤는데 지금도 술 취할 때마다 아쉬움을 토로하곤 한다. 좋다, 얼마든지 동정하라! 이곳저곳에서 2인자로 활동했지만 1인자였던 적은 거의 없으니…. 그건 아직 걷어내야 할 그림자가 남아 있기 때문이다.

"미샤 가브론은 잘 지냅니까?" 그가 물었다. 그가 전화기 버튼을 하나 눌렀는데 힘이 얼마나 좋은지 그대로 박혀버릴 것만 같았다.

"예, 잘 지내십니다!" 쿠르츠도 힘 있게 대답했다. 화답으로 사령관은 어떤지 물었지만 픽튼은 쿠르츠의 말에 별 관심을 보이지 않았다. 하물며 그 주제가 상사의 안부임에야.

책상 위 눈에 잘 띄는 곳에 번쩍거리는 은제 담배 상자가 놓여 있었다. 동료 장교들의 사인을 새긴 것으로, 픽튼이 뚜껑을 열어 상자를 앞으로 밀어주었다. 자신의 고급 취향을 시위하기 위해서이지만 어쨌든 쿠르츠는 담배를 피우지 않는다며 사양했다. 픽튼은 담배상자를 원래의 위치에 돌려놓았다. 자랑을 했으니 다른 건 상관없다는 투다. 이윽고 노크 소리가 들리고 남자 둘이 들어왔다. 하나는 회색, 하나는 트위드 차림이었다. 회색 옷은 마흔 살 정도 되는 작은 체격의 웨일스인이며 아래턱에 손톱자국이 나 있었다. 픽튼은 그를 '수석 조사관'이라고 소개했다.

"유감이지만 예루살렘에 가본 적은 없습니다. 아내는 크리스마스만 되면 베들레헴에 가는데 저한테는 카디프만 해도 감지덕지입니다." 수석 조사관은 그렇게 말하고, 까치발을 들고 재킷 자락을 끌어내렸다. 키를 5센티미터 정도 더 늘이려는 사람 같았다.

트위드는 말콤 대위였다. 어딘가 격이 있는 분위기였는데, 그 때문에 픽튼도 그를 부러워했지만 동시에 눈엣가시 같은 존재였다. 부드럽고 정중한 말투도 눈꼴시기만 했다.

"만나뵙게 돼서 반갑습니다." 그가 심각하게 인사를 하며 먼저 악수를 청했다.

리트박과도 인사했지만 말콤 대위는 그의 이름을 제대로 알아듣지도 못했다.

"다시 한 번 말씀해주시겠습니까?"

"레빈. 운 좋게도 여기 라파엘 씨와 함께 일하고 있습니다." 리트박이 중얼거렸다. 어딘가 마땅찮은 말투였다.

회의를 위해 긴 테이블을 비치해두었다. 사진은 없었다. 아내의 액자 사진은 물론 코닥에서 인쇄한 여왕 사진도 없었다. 새시 창문으로는 텅 빈 마당이 내다보였으며, 신기하게도 잠수함이라도 지나간 것처럼 계속 따뜻한 기름 냄새가 떠돌았다.

"그럼 곧바로 본론으로 들어가시죠. 라… 음, 라파엘 씨, 맞죠?" 그는 애써 이름도 기억하지 못하는 시늉을 했다.

그래도 앞으로의 얘기에 흥미가 있기는 한 모양이었다. 쿠르츠가 가방을 열어 사건기록을 돌리기 시작할 때, 어디선가 통제된 환경에서 진행된 듯한 폭발음에 방이 한참 동안 흔들렸다.

"라파엘이라는 사람이 또 있습니다. 우리 시장이었죠. 젊은 친구였지만 시정은 나 몰라라 했답니다. 설마 당사자는 아니시겠지?" 픽튼이 서류철을 들고 안을 들여다보며 물었다.

쿠르츠는 쓸쓸한 미소를 지으며, 그랬으면 얼마나 좋겠냐는 너스레를 떨었다.

"아무 관계도 없습니까? 라파엘… 화가도 있지 않았던가? 옛날에? 정말 그 친구 모릅니까?" 픽튼이 서류 두어 장을 넘겼다.

쿠르츠의 인내는 가히 초인적이었다. 지금껏 수백 가지 다른 모습을 지켜보았다고 자부했건만, 리트박조차 저렇게 완벽한 성인으로 변신이 가능할 줄은 상상도 못했다. 특유의 거만한 에너지도 사라지고 간신배의 비굴한 미소가 그 자리를 대신했다. 적어도 처음엔 목소리마저 머뭇

머뭇 겁에 질려 있기까지 했다.

"'메스터바인.' 그렇게 발음하는 건가요?" 수석 보좌관이 물었다.

말콤 대위도 자기 언어실력을 자랑하고 싶은지 질문을 가로챘다.

"메스테르바인이야, 잭."

"여러분, 구체적인 개인사항은 왼쪽 주머니에 있습니다." 쿠르츠가 달래듯 말하고는 두 사람이 서류를 조금 더 살펴보도록 기다려주었다. "사령관님, 활용 및 배포와 관련해 공식적인 보증이 필요합니다."

픽튼이 천천히 금발머리를 들었다.

"서면으로?"

쿠르츠가 비굴한 미소를 지었다.

"미샤 가브론도 영국 장교의 말이면 만족하실 겁니다."

"좋소이다. 그까짓 것쯤이야." 픽튼이 다소 신경질적으로 대답했다. 쿠르츠는 재빨리 그나마 논쟁거리가 적은 안톤 메스테르바인으로 넘어갔다.

"부친은 보수적인 스위스 신사로 호숫가에 멋진 빌라까지 있습니다, 국장님. 돈 버는 것 말고 달리 알려진 취미는 없습니다. 모친은 자유사상가에 급진 좌파이며, 1년의 절반은 파리에서 지냅니다. 살롱을 운영하는데 아랍 공동체에선 꽤나 유명하죠…."

"뭐 생각나는 게 있나, 말콤?" 픽튼이 말을 끊었다.

"아직 미미합니다."

"아들, 안톤은 돈 많은 변호사입니다. 파리에서 정치과학, 베를린에서 철학을 공부했고 1년간 버클리에서 법과 정치를 배웠습니다. 로마에서 한 학기, 취리히에서 4년. 대학원도 우등으로 수료했습니다."

"지식인이로군." 하지만 픽튼의 말투만 들으면 '재수 없는 놈' 쪽이었다.

쿠르츠도 그런 말투에 이골이 난 사람이었다.

"정치적으로는 어머니와 가깝고… 금전적으로는 아버지 쪽이니까요."

픽튼이 무미건조한 사람답게 과장된 웃음을 터뜨렸다. 쿠르츠도 잠시 뜸을 들였다가 그의 웃음을 기꺼워해주었다.

"그 사진은 파리에서 찍었지만 메스테르바인의 변호사 사무실은 제네바에 있습니다. 급진적인 학생, 제3세계인, 외국인 노동자들에게는 더할 나위 없는 자문역입니다. 자금이 부족한 다양한 진보조직들도 고객이죠." 그가 한 페이지를 넘기고 관객들이 그와 보조를 맞출 때까지 기다렸다. 코끝에 두꺼운 돋보기를 걸친 탓에 좀스러운 은행원이 따로 없었다.

"감이 오나, 잭?" 픽튼이 수석 보좌관에게 물었다.

"아직 없습니다."

"함께 술 마시는 금발 여자는 누구죠?" 말콤 대위가 물었다.

하지만 아무리 온순한 척해도 쿠르츠 나름대로 일정이 있었다. 말콤 따위에 우회할 수는 없었다.

"지난 11월, 메스테르바인은 동독에서 소위 정의로운 변호사 협의회에 참석했는데, 그때 팔레스타인 사절이 다소 장시간의 연설을 했습니다. 뭐, 그것도 생각하기 나름이겠습니다만." 그가 기분 좋게 싱글거렸으나 아무도 웃는 사람은 없었다. "4월, 그 행사와 관련 누군가의 초대를 받고 베이루트를 처음 공식 방문해, 교전을 주장하는 거부파 조직 두 곳을 찾아갔습니다."

"사업을 위한 호객입니까?" 픽튼이 물었다.

픽튼은 그렇게 말하면서 오른 주먹을 꽉 쥐고 허공을 때렸다. 그렇게 팔 근육을 푼 다음 메모판에 뭔가를 적더니 한 장을 뜯어 말콤에게 넘겼다. 말콤이 모두에게 공손히 웃어 보이며 조용히 방을 나갔다.

"베이루트에서 돌아오던 중, 메스테르바인은 이스탄불에 들렀습니다. 그곳에선 터키 지하 활동가들과 회담을 했죠. 다른 얘기도 많았지만 무엇보다 유대주의의 말살이 핵심이었습니다."

"겁도 없는 놈들." 픽튼이 고개를 끄덕였다.

이번엔 픽튼의 농담이었기에 모두가 큰 소리로 웃었다. 아니, 리트박만은 예외였다.

말콤은 놀랍도록 빠른 속도로 돌아왔다.

"별로 재미는 없는 듯합니다." 그는 간신처럼 속삭이며 종이 쪼가리를 픽튼에게 넘기고 리트박에게 미소를 지으며 자리에 앉았다. 리트박은 아예 잠든 것처럼 보였다. 두 손으로 턱을 고이고 고개를 앞으로 내밀었는데 서류는 아예 꺼내지도 않았다. 어쨌든 손 덕분에 표정을 볼 수는 없었다.

"스위스 측에 얘기는 해봤나요?" 픽튼이 말콤의 종이 쪼가리를 옆으로 밀쳐놓으며 물었다.

"아직 알리지 않았습니다, 사령관님." 쿠르츠가 고백했다. 그 때문에 문제가 일어나기라도 할 것 같은 말투였다.

"당신네들이 스위스와 아주 가까운 줄 알았는데?" 픽튼이 따져 물었다.

"물론 가깝죠. 하지만 메스테르바인의 고객들 중 독일 연방공화국에 몸을 담근 이가 적지 않아서요. 그 때문에 저희도 입장이 당혹스럽기가 그지없답니다."

"도무지 이해가 안 가는군. 당신네와 훈족들이야 오래전부터 짝짜꿍이 안 맞았습니까?" 픽튼은 고집을 버리지 않았다.

쿠르츠의 미소가 픽튼의 감정을 건드렸을지는 몰라도 대답만큼은 능구렁이가 따로 없었다.

"사령관님, 그야 물론이지만 예루살렘의 입장은, 우리가 스위스 친구들에게 조언하려면 그분들의 독일 파트너를 무시할 수 없다는 쪽입니다. 우리 정보원이 다소 민감한 데다 독일의 정치적 공감대가 복잡하기 때문이죠. 그렇게 할 경우, 스위스가 비스바덴과 거래할 때 부당하게 침묵을 강요할 우려가 있거든요."

픽튼 자신도 침묵 요리의 귀재였다. 한창 때는 불신의 눈빛을 쏘아보내는 것만으로도 부하들이 불가능한 기적을 만들어냈다.

"그쪽에서 알렉시스라는 쓰레기를 물어뜯기 시작했다던데 그 얘기는 들으셨죠?" 픽튼이 뜬금없이 물었다. 쿠르츠한테서 뭔가 께름칙한 냄새가 나기 시작한 것이다. 당사자는 아니더라도, 그런 부류라면 그도 초면은 아니었다.

물론 듣고말고요. 쿠르츠가 대답했지만 그렇다고 별다른 충격이 있어 보이지는 않았다. 그가 담담하게 다음 증거물로 넘어갔다.

"잠깐." 픽튼이 조용히 끼어들었다. 서류 내의 증거물 2를 보는 중이었다. "이 미남은 압니다. 한 달 전 뮌헨 아우토반에서 자폭한 골통 아닌가? 네덜란드 여자도 함께 있었는데?"

쿠르츠는 잠시 겸양지덕의 위장도 잊고 재빨리 끼어들었다.

"바로 그렇습니다, 사령관님. 그 불행한 사건에 사용한 폭발물을 제공한 자가 메스테르바인의 이스탄불 접선자라는 게 저희 판단입니다. 그가 유고슬라비아를 거쳐 북쪽의 오스트리아로 침투한 겁니다."

픽튼이 말콤이 돌려준 종이 쪼가리를 집더니 앞뒤로 뒤집어보았다. 마치 근시라도 되는 양 연기를 했지만 그건 아니었다.

"아래층 마술상자에 메스테르바인이 하나도 들어 있지 않다는군요. 블랙리스트, 화이트리스트 어디에도. 아예 이름이 없어요." 그가 대수롭지 않다는 듯 말했다.

그래도 쿠르츠는 위축되기는커녕 더 환한 표정을 지었다.

"사령관님, 그렇다고 이곳 기록실에 문제가 있다고 한탄하실 필요는 없습니다. 며칠 전까지만 해도, 예루살렘에서도 메스테르바인을 무해하다고 봤으니까요. 물론 그의 협력자들도 마찬가지였습니다."

"금발도 그런가요?" 말콤 대령이 메스테르바인의 여자 동료를 가리키며 물었다.

하지만 쿠르츠는 미소만 짓고는, 청중들이 다음 사진에 관심을 갖도록 안경을 조금 잡아당겼다. 뮌헨 감시팀이 수없이 찍은 사진 중 하나인데, 깊은 밤 거리에 접한 문을 통해 야누카가 아파트로 들어가는 장면이었다. 고감도의 적외선 사진이 다 그렇듯 노이즈가 심했으나 신분 확인 용도로는 충분하고도 남았다. 지금은 4분의1 옆모습이었고 키 큰 금발 여자와 함께였다. 그녀는 그가 현관문에 열쇠를 넣는 동안 뒤쪽에 물러나 있었는데, 첫 사진에서 말콤 대위의 호기심을 유발한 바로 그 여자였다.

"여기가 어디요? 파리는 아닐 것 같은데? 건물이 다르네요." 픽튼이 지적했다.

"뮌헨입니다." 쿠르츠가 대답하고 다시 주소를 일러주었다.

"시기는?" 픽튼이 다시 물었다. 어찌나 말투가 건방진지 그가 쿠르츠를 부하로 착각한 게 아닌가 하는 생각도 들었다.

하지만 쿠르츠는 이번에도 질문을 못 들은 척했다.

"여자 이름은 아스트리트 베르거." 그리고 그의 대답에 픽튼의 노란 눈도 다시 의혹의 빛을 쏘아 보냈다.

그동안 웨일스 경찰은 너무 오랫동안 말할 기회를 빼앗겼다고 생각했는지 갑자기 베르헤르의 항목들을 큰 소리로 읽어나가기 시작했다.

"'베르거, 아스트리트. 별명 에다, 별명 헬가' 등등. '54년 브레멘 태생. 부친은 부유한 해운업자.' 라파엘 씨, 주로 상류층만 상대하시나 봅니다.

'브레멘과 프랑크푸르트의 대학 등에서 수학. 1978년 정치와 철학 학위. 이따금 서독의 급진적이고 비판적인 잡지에 기고. 마지막으로 알려진 주소는 1979년 파리. 중동을 자주 방문….'"

픽튼이 그의 개입을 끊었다.

"이번에도 가방꾼인가. 여자를 찾아봐, 말콤."

말콤이 다시 방에서 빠져나가자 쿠르츠가 노련하게 주도권을 회복했다.

"사령관님, 거기 날짜를 비교해보시면 베르거가 가장 최근에 베이루트를 방문한 시기가 올해 4월입니다. 메스테르바인과 일치하죠. 이스탄불 방문 시기도 메스테르바인과 같고, 서로 다른 비행기로 날아가 같은 호텔에 머물기도 했죠. 예, 마이크, 부탁해요."

리트박은 호텔 입실 카드 사진 복사 두 장을 내놓았는데 각각 안톤 메스테르바인과 아스트리트 베르거 이름으로 되어 있었다. 4월 18일. 그 옆에 작은 크기의 복사용지는 영수증이었다. 메스테르바인 지불. 이스탄불 힐튼 호텔. 픽튼과 수석 조사관이 살펴보는 동안 문이 열렸다가 닫혔다.

"아스트리트 베르거 역시 없습니다. 신기하네요." 말콤은 너무도 안타까운 미소를 지었다.

"전과가 없다는 뜻인가요?" 쿠르츠가 재빨리 되물었다.

픽튼은 슬픈 표정을 하고는 은제 샤프펜슬을 들고 두 손 끝으로 천천히 돌렸다.

"그래요. 예, 맞습니다. 아무튼 제일 위쪽으로 가봅시다, 라파엘 씨."

쿠르츠의 세 번째 사진(리트박은 후에 그 사진을 세 번째 카드라고 불렀다.)은 사실 위조였다. 하지만 어찌나 절묘한지 텔아비브의 항공정찰 전문가들도 여타의 다른 사진들과 구분해내지 못했었다. 찰리와 베커가 떠나는 날 아침, 델포이 호텔 앞마당의 메르세데스에 접근하는 장면이었다. 베커는 찰리의 숄더백과 검은 가방을 운반하고, 찰리는 화려한 차림에 기타를 들었다. 베커는 붉은색 블레이저, 실크 셔츠, 구찌 차림으로 지금은 운전석 문을 향해 장갑 낀 손을 내밀고 있었다. 단 하나 차이가 있다면 머리가 미셸이었다.

"사령관님, 이건 운 좋게 촬영한 사진입니다. 뮌헨 외곽의 폭파사건 2주 전이었죠. 사령관님께서도 아시듯 두 명의 테러분자가 불행히도 제 폭발에 날아간 사건입니다. 여기 이 붉은 머리가 영국 용의자입니다. 동행은 여자를 '조안,' 여자는 남자를 '미셸'이라고 불렀죠. 둘 다 여권에 기록한 이름은 아니었습니다."

분위기는 기온이 곤두박질친 것만큼이나 갑작스럽게 변했다. 수석 조사관이 말콤을 향해 씩 웃자 말콤도 미소로 화답하는 듯했다. 하지만 말콤의 미소는 통상적인 유머와 하등 관계가 없었다. 게다가 중앙무대를 장악한 건 흔들림 하나 없이 굳건하기만 한 픽튼의 무게감이었다. 그러니까 눈앞의 사진이 아니면 그 누구의 정보도 믿지 않겠다는 의지 같은. 사실 픽튼의 성역임을 알기에, 영국 문제의 거론은 쿠르츠에게도 모험이었다. 하지만 위기 시에 모험은 어쩔 수 없는 선택일 수밖에 없다.

"운 좋게라⋯. 때마침 카메라가 있는 친구가 있었군요. 실로 기가 막힌 우연입니다." 픽튼은 심각한 표정으로 사진을 계속 노려보았다.

쿠르츠는 멋쩍게 씩 웃었지만 말은 하지 않았다.

"두 차례의 폭발 사건⋯ 혹시나 하는 마음에 요원을 예루살렘으로 급파. 휴일에 우연히 테러분자 목격⋯ 그가 도움이 되리라 판단⋯."

쿠르츠의 미소가 커졌다. 놀랍게도 픽튼도 미소로 화답했다. 그다지 속 시원한 미소는 아니었지만.

"예, 좋습니다. 나한테도 그런 친구들이 있으니 당신네라고 사방에 깔아두지 말란 법도 없겠지. 고위직. 하위직. 부자…" 한동안, 픽튼이 팔레스타인에서 겪었던 좌절감이 울컥 치밀어 길길이 날뛰기라도 할까 불안했지만 다행히 잘 갈무리하는 눈치였다. 그는 표정을 정리하고 목소리를 가라앉혔다. 미소도 우호적으로 여길 만큼 부드러워졌다. 하지만 쿠르츠의 미소에는 비가 내리고, 리트박은 제 얼굴을 엉망으로 일그러뜨렸다. 누군가 보았다면 너무 웃어서 미쳐버렸거나 아니면 지독한 통증을 달래는 줄 알았을 것이다.

수석 보좌관이 목청을 가다듬더니 웨일스인답게 쾌활한 표정을 짓더니 역시 때맞춰 개입을 시도했다.

"음, 가능성은 희박해 보입니다만 행여 여자가 진짜 영국인이라고 해도, 팔레스타인인과 잔다고 잡아넣을 법은 없지 않습니까? 적어도 우리나라에서는요. 여자를 잡겠다고 전국에 지명수배령을 내릴 수도… 이유가 기껏…"

"저 양반한테 더 있을 거야. 그것도 아주 많이." 픽튼이 쿠르츠를 돌아보며 중얼거렸다. 그의 말투 또한 그 이상을 뜻했다. 저자들, 뭔가를 숨기고 있어.

쿠르츠는 공손한 태도를 흩뜨리지 않은 채 관객들에게 사진 오른쪽의 메르세데스를 자세히 보도록 했다. 사실은 저도 차에 대해 잘 모릅니다만 직원들 말로는 살룽 모델이라더군요. 적포도주 색깔에 외부 라디오안테나가 달려 있고, 사이드미러 두 개, 중앙잠금장치, 안전벨트는 앞쪽에만 있답니다. 이 모든 특징과 그 밖의 여러 요소들을 볼 때 사진의 메르세데스는 뮌헨에서 실수로 날아간 차와 일치합니다. 앞쪽의 상당 부분이 기적적으로 남아 있기에 드리는 말씀입니다만.

그때 말콤이 불쑥 해결책을 내놓았다.

"하지만 물론… 영국인이라고는 하지만… 사실은 네덜란드가 아닐까요? 붉은 머리, 금발머리… 그런 건 아무 의미도 없습니다. 이 경우 영국이란 얘기도 공용어에 대한 언급일 뿐입니다."

"조용히 해. 저 양반 얘기 좀 더 듣게." 픽튼이 짜증을 내며 담뱃불을 붙이고는 크게 한 모금을 빨아들였다. 다른 사람에게는 담배를 권하지 않았다.

쿠르츠도 한동안 목이 멨다. 잠깐이나마 어깨도 뻣뻣했다. 지금은 두 주먹을 쥐어 서류 양쪽에 댄 자세였다.

"사령관님, 다른 정보원에 따르면, 그리스에서 출발해 북쪽 유고슬라비아를 관통하는 동안, 메르세데스를 운전한 여자는 영국 여권을 지니고 있었습니다. 애인은 동승하지 않고 오스트리아 항공 편으로 미리 잘츠부르크에 갔죠. 동일 항공사에서 잘츠부르크의 고급 숙박시설을 제공하기로 되어 있었는데, 바로 오스트리아 호프 호텔이었습니다. 호텔을 조사해본 바로는, 두 연인이 라세르 부부로 체크인했지만 문제의 여자는 불어가 아니라 영어만 사용했습니다. 호텔 직원들도 여자의 외모를 기억하더군요. 붉은 머리에 결혼반지는 없었다고 했죠. 그리고 기타를 들었는데 상당한 관심을 끈 모양입니다. 그리고 아침 일찍이 남편과 함께 호텔을 떠났다가 나중에 다시 돌아와 호텔 시설을 이용했습니다. 포터장의 증언에 의하면, 마담 라세르의 지시로 잘츠부르크 공항까지 데려다줄 택시를 불렀답니다. 그때가 오후 2시, 그가 교대하기 직전이었죠. 비행예약도 확인하고 연착 여부까지 체크해주겠다고 했지만 라세르 부인은 한사코 거부했습니다. 물론 그 이름으로 탑승하지 않았기 때문이죠. 그 시간의 잘츠부르크발 비행기는 모두 세 기였는데 그중 하나가 런던행이었습니다. 오스트리아 항공 발권창구 여직원도 붉은 머리의 영국 여자를 똑똑히 기억했습니다. 테살로니카발 런던행의 미사용 특별기 티켓이 있다며 교환을 원했다는데 물론 불가능한 요구였습니다. 결국 전액을 주고 편도 티켓을 끊었고 미국달러로 지불했습니다. 거의 2천 달러였죠."

"이런, 까놓고 합시다. 여자 이름이 뭡니까?" 픽튼이 으르렁거렸다. 그는 꽁초가 거의 남아나지 않을 정도로 신경질적으로 담배를 짓눌러 껐다.

리트박은 그 질문에 대한 대답으로 이미 탑승객 목록 사본을 돌리고 있었다. 얼굴이 창백한 게 정말로 크게 아픈 사람 같았다. 그는 테이블을 한 바퀴 다 돈 후 유리물병에서 물을 조금 따라 마셨다. 그러고 보니 오전 내내 거의 한 마디도 하지 않았다.

"놀랍게도 조안이라는 이름은 없었습니다, 사령관님. 우리가 유추해낸 최선은 차미안이었죠. 성은 서류에 있는 그대로입니다. 오스트리아 항공 직원도 확인해주었습니다. 탑승객 목록 38번인데 기타를 들었다더군요. 다행히도 직원이 마니타스데플라타의 광팬인지라 크게 인상에 남았다더군요."

"또 하나의 운 좋은 케이스로군." 픽튼이 대충 내뱉었다. 리트박은 기침을 했다.

쿠르츠의 마지막 증거는 리트박의 가방에서 나왔다. 쿠르츠가 두 손을 내밀자 리트박이 서류를 넘겼다. 아직 인쇄잉크도 마르지 않은 사진 뭉치로, 쿠르츠도 그 사진들만은 간략하게 다루었다. 비행장 대기실의 메스테르바인과 헬가. 남자는 맥없이 허공을 바라보고 헬가는 면세 위스키를 사는 중이었다. 메스테르바인은 종이로 포장한 난초 다발을 품에 안고 있었다.

"파리, 샤를 드골 공항, 36시간 전. 베르거와 메스테르바인은 파리발, 개트윅 경유 엑서터로 날아갈 생각이었습니다. 엑서터 공항에 도착하면 곧바로 탈 수 있도록 헤르츠 렌터카를 대기시켜놓았죠. 두 사람은 어제 같은 통로로 파리에 도착했는데 난초는 없었습니다. 베르거는 스위스인

마리아 브링카우젠의 이름으로 여행 중이었는데 수많은 이름에 하나가 더 생긴 셈이죠. 여권은 팔레스타인 용도로 동독에서 발행한 뭉치 중 하나였습니다."

말콤은 지시를 기다리지도 않고 곧바로 방을 빠져나갔다.

"유감스럽게도 엑서터에 도착했을 땐 사진을 찍지 못하신 모양입니다." 기다리는 동안 픽튼이 비꼬듯 중얼거렸다.

"사령관님도 아시다시피, 불가능했습니다." 쿠르츠가 공손하게 말했다.

"내가 안다고? 이런." 픽튼이 다시 비아냥댔다.

"상호 조약 때문이죠. 서면 동의 없이 남의 어장에서 고기 잡기 없기."

"오, 그 문제." 픽튼이 동의했다.

웨일스 경찰이 다시 한 번 외교적 감초 역할을 감행했다.

"엑서터는 여자의 고향이죠? 데번이라고 했던가요? 아무래도 시골여자가 테러에 빠지리라고는 상상도 못했을 것 같은데요? 적어도 정상적인 방법으로는. 아닌가요?" 그가 쿠르츠에게 물었다.

하지만 쿠르츠의 정보도 영국 해안에서 막힌 것처럼 보였다. 이윽고 넓은 계단을 기어오르는 발소리가 들렸다. 말콤의 스웨드 부츠가 찍찍거리는 소리. 웨일스 경찰이 재도전했다. 도무지 포기를 모르는 친구였다.

"어쨌든 빨간 머리의 데번은 상상이 안 되는군요. 솔직히 차미안도 아닙니다. 베스, 로즈라면 또 몰라도… 로즈는 좋은데, 차미안, 데번은… 글쎄요. 런던 같은 북쪽이라면 차미안도 가능했겠죠."

말콤은 뭔가 버거운지 한 발 한 발이 조심스럽고 힘이 없었다. 그가 파일을 한 아름 안고 들어왔는데 전사로 투신한 찰리의 결실들이었다. 아래쪽 파일은 오랜 세월 손을 많이 탄 탓에 거의 넝마수준이었다. 신문

잡지 발췌문과 등사 팸플릿들이 끄트머리에서 삐져나왔다.

"솔직히 말씀드리면, 이 여자가 우리 편이 아니라면 당장 포섭해야 할 듯싶군요!" 말콤이 짐을 테이블에 내려놓으며 안도의 한숨을 내쉬었다.

"점심시간 됐지?" 픽튼이 딱 잘라 말했다. 그리고 두 부하에게 잡다한 지시들을 미친 듯이 토해내고는 손님들을 넓은 식당으로 데려갔다. 식당에서는 양배추와 잘 닦은 가구 냄새가 났다.

10미터 길이의 식탁 위로 파인애플 샹들리에가 걸려 있었다. 식탁에는 촛불 두 개가 타고 있고 새하얀 외투 차림의 직원 둘이 시중을 들었다. 픽튼은 무뚝뚝하게 식사만 했다. 리트박은 시체처럼 창백한 얼굴로 진짜 환자처럼 깨작거렸다. 쿠르츠는 다른 사람들의 기분 따위는 아랑곳하지 않았다. 사업과 아무 상관도 없는 얘기까지 자연스럽게 떠들어댔던 것이다. 혹시 예루살렘에 돌아가실 기회가 생기면 알아보실 것 같습니까, 사령관님? 영국 장교들과 함께 식사하는 건 처음이지만 영광입니다 등등. 픽튼은 식사가 끝날 때까지 가만히 앉아 있지도 못했다. 말콤이 그를 두 번이나 문으로 불러 뭔가 속닥거렸기 때문이다. 한번은 상사의 전화를 받기도 했다. 그리고 푸딩이 나왔을 때는 마치 맹독에라도 감염된 사람처럼 갑자기 일어나더니, 능직 냅킨을 직원에게 넘기고 성큼성큼 걸어갔다. 어디론가 전화를 걸기 위한 것처럼 보였지만, 어쩌면 그가 비밀금고 대용으로 사용하는 벽장을 확인한 것일 수도 있다.

사람이 상주하는 초소와 달리, 주차장은 방학 첫날의 학교 운동장만큼이나 썰렁했다. 픽튼은 초조하게 주차장을 어슬렁거리며, 땅주인마냥 울타리를 살피거나 맘에 들지 않는 구석마다 지팡이로 찔러댔다. 쿠르츠는 살짝 뒤쪽에서 촐랑거리며 쫓아다녔다. 멀리서 보면 죄수와 간수처럼 보였겠지만 어느 쪽이 죄수인지는 판단하기가 쉽지 않았을 것이다.

그 뒤로 시몬 리트박이 서류 가방 두 개를 모두 들고 쫓아왔으며, 리트박 뒤에는 픽튼의 알사스 출신 정부로 알려진 오플래허티 부인이 있었다.

"레빈 씨가 사람 말을 잘 듣죠? 잘 듣고 기억도 잘하고요? 그건 마음에 듭니다." 그가 갑자기 물었다. 리트박이 들을 정도로 큰 소리였다.

"마이크는 믿을 만한 친구입니다. 항상 같이 다니죠." 쿠르츠가 충직한 미소로 대답했다.

"음흉한 친구 같더군요. 사령관은 그런 친구를 왕따라고 불렀죠. 당신네들은 어떤지 몰라도."

쿠르츠가 돌아서서 리트박에게 히브리어로 무슨 말인가를 했다. 리트박은 엿듣지 못할 정도까지 뒤로 물러나 따라오기 시작했다. 쿠르츠와 픽튼도 인정한 바이지만 둘만 남게 되는 순간 묘한 동지애가 싹트기시작했다. 물론 어느 쪽도 설명이 불가능한 일이기는 했다.

흐리고 바람도 거센 오후였다. 픽튼은 쿠르츠에게 방한코트를 빌려주었는데 그 바람에 정말로 물개처럼 보였다. 픽튼 자신은 짧은 군용 털외투를 입었으나 찬바람이 불자 이내 얼굴이 어두워졌다.

"여자 얘기 때문에 여기까지 와주신 데 대해선 진심으로 감사드립니다. 젠장, 사령관도 미샤에게 전화할 겁니다." 픽튼이 어렵사리 인사부터 챙겼다.

"미샤도 분명 고마워할 겁니다." 쿠르츠가 대답했다. 젠장이 누구를 향한 욕인지는 묻지 않았다.

"정말 재미있군요. 당신네 사람들이 우리 지역 정보를 제공했지만 우리 땐 거래가 반대 방향으로 갔었죠."

쿠르츠도 역사의 바퀴 어쩌고 뇌까렸지만 픽튼은 시인과 거리가 멀었다.

"예, 당신네 공작, 정보, 비명…. 내 사령관은 그런 일엔 꿈쩍도 하지 않습니다. 우리 일이라는 게 죽치고 앉아 시킨 일만 하면 되니까요." 그가 곁눈을 살피며 덧붙였다.

요즘 제일 중요한 게 협력이죠. 쿠르츠의 장단에 픽튼은 순간 당장이라도 폭발할 사람처럼 보였다. 두 눈이 커지고 턱도 더 안으로 잡아당겼다. 그가 담뱃불을 붙였는데 물론 마음을 진정하기 위한 몸부림이었다. 그가 바람을 등진 채 커다란 손으로 성냥불을 보호했다.

쿠르츠는 효과적으로 침묵을 유지했다.

"문제의 여자라면 당신네도 그만큼 놀랄 얘기가 하나 있기는 합니다. 지금 현재 콘월 촌구석에서 잠시 공연 중이죠. 고전극단과 함께 있는데 이단자라는 이름이라더군요. 그쪽에서 알 리야 없지만 아무튼 좋은 이름이죠? 호텔측 얘기로는 메스테르바인과 인상착의가 같은 남자가 공연 후에 여자를 데리고 나갔는데 아침이 되어서야 돌아왔답니다. 대충 듣자하니 아무래도 아무 침대나 뛰어드는 창녀인 듯⋯." 그는 잠시 말을 끊고 쿠르츠의 표정을 살폈지만 모른 체했다. "충고 한마디해드리자면 사령관도 장교이자 신사인지라 최대한 도와줄 겁니다. 지금도 대단히 고마워하고 계십니다. 감동도 하고. 유대인들한테 무척 관대한 분이시죠. 일부러 여기까지 찾아와 여자 얘기를 해준 데 대해서도 치하하셨습니다." 그가 신경질적인 표정으로 쿠르츠를 보았다. "알겠지만, 사령관은 젊어요. 사고만 치지 않는다면 당신네 나라를 정말 좋아하기도 합니다. 내가 아무리 의혹을 제시해도 전혀 들으려고 하지 않으시죠."

픽튼은 녹색의 대형 창고 앞에 멈춰 서서 탁 하고 지팡으로 철문을 때렸다. 운동화와 파란 보온복 차림의 소년이 두 사람을 텅 빈 운동장 안으로 안내했다.

"오늘이 토요일이군." 픽튼이 중얼거렸다. 체육관이 썰렁한 이유를 설명하려는 의도였다. 그는 신경질적으로 경내를 돌며, 탈의실 상태를 확인하고 두툼한 손가락으로 수평대를 훑어 먼지도 점검했다.

"요즘 다시 난민 수용소를 폭격한다고 들었습니다. 미샤의 생각이겠죠? 미사일로 처리할 일에 과도 찾을 사람이 아니니까."

이스라엘 위정자들의 의사결정 과정은 솔직히 이해할 수 없다고 고백하려 했으나 픽튼은 그런 식의 대답을 기다릴 만큼 한가롭지 않았다.

"그런 식으로는 결국 보복을 받게 될 겁니다. 내가 그러더라고 전해줘요. 팔레스타인인들이 기어이 돌아와 평생 당신네들을 괴롭힐 테니까."

이번에는 쿠르츠도 단지 미소를 짓고 고개만 저었다. 세상의 잣대에 대한 실소인 셈이다.

"미샤는 이르군(팔레스타인에서 활동한 유대주의 무장단체―옮긴이) 출신이죠?" 픽튼이 단순한 호기심으로 물었다.

"하가나(팔레스타인의 유대인 지하 민병 조직. 이스라엘군의 전신―옮긴이)입니다." 쿠르츠가 정정해주었다.

"당신은?" 픽튼이 물었다.

쿠르츠는 짐짓 패배자의 안타까움을 드러냈다.

"다행인지 불행인지, 저희 라파엘 가문은 너무 늦게 이스라엘에 들어온 터라 영국에 부담이 될 기회도 없었답니다."

"헛소리. 미샤가 어디에서 친구들을 뽑는지는 나도 알고 있어요. 그 친구한테 일을 준 게 나니까."

"예, 그렇다고 들었습니다, 사령관님." 쿠르츠가 철벽 미소와 함께 대답했다.

체육관 소년이 문을 열고 기다렸다. 문을 지나자 기다란 유리관 안에 수제 살상 무기들이 진열되어 있었다. 머리에 못을 잔뜩 박은 곤봉, 나무 손잡이를 덧댄 녹슨 머리핀, 수제 주사기, 임시 교수대.

"이름표가 바랬군. 월요일 10시까지 새 이름표를 부탁해라. 아니면 네놈 모가지를 매달아주마." 픽튼이 갑자기 소년을 닦달하고는 잠시 향수에 젖은 표정으로 도구들을 바라보았다.

밖은 시원했다. 쿠르츠는 바로 옆에서 출랑거리며 쫓아갔다. 오플래허티 부인이 두 사람을 기다리고 있다가 얼른 주인 발꿈치에 따라붙었다.

"좋습니다. 원하는 게 뭐죠? 옛 친구 까마귀 미샤의 연애편지를 전하러 왔다는 개소리는 그만둡시다. 그 말을 믿을 리도 없겠지만, 솔직히 당신 자체도 믿어야 될지 여전히 고민스럽기만 하니까. 경고하지만 난 귀가 얇은 부류가 못 됩니다." 픽튼은 맘에 들지 않지만 어쩔 수 없다는 투였다.

쿠르츠는 픽튼의 영국식 위트를 이해한다는 표시로 미소도 짓고 고개도 저었다.

"사령관님, 까마귀 미샤는 무조건 체포는 불가하다는 입장입니다. 물론 우리 측 정보원의 입장이 미묘해서죠." 그가 설명했다. 단순한 전령다운 말투였다.

"그쪽 정보원이라고 해봐야 모두 가까운 친구들 아니었소?" 픽튼이 가차 없이 꼬집었다.

"공식적인 체포에 동의한다 해도 여자한테 어느 법정에서 어떤 죄를 적용할지 의문이라시더군요. 여자가 운전할 당시에도 차에 폭발물이 실려 있었다는 사실을 어떻게 증명하죠? 여자도 폭탄은 나중 일이라고 우길 겁니다. 그렇게 되면 가짜 서류로 유고슬라비아를 통과한 데 대한 자잘한 문제밖에 안 남는데… 그럼 서류는 또 어디 있습니까? 가짜 서류가 있다는 사실은 누가 증명하죠? 허점이 너무 많습니다." 쿠르츠가 미소를 잃지 않고 말했다.

"맞소. 미샤도 법률가가 다 됐군, 그것도 다 늙어서. 맙소사, 이거야말로 밀렵자한테 사냥터를 맡기는 격인데 이런 경우는 또 처음이오." 그가 딴청을 피우며 말했다.

"미샤의 견해로는, 여자의 가치도 문제가 됩니다. 현 상태에서 우리뿐 아니라 사령관님 입장에서 따지자면… 여자는 거의 백치에 가깝습니다. 결국 여자가 뭘 알죠? 뭘 얘기해줄 수 있습니까? 미스 라르센의 경우가 그랬었죠?"

"라르센?"

"네덜란드 여자인데 뮌헨 외곽의 불행한 사건에 연루되었었죠."

"어떻게 됐는데요?" 픽튼은 그 자리에 멈춰 서서는 쿠르츠를 돌아보며 불신의 눈빛을 강하게 쏘아 보냈다.

"라르센도 차를 몰았습니다. 역시 팔레스타인 애인을 위한 심부름인데, 사실 동일인물입니다. 라르센은 심지어 그자를 위해 폭탄을 설치하기도 했죠. 두 번, 아니면 세 번. 신문에 따르면 핵심인물이 분명했지만 정보 효용도에 관한 한 완전히 빈 깡통이었다더군요." 쿠르츠가 고개를 저었다. 픽튼이 위협적으로 상체를 들이댔으나 쿠르츠는 눈 하나 깜빡하지 않고 두 손을 펼쳐 빈 깡통을 묘사하기까지 했다. "그저 혼란과 위험과 쾌락을 즐기는 오합지졸이었던 게죠. 여자한테 아무 얘기도 하지 않았으니까요. 주소, 이름, 계획, 아무것도."

"그걸 어떻게 아오?" 픽튼이 비난하듯 물었다.

"여자와 잠깐 얘기해봤습니다."

"언제?"

"꽤 됐죠. 여자를 풀장에 처넣기 전에 사소한 거래가 있었습니다. 잘 아시잖습니까."

"처형 5분 전 같은 건가?" 픽튼은 그렇게 되물으면서도 쿠르츠에게서 시선을 떼지 않았다.

쿠르츠의 미소도 놀랍도록 굳건했다.

"사령관님, 그렇게 간단하면야 오죽이나 좋겠습니까."

"좋아요. 아무튼 원하는 게 뭔지 물었소만, 라파엘 씨."

"여자가 움직이게 만들고 싶습니다."

"언제는 아니었던가?"

"여자를 살짝 건드리되 체포는 하지 않는 겁니다. 그래서 겁을 집어먹고 달리게 만드는 거죠. 그럼 윗선과 다시 접선해야 한다고 생각할지 모르니까요. 아니면 저쪽에서 덤빌 수도 있을 겁니다. 우린 여자를 내내 끌고 다닐 생각입니다. 이른바 무의식적 요원인데 물론 그에 따른 과실은 사령관님과 함께 나눌 겁니다. 작전이 끝나면, 사령관님께서는 여자와 공을 동시에 손에 넣으십니다."

"여자는 이미 접선했어요. 그쪽에서 콘월로 찾아왔지. 꽃다발을 가져오지 않았던가?"

"사령관님, 그 보고서도 읽었습니다만 아직은 예비 단계 같습니다. 그대로 맡겨둔다면, 접선은 더 이상 아무런 열매를 맺지 못할 가능성이 큽니다."

"도대체 당신네가 그걸 어떻게 압니까? 아니, 어떻게 아는지 내가 말하지. 지금까지 우리를 도청한 거야. 라파엘 씨, 당신 날 뭘로 보는 거야? 얼뜨기 원숭이? 그 여자는 당신네 거요. 그 정도는 나도 안다 이거요! 당신네 이스라엘 놈들도 알고, 저 악독한 난쟁이 미샤도 알고, 당신도 알기 시작했다고!" 그의 목소리가 위태로울 정도로 커졌다. 그는 쿠르츠 앞으로 성큼성큼 걸어가 흥분을 가라앉힌 다음 쿠르츠가 다시 옆으로 따라붙을 때까지 기다렸다. "지금 막 아주 좋은 시나리오가 생각났습니다, 라파엘 씨. 당신한테 얘기할까 하는데 그래도 되겠어요?"

"영광입니다, 사령관님." 쿠르츠가 기꺼이 응했다.

"고맙군요. 우선 시체가 필요해요. 괜찮은 시체를 구해 옷을 잘 입혀 상대의 눈에 띌 길목에 놓아두는 거요. '이런 이게 뭐지? 시체가 서류 가방을 들고 있네? 안을 보자.' 놈들은 가방 안에서 작은 메시지를 발견할 거요. '어라, 이 친구 전령이었나봐! 자, 그럼 메시지를 읽고 함정에 빠지자.' 결국 놈들은 함정에 빠지고 우리 모두 전리품을 얻게 되는 거요. 소위 '역정보'라는 작전인데 상대의 눈을 속이기엔 꽤 쓸모가 있죠." 픽튼의 냉소는 그의 분노만큼이나 섬뜩했다. "하지만 당신이나 미샤한테는 너무 단순하겠군. 가방끈만 긴 정신병자들한테야 그보다 고단수가 필요할 테니까. '개소리, 죽은 고기 안 써! 산 고기를 쓰지. 아랍 고기. 네덜란드 고기.' 그래서 그렇게 했을 게요. 살아 있는 고기를 최고급 메르세데스 세단에 태우고 날려버린 거요. 그것도 그자들 차에 말이오. 그런데 정말 알 수 없는 건… 그놈의 역정보를 심은 데가 도대체 어디지? 당신하고 미샤가 죽을 때까지 입을 다물 테니 나 같은 놈이야 죽었다 깨어나도 모르겠지만, 어쨌든 당신네들은 미끼를 심었고 놈들은 물었어요. 아니면 여자한테 예쁜 꽃다발을 가져다주었을 리가 없으니까. 안 그렇습니까?"

쿠르츠는 고개를 저어 픽튼의 유쾌한 상상에 감탄의 뜻을 보여주고 그에게서 떨어져 나오려 했다. 하지만 픽튼은 경찰 특유의 단호한 손길로 그를 잡아 세웠다:

"가브론 주인한테 이렇게 전해요. 당신네들이 동의 없이 우리 국민을 포섭했다면 내가 직접 그 나라로 건너가 그 인간 불알을 떼버린다고. 알겠소?" 그러더니 갑자기 픽튼이 인상을 풀고 회상에 빠진 사람처럼 부드러운 미소를 지었다. "그 영감탱이가 뭐라고 했더라? 호랑이였던가? 기억납니까?"

쿠르츠도 그 말을 했었다. 그는 픽튼의 비릿한 미소를 따라하며 이렇게 되뇌었다.

"호랑이를 잡고 싶으면 먼저 염소를 묶어둬라."

적과의 우호가 끝나는 순간 픽튼의 표정은 다시 돌처럼 굳어졌다.

"그리고 라파엘 씨, 공적인 수준에서라면, 여러분의 수고는 사령관님의 치하를 받을 자격이 있습니다." 그는 그 말을 끝으로 몸을 돌려 성큼성큼 건물을 향해 걷기 시작했다. 쿠르츠와 오플래허티 부인도 지척지척 그 뒤를 쫓았다. 그러다가 갑자기 픽튼이 멈추더니 지팡이로 쿠르츠를 가리키며 마지막으로 지고지순의 권위를 드러냈다. "그 친구한테 이 말도 전해요. 우리 여권 사용도 제발 그만두라고. 다른 친구들도 우리 여권 없이 해내니 까마귀도 못할 것 없잖아요. 빌어먹을 인간 같으니."

런던으로 돌아오는 길. 쿠르츠는 리트박을 앞자리에 앉히고 영국식 매너를 가르쳤다. 매도우즈는 한층 목소리를 높이며 웨스트뱅크 문제를 토론하려 들었다. 아랍과 공정한 거래를 하면서 어떻게 문제를 해결하겠습니까, 예? 쿠르츠는 무의미한 토론을 무시한 채, 지금껏 난감하기만 했던 사항들에 몰두하기 시작했다.

예루살렘엔 지금도 작동하는 교수대가 있다. 물론 지금이야 목을 거는 사람은 없다. 쿠르츠도 알고 있는 사실이다. 미완성 도로를 따라가다 보면 왼쪽으로 낡은 러시아 공관이 나타난다. 그리고 곧바로 낡은 철문 한 쌍이 나타나는데 한때는 예루살렘의 중앙교도소였던 곳이다. 간판에 따르면 '박물관 가는 길'도 있고 '영웅의 전당'도 있다. 그곳에 살짝 맛이 간 노인이 하나 있는데 밖을 어슬렁거리며 사람들한테 절을 하고, 먼지 속에서 몇 올 남지 않은 머리를 쓸어 넘기곤 한다. 입장료는 15셰켈이지만 계속 오르고 있다. 위임통치령 시대에 영국이 가죽을 덧댄 올가미로 유대인의 목을 매단 곳이다. 사실 유대인은 얼마 되지 않고 주로 아랍인들이었지만 쿠르츠의 친구 둘도 이곳에서 교수형을 당했다. 그가 미샤

가브론과 함께 하가나에 있을 당시였다. 하마터면 쿠르츠도 희생자 명
단에 오를 뻔했다. 그들은 그를 두 번 투옥하고 네 번 취조했다. 치과의
의 진단에 따르면 이따금 이가 아픈 이유도 그때 당한 구타 때문이었다.
호감형의 젊은 현장 보안요원이었는데, 지금은 죽었지만 그의 태도는
어딘가 픽튼을 닮은 구석이 있었다.

하지만 그럼에도 불구하고 좋은 사람이다. 픽튼 얘기다. 쿠르츠는 또
한 단계의 성공을 관조하며 푸근한 미소를 지었다. 픽튼. 다소 거칠 수도
있고 입과 손이 과격할 수도 있다. 알코올에 대한 집착도 유감이다. 술은
늘 무용지물이건만… 하지만 그 누구 못지않게 공정한 사람이자 훌륭
한 현장전문가였다. 폭력성 이면의 심성도 곱다. 오죽하면 미샤 가브론
이 그에게 많이 배웠다고 고백하지 않았던가.

19

런던으로 돌아온 후로는 기다림뿐이었다. 헬가가 끔찍한 소식을 전하고 습한 가을날이 2주가 지나는 동안, 상상속의 찰리는, 음모와 복수심만 가득한 지옥에 떨어져 그 안에서 홀로 불타올랐다. 난 충격에 빠졌어. 의지할 친구 하나 없이 망상과 고독에 취한 죄인이야. 장군을 잃은 병사이자, 혁명에서 퇴출된 혁명가야…. 심지어 캐시마저 그녀를 버렸다.

"이제부터는 유모 없이 지내요. 더 이상 전화부스에 들어가는 건 불허하겠소." 요제프가 미소 한 점 없는 표정으로 선언했다. 그동안 두 사람은 만남도 뜸했지만 만날 때조차 지극히 사무적이었으며, 철저한 계획 하에 자동차로만 픽업했다. 그는 이따금 런던 외곽의 외딴 식당에 그녀를 데려갔다. 한 번은 버넘 백사장에서 산책을 하고 리젠트파크의 동물원에도 갔다. 하지만 그곳이 어디든, 그는 그녀의 정신상태를 점검하고, 비록 사건의 성격에 대해서는 대충 얼버무렸지만 어쨌든 다양한 사건들에 대해 설명해주었다.

다음엔 우리 뭐하죠? 그녀가 물었다.

그들이 당신을 지켜보고 가늠하고 있소.

문득문득 그를 향한 뜻 모를 적대감에 깜짝 놀라기도 했지만 그는 훌륭한 의사답게 재빨리 그녀를 다독여주었다. 현 상황에선 그런 반응이 당연하다는 식이었다.

"맙소사, 내가 원수의 전형이 되다니! 난 미셸을 죽였고 기회만 있다면 당신도 죽일 생각이오. 그러니 왜 아니겠소? 나를 그렇게 불신의 눈으로 보는 것도 당연한 거요!"

그런 식의 선언 덕분에, 두 사람 공통의 정신분열 단계에 대해 곱씹어볼 여지가 있었다. 이해가 없으면 용서도 없다.

하지만 끝내 그는 모든 형태의 만남을 잠정적으로 중지해야겠다고 선언했다. 극단적인 상황이 발생할 경우는 예외라는 말을 덧붙이기는 했다. 뭔가 일어나리라는 사실은 그도 아는 듯했으나 어떤 위험인지는 한사코 말해주지 않았다. 필경 그녀가 엉뚱한 행동을 할까 봐 불안했기 때문이리라. 아니면 아예 반응을 보이지 않거나. 그는 그래도 가까이 있을 것임을 약속하고 아테네 안가에서의 약속을 상기시켰다…. 가까이 있으되 함께하지 않는다. 그리고(어쩌면 의도적으로) 불안감을 극한까지 몰아붙인 다음에야 그는 그녀를 고립생활로 돌려보냈다. 그가 준비해준 삶에는 이제 연인의 죽음이라는 테마까지 곁들여졌다.

한때 사랑했던 아파트도 그녀의 집요한 외면 끝에, 지금은 거의 미셸을 추모하는 지저분한 사당 꼴이었다. 성당처럼 조용한 곳. 그가 준 서적과 팸플릿들은 배를 드러낸 채 바닥과 탁자 위에 거꾸로 널브러져 있었다. 한밤중, 잠을 이루지 못할 때면 온갖 잡동사니로 어지러운 책상에 공책을 펴들고 앉아 그의 편지 문구들을 베껴 쓰곤 했다. 그를 주제로 한 비밀 비망록을 편찬하고 싶었다. 그리하여 보다 나은 세상이 왔을 때 그를 아랍의 체 게바라로 만들어주리라. 안면이 있는 진보적 성향의 출판업자와 만날 생각도 했다. '살해당한 팔레스타인인이 보낸 한밤의 편지.' 저질 용지에 오식도 많은 잡지였다. 비록 어느 정도 거리를 둔 다음에야 깨달은 사실이긴 해도, 이런 준비는 사실 미친 짓에 진배없었다. 아니, 그 말도 틀렸다. 광기가 없으면 제정신도 없다. 그리고 배역이 없으면 연극도 없다.

외부 세계로 나가는 경우는 거의 없었다. 그러던 중, 어느 날 밤 세인트 판크라스 술집 이층에서 벌어진 동지회에 참석했다. 전장만 있다면 얼마든지 미셸의 깃발을 들고 나가 그를 위해 싸우겠다는 결심을 더욱 굳히던 와중이었다. 그녀는 광신자 집단과 합석했는데 그곳에 도착할 즈음엔 대부분이 마약에 취해 인사불성이었다. 하지만 그녀도 산전수전 공중전까지 겪은 인생이었다. 유대주의적 파시스트와 민족 말살 음모에 대해 연설을 할 때는 그들뿐 아니라 자기 자신까지 두려울 정도였다. 그 바람에 급진 유대 좌파의 대표들로부터 신경질적인 반응을 얻기도 했지만 마음 한구석에선 몰래 미소를 짓고 있었다.

다른 때라면 퀼리에게 배역을 조르는 시늉이라도 했을 것이다. 스크린테스트는 어떻게 됐죠? 맙소사, 네드, 나도 할 일이 있어야죠! 그렇지만 이미 허구 무대에 대한 열정도 식어가던 참이었다. 그녀는 현실 무대에 혼신을 쏟았다. 아무리 위험이 크다 해도 생명이 이어지는 한은 그럴 것이다.

드디어 경고음이 들리기 시작했다. 태풍의 예감에 삭구가 삐걱거리듯.

첫 번째 경고는 불쌍한 네드 퀼리였다. 평소보다 이른 전화. 그 전날 그녀의 전화에 대한 답신이겠지만, 사무실에 출근하자마자 전화하라는 마조리의 채근이 있었으리라는 것 정도는 찰리도 곧바로 감지했다. 잊지 말고 전화해요. 마음 단단히 먹고! 아냐, 특별한 일이 있어서가 아니라 오늘 점심약속을 취소해야 할 것 같아서. 그가 말했다. 난 괜찮아요. 그녀는 애써 쾌활한 목소리로 실망감을 감추었다. 사실 자신의 귀환을 축하하고 다음 일정을 상의하기 위해 특별히 계획한 약속이었다. 게다가 그녀가 한 턱 내기로 한 터라 더욱더 기대하던 자리였다.

"정말 괜찮아요." 그녀가 다시 정색을 하며 그가 어떤 변명을 대는지 기다렸다. 문제는 그가 엉뚱한 곳을 찌르고 만 것이다.

"아무래도 이런 상황에서 둘이 만나는 게 좋은지 잘 모르겠다." 목소리가 다소 거만하기까지 했다.

"네드, 무슨 일이죠? 렌트 때문이 아니군요. 무슨 일이에요?"

그녀는 애써 가벼운 척했다. 그가 편하게 말하도록 배려하려는 의도였지만 그보다는 가뜩이나 꼴사나운 오만함만 부추긴 꼴이 되고 말았다.

"찰리, 네가 뭘 하고 다니는지는 나도 모른다. 나도 젊었을 때가 있었고 그땐 지금처럼 고루하지도 않았어. 하지만 지금 들리는 소문 중 절반이 거짓이라 해도 나로서는 생각을 달리 하지 않을 수가 없구나. 우리 둘을 위해서…." 그녀가 아는 한, 네드는 마지막 한 방을 포기할 위인이 못 되었다. "데이트는 네가 정신을 차릴 때까지 미뤄야겠다." 마조리의 각본에 따르면, 그 시점에서 전화를 끊어야 했다. 실제로도 몇 번의 거짓 엄포와 찰리의 폭발 덕분에 어쨌든 끊기는 했다. 찰리는 즉시 전화를 걸었다. 이번에는 엘리스 부인이었는데 그녀도 바라는 바였다.

"무슨 일 있어요, 피브? 내가 왜 갑자기 이런 수모를 당해야 하는 거죠?"

"오, 찰리, 요즘 뭘 하고 돌아다니는 거야? 경찰이 셋이나 찾아와서 오전 내내 찰리에 대해 캐묻고 갔어. 우리보고 입도 뻥긋하지 말라는 협박까지 했다니까." 엘리스 부인은 잔뜩 목소리를 죽였는데 도청이라도 했을까 불안해서였다.

"이런, 개새끼들." 그녀가 호기 있게 대꾸했다.

그냥 상투적인 확인절차일 거야. 그렇게 자위도 해보았다. 정밀조사 팀이 크리스마스 이전에 마무리할 욕심으로 그녀의 서류를 물고 늘어진 것이다. 토론에 참가하기 시작한 이후 주기적으로 해오던 일이 아닌가. 문제는… 이번에는 일상적으로 보이지 않았다. 오전 내내 그것도 세 명? 그 정도면 귀빈 대접이었다.

다음은 미용실이었다.

미용실 예약은 늘 11시였다. 점심약속이 있든 없든 그녀는 그 시간을 고수했다. 원장은 비비라는 이름의 인심 좋은 이탈리아 여자였는데 그날은 찰리가 들어가자 인상부터 찌푸리더니 자기가 직접 봐주겠다며 나섰다.

"이번에도 유부남하고 다닌다며? 안 좋아 보여, 알아? 나쁜 여자잖아. 남의 남자 훔치는 거? 왜 그러고 살아, 찰리?" 그녀가 찰리의 머리에 샴푸를 쏟아부으며 투덜댔다.

경찰 셋. 어제. 찰리가 추궁하자 비비의 대답은 그랬다.

이번엔 국세청 직원이라고 했단다. 부가가치 조사를 위해 비비의 예약 장부와 계좌를 조사하러 온.

그런데 그들이 정말로 듣고 싶은 얘기는 찰리뿐이었다.

"'여기 찰리가 누굽니까? 이 여자 잘 알아요, 비비?' 그렇게 묻기에 '잘 안다'고 대답했지. '단골이니까요. 착한 아가씨예요.' '오, 단골? 그럼 남자들 얘기도 했겠군. 애인이 누구고 요즘엔 어디서 자는지도?' 자기가 휴일에 뭘 하는지, 누구랑 노는지도 묻고 그리스에서 돌아온 후 어디 다니는지도 물었어. 나야 아무 말 안했지. 나 잘 알잖아." 하지만 찰리가 돈을 지불하고 나가려는데 비비의 표정이 순간적으로 굳었다. 그런 모습은 찰리도 처음이었다. "당분간은 오지 않았으면 해. 말썽은 싫어. 경찰도 싫고."

나도 싫어요, 비비. 나도 경찰이 싫다고요. 적어도 이번 세 인간은 싫어도 너무 싫었다. 당신이 당국에 노출되는 순간, 우리도 최대한 빨리 손을 쓰겠소. 요제프는 그렇게 약속했으나 이런 식이 될 거라는 얘기는 없었다.

그다음이 잘생긴 남자였다. 두 시간도 채 지나지 않아서.

그녀는 어딘가에서 햄버거를 먹은 후 빗물도 아랑곳 않고 무조건 걷기 시작했다. 움직이고 있는 한은 안전하며, 빗속이라면 더 안전하다는 터무니없는 생각 때문이었다. 방향은 서쪽으로 정했다. 막연히 프림로즈 힐을 생각했지만 불현듯 마음을 바꿔 버스에 올라탔다. 우연의 일치겠지만 승차장에서 돌아보니 50미터쯤 뒤에서 한 남자가 택시에 올라타고 있었다. 그리고 아무리 생각해봐도 분명 그가 손을 흔들기도 전에 미터기가 꺾였다.

픽션의 논리에 따르라. 요제프는 그렇게 말했다. 하고 또 했다. 나약해지면 공작은 물거품이 되오. 픽션에 따르요. 작전이 끝난 후 피해는 보상하겠소.

미치기 일보 직전 당장 의상실로 달려가 요제프에게 따질 생각도 해봤지만 그에 대한 충성심 때문에 그럴 수도 없었다. 그녀는 하늘을 향해 한 점 부끄럼 없이 그를 사랑했다. 일말의 기대도 없이 사랑했다. 그가 위아래를 뒤집어놓은 세상에선, 픽션과 현실 어느 쪽에서나 그는 그녀에게 남은 유일한 일관성이었다.

그녀는 대신 영화관에 갔다. 잘생긴 남자가 유혹한 것도, 그녀가 거의 넘어갈 뻔한 것도 바로 그곳이었다.

남자는 키가 크고 생동감이 넘쳤으며 새 롱코트 차림에 금테안경을 썼다. 휴식 시간 그가 접근했을 때 그녀는 아는 사람이라고 생각했다. 그런데 머리가 복잡해서 어디에서 본 누구인지 기억을 못할 뿐이리라. 그의 미소에 답한 이유도 그래서였다.

"안녕, 잘 지내요? 차미안이죠? 세상에, 작년에 〈알파 베타〉에선 진짜 좋았는데! 정말 최고였어요! 팝콘 좀 드실래요?" 그가 옆에 앉으며 수다를 떨었다.

그리고 갑자기 모든 게 어긋났다. 사내의 태평한 미소는 해골턱, 금테 안경은 생쥐 눈과 어울리지 않았으며, 팝콘 또한 잘 닦은 구두와 너무도 동떨어진 느낌이었다. 검은 가죽코트도 날씨와 맞지 않았다. 이거야 정말 어떻게든 그녀를 끌어올리기 위해 달나라에서 파견한 사신 같지 않은가.

"매니저를 부를까요, 아니면 조용히 떠날래요?" 그녀가 으르렁댔다.

그가 그녀를 어르고 달래고 능글맞게 웃었다. 그녀가 레즈비언인지 묻기까지 했다. 그녀가 사람을 부르겠다며 밖으로 나갔지만 직원들이 여름날 눈처럼 모두 사라졌다. 매표소의 어린 흑인 소녀는 그저 바쁜 척하며 잔돈을 세는 데만 열중했다.

집으로 돌아가는 길도 많은 용기를 필요로 했다. 자신의 능력은 물론, 요제프가 기대했던 것보다 훨씬 더 많은 용기가 필요했다. 가는 내내 그녀는 발목이 부러지거나, 버스에 치이거나, 이도 저도 아니면 다시 기절이라도 했으면 하고 바랐다. 저녁 7시라 식당 손님들도 한참 빠져나간 터였다. 주방장이 밝게 웃어주고 그의 뻔뻔한 남자 친구도 언제나처럼 열정적으로 손을 흔들어주었다. 아파트에 돌아간 후에는 불도 켜지 않은 채 침대에 누웠다. 커튼도 닫지 않아 거울을 통해 맞은편 인도가 내다보였다. 남자 둘이 주변을 어슬렁거렸지만 서로 얘기도 않고 그녀 쪽을 쳐다보지도 않았다. 미셸의 편지는 마룻바닥 밑에 있었다. 그녀의 여권과 남은 투쟁자금도 마찬가지였다. 당신 여권은 이제 위험한 서류요. 요제프는 그렇게 경고했다. 미셸이 죽은 후 그녀의 새로운 입지를 설명하는 와중이었다. 당신한테 그 여권으로 운전하게 한 건 미셸의 오판이었소. 지금부터라도 다른 비밀과 함께 꽁꽁 감춰두도록 해요.

신디. 문득 그 이름 생각이 났다.

신디는 저녁 시간에 아래층에서 근무하는 조르디 부랑민이다. 서인도 출신의 애인이 특수폭행죄로 감옥에 들어가 있어서 무료함을 달래주기 위해 찰리가 이따금 공짜로 기타를 가르쳐주었다.

"신디. 언제인지는 모르지만 생일선물로 받아줘요. 집으로 가져가 죽도록 연습해 봐요. 재능이 있으니 절대 포기하지 말고. 악보 상자도 주고 싶은데 멍청하게 열쇠를 엄마 집에 두고 왔지 뭐예요. 다음에 갈 때 가져올게요. 어쨌든 아직 음악을 연주할 수준은 아니죠? 사랑해요, 찰리." 그녀는 그렇게 메모를 작성했다.

악보 상자는 아버지 것이었다. 에드워드 시대의 유물로 잠금장치들과 바늘땀이 섬세하고 또 무척이나 튼튼했다. 그녀는 미셸의 편지와 돈, 여권, 악보들을 넣고, 기타와 함께 아래층으로 가져갔다.

"이거 신디한테 전해줘요." 그녀가 주방장한테 말했다. 주방장은 발작적으로 키득거리다가, 후버청소기, 진공청소기들을 보관해둔 여자화장실에 넣어두었다.

그녀는 이층으로 돌아와 불을 켜고 커튼을 닫고 옷도 외출복으로 갈아입었다. 폐점의 밤인데다, 지상의 경찰 모두, 죽은 애인 모두가, 그녀가 아이들과 팬터마임 연습하는 것까지 막지는 않을 것이다. 그녀는 11시 직후에 집으로 돌아왔다. 인도에는 아무도 없고 신디도 악보 상자와 기타를 가져갔다. 그녀는 알에게 전화했다. 갑자기 남자가 간절히 필요했지만 받지 않았다. 개자식이 또 딴짓을 하는 모양이다. 과거의 대기조 두 명에게도 시도했지만 역시 헛수고였다. 자신의 전화 목소리가 이상하게 들렸지만 지금의 기분으로 봐서는 귀가 잘못되었을 가능성이 컸다. 그녀는 잠자리에 들려다가 마지막으로 창밖을 보았다. 2인의 수호자가 어느새 인도에 돌아와 있었다.

다음 날은 아무 일도 없었다. 알이 있을까 싶어 루시한테 전화했지만 알이 지구에서 사라졌다는 대답이 돌아왔다. 그래서 경찰과 병원을 포함해 이 사람 저 사람한테 전화도 해봤다고 했다.

"유기견 보호소에도 전화해 봐요." 찰리가 제안했다. 하지만 아파트에 돌아와 보니 길 잃은 똥개 알에게서 전화가 걸려왔다. 완전히 술에 절은 상태였다.

그녀는 알이 있는 곳으로 갔다. 늘 이 모양이다. 이제는 그녀의 삶 어디든 위험이 도사리지 않는 곳이 없다.

알은 윌리와 폴리의 집에 차를 세워두었다. 윌리와 폴리도 결국 헤어지지 않기로 한 모양이었다. 그곳에 도착해보니 후원자 클럽이 모두 모인 듯 보였다. 로버트는 새 애인을 데려왔다. 하얀 립스틱에 담자색 머리를 했는데 이름이 자그마치 사만다라고 했다. 어쨌든 언제나처럼 무대를 장악한 건 알이었다.

"그래서 뭘 원하는지 말하란 말이야! 바로 그거야. 전쟁! 전쟁! 오, 그래, 전쟁. 그것도 전면전이다!"

그는 그런 식으로 떠들다가 찰리가 비명을 지르고 나서야 그만두었다. 입 닥치고 무슨 일인지부터 얘기해!

"무슨 일? 무슨 일이냐고? 반동 세력이 결국 반격을 개시했는데 그 타깃이 바로 여기 얼뜨기 배우라 이거야!"

"망할, 영어로 얘기해!" 찰리가 다시 비명을 질렀지만, 그에게서 정확한 사실을 끌어내기도 전에 미치기 일보 직전이었다.

알의 말에 의하면 술집에서 나가는데 깡패 셋이 그를 덮쳤다. 하나,

아니 둘까지는 어떻게 해보겠는데 놈들이 셋이잖아. 거기에 멧돼지처럼 튼튼한 데다 팀으로 움직이더라니까. 하지만 죽도록 얻어맞고 경찰차에 실린 다음에야 그 돼지새끼들이 완전히 날조된 죄를 뒤집어씌웠다는 걸 알았어.

"그런데 그 새끼들이 누구 얘기 하는지 알아?" 그가 한 손을 내밀어 그녀를 가리켰다. "너야, 멍청아! 너, 나, 우리 투쟁이란 말이야! 그런데 우리랑 친한 사람 중에 팔레스타인 활동가가 있었던가? 제길, 내가 라이징 선 남자화장실에서 이쁘장한 짭새 놈한테 불알을 흔들며 딸딸이 흉내를 냈다는 거야. 그전에는 아예 손톱을 모조리 뽑은 다음에 싱싱교도소에 쳐넣겠다고도 하더라고. 그리스 섬에 있을 때, 여기 윌리와 폴리 같은 친구들과 무정부주의 음모를 꾸렸다면서 말이야. 결국 이거야, 찰리, 전쟁! 오늘이 그 첫날이고 이 방에 있는 우리 모두가 전선이야!"

개자식들이 귓방망이를 얼마나 세게 후려쳤는지 지금 내 말도 잘 안 들려! 불알도 타조알처럼 퉁퉁 분 데다… 여기, 여기 이 팔에 멍든 것 보이지? 젠장, 24시간 유치장에 가둬놓고 여섯 시간이나 취조를 하더라니까. 전화는 걸어도 좋다고 했지만 내가 잔돈이 어디 있어? 전화번호부도 잃어버렸다면서 안 주고… 망할, 에이전트한테도 연락을 못했다니까. 그러더니 뜬금없이 풍기문란죄를 때리고 훈방하더라고.

파티에 매튜라는 청년이 있었다. 삶의 전환점을 찾고 있는 꽃돼지 수습 회계원인데 마침 자기 아파트가 있었다. 찰리는 어안이 벙벙한 매튜를 끌고 그곳으로 가서 함께 잤다. 다음 날 오전에는 리허설이 없기에 엄마한테 갈 생각이었지만, 점심쯤 매튜의 침대에서 깨어났을 때 도무지 내키지가 않았다. 결국 전화를 걸어 약속을 취소했는데 아마 그 때문에 경찰도 허를 찔린 모양이었다. 그날 저녁 고아인의 식당 밖에 도착했을 때 순찰차 한 대가 갓길에 서 있고 정복 차림의 경사가 열린 문간에 서 있었다. 그 옆에 주방장이 서 있다가 그녀를 보더니 난감한 미소를 지었다.

드디어 시작이야. 그것도 절묘한 시간에. 그들이 드디어 정체를 드러냈어.

그런 생각을 하면서도 마음은 담담하기만 했다.

경사는 화난 눈에 짧은 머리였다. 온 세상을 증오하면서도 화풀이는 주로 인디언과 예쁜 여자들을 겨냥하는 부류였다. 어쩌면 절체절명의 순간에 찰리의 정체에 눈을 감은 이유도 바로 그 증오 때문이리라.

"식당은 임시 휴업입니다. 다른 데 가보세요." 그가 딱 잘라 말했다.

사별은 그 자체의 반응을 야기한다. 그녀가 두려움에 떨며 물었다.

"누가 죽었나요?"

"죽은 사람이 대답하겠습니까? 강도 용의자를 목격했다는 제보가 있었죠. 경찰에서 수사 중이니까 어서 다른 곳에 가봐요."

어쩌면, 근무 시간이 긴 탓에 피곤했을 수도 있다. 어쩌면 충동적인 여자가 얼마나 생각이 빠르고 잽싸게 숨는지 몰랐을 수도 있다. 어쨌든 그녀는 경사의 보호를 받으며 식당 안에 들어갔다. 그리고 그 순간 쾅 하고 문을 닫고 달리기 시작했다. 식당 안에는 아무도 없고 기계들도 모두 꺼져 있었다. 그녀의 집 현관문은 닫혔으나 그 너머에서 남자들의 목소리가 들렸다. 아래층에서는 경사가 문을 두드리며 소리치고 있었다. "이봐요! 뭘 하는 거요? 어서 나와!" 다행히 벽에 막혀 겨우 들릴락 말락 할 정도였다. 그녀는 열쇠를 생각하며 핸드백을 열었다가 대신 하얀 스카프를 보고 머리에 둘렀다. 무대와 무대 사이에 번개처럼 옷을 갈아입은 게 어디 한두 번인가. 그녀가 초인종을 눌렀다. 두 번. 강단 있게. 그리고 편지함 커버를 안으로 밀었다.

"차미안? 안에 있니? 나야, 샌디."

목소리가 뚝 끊기고 발자국소리에 이어 "어서, 서둘러!" 하는 목소리
가 들렸다. 그리고 문이 활짝 열리며, 정장 차림에 회색머리의 야만인이
그녀를 마주 보고 섰다. 그 뒤로 미셸의 소중한 유산이 사방에 널브러져
있었다. 침대는 찢기고 포스터는 모두 뜯겨나가고 바닥은 들린 채였다.
카메라 한 대가 삼각대 위에서 아래를 향하고 있었다. 두 번째 남자가 접
안렌즈를 들여다보았는데 그 아래 엄마가 보낸 편지 몇 장이 흩어져 있
었다. 정, 펜치도 보였다. 그리고 극장에서 애인인 척 접근했던 사내가
값비싼 새옷 더미 사이에서 무릎을 꿇고 있었다. 요컨대 수사가 아니라
가택침입 현장이라는 얘기다.

"여동생 차미안을 찾아요. 도대체 당신들은 누구죠?" 그녀가 물었다.

"여기 없어요." 회색머리가 대답했다. 그의 목소리에서 웨일스 억양을
잡아낼 수 있었다. 턱에는 손톱자국이 선명했다.

그가 그녀를 노려보며 목청을 높였다.

"말리스! 말리스 경사! 이 아가씨 좀 데려가 얘기 좀 해 봐!"

문이 면전에서 쾅 하고 닫혔다. 아래층에서 불운한 경사의 고함 소리
가 계속 들려왔다. 그녀는 조용히 계단을 내려가다가 중간 층계참에 멈
춰 섰다. 그곳에서 마분지상자를 헤쳐 나가자 뒤뜰 쪽문이 나왔다. 빗장
이 걸려 있긴 해도 자물쇠는 없었다. 뒤뜰은 마구간과 연결되고 마구간
은 뒷문을 통해 더버 부인이 사는 거리로 이어졌다. 찰리는 집 앞을 지나
가며 부인의 창문을 두드려 가볍게 손까지 흔들어 보였다. 어디에서 그
런 기지를 배우고 용기를 냈는지는 영원히 모를 일이다. 그녀는 주도로
를 따라 걸으며 가죽장갑을 꼈다. 저쪽한테 들켰을 경우에 대비해 요제
프가 일러준 수순이었다. 그녀는 택시를 보고 손을 흔들었다. 자, 드디어
시작이다. 하지만 언뜻 그들이 일부러 놓아주었을지 모르겠다는 생각이
든 건, 훨씬, 훨씬 나중의 일이었다.

요제프가 피아트를 경계 밖으로 빼냈는데 그녀는 마지못해 그의 판단이 옳았음을 인정해야 했다. 그래서 그녀는 느긋하게 이동했다. 급할 건 없었다. 그녀는 혼잣말로 마음을 다독여주었다. 택시에서 내리면 버스를 타고, 조금 걷다가 지하철을 타는 게 좋겠어. 머릿속이 부싯돌만큼이나 날카로웠다. 어떻게든 생각을 정리해야 했다. 기분은 여전히 들뜬 상태였다. 다음 행동을 취하기 전에 정신부터 똑바로 차려요. 이번 일을 그르치면 쇼 전부를 망치는 겁니다. 요제프도 그렇게 말하지 않았던가. 그녀는 그를 믿었다.

난 도망 중이에요. 저들이 쫓고 있어요. 맙소사, 헬가, 이제 어떻게 하죠?

이 번호는 정말로 위급한 순간에만 이용해, 찰리, 불필요한 전화면 우리가 크게 화낼지도 몰라. 내 말 알아듣겠지?

예, 알아요, 헬가.

그녀는 술집에 앉아 미셸이 좋아하는 보드카를 마시며, 헬가가 일러준 나머지 정보들을 되새겼다. 그동안 메스테르바인은 차 안에 처박혀 있었다. 절대 미행을 허용하지 말 것. 친구나 가족의 전화를 쓰지 말 것. 모퉁이 부스도 쓰지 말 것. 아파트 맞은편이나 도로 위아래 부스도 삼갈 것.

절대 안 돼, 알았지? 너무나 위험하니까. 돼지들은 1초 내에 전화 도청을 따는 놈들이야. 농담 아니야. 그리고 같은 전화를 두 번 쓰는 것도 안 돼. 내 말 알겠지, 찰리?

알아요, 헬가, 알고말고요.

거리로 나가자 한 남자가 불 꺼진 상점 쇼윈도를 들여다보고 있었다. 그녀는 재빨리 방향을 바꿔 안테나가 달린 자동차 쪽으로 달아났다. 이제 두려움이 온몸을 감쌌다. 어찌나 두려운지 그냥 인도에 주저앉아 울고만 싶었다. 모든 걸 자백하고 세상을 향해 제발 나를 데려가달라고 애원하고도 싶었다. 앞쪽에 있는 사람들도 뒷사람들만큼이나 무서웠다. 저 어두워져가는 갓길을 따라가다 보면 그녀 자신까지 소멸해버릴 것만 같았다. 헬가, 오, 헬가, 나를 이곳에서 꺼내줘요. 그녀는 반대 방향으로 가는 버스를 탔다가 내린 다음 다른 버스를 기다렸으며, 그 버스에서 내린 다음엔 다시 걸었다. 지하철은 포기하기로 했다. 지하로 내려간다는 생각만으로도 참을 수가 없었다. 마음이 너무도 나약해졌다. 그녀는 다시 택시를 탄 후 뒤창을 내다보았다. 따라오는 차는 없었다. 거리도 텅 비었다. 걷는 것도 싫어. 지하철도 버스도 싫어.

"페컴이요." 그녀가 철문 바로 앞에서 내렸다.

리허설 장소로 쓰는 홀은 교회 뒤쪽의 헛간 같은 방이었다. 바로 옆에 놀이터가 있지만 아이들이 박살낸 지 오래였다. 그녀는 놀이터에서 주목나무 숲을 따라 조금 더 내려갔다. 불빛은 없었지만 그래도 초인종을 눌렀다. 로프티 때문이었다. 로프티는 은퇴한 복서로 야간경비를 맡고 있는데 경비 삭감 이후로 겨우 일주일에 사흘 밤만 근무를 한다. 다행히 오늘은 응답이 없다. 그녀는 문을 열고 안으로 들어갔다. 서늘한 공기. 문득 미지의 혁명가에게 분노를 떠넘긴 후 찾아갔던 콘월의 교회가 생각났다. 그녀는 문을 열고 성냥불을 켰다. 불빛은 깜빡이며 녹색 타일과 빅토리아식 소나무 지붕의 둥근 아치를 비추었다. 그녀가 "로프티!"를 불렀다. 목소리에 장난기를 섞은 이유는 기분을 북돋울 필요 때문이었다. 성냥불이 꺼졌지만 그녀는 도어체인을 찾아내 고리에 끼운 다음에야 다시 성냥불을 켰다. 그녀의 목소리, 발소리, 쩔그렁거리는 체인 소리가 칠흑 같은 어둠 속에서 몇 시간 동안이나 미친 듯이 메아리쳤다.

박쥐나 바닷말 같은 섬뜩한 피조물이 얼굴을 스치기라도 하는 기분이었다. 금속난간의 계단은 이층의 소나무 회랑으로 이어졌다. 보통 '휴게실'이라 부르는데, 몰래 뮌헨의 자기 아파트에 다녀온 이후로 계속 미셸을 생각나게 하는 곳이었다. 그녀는 난간을 잡고 이층으로 올라가 회랑 위에 꼼짝 않고 서서, 홀을 노려보고 귀를 기울이며 눈이 어둠에 익숙해지기를 기다렸다. 제일 먼저 무대가 눈에 들어오고, 그다음 화려하게 물결치는 무대장막, 지붕 들보와 서까래가 보였다. 하나밖에 없는 스포트라이트의 은빛 광채도 찾아냈다. 검스라는 이름의 바하마 청년이 폐차의 헤드라이트를 개조해 만든 조명이다. 회랑에는 낡은 소파가 놓여 있었다. 그 옆 탁자의 투명한 플라스틱 상판이 창을 통해 들어온 도시의 불빛을 잡아챘다. 탁자 위에는 스태프 전용의 검은색 전화기와 연습장이 보였다. 연습장엔 개인적인 전화번호를 기입하도록 했는데 그 때문에 한 달 동안 큰 소동이 여섯 번이나 일어났었다.

찰리는 소파에 앉아 뱃속이 가라앉고 맥박이 300 이하로 떨어질 때까지 기다렸다. 그리고 수화기와 전화통을 함께 들어 탁자 사이의 바닥에 내려놓았다. 탁자 서랍에 정전에 대비해 가정용 양초 두 개를 비축해 두었는데 놈들은 그마저도 훔쳐갔다. 그래서 그녀는 교회 잡지 한 장을 뜯어 심지를 만든 다음 더러운 찻잔 안에 세우고 한쪽 끝에 불을 붙여 양초처럼 활용했다. 위로는 탁자, 한쪽은 발코니로 막힌 터라 불꽃은 별로 흩어지지 않았지만 어쨌든 다이얼을 돌린 다음엔 입으로 불어 꺼야 했다. 돌려야 할 숫자는 모두 열다섯, 처음에는 아무도 받지 않았다. 두 번째는 잘못 돌리는 바람에 이탈리아 남자의 욕설을 들어야 했고 세 번째는 손가락이 미끄러졌다. 다행히 네 번째는 약간의 정적 이후 대륙 특유의 호출음이 들렸다.

이윽고 헬가의 거친 독일어.

"조안이에요. 기억하죠?" 찰리가 물었다. 다시 시름 어린 정적.

"어디야, 조안?"

"그건 당신 알 바 아니에요."

"문제가 있는 거야, 조안?"

"아직은요. 그냥 돼지새끼들을 내 집 앞으로 몰아온 데 대해 감사하려고 전화한 거예요."

그러자 예전의 호사스러운 분노가 그녀를 사로잡았다. 그녀는 미친 듯이 발작을 하기 시작했다. 언제였더라? 요제프가 그녀를 데려가, 사랑하는 남자를 보여주었을 때 이후로는 처음이었다. 그리고 저들은 그를 죽여 미끼로 만들었는데.

헬가는 아무 말 없이 그녀의 폭주를 들어주었다.

"지금 어디야?" 찰리의 울분이 어느 정도 가라앉은 후 그녀가 다시 물었다. 마치 자신의 원칙을 깨기라도 한 듯 머뭇거리는 목소리였다.

"알 것 없어요."

"어디든 좋으니 접선이 가능하겠어? 48시간 이내에 어디에 있을지 얘기해."

"싫어요."

"한 시간 내에 다시 전화 해, 제발."

"못해요."

긴 침묵.

"편지들은 어디에 있지?"

"안전한 곳에."

다시 정적.

"종이와 연필을 가져와."

"그런 거 필요 없어요."

"어쨌든 가져와. 지금 상태가 정확한 기억을 장담할 때가 아니잖아. 준비됐어?"

주소나 전화번호가 아니라 거리명이었다. 그녀가 도착해야 할 시간과 통로도 함께.

"내 말대로 정확하게 따라야 해. 도착하지 못하거나 문제가 생기면 안톤의 명함 번호로 전화해서 페트라와 연락하고 싶다고 말해. 편지도 가져오고. 알아들었지? 페트라. 편지 모두 가져와. 가져오지 않으면 우리도 자기를 좋은 얼굴로 대하지 못할 거야, 응?"

전화를 끊자, 아래층 관중석에서 가벼운 박수 소리가 들렸다. 그녀는 발코니 끄트머리로 다가가 아래쪽을 내다보았다. 요제프가 혼자 앞 열 한가운데 앉아 있었다. 그녀는 너무도 기뻐 후다닥 계단을 달려 내려갔다. 계단 아래에 다다르자 그가 두 팔을 열고 기다리고 있었다. 그는 그녀가 어둠 속에서 발이라도 헛디딜까 불안했다. 그가 그녀에게 키스했다. 여러 번. 그러고는 좁은 계단임에도 불구하고 그녀를 꼭 끌어안은 채 다시 회랑으로 돌아갔다. 다른 손에는 바구니가 들려 있었다.

바구니엔 훈제연어와 와인 한 병이 들어 있었다. 그는 뚜껑을 열지도 않고 그대로 바구니를 탁자 위에 놓았다. 싱크대 아래 접시가 있는 것도 알고 요리기구 소켓에 백열히터를 꽂는 법도 알고 있었다. 아래층 로프티의 숙소에서 낡은 담요 두 장과 보온병에 담은 커피도 가져왔다. 그는 보온병을 접시와 함께 내려놓고 주변을 돌아다니며 빅토리아식 문을 점검하고 모두 빗장을 걸었다. 비록 어둡기는 했지만 그의 뒷모습과 은밀하고 신중한 몸짓으로 보아 분명 대본에 없는 일을 기획하고 있었다. 두 사람을 제외한 온 세상의 문을 닫아버리는 일. 그가 소파로 돌아와 그녀에게 담요를 덮어주었다. 홀의 추위가 장난이 아니었기에 그녀도 하릴없이 몸을 떨고 있었다. 도무지 멈출 수가 없었다. 헬가에게 한 전화도 무서웠고, 아파트에서 마주친 경찰의 망나니 같은 눈빛도 무서웠다. 제대로 아는 것도 없이 하루하루 쌓여만 가던 기다림의 나날도 무서웠다.

차라리 아무것도 몰랐다면 훨씬 마음이 편했으련만.

빛은 백열히터가 전부였다. 히터는 여린 투광조명처럼 아래로부터 그의 얼굴을 비춰주었다. 그리스에서 그가 그런 얘기를 했었다. 고대 유적의 투광조명은 근대식 예술 파괴행위다. 사원은 머리 위에 태양 빛을 두고 보도록 만들어졌지 아래가 아니기 때문이라는 설명이었다. 그가 담요 안에서 그녀의 어깨를 감쌌다. 그에게 기대고 보니 그녀는 자신이 너무도 말랐다는 생각이 들었다. "살이 많이 빠졌어요." 그녀가 경고하듯 그에게 말했다. 그는 대답 대신 그녀를 더 꼭 끌어안았다. 그녀의 두려움을 넘겨받아 차라리 자신이 감내하고 싶었다. 지금껏 회피하고 위장했지만, 그녀 또한 그가 본질적으로 친절하며, 본능적인 애타심을 지닌 남자임을 처음부터 알고 있었다는 생각이 들었다. 그는 싸울 때나 평화로울 때나 타인에게 고통을 주는 자들을 증오했다. 그녀가 그의 얼굴에 손을 가져갔다. 면도도 하지 않은 얼굴. 그녀는 기뻤다. 오늘 밤만은 그가 아무것도 의도하지 않았다고 생각하고 싶었다. 이 밤이 두 사람의 첫날밤은 아니지만 그렇다고 50번째도 아니다. 두 사람은 영국의 모텔 절반을 전전할 정도로 열정적인 연인이었다. 아니, 그리스, 잘츠부르크 등등 그들의 삶은 얼마든지 있었다. 하지만 적어도 지금의 찰리에겐, 두 사람이 공유한 픽션은 오늘 밤의 진실을 위한 전주곡에 불과했다.

그가 그녀의 손을 밀어내고 대신 몸을 끌어당겨 입에 키스했다. 그녀도 공손히 받아들였다. 그동안 그렇게나 열심히 얘기했던 열정이었다. 오늘 비로소 불을 밝히면 좋으련만. 그녀는 그의 손목과 손을 사랑했다. 그렇게 현명한 손은 세상 어느 곳에도 없었다. 그가 그 손으로 그녀의 얼굴, 목, 가슴을 어루만졌다. 그녀는 그의 키스에서 빠져나왔다. 쾌감 하나하나를 따로따로 즐기고 싶었다. 지금 그가 키스하고 있어. 지금은 나를 만지고 옷을 벗기고 있어. 내 품에 안긴 채 누워 있어. 우린 벌거벗었어.

다시 해변으로 돌아온 거야. 미코노스의 따끔거리는 백사장으로. 우리는 아래쪽에서 우리를 불태우는 태양으로 건물을 모조리 파괴하고 있어. 그가 웃었다. 이윽고 그가 그녀에게서 떨어져 나가 백열히터로 건너갔다. 그녀는 사랑에 충만한 눈으로 그를 보았다. 세상에, 저 붉은 기운을 내려다보는 나신 좀 봐. 저렇게 아름다운 몸이 세상에 또 있을까? 불빛은 그의 몸을 태울 때 가장 빨갛게 이글거렸다. 그가 돌아와 그녀 옆에 무릎을 꿇고 처음부터 다시 시작했다. 그녀가 지금까지의 이야기를 잊었을까 봐, 키스하고 온몸을 어루만지기 시작했다. 가벼운 손길 또한 조금씩 조금씩 과감해졌으나 그래도 언제나 그녀의 얼굴로 돌아왔다. 왜냐하면 서로를 끊임없이 보고 맛보며 두 사람이 서로가 말한 사람이 맞는지 확인해야 했기 때문이다. 그는 그녀에게 들어가기 오래전부터, 지금껏 만났던 그 누구와도 견주지 못할 최고의 연인이며, 지금껏 이 썩은 나라를 헤쳐 나오도록 인도해준 머나먼 북극성이었다. 그녀가 눈이 멀었다 해도 그의 손짓만으로 알아보았을 것이다. 그녀가 죽어간다면, 그녀보다 먼저 공포와 불신을 정복한 저 슬픔 미소를 통해, 또한 그녀를 알고 또 그녀 자신의 앎을 더 확고하게 만들어준 그의 본능적인 권세를 통해 알아보았으리라.

잠에서 깨어났을 때 그는 벌써 일어나 앉아 그녀가 깨어나기를 기다리고 있었다. 짐은 모두 싸놓은 후였다.

"남자아이 같아요." 그가 미소를 지으며 말했다.

"그럼 우린 쌍둥이예요." 그녀가 그의 머리를 당겨 어깨에 기댔다. 그가 뭔가 말하려 했지만 그녀의 엄중한 경고가 먼저였다.

"한 마디도 하지 말아요. 픽션도 사과도 거짓말도 싫어요. 이게 임무였다 해도 절대 말하지 말고. 몇 시죠?"

481 "한밤중이오."

"그럼 침대로 돌아와요."

"마티가 대화를 원해요." 그가 말했다.

하지만 그의 목소리와 태도는 이번 일만큼은 분명 마티가 아니라 자기 스스로 결정했다고 말하고 있었다.

요제프의 집이 분명했다.

그녀는 들어가자마자 알았다. 작고 학구적인 사각의 방. 블룸스베리 어딘가의 일층인데, 레이스 커튼이 달려 있는 독신용이었다. 이쪽 벽에 런던 시내의 지도들이 내걸리고, 저쪽 벽 선반 위에는 전화기가 두 대 놓여 있었다. 아무도 자본 적 없는 이단침대가 세 번째 벽, 네 번째 벽엔 소나무 책상이 붙어 있었으며 그 위에 낡은 기름등잔도 보였다. 커피포트가 전화기 옆에서 보글거렸다. 벽난로에선 장작이 불타는 중이었다. 그녀가 들어가자 마티는 앉은 자리에서 고개만 든 채 너무도 따뜻한 미소를 지어 보였다. 지금껏 보여주었던 어느 미소보다 환상적이었지만 아마도 그녀 자신이 세상을 아름답게 보고 있기 때문일 것이다. 그는 그녀에게 두 팔을 내밀었다. 그녀도 허리를 숙이고 그의 포근한 포옹 속으로 들어갔다. 머나먼 여행에서 돌아온 내 딸. 그녀는 그의 맞은편에 자리를 잡았다. 요제프는 바닥에 쪼그리고 앉았다. 아랍 스타일, 언덕에서 그녀를 유혹해 총에 대해 가르칠 때도 그런 자세였다.

"자기 목소리를 듣고 싶소? 찰리, 당신은 최고였소. 세 번째, 두 번째도 아니고, 그야말로 최고였다오." 쿠르츠가 옆에 있는 녹음기를 가리켰지만 그녀는 고개를 저었다.

"찰리, 듣기 좋으라고 하는 말이오." 요제프가 경고했지만 농담은 아니었다.

갈색 옷의 젊은 여자가 노크도 없이 들어오더니 설탕 본 사람 없는지 물었다.

"찰리, 당신은 언제든 손을 뗄 수 있소. 여기 요제프가 특별히 당부한 얘기요. 분명하고 정확히 언급하고 넘어갈 것. 찰리, 지금 떠난다 해도 영예는 분명 당신 거요. 됐나, 요제프? 거액의 보상금과 명예. 우리가 약속한 것 이상으로 받게 될 거요."

"저도 한 얘기입니다." 요제프가 말했다.

쿠르츠의 미소가 커졌지만, 찰리가 보기엔 오히려 당혹감을 감추려는 시도였다.

"당연히 했겠지. 지금 나도 하고 있고. 자네가 원하는 바가 아닌가? 찰리는 우리가 오랫동안 찾고 있던 구더기 상자를 구해준 데다 뚜껑까지 열어주었어요. 찰리가 아는 이상으로 많은 이름과 장소, 연고를 드러냈지만 앞으로도 더 많아질 거요. 당신이 있든 없든 마찬가지요. 자, 찰리는 이제 깨끗해요. 행여 문제가 되는 지역이 있다 해도, 몇 달만 주면 우리가 모조리 청소해줄 거예요. 약간의 냉각기만 치르면 그만이니까. 친구를 한 명 데려가도 좋아요. 찰리가 원한다면 충분히 그럴 자격이 있다오."

"정말이에요. 그냥 계속하겠다고 하지 말고 먼저 생각을 해봐요." 요제프가 덧붙였다.

하지만 부하를 상대하는 마티의 목소리 끝에선 곤혹스러움이 묻어나왔다.

"정말이오. 만약 내 말에 거짓말이 조금이라도 들어 있다면 이 세상의 진심이란 진심은 모조리 쓰레기통에 처박아야 할 거라오." 그가 말끝을 농담으로 비트는 식으로 불만을 토로했다.

"그래서 어디까지 온 거죠? 지금이 어떤 시점인데요?" 요제프가 대답하려 했지만 마티가 재빨리 새치기 운전사처럼 끼어들었다.

"찰리, 이 경우엔 수면 위가 있고 수면 아래가 있소. 당신은 지금껏 수면 위에 있었지만 덕분에 수면 아래에서 어떤 상황이 벌어지는지도 알게 된 거요. 하지만 지금부터는… 음, 일단은 어느 정도 변화가 있을 거요. 우리가 보는 바로는 그렇소. 오판일 수도 있겠지만 적어도 우리가 보기엔 그래요."

"마티 얘기는, 지금까지는 당신이 우호적인 영역에 있었다는 뜻이에요. 그래서 우리가 주변을 지키다가 필요할 경우 당신을 꺼낼 수 있었던 거요. 하지만 이제부터는 불가능해요. 당신은 저쪽에 들어가 저들과 함께 살고, 생각과 도덕관을 공유해야 해요. 우리와 연락이 끊긴 채 몇 주 몇 달을 지내게 된다는 뜻이에요."

"연락이 끊기는 건 아니오. 음, 보호막을 벗어나는 건 분명한 사실이지만 그래도 우린 당신 주변에 있을 거요. 믿어도 돼요." 마티가 미소를 지었지만 요제프의 시선을 피하는 눈치였다.

"끝은 어떻게 되죠?" 찰리가 물었다.

마티는 순간 당혹한 표정이었다.

"끝이라니? 이 수단을 정당화하는 목표 말인가? 어떤 질문인지 잘 모르겠구려."

"내가 뭘 찾는 건가요? 그리고 여러분들이 만족할 시점은요?"

"찰리, 우린 이미 만족하고도 남아요." 마티가 사탕발림을 했다. 물론 그가 거짓말하고 있다는 건 그녀도 눈치챘다.

"끝은 한 남자요." 불현듯 요제프가 끼어들었다. 마티가 그를 향해 고개를 돌렸다. 그 바람에 찰리로서는 그의 얼굴이 보이지 않았지만 요제프는 그 반대였다. 마티와 맞닥뜨린 요제프의 시선은 놀랍도록 도발적이었는데, 그런 눈빛은 지금껏 처음이었다.

"찰리, 끝은 한 남자요. 당신이 계속할 경우에 할 얘기들이라오." 마티도 마침내 인정하고 다시 그녀에게 돌아왔다.

"칼릴." 그녀가 지적했다.

"칼릴, 그래요. 칼릴은 유럽 전체를 아우르는 우두머리라 꼭 손에 넣어야 해요." 마티가 다시 인정했다.

"위험한 자요. 미셸만큼이나."

쿠르츠가 요제프의 후렴을 그대로 이어갔는데 필경 그를 이겨보려는 의도였으리라.

"칼릴에게는 믿을 만한 인물이 없어요. 진짜 애인도 없고. 이틀 연속 같은 여자와 자는 법이 없을 정도니까. 사람들과도 인연을 끊고 기본적인 욕구도 자급자족 수준까지 축소했소. 덕분에 공작원으로서는 최고요." 쿠르츠는 얘기를 마친 후 찰리에게 너그러이 미소를 지었으나 새 담배에 불을 붙일 때 성냥이 떨리는 것으로 보아 실제로는 정말 크게 화가 나 있었다.

그런데 난 왜 이렇게 아무 감정이 없는 거지?

이상하게도 너무나 담담했다. 마음 또한 그 어느 때보다도 또렷했다. 요제프가 그녀와 잔 이유는 보내기 위해서가 아니라 잡기 위해서였다. 그녀가 겪어야 할 온갖 두려움과 망설임을 그녀를 대신해 온몸으로 감내하기 위해서였다. 하지만 그녀가 깨달은 건 또 있었다. 그들이 만들어 준 이 은밀한 존재의 소우주에서, 지금 돌아선다면 영원히 돌아올 수 없다는 사실. 아직 시작도 못해본 사랑 또한 결코 이룰 수 없으리라는 사실… 그렇게 되면, 요제프와의 삶을 시작하는 순간, 결국 다른 애인들이 되돌아간 일상의 무저갱으로 추락하고 말 것이다. 따라서 그가 아무리 말린다 해도 소용없다. 오히려 결심을 강화할 뿐이다. 두 사람은 파트너다. 두 사람은 연인이다. 연을 맺은 이상 두 사람은 운명공동체로 함께 행군해야 하리라.

그녀는 쿠르츠에게 목표를 어떻게 알아볼지 묻고 있었다.

미셸을 닮았나요? 마티가 고개를 저으며 웃었다.

"아아, 이런, 그 친구 우리 사진사 앞에서 포즈를 취해본 적이 없다오."

그때 요제프는 천천히 검댕 얼룩의 창으로 시선을 돌리고 쿠르츠는 재빨리 일어나 의자 옆에 세워둔 낡고 검은 가방을 끌어당겼다. 가방 안에서 나온 물건은 두툼한 볼펜 리필심처럼 생긴 물건이었다. 오그라뜨린 한쪽 끝에서 가재수염 같은 가늘고 붉은 전선 한 쌍이 삐져나와 있었다. 그가 두툼한 손으로 리필심을 두드리며 설명을 시작했다.

"소위 뇌관이라는 거요. 여기 이 끝이 마개인데 전선들을 삽입해요. 약간만. 나머지는 여분으로 이런 식으로 꾸리면 되고." 그가 가방에서 펜치를 꺼내 50센티미터씩만 남기고 선을 모두 끊어냈다. 그리고 노련한 솜씨로 여분의 전선들을 깔끔하게 감아 뭉치로 만든 다음 끈으로 마무리했다. 그가 그녀에게 뇌관을 넘겨 들고 있게 했다. "그 작은 인형을 그의 사인이라고 부릅시다. 조만간 모두가 사인을 갖게 될 텐데 이게 그 친구 사인이오."

그가 다시 그녀에게서 전선다발을 받아갔다.

요제프는 그녀가 찾아가야 할 주소를 일러주었다. 갈색옷의 작은 여자가 배웅해주었다. 거리로 나서니 택시 한 대가 대기 중이었다. 이른 새벽. 참새들이 지저귀기 시작했다.

20

그녀는 헬가의 지시보다 일찍 출발했다. 그녀 자신이 명실공히 전사이기도 하고, 또 의도적으로 계획 전반에 대한 막연한 의심을 버리지 않았기 때문이었다. 계획이 어긋나면 어쩌지? 그녀는 반대 입장이었다. 이곳은 결국 영국이고 헬가가 초능력 독일인도 아니었다. 전화했을 때 부스에 사람이 있으면? 하지만 헬가는 그런 투정에 장단을 맞출 입장이 못되었다. 그냥 지시받은 대로 하고 나머지는 나한테 맡겨둬. 그래서 그녀는 글로스터 로드에서 버스를 잡아 위층에 앉았다. 다만 7시 30분 이후 첫차가 아니라 20분 후 버스였다. 토트넘코트 로드 지하철역에서는 운이 좋았다. 남향 플랫폼에 들어가자마자 지하철이 들어왔는데, 덕분에 임뱅크먼트 호텔에서는 마지막 접선을 성공할 때까지 벽화처럼 앉아 있어야 했다. 일요일 새벽. 몇몇 불면증환자와 교회신자를 제외하면 런던 전체에 깨어 있는 사람은 그녀뿐이었다. 도착해보니 런던은 황량하기가 그지없었다. 헬가가 설명한 거리에 이르자 역시 그녀 말대로 100미터도 채 안 된 거리에 전화 부스가 등대처럼 그녀에게 윙크를 보냈다. 부스 안에는 아무도 없었다.

"먼저 도로 끝으로 걸어갔다가 다시 돌아와." 헬가는 그렇게 말했었다. 그녀는 지시에 따라 부스를 지나며 전화기가 완전히 엉망은 아니라는 사실을 확인했다. 다만 국제 테러분자의 전화를 기다리며 어슬렁거리기에는 터무니없이 열린 공간이었다. 그녀는 반환점에서 다시 돌아갔으나 그 순간 한 남자가 먼저 부스에 들어가 문을 닫았다. 어쨌든 시계를 보니 아직 12분이나 남았다. 아직 걱정할 시간은 아니었다. 그녀는 몇 미터 밖에 자리를 잡고 기다렸다. 남자는 어부의 방울모자를 쓰고 털 칼라가 부착된 가죽 항공재킷을 입었다. 그렇게 끈적거리는 기온과는 전혀 어울리지 않는 복장이었다. 그는 그녀를 등진 채 이탈리아어를 쏟아냈다. 그래서 모피코트가 필요했구나. 라틴 피부는 우리 기후를 좋아하지 않았다. 찰리 자신은 알의 파티에서 매튜를 유혹했을 때의 복장 그대로였다. 낡은 청바지와 티벳풍의 재킷. 머리를 빗는데 문득 모골이 송연해졌다. 차라리 귀신처럼 보이면 좋으련만.

7분 전. 부스 안의 남자가 이탈리아인 특유의 열정적인 독백에 들었다. 모르긴 몰라도 밀란 주식시장 장세만큼이나 가망 없는 사랑 타령일 것이다. 그녀는 초조감에 입술을 핥고 거리 위아래를 보았다. 돌아다니는 사람은 없었다. 검은색의 음침한 세단도, 문을 열고 나오는 사람도, 심지어 붉은 메르세데스도 보이지 않았다. 자동차라고는 차체가 다 벗겨진 지저분한 소형밴뿐이었는데 운전석이 열려 있었다. 게다가 바로 그녀 눈앞이었다.

어쨌거나 갑자기 벌거벗은 기분이 들었다. 온갖 세속적이고 종교적인 종소리가 8시 정각을 알렸다. 헬가는 5분 후라고 했다. 남자가 넋두리를 멈췄지만 주머니에서 쩔그렁하고 동전을 뒤지는 소리가 곧바로 들렸다. 그때 그가 문을 두드려 그녀를 불렀다. 돌아보니 그가 50페니 동전을 내밀며 애원하는 표정을 지었다.

"내가 먼저 하면 안 될까요? 급한데…."

하지만 그는 영어를 하지 못했다.

빌어먹을. 헬가도 지금쯤 다이얼을 돌리기 시작했을 텐데…. 정확히 내가 경고한 그대로가 아닌가. 그녀는 핸드백 어깨끈을 내려 걸쇠를 벗긴 다음 잔돈을 뒤져 50페니를 찾아냈다. 맙소사, 손에 이 땀 좀 봐. 그녀는 축축한 손가락을 아래로 한 채 그를 향해 주먹을 내밀었다. 그리고 라틴인의 손바닥에 돈을 떨어뜨리려는데 그가 항공재킷 주름 안에서 작은 피스톨을 겨누고 있었다. 갈빗대 바로 위 지점이었다. 그녀가 보기에도 깔끔하기 짝이 없는 한 수였다. 총이라는 물건이 당하는 사람한테야 실제보다 훨씬 더 커 보임에도 불구하고, 그 총은 기껏 미셸의 총만큼이나 작았다. 하지만 미셸의 말마따나 권총이란 은폐, 휴대성, 성능을 조금씩 양보한 결과물이 아닌가. 다른 손에 여전히 수화기를 들고 있으니 어쩌면 누군가가 얘기를 듣고 있다는 얘기다. 찰리에게 연설하고는 있지만 얼굴은 송화기에 바짝 붙은 채였다.

"저 차로 걸어가요. 내 오른쪽에서 걷되 약간 앞서야 합니다. 두 손은 내가 볼 수 있도록 등 뒤로 돌려 맞잡도록 하시오. 알아듣겠소? 달아나거나, 누군가에게 신호를 보내거나, 소리를 지를 경우 당신을 쏴죽일 수밖에 없어요. 이 자리에서. 경찰이 나타나거나 누군가 총을 쏘는 등 의심스러운 상황이 발생해도 마찬가지요. 당신은 죽소." 그가 깔끔한 영어로 설명했다.

그는 자기 옆구리를 가리켜 그녀에게 총알이 박힐 장소를 일러주고 다시 전화기에 이탈리아어로 뭔가 얘기한 다음 전화를 끊었다. 그가 인도로 나오더니, 얼굴을 가까이 들이대며 사람 좋은 미소를 지어 보였다. 얼굴에 주름 하나 없는 진짜 이탈리아인의 얼굴, 그리고 깊고 음악적인 진짜 이탈리아 목소리였다. 그 목소리가 고대의 장터를 울리고 발코니 여인들과 잡담하는 장면까지 상상이 될 정도였다.

"갑시다. 너무 빠르지 않게, 알겠소? 천천히 편안하게 가요." 한 손은 여전히 항공재킷 주머니에 들어 있었다.

조금 전만 해도 미칠 듯이 소변이 마려웠지만 걷기 시작하자 어느새 욕구는 사라지고 대신 뱃속에 응어리가 앉은 듯 답답했다. 어둠 속에서 모기라도 날아다니는 듯 오른쪽 귀가 앵앵거렸다.

"조수석에 들어가는 즉시 두 손을 바로 앞 계기반에 올려요. 뒷자리의 여자도 총이 있는데 아주 명사수요. 나보다 손도 빠르고." 그가 뒤를 따라오며 경고했다.

찰리는 조수석을 열고 들어가 앉은 다음 말 잘 듣는 소녀처럼 계기반에 두 손을 올렸다.

"진정해, 찰리. 어깨도 펴고. 그러니까 할망구처럼 보이잖아." 등 뒤에서 헬가의 밝은 목소리가 들렸지만 찰리는 꼼짝도 하지 않았다. "자, 웃어. 웃으라니까. 오늘은 다들 행복한 날이잖아. 행복하지 않으면 누구든 총살형에 처하겠어."

"나부터 죽여요." 찰리가 으르렁댔다.

이탈리아인이 운전석에 앉더니 라디오를 종교채널에 맞추었다.

"꺼." 헬가가 명령했다. 그녀는 무릎을 올린 자세로 뒷문에 기댔는데 총은 두 손으로 잡았다. 솔직히 10미터 거리에서 땅콩이라도 맞출 사람 같기는 했다. 이탈리아인이 어깨를 으쓱하더니 라디오를 끄고 한 번 더 설명을 했다.

"좋아요, 안전벨트 매고 두 손을 맞잡아 무릎에 올려요…. 아니, 잠깐만, 내가 해주죠." 그가 그녀의 핸드백을 헬가에게 던지고 안전벨트를 잡아 버클에 채웠는데 그 사이에 언뜻 그녀의 가슴을 스쳤다. 30대. 영화배우 못지않은 미남형. 빨간 목스카프를 두르고 영웅적 공세를 준비하는 악동 가리발디. 그가 주머니에서 커다란 선글라스를 꺼내 찰리의 얼굴에 씌웠는데 죽일 시간이야 얼마든지 있다는 듯 너무도 차분한 동작이었다. 처음에는 그녀도 두려움에 눈이 멀었다는 생각까지 들었다. 안경을 통해서는 아무것도 보이지 않았기 때문인데 다시 생각해보니 자동 조정되는 종류였다. 그녀가 아무것도 보지 못하도록 하는 게 저들의 의도이므로, 그냥 죽치고 앉아 저들이 풀어주기를 기다릴 수밖에 없었다.

"안경을 벗는 즉시 헬가가 당신 뒤통수를 날려버릴 거요." 이탈리아인이 시동을 걸면서 재차 경고했다.

"오, 당연하지." 헬가가 유쾌한 목소리로 대답했다.

자동차가 출발했다. 처음엔 자갈길이라 조금 덜컹거리다가 이내 평탄한 도로에 접어들었다. 다른 차가 있나 귀를 기울여봤지만 그 차의 엔진과 바퀴 소리뿐이었다. 어느 방향으로 가고 있는지 가늠해보려는 노력도 애초부터 허사였다. 자동차는 예고도 없이 멈춰 섰는데 속도를 줄이거나 주차하려는 기미는 느끼지 못했다. 맥박으로 300회쯤, 그리고 신호등 때문인지 두 번의 멈춤이 전부였다. 발밑의 새 고무매트, 자동차 열쇠구멍에서 대롱거리는 장식 같은 사소한 일들도 기억했다. 장식은 삼지창을 든 붉은 악마였다. 이탈리아인은 그녀가 차에서 내리도록 도와주고 손에 지팡이를 쥐어 주었다. 아마도 흰색이었을 것이다. 그녀는 전적으로 두 사람의 도움에 의존해 여섯 걸음과 네 단짜리 층계를 지나 어느 집 현관문 앞에 다다랐다. 승강기에서 새소리가 들렸는데, 어릴 적 유치원에서 〈장난감 교향곡〉의 새소리를 내기 위해 불었던 물피리 소리와 완전히 똑같았다. 이들은 훌륭한 연기자들이오. 수습은 없어요. 당신은 연극학교에서 곧바로 웨스트엔드로 가게 될 거예요. 그녀는 등이 없는 가죽안장 같은 데 앉아 있었다. 지시에 따라 두 손은 얌전히 맞잡아

무릎 위에 두었다. 핸드백까지 빼앗아갔는데 유리 테이블에 내용물을 쏟아버리는 소리가 들렸다. 열쇠꾸러미와 잔돈이 떨어지며 요란한 소리를 냈다. 이윽고 탁 소리와 함께 미셸의 편지도 떨어졌다. 헬가의 지시에 따라 그날 아침 편지를 회수했었다. 허공에 보디로션 향이 떠돌았는데 미셸의 향수보다 더 부드럽고 더 졸렸다. 발밑의 카펫은 미셸의 난초처럼 황갈색에 두꺼운 나일론이었다. 필경 커튼도 두껍고 단단히 닫혀 있을 것이다. 안경 끄트머리로 들어오는 빛도 노란 전등불빛일 뿐 햇빛의 기미는 전혀 없었다. 방 안에 들어온 후 몇 분간 아무도 말을 하지 않았다.

"메스테르바인 동무를 불러줘요. 법의 보호를 받아야겠어요." 찰리가 느닷없이 선언했다.

헬가가 미친 듯이 웃었다.

"오, 찰리! 갑자기 왜 헛소리야? 저 아가씨 정말 멋지지 않아, 응?" 방 안에서 다른 사람은 보지 못했으니, 이탈리아인에게 한 말일 테지만 대답은 없었다. 헬가도 기대하는 것 같지 않았다. 찰리가 다시 한 번 찔러 보았다.

"헬가, 당신을 죽이고 말겠어. 기어이! 지금부터 당신을 쏴죽일 때까지 오로지 그 생각만 할 거야."

이번에는 헬가의 웃음에서 일말의 초조함을 느낄 수 있었다. 그녀는 찰리를 누군가에게 보여주고 있었다. 이탈리아인보다 훨씬 더 존중해야 하는 존재. 이윽고 발소리가 들리더니 선글라스 끄트머리를 통해 갈색 카펫 위에 검은색으로 반짝거리는 남자 구두코를 볼 수 있었다. 숨소리도 들리고 혓바닥으로 윗니를 훑는 소리도 들렸다. 잠시 후 구두코가 사라지더니 주변의 공기가 흔들리고 누군가의 따뜻한 체향이 스쳐지나갔다. 그녀는 본능적으로 상체를 피했으나 헬가가 가만있으라고 제재를 가했다. 이윽고 성냥 긋는 소리가 들리고 아버지가 피우던 크리스마스

시거 냄새도 났다. 헬가가 다시 얌전히 있으라며 채근했다. "꼼짝하지
마. 아니면 크게 혼날 테니까. 거짓말 아냐." 하지만 헬가의 위협은 찰리
의 생각을 방해하는 정도에 불과했다. 찰리는 어떻게든 보이지 않는 방
문객의 정체를 알고 싶었다. 그녀는 자신을 박쥐로 만들어 신호를 보낸
다음 그 신호가 어떤 대답을 갖고 돌아오는지 귀를 기울였다. 핼러윈 파
티 때의 술래잡기도 떠올렸다. 이 냄새 맡아봐. 이거 만져봐. 네 열세 살
입술에 키스한 사람이 누구게?

　어둠 때문에 현기증이 일었다. 이러다가 쓰러지고 말겠어. 앉아 있는
것만도 천행이야. 그는 유리탁자에 앉아 핸드백 내용물을 점검했다. 콘
월에 있을 때 헬가도 그랬었다. 그가 소형 시계라디오를 만지작거리자
갑자기 음악방송이 들리다가 꺼졌다. 탁 하고 라디오를 밀쳐내는 소리
도 들렸다. 이번에는 공작이 없어요. 당신 스스로 작전을 짜야 해요. 물
론 비상대책 따위도 있을 리 없소. 요제프의 경고였다. 그가 일기를 뒤적
이며 담배를 내뿜었다. 이제 '게임 끝'이 무슨 뜻인지 묻겠지? M을 보
고… M을 만나고… M을 사랑하고… 아테네! …그는 아무것도 묻지 않
았다. 그가 소파에 앉으며 끙 하는 신음을 흘렸다. 뻣뻣한 소파 천에 바
지 쓸리는 소리도 들렸다. 값비싼 보디오일을 바르고 고급 구두를 신고
매춘부의 소파에 앉아 하바나 시가를 피우는 뚱뚱한 남자! 어둠은 최면
의 효과가 있었다. 두 손은 여전히 무릎 위에 있지만 남의 손처럼 느껴졌
다. 고무줄 벗기는 소리가 들렸다. 편지다발. 편지를 가져오지 않으면
우린 크게 실망할 거야. 신디, 자기는 지금 막 기타교습비를 지불했어.
내가 찾아갔을 때 어디로 가는 중인지 당신이 알았어도. 내가 알기만 했
어도.

　어둠 때문에 미칠 것만 같았다. 나를 가두지 마. 나한테 병이 있어….
폐소공포증이 최악의 질병 아니니? 그녀는 T. S. 엘리엇을 암송했다. 학

교에서 쫓겨나던 바로 그 학기에 배운 시구. 현재의 시간과 과거의 시간이 모두 미래의 시간에 갇혀 있으며, 모든 시간이 영원히 존재한다는 내용의 시였다. 그때는 그 의미를 이해하지 못했다. 지금도 이해하지 못한다. 맙소사, 위스퍼를 받을 수는 없어. 위스퍼는 입이 거친 흑인 좀도둑이다. 도로 맞은편에 사는데 지금 집주인은 해외에 나가 있다. 그런데 문득 위스퍼가 옆에 앉아 있다는 생각이 든 것이다. 똑같이 검은 안경을 쓰고.

"솔직하게 말해요. 죽일 생각 없으니까." 부드러운 남자 목소리.

미셸이야! 거의. 미셸이 살아 돌아온 것 같아! 미셸의 억양에 미셸의 운율, 인후 깊이에서 울려나오는 깊고도 나른한 말투!

"그 사람들에게 한 얘기, 그들을 위해 한 일, 그리고 얼마나 받았는지까지 모두 얘기해요. 그럼 아무 문제없소. 다 이해하고 보내줄 생각이니까."

"고개 까딱거리지 마." 헬가가 등 뒤에서 으르렁거렸다.

"정말로 그를 배신했다고는 생각지 않소. 겁에 질렸기 때문이겠지. 너무 깊이 들어오는 바람에 시키는 대로 할 수밖에 없었을 거요. 오케이, 그 정도는 상관없소. 우리도 짐승은 아니니까. 당신을 데려가 마을 어귀에 내려주리다. 이곳에서 일어난 일을 모두 저쪽에 알린다 해도 개의치 않소. 솔직하게 털어놓기만 한다면."

그가 한숨을 쉬었다. 마치 삶 자체가 큰 짐이라도 되는 사람 같았다.

"그래, 어느 잘생긴 경관에게 달려갈 수도 있겠지? 고발해요. 그래도 상관없으니까. 우리가 헌신적이기는 하지만 그렇다고 정신병자들은 아니라오. 알았소?"

헬가가 버럭 화를 냈다.

"알았냐고 묻잖아, 찰리? 대답 안 하면 혼나는 거야!"

그녀는 대답하지 않기로 결심했다.

"언제 처음 그들한테 갔지? 말해요. 노팅엄 이후? 요크? 어디든 상관없소. 어쨌든 그들한테 갔고 당신은 겁을 먹었소. 그래서 경찰에 달려갔겠지. '여기 정신 나간 아랍 놈이 나를 테러분자로 포섭하려고 해요. 구해주세요. 그럼 시키는 대로 다 할게요.' 그렇게 된 건가? 이봐요, 당신이 언제 갔는지는 중요하지 않소. 그자들한테 당신이 얼마나 유명한 여주인공인지 말해요. 당신한테 정보를 조금 줄 테니 그자들한테 가져가고. 그럼 당신 기분도 좋아질 거요. 우린 좋은 사람이오. 합리적이기도 하고. 좋아, 본론으로 들어갑시다. 속일 생각 말고. 당신도 좋은 사람이지만 아직은 역량이 부족해요. 자, 시작합시다."

그녀는 마음이 편했다. 고립과 어둠에서 비롯된 피로감이 전신을 휘감았다. 그녀는 안전하다. 그녀는 자궁 속에 있다. 자연의 의지와 상관없이 자궁 속에서 다시 시작하거나 평화롭게 죽으리라. 그녀는 유년기의 잠을 잔다. 아니면 임종의 잠을 자거나…. 자신의 침묵이 맘에 들었다. 완벽한 자유의 침묵. 그들이 그녀를 기다렸다. 그들의 조바심도 느꼈지만 공유할 생각은 없다. 몇 번이고 무슨 말을 할까 생각해봤지만 이미 목소리는 그녀에게서 멀리 떠난 후였고 또 쫓아가 회수할 이유도 없었다. 헬가가 독일어로 무슨 말인가를 했다. 비록 한 마디도 이해 못했지만, 마치 모국어라도 되는 양 찰리는 그들의 당혹감과 체념을 느낄 수 있었다. 어쩌면 그가 그렇게 대답했을 수도 있다. 아닐 수도 있다. 두 사람이 그녀의 앞뒤를 오가며 그녀에 대한 책임을 떠넘기고 있다는 인상도 받았다. 이탈리아인도 끼어들었지만 헬가는 그에게 입 닥치라고 소리쳤다. 뚱보와 헬가의 논쟁이 다시 이어지면서 찰리는 '로기슈(logisch)'라는 단어를 들었다. 헬가가 이성을 따진다. 찰리가 이성적이 아니라는 뜻일까? 아니면 뚱보에게 정신 차리라고 얘기하는 것일 수도.

이윽고 뚱보가 물었다.

"헬가에게 전화한 날 밤 어디에서 지냈소?"

"애인하고 있었어요."

"어젯밤은?"

"애인하고 있었어요."

"다른 애인?"

"예, 둘 다 경찰이었어요."

안경을 쓰지 않았다면 헬가가 때렸을지도 모른다. 헬가는 분노의 목소리로 미친 듯이 찰리를 밀어붙였다. 까불지 마. 거짓말하지 마. 비아냥거리지 말고 모두 이실직고하란 말이야. 취조가 재개되었다. 그녀도 무기력하게 대답했다. 그보다는 그들이 그녀에게서 한 문장, 한 문장 대답을 꺼내가도록 방치했다고 해야겠다. 결국 그들과 하등의 관계도 없기 때문이다. 노팅엄? 몇 호실이었더라? 테살로니카의 호텔 이름이 뭐였지? 함께 수영을 했던가? 언제 도착하고 언제 식사를 했지? 방으로 올려보낸 술 이름은? 하지만 조금씩 자신의 목소리를 듣고, 또 그들의 목소리를 들으며, 지금까지는 그녀가 이겼다는 사실을 느낄 수 있었다. 그들은 다시 찰리를 차에 실었다. 그리고 상당한 거리를 이동할 때까지 검은 안경을 벗지 못하게 했다.

21

베이루트에 착륙했을 때 비가 내리고 있었다. 열기가 오두막 안까지 들어오는 걸 보니 뜨거운 비인 모양이다. 그들은 여전히 찰리의 주변을 맴돌았다. 헬가가 강제로 염색을 해준 덕에 머리가 간지러워 미칠 것만 같았다. 그들은 비행기를 타고 들어왔다. 비행기 불빛 덕에 구름이 벌겋게 달군 바위처럼 보였는데 어느덧 구름도 사라지고 발밑으로 바다가 드러났다. 바다는 얇게 부서지다가 곧바로 산맥으로 바뀌었다. 찰리는 그런 식의 악몽이 반복되는 바람에 고통을 겪어야 했는데 다만 꿈속의 비행기는 양쪽에 마천루가 즐비하고 인파가 밀집한 거리로 곤두박질 쳤다. 추락을 막을 방법은 없었다. 비행사가 그녀를 겁탈하느라 바빴기 때문이다. 현실의 추락도 막을 수 없었다. 비행기는 완벽하게 착륙했다. 문이 열리며 그녀는 처음으로 중동의 냄새를 맡았다. 고향처럼 그녀를 맞아주는 나라. 시간은 저녁 7시였지만 사실 새벽 3시가 아니라는 법도 없다. 이곳은 잠자리에 들 만한 나라와는 거리가 멀었다. 대기실의 소란 은 폐장 직전의 경마장을 방불케 했다. 서로 다른 복장의 무장군인들도 당장 전쟁을 벌일 만큼 많았다. 찰리는 숄더백을 가슴에 끌어안고 입국 대기 중인 사람들 뒤에 섰다. 그런데 놀랍게도 슬며시 미소가 나오는 것이 아닌가. 불과 다섯 시간 전 그녀의 동독 여권, 위장신분 때문에 런던 공항에서 생사의 위기를 겪었음에도 불구하고 이 불안하고 위험한 비상사태 분위기에선 오히려 하찮아 보였다.

"자기는 왼쪽 줄에 서서, 여권을 보일 때 메르세데스 씨와 얘기하고 싶다고 해." 히드로 공항 주차장에서 시트로엥에 앉아 있을 때 헬가가 한 말이었다.

"독일에서 그를 만나지 못하면 어떻게 해요?"

결국 질문 같지도 않은 질문이었다.

"길을 잃으면 택시를 잡아타고 코모도 호텔로 간 다음 로비에 앉아 기다려. 이건 명령이다. 메르세데스는 그 차를 좋아해."

"그다음에는요?"

"찰리, 생고집을 부리는 거야? 아니면 멍청이가 된 거야? 이제 그만두지 그래?"

"그럼 날 쏴버려요." 찰리가 제안했다.

"미스 팔메! 여권, 여권 주세요! 어서!"

팔메는 찰리의 독일 이름인데 헬가는 "팔-메르."라고 발음했었다. 이름을 부른 사람은 키 작은 아랍인으로 곱슬머리에 수염이 텁수룩했으며 낡고 깨끗한 옷차림이었다. 표정은 더할 나위 없이 행복했다. "어서요." 그가 재촉하며 그녀의 소매를 당겼다. 풀어놓은 재킷 안 허리띠에 커다란 은색 자동권총이 보였다. 입국담당관까지는 아직 스무 명이나 남았건만 헬가도 이런 식이라고는 얘기하지 않았었다.

"제 이름은 대니예요. 어서. 팔메 양. 이리 와요."

그녀가 여권을 건네자 그가 곧바로 군중 속으로 파고들더니 두 팔을 벌려 따라오라는 시늉을 해보였다. 헬가 안녕. 메르세데스 안녕. 대니가 순간 사라졌다가 다시 나타났다. 무척이나 자랑스러운 표정이었는데 한 손에는 하얀 입국카드가 들려 있고 다른 손은 관료처럼 보이는 거한을 잡고 있었다. 거한은 검은 가죽외투 차림이었다.

"친구들. 모두 팔레스타인 친구들." 대니가 애국자답게 당당한 미소를 지으며 설명했다.

그녀는 그 말에 회의적이었으나 대니의 열정 앞에선 차마 티를 낼 수도 없었다. 거한은 심각한 표정으로 그녀를 내려다보다가 다시 여권을 살핀 다음 대니에게 넘겼다. 마지막으로는 하얀 카드를 살펴보고 상의 주머니에 넣었다.

"윌코맨." 그가 고개를 한 번 끄덕였지만 그건 서두르라는 지시였다.

세 사람이 문에 다다랐을 때 싸움이 벌어졌다. 처음엔 사소해 보였다. 정복의 관료 하나가 부자로 보이는 여행객에게 한 말 때문인 듯했는데, 갑자기 양쪽이 소리를 지르고 서로의 면전에 주먹을 휘둘러댔다. 순식간에 두 남자에게 지지자들이 따라붙고, 대니가 주차장으로 안내할 때 보니, 그린베레의 병사들이 기관총을 풀면서 현장으로 달려가고 있었다.

"시리아 놈들입니다." 대니가 설명을 하고는 달관한 사람의 미소를 지었다. 마치 어느 나라든 시리아인들이 문제라는 투였다.

차는 낡은 청색 푸조로 커피 가판대 옆에 서 있었는데 묵은 담배 냄새가 진동했다. 대니가 뒷문을 열고 손으로 쿠션을 털어냈다. 그녀가 올라타자 어린 소년 하나가 반대편에서 미끄러져 들어와 옆에 앉았다. 대니가 시동을 걸 때도 다른 사람이 조수석에 앉았다. 너무 어두워 인상착의 구분은 어려웠지만 그래도 기관총만큼은 또렷하게 볼 수 있었다. 너무 어린 나이들이라 사실 총이 진짜라는 사실도 믿기지가 않았다. 옆자리 아이가 담배를 권했으나 찰리가 거절하자 슬픈 표정을 지었다.

"스페인 말 알아?" 그가 너무도 공손하게 물었다. 이른바 담배의 대안이겠지만 유감스럽게도 찰리가 스페인어를 알 리가 없었다. "그럼, 내 영어 용서해. 스페인 말 알면 나도 말 잘한다."

"그 정도면 잘하는 영어야."

"사실 아니다." 그가 서양인들 거짓말엔 도가 텄다는 듯 내뱉고 갑자기 입을 다물었다.

등 뒤에서 총성이 두 발 들렸지만 아무도 신경 쓰는 것 같지 않았다. 대니는 모래주머니로 주변을 에워싼 진지 앞에 차를 세웠다. 정복의 초병이 그녀를 보더니 기관총을 흔들어 진입을 허락했다.

"저 사람도 시리아인이에요?" 그녀가 물었다.

"레바논 사람입니다." 대니가 대답하며 한숨을 내쉬었다.

하지만 그녀는 그의 흥분을 느낄 수 있었다. 아니, 모두가 그랬다. 눈과 마음이 너무도 바쁘고 들떠 있었다. 이따금 고장 나지 않은 가로등 불빛에 걸려나오는 바로는, 거리는 전쟁터 반 건물 반이었다. 숯덩이만 남은 가로수 토막들을 보며 과거의 우아한 가로수 길을 떠올리기도 했지만 지금은 부겐빌리아들만이 폐허를 덮고 있었다. 불에 탄 채 총알구멍으로 뒤덮인 자동차들도 인도 여기저기 널브러졌다. 그들은 가게 대용의 불 켜진 오두막들과 바위산처럼 무너져 내린 고층건물들의 실루엣을 지나갔다. 포탄을 정통으로 맞은 어느 건물은 창백한 하늘을 배경으로 흡사 거대한 치즈구멍처럼 보였다. 달빛 자락이 이 구멍 저 구멍 사이로 엿보며 끝까지 그들을 따라왔다. 새 건물이 나타나기도 했다. 절반만 세우고, 절반만 불을 켜고, 절반만 사람이 사는 건물…. 마치 붉은 대들보들과 검은 유리가 대규모 도박이라도 벌이는 듯 보였다.

"프라하에 2년 전 갔다. 쿠바, 하바나는 3년. 쿠바에 가봤어?"

옆자리의 소년이 실망감에서 회복된 모양이었다.

"쿠바에 가본 적 없어." 그녀가 대답했다.

"지금 나 공식 통역관. 스페인어 아랍어."

"멋지다. 축하해." 찰리가 감탄했다.

"내가 당신 통역한다, 미스 팔메?"

"언제든." 찰리의 대답에 그가 크게 웃었다. 결국 서방 여자는 신뢰를 회복했다.

대니는 차창을 내린 채 걷는 속도로 차를 몰았다. 도로 한가운데, 칠흑 같은 어둠 속에서 화톳불이 이글이글 타오르고 주변에는 하얀 카피에 와 카키색 전투복을 입은 남자와 아이들이 무리를 지어 앉아 있었다. 갈색 개 몇 마리도 그 주변에 진을 쳤다. 그녀는 고향에서의 미셸을 떠올렸다. 여행자들의 얘기를 듣던 미셸. 그리고 그런 생각이 들었다. 이제 이들은 도로 안에 마을을 지었구나. 대니가 헤드라이트를 깜빡이자, 잘생긴 노인이 일어나더니 등을 문지르며 비척비척 다가왔다. 손에는 기관총을 들었다. 그가 주름투성이 얼굴을 기울여 대니의 창 안으로 디밀고 서로를 끌어안았다. 두 사람의 대화는 끝도 없이 이어지는 듯했다. 찰리는 안중에도 없는 듯했다. 두 사람의 대화에 귀를 기울이며 어쩌면 이해할 수도 있겠다는 생각을 하는데 문득 그 너머에서 다소 불편한 광경이 벌어졌다. 노인의 말에 귀를 기울이던 전사 넷이 갑자기 일어나 반원을 그리더니 기관총으로 차를 겨누는 것이 아닌가. 그중 열다섯이 넘는 아이는 하나도 없었다.

"우리 민족. 팔레스타인 게릴라. 우리 마을." 옆 아이가 경건하게 선언했다. 자동차는 개의치 않고 계속 움직였다.

미셸의 민족이기도 하지. 그녀도 자랑스러웠다.

그들은 사랑스러운 민족이오. 당신도 알게 되겠지만. 요제프는 그렇게 말했다.

찰리는 아이들과 나흘 낮, 나흘 밤을 함께 지내며, 모두를 사랑하게 되었다. 앞으로도 몇 차례 가족을 만나겠지만 그들이 첫 번째였다. 그들은 끊임없이 움직였다. 주로 밤이었지만 그녀한테만큼은 보석을 대하듯 그렇게 깍듯할 수가 없었다. 그들의 설명에 따르면, 그녀는 너무도 급작스럽게 등장했고 또 너무도 슬퍼 보였다. 미리 알았다면 대장이 조촐한 환영식이라도 준비했을 텐데⋯. 그녀를 '미스 팔메'라고 불렀는데 진짜 이름이라고 생각했을 것이다. 그들은 또한 그녀의 사랑에 보답했다. 사적인 질문을 하거나 무례한 짓을 하지도 않았다. 어느 모로 보나 다들 수줍어했으며 예를 다하고 또 과묵했다. 도대체 이런 사람들을 다스리는 당국은 어떤 모습인지 궁금할 정도였다. 그녀의 첫 번째 침실은 낡은 헛간 꼭대기 층이었다. 생명체라고는 주인 없는 앵무새뿐이었는데 누군가 담뱃불을 붙일 때마다 흡연자처럼 기침을 해댔다. 또 전화기처럼 삑삑거리는 재주도 있어서 새벽 서너 시경에 화들짝 문으로 달려가 누가 전화를 받는지 귀를 기울인 적도 있었다. 아이들은 바깥 층계참에서 잠을 잤다. 한 번에 한 명씩. 그동안 다른 둘은 담배를 피우거나 차를 마시거나 아니면 화톳불을 지키며 카드놀이를 했다.

밤은 끝도 없이 이어졌으나 잠시도 조용한 적은 없었다. 소음 자체가 서로 전쟁을 벌이는 듯했다. 처음엔 어느 정도 거리가 있었지만 점점 좁아지고 무리를 짓더니 기어이 악다구니를 지르며 드잡이질을 시작하는 것이다. 갑작스러운 음악 소리, 자동차 타이어의 비명 소리와 사이렌⋯. 그러다가 갑자기 깊은 정적이 그 뒤를 이었다. 그런 식의 교향곡 속에서 총성은 차라리 부차적인 악기였다. 큰 북 조금, 나팔 소리 조금, 이따금 휘파람 소리 같은 유탄. 갑작스러운 폭소가 한 번 터지기는 했지만 인간의 목소리는 거의 없었다. 그러던 중, 새벽에 긴급히 문 두드리는 소리가 들렸다. 대니와 소년 둘이 까치발로 창 안을 들여다보았다. 그들을 쫓아가보니 도로 100미터 아래쯤 자동차 한 대가 서 있었다. 차 밖으로 담배 연기가 피어올랐다. 연기는 모락모락 날아가다가 누군가 침대 위에서 뒤척이듯 몸을 꼬았다. 순간 찰리의 머릿속에서 쿵 소리가 들렸다.

"괜찮아요." 그중에서도 제일 잘생긴 마흐무드가 윙크를 보냈다. 그리고 모두 물러났다. 아이들의 눈이 기대감으로 반짝였다.

먼동이 트고 있었다. 무에진이 지직거리는 스피커로 신자들의 기도 시간을 알렸다.

하지만 찰리는 모든 것을 받아들이고 그 보답으로 자신을 완전히 내맡겼다. 주변의 불합리 속에서, 뜻밖의 명상 시간 속에서, 마침내 자신의 불합리를 위한 요람을 찾아낸 것이다. 그리고 이런 혼란 속에서라면 감당하지 못할 역설이 있을 리 없기에, 그 안에 요제프를 위한 사당도 마련해두었다. 이 정체불명의 신앙세계에서 그를 향한 사랑은 그녀가 듣고 보는 어디에나 존재했다. 아이들은 차를 마시고 담배를 피우면서 가족들이 어떻게 시온주의자들에게 고통을 당했는지 들려줄 때조차(미셸도 그런 식으로 조미료를 첨가해 얘기했었다.), 바로 그들의 비극에 가슴을 열어준 이유 또한 요제프를 향한 사랑 때문이었다. 그의 부드러운 목소리와 고귀한 미소의 기억 때문이었다.

그녀의 두 번째 침실은 화려한 아파트 위층이었다. 창밖으로 새로 지은 국제은행의 검은 건물이 보였다. 그 너머는 죽은 듯 잔잔한 바다였다. 텅 빈 해안과 황량하게 버려진 방갈로들이 영원히 버림받은 휴양지처럼 보였다. 백사장을 찾는 사람이 하나 있기는 했다. 그야말로 크리스마스에 서펜타인 호수에서 수영하는 것만큼이나 괴짜였지만 그래도 그 장소에서 가장 기이한 광경은 커튼이다. 밤에 아이들이 그녀의 방 커튼을 칠 때만 해도 이상한 건 전혀 없었다. 하지만 먼동이 텄을 때 총 구멍이 꿈틀거리는 뱀 모양으로 창문을 가로질러 나 있었다. 그날 그녀는 아이들 아침 식사로 오믈렛을 요리하고 식사 후에 편을 갈라 진러미 카드놀이를 가르쳤다.

세 번째 날 밤, 그녀의 숙소는 군사령부 위쪽이었다. 그곳 창문은 창살로 덮고 계단엔 포탄 구멍이 나 있었다. 여기저기 포스터들이 붙어 있었는데 하나같이 아이들이 기관총이나 꽃다발을 흔들어대는 그림이었다. 검은 눈의 경비들이 층계참마다 진을 쳤는데 전체적으로 어수선한 외인부대 분위기였다.

"금방 대장님 온다. 지금 준비하고 있다. 위대한 분이다." 대니가 미안한지 이따금 변명을 했다.

그녀도 아랍인의 미소가 시간지체를 뜻한다는 사실을 깨닫기 시작했다. 대니가 무료함을 달래주기 위해 아버지 얘기를 꺼냈다. 수용소에서 20년을 갇혀 지낸 후 노인이 절망감에 살짝 머리가 돌기 시작했다. 그러던 어느 날 새벽 동트기 전, 소지품 몇 가지와 땅문서를 가방에 챙긴 다음 가족한테 아무 말도 하지 않고 유대인 전선을 넘어갔다. 직접 농장을 돌려달라고 할 심산이었다. 부랴부랴 대니와 형제들이 쫓아갔지만 이미 허사였다. 그들이 목격한 광경은 아버지의 구부정한 그림자가 계곡 안으로 들어가 끝내 지뢰에 날아가버리는 장면이었다. 대니는 그 이야기를 당혹스러울 정도로 세세하게 설명했다. 그동안 다른 둘은 그의 영어를 감시했다. 구문과 억양이 맘에 들지 않으면 말을 끊고 다시 설명하고, 들어줄 만하면 노인들처럼 고개를 끄덕여주었다. 그가 얘기를 마치자 아이들은 서방 여자의 정조감각에 대해 몇 가지 심각한 질문을 던졌다. 그들이 들은 바로는 그다지 정숙하지 못했겠지만 그렇기 때문에 더욱 호기심이 동했을 것이다.

그래서 그들을 더욱더 사랑했다. 나흘간의 기적인 셈이다. 아이들이 부끄러워하는 모습을 사랑했고 그들의 동정과 규율과 그녀에 대한 권위를 사랑했다. 납치범이자 친구로서 사랑했다. 하지만 그런 사랑에도 불구하고 그들은 여권을 돌려주지 않았다. 행여 기관총 가까이 다가갈라치면 얼른 총을 빼내고는 서슬 퍼런 눈빛으로 그녀를 노려보았다.

"따라온다. 대장님 준비 끝난다." 대니가 가볍게 문을 노크해 그녀를 깨웠다.

새벽 3시. 아직 어두웠다.

후에 그녀는 자동차가 스무 대는 된다고 기억했지만 실제로는 다섯 대뿐이었을 수도 있다. 모든 일이 너무도 빨리 지나갔기 때문이다. 앞뒤에 안테나를 매단 모래색 살롱차들이 점점 살벌해져만 가는 마을을 굽이돌았다. 경호원들도 동상처럼 아무 말 하지 않았다. 첫 번째 차는 건물 앞에 대기했지만 그녀가 한 번도 가보지 못한 안뜰 쪽이었다. 아이들을 두고 왔다는 생각을 한 건, 안뜰을 빠져나와 빠른 속도로 도로를 달릴 때였다. 거리 어귀에서 운전사가 별로 달갑지 않은 장면을 보았는지 차가 뒤집힐 정도로 유턴을 하더니 부랴부랴 달아나기 시작했다. 가까운 곳에서 콩 볶는 소리와 고함 소리가 들렸다. 그리고 힘센 손 하나가 그녀의 고개를 눌렀다. 총성이 그들을 겨냥한다는 뜻이리라.

그들은 신호등을 무시한 채 교차로를 지났다. 그리고 아슬아슬하게 트럭을 피한 다음, 오른쪽 인도에 올라갔다가 넓게 호를 그리며 왼쪽의 비탈진 주차장으로 들어갔다. 망가진 해변 휴양지가 내려다보이는 곳인데 요제프의 반달이 다시 수평선 바로 위에 매달려 있었다. 순간 그녀는 델포이를 드라이브하고 있다는 상상을 했다. 자동차는 대형 피아트 옆에 멈추더니 그녀를 집어던지다시피 그 차에 태웠다. 차가 다시 달리기 시작했다. 새로운 경호원 둘과 함께였다. 여기저기 웅덩이가 팬 자동차도로 양쪽으로 벌집 같은 건물들이 이어졌다. 헤드라이트 한 쌍이 바짝 뒤를 따라왔다. 앞쪽의 산들은 새까맸지만 왼쪽은 계곡의 햇살이 옆구리를 비춘 덕에 모두 회색을 띠었다. 계곡 너머로 다시 바다가 보였다. 속도계는 140이었지만 갑자기 그런 건 아무래도 상관이 없다는 생각이 들었다. 운전사가 조명을 끄고 쫓아오던 차도 껐다.

오른쪽으로 야자수 나무들이 줄지어 지나고 왼쪽으로 중앙 분리지대가 두 개의 차도를 나누었다. 직경 2미터의 보도인데 자갈과 화단이 번갈아 이어져 있었다. 그때 갑자기 차가 덜컹거리며 그 위로 오르더니 다시 쿵 하는 소리와 함께 반대편 차도로 내려섰다. 자동차들이 경적을 울리며 야유를 보냈다. 찰리도 "하느님 맙소사!" 하며 비명을 질렀지만 지금은 운전사도 불경 따위를 따질 입장이 못 되었다. 그는 헤드라이트를 모두 켜고 다가오는 차를 향해 역주행하다가 다시 왼쪽으로 틀어 작은 다리 아래로 들어갔다. 어느덧 자동차는 텅 빈 진흙길에서 급정거를 하고 그녀는 세 번째 차로 갈아타고 있었다. 이번에는 차창이 없는 랜드로버였다. 비가 내리고 있었지만 지금껏 의식조차 못했다. 랜드로버 뒷자리에 처박히는 동안 폭우에 뼛속까지 젖고 말았다. 하얀 번개와 천둥이 산을 환히 밝혔다. 아니, 어쩌면 포탄이었을 수도 있겠다.

랜드로버는 가파른 굽잇길을 기어올랐다. 랜드로버 뒤창을 통해 계곡이 까마득하게 꺼져 내려갔다. 창밖 타맥 도로에서 튀어 오르는 빗방울이 흡사 얕은 개울에서 퍼덕거리는 송사리떼 같았다. 앞쪽에도 차가 한 대 있었는데 얌전히 뒤를 따르는 것으로 보아 같은 편이 분명했다. 뒤쪽의 차도 전혀 개의치 않았다. 역시 한편이라는 얘기였다. 그들은 다시 진로를 바꾸고 (어쩌면) 재차 바꾼 다음에야 폐교로 보이는 곳에 도착했다. 이번에는 운전사가 시동을 끄고 경호원과 함께 기관총으로 창을 겨눈 채 누가 언덕을 올라오는지 지켜보았다. 그 후 도로 검문 때문에 차를 세웠지만 대부분은 초병들이 대수롭지 않게 손을 들어 통과할 수 있었다. 어느 검문소에서는 앞자리 경호원이 창을 내리고 어둠 속을 향해 기관총을 쏘았다. 하지만 반응이라고 해봐야 양이 놀라서 매에에 운 게 고작이었다. 헤드라이트 불빛에 양이 마지막으로 펄쩍 뛰는 모습이 보였다. 양은 바들바들 떨다가 결국 숨을 거두고 말았다.

마침내 차가 멈추었다. 어느 낡은 별장 앞마당이었는데 지붕 위에 기관총을 소지한 소년병 실루엣들이 러시아 영화의 주인공처럼 서 있었다. 바람은 차고 시원했으며 비가 내린 후의 온갖 그리스 향으로 가득했다. 삼나무와 꿀, 온 세상의 야생화 향기들. 하늘은 폭풍과 꿈틀거리는 구름으로 덮이고 계곡은 저 아래 까마득히 여린 햇빛 속에 숨어 있었다. 그들은 그녀를 데리고 현관을 지나 실내로 들어갔다. 머리 위 어둡기 짝이 없는 등잔불 조명 속으로 대장이 처음 모습을 드러냈다. 살짝 균형이 어긋난 갈색 얼굴, 검고 곧은 상고머리, 그리고 영국제로 보이는 재나무 지팡이…. 그는 다리를 절었다. 그녀를 맞이하며 지은 살짝 비틀린 미소가 곰보 얼굴을 환하게 밝혔다. 그가 악수를 청하기 위해 왼쪽 팔에 지팡이를 걸었는데 그 바람에 잠깐 부축해야 하나 생각도 했지만 다행히 곧바로 중심을 잡았다.

"찰리 양, 제가 타예 대장입니다. 혁명의 이름으로 환영합니다."

목소리는 힘 있고 사무적이었다. 그리고 요제프만큼이나 아름다웠다.

두려움은 선택의 문제가 될 거요. 불행히도 내내 두려워하는 게 인간으로서 불가능하기 때문이오. 하지만 타예 대장 앞이라면 무조건 최선을 다해요. 아주 영리한 자니까. 요제프의 경고였다. 스스로를 타예 대장이라고 부른다는 말도 했었다.

"잠깐만요." 타예가 개구쟁이처럼 경쾌하게 말했다.

그의 집은 아니었다. 그에게 필요한 물건들이 하나도 없지 않은가. 심지어 어둠 속을 돌아다니며 이것저것 뒤져 재떨이 대용으로 쓸 만한 그릇을 찾기까지 했다. 하지만 그가 좋아하는 사람이 주인인 것만은 분명했다. 내 그럴 줄 알았어. 그래, 당연히 술은 여기 감춰뒀겠지라고 중얼대는 태도가 어딘가 친근해 보였다. 조명은 여전히 흐렸지만 조금씩 어둠에 적응하면서 그녀는 교수나 변호사의 집이라고 확신했다. 사방 벽에 진짜 책들이 가득했는데, 군데군데 접히고 아무렇게나 꽂아놓은 모양새가 결코 장식용은 아니었다. 벽난로 위에 걸린 그림은 예루살렘으로 보였다. 그 밖에는 서로 어울리지 않는 취향의 물건들이 아무렇게나 섞여 있었다. 가죽의자와 쪽모이세공 쿠션과 동양 카펫 등이 뒤범벅이고 아랍식 주방 식기도 있었다. 하얗고 화려한 그릇들이 어둠 속 금궤처럼 반짝였다. 그리고 두 계단 아래 골방에 별도의 서재도 있었다. 그곳에는 영국식 책상이 놓여 있었고 그녀가 이제 막 빠져나온 계곡과 해안이 달빛의 파노라마처럼 펼쳐져 보였다.

그녀는 그가 지시한 자리에 앉았다. 가죽소파. 타예 자신은 여전히 지팡이에 의지한 채 쿵쿵 방 안을 돌아다니며, 여러 각도에서 그녀를 확인하고 가늠했다. 그러다가 결국 술잔을 찾아내고 타예가 흡족한 미소를 지었다. 스카치도 손에 넣었는데 라벨을 바라보는 눈빛으로 보아 좋아하는 종류인 모양이다. 방 양쪽으로 각각 아이 하나씩 기관총을 무릎에 올려놓고 앉아 있었다. 편지 뭉치들이 책상에 널브러져 있었는데 보나마나 그녀가 미셸에게 보낸 편지일 것이다.

당혹감과 무능력을 혼동하지 말 것. 아랍이 열등민족이라는 식의 인종차별적 사고는 금물이오. 절대. 요제프의 경고였다.

조명이 완전히 꺼졌지만 이 계곡에선 종종 있는 일이다. 그가 거대한 창을 등진 위치에서 그녀를 내려다보았다. 지팡이에 기댄 채 경계의 미소를 짓고 있는 그림자 하나.

"고국에 돌아갈 때 우리 기분이 어떤지 압니까? 자기 나라에 몰래 들어가는 기분을 상상할 수 있어요? 자기 별 아래 자기 땅을 딛고 서서 기관총을 들고 압제자를 찾아다니는 기분 말이오. 저 애들한테 물어봐요."
그가 시선을 떼지 않고 물었으나, 지팡이가 가리키는 곳은 대형 전망창이었다.

그의 목소리는 그녀가 아는 다른 목소리들과 마찬가지로 어둠 속에서 훨씬 아름다웠다.

"아이들은 당신을 좋아했어요. 당신도 좋아했나요?" 그가 물었다.

"예."

"어느 아이가 제일 맘에 들던가요?"

"모두 똑같아요." 그녀가 대답하고 다시 웃었다.

"죽은 팔레스타인 사람을 사랑했다고 말하던데 사실입니까?"

"예."

지팡이는 계속 창문을 가리켰다.

"옛날이라면 그 용기를 높이 사서 함께 싸웠을 게요. 국경을 넘어, 공격하고 보복하고 돌아와 축배를 들겠지. 함께. 헬가 말이 당신도 싸우기를 원한다더군. 싸우고 싶소?"

"예."

"누구와? 닥치는 대로? 아니면 유대인들과? 이곳에도 쓰레기는 있어요. 세상을 모두 날려버리고 싶어 하지. 당신도 그런 부류요?" 그가 술을 홀짝였다.

"아뇨."

"그자들은 쓰레기요. 헬가, 메스테르바인도 쓰레기지만 필요한 쓰레기라오. 안 그렇소?"

509

"아직 잘 모르겠습니다." 그녀가 대답했다.

"당신도 쓰레기요?"

"아뇨."

조명이 돌아왔다.

"당연히 아니겠지. 내가 보기에도 아니오. 나중에 변할지는 몰라도. 사람을 죽여본 적은 있습니까?"

"아뇨."

"운이 좋은 거요. 당신네한테야 경찰이 있고 땅이 있고 국회가 있으니까. 권리, 여권 등등…. 어디 삽니까?"

"런던."

"런던 어디?"

그가 그녀의 대답에 조바심을 내는 까닭이 부상 때문이라는 생각이 들었다. 부상이 그의 마음을 대답 너머 다른 질문으로 몰아가고 있는 것이다. 그가 키 큰 의자를 찾아내 절뚝절뚝 그녀 가까이 끌고 왔지만 일어나 도와주는 아이는 없었다. 그를 두려워하기 때문일 것이다. 그는 원하는 자리에 의자를 세우고 두 번째 의자까지 옆으로 끌어온 다음에야 끙소리를 내며 의자에 앉았다. 다른 의자에는 다리를 올렸다. 마지막은 튜닉 주머니에서 담배 한 개비를 꺼내 불을 붙이는 일이었다.

"알아요? 영국인은 당신이 처음이오. 네덜란드, 이탈리아, 프랑스, 독일, 스웨덴, 아일랜드는 많고 미국도 둘이 있어요. 우리와 함께 싸우려는 사람들이지. 하지만 영국인은 없었소. 지금까지는. 영국인은 항상 늦거든."

문득 그 모습이 낯이 익다는 생각이 들었다. 요제프처럼, 그의 말은 그녀가 경험해보지 못한 고통, 그리고 아직 배우지 못한 관점에서 비롯되었다. 나이가 많지는 않아도 너무 일찍 깨달은 지혜가 있었다. 그녀의 얼굴도 작은 등잔과 무척 가까웠는데 그녀를 그곳에 앉힌 이유도 그 때문일 것이다. 타예는 아주 영리한 사람이다.

"세상을 바꾸고 싶다면 꿈 깨요. 영국인들이 이미 이룩한 일이니까. 그냥 고국으로 돌아가 편하게 사는 게 좋소. 아무 생각 없이. 그게 안전해요."

"지금은 안전하지 않아요." 그녀가 대꾸했다.

"오, 그래도 돌아갈 수는 있잖소. 고백하고 갱생하면. 1년 정도 감옥에 있기는 하겠지만 그 정도는 오히려 고마운 경험 아닙니까? 왜 우리 때문에 목숨을 걸고 싸운단 말이오?"

"그를 위해서예요."

타예는 담뱃불 든 손으로 그녀의 낭만주의를 물리쳤다.

"그를 위해 뭘 어쩐다는 겁니까? 그는 죽었소. 일이 년이면 우리도 모두 죽을 테고. 뭐가 그를 위한 거라는 얘기죠?"

"모든 것이죠. 그가 나를 가르쳤어요."

"우리가 무슨 일을 한다는 얘기도 하던가요? 폭탄을 터뜨리고 총을 쏘고… 사람을 죽여요? …아니, 그만둡시다."

한동안 그는 담배만 열심히 챙겼다. 담뱃불이 타들어오는 모습을 지켜보고 빨아들이고 인상을 쓰고 짓이겨 끄고 새 담배에 불을 붙이는 일의 반복. 문득 그가 실제로는 흡연을 좋아하지 않는다는 생각이 들었다.

"그가 뭘 가르쳤다는 겁니까? 당신 같은 여자한테. 기껏 어린애였어요. 그런 미물이 도대체 누굴 가르친다는 얘기죠?"

"그이는 만능이었어요." 그녀는 또다시 그가 흥미를 잃고 있음을 느꼈다. 마치 설익은 대화에 염증이라도 난 사람 같았다. 하기야 아무럼 어떤가…. 그런데 그때 그가 무슨 소리를 듣고 재빨리 지시를 내렸다. 한 아이가 잽싸게 문으로 달려갔다. 우리가 절름발이보다 뛰는 것도 빠르잖아요? 그녀가 속으로 생각하는데 바깥에서 부드러운 목소리가 들려왔다.

"그가 증오하는 법도 가르쳤습니까?" 타예가 아무 일도 없었다는 듯 물었다.

"증오는 유대인들한테만 써먹으라고 했어요. 싸우기 위해서는 사랑부터 해야 한다고 했고 반유대주의는 기독교도의 산물이라는 말도 했어요."

그리고 그녀도 말을 끊고 타예와 같이 귀를 기울였다. 언덕으로 오르는 자동차 소리. 장님만큼이나 귀가 밝은 사람이군. 몸 때문일 거야.

"미국을 좋아합니까?" 그가 물었다.

"아뇨."

"이전에는?"

"좋아해본 적 없어요."

"좋아해본 적도 없다면서 좋아하지 않는지는 어떻게 압니까?" 그가 되물었다.

하지만 이번에도 질문은 수사에 불과했다. 그녀와 관련해 대화를 이 끄는 동안 그는 늘 그런 식이었다. 자동차가 안뜰에 들어서고 있었다. 발소리와 나지막한 목소리도 들렸다. 잠시 후 헤드라이트 불빛이 방 안을 헤집다가 곧바로 꺼졌다.

"여기서 기다려요." 그가 지시했다.

다른 남자 둘이 나타났다. 한 사람은 비닐가방, 다른 사람은 기관총을 들었다. 둘은 조용히 서서 타예가 말을 할 때까지 공손히 기다렸다. 편지들은 책상 위에 놓여 있었는데, 문득 그렇게나 중요하다는 편지들이건만, 저렇게 아무렇게나 널브러져 있는 모습에 더욱더 기가 막혔다.

"당신을 미행하는 사람은 없다는군요. 이제 남쪽으로 갈 거요. 보드카를 비우고 아이들과 함께 떠나요. 내가 당신을 믿을 수도 믿지 않을 수도

있지만 사실 어느 쪽이든 크게 상관이 없을지도 모르겠소. 옷을 마련해
줄 겁니다."

승용차가 아니라 지저분한 구급차였다. 하얀색의 차체 양쪽에 녹색
초승달이 그려 있고 엔진덮개는 붉은 흙먼지로 범벅이었다. 운전사는
검은 안경에 산발을 한 아이였다. 뒷자리의 찢어진 2단 침대에도 소년
둘이 쪼그리고 앉았는데, 기관총 두 정이 좁은 공간에 불편하게 끼어 있
었다. 찰리는 당당하게 운전사 옆에 앉았다. 지금은 회색 병원 가운과 머
리스카프 차림이었다. 밤은 지나고 어느새 상쾌한 새벽이라, 크고 붉은
태양이 왼쪽으로 두둥실 떠올랐다가 구급차가 조심조심 언덕 아래로
내려가면서는 더 이상 보이지 않았다. 영어로 잡담을 시도해봤지만 운
전사는 신경질만 냈다. 뒷자리의 아이들한테도 "안녕!" 하며 가볍게 인
사했으나 하나는 인상을 쓰고 다른 하나는 길길이 날뛰었다. 그래서 그
녀는, 망할 내 빌어먹을 혁명이나 신경 쓰자고 생각하곤 풍경을 감상했
다. 남쪽이라고 했다. 얼마나 가야 하는 거지? 목적지는? 물론 질문을 할
만한 분위기는 아니었다. 그녀의 자존심과 생존본능 역시 그에 따를 것
을 요구했다.

첫 번째 검문은 도시 입구였으며, 해안도로를 따라 도시를 떠나기 전
네 곳이 더 있었다. 네 번째 검문소에서 남자 둘이 죽은 남자를 택시에
싣는 광경을 보았는데 여자들이 비명을 지르며 택시 지붕을 두드려댔
다. 시신은 빈손을 아래로 향하고 있었는데 여전히 뭔가를 움켜쥐려는
듯 보였다. 최초의 죽음 이후 더 이상의 죽음은 없다. 찰리는 살해당한
미셸을 생각하며 혼자 중얼거렸다. 오른쪽으로 푸른 바다가 열리더니
풍경이 다시 한 번 기이하게 변했다. 흡사 영국 해안을 따라 내전이라도
일어난 것 같지 않은가! 파괴된 자동차들과 포탄에 날아간 빌라들이 도
로를 따라 이어졌다. 놀이터에서 두 아이가 포탄 분화구를 사이에 두고

서로에게 공을 차고 있었다. 작은 선창들은 박살난 채 반쯤 물속에 잠겼다. 심지어 북쪽으로 가던 과일트럭 한 대가 거의 도로 밖으로 뛰쳐나갔는데, 마치 절박하게 달아나려는 피난민처럼 보였다.

구급차는 다시 도로검문소에 막혔다. 시리아인들. 하지만 팔레스타인 구급차에 탄 독일 간호사에게 관심을 갖는 자는 없었다. 문득 부릉거리는 오토바이 소리에 무의식적으로 고개를 돌렸다. 더러운 혼다. 짐칸에 녹색 바나나가 가득하고 손잡이에는 살아 있는 닭이 다리를 묶인 채 바둥거렸다. 그리고 디미트리가 열심히 오토바이 엔진 소리에 귀를 기울였다. 지금은 팔레스타인 병사의 작업복 차림에 목에는 붉은 카피에를 둘렀다. 카키색 셔츠 견장에 끼워 둔 히스 꽃 가지가 "우리가 함께 있습니다."라고 말하고 있었다. 하얀색 히스야말로 지난 나흘간 그녀가 열심히 찾았던 신호였다.

지금부터는 말이 길을 인도할 거요. 당신이 할 일은 안장에서 떨어지지 않는 것뿐이오. 요제프도 그렇게 말했었다.

다시 한 번 그들은 가족을 만들고 기다렸다.

이번에는 시돈 근처의 작은 집이었다. 콘크리트 베란다는 이스라엘 전함이 쏜 포탄에 반쪽이 나고 녹슨 철근들이 거대한 곤충의 촉수처럼 튀어나왔다. 뒷마당은 귤 밭으로 늙은 거위 한 마리가 낙과를 쪼아댔다. 앞마당은 진흙과 쇳덩이들로 지붕을 만들었는데 과거 몇 차례의 침략 때만 해도 꽤나 유명한 참호였다. 근처 풀밭의 고장 난 장갑차는 노란 닭 가족과 통통한 강아지 네 마리가 딸린 스패니얼이 함께 쓰고 있었다. 장갑차 너머로 시돈의 짙푸른 크리스천 해가 펼쳐 있고 해안에는 십자군 요새가 완벽한 모래성처럼 삐죽 튀어나와 있었다. 타예의 무수한 소년병 중에서 찰리는 두 명을 더 획득했다. 카림과 야시르. 카림은 통통하고 익살맞은 아이로 기관총을 어깨에 맬 때마다 인상을 쓰고 낑낑거리는 시늉을 했다. 하지만 그녀가 공감의 미소를 보이기라도 하면 얼굴을 붉히며 얼른 야시르 옆으로 달아났다. 그의 장래희망은 엔지니어였다. 나이는 열아홉, 벌써 6년째 싸우고 있다. 귓속말 할 때만 영어를 했는데 거의 모든 동사마다 '~고 하다'로 끝을 맺었다.

"팔레스타인이 자유롭다고 할 때 난 예루살렘에서 공부하려고 해요. 그때까지야 레닌그라드, 아니면 디트로이트겠죠." 그가 손을 기울이며 암담한 미래에 깊은 한숨을 내쉬었다.

예, 옛날에 형도 누나도 있곤 했지만 누나는 나바티예 수용소에서 유대인 공격에 죽고 했어요. 형은 라시디예 수용소로 옮겼다가 사흘 후 해군 폭격에 죽곤 했죠. 카림은 너무도 담담하게 자신의 상실감을 묘사했는데 작금의 총체적인 비극 속에서야 자기 얘기 따위는 아무것도 아니라는 식이었다.

"팔레스타인은 고양이 새끼와 같아요. 많이 쓰다듬어주지 않으면 사나워지고 말거든요." 그가 어느 날 아침 한 얘기였다. 그가 기관총을 준비하는 동안 찰리는 하늘거리는 흰색 잠옷차림으로 침실 창가에 서 있었다.

거리에서 인상 더러운 남자를 보곤 했는데 그자를 죽여야 할지 확인하려고 올라왔어요. 그가 설명했다.

야시르는 복서답게 이마가 낮고 눈빛이 이글거렸다. 하지만 카림과 달리 그녀에게 절대 말을 걸지 않았다. 그는 붉은 체크무늬의 셔츠 차림에 검은 방아끈을 어깨에 걸어 자신이 군사 첩보국 소속임을 드러냈다. 야시르는 진짜 공산주의자라, 온 세상의 제국주의자들을 괴멸하려고 해요. 서방이 팔레스타인을 사랑한다고 주장할 때도 그들을 증오하곤 했거든요. 어머니와 가족 모두가 탈 알-자타르에서 죽곤 했어요. 카림이 안타까운 표정까지 지으며 들려준 얘기였다.

어떻게 죽었는데? 찰리가 물었다.

갈증 때문에요. 그러면서 카림은 작은 현대사 하나를 설명해주었다. 타임의 언덕 탈 알-자타르는 베이루트의 난민수용소이곤 했어요. 양철지붕에 헛간 같은 건물이고 방 하나에 열한 명씩 들어가곤 했죠. 3만 명의 팔레스타인인과 레바논인들이 거주하며 17개월간의 집요한 폭격과 싸우곤 했어요.

누가 폭격한 거야? 찰리가 물었다.

카림은 그녀의 질문에 난감해했다. 물론 카타이브(레바논 기독교 정당)죠. 그가 당연한 얘기를 왜 묻느냐는 듯 대답했다. 마론파 파시스트 비정규군도 시리아와 유대주의자들의 지원을 받아 폭격을 하곤 해요. 수천 명이 죽었지만 아무도 정확한 사망자를 몰라요. 남은 사람이 거의 없는 탓에 아무도 신경 쓰지 못하곤 했으니까요. 그 후 점령군이 들어와 대부분의 생존자를 살해하곤 했죠. 간호원과 의사들도 줄을 세우고 처형했는데 당연하죠. 약도 물도 환자도 남아 있지 않곤 했는 걸요.

"너도 거기 있었어?" 찰리가 카림에게 물었다.

아뇨. 하지만 야시르는 그곳에 있곤 했어요. 그가 대답했다.

"앞으로는 일광욕하지 말아요. 이곳은 리비에라가 아닙니다." 다음 날 저녁 타예가 그녀를 데리러 왔을 때 그렇게 경고했다.

그 소년들은 다시 보지 못했다. 그녀는 조금씩 깊이 들어갔다. 정확히 요제프가 예견한 대로였다. 그녀는 비극을 교육받고 비극은 그녀에게 변명의 필요를 면제해주었다. 차에 탈 때마다 그들은 찰리의 눈을 가렸다. 그녀는 존재 자체가 끔찍한 불의에 속한 땅으로 들어갈 때마다, 너무도 엄청나 감당하기 어려운 사건과 감정 사이에서 휘둘렸으며, 희생자들과 만나면서 자신의 책략에 동화되어갔다. 미셸을 향한 거짓 충성 또한 더욱더 현실적인 기반을 더해갔다. 반면에 픽션이 아닌 요제프와의 동맹은 기껏 영혼에 새긴 내밀한 흔적으로만 남았다.

"머지않아 우리 모두 죽을 겁니다. 찰리도 알겠지만 유대주의자들이 말살하려고 하거든요." 카렌이 타예의 말을 인용해 경고했다.

낡은 감옥은 마을 중앙에 있었다. 타예가 모호하게 얘기했지만, 무고한 사람들이 종신형을 살고 있는 바로 그곳이다. 교도소에 가기 위해 그들은 마을광장에 차를 세우고 미로 같은 옛 통로를 지나야 했다. 하늘은 열려 있었지만 비닐로 덮은 구호들이 잔뜩 매달려 있었는데, 처음엔 그녀도 빨랫줄에 내건 세탁물로 오인했다. 한창 저녁 대목 때라 가게와 가판대들은 손님들로 혼잡했다. 가로등 불빛이 낡은 벽 깊이까지 파고 들어가 마치 대리석 안쪽에 조명을 밝힌 것 같았다. 복도에 들어가자 소음도 잦아들었다. 모퉁이를 돌면서는 그나마 완전히 소음도 사라지고 다만 로마풍의 잘 닦인 돌길을 걸으면서 내는 발소리와 옷 스치는 소리만 들렸다. 안짱다리의 무뚝뚝한 사내가 무리를 이끌었다.

"소장한테는 당신이 서방 기자라고 했소. 당신을 대하는 태도는 별로 좋지 않을 거요. 이곳에 들어와 동물학적 정보만 캐내려는 자들을 좋아하지 않기 때문이오." 타예가 옆으로 다가와 경고했다.

갈가리 찢긴 달이 끝까지 그들을 쫓아왔다. 무척이나 더운 밤이었다. 또 다른 광장에 들어서자 아랍 음악이 그들을 환영해주었는데 전봇대에 매단 임시 스피커에서 나오는 소리였다. 대형 철문은 열린 채 밝은 조명의 안뜰로 이어졌다. 돌계단 하나가 잇단 발코니들로 이어져 있었다. 음악 소리도 더욱 커졌다.

"그런데 이 사람들은 누구죠? 어떤 일을 하는데요?" 찰리가 속삭였다.
517 여전히 영문을 알 수가 없었던 것이다.

"아무것도 하지 않아요. 바로 그 점이 이자들의 죄요. 피난민수용소에서 피난해온 피난민들이니까. 교도소는 벽이 두껍고 안은 비어 있었소. 그래서 우리가 접수해 그들을 보호하고 있죠. 사람들을 진지하게 대해요. 너무 노골적으로 웃지도 말고. 그럼 자기들의 불행을 비웃는다고 생각할 거요."타예의 설명이었다.

한 노인이 부엌 의자에 앉아 있다가 그들을 빤히 바라보았다. 타예와 소장이 먼저 가서 인사하는 동안 찰리는 주변을 훑어보았다. 나는 매일 이런 광경을 본다. 나는 고집 센 서방기자로서 모든 것을 갖고도 불행한 사람들에게 진짜 상실감에 대해 설명해야 한다. 그녀는 거대한 석재 사일로 한가운데 들어왔다. 낡은 벽에는 옥문과 목재 발코니들이 하늘까지 줄지어 이어져 있었다. 사방을 다시 하얀 페인트로 칠한 덕에 위생적으로 보일 정도였다. 바닥의 유치장들은 아치 모양이었는데 문은 그들을 환대라도 하듯 활짝 열려 있었다. 감방의 그림자들은 꿈쩍도 하지 않는 듯 보였다. 아이들조차 동작이 거의 없었다. 감방마다 빨랫줄이 늘어져 있었는데, 탄탄히 매어 있는 것만으로도 마을생활의 경쟁적인 자존심을 엿볼 수 있었다. 커피 냄새와 하수구 냄새가 났다. 아마도 세탁하는 날인 모양이다. 이윽고 타예와 소장이 돌아왔다.

"저들이 먼저 말을 하게 해요. 적극적으로 다가갈 생각은 말아요. 어차피 이해하지 못할 테니까. 저들은 이미 반쯤은 멸종 종족입니다."타예가 조언했다.

그들은 대리석 계단을 올랐다. 지상 층의 감방은 딱딱한 문이었고, 간수들을 위한 감시창이 나 있었다. 소란은 더위와 더불어 커지는 것처럼 보였다. 농부 복장의 여자가 지나가다가 소장이 무슨 말인가를 하자 발코니 쪽을 손으로 가리켰다. 조잡한 화살 모양의 간판에 아랍어가 적혀 있었다. 사일로 아래쪽을 내려다보니 예의 노인이 의자에 앉아 멍하니

올려다보고 있었다. 노인이 자기 일과를 마치고 우리한테 "위층으로 올라가."라고 말하네. 그녀는 그런 생각을 했다. 간판의 화살을 따라가자 이내 다른 화살표가 나왔다. 그들은 교도소의 중심으로 들어가고 있었다. 되돌아가려면 끈이라도 있어야겠어. 그런 생각을 하며 타예를 보았으나 그는 오히려 시선을 피했다. 앞으로는 일광욕 하지 말아요. 그들이 들어간 곳은 과거 직원휴게실이거나 간이식당이었다. 중앙에 비닐로 덮인 실험테이블이 놓여 있고 새 들것 위에는 의약품, 면봉, 주사기 등이 보였다. 남자와 여자가 환자를 돌보고 있었다. 검은 옷차림의 여자가 면봉으로 아기의 눈을 닦아주는 참이었다. 엄마들이 벽에 기대 기다리는 동안 아이들은 꾸벅꾸벅 졸거나 조바심을 냈다.

"여기서 기다려요." 타예가 지시했다. 이번에는 찰리를 소장한테 맡기고 혼자서 갔다. 여자는 그를 언뜻 올려만 보고 다시 찰리를 향해 고개를 돌리더니 시선을 떼지 않았다. 도대체 뭐 하는 여자냐는 시선일 터였다. 이윽고 그녀가 엄마한테 무슨 말인가를 하며 아기를 돌려주었다. 그리고 세면대로 건너가 조심스럽게 손을 씻었는데 그동안에도 거울을 통해 찰리를 살폈다.

"따라와요." 타예가 명령했다.

교도소마다 이런 방 하나씩은 있다. 조화와 스위스 사진을 걸어놓고 무고한 사람들에게 위안을 주는 작고 밝은 방. 소장은 떠나고 타예와 여자는 찰리 양쪽에 앉았다. 그녀는 간호사답게 곧은 자세였다. 타예는 상체를 잔뜩 기울이고 다리 하나는 뻣뻣하게 한쪽으로 내민 다음 지팡이를 천막기둥처럼 단단히 박아 중심을 잡았다. 담배를 피우며 잔뜩 인상을 썼는데, 곰보 얼굴 위로 땀이 비 오듯 하는 데다 표정까지 너무도 초조해 보였다. 교도소의 소음은 멈추지 않았지만 그나마 하나의 거슬리는 소음으로 통일되는 분위기였다. 음악 소리와 인간의 목소리가 혼재한. 놀랍게도 이따금 웃음소리도 들렸다. 여자는 아름답고 근엄했다. 검은 옷 때문인지 어느 정도 무섭기까지 했다. 곧고 강한 인상과 흔들림 없는 검은 눈은 위선 따위는 전혀 관심 없다고 말해주었다. 머리는 짧았다. 소년 둘이 평소처럼 열린 문 밖에서 보초를 섰다.

"누군지 알겠소? 어딘가 낯익은 얼굴 아닌가요? 잘 봐요." 타예가 물었다. 벌써 첫 번째 담배를 비벼 끄고 있었다.

자세히 볼 필요도 없었다.

"파트메."

"동포와 함께 살겠다고 시돈에 돌아왔소. 영어는 못하지만 당신이 누구인지는 알아요. 당신이 미셸에게 보낸 편지도 읽고 미셸의 답장도 읽었죠. 번역된 내용이지만 당연히 당신한테 관심이 많아요."

타예는 간신히 몸을 뒤척여 땀에 젖은 담배를 하나 꺼내 불을 붙였다.

"슬픔에 젖어 있긴 하지만 그야 우리 모두 마찬가지 아니오? 얘기를 하더라도 감상적으로 만들지는 맙시다. 벌써 남자 형제 셋과 언니를 하나 잃었으니까. 어떻게 죽었는지도 알아요."

파트메가 차분한 목소리로 얘기를 시작했다. 얘기가 끝나면 타예가 통역을 해주었다. 오늘 밤의 전반적인 태도와 달리, 그 순간만큼은 전혀 비아냥거리는 모습이 아니었다.

"먼저 살림이 유대인들과 싸우는 동안 큰 위안이 되어준 데 대해 감사한다는군요. 당신 자신이 정의를 위한 투쟁에 동참한 것도 함께." 그가 다시 파트메의 얘기를 기다렸다. "이제 당신은 그녀의 가족이오. 둘 다 미셸을 사랑했고 둘 다 그의 영웅적 죽음을 자랑스러워하니까. 이렇게 묻는군요…. 제국주의의 노예가 되느니 차라리 죽음을 각오하겠느냐고? 매우 정치적인 여성입니다. 그렇다고 대답해요."

"예, 그래요."

타예의 태도도 무척 진지했다. 그는 자리에서 일어나 방 안을 배회하면서 통역도 하고 직접 보충질문을 던지기도 했다.

찰리는 솔직하게 얘기했다. 마음이 가는 대로, 그리고 상처받은 기억을 바탕으로. 누구도 속이지 않았다. 심지어 자기 자신에게까지 진솔했다. 처음엔 미셸도 형제 얘기를 하지 않으려 했어요. 사랑하는 파트메에 대해서도 단 한 번, 그것도 지나가는 말처럼 했죠. 그리스에 있을 때였는데, 형제들을 회상하면서 언뜻 어머니가 돌아가신 후로 누나 파트메가 대신 그 역할을 했다고 하더군요.

타예가 퉁명스럽게 통역했다. 파트메의 표정은 전혀 변화가 없었다. 시선을 찰리의 얼굴에 붙박은 채 지켜보고 귀를 기울이고 질문을 했을 뿐이다.

"뭐라고 하던가요? 형제들에 대해… 그녀에게 설명해줘요." 타예가 채근했다.

"어린 시절 형들로부터 빛나는 영감을 받았다고 했어요. 요르단의 첫 번째 수용소에 있을 때, 자기는 어려서 싸우지 못했지만 형님들이 어디로 가는지 얘기도 않고 몰래 빠져나갔다더군요. 그러면 파트메가 침대로 와서 형들이 유대주의자들을 공격하러 갔다고 얘기해줬다고 했죠."

타예가 말을 끊고 재빨리 통역해주었다.

파트메의 질문은 향수 대신 혹독한 시험에 가까웠다. 형들이 어떤 공부를 했느냐? 그들의 기술과 적성은? 어떻게 죽었다더냐? 찰리는 능력이 닿는 대로 조금씩 대답했다. 살림… 미셸이 모두 얘기해준 건 아니다. 파와즈는 위대한 변호사이거나 법학도였다. 암만의 학생과 사랑에 빠졌는데 어린 시절 팔레스타인의 고향에서부터 좋아하던 여자였다. 어느 날 아침 일찍 집에서 나오는데 유대인들이 그를 쏴 죽였다.

"파트메의 얘기에 의하면…."

"파트메에 따르면 뭐죠?" 타예가 찰리의 얘기를 끊고 되물었다.

"파트메에 따르면, 요르단 사람들이 그녀의 주소를 유대인들한테 밀고했어요."

파트메가 화난 표정으로 질문하고 타예가 다시 통역했다.

"미셸은 위대한 형님과 함께 고문 받은 사실이 자랑스럽다고 편지에 썼어요. 그 사건과 관련해 누나 파트메가 지상에서 유일한 여자라고 선언하죠. 그렇게나 사랑한다던 당신이 아니라… 그 점에 대해 파트메에게 설명해요. 그가 말하는 형이 어느 쪽이죠?" 타예가 다그쳐 물었다.

"칼릴." 찰리가 대답했다.

"사건을 전체적으로 설명해 봐요." 타예가 지시했다.

"요르단이었어요."

"어디? 어떻게? 구체적으로 얘기해요."

"저녁때였죠. 요르단 지프 행렬이 수용소에 왔어요. 모두 여섯 대. 그들이 칼릴과 미셸… 살림을 잡고 미셸한테 석류나무 가지를 약간 꺾어오라고 시켰어요." 그녀는 그날 밤 델포이에서 미셸이 했듯 두 손을 내밀었다. "어린 가지 여섯 개. 모두 1미터 길이였어요. 그들은 칼릴의 구두를 벗기고 살림을 무릎 꿇려 칼릴의 발을 잡게 한 다음 석류나무 가지로 때리기 시작했어요. 그러고는 차례를 바꿔 칼릴이 살림을 잡게 하죠. 두 사람의 발은 알아보지 못할 정도로 망가졌어요. 그런데도 요르단 사람들은 두 사람을 달리게 하고 발뒤꿈치 쪽에 총을 쐈어요."

"그래서?" 타예가 대답을 채근했다.

"그래서라뇨?"

"그 사건에서 파트메가 그렇게 중요한 이유가 뭐요?"

"두 사람을 간호했으니까요. 밤낮으로 발을 씻기고 용기를 주고 위대한 아랍작가들의 글을 읽어주며 새로운 반격을 계획하도록 격려했어요. '파트메 누나는 우리 심장이고 우리의 팔레스타인이오. 누나로부터 용기와 힘을 배웠어요.' 그가 한 말이에요."

"멍청한 놈, 그런 얘기를 편지에까지 적다니." 타예가 지팡이를 신경질적으로 의자 등에 탁 소리가 나도록 걸고 다시 담뱃불을 붙였다.

그는 거울이라도 보듯 빤히 텅 빈 벽을 바라보다가 재떨이 쪽으로 상체를 젖히고 손수건으로 얼굴을 닦아냈다. 파트메가 조용히 일어나 세면대로 가더니 그에게 물 한 잔을 가져다주었다. 타예가 주머니에서 작은 스카치 병을 꺼내 홀짝였다. 전에도 그런 생각이 들었지만 둘은 분명 서로를 잘 알고 있었다. 가까운 동료일 수도 있겠지만 그보다는 연인 관계일 것이다. 두 사람이 잠시 대화를 나누다가 파트메가 돌아서서 다시 찰리와 마주 섰다. 타예가 그녀의 마지막 질문을 통역했다.

"이 편지 내용은 뭐죠? '아버지 무덤 앞에서 동의한 계획' …설명해봐요. 무슨 계획이오?"

그의 아버지가 어떻게 죽었는지 설명하기 시작했지만 타예가 신경질적으로 말을 끊었다.

"어떻게 죽었는지는 우리도 아오. 절망 때문에 죽은 거니까. 장례식 얘기나 해봐요."

"헤브론의 엘 칼릴에 묻어달라고 부탁했어요. 그래서 부친을 알렌비 다리로 데려갔죠. 그런데 유대주의자들이 건너지 못하게 해서 미셸과 파트메, 그리고 친구 둘이 관을 들고 언덕을 올라갔어요. 저녁때쯤엔 유대주의자들에게 빼앗긴 땅이 내려다보이는 곳에 무덤을 팔 수 있었죠."

"그동안 칼릴은 어디에 있었는데?"

"없었어요. 몇 년 동안 멀리 떠나 있었죠. 연락도 끊겼고. 하지만 그날 밤 무덤에 흙을 채우는데 갑자기 나타난 거예요."

"그래서?"

"함께 무덤을 만들었어요. 그리고 미셸한테 함께 싸우자고 말했죠."

"함께 싸워?" 타예가 되물었다.

"유대인들과 전면전을 할 때가 되었다고 했어요. 어디에서든. 유대와 이스라엘을 구분하는 것도 더 이상 무의미하다. 유대인종 모두가 유대주의 권력에 기대고 있고 유대주의자들은 우리 민족을 말살할 때까지 절대 물러나지 않을 것이다. 그가 한 말이에요. 우리에게 기회가 있다면 세상의 귀를 잡고 제대로 듣도록 만드는 것뿐이죠. 무고한 생명이 희생될 수밖에 없겠지만 왜 매일 팔레스타인인들이어야 하죠? 팔레스타인 사람들은 유대인을 협박하지도 않고 2천 년을 기다렸어요."

"그래서 계획은?" 타예가 무덤덤하게 대답을 재촉했다.

"미셸이 유럽에 가기로 했어요. 준비는 칼릴이 했고요. 미셸한테 공부를 하라는 주문이었지만 동시에 전사로 키울 생각이었어요."

그때 파트메가 끼어들었다. 아주 짧은 얘기.

"막내 동생이 떠벌이었답니다. 그래서 지혜로운 신께서 입을 닫아주셨다고." 이어서 타예는 소년들에게 손짓을 하고 절룩절룩 얼른 계단을 내려가기 시작했다. 하지만 파트메가 찰리의 팔에 손을 얹더니, 다시 한 번 솔직하면서도 친근한 호기심으로 그녀를 바라보았다. 두 여인은 나란히 복도를 따라 돌아갔다. 의료원 문 앞에서 파트메가 다시 그녀를 보았는데 이번에는 당혹감을 감추려 하지 않았다. 이윽고 그녀가 찰리의 뺨에 키스했다. 찰리가 마지막으로 보았을 때 그녀는 아기를 돌려받아 한 번 더 눈을 씻어주고 있었다. 타예가 재촉하지 않았던들 찰리는 그곳에 남아 평생 파트메를 도와주었을 것이다.

"좀 더 기다려야 할 게요. 결국 우린 당신이 올 줄도 몰랐고 초대한 적도 없으니까." 타예가 그녀를 수용소에 태워다주며 말했다.

처음엔 마을에 데리고 온 줄 알았다. 언덕 아래로 기어내려온 하얀 오두막 테라스들이 헤드라이트 불빛에 무척이나 매혹적으로 보였기 때문이다. 하지만 가까이 접근할수록 규모가 드러나기 시작했고 언덕 꼭대기에 다다를 즈음엔 이미 수백이 아닌 수천의 난민을 위해 만든 임시 마을임을 알 수 있었다. 반백의 근엄한 남자가 그들을 맞이했으나 그가 정성을 다한 사람은 타예였다. 검은 구두를 잘 닦아 신고 카키색 유니폼도 면도날처럼 예리하게 다렸는데 찰리가 보기에도 타예를 맞기 위해 최고급 옷을 꺼내 입은 게 분명했다.

"이곳 지도자입니다. 당신이 영국인이라는 정도만 알지만 질문은 하지 않을 거요." 타예가 그를 소개하며 간단히 잘라 말했다.

그들은 그를 따라 어느 방으로 들어갔다. 사람이 많지 않은 곳이었다. 유리관에 우승컵들이 진열되어 있고, 중앙 커피테이블에 놓인 접시엔 서로 다른 브랜드의 담뱃갑들이 높이 쌓여 있었다. 키가 무척 큰 처녀가 달콤한 차와 과자를 들여왔으나 그녀에게 말을 거는 사람은 없었다. 머리스카프와 전통 치마, 굽이 없는 구두… 부인일까? 아니면 여동생? 도무지 짐작도 가지 않았다. 눈 밑에 비애의 그림자가 짙고 몸놀림도 은밀한 슬픔의 영역을 떠다니는 것만 같았다. 그녀가 떠난 후 족장이 모진 시선으로 찰리를 바라보며 무척이나 우울한 얘기를 이어갔다. 스코틀랜드 억양이 또렷한 말투였다. 그는 미소 하나 없이 자신이 위임통치령 시대에 팔레스타인 경찰로 근무한 덕에 지금도 영국 연금을 받는다고 설명했다. 통계까지 들먹이면서 고통을 겪는 동안 민족혼이 크게 강화되었다는 말도 했다. 지난 12년간 수용소는 700번이나 폭격을 당했다. 그는 사상자 숫자를 제시하고 죽은 여성과 아이의 비율을 따졌다. 가장 효과적인 무기는 미국산 집속탄이었다. 유대주의자들은 또한 부비트랩을 아이들 장난감으로 위장해 투하했다. 그렇게 단단히 주의를 주었건만 한 아이가 어느 날 망가진 장난감 경주차를 들고 나타났다. 그는 차체를 열고 내부의 전선과 폭탄을 보여주었다. 찰리는 사실일 수도 아닐 수도 있다고 생각했다. 팔레스타인 내부에서의 다양한 정치이론도 언급했지만 유대인과 싸울 때면 그런 식의 차이는 아무 의미 없다며 큰소리를 쳤다.

"놈들은 우리 모두를 폭격한다오." 그가 말했다.

그는 찰리를 '레일라 동무'라고 불렀다. 타예가 그렇게 소개했기 때문이었다. 그는 연설을 끝낸 후 그녀를 환영한다고 선언하고는 고맙게도 슬픈 표정의 키 큰 여인에게 인계했다.

"정의를 위하여." 그가 작별 인사 대신 말했다.

"정의를 위하여." 찰리도 대답했다.

타예는 그녀가 떠나는 모습을 지켜보았다.

거리는 좁고 너무도 어두웠다. 도랑이 길 한가운데를 따라 흘러내리고, 언덕 위로는 상현달이 휘영청했다. 여인이 길을 안내하자 소년들이 기관총과 찰리의 숄더백을 들고 따라왔다. 그들은 진창의 놀이터와 학교로 쓰임직한 단층짜리 오두막을 지났다. 찰리는 미셸의 축구를 떠올리며 뒤늦게나마 족장의 유리관에 들어 있는 은컵 중에 그가 따낸 트로피가 있는지 궁금해했다. 공습에 망가진 방공호들의 녹슨 문 너머로 푸르레한 조명들이 불타고 있었다. 망명자들의 소음도 들려왔다. 록 음악과 운동 가요가 노인들의 끝없는 잔소리와 섞여 나왔다. 어딘가에서 젊은 연인의 말다툼 소리도 들렸는데 그 소리는 이내 울분으로 폭발하고 말았다.

"아버님께서는 수용인원이 적다는 점을 아쉬워하십니다. 건물을 아쉬워할 필요가 없다는 게 이곳 수용소의 규칙입니다. 진정한 고향이 어디인지 잊지 말아야 한다는 뜻이죠. 공습이 시작되면 사이렌 소리를 기다리지 말고 무조건 사람들을 따라가세요. 공습이 끝났을 때 바닥에 떨어진 물건은 절대 건드리면 안 됩니다. 펜, 유리병, 라디오… 어느 것도."

제 이름은 살마입니다. 족장님이 제 부친이시죠. 그녀가 슬픈 미소를 지으며 말했다.

찰리는 그녀의 안내를 받았다. 오두막은 작고 병실만큼 깨끗했다. 세면대와 변기도 있고 코딱지만 한 뒷마당도 있었다.

"여기서 하는 일이 뭐죠, 살마?"

그 질문에 그녀가 잠시 당혹해했다. 이곳에 있는 것 자체가 직업이기 때문이다.

"영어는 어디에서 배웠어요?" 찰리가 다시 물었다.

미국에서요. 미네소타 대학교에서 생화학을 전공했어요. 살마의 대답이었다.

세계 최악의 희생자들과 오랫동안 살게 되면 안타깝지만 그래도 얼마만큼의 목가적인 평화는 존재한다. 찰리는 수용소에서 지내며 마침내 지금껏 삶으로부터 거부당했던 공감을 느낄 수 있었다. 그녀는 그곳에 있는 동안 평생을 갈망으로 살아온 온갖 사람들과 어울렸다. 그들의 답답한 삶을 공유하면서 비로소 그녀 자신으로부터 해방되는 꿈을 꾸었다. 그들을 사랑하면서 그녀를 이곳까지 오게 한 수많은 배신을 용서받았다는 생각도 했다. 그녀에게 감시를 붙이지는 않았다. 첫날 아침 잠에서 깨어나며 그녀에게 허용된 자유의 한계를 조심스레 실험했지만 그런 건 없는 듯했다. 그녀는 놀이터 끝까지 걸어가 곱사등이 아이들이 남자답게 보이겠다며 낑낑 상체를 펴는 모습을 지켜보았다. 의료원과 학교를 보고, 오렌지에서 가정용 샴푸까지 없는 게 없는 소규모 가게들도 보았다. 의료원에 들어서자 나이든 스웨덴 여자가 신의 의지에 대해 수다를 떨기 시작했다.

"유대인들은 우리가 양심에 걸려 안식을 취하지도 못해요. 신께서 따끔하게 혼내실 테니까. 왜 그자들한테 사랑하는 법을 가르치지 않으신 걸까?" 그녀가 꿈을 꾸듯 설명했다.

한낮. 살마가 치즈파이와 찻주전자를 가져다주었다. 둘은 오두막에서 함께 점심 식사를 하고, 오렌지 밭을 지나 언덕 위에 올랐다. 미셸이 형의 총으로 사격을 가르친 지점과 매우 비슷하게 생긴 곳이었다. 갈색 산들이 서쪽과 남쪽 지평선을 따라 끝도 없이 이어졌다.

"동쪽 저기가 시리아예요." 그녀가 계곡 너머를 가리켰다. "하지만 저기… 저기는 우리 땅이죠. 유대인들이 우리를 죽이러 오는 곳은 저기고요." 살마가 손을 남쪽으로 옮겼다가 갑자기 절망하듯 떨구고 말았다.

내려오는 길에, 히말라야 삼목 숲의 위장막 아래 서 있는 군용트럭들을 보았다. 뭉툭한 총구들은 모두 남쪽을 겨냥했다. 살마의 설명에 따르면, 족장은 70킬로미터 거리의 하이파 출신이었다. 모친은 돌아가셨다. 은신처를 빠져나오다가 이스라엘 전투기의 기총 사격에 당한 것이다. 쿠웨이트에 은행가로 성공한 오빠도 한 명 있단다. 아뇨, 남자들은 키 큰 여자 싫어해요. 게다가 공부도 너무 많이 한 걸요. 찰리의 뻔한 질문에 대한 대답이었다.

저녁에 살마는 찰리를 아이들 연주회에 데려갔다. 그다음에는 학교에 가서 다른 여자 스무 명과 함께 아이들 티셔츠에 반짝이를 붙이는 작업을 했다. 이른바 '위대한 시위'를 위한 준비인데, 대형 와플 조리기구 같은 녹색 기계를 이용해 옷에 녹여 붙이는 일이다. 반짝이 중에는 아랍어 구호로 대승리를 기약하는 내용도 있고, 야시르 아라파트의 사진도 있었다. 여인들은 아라파트를 아부 아마르라고 불렀다. 찰리는 밤늦게까지 그곳에 머물며 그들의 전사 노릇을 했다. 레일라 동무 덕에 온갖 사이즈의 셔츠 2000벌을 시간 내에 마무리할 수 있었어요.

그녀의 오두막은 이내 새벽부터 저녁까지 아이들로 가득해졌다. 그녀와 함께 영어로 대화를 나누려는 아이들도 있고, 그들의 춤과 노래를 가르치려는 아이들도 있었다. 어떤 아이들은 그녀의 손을 잡고 거리를 활보하는 유명세도 즐겼다. 아이들의 모친들 또한 설탕 비스킷과 치즈 파이들을 수도 없이 가져온 덕에, 정말로 이곳에서 영원히 살고 싶다는 생각까지 했다.

그런데… 살마는 어떤 여자일까? 살마는 동족들 사이에서도 특히 슬프고도 은밀한 삶을 살았다. 찰리는 그런 그녀를 지켜보며 또 하나의 미완의 단편에 상상력을 더해보았다. 조금씩 이해도 가기 시작했다. 살마는 바깥세상에서 살아본 여자다. 서방인들이 팔레스타인인들을 어떻게 얘기하는지 안다. 고향의 산들이 얼마나 멀리 떨어져 있는지도 아버지보다 분명하게 알고 있다.

위대한 시위는 사흘 후였다. 시위대는 아침 더위의 와중에 놀이터에서 출발해, 느린 속도로 수용소를 돌고 여기저기 거리를 관통했다. 거리는 인파로 북적거렸다. 직접 만든 깃발들이 하늘을 만국기처럼 수놓으니, 영국의 어느 여성 공산당 조직이라도 부러워했을 위용이었다. 찰리는 아직 어려 행군에 참석 못한 여자애를 안고 오두막 앞에 서 있었다. 그리고 아이 여섯이 모형 예루살렘을 들고 지나간 지 불과 2분 후에 공습이 시작되었다. 살마의 설명에 의하면, 예루살렘 모형은 오마르 모스크를 상징으로 하며 금박지와 바다조개로 만들었다. 예루살렘이 지난 다음엔 순교자의 자식들이 등장했다. 모두 올리브 가지를 들고 밤새도록 만든 티셔츠를 입었다. 그리고 축제를 축하하기라도 하듯, 언덕 저편에서 콩 볶는 대포 소리가 들렸다. 그래도 비명을 지르거나 달아나는 사람은 없었다. 아직은 아니다. 살마도 옆에 서 있었지만 아예 고개조차 들지 않았다.

그때까지 찰리는 공습에 대해 제대로 생각해본 적이 없었다. 하늘 높이 두 기 정도 목격하기는 했다. 푸른 하늘을 선회할 때 하얀 비행운이 멋있기만 했거늘… 어리석게도 팔레스타인인들에게 비행기가 없을지도 모른다거나, 이스라엘 공군이 그들의 국경 근처에서 집요하게 영토 반환을 요구하는 무리를 응징하려 할지도 모른다는 생각은 해본 적도 없었다. 그보다는 트랙터에 매단 장식수레 위에서 군중의 손뼉에 맞춰 기관총을 앞뒤로 흔들며 춤을 추는 군복 차림의 소녀들, 그리고 붉은 카피에를 아파치 스타일로 이마에 묶고 기관총을 든 채 트럭 뒷자리에 자리 잡은 전사 소년들에게 관심이 더 많았다. 수용소의 한쪽에서 다른 쪽 끝까지 전혀 지치지 않는 엄청난 포효… 어떻게 목이 쉬지도 않는 걸까?

그리고 바로 그 순간 그녀의 눈이 바로 앞의 작은 촌극에 이끌렸다. 경비병의 징계를 받는 한 아이. 경비병이 혁대를 벗어 한 번 말아 접더니 그대로 아이의 얼굴을 때리는 것이 아닌가! 찰리는 잠시 그를 말려야 할지, 문득 그의 채찍질이 공습을 야기한 것은 아닌지 하는 생각도 들었다.

비행기 소음이 커지고 지상에서의 사격도 거세졌다. 저항이 너무도 미미한 탓에 공습기처럼 빠르고 높은 물체를 어찌해볼 수는 없었다. 최초의 폭격은 실망스러울 정도였다. 물론 그것도 폭음을 듣고 살아 있을 경우의 얘기다. 제일 먼저 1킬로미터 떨어진 언덕에서 불꽃이 일더니 거의 동시에 굉음과 돌풍이 찰리를 뒤덮고 검은 양파 같은 연기가 일었다. 그녀는 살마를 돌아보며 뭔가 소리를 질렀다. 태풍이라도 몰려온 듯 목청을 높였으나 정작 그때는 일순 사위가 고요해진 순간이었다. 하늘을 올려다보는 살마의 시선에 증오가 가득했다.

"저들은 기분 내킬 때면 우리를 쳐요. 오늘은 우리와 함께 놀고 싶은 모양이네요. 찰리가 행운을 가져온 모양이에요." 그녀가 말했다.

그 말은 찰리로서도 감당하기가 어려웠기에 솔직하게 반박했다.

두 번째 폭탄이 떨어졌다. 하지만 거리가 더 멀어 보였다. 아니, 어쩌면 그녀가 익숙해진 탓일 수도 있겠다. 이 번잡한 마을이 아니면 어디든 떨어져도 상관없다. 병든 아이들이 저주받은 초병처럼 줄 지어 서서 용암이 산 아래로 흘러내리기를 기다리고 있지 않은가. 악단은 전보다 훨씬 큰 소리로 연주하고 행군도 두 배나 기운차게 이어졌다. 악단은 군가를 노래하고 군중들은 음악에 맞춰 손뼉을 쳤다. 찰리도 두 손의 긴장을 풀고는 소녀를 내려놓고 함께 손뼉을 치기 시작했다. 두 손이 아프고 어깨가 욱신거렸지만 계속 손뼉을 쳤다. 행렬이 한쪽으로 비켜서면서 지프가 경광등을 번쩍이며 지나고 구급차와 소방차가 그 뒤를 이었다. 그 뒤로 노란 연기장막이 포연처럼 일어났다. 바람에 먼지가 걷히면서는 연주도 재개되었다. 이번에는 선원 조합의 차례였는데, 아라파트의 사진들로 장식한 수수한 황색 밴이 선두였다. 지붕에는 적색, 백색, 흑색으로 그린 거대한 종이 물고기를 달았다. 그 뒤로 피리 악대의 지휘를 받으며 나무총을 든 아이들이 행군가에 맞춰 노래를 불렀다. 노래는 점점 퍼져나가 군중 모두가 합세했다. 찰리도 노래가 되든 않든 혼신을 다해 따라 불렀다.

비행기들은 사라졌다. 팔레스타인은 또다시 승리를 거두었다.

"내일 당신을 다른 곳으로 데려간댔어요." 그날 저녁 함께 언덕을 산책하며 살마가 말했다.

"싫어요, 안 가요." 찰리가 대답했다.

폭격기는 두 시간 후, 어두워지기 직전에 돌아왔다. 그녀는 오두막에 있었는데 사이렌이 너무 늦게 울린 탓에 최초의 파장이 치고 들어온 이

후에야 방공호를 향해 달리기 시작했다. 폭격기 두 대가 편대에서 곧바로 빠져나와 달아나는 사람들에게 엔진의 굉음을 선사했다. 저러다 그대로 땅바닥에 처박히면 어쩌려고? 아니, 그렇지는 않았다. 그리고 첫 번째 폭격의 충격에 그녀는 철문으로 내동댕이쳐지고 말았다. 그래도 폭음이 폭격으로 인한 지진만큼 나쁘지는 않았다. 신경질적인 비명 소리가 놀이터 맞은편의 검은 연기를 가득 채웠다. 그녀가 쿵 하고 나가떨어지는 소리에 안에 있던 사람이 놀랐던지 갑자기 문이 열리며 튼튼한 여자 손이 그녀를 어둠 속으로 끌고 들어갔다. 그녀는 나무 벤치에 강제로 앉아야 했다. 처음에는 귀가 멍했지만, 차츰 겁에 질린 아이들이 우는 소리와, 엄마들이 아이들을 달래는 소리가 들렸다. 이 와중에도 너무나 차분하고 단호한 목소리였다. 누군가 기름등잔에 불을 붙여 천장 중앙의 고리에 매달았다. 찰리는 현기증이 이는 가운데 자신이 거꾸로 걸린 호가드의 그림 속에서 산다는 생각을 했다. 그러다가 문득 살마가 옆에 있다는 사실을 깨닫고, 사이렌이 울린 이후로 계속 그녀와 함께 있었다는 사실도 떠올렸다. 다시 폭격기 두 대가 뒤를 잇고(아니, 첫 번째 폭격기들이 돌아온 걸까?) 기름등잔이 흔들렸다. 폭음이 점점 접근하면서는 시야도 제자리로 돌아왔다. 마치 최초의 두 발을 온몸에 맞은 기분이었다. 싫어, 다시는. 정말 싫어. 세 번째의 굉음이 제일 컸다. 순간 그녀도 죽었다고 생각했으나 세 번째, 다섯 번째 폭음이 들리면서 죽음의 희망도 포기하고 말았다.

"미국, 미국, 더러운 미국 놈들!" 한 여인이 히스테리와 고통에 못 이겼던지 갑자기 찰리를 향해 소리치기 시작했다. 여자는 다른 여성들도 함께 찰리를 비난하기를 바랐으나 살마가 조용히 말렸다.

한 시간 이상을 기다린 기분이지만 어쩌면 2분에 불과했을 수도 있다. 더 이상 아무 일이 없자 그녀가 살마를 보며 "나가요."라고 말했다. 솔직히 방공호도 다른 곳보다 나을 게 없었다. 살마가 고개를 저었다.

"놈들은 우리가 나오길 기다리고 있어요. 어두워지기 전엔 못 나가요." 그녀가 조용히 설명했는데 분명 어머니 생각을 했을 것이다.

어두워진 후 찰리는 혼자 오두막으로 돌아왔다. 정전인 탓에 촛불을 켰는데, 기이하게도 세면대 양치 컵에 하얀 히스 가지가 담겨 있었다. 그녀는 작고 조잡한 팔레스타인 아이의 그림을 찬찬히 살폈다. 앞마당에 나가보니 옷이 여전히 빨랫줄에 걸려 있었다. 만세, 다 말랐다. 다릴 생각은 없기에 수용소 난민답게 작은 목궤 서랍 안에 깔끔하게 접어 넣었다. 어떤 아이가 가져다 놓은 걸 거야. 그녀는 다시 한 번 히스 가지를 돌아보며 혼잣말을 했다. 덕분에 기분도 좋아졌다. 금니를 한 아이일 거야. 그래, 내가 알라딘이라고 불렀는데… 어젯밤에 살마가 시켰을까? 그런 선물을 하다니 고맙기도 해라.

"우리는 연인과도 같아요. 당신은 떠나지만 그 후엔 우리는 꿈이 되니까요." 헤어지면서 살마가 한 얘기였다.

개자식들. 더럽고 추악한 유대 살인마들. 내가 여기 없었다면 저 사람들을 정말로 하늘나라로 날려 보냈겠지?

"애국할 방법이라고는 이곳에 남아 있는 것뿐이에요." 살마는 그렇게 말했었다.

22

눈앞에서 시간이 흐르고 인생이 펼쳐질 때 찰리는 혼자가 아니었다. 전선을 넘는 순간부터, 리트박, 쿠르츠, 베커 등 과거의 가족 모두가 자신들이 초래한 이질적이고도 이율배반적인 역경에 어떤 식으로든 조바심을 덧씌우려 들었기 때문이다.

"전쟁에서 후퇴라는 영웅적 행위만큼 어려운 건 없다." 쿠르츠가 부하들은 물론 자기 자신에게까지 즐겨 인용하던 문구였다.

쿠르츠의 후퇴는 지금껏 한 번도 없었던 일이다. 탈진한 군대를 영국에서 빼내는 행위 자체가, 적어도 보병들에게는 승리라기보다 패배로 보였기 때문이다. 이제껏 번번히 축배 한 번 못해봤건만. 찰리가 떠나고 몇 시간 되지 않아 햄스테드 안가는 유대인거주지로 물러났다. 통신 밴은 해체하고 전자장비들도 외교화물로 묶어 텔아비브로 보냈는데 실제로도 다소 볼썽사나운 형국이었다. 밴 자체는 가짜 번호판을 떼어내고 엔진번호도 깎아낸 다음 보드민 황무지 어딘가에 다 타버린 잔해로 만들어서 버렸다. 하지만 쿠르츠는 그런 장례식에 참가할 여유도 없었다.

황급히 디즈레일리의 사무실로 돌아가, 알렉시스한테 떠넘겼던 조정관 업무로 복귀해야 했기 때문이다. 물론 끔찍이도 싫어하는 사무직이지만 도리가 없었다. 예루살렘은 기분 좋은 겨울 햇살을 만끽하는 중이었다. 부랴부랴 비밀 안가들을 오가며 정적들의 공격을 방어하고 지원을 요청하는 동안에도, 황옥의 성채도시는 눈부신 하늘을 한껏 담아냈다. 쿠르츠도 그나마 풍경에서 위안을 얻을 수 있었다. 회고에 따르면, 그의 작전은 말들이 서로 다른 방향으로 달려가는 마차 신세가 된 지 오래였다. 가브론이 막으려 애를 썼지만 현장에서만큼은 여전히 무소불위였다. 고국에서라면 이급 정치인들과 하급 요원들이 정보의 신으로 여기고 있기에, 그는 엘리야 이상의 쓴소리꾼에 사마리아인들보다 위험한 적으로 통했다. 그의 첫 번째 싸움은 찰리의 생존을 위한 것이었다. 아니, 어쩌면 자신의 생존도 포함되겠다. 쿠르츠가 가브론의 사무실에 발을 디디는 순간 시작된 일종의 의무방어전이기도 했다.

까마귀 가브론은 벌써 일어나 두 팔을 들어 올리고 한바탕 싸움을 준비 중이었다. 검은 머리도 전보다 훨씬 산발이었다.

"신나게 놀았나? 맛있는 음식도 많이 먹고? 보니까 살도 많이 찐 것 같은데?" 그가 깍깍거렸다.

그러고는 쾅! 드디어 붙었다. 두 사람의 고함 소리와 주먹으로 책상을 두드리는 소리가 사방에 울려 퍼졌다. 말 그대로 부부가 카타르시스를 노리고 벌이는 싸움 같았다. 당신이 해결하겠다고 했잖아? 이제 어떻게 할 건데? 그렇게 큰소리쳤던 대박은 도대체 어디 갔나, 응? 알렉시스 얘기는 또 다 뭐야? 그자하고 일하지 말라고 그렇게 목이 빠져라 얘기했잖아! 까마귀가 따져 물었다.

"그런데 뭐, 믿어달라고? 그렇게 많은 돈과 공작을 날리고 명령을 수 없이 어겨놓고? 도대체 가져온 게 뭔가? 뭘 갖고 믿으란 말이야?"

가브론은 징벌로 지도위원회 참석을 명했다. 그때쯤 이미 최후의 수단을 고민하는 자리였기에 쿠르츠도 최선을 다해 로비를 벌였다. 물론 계획 수정도 각오해야 할 것이다.

"자네한테 남은 게 뭐가 있나? 힌트라도 줘야지. 그래야 왜 도와야 하는지 알 게 아닌가?" 복도에서 만난 친구들이 목소리를 낮추어 물었다.

하지만 끝내 쿠르츠는 입을 다물었고, 친구들도 마음을 상해 그가 애걸을 하든 말든 내버려두기로 했다.

싸워야 할 전선은 더 있었다. 북동 해안 지역의 밑바닥 스파이라인과 첩보 기지를 전담하는 부서에 머리를 조아려야 했기 때문이다. 물론 찰리의 행적을 감시하기 위해서다. 그곳의 국장은 알레포 출신의 유대인으로 온 세상을 증오했지만 그중에서도 쿠르츠가 최고였다. 당연히 찬성할 리가 없었다. 그런 식으로 끌려 다니다간 한도 끝도 없어요! 내 작전은 또 어떻게 할 겁니까? 리트박의 감시꾼 셋에게 현장 지원하는 것도 그래요. 그래 봐야 여자가 환경에 쉽게 적응하기밖에 더하겠습니까? 그런 식의 과잉원조는 듣도 보도 못했지만 그게 어디 가당키나 하겠습니까? 대규모의 협조를 얻기 위해 쿠르츠는 출혈도 심했고 온갖 추잡한 양보까지 감내해야 했다. 그가 이런 식으로 거래를 따내는 동안 미샤 가브론은 저만치 물러나 시장(市場)이 스스로 해결책을 찾아낼 때까지 모르는 척했다. 쿠르츠는 믿음이 확고하면 어떻게든 제 고집대로 할 위인이다. 약간의 재갈에 채찍질을 조금 첨가해도 절대 움찔할 친구가 못 된다. 가브론이 부하들에게 은밀히 한 얘기다.

그런 식의 음모가 진행되는 동안 쿠르츠는 한밤중에도 예루살렘을 떠나지 못했다. 그래서 리트박을 유럽 밀사로 삼아 감시팀을 강화하고, 최선을 다해(모두가 바라 마지않는) 최종단계에 대비하도록 지시했다. 뮌헨의 태평 시절에야 2인 교대로도 충분했지만 이제 그마저 끝이 났다.

신성 3인조 메스테르바인, 헬가, 로시노를 철저히 감시하려면 독일어가 가능한 현장 요원들 모두를 소집해야 했다. 더욱이 대부분 손을 놓은 지 오래라 솜씨가 많이 녹슬기도 했다. 국외 유대인들에 대한 리트박의 불신도 골칫거리였지만 워낙에 고집이 쇠심줄이었다. 행동이 너무 유하고 충성심도 제각각이라는 게 이유였다. 리트박은 쿠르츠의 지시에 따라 프랑크푸르트에도 날아갔는데 공항에서 알렉시스와 비밀리에 만나기 위해서였다. 감시 작전에 도움을 얻을 목적도 있지만, 쿠르츠 말대로 우유부단하기로 소문난 그의 배알을 시험하는 게 더 중요했다. 결국 두 사람의 재회는 재앙이었다. 보자마자 서로를 싫어했기 때문인데, 설상가상으로 리트박의 견해가 가브론의 정신과의사들이 처음 예견한 진단과 맞아떨어진 것도 한몫했다. 알렉시스에게는 사용한 버스표도 맡기지 말 것.

"결정이 끝났다지만 내가 결정 따위에 휘둘릴 놈으로 보입니까? 이 모임이 끝나자마자 직접 장관님한테 가서 몽땅 털어놓겠소. 나도 명예가 있는 놈이기에 이대로 물러설 수는 없소이다." 알렉시스는 자리에 앉기도 전에 선언했다. 분노에 가득 찬 속삭임 같았지만 끝이 갈라진 탓에 가성처럼 들렸다. 심경뿐 아니라 정치적 입지도 완전히 달라졌음을 한눈에도 알 수 있었다.

"유대인을 등질 생각은 없소. 독일인으로 저도 나름의 양심은 있으니까. 하지만 최근의 폭파사건 등으로 나도 마냥 자유로울 수만은 없단 말이오. 결국… 이봐요, 미안한 얘기지만 유대인들도 역사적으로 박해를 자초한 이유가 있지 않겠소?"

리트박이 그를 무섭게 노려보았다. 그를 용서할 생각도 없었다.

"당신 친구 슐만은 힘도 있고 설득력도 있소. 적당히 넘어갈 사람도 아니고… 이미 독일 땅에서도 허가 없이 폭력을 일삼은 게 어디 한두 번이오? 그 양반도 우리 독일인처럼 극단적인 성향이 있는 사람이오."

리트박은 더 이상 듣고 싶지 않았다. 그는 병자처럼 창백한 얼굴에 시선까지 돌리고 말았다. 두 눈의 분노를 감추고 싶었을 것이다.

"전화해서 직접 얘기하지 그래요?" 리트박이 제안했다. 그래서 알렉시스는 전화를 걸었다. 공항 전화국에서 쿠르츠가 알려준 특별 번호였다. 리트박도 바로 옆에 서서 여분의 수화기를 귀에 댔다.

"음, 폴, 당신 좋으실 대로 해요." 알렉시스의 말이 끝나자 쿠르츠가 친절하게 대답하고는 곧바로 말투를 바꾸었다. "그런데 장관께 보고할 때 당신 스위스 계좌에 대해서도 모두 밝히는 게 좋을 게요. 아니면 내가 내려가서 직접 얘기해야 하지 않겠소, 폴?"

그 후 쿠르츠는 교환을 바꾼 다음 앞으로 48시간 동안 알렉시스의 전화는 절대 돌리지 말 것을 지시했다. 그렇다고 원망 따위는 없었다. 요원들을 상대로 원망해본 적은 없었다. 냉각기가 끝나고 그는 하루 짬을 내어 프랑크푸르트로 직접 순례를 떠났다. 박사도 상당히 회복된 상태였다. 알렉시스가 "치사하다."며 얼굴까지 붉혔지만, 어쨌든 스위스 계좌가 약효는 있었던 모양이다. 하지만 그가 회복하게 된 가장 직접적인 요인은, 유명 독일 신문에 그의 인물평이 무척 호의적으로 실린 덕분이었다. 강단이 있고 헌신적이며 알렉시스 특유의 위트를 잃지 않는…. 그래서 그는 자신이 바로 그런 사람이라고 믿게 되었다. 그가 행복한 소설에 젖어 있는 동안 쿠르츠는 흥미로운 정보 하나를 전리품으로 갖고 돌아왔다. 알렉시스가 화가 나서 감춰두고 있었던 것이다. 아스트리트 베르거에게 보낸 그림엽서 사본. 아스트리트 베르거는 그녀의 수많은 별명 중 하나다.

낯선 필체. 파리 제7지구 소인. 쾰른의 지시에 따라 독일 우체국이 가로챔.

내용은 영어로 되어 있었다.

"프라이 아저씨는 계획대로 내달에 수술해요. 어쨌든 당신이 V의 집을 이용할 수 있어서 다행이에요. 거기에서 봐요. 사랑하는 K."

사흘 후, 같은 수사팀이 베르거의 다른 안가에 보낸 동일 필체의 두 번째 엽서를 찾아냈는데 이번에는 스톡홀름 소인이었다. 알렉시스는 다시 한 번 완벽한 공조를 이루어 속달로 엽서를 보냈다. 내용은 단순했다. "프라이, 맹장수술. 24일 16시. 251호실." 사인은 'M'이었는데, 암호분석가들의 해독에 따르면 그 사이에 통신 두절이 있었다는 뜻이다. 적어도 미셸이 이따금 지시를 받는 패턴으로는 그랬다. 요원들의 노력에도 불구하고 엽서 'L'은 찾지 못했다. 대신 리트박의 여자 요원 둘이 사냥감 베르거가 직접 부친 편지 한 통을 찾아냈다. 바로 제네바의 안톤 메스테르바인에게 보낸 편지였다. 마침내 상황이 마무리되었다. 그 즈음 베르거는 함부르크를 방문해, 블랑케네제의 어느 상류 코뮌에서 애인 하나를 만났다. 어느 날 마을까지 미행하다가 그녀가 우체통에 몰래 편지를 넣는 광경을 목격했다. 그녀가 떠나자마자 요원들은 노란 대형봉투를 우체통에 넣은 다음, 둘 중 미모가 나은 요원에게 우체통을 지키게 했다. 우체부가 우편물을 수거하러 왔을 때 그녀는 사랑과 분노가 어쩌고저쩌고 떠들며 그만 말도 안 되는 약속을 하고 말았다는 등의 얘기를 늘어놓았다. 우체부는 멋쩍게 웃으며 그녀가 자기 인생을 말아먹을 편지를 찾아낼 때까지 기다려주었다. 물론 그녀가 찾아낸 편지는 노란 대형봉투 바로 아래 놓인 아스트리트 베르거의 것이었다. 그들은 편지를 개봉해 촬영하고 다음 수집 때 가져갈 수 있도록 같은 우체통에 넣어주었다.

전리품은 감상적인 여학생이 마구 휘갈겨 쓴 여덟 쪽짜리 넋두리였다. 편지를 작성할 때 무척이나 흥분상태인 듯 보였는데 순전히 아드레날린 탓이었으리라. 편지는 진솔했다. 메스테르바인의 성적 매력을 칭

송하다가, 엉뚱하게도 엘살바도르와 서독 국방예산, 그리고 스페인의
선거와 최근 남아공의 추문을 연계한 조잡한 이데올로기를 마구 퍼붓
기도 했다. 레바논에 대한 유대인의 폭격을 맹비난하고, 팔레스타인인
들에 대한 이스라엘의 '최종 해결책'에 대해서도 논평했다. 편지는 삶으
로 가득했지만 사방에서 부정과 불의를 보았다. 그리고 당국이 분명 메
스테르바인의 편지를 검열할 것이기에, '철저히 법적 테두리 내에서' 행
동할 필요에 대해서도 언급했다. 추신도 있었다. 단 한 줄. 마치 기발한
작별 인사라도 하듯 밑줄도 굵게 긋고 감탄사도 여러 개 붙여놓았다. 새
침하면서도 짓궂은 말장난, 둘만 알고 있을 내용이겠지만, 여타의 작별
인사와 마찬가지로 편지를 쓴 배경 전체를 포함할 수도 있었다.

Attention! On va épater les 'Bourgeois!

분석가들도 그 추신에는 난감해했다. 왜 대문자 'B'지? 밑줄은 또 왜?
헬가의 교육이 부족해서 프랑스 명사에 모국어인 독일어 문법을 적용한
건가? 그건 말도 안 되는 얘기다. 생략부호는 왜 단어 좌상에 갖다 붙였
을까? 암호 해독가들과 분석가들이 낑낑거리며 해독하고, 컴퓨터들이
불가능한 순열을 뽑아내느라 죽어라 돌아갔지만, 정작 뻔한 결론을 끄
집어낸 사람은, 영국 북부 특유의 진솔함과 단순함으로 똘똘 뭉친 레이
철이었다. 레이철은 여가시간에도 낱말 맞추기 퍼즐을 풀며 공짜 자동
차를 탈 꿈을 꾸는 아가씨였다. 'Uncle Frei'가 절반이고, 'Bourgeois'
가 나머지 반쪽이에요. 'Freibourgeois'는 프라이부르크의 사람들이라
는 뜻이고. 24일 저녁 6시에 251호실에서 있을 '수술(operation)' 즉 공
작에 충격받을 수밖에 없겠죠? 어쨌든 알는 봐야 하지 않나요? 그녀
가 돌팔이 전문가처럼 얘기했다.

그래, 알는 봐야겠지. 다들 그녀의 말에 동의했다.

컴퓨터는 꺼졌지만 그래도 하루 이틀 의혹은 가라앉지 않았다. 전제

자체가 터무니없는 데다 너무 단순하고 유치하다는 게 이유였다.

하지만 헬가 같은 부류는 체계적인 소통 수단을 거의 철학문제처럼 기피하는 경향이 있었다. 동무들은 혁명정신을 기반으로 돼지들이 이해 못하도록 지극히 추상적으로 소통해야 한다.

조사해 봐.

프라이부르크는 적어도 여섯 곳이었다. 처음 생각은 메스테르바인의 모국인 스위스의 작은 마을이었다. 프랑스어와 독일어를 함께 쓰는 데다 부르주아들은 스위스인들한테조차 무신경한 것으로 유명하기 때문이다. 쿠르츠는 지체 없이 발 빠른 조사 요원 둘을 보내 반유대 테러 가능성이 있는 목표를 찾아내고, 이스라엘과 보호계약을 맺은 사업체들을 특별 감시하며, 병원, 호텔, 사무실을 막론하고 251호실 모두를 확인하도록 했다. 24일에 맹장수술 예약이 있는 환자 또는 해당일 16시에 어떤 종류든 수술을 받기로 한 환자들의 이름도 확보해야 했다. 물론 공적인 지원은 전무했다.

쿠르츠는 예루살렘의 유대기구로부터, 마을에 거주하는 저명한 유대인들의 최신 명단과 그들이 자주 다니는 교회와 단체 명단을 확보했다. 유대인 병원이 있습니까? 그게 아니면 정통 유대교의 요구에 맞는 교회라도?

하지만 다른 사람들과 마찬가지로 쿠르츠도 확신이 있는 건 아니었다. 그런 목표들은 과거와 달리 극적인 효과가 결여되어 있었다. 누군가를 놀라게 할 수도 없고 생각해볼 만한 여지도 없었다.

그러던 어느 날 오후, 마치 이쪽 현장에 에너지를 쏟아붓자 저쪽 현장에서 진실이 분출하듯, 살인마 로시노가 비엔나에서 바젤까지 비행기를 타고 갔다. 그는 그곳에서 다시 오토바이를 빌린 다음 국경 넘어 40분을 달려 고대도시 프라이부르크에 다다랐다. 한때는 바덴 주의 수도였던 곳이다. 그는 먼저 값비싼 점심 식사를 만끽하고 대학 교학과에 찾아가 일반인이 청강 가능한 인문학 강좌에 대해 묻더니, 대학 구내에서 251호 강의실이 어디 있는지 알려줄 것을 공손히 요청했다.

그야말로 안개 속의 빛 한 줄기였다. 레이철이 옳고 쿠르츠가 옳았으며 신은 정의로웠다. 미샤 가브론도 정의로웠다. 시장이 자연스럽게 해결책을 찾아냈으니 말이다.

다만 가디 베커는 함께 기쁨을 나누지 못했다.

도대체 어디 갔지?

자신보다 타인이 대답을 더 잘 알 때가 있다. 어느 날 그는 디즈레일리 가의 안가 주변을 어슬렁거리며 불안한 눈으로 암호 해독기를 노려보았다. 지긋지긋할 정도로 띄엄띄엄 찰리 요원의 근황을 보고하는 망할 놈의 기계. 그날 밤, 아니, 더 정확히는 다음 날 새벽, 그가 쿠르츠의 집 초인종을 눌러 엘리와 개들을 깨우고는, 찰리가 완전히 빠져나올 때까지 타예든 누구든 공격하지 않겠다고 약속하라고 다그쳤다. 소문을 들었다는 얘기였다. "미샤 가브론이 인내심이 많은 건 아니잖습니까." 그가 까놓고 말했다.

디미트리나 동료 라울을 포함해 누구든 현장에서 돌아왔다면 베커는 당장 브리핑에 참석해 그녀의 상황에 대해 미친 듯이 물고 늘어졌을 것이다.

며칠이 지나자 쿠르츠도 그에게 질리고 말았다. "악몽처럼 계속 쫓아다니니, 원." 결국 사리분별이 돌아올 때까지 안가 출입을 금지하겠다며 공개적으로 윽박지르기까지 했다.

"요원 없는 담당관은 오케스트라 없는 지휘자와도 같아. 자기 기분에 취하고 작전은 소일거리로 전락하거든." 그가 화를 달래며 엘리에게 한 말이었다.

쿠르츠는 엘리와 공모하여 프랭키에게 전화를 걸었다. 그리고 그녀의 전남편이 마을에 있다고 고자질한 다음 연락 가능한 번호까지 알려주었다. 쿠르츠는 처칠의 도량으로 모든 사람들이 자신처럼 원만한 결혼생활을 했으면 하고 바랐을 뿐이었다.

프랭키가 지체 없이 전화를 걸었다. 베커는 묵묵히 얘기를 듣다가 아무 대답 없이 수화기를 내려놓았다. 아예 전화를 받지 않은 사람 같았다. 물론 덕분에 프랭키만 더 화가 났다.

쿠르츠의 계략이 효과가 없지는 않았다. 베커가 다음 날 삶을 반추하기 위한 여행을 떠났기 때문이다. 그는 차를 빌려 먼저 텔아비브로 향했다. 그곳에서 은행 담당자와 약간의 비관적인 거래를 처리한 다음, 부친이 매장된 옛 묘지를 찾아 무덤에 꽃을 바치고 빌려온 수건으로 주변을 꼼꼼하게 청소했다. 내친 김에 유대교 송영까지 소리 내어 불렀으나 사실 그도 부친도 종교에 관심을 가져본 적은 없었다. 텔아비브에서는 남동쪽 헤브론으로 떠났다. 미셸이 엘칼릴이라 불렀던 바로 그곳이다. 그가 찾은 곳은 아브라함 사원이었다. 67년 전쟁 이후 유대인 회당으로도 쓰는 곳인데 그곳에서는 보수적인 군인들을 만나 잡담을 나누었다. 꾀죄죄한 제모를 쓰고 셔츠 단추를 배까지 풀고 입구와 흉곽을 서성거리던 자들이다.

베커가 떠난 후 그들은 서로 탄식을 했다. 세상에, 전설의 가디 아니야? 시리아 전선에서 골란 전투를 벌인 영웅! 그런데 이런 아랍 지옥에서 뭘 하는 거지? 그것도 저렇게 슬픈 표정으로?

그는 군인들의 존경하는 눈빛을 뒤로한 채, 지붕이 있는 고대시장을 배회했다. 숨겨놓은 폭발물도 시장사람들의 들끓는 시선도 아랑곳하지 않는 눈치였다. 이따금 멈춰 서서 아랍어로 양념이나 구두 가격을 묻기는 했지만 분명 생각은 다른 곳에 가 있었다. 아이들이 주변에 몰려들어 그의 말에 귀를 기울였는데, 한 아이는 감히 그의 손을 건드리기까지 했다. 그는 자동차로 돌아가 고갯짓으로 무리들에게 작별을 고한 후, 천천히 포도 넝쿨 우거진 붉은색의 부잣집 테라스들 사이로 이어진 작은 도로를 지나서, 동쪽 언덕 위의 아랍 마을에 도착했다. 마을은 거의 일률적으로 나지막한 석조 주택들뿐이며 지붕마다 에펠탑 모양의 안테나가 있었다. 가벼운 눈이 위쪽 비탈에 내려앉고 검고 두터운 구름 때문에 세상이 암울하고 가차 없는 그림자로 이글거렸다. 계곡을 가로질러 새로운 이스라엘 정착촌이 침략군의 전초기지처럼 서 있었다.

그는 마을 한 곳에 들어가 산책을 하고 바람을 쐬었다. 67년 아버지가 탈출을 결심할 때까지 미셸의 가족이 살았던 곳이다.

"그래서 무덤까지 찾아갔다던가? 처음엔 아버지, 지금은 그 친구 무덤? 정말?" 쿠르츠가 얘기를 모두 전해 듣고 던진 질문이다.

하지만 당혹감은 잠시, 다들 웃기 시작했다. 요제프, 즉 이삭의 아들 요셉 또한 헤브론에 묻혔다는 이슬람 신앙을 떠올렸기 때문이다. 그걸 믿는 유대인은 없다.

베커는 헤브론에서 북쪽 요르단 계곡을 지나 벳산에 간 것으로 보였다. 48년 전쟁 때 아랍인들이 완전히 소거되고 유대인들이 재정착한 마을이다. 그는 그곳에서 한참을 떠돌며 로마 투기장을 감상한 후 천천히 티베리아스로 건너갔다. 티베리아스는 근대적인 공간으로 빠르게 탈바꿈하는 중이라, 해변을 따라 미국 스타일의 대형호텔들이 줄지어 들어섰다. 그 밖에도 해변 휴양지와 고급 중국 레스토랑이 각각 하나씩 있었다. 물론 공사장은 그보다 훨씬 많았다. 어쨌거나 그곳 역시 그의 관심사 같지는 않았다. 그는 멈추지 않고 곧바로 통과했는데, 그래도 창문을 열고 느린 속도로 운전하며 마치 숫자를 세기라도 하듯 마천루들을 감상했다. 길게 이어진 밭고랑에 몇 겹의 철조망으로 전선을 표시한 곳이 있었다. 평화 시에 '선의 장벽'이라고 이름 지은 곳인데, 한쪽으로는 관망대에 이스라엘 시민들이 올라가 당혹스러운 표정으로 가시철망 너머 황무지를 내다보았다. 다른 쪽에서는 레바논 기독민병대가 온갖 차량을 몰고 오가며 이스라엘의 보급품을 수령했다. 팔레스타인 저항세력을 무력진압한 데 따른 포상인 셈이다.

당시의 메툴라는 베이루트까지 스파이 전선을 위한 천연의 종착역이기도 했다. 가브론의 정보부도 그곳에 특수팀을 꾸려 요원들의 이동을 관리했다. 위대한 베커가 나타난 때는 이른 저녁, 그는 팀의 업무일지를 뒤적이고 유엔군의 위치에 대해 사소한 질문 몇 개를 던지곤 금세 떠나버렸다. 무척 혼란스러운 표정이더군요. 아픈 사람 같기도 했어요. 눈과 안색에 병색이 완연했거든요. 팀장의 말이었다.

"그래서 망할 뭘 찾아다니는 거야?" 팀장의 보고를 듣고 쿠르츠가 투덜댔다. 하지만 팀장은 말주변이 없는 데다 입까지 무거워진 터라 더 이상 해줄 말이 없었다. 그가 당혹해하며 중얼거린 대답은 기껏 이랬다. 오랜 작전에서 돌아온 요원들이 종종 그런 표정이긴 합니다.

그래도 베커는 계속 차를 몰고 돌아다니다가 마침내 탱크 발자국 가득한 구불구불한 산길에 다다랐다. 그 길을 따라가면 그가 어느 곳보다 좋아하는 키부츠가 나오는데 삼면을 레바논이 보호하고 있는 이른바 고지의 독수리 요새였다. 그곳은 48년에 처음 유대인 부락이 되었다. 당시만 해도 리타니 남쪽, 유일의 동서 도로를 통제하기 위한 군사 방어거점으로 삼았으나, 51년 젊은 이스라엘 토박이들이 들어와, 한때 유대주의의 이상이기도 했던 고된 세속의 삶을 꾸리기 시작했다. 그 이후로 키부츠는 이따금 폭격을 겪으면서도 크게 번창했으나, 반대로 구성원은 근심스러울 정도로 줄어들었다. 베커가 도착했을 때 스프링클러가 돌고 있고 바람은 붉은색과 분홍색 장미의 달콤한 향으로 가득했다. 마을 사람들이 그를 열렬히 환영해주었다.

"이제 우리와 함께 살려고 온 거요, 가디? 싸움이 끝난 겁니까? 자, 여기 당신 집도 마련해두었습니다. 오늘 밤이라도 들어올 수 있어요!"

그는 그 말에 웃기는 하고 가타부타 얘기는 하지 않았다. 이틀 정도 일거리를 요구했지만 그에게 줄 일이 남아 있을 리가 없었다. 농한기 아닙니까. 과일과 목화도 다 따고 가지치기도 끝나고 봄을 대비해 들판도 갈아놨는 걸요. 어쨌든 그가 고집을 부려, 단체 식당에서 배식을 담당해도 좋다는 대답을 얻어냈다. 사실 마을 사람들이 정말로 바란 것은 마을이 어디로 가고 있는지에 대한 그의 의견이었다. 다른 사람도 아니고 가디니까! 말인즉슨, 그가 마을의 의견에 귀를 기울였으면 한다는 뜻이다. 이 약해빠진 정부에 대해, 쇠락해만 가는 텔아비브 정치에 대해.

"우리는 일하기 위해 여기 들어왔습니다, 가디. 정체성을 찾고 유대인을 이스라엘 사람으로 만들기 위해서죠. 그런데 이곳이 우리 고향이 될 수는 있는 겁니까? 아니면 국제 유대 사회를 위한 본보기에 불과한 겁니까? 어느 쪽이 우리 미래죠, 가디? 말씀해주세요!"

그들은 이런 질문들을 생생하고 호소력 있게 퍼부었다. 그가 자신들의 비제도권 생활에 새로운 제도를 채워줄 선지자라도 되는 줄 아는 모양이나, 정작 그들이 상대하는 당사자가 그의 텅 빈 영혼에 불과하다는 사실을 알 리는 없었다. 적어도 처음에는 아니었다. 그런데 가디, 팔레스타인 사람들과 타협한다는 얘기는 어떻게 된 겁니까? 하지만 그 대답마저 그들이 내놓아야 했다. 가장 큰 실수는 67년이었어요. 67년 우리가 관용을 베풀어야 했습니다. 보다 공평한 제안을 내놓아야 했어요. 승자가 아니면 누가 양보하겠습니까? 우리는 너무 힘이 강하고 그 사람들은 너무 약해요, 가디.

하지만 이런 해결불가의 질문공세에는 그만 베커도 질리고 말았다. 그는 울적한 심정을 달래기 위해 혼자 캠프 주변을 어슬렁거리기 시작했다. 그가 좋아하는 장소는 박살난 감시탑으로 작은 시아파 마을은 물론, 당시 팔레스타인 수중에 있던 북동쪽 보퍼트의 십자군요새까지 훤히 내려다보였다. 마지막 저녁, 그들은 그곳에서 그를 보았다. 그는 아무런 보호막도 없이, 경보도 끄지 않은 전자 울타리에 바짝 붙어 있었다. 해가 저물기 시작한 터라 그의 밝은 면과 어두운 면이 동시에 드러났는데, 정말로 리타니 유역 어디든 그가 와 있음을 알려주고 싶어 안달이라도 난 사람 같았다.

다음 날 아침, 그는 예루살렘의 디즈레일리 가에 돌아와 거리를 배회하며 하루를 보냈다. 수많은 싸움을 벌이고 자신을 포함해 무수한 피를 보았던 곳이다. 그러면서도 그는 마주치는 것마다 불만의 눈길을 쏘아보냈다. 크게 당혹스러운 표정으로, 유대인 재건지구의 단조로운 아치들을 바라보고 예루살렘의 풍광을 망가뜨린 대형호텔 로비에 앉아 버젓한 미국 시민들의 군상을 구경하기도 했다. 오시코시, 댈러스, 덴버 등지에서 전통을 찾겠다며 찾아온 중년의 신자 무리들이다. 호텔의 소형 양품점에서는 손으로 직접 수를 놓은 아랍 카프탄과 주인이 보증하는 아랍 공예품을 팔았다. 그는 여행자들의 태평한 잡담을 듣고, 값비싼 향수 냄새를 맡고, 뉴욕 스타일의 특급 비프스테이크에 대한 온건한 불평들을 들었다. 고향에서 먹던 것만 못하다는 내용이었다. 그리고 오후 내내 홀로코스트 박물관에서 시간을 보내며 살아 있다면 그의 또래가 되었을 아이들 사진을 보며 심란해했다.

이런 얘기들을 모두 듣고 난 후, 쿠르츠는 베커의 휴가를 취소하고 업무에 복귀시켰다. 프라이부르크에 대해 알아봐. 도서관, 기록실, 닥치는 대로 뒤지라고. 자세히 알 만한 자가 있는지도 알아보고 대학 설계도, 도

시계획안 모두 가져와. 필요한 자료는 모조리 분석하고 재검토해. 어제 일까지 모두.

노련한 싸움꾼은 절대 평범하지 않아. 아주 멍청하거나 아니면 생각이 너무 많은 거야. 쿠르츠가 엘리에게 말했지만 그건 자신을 위한 변명에 불과했다.

하지만 아직 찾지 못한 새끼양 때문에 이렇게 크게 화가 날 수 있다는 사실은 쿠르츠 자신에게도 놀라운 일이었다.

23

그곳은 전선의 끄트머리였다. 지금껏 겪어온 최악의 장소이자 그 자리에 있는 순간조차 잊고 싶은 장소였다. 강간범들을 무더기로 풀어놓은 기숙학교이자 사막에 지어놓고 실탄으로 경쟁하는 투기장이다. 팔레스타인의 망가진 꿈은 언덕 너머 다섯 시간을 질주한 끝에 널브러져 있었다. 그리고 꿈 대신 보 게스티가 리메이크한 영화처럼 작고 초라한 요새가 그들에게 주어졌다. 노란 석조 성가퀴와 돌계단이 있고 그 옆에 폭격에 날아간 채 모래주머니로 쌓아놓은 정문이 있었다. 혹독한 바람에 그 위에 세운 깃대의 로프들이 마구 휘날렸으나 지금은 매달 깃발조차 없었다. 요새에서 자는 사람 중에 아는 이는 하나도 없었다. 오로지 통치와 면담을 위한 곳이기 때문이다. 하루 세 끼 양고기 볶음밥을 먹고 한밤중이 지나도록 열띤 그룹 토론들이 이어졌다. 동독 토론자들은 서독을 욕하고, 쿠바인들은 만인을 욕하며, 자칭 압둘이라 부르는 미국인 좀비는 즉각적 세계평화에 대한 스무 쪽짜리 논문을 읽어내려갔다.

또 다른 생활공간은 소총 사격장이지만, 언덕 위 폐쇄된 채석장이 아니라 낡은 오두막사였다. 창문을 모두 봉쇄하고 전구들을 줄줄이 철기둥에 매달고, 모래가 줄줄 새는 모래부대로 벽을 에워싼 건물. 타깃도 기름 깡통 따위가 아니라 실물 크기의 조잡한 미국 해병 인형이었다. 페인트로 억지미소를 그려 넣고 총검을 고정해놓은 인형인데 발밑에 놓인 갈색 점성종이 두루마리는 사격이 끝난 후 총알구멍을 때우기 위한 용도였다. 그곳은 항상 북적거렸다. 깊은 밤에도 이따금 시끄러운 웃음소리와 실망의 신음으로 가득했다. 어느 날 위대한 전사가 찾아왔다. 일종의 VIP 테러요원인데 운전사가 딸린 볼보까지 있었다. 그가 사격을 하는 동안은 모두가 접근 금지였다. 어느 날 찰리의 반에 거친 흑인들이 몰려들어오더니 탄창들을 마구 비워냈다. 지휘를 맡은 젊은 독일인은 아예 안중에도 없었다.

"이 정도면 맘에 드나, 흰둥이?" 그중 하나가 어깨 너머로 소리쳤다. 낭랑한 남아공 억양이었다.

"이런… 그래… 아주 좋아." 독일인이 대답했다. 흑인들의 인종차별적 행동에 크게 당혹스러운 표정이었다.

그들은 목청이 터져라 웃어대며 성큼성큼 떠났다. 미해병들은 만신창이 곰보 신세인지라 그날 여성요원들의 첫 시간은 머리에서 발끝까지 땜질을 하느라 망쳐버렸다.

숙소로 쓰는 임시막사는 모두 세 동이었다. 여성용은 칸막이를 하고 남성용은 개방형인데 세 번째는 소위 훈련교관용 도서관이었다. 저 인간들이 도서관으로 부르잖아? 행여 책 읽는 건 기대도 않는 게 좋아. 파티마라는 이름의 키 큰 스웨덴 여자가 말했다. 아침 기상시간이면 확성기를 통해 군가가 터져 나오고 곧바로 체조시간이 시작되는데, 그러면 요원들은 거대한 달팽이 흔적처럼 끈적거리는 이슬이 새겨진 백사장으로 부리나케 달려 나갔다.

하지만 파티마 말이 맞다면 다른 곳은 더 심했다. 파티마는 스스로를 훈련광이라 부르며, 예멘, 리비아, 키에프에서 훈련을 받았다고 했다. 테니스선수처럼 세상을 돌아다니며 누군가 그녀를 어디에 써먹을지 결정해주기를 기다리는 것이다. 그녀에게는 크누트라는 세 살짜리 아들이 있었다. 혼자 벌거벗고 노는 모습이 안타까워 찰리가 얘기를 걸어봤지만 그냥 울어버리고 말았다.

경비원들은 지금껏 만나본 적도, 다시 만날 필요도 없는 그런 부류의 아랍인들이었다. 오만한 데다 말도 거의 하지 않았으나 서방인들에게 모멸감을 주는 것만큼은 다들 선수들이었다. 그들은 요새 변두리에 진을 치고 있으며 지프에 여섯 명씩 태우고 무서운 속도로 질주하곤 했다. 파티마 말로는 특수 민병대원들로 시리아 국경에서 훈련을 받았다고 했다. 개중에는 자동차 페달을 밟지 못할 정도로 어린애들도 끼어 있었다. 밤이면 똑같은 아이들이 두셋씩 몰려다니며 여자들을 사막에 태워주겠다고 꼬드겼다. 그럴 때마다 찰리와 일본여자는 난장을 부렸지만 파티마는 대개 따라 나갔다. 동독 여자도 동행했는데 돌아올 때면 늘 황홀한 표정이었다. 다른 여자들은 그들이 괴롭힐 때마다 오히려 서양인 교관들에게 달라붙었는데, 그 바람에 아랍 아이들이 더욱 날뛰었다.

교관들은 모두 남자였다. 아침 기도시간이면 오합지졸 학생 동지들 앞에 서서 그중 하나가 오늘의 적을 향해 저주를 퍼부었다. 유대주의, 이집트의 변절, 유럽 자본주의의 착취, 다시 유대주의… 찰리에게는 생소한 기독교 팽창주의라는 개념도 있었는데 아마도 크리스마스인 데다 철없는 교관들이 파티까지 벌이며 들떠 있기 때문이리라. 동독 교관들은 뚱한 표정에 머리를 짧게 깎았으며 여자들한테 전혀 관심 없는 척했다. 쿠바인들은 정열적이다가도 갑자기 향수병에 걸리거나 오만해졌다. 그리고 대부분은 악취가 나고 이가 썩었다. 친절한 피델은 예외였다.

그는 누구나 좋아했다. 아랍 교관들이 가장 격하고 거칠었다. 낙오자에게 고함을 지르는 건 물론, 부주의한 훈련병의 발밑에 총을 쏜 것도 여러 번이다. 덕분에 아일랜드 소년이 놀라서 자기 손가락을 깨물었고 미국인 압둘은 멀리서 그 광경을 보고 폭소를 터뜨렸다. 압둘은 늘 그런 식이었다. 영화 촬영장의 카메라맨처럼 느물느물 훈련병 뒤를 쫓아다니며 위대한 혁명소설을 위한 에피소드를 기록해댔다.

하지만 초기에 정신없던 와중에도 그곳 최고의 스타는 부비라는 완전 사이코 체코인이었다. 그들이 도착한 첫날 자기 전투모를 모래 위에 올려놓고 총을 쏴댔는데, 처음에는 칼라슈니코프, 다음에는 45구경 피스톨, 마지막에는 러시아제 수류탄을 던졌다. 모자는 15미터 허공으로 산화해갔다.

정치토론을 위한 공용어는 기초 수준의 영어였으며 이따금 불어를 가미했다. 행여 살아서 집에 돌아간다면, '혁명의 새벽'과 관련한 지긋지긋한 심야토론 얘기로 평생을 얻어먹고 살겠다며 몰래 맹세까지 했다. 그래도 그녀는 절대 웃지 않았다. 그 개자식들이 뮌헨의 도로에서 애인을 날려버린 후로 한 번도 웃어본 적이 없다. 최근 그의 민족이 고통받는 모습을 보고나서는 더욱더 처절한 보복을 맹세했다.

만사를 혼자 신중하게 판단해요. 미쳤다는 소리를 들을 정도로 초연해야 해요. 그들은 그런 모습에 익숙하니까. 절대로 질문을 해서는 안 돼요. 밤이든 낮이든, 자신한테만 오직 자신한테만 충실하고. 요제프는 그렇게 말했다. 실제로 그 자신이 너무도 고독하고 신중한 전사였다.

인원은 첫날부터 요동쳤다. 트럭이 티레를 떠난 후만 해도 남자 다섯과 여자 셋이었다. 얼굴에 덕지덕지 화약얼룩을 바른 간수 둘이 함께 뒷자리에 탔는데, 트럭이 덜컹거리고 미끄러지며 울퉁불퉁 언덕길을 넘는 동안 대화는 철저히 금지했다. 바스크 소녀가 귓속말로 이곳이 아덴이며 터키인 둘은 키프로스 출신이라고 얘기해주었다. 트럭이 도착했을 때 열 명의 훈련병이 대기 중이었으나 다음 날 터키인 둘과 바스크 소녀가 사라졌다. 아마도 그 후에 다른 트럭들이 들어왔다가 헤드라이트도 켜지 않은 채 떠날 때였을 것이다.

입단식에서는 반제국주의 혁명에 충성서약을 하고 '훈련소 생활규칙'을 암송하게 했다. 규칙은 혁명동지 환영센터의 흰 벽 중앙에 십계명처럼 붙어 있었다. 항상 아랍 이름 사용. 약물 사용 금지. 지나친 탈의 금지. 욕설 및 비방 금지. 사적 대화 금지. 음주 금지. 혼숙 금지. 자위행위 금지. 저 훈령 중 어느 쪽이 먼저 깨질까 궁금해하는데 스피커에서 녹음된 목소리의 밋밋한 환영사가 흘러나왔다.

"동무들, 우리가 누구입니까? 우리는 이름도 군복도 없는 사람들입니다. 자본주의 식민지를 탈출한 낙오자들입니다. 우리는 레바논의 고통스러운 수용소에서 탈출해 이곳에 와 이제부터 민족말살분자들과 맞서 싸울 것입니다. 서방 도시의 콘크리트 무덤에서 빠져나와 바로 이곳에서 인류애를 발견할 것입니다. 이 세상의 굶주리는 8억 인류를 위해 횃불을 밝힐 것입니다!"

환영사가 끝난 후, 그녀의 등줄기에 식은땀이 흐르고 가슴에서는 분노가 방망이질 쳤다. 싸우자. 싸우자. 싸우자. 바로 옆 아랍 소녀를 보니 그녀의 눈에도 똑같은 열정이 불타올랐다.

요제프는 밤낮으로 싸워야 한다고 말했다.

따라서 그녀는 밤낮으로 싸웠다. 미셸을 위해, 현재의 광기를 유지하기 위해, 팔레스타인을 위해, 파트메를 위해, 시돈 감옥의 살마와 폭격당한 아이를 위해 투쟁하고, 내면의 혼란을 탈출하기 위해 끊임없이 자아를 밖으로 몰아쳤다. 자신의 두 번째 자아를 그 어느 때보다 강력하고 단속하고 그 요소들을 하나의 투쟁적 자아로 결합했다.

나는 비탄과 분노에 빠진 과부다. 죽은 연인의 투쟁을 떠맡기 위해 여기 왔다.

나는 어설픈 싸움으로 세월을 탕진하다 비로소 눈을 뜬 투사. 이제 칼을 들고 당신들 앞에 서노라.

팔레스타인의 심장에 손을 얹고 맹세하노니, 세상의 귀를 비틀어 우리 얘기를 듣게 해주리라.

나는 활활 불타고 있으나 영리하고 노련하다. 나는 한 방의 독침을 위해 겨울 내내 기다린 말벌이다.

나는 레일라 동무, 세계혁명의 시민이다.

밤낮으로.

그녀는 그 부분을 극한까지 끌어올렸다. 그녀는 분노를 담아 맨손 격투에 임하고, 거울을 보며 머리를 빗어 넘길 때도 잔뜩 인상을 썼다. 검은 머리에 벌써부터 모근이 빨갛게 드러나기 시작했다. 마침내 의지로 시작한 노력은 정신과 신체에 습관처럼 배고, 병적인 고독과 울분 또한 교관과 훈련생을 포함해 순식간에 주변으로 전파되었다. 그들은 거의 처음부터 그녀가 이질적인 존재임을 인정하고 어느 정도 거리를 두었다. 아마 이전에도 그런 사람이 있었을 것이다. 요제프 말로도 그랬다. 그녀가 무기 훈련에 임할 때의 냉혹한 열정에는 미친 부비까지 감탄했다. 그녀의 열정은 휴대용 미사일 발사장치는 물론, 붉은 전선과 뇌관으로 폭탄을 제조할 때, 치명적인 칼라슈니코프를 다룰 때에도 전혀 흔들림이 없었다. 그녀는 혼신을 다했지만 언제나 혼자였다. 그리고 언제부턴가 그들이 그녀에게 순종하고 있음을 깨달았다. 하다 못해 시리아 민병대까지 함부로 치근덕대지 못했다. 여자들도 더 이상 그녀의 외모에 시비를 걸지 않았다. 심약한 동무들은 쭈뼛쭈뼛 그녀 주변으로 모여들고 강자들은 그녀를 맞상대로 인정했다.

피델 이후 그녀에게 호감을 보인 인물은 미국인 압둘이었다. 어느 늦은 밤 그가 찾아왔다. 노크소리가 어찌나 조용하던지 그녀는 알레리아 소녀 둘 중 하나라고 생각했다. 둘 다 종종 열쇠를 잊고 다녔던 것이다. 그때쯤 찰리도 압둘이 훈련소 종신관쯤 된다고 여기던 참이었다. 지휘부와 너무 가깝고 특권도 많은 데다 별다른 일 없이 따분한 논문이나 읽고 다니지 않았던가. 미국 최남부 억양으로 남미의 테러리스트 마리겔라를 인용하곤 했지만 찰리가 보기엔 그마저도 위장이었다. 피델은 그를 존경했다. 그가 베트남 탈영병이며 제국주의를 증오해 하바나를 거쳐 그곳에 왔다고 말해준 이도 피델이었다.

"안녕." 압둘이 먼저 인사를 하더니 씩 웃으며 안으로 들어왔다. 그녀가 미처 문을 쾅 닫기도 전이었다. 그는 침대에 앉아 담배를 말기 시작했다.

"나가요, 당장." 그녀가 으르렁거렸다.

"그럴 거야." 그는 그렇게 대답하면서도 계속 담배를 말았다. 키가 크고 머리가 벗어지고 있었는데 가까이서 보니 생각보다 마른 체구였다. 지금은 쿠바 작업복 차림이었다. 갈색의 부드러운 턱수염을 길렀지만 이제 털도 많이 빠진 듯 보였다.

"진짜 이름이 뭐야, 레일라?" 그가 물었다.

"스미스."

"맘에 들어, 스미스." 그는 억양을 바꿔가며 이름을 반복했다. 그가 담배에 불을 붙이고 한 모금 권했지만 그녀는 무시해버렸다. "그럼 아일랜드인가? 타예 씨 소유라고 들었는데, 당신 취향도 아주 독특해, 응? 아주 까다로운 친구잖아? 직업은 뭐지, 스미스?"

555   그녀가 걸어가 문을 활짝 열었으나 그는 침대에서 꿈쩍도 하지 않았다.

그저 이해한다는 듯 담배 연기 사이로 멋쩍게 씩 웃어 보였을 뿐이다.

"섹스 싫어한다며? 아까워. 여기 계집년들은 죄다 바넘 서커스 코끼리 같거든. 그래서 이 참에 취향을 조금 올려볼까 생각했었지. 여기선 아주 특별식이잖아, 응?"

그가 비척비척 일어나더니 침대 밑에 담배를 집어던지고 부츠로 짓이겼다.

"불쌍한 남자한테 적선 한 번 안 해줄 건가, 스미스?"

"나가요." 그녀가 인상을 썼다.

그는 그녀의 명령에 따라 비척비척 얌전히 그녀 쪽으로 걸어왔다. 그러다가 고개를 들고 가만히 서 있었는데… 세상에 지치고 무표정한 두 눈에 눈물이 가득한 게 아닌가! 게다가 턱 주변으로도 어린애 같은 애원이 배어나왔다.

"타예 때문에라도 난 절대 회전목마에서 뛰어내리지 못해. 그 양반 내 이데올로기 배터리가 방전될까 봐 불안해하거든. 솔직히 요즘은 나도 자신이 없어. 아이들이 죽을 때마다 그게 어떻게 세계평화의 거름이 되는지 잘 연결이 안 된단 말이야. 몇 사람 죽이고 나면 세계평화고 나발이고 다 개소리야. 타예도 그런 문제를 점점 가볍게 생각하고 있고. 낙천주의자거든. '가고 싶으면 가.' 그렇게 말하고는 저 사막을 가리킨단 말이야. 장난처럼."

그가 혼란에 빠진 거지처럼 두 손으로 그녀의 오른손을 잡더니 가만히 손바닥을 바라보았다.

"내 이름은 아서 J. 헬러랜이오, 스미스. 혹시 어디든 미대사관을 지나가면 부디 메모 한 장만 넣어줘요. 과거 보스턴과 베트남에 있었고 그 후에는 비공식 부대를 떠돌던 나 아서 헬러랜, 어서 집으로 돌아가 사회에 빚을 갚고 싶어한다고 말이오. 저 미친 유대놈들이 쳐들어와 우리를 쏠

어버리기 전에. 해주겠소, 스미스? 그러니까, 때가 되면 우리 앵글로들 이야말로 우선순위 아니겠소?"

그녀는 꼼짝도 할 수 없었다. 갑자기 부상당한 후 최초의 오한이 덮치듯, 저항불가의 피로가 밀려들었다. 지금은 오로지 자고 싶었다. 핼러랜과 함께. 그가 원하는 위안을 주고 보답으로 위로받고 싶었다. 아침에 그가 고발을 한다 해도 개의치 말자. 그러라고 하자. 지금 기분으로는 단 하루도 이 지긋지긋한 고독의 감방을 견딜 수가 없었다.

그는 여전히 그녀의 손을 잡고 있었다. 그녀도 뿌리치지 않고, 그저 창틀에 서서 저 아래 거리를 내려다보는 자살자처럼 흔들렸다. 이윽고 그녀가 있는 힘을 다해 손을 빼내고는, 그의 여위고 힘없는 몸을 복도로 내몰았다.

그녀는 침대에 앉았다. 담배 냄새도 나고 발밑에 꽁초도 보였다.

가고 싶으면 가라. 타예는 그렇게 말하고 사막을 가리켰소. 그는 낙천주의자요.

그런 식의 두려움은 없소. 당신의 용기는 돈과 같을 게요. 쓰고 또 쓰고. 그러다가 어느 날 밤 주머니를 들여다보면 땡전 한 푼 남지 않았음을 알 테지. 진짜 용기는 바로 그때 시작한다오. 요제프는 그렇게 말했다.

논리는 하나 뿐이오. 당신. 생존자는 오직 한 명 당신뿐이고, 당신이 믿을 사람도 단 한 사람 오직 당신뿐이오. 요제프는 그런 말도 했다.

그녀는 창가에 서서 모래 걱정을 했다. 모래가 그렇게 높이까지 솟구치리라고는 상상도 못했다. 낮이면 이글거리는 햇볕에 녹녹해진 터라 얌전히 누워 있었다. 그런데 지금처럼 달빛이 비추기라도 하면 고집스러운 원뿔형으로 부풀어올라서는 이쪽 지평선에서 저쪽 지평선까지 몸을 숨기며 접근하는 게 아닌가. 저놈의 모래가 창문 틈으로 비집고 들어와 잠든 그녀가 질식사하는 것도 시간문제일 것이다.

취조는 다음 날 아침 시작해 (나중에 따져보니) 하루 낮과 이틀 밤의 절반 동안이나 이어졌다. 정말로 야만적이고 비합리적인 과정이었다. 요원들이 번갈아 들락거리며 고함치고, 그녀의 혁명정신을 시험하고, 아니면 영국인이거나 유대주의자나 미국 스파이라며 비난을 퍼부었다. 취조가 지속되는 동안은 훈련에서도 면제되었다. 휴식 중에도 숙소를 떠나지 말라고 지시했으나 실제로는 훈련소 주변을 어슬렁거려도 아무도 신경 쓰지 않았다. 취조는 굉장한 다혈질의 아랍 소년 넷이서 둘씩 교대하며 이어갔다. 그들은 손으로 쓴 메모지들을 넘겨가며 미리 준비한 질문들을 토해냈는데, 그녀가 그들의 영어를 알아듣지 못할 때 제일 크게 화를 냈다. 구타는 없었지만 차라리 때리기라도 했으면 좋을 듯싶었다. 그랬다면 적어도 언제 장단을 맞추고 언제 입을 다물지 정도는 알았을 것이기 때문이다. 그들의 분노는 충분히 위협적이었다. 이따금 교대까지 해가며 고함을 지르고 얼굴을 들이대고 침을 뱉어댔는데 머리가 지끈거릴 정도였다. 물잔을 권하고는 그녀가 받으려 하면 얼굴에 뿌려대기도 했다. 하지만 다음에 만났을 때 행패를 부린 아이는 동료 셋 앞에서 반성문을 써서 읽고 심한 굴욕 속에 방을 떠났다. 다음에는 그녀가 유대주의와 영국 여왕의 스파이라는 증거를 찾아냈다며 총살하겠다고 협박했다. 하지만 그녀가 끝까지 버티자 금세 흥미를 잃고 대신 자기들의 고향 자랑을 늘어놓았다. 세계 최고의 올리브기름과 와인 얘기도 했다. 또 한 번의 고비를 넘기고 미셸에게 다시 돌아왔음을 직감한 순간이다.

천장에서 대형 선풍기가 돌아가고 벽에 부착한 지도는 모두 회색 커튼으로 덮어두었다. 열린 창을 통해 간헐적으로 쿵쿵 폭파 연습 소리가 들렸다. 부비의 사격장 쪽이었다. 타예가 소파를 가져와 그 위에 길게 다리를 올렸다. 흉터투성이 얼굴도 병자처럼 창백해 보였다. 찰리는 오만한 처녀처럼 그 앞에 서 있었다. 눈은 내리깔고 턱은 꽉 다문 모습이었다. 한 마디 시도는 해봤지만 타예가 위스키 병을 꺼내 벌컥벌컥 들이켜는 바람에 그마저 타이밍을 놓쳤다. 그가 손등으로 입을 훔쳤는데 수염이라도 기른 사람 같았다. 오늘은 그녀가 알고 있던 것보다 훨씬 과묵하고 그녀를 대하는 것도 불편해 보였다.

"미국인 압둘." 그녀가 말했다.

"그래서?"

이미 각오는 했다. 머릿속으로 계속 연습도 했다. 혁명을 향한 레일라 동무의 막중한 책임감이 동료 병사를 밀고하는 데 따른 본능적 거부감을 이겨냈습니다. 그녀는 그 대사를 외웠다. 토론회에서도 그 말을 나불대던 여자들이 있었지만, 그녀는 그의 시선을 피한 채 혹독한 분노를 토해내듯 재빨리 내뱉었다.

"본명은 핼러랜입니다. 아서 J. 핼러랜. 반역자. 내가 밖으로 나가면 미국인들을 만나 자기가 고향으로 돌아가 심판을 받고 싶어 한다고 전해달라고 했습니다. 반혁명적 신념을 감추고 있다는 사실도 인정했죠. 우리 모두를 배신할 겁니다."

타예의 어두운 시선은 그녀의 얼굴에서 떠나지 않았다. 지금은 지팡이를 두 손으로 잡아 그 끝으로 다친 다리를 깨우기라도 하려는 듯 발끝을 톡톡 건드리고 있었다.

"그래서 나를 보자고 한 건가?"

"예."

"핼러랜이 자네를 찾아온 건 사흘 전이다. 왜 그때 보고하지 않고 사흘을 묵혀둔 거지?" 그가 그녀에게서 시선을 돌리며 물었다.

"계시지 않았습니다."

"다른 사람들은 있었어. 왜 나를 불러달라고 하지 않았나?"

"그를 벌하실까 봐 불안했습니다."

하지만 타예는 전혀 핼러랜을 심판하려는 사람 같지가 않았다.

"불안했다고? 불안해? 왜 핼러랜을 걱정하는 건가? 사흘 내내? 그의 입장을 동정하나?" 그는 그녀가 심각한 고백이라도 한 듯 따져 물었다.

"몰라서 물으십니까?"

"그가 솔직하게 고백한 이유가 뭐지? 당연히 자네가 빌미를 준 거겠지?"

"아닙니다."

"그와 잤나?"

"아닙니다."

"그럼 왜 핼러랜을 보호하려고 한 거야? 혁명을 위해 살인을 배우면서 배신자의 목숨을 걱정해? 왜 숨기려 한 건가? 실망스럽군."

"경험이 없었습니다. 그가 불쌍했습니다. 그래서 다치기를 원치 않았죠. 그러다가 의무를 떠올린 겁니다."

타예는 그런 식의 대화가 점점 당혹스러운 듯 보였다. 그가 다시 위스키를 마셨다.

"앉아."

"괜찮습니다."

"앉아."

그녀는 자리에 앉아 그의 옆얼굴을 노려보았다. 그의 얼굴 중에서도 흉측한 쪽이었다. 그녀의 판단으로는 그에게는 더 이상 그녀를 알 권리가 없었다. 이미 그 시점을 지났기 때문이다. 당신이 시키는 대로 이곳에 와서 지시대로 모두 배웠어요. 아직 나를 이해하지 못한다면 그건 순전히 당신 잘못이에요.

"미셸한테 보낸 편지에서 아이 얘기를 했던데, 아이가 있나? 그의 아이?"

"총에 대한 얘기였어요. 함께 잘 때 총을 곁에 두었었죠."

"어떤 총이지?"

"월터. 칼릴이 그에게 준 총이죠."

타예가 한숨을 내쉬더니 마침내 그녀에게서 고개를 돌린 채 말했다.

"자네가 나 대신 핼러랜을 처리해야 한다면 어떻게 할 텐가? 집에 보내달라고 하지만 아는 게 너무 많아."

"말을 못하게 하세요."

"총살?"

"제가 결정할 일이 못됩니다."

그는 다시 한 번 다친 발을 내려다보다가 지팡이를 그 위에 세워 다리와 평행을 만들었다.

"그래, 그건… 하지만 이미 죽은 사람을 왜 처형해야 하지? 우릴 위해 일하게 할 수도 있잖아?"

"배신자입니다."

이번에도 타예는 그녀의 논리를 일부러 못 들은 척했다.

"핼러랜이 훈련소 사람들과 자주 접촉하는 이유가 있다. 우리의 독수리가 되어 어느 부분이 약하고 병들었는지 보여주고 배신의 우려가 있는 방향을 지적해주지. 그런 유용한 인력을 제거할 정도로 어리석다고 생각하나? 자네, 피델과는 잤나?"

"아뇨."

"이탈리아 놈이라서?"

"자고 싶지 않았을 뿐입니다."

"아랍 아이들은?"

561 "아뇨."

"너무 까다로운 것 아냐?"

"미셸과는 까다롭지 않았습니다."

타예가 다시 당혹스러운 한숨을 흘리며 세 번째 위스키를 마셨다.

"요제프는 누군가? 요제프?" 가볍게 따지는 말투였다.

여배우로서의 찰리는 마침내 끝난 건가? 아니면 현실 극장과의 타협이 너무나 완벽해 삶과 예술의 간극이 사라졌나? 그 순간 레퍼토리 중 어느 하나 떠오르지 않았다. 어떤 연기를 고를까 하는 고민도 없었다. 그대로 기절해 저 돌바닥에 조용히 눕고 싶다는 생각도 없고 무릎을 꿇고 이실직고할 마음도 없었으며, 비록 최후의 선택으로 남아 있기는 해도 아는 대로 실토하고 목숨을 구걸할 의사는 더욱 없었다. 그보다는 화가 났다. 미셸의 혁명을 위한 여정에서 전환점에 이를 때마다, 이런 식으로 진심을 질질 끌고 바닥에 내동댕이치고 이것저것 따지고 묻는 행위가 역겨워 죽고 싶을 따름이었다. 그래서 그녀는 아무 생각 없이 그를 노려보았다. 이를테면 어쩌다가 뒤집어진 카드 한 장인 셈이다. 그 카드를 받든지 버릴 것. 그리하여 지옥에나 가시기를….

"요제프가 누군지 모릅니다."

"이런, 생각해 봐. 미코노스. 아테네 가기 전. 우리 아이가 당신 친구하고 우연히 대화하다가 요제프 얘기가 나온 거야. 당신 무리에 있었다는데 그때 찰리가 완전히 빠졌다고 했다더군."

이제 방어막도 없고 도피로도 없다. 드디어 장애를 모두 걷어치웠으니 달리기만 하면 된다.

"요제프? 오, 그 요제프!" 그녀는 얼굴에 이제 생각났다는 표정을 띠었다. 물론 그 위에 역겨움을 덧칠하기도 했다.

"기억나요. 우리 가족을 넘보던 유대인 뺀질이였죠."

"아무 곳에나 유대인을 갖다 붙일 필요 없다. 우리는 반이스라엘주의자가 아니라 반유대주의자야."

"나보고 믿으라는 얘기인가요?"

타예는 흥미가 일었다.

"내가 거짓말쟁이라는 건가, 찰리?"

"그가 유대주의자이든 아니든 더러운 놈이었어요. 우리 아버지처럼."

"부친이 유대인인가?"

"아뇨. 하지만 도둑이었어요."

타예는 한참 동안 그 말을 곱씹었다. 그러고는 처음엔 표정으로 그리고 몸 전체로, 자신이 여전히 의혹을 해소하지 못했음을 노골적으로 드러냈다. 담배를 권했지만 찰리는 받지 않았다. 그에게 접근하면 끝장이라는 정도는 본능으로 직감했다. 그가 다시 한 번 지팡이로 죽은 발을 때렸다.

"미셸과 함께 보낸 그날… 테살로니카의 낡은 모텔… 기억나나?"

"그런데요?"

"직원들 얘기에 따르면 밤늦게 두 사람 방에서 고성이 들렸다더군."

"그래서 알고 싶은 게 뭐죠?"

"채근하기는. 그날 밤 소리친 사람이 누구였나?"

"아무도 아니에요. 그놈들이 엉뚱한 방을 기웃거린 거겠죠."

"누가 소리쳤나?"

"우리가 아니라니까요. 미셸은 내가 가지 않기를 바랐어요. 그뿐이에요. 내 걱정을 했죠."

"그래서 자네는?"

요제프와 꾸며낸 이야기였다. 그녀가 미셸보다 강해지는 순간의 얘기.

"팔찌를 돌려주겠다고 했죠."

563 타예가 고개를 끄덕였다.

"자네 편지 추신에 적혀 있더군. '팔찌를 지켜내서 너무 기뻐요.' 그리고 물론… 고함은 없었다. 자네 말이 맞아. 얄팍한 아랍식 속임수를 용서하게나." 그가 마지막으로 그녀를 살펴보며, 다시 한 번 수수께끼의 연인을 분석해보았으나 소용없었다. 그가 군인답게 입술을 삐죽 내밀었다. 요제프도 이따금 하던 버릇인데 지시를 내리기 위한 서곡인 셈이다.

"자네한테 임무를 주겠다. 소지품을 챙겨 즉시 이 자리로 돌아올 것. 훈련은 끝났다."

작별은 기대 밖인 데다 완전히 난장판이었다. 수료식도 그 정도는 아니었을 것이다. 숫제 일당을 피레우스 앞바다에 집어던지기라도 할 것 같지 않은가. 피델과 부비는 그녀를 끌어안고 서로 눈물을 부비고 문댔으며, 알제리 소녀는 나무로 깎은 아기 예수상을 선물했다.

밍켈 교수는 스코프스 산과 프렌치힐을 잇는 산등성이에 살았다. 예루살렘의 마천루들은 불운한 보수주의자들의 골칫거리였지만, 그가 있는 뉴타워 8층도 히브리 대학교 근처였다. 어느 세대이든 구도시를 내려다볼 수 있지만 문제는 구도시 또한 그들을 올려다볼 수 있다는 사실이다. 이웃동네와 마찬가지로 뉴타워 역시 마천루인 동시에 요새인지라, 창문은 공습에 반격할 경우 가장 완벽한 응사 위치에 배치되었다. 쿠르츠는 그곳을 찾기까지 세 번이나 실패했다. 처음에는 1.5미터 깊이의 콘크리트에 세운 쇼핑센터에서 길을 잃고 제1차 세계대전의 영국 전몰자 공동묘지에 들어갔다. '팔레스타인 민족의 선물.' 명판에는 그렇게 쓰여 있었다. 그는 다른 건물들을 뒤졌다. 대개가 미국 백만장자들의 선물들이었다. 그러다가 마침내 이놈의 석조 건물을 찾아낸 것이다. 명판이 모두 망가진 터라 그는 아무 초인종을 누른 다음, 이디시 말밖에 못하는 폴란드 영감에게 물었다. 폴란드 영감은 그 건물이 어느 건물인지 단박에 알았다. 잘 찾아왔네, 뭐! 그는 밍켈 박사도 알고 있다며 박사의 처신까지 칭찬했다. 노인 자신이 크라코프 대학교를 나왔다는 얘기였다. 그 밖에도 제멋대로 이것저것 질문을 퍼부었지만 쿠르츠도 최선을 다해 응대해주었다. 예를 들어… 당신은 고향이 어디유? 이런, 맙소사, 그럼 그것도 알겠수다? 그런데 오전 11시에 여긴 무슨 일이오? 밍켈 박사는 우리 민족의 미래 철학자들을 데리고 수업 중일 텐데?

승강기 관리 업체가 파업 중이라 쿠르츠는 계단을 이용해야 했다. 허나 그 어느 것도 그의 기분을 망칠 수는 없었다. 예를 들어 혼기를 놓친 조카딸이 그의 부서에 있는 젊은이와의 약혼을 발표했다. 두 번째, 엘리의 성경 모임을 그럭저럭 넘길 수 있었다. 모임 끝에 커피 파티를 열었는데 그나마 늦지 않게 참석해 핀잔을 듣지 않은 것이다. 하지만 무엇보다도 프라이부르크를 침투한 결과 몇 가지 확실한 단서를 얻었다. 바로 어제 시몬 리트박의 청취팀에서 너무도 흡족한 결과를 뽑아낸 덕이다. 베이루트의 어느 옥상에 설치한 최신식 지향성 마이크를 실험할 때였다. 프라이부르크, 프라이부르크, 다섯 쪽에 3회 반복, 매우 기쁨. 이따금 행운이 모든 걸 결정한다. 나폴레옹은 물론 예루살렘 사람들 모두가 인정하듯, 훌륭한 장군을 만드는 것도 행운이다.

작은 층계참에 이른 다음엔 잠시 멈춰 서서 숨도 고르고 생각도 정리했다. 계단 조명은 방공호 수준이었다. 전구 위에 철망까지 달고 보니 어두운 기억 너머 어린 시절 게토에서 쿵쾅거리던 폭격 소리가 들려왔다. 시몬을 데려오지 않길 잘했어. 시몬은 너무 심각한 경향이 있는데 이런 데 오면 버릇만 더 나빠질 것이다.

18D호 방은 금속으로 된 감시창이 있고 한쪽에 빗장이 줄지어 달렸다. 밍켈 부인이 "잠깐만 기다리세요."라고 외치더니 점점 자세를 낮추며 구두끈 풀 듯 하나하나 열어 내려갔다. 안으로 들어가자 그녀는 다시

끈기 있게 빗장을 채워 올라갔다. 키가 크고 파란 눈이 무척이나 밝은 미인이었다. 잿빛 머리는 전통적인 쪽머리였다.

"내무성에서 오신 스필버그 씨 맞죠? 한시가 기다리고 있어요. 어서 들어오세요." 그녀가 조심스러운 말투로 인사와 악수를 청했다.

그녀가 문을 열자 작은 서재가 나왔다. 그곳에 부덴브루크 만큼이나 온갖 풍파를 이겨낸 애국자 한시가 앉아 있었다. 책상은 그가 앉기에도 너무 작아 보였는데 그럼에도 불구하고 오랜 세월을 견뎌온 티가 났다. 책과 서류들이 주변 여기저기 쌓여 있어도 나름대로의 질서는 있는 것처럼 보였다. 책상은 창틀에 비스듬하게 놓여 있었다. 내받이창은 육모꼴을 반으로 잘라놓은 모양새로, 화살처럼 얇고 좁은 반투명 창들이 줄줄이 박혀 있었다. 붙박이 벤치도 하나 있었다. 밍켈이 천천히 일어나 방을 가로질렀는데 너무도 초연하고 점잖은 모습이었다. 그는 유일하게 비학문적인 틈바구니에 다다라서야 쭈뼛쭈뼛 손님을 환영해주었다. 두 사람이 내받이창 안쪽에 앉자 밍켈 부인도 긴의자를 끌고 와 그 사이에 당당히 자리를 잡았다. 누가 반칙을 하는지 지켜보려는 사람 같았다.

어색한 침묵이 이어졌다. 쿠르츠는 의무 때문에 어쩔 수 없다는 식으로 유감스러운 미소부터 지었다.

"밍켈 부인, 죄송하지만 부군과 상의할 얘기가 두어 건 있는데 보안상의 문제가 있답니다." 그리고 다시 미소를 지으며 기다렸다. 마침내 교수가 여자에게 커피를 타오라고 주문했다. 커피는 어떻게 드십니까?

그녀는 문간에서도 남편을 향해 경고의 눈길을 보냈다.

밍켈 부인이 마지못해 자리를 비웠다. 실제로 두 남자의 나이 차이가 거의 없어 보였지만 쿠르츠는 밍켈에게 최대한 예를 갖추어 대했다. 대학 교수들이 늘 그런 데 익숙하다는 판단 때문이다.

"교수님, 어제 루시 자디르와 말씀을 나누셨다고 들었습니다." 쿠르츠가 먼저 얘기를 꺼냈다. 지극한 공대였다. 그는 현재의 상황을 충분히 이해하고 있었다. 루시가 전화를 걸 때 바로 옆에서 양쪽의 대화를 모두 듣고 그때 이 남자의 기분까지 파악한 터였다.

"루시는 내 수제자 중 하나입니다." 교수가 너무나 안타깝다는 듯 지적했다.

"우리 친구이기도 합니다. 교수님, 루시가 연루된 일이 어떤 성격인지는 잘 아시죠?" 쿠르츠가 느긋하게 물었다.

밍켈도 전공 외의 질문에는 익숙하지 않았다. 덕분에 대답하기 전에 먼저 당혹스러운 기색부터 드러냈다.

"아무래도 한 말씀 드려야겠군요." 그가 다소 쭈뼛거리며 선언했다.

쿠르츠는 너그러이 미소를 지었다.

"이곳에 오신 이유가 예전이든 지금이든 내가 맡았던 학생들의 정치적 학습 및 성향 때문이라면, 유감스럽지만 협조해드릴 수 없습니다. 제 입장에선 합법적 용인이 가능한 원칙이 아니니까요. 이런 말씀은 이미 드린 것으로 알고 있습니다. 죄송합니다." 그러고는 갑자기 당황스러워했는데 자신의 생각도 히브리어 능력도 모두 만만찮았기 때문이다. "이곳에서 전 어떤 입장을 지지합니다. 우린 무언가를 지지할 때 당연히 표현을 해야겠지만 가장 중요한 건 행동이죠. 전 바로 그 점을 지지합니다."

쿠르츠도 밍켈의 파일을 읽었기에 그가 뭘 지지하는지 정확히 알고 있었다. 그는 마틴 부버의 제자이며, 지금은 거의 잊혔지만 67년과 73년 전쟁 사이에 팔레스타인과의 진정한 화의를 주장했던 이상주의 그룹의 멤버였다. 때문에 우파에서는 그를 반역자라 불렀고, 요즈음 모습이라면 현재 그를 기억하는 좌파들도 마찬가지다. 유대철학과 초기 기독교, 모국 독일에서의 인본주의 운동을 비롯한 30여 가지 주제와 관련된 자들은 그를 철인이라고 불렀다. 색인이 전화번호부만큼이나 두꺼운, 유대주의 이론과 실제에 대한 세 권짜리 학술서를 쓰기도 했다.

"교수님, 이 문제에 관한 한 교수님의 입장을 충분히 이해합니다. 어떤 식으로든 교수님의 고명하신 도덕적 입지에 개입할 생각은 추호도 없습니다." 쿠르츠는 잠시 말을 끊고 그의 보증이 각인되기를 기다렸다. "이번 프라이부르크 대학에서 강연하실 내용이 인권에 대한 기존의 주제에 기초하고 있다고 여겨도 되겠습니까? 아랍인들과 그들의 기본권… 24일 교수님 강연 주제가 맞죠?"

교수는 이런 식의 대화에 익숙하지 못했다. 개념 정의가 너무 두루뭉술하지 않은가.

"강연 주제는 조금 다릅니다. 그보다는 유대주의의 자기실현을 다루죠. 정복이 아니라 유대 문화와 도덕성의 구현을 통해서입니다만."

"그럼 논의가 정확하게 어떤 식으로 이루어지죠?" 쿠르츠가 부드럽게 물었다.

밍켈의 아내가 직접 만든 케이크 접시를 들고 돌아왔다.

"이분이 당신한테 밀고하라던가요? 그러면 싫다고 해요. 몇 번이고 거절해요. 제대로 알아들을 때까지. 그런다고 어쩌기야 하겠어요? 우리 양반을 곤봉으로 두들겨 팰 건가요?"

"밍켈 부인, 부군께 절대 그런 요구는 없을 겁니다." 쿠르츠가 아무렇지도 않게 대답했다.

밍켈 부인은 다시 한 번 불신의 눈빛을 보내고 나서야 물러났다.

하지만 그동안에도 밍켈은 계속 얘기를 하고 있었다. 방해가 있었더라도 상관없다는 투였다. 대답하지 못할 지식은 없다는 주의인지라, 쿠르츠가 질문을 했으니 어쨌든 대답은 해야 했다.

"논의가 어떻게 진행되는지 말씀드리죠, 스필버그 씨. 유대인이 작은 국가를 유지한다면 우리는 유대인으로서 민주적인 방식으로 자기실현을 향해 나아갈 수 있습니다. 하지만 아랍 국가들을 합병하는 식으로 몸집을 키우게 되면 선택은 불가피할 수밖에 없습니다." 그는 반점으로 덮인 두 손을 들어 두 가지 선택을 보여주었다. "이쪽이 유대인의 자기실현 없는 민주주의. 이쪽은 민주주의 없는 자기실현이 되는 거죠."

"그렇다면 해결책은 뭡니까, 교수님?" 쿠르츠가 물었다.

밍켈이 그만두자는 식으로 허공을 향해 두 손을 펼럭였다. 쿠르츠가 학생이 아니라는 사실을 깜빡했다는 뜻이리라.

"간단해요! 우리 본연의 가치를 잃기 전에 가자와 웨스트뱅크에서 나와요! 다른 해결책이 뭐가 있겠습니까?"

"팔레스타인은 그런 제안에 대해 어떻게 반응합니까, 교수님?"

확신에 찼던 교수의 표정에 슬픔이 깃들었다.

"나를 견유학파라 부릅디다."

"그래요?"

"그쪽 말에 따르면 내가 유대 국가와 세계의 공감을 동시에 노리기 때문에 아랍의 명분을 위협한다고 합니다. 위협이라니 가당치도 않은…"
문이 다시 열리고 밍켈 부인이 이번에는 커피포트와 잔을 들고 들어왔다. 교수의 말도 그로 인해 끊기고 말았다.

밍켈 부인이 얼굴을 붉히며 찻쟁반을 쾅 소리가 나도록 내려놓았다.

"위협이요? 지금 이 양반을 위협적이라고 했어요? 이 나라 사정에 대해 솔직하게 얘기한다는 이유로?"

마음만 먹었다면 그녀를 말릴 수 있었지만 이번엔 두고 보기로 했다. 어떻게 나오는지 궁금하기도 했다.

"골란에서의 구타와 고문 알죠? 웨스트뱅크에서는 또 어떻게 다루죠? 정말 친위대보다 더 악랄해요! 레바논과 가자 지구에선? 심지어 여기 예루살렘에서조차 아랍인이라는 이유로 아이들을 마구 때리잖아요.

우리가 위협적이라면 바로 탄압을 얘기하기 때문이에요. 단지 아무도 우리를 탄압하지 않기 때문에… 그런데 독일 출신의 유대인이 이스라엘에 위협적이라고요?"

"이런, 여보…." 교수가 얼굴을 붉히며 끼어들었다.

하지만 밍켈 부인은 자기 의사가 확실한 여성이었다.

"옛날엔 나치를 막지 못했는데 지금은 우리 자신을 막지 못하네요. 이제 우리도 나라가 있어요. 그런데 뭘 하는 거죠? 40년 후 우리도 민족 하나를 말살하는 건가요? 멍청한 인간들! 지금 우리가 입을 닫으면 대신 세상이 말할 거예요. 벌써 그러지 않나요? 신문 좀 보시죠, 스필버그 씨!" 쿠르츠는 그녀의 공격을 막기라도 하듯 팔 하나를 얼굴까지 들어올렸다. 하지만 밍켈 부인은 아직 끝나지 않았다. "루시라는 애. 똑똑한 아이에요. 한시 밑에서 3년을 공부했는데 그 애가 무슨 잘못이라도 했나요? 정부기관에 들어간 걸로 아는데?"

쿠르츠는 손을 내리고 대신 미소를 드러냈다. 조소도 분노도 아니었다. 놀랍도록 다양한 민족성을 정말로 사랑하고 있음을 드러내는 자조적인 미소였다. 그가 "제발."이라며 교수에게 애원했지만 밍켈 부인은 여전히 할 말이 많았다.

어쨌든 마침내 그녀도 입을 다물었다. 이번에는 쿠르츠도 함께 앉아 자신이 어떤 얘기를 하러 왔는지 들어볼 것을 권했다. 그러자 그녀도 다시 긴의자에 앉아 노여움을 삭이기 시작했다.

쿠르츠는 매우 조심스럽고도 자상한 단어들을 골랐다. 지금부터 하는 얘기는 그 어느 것보다 중요한 비밀입니다. 루시 자디르가 훌륭한 직원이고 또 매일 수많은 비밀을 다루고 있지만 이런 종류는 접근도 하지 못하죠. 아까 그 말씀은 괜한 얘기였으니 신경 안 쓰셔도 됩니다. 제가 온 이유는 제자들 때문이 아닙니다. 물론 교수님을 반정부적이라고 비난하거나 고매하신 이상과 싸우러 온 것도 당연히 아니랍니다. 그보다는 프라이부르크에서 묵으실 주소 때문입니다. 그곳에서 아주 부정적인 요인들을 감지했거든요. 그가 마침내 솔직히 털어놓았다.

"여기에 슬픈 사실이 있습니다. 교수님께서 그렇게 열심히 변호하시지만 바로 그 팔레스타인인 일부가 문제를 일으키려고 합니다. 교수님은 24일에 강연을 하실 수 없으십니다. 아니, 사실 이번에는 강연을 하지 못하십니다." 그가 잠시 멈췄으나 부부는 개입할 기미를 보이지 않았다. "우리가 수집한 정보에 따르면, 그쪽 과격 단체가 교수님을 위험한 온건파로 지목했습니다. 자신들의 순수한 명분에 물타기를 하기 때문이죠. 교수님께서도 인정하셨지만 조금 더 심각합니다. 반투스탄 해법의 주역이 우매한 인민을 현혹시켜 유대주의의 전황에 치명적인 양보를 획책하고 있다. 바로 이런 얘기랍니다."

하지만 교수가 검증되지 않은 사건을 받아들이려면 단순한 살해 위협으로는 어림도 없었다.

"잠깐만, 브엘세바에서 강연한 후 팔레스타인 매체에서 나를 그런 식으로 묘사했던데?"

"교수님, 우리가 정보를 얻은 곳도 바로 그 매체입니다." 쿠르츠가 인정했다.

24

그녀가 취리히에 착륙한 건 초저녁이었다. 유도등이 활주로를 밝히며 그녀를 목적지로 이끄는 듯 보였다. 부랴부랴 마음을 추스르기는 했지만 지금 머릿속은 과거의 좌절감들로 가득했다. 무르익을 대로 익은 좌절감들이 이제 썩은 세상을 향해 날아가고 있었다. 이제 그녀는 세상에 일말의 선도 남아 있지 않음을 알고 있다. 서방의 풍요를 위한 대가가 고통이라는 사실도 안다. 그녀는 과거의 모습으로 돌아왔다. 분노와 거부가 그녀를 탈환한 것이다. 다만 지금은 칼라슈니코프가 이전의 무기력한 울분을 대체하기는 했다. 유도등들이 불타는 잔해들처럼 창밖을 스쳐 지났다. 비행기가 착륙했다. 하지만 티켓이 암스테르담이라 이론적으로는 아직 도착한 게 아니었다. 중동에서 혼자 돌아오는 여자는 무조건 용의자다. 우리의 첫 임무는 자네한테 그럴듯한 신분을 마련해주는 일이다. 베이루트에서의 마지막 브리핑. 타예는 그렇게 말했다. 그녀를 배웅하러 온 파트메는 보다 구체적이었다. 칼릴의 지시예요. 도착하자마자 새로운 신분을 확보해요.

THE LITTLE DRUMMER GIRL

한산한 라운지로 들어가면서 문득 그곳에 처음 발을 내디딘 개척자라도 된 기분이 들었다. 녹음된 음악이 흘러나왔으나 듣는 사람은 아무도 없었다. 초콜릿바와 치즈를 파는 예쁜 가게도 텅 빈 채였다. 그녀는 화장실에 들어가 천천히 자신의 외모를 살폈다. 머리는 단발에 흐린 갈색으로 염색했다. 베이루트 아파트에서 파트메가 자르고 염색은 타예가 직접 해주었다. 화장, 성적 매력, 둘 다 안 돼. 그는 그렇게 말했다. 옷은 갈색 정장이었다. 살짝 난시 안경을 쓴 덕분에 잔뜩 인상을 쓰고 봐야 했다. 맥고모자를 쓰고 장식 달린 블레이저코트를 입고 싶어. 미셸의 혁명 낙원에서 너무도 멀리 떨어져 나온 기분이다.

칼릴에게 안부 전해줘요. 파트메가 부탁하며 작별 키스를 해주었다.

바로 옆 세면대에 레이철이 서 있었지만 찰리는 고개를 돌리지도 않았다. 그녀를 좋아하지도 않고 전혀 알지도 못했다. 핸드백을 열어 두 사람 사이에 놓은 것도 우연일 뿐이다. 요제프의 지시대로 말보로 담뱃갑을 제일 위에 올려놓기는 했지만 레이철이 자기 담배와 말보로를 바꿔치기하는 것도 보지 못했다. 그녀가 거울을 통해 보낸 짧고 든든한 미소도 보지 못했다.

내 삶은 이것뿐이야. 연인은 미셸이고 충성은 위대한 칼릴에게 바쳐야 해.

가급적 공항 게시판 가까이에 앉아. 타예의 지시였다. 그녀는 그렇게 했다. 그녀는 작은 상자에서 알프스 식물에 관한 책을 꺼냈다. 여고 졸업 앨범처럼 크고 얇은 종류였다. 그녀는 책을 펼쳐 무릎 위에 제목이 보이도록 올려놓고 '고래를 구하라'는 둥근 배지를 어루만졌다. 타예가 일러준 두 번째 신호였다. 지금부터 항상 두 개를 준비해야 한다고 칼릴이 주장했기 때문이다. 두 개의 계획, 두 개의 신호. 어느 경우든, 첫 번째가 실패할 경우에 대비해 두 번째 체계를 마련해야 했다. 세상을 확인 사살할 두 번째 총탄이 있어야 했다.

칼릴은 첫 번째만 믿어요. 요제프는 그렇게 말했지만 그는 오래전에 죽어 매장되었다. 찰리 청춘기의 폐기된 예지자. 그녀는 미셸의 미망인이며 타예의 전사다. 이곳에 온 이유는 죽은 애인의 형 군대에 합류하기 위해서다.

스위스 군인 하나가 그녀를 바라보고 있었다. 나이는 많고 헤클러앤코흐 기관권총을 소지했다. 찰리가 페이지를 넘겼다. 헤클러는 그녀도 좋아하는 화기였다. 마지막 훈련과정에서 나치 돌격대원 타깃에 100발 중 84발을 박아 넣었다. 남녀 통틀어 최고 점수였다. 부비가 옛날에 베네수엘라에서 어떻게 했는지 알아? 아침에 파시스트 경찰 놈이 집에서 나올 때 사살하라는 명령을 받았거든? 아주 기막힌 시간이지. 문가에 숨어서 기다리는데 목표물이 겨드랑이에 총을 끼우고 나오더라는 거야. 그런데 그자도 한 집안의 가장이잖아? 아이들과 놀기 좋아하는 가장. 그래서 그자가 도로에 접어들 때 주머니에서 공을 하나 꺼내 그쪽으로 튀어가게 한 거야. 아이들 고무공… 그런데 어떤 아버지가 줍지 않겠어? 그건 거의 본능 아냐? 그 순간 부비가 문간에서 빠져나와 빵! 총알을 박아넣은 거야. 고무공을 주우면서 무기를 쏠 능력자는 아무도 없으니까.

누군가 그녀를 꼬드기려 하고 있다. 파이프담배. 돼지가죽 구두. 회색 플란넬 셔츠. 주변을 어슬렁거리다가 점점 다가오는 것도 느낄 수 있다.

"실례합니다만, 영어 하십니까?"

진부한 수작. 영국 중산층 강간범. 금발. 배 나온 50대. 거짓 변명. 아니 못해요. 그냥 그림만 보는 거예요. 대충 그렇게 대답해주고 싶었다. 어찌나 역겨운지 그 자리에 구역질을 할 것만 같았다. 그녀가 노려보았으나 그런 부류가 다 그렇듯 끄떡도 하지 않았다.

"그저 이곳이 너무나 황량해서 그럽니다. 나와 한잔하지 않으시겠어요? 다른 뜻은 없습니다. 제가 사죠."

그녀는 고맙지만 사양하겠다고 답했다. 하마터면 "아빠가 모르는 사람하고 말하지 말랬어요."라고 비아냥댈 뻔했다. 한참 후 그가 화를 내며 성큼성큼 떠났다. 이제 그녀를 밀고할 경찰을 찾아다닐 것이다. 그녀는 에델바이스를 다루는 페이지로 돌아갔다. 로비가 채워지는 소리가 들렸다. 한 번에 한 명씩. 사람들은 그녀를 지나 치즈 가게로 들어가고, 그녀를 지나 술집으로 들어갔다. 그녀를 지나… 아니, 이번엔 바로 앞에 멈춰 섰다.

"이모젠? 나 기억나? 사빈이야!"

그녀가 고개를 들었다. 누구…?

여자는 스위스풍의 밝은색 스카프로 연갈색 단발머리를 감추고 안경은 쓰지 않았다. 하지만 같은 종류의 안경을 썼다면 두 여자를 쌍둥이로 보는 사람도 있을 법했다. 취리히의 프란츠 칼 베버 로고가 찍힌 커다란 가방이 손에 대롱거렸는데 두 번째 신호였다.

"맙소사, 사빈! 정말 너구나!"

그녀가 일어났다. 형식적인 뺨 인사. 이게 웬일이니, 얘. 어디 가는 거야? 아아, 사빈의 비행기는 곧 떠난단다. 어쩌니, 모처럼 수다 떨 시간이 없네. 어쩌겠니, 그게 인생인데, 안 그래? 사빈이 짐 가방을 찰리 발밑에 쿵 하고 내려놓는다. 이것 좀 봐줘, 응? 그래, 사빈, 걱정 말고 다녀와. 사빈이 여자화장실로 들어간다. 찰리는 가방이 자기 것이기라도 하듯 거침없이 가방 안을 뒤진다. 리본으로 감은 봉투 하나. 겉봉투를 통해 여권과 비행기표 윤곽이 비친다. 그녀는 아일랜드 여권, 비행기 표, 교통카드와 봉투를 바꾼다. 이윽고 사빈이 돌아와 가방을 들고… 오른쪽 출구로 뛰어간다. 찰리는 20까지 센 다음 화장실에 들어가 내용물을 확인한다. 바스트루프 이모젠. 남아공화국, 요하네스버그. 나보다 1개월 어리군.

목적지. 슈투트가르트. 한 시간 20분 내. 잘 가요, 아일랜드 처녀. 안녕, 백인의 유산을 주장하는 오지 출신의 엉덩이 빵빵한 기독교 인종주의자 아가씨.

여자화장실에서 나오니 군인이 다시 한 번 그녀를 노렸다. 다 본 거야. 나를 체포하려 하고 있어. 내가 설사병에 걸렸다고 생각하지만 자신의 판단이 옳았다는 사실은 모르고 있어. 그녀는 그가 멀어질 때까지 노려보았다. 어쩌면 그냥 쳐다본 건지도 몰라. 그녀는 다시 알프스 꽃을 파고들며 그런 생각을 했다.

비행은 5분밖에 걸리지 않은 듯했다. 입국장에는 철 지난 크리스마스트리가 서 있었다. 가족들이 서로 반기며 즐거워하다가 일제히 빠져나가기 시작했다. 그녀는 남아프리카공화국 여권을 들고 서서 여성 지명 수배 테러분자 사진들을 살펴보았다. 어쩐지 자기 사진이 나올 것만 같았다. 그녀는 눈 하나 깜짝 않고 입국심사를 통과했다. 녹색 창구. 출구에 이르자 동료 남아공인 로즈가 배낭을 메고 반쯤 잠든 표정으로 배회하고 있었다. 하지만 그녀에게 로즈는 요제프와 마찬가지로 죽었으며 레이철만큼이나 보이지 않았다. 자동문이 열렸다. 눈보라가 얼굴을 때렸다. 그녀는 외투를 여미고 넓은 보도를 지나 주차장으로 향했다. 4층, 왼쪽 모퉁이. 라디오 안테나에 매달아놓은 여우꼬리를 찾을 것. 타예의 지시였다. 길게 뽑은 안테나에 붉고 풍성한 여우털이 매달려 있었다. 여우꼬리는 조잡한 비닐을 고리에 묶어놓은 모조품으로, 소형 폭스바겐 보닛 위에 쥐새끼처럼 늘어져 있었다.

"나는 사울이오. 당신 이름은?" 바로 옆에서 남자 목소리. 감미로운 미국 억양. 순간 그녀는 아서 J. 핼러랜, 즉 압둘이 그녀를 사냥하기 위해 돌아온 줄 알았다. 기둥 너머를 돌아보니 다행히 지극히 평범해 보이는 남자가 벽에 기대 있었다. 긴 머리. 빈 부츠. 상큼하고 느긋한 미소. '고래를 구하라' 배지가 스포츠 점퍼에 붙어 있었다.

"이모겐." 그녀가 대답했다. 사울은 타예가 언급한 이름이었다.

"후드를 열어요, 이모겐. 가방은 바로 안쪽에 넣고. 자, 이제 주변을 둘러보며 누가 있는지 봐요. 괴롭히는 자가 있나요?"

주차장을 천천히 살피니, 데이지 꽃으로 도배한 베드포드 밴 운전석에 라울과 어떤 창녀가 한참 열을 올리고 있었다. 어쨌든 잘 보이지는 않았다.

아무도 없어요. 그녀가 대답했다.

사울이 그녀를 위해 조수석을 열어주었다.

"안전벨트 매요. 이 나라엔 법이라는 게 있으니까. 지금까지 어디 있었소, 이모겐? 선탠은 어디에서 한 거예요?" 그도 그녀의 옆에 들어와 앉았다.

하지만 살인에 굶주린 나이 어린 과부가 어디 이방인과 수다를 떤단 말인가. 결국 사울은 어깨를 으쓱이고 라디오를 틀었다. 독일어 뉴스.

눈 덕분에 온 세상이 아름다웠다. 운전은 위태로웠다. 그들은 허둥지둥 내려가다가 리본형의 2차선 도로에 접어들었다. 주먹만 한 눈송이들이 헤드라이트를 향해 덤벼들었다. 뉴스가 끝나고 여자가 콘서트를 예고했다.

"괜찮겠소, 이모겐? 클래식인데?"

어쨌거나 그는 채널을 돌리지 않았다. 잘츠부르크의 모차르트. 미셸이 죽기 전날이었다. 너무 지친 탓에 사랑을 나누지도 못했건만.

사울은 도시의 밝은 조명을 우회했다. 눈발이 검은 잿덩이처럼 춤을 추며 덤볐다. 자동차는 입체교차로 위로 올라갔다. 그 아래 담쟁이로 막은 놀이터에서는 수은등 불빛 아래 붉은 파카 차림의 아이들이 눈싸움을 하고 있었다. 그녀도 어릴 적 영국 친구들을 떠올려보았다. 천만 년은 더 지난 얘기다. 그래, 난 친구들을 위해 싸우는 거야. 미셸은 정말 그렇게 믿었다. 우리도 모두 믿는다. 핵심을 외면한 핼러랜을 뺀다면… 왜 자꾸 그 인간이 신경 쓰이는 거지? 의심 때문인가? 의심이야말로 최고의 적이라고 배웠다. 의심은 곧 배신이다. 타예도 그렇게 경고하지 않았던가.

요제프도 그런 경고를 했었다.

그들은 다음 마을로 건너갔다. 도로는 검은 강이 되어 하얀 들판과 눈 덮인 숲의 계곡을 관통했다. 시간관념이 자꾸만 어긋나더니 이제 거리 감각까지 엉망이었다. 그녀는 꿈의 궁전들을 보고, 창백한 하늘 아래 장난감 마을의 실루엣도 보았다. 양파 돔을 머리에 쓴 장난감 교회들이 그녀의 기도를 요구했으나 기도를 하기엔 너무 나이가 많았다. 게다가 종교는 약자들의 전유물이다. 당나귀들이 덜덜 떨면서 꼴을 뜯어먹었다. 문득 어린 시절의 당나귀들도 하나하나 기억이 났다.

아름다운 풍경이 지나갈 때마다 그녀는 마음으로 그 뒤를 쫓았다. 어떻게든 매달려 조금이라도 더 함께 있고 싶었으나 결국 머무는 건 하나도 없었다. 그녀의 마음에 낙인을 찍어주는 놈도 없었다. 그들은 기껏 깨끗한 유리에 불어놓은 입김에 불과했다. 이따금 자동차가 추월하기도 했다. 한 번은 오토바이가 지나갔다. 디미트리의 등을 본 것 같기도 했지만 오토바이는 순식간에 헤드라이트 불빛에서 빠져나가고 말았다.

언덕마루에 오르자 사울이 속도를 내기 시작했다. 자동차는 왼쪽으로 꺾어 도로를 가로지르고 다시 오른쪽 소로를 쿵쾅거리며 내려갔다. 양옆으로 쓰러진 나무들이 러시아 뉴스영화의 얼어 죽은 병사들처럼 보였다. 저 멀리 앞쪽으로 까맣게 낡은 집과 높다란 지붕들이 보이기 시작했다. 문득 아테네의 집이 생각났다. 격정, 그 단어였던가? 사울이 차를 세우고 헤드라이트를 두 번 깜빡이자 건물 한가운데에서 손전등이 두 번 깜빡였다. 사울이 시계를 보며 초를 재기 시작했다. "10… 9… 지금이야." 그러자 저쪽 불빛이 다시 한 번 깜빡였다. 그가 찰리 너머로 상체를 기울여 문을 열어주었다.

"여기까지요. 대화 즐거웠습니다. 몸조심해요." 그가 인사했다.

그녀는 옷가방을 들고 눈 위에 난 바퀴자국을 디디며 건물을 향해 걷기 시작했다. 희미한 달빛과 눈의 미광만이 숲 사이로 길을 드러내주었다. 건물에 다가가면서 시계 없는 낡은 시계탑과 조각 받침대만 남은 얼음 연못이 보였다. 나무 닫집 아래 오토바이 한 대가 서서 번쩍거렸다.

순간 낯익은 목소리가 들렸다. 가벼운 경고.

"이모겐, 지붕에서 벗어나는 게 좋아. 지붕 파편에 맞는 날엔 그 길이 황천길이 될 거야. 이모겐… 아니, 찰리. 망할, 도무지 헷갈려서!" 다음 순간 건강한 몸집의 여자가 어두운 현관에서 나와 그녀를 끌어안았다. 손전등과 자동권총이 조금 방해가 되기는 했다.

찰리도 상대를 안아주었다. 당치도 않은 안도감이 전신을 휩쓸었다.

"세상에, 헬가, 헬가 맞죠? 오, 이럴 수가!"

헬가는 손전등 불빛으로 찰리를 인도했다. 홀 바닥은 대리석 절반이 이미 뜯기고, 난간 없는 나무계단도 조심스럽기가 그지없었다.

건물은 죽어가고 있었지만 지금도 누군가 생명을 재촉하고 있었다. 곰팡이가 축축한 벽엔 붉은 페인트로 적은 구호들로 빼곡하고 문고리와 조명 설비들도 모두 약탈당했다. 찰리는 간신히 적개심을 극복하고 손을 빼내려 했으나 헬가는 자기 물건이라도 되듯 놓아주지 않았다. 두 사람은 일련의 빈 방들을 지났는데 어느 방이든 연회를 열 만큼 넓었다. 첫 방에는 박살난 자기벽난로 안에 신문지만 가득했다. 두 번째 방은 먼지를 두껍게 뒤집어쓴 등사기계가 놓여 있고, 바닥에는 잊힌 혁명처럼 누렇게 바랜 인쇄물들이 발목 높이까지 쌓여 있었다. 두 사람은 세 번째 방으로 들어갔다. 헬가는 구석에 어지럽게 놓인 파일과 서류 뭉치를 비추었다.

"내 친구와 내가 여기서 뭐 하는지 알지, 이모겐?" 그녀가 갑자기 목소리를 높였다. 손힘을 조금 줄이는가 싶었지만 찰리의 손목을 다시 제대로 잡기 위해서일 뿐이었다. "그 친구, 기가 막힌 여자야. 이름이 베로나인데 아버지가 지독한 나치였지. 지주에다 자본가 등등…. 지금은 죽었어. 그래서 우리가 복수를 위해 모두 팔아치우는 중이야. 나무는 벌목꾼, 땅은 오염 공장주, 동상과 가구는 벼룩시장. 5천 달러 가치가 있다 해도 그냥 5달러면 넘겨버리는 거야. 여기 그자의 책상이 있었는데 우리가 잘라서 불쏘시개로 썼어. 이른바 상징이지. 파시스트 운동의 사령부였으니까…. 저 책상 위에서 수표에 사인하고 온갖 억압 행위를 고안했잖아? 그래서 부수고 태워버리는 거야. 이제 베로나는 자유야. 가난하지만 자유라고. 그래서 혁명에 합류했지. 기막히지 않아? 당신도 진작에 그랬어야 하는데."

하인 전용 계단이 구불구불 기다린 복도와 이어졌다. 헬가가 조용히 앞서 나갔다. 머리 위에서 민요가 들리고 등유 태우는 냄새가 났다. 두 사람은 층계참에 오른 다음 하인 침실들을 지나쳐 마지막 방 앞에 멈춰 섰다. 문틈 사이로 빛이 스며나왔다. 헬가가 먼저 노크를 하고 부드러운 독일어로 무슨 말인가를 했다. 문고리가 돌아가고 문이 열렸다. 헬가가 먼저 들어가더니 손짓으로 찰리를 불렀다.

"이모겐, 베로나 동무를 소개하지. 베로나!" 목소리가 지극히 명령조였다.

심란한 표정의 뚱보 소녀가 대기하고 있다가 두 사람을 맞이했다. 검고 펑퍼짐한 바지에 앞치마를 둘렀는데 머리는 소년처럼 짧았다. 엉덩이 총지갑 안에 스미스앤웨슨 자동권총이 매달려 대롱거렸다. 베로나가 손을 앞치마로 씻었다. 두 사람은 부르주아식 악수를 나누었다.

"1년 전만 해도 베로나는 지 애비처럼 파시스트였어. 노예이자 파시스트였지. 지금은 전사야. 그렇지 베로나?" 헬가가 주인의 권위로 지적했다.

베로나는 먼저 문을 잠근 다음 모퉁이 캠핑 스토브로 물러나 하던 요리를 계속했다. 어쩌면 그녀가 속으로 아버지 책상을 안타까워할지도 모르겠다는 생각이 들었다.

"이리 와. 여기 누가 있는지 봐." 헬가가 성큼성큼 그녀를 데리고 방을 건너갔다. 찰리가 재빨리 둘러보았다. 넓은 다락이었다. 데번에서 휴일이면 수도 없이 놀았던 그런 다락. 서까래에 매달아놓은 기름등잔의 흐린 조명이 비추고 천장 창마다 두터운 벨벳 커튼이 못 박혀 있었다. 흔들목마 하나가 한쪽 벽을 따라 흔들렸다. 그 옆 이젤에 놓인 작은 칠판에는 어느 도로 약도가 그려 있고 색분필 화살표가 중앙의 사각형 건물을 가리켰다. 낡은 탁구대 위에는 살라미소시지, 검은 빵, 치즈 잔반들이 늘어져 있었다. 남녀 옷 몇 벌이 기름난로 앞에 걸린 채 말라가고 있었다. 헬가가 앞장 서서 짧은 나무계단을 오르기 시작했다. 층진 마룻바닥 위에 물침대 두 개가 나란히 놓였는데, 한쪽에 윗옷을 벗은 이탈리아인이 누워 있었다. 일요일 아침, 시내에서 찰리를 겨냥했던 자였다. 허벅지 위에다 헤진 덮개를 덮었는데, 수업 중이었던지 월터 자동권총의 망가진 부속들이 주변에 늘어져 있었다. 팔꿈치 옆의 트랜지스터라디오에서는 브람스가 흘러나왔다.

헬가가 발끝으로 그의 생식기를 툭툭 걷어차며 빈정댔다.

"여기 정력의 마리오가 있어. 마리오, 넌 정말 창피가 뭔지도 모르는구나, 응? 당장 가리고 손님한테 인사하지 못해?"

하지만 마리오는 가볍게 침대 끝으로 굴러가며 누구든 받아주겠다는 시늉을 했다.

"타예 동무는 어때, 찰리? 가족 소식 좀 전해 주지그래, 응?" 그가 물었다.

그때 전화벨이 교회의 비명 소리처럼 울어댔다. 이곳에 전화기가 있으리라고는 생각도 못했기에 더욱더 끔찍한 소음이었다. 헬가가 찰리의 기분과 건강을 위해 건배하고 수다도 떨자고 제안한 후, 빵틀 위에 잔과 병을 올려놓고 돌아오던 참이었다. 전화벨소리를 듣자 그녀가 그 자리에 우뚝 멈춰 서서는 탁구대 위에 천천히 빵틀을 내려놓았다. 로시노가 라디오를 껐다. 전화기는 작은 상감세공 테이블 위에 있었는데 베로나와 헬가도 그것만은 아직 태우지 않은 모양이었다. 전화기는 낡은 벽걸이용으로 수화기가 따로 있었다. 전화벨이 멈추기 전까지 찰리는 마치 여덟 번의 길고 거대한 천둥 소리라도 들은 기분이었다. 헬가도 그 자리에서 꼼짝도 않고 멍하니 전화기를 바라보기만 했다. 로시노가 벌거벗은 채 터덜터덜 가로질러와 빨랫줄에서 셔츠를 꺼내 입기 시작했다.

"내일 전화한다고 했잖아요. 갑자기 무슨 일이죠?" 그가 머리 위로 셔츠를 넣으며 구시렁거렸다.

"조용히 해." 헬가가 입막음을 했다.

베로나는 계속해서 뭔가를 저어댔지만 갑자기 속도가 중요해지기라도 한 듯 동작이 크게 느려졌다. 마치 동작 하나하나가 팔꿈치에서 시작하는 것처럼 보였다.

전화가 다시 울렸다. 두 번. 이번에는 헬가가 수화기를 들었다가 곧바로 끊었다. 하지만 다시 벨소리가 들리자 이번에는 그녀도 수화기를 들고는 짤막하게 "예." 라고 대답했다. 그녀는 미소도 고갯짓도 없이 2분 정도 듣기만 하다가 전화를 끊었다.

"밍켈 부부가 계획을 바꿨어. 오늘 밤 튀빙겐에서 머문다는군. 그곳에 동료 교수들이 살아." 그녀는 효과를 극대화하려는 듯 베로나의 싱크대에서 젖은 행주를 꺼내더니 칠판을 깨끗하게 지웠다. "서류 가방은 검은색이고 잠금장치는 단순해. 강연장도 바뀌었어. 경찰 쪽에서야 아직 의심은 없지만 그래도 초조한 건 마찬가지일 거야. 당연히 사전경계 조치를 취하겠지."

"짭새들은 어떻게 처리하죠? 경호를 강화하려 했지만 밍켈이 한사코 거부하고 있어요. 꼬장꼬장한 인간이잖아요. 법과 정의에 대해 역설하면서 비밀경찰 호위를 받을 수는 없다는 얘기겠죠. 아무튼 이모겐 입장에서는 변한 게 없습니다. 지시는 동일해요. 이번 첫 번째 활동으로 대스타가 될 겁니다. 안 그런가, 찰리?"

갑자기 모두가 그녀를 돌아보았다. 베로나는 멍한 표정, 로시노는 사람을 가늠하는 듯한 미소, 헬가는 솔직하고 직접적인 눈빛이었다. 언제나처럼 자기불신이라고는 전혀 없는.

그녀는 팔목을 베개 삼아 똑바로 누웠다. 침실은 교회 홀 계량이 아니라 다락이으로 조명도 커튼도 없었다. 헬가는 옆에 앉아 튼튼한 손으로 찰리의 염색 머리를 쓰다듬었다. 높은 창으로 달빛이 들어오고 눈은 깊은 침묵을 지켰다. 당장 요정이라도 나타날 분위기였다. 내 연인은 전기불을 입고 붉은 불길로 나를 취할 거야. 여기는 통나무 오두막. 내일을 제외한 모든 것으로부터 안전한 곳.

"왜 그래, 찰리? 눈 좀 떠 봐. 내가 싫어진 거야?"

그녀가 눈을 떴지만 생각도 관심도 아무것도 없었다.

"아직도 팔레스타인 애인 꿈을 꾸는 거야? 자기가 해야 할 일이 걱정돼? 모두 포기하고 달아나고 싶은 거야, 응? 아직 기회가 있을 때?"

"피곤해요."

"우리하고 같이 자는 건 어때? 섹스를 하고 나서 잠을 자도 돼. 마리오 는 기막힌 선수거든."

헬가가 상체를 굽혀 그녀의 목에 키스했다.

"마리오만 보내줄까? 어색해서 그러면 난 상관없어." 그녀가 다시 키 스했지만 찰리는 얼음같이 차고 쇠처럼 단단했다.

"내일 밤이면 보다 다정해질 거야. 칼릴을 거부할 수는 없을 테니까. 벌써부터 자기를 만나고 싶어 몸이 달았는걸. 직접 만나겠다고 했어. 우 리 친구한테 뭐라고 했는 줄 알아? '여성들이 없었다면 인간적인 온정도 잃고 전사로서도 실패했을 것이다. 훌륭한 전사가 되려면 인간성을 먼 저 갖추라.' 어때, 그가 얼마나 위대한 전사인지 알겠지? 자기가 미셸을 사랑했으니까 그도 자기를 사랑할 거야. 틀림없이."

헬가는 마지막으로 오랜 키스를 하고 방을 나섰다. 찰리는 두 눈을 뜨 고 똑바로 누워 창문에 비친 반달을 올려다보았다. 울부짖는 듯한 여자 목소리가 들리더니 금세 답답하고 애절한 흐느낌으로 변했다. 남자의 다급한 고함 소리도 들렸다. 헬가와 마리오가 그녀의 도움 없이 혁명의 진도를 나아가고 있었다.

그들이 이끄는 대로 따라요. 죽이라면 죽이고. 그건 우리 책임이 될 거 요. 당신 책임이 아니라. 요제프는 그렇게 말했다.

당신은 어디에 있을 거예요?

가까운 곳.

세상의 종말과 가까운 곳.

핸드백 안에 핀 조명의 미키마우스 손전등이 있었다. 기숙학교 시절 담요 안에서 가지고 놀았음직한 그런 종류인데, 그녀는 레이철의 말보 로 담뱃갑과 함께 꺼냈다. 담배는 기껏 세 개비였다. 담배는 대충 넣어둔 다음, 그녀는 요제프에게 배운 대로 조심스럽게 포장지를 벗기고 셀로

판지를 뜯어 안쪽을 위쪽으로 펼쳤다. 그리고 손가락을 핥아 판지 위에 조심스레 침을 바르기 시작했다. 제도연필로 그린 듯 깔끔한 갈색 선들이 드러났다. 그녀는 메시지를 확인한 다음 판지는 마룻바닥의 틈새 안으로 밀어 떨어뜨렸다.

용기를 내요. 우리가 함께 있으니까. 못의 머리에 통째로 새긴 주기도문.

그들은 프라이부르크 시티센터의 1층을 다급하게 빌려 공작실로 만들었다. 위치는 혼잡한 중심가였으며 워커앤프로슈 투자회사로 위장했다. 가브론의 사무국이 영구 등록한 10여 개의 안가 중 하나였다. 통신장비도 조금씩 상업용 소프트웨어로 탈바꿈했다. 알렉시스의 배려 덕분에 일반 전화도 세 대나 준비했는데 그중 하나는 전혀 일반적이지 않은 쿠르츠와의 핫라인이었다. 새벽시간. 밤새도록 찰리를 쫓아다니고 안가에 집어넣은 후 리트박이 서독 협력자와 업무 분담에 대해 열띤 말싸움을 벌였다. 리트박은 요즘 만나는 사람마다 시비를 걸었다. 쿠르츠와 알렉시스는 부하들의 말다툼에는 어느 정도 거리를 두었다. 일단 대체적인 합의가 끝난 터라 긁어 부스럼을 만들 필요도 없었다. 알렉시스와 그의 부하들에게 명예가, 그리고 리트박과 그의 부하들에겐 만족이 필요했다.

가디 베커도 마침내 전선으로 돌아왔다. 작전이 임박하자 그의 태도는 안정되고 단호하고 신속했다. 예루살렘에서 그를 괴롭혔던 자기반성도 쓸어내고 애를 태우던 기다림도 끝났다. 쿠르츠가 군용담요를 뒤집어쓰고 꾸벅꾸벅 조는 동안, 리트박은 지치고 초조한 모습으로 사무실을 오락가락하거나, 어딘가 전화를 걸어 뜻 모를 얘기를 떠들어댔다. 도무지 기분을 종잡을 수가 없었다. 베커는 대형 창문의 베네치아 풍 블라인드를 지키고 서서 올리브색의 드라이잠 강 건너 눈 덮인 언덕을 끈기 있게 노려보았다. 잘츠부르크와 마찬가지로 프라이부르크는 산으로 둘러싸인 도시인지라 거리는 자체의 예루살렘을 향해 끝없이 오르는 듯 보였다.

"여자가 당혹스러워하고 있어요." 리트박이 갑자기 베커의 등에 대고 선언했다.

베커도 당혹해하며 그를 돌아보았다.

"그쪽으로 넘어간 겁니다." 리트박이 주장했다. 목소리가 크게 흔들렸다.

베커가 다시 창밖을 보았다.

"반은 넘어가고 반은 남아 있어. 우리가 요구한 게 아니었던가?"

"완전히 넘어간 거예요! 전에도 그런 요원들이 있었잖습니까. 난 공항에서 여자를 봤지만 당신은 못 봤잖아요. 분명히 유령처럼 보였단 말이오!" 리트박이 지레 흥분해 목소리를 높였다.

"유령처럼 보인다면 그것도 그녀가 원한 거야. 배우잖아. 잘 이겨낼 거야. 그러니 걱정 말라고." 베커는 전혀 흔들림이 없었다.

"그럼 동기는요? 유대인도 아니잖습니까. 동기 따위가 있을 리 없지. 이미 그자들한테 넘어간 거야. 다 끝난 거란 말입니다!"

쿠르츠가 담요 안에서 꿈틀거리자 리트박이 좀 더 목소리를 높였다.

"여자가 우리 편이라면 공항에서 왜 레이철에게 빈 담뱃갑을 준 거죠? 예? 그 쓰레기들과 몇 주를 함께 있었는데도 우리한테 쪽지 하나 남기지 않았어요. 도대체 어떤 요원이 그럽디까? 그런데도 우리 편이라고요?"

베커는 저 멀리 산속에서 대답을 찾는 듯 보였다.

"할 말이 없었을지도 모르지. 말이 아니라 행동으로 보여주려는 것일 수도."

쿠르츠가 얇은 담요를 뒤집어쓴 채 졸린 목소리로 중얼거렸다.

"독일에 오니까 신경이 예민해진 거야, 시몬? 진정해. 여자가 어느 편이든 무슨 상관이야. 어쨌든지 길을 보여주기만 하면 되잖아."

하지만 쿠르츠의 말은 의도와 정반대의 결과를 낳고 말았다. 리트박은 둘이 공모해 자신을 공격하는 것으로 판단하고 더욱더 길길이 뛰었다.

"여자가 배신해서 실토하면요? 저들한테 모든 얘기를 불어버리면 어쩌죠? 미코노스에서 지금까지 모두요. 그래도 우리한테 길을 보여준답니까?"

그는 싸우기 위해 작심한 사람 같았다. 그 밖에는 어떤 것도 그를 채워줄 수 없었다.

쿠르츠가 팔을 세우고 그 위에 머리를 얹었다. 목소리도 더 가혹해졌다. "그래서 어쩌자는 거야, 시몬? 해결책이 뭔데? 찰리가 전향했다고 가정해보자. 그간의 공작을 모조리 날려버렸다고? 그래서 이제 미샤 가브론을 부를까? 완전히 끝났다고 실토해?"

베커는 창문 자리를 고수했지만 이번에는 뒤로 돌아서서 심각한 표정으로 리트박을 노려보았다. 리트박도 두 사람을 번갈아 돌아보다가 두 팔을 던졌다. 너무도 정적인 두 남자에 비해 너무도 거친 동작이었다.

"그자가 저 밖 어딘가에 있습니다! 호텔, 아파트, 여관 어디든… 당연하잖아요. 마을을 봉쇄해야죠. 도로, 철도, 버스 모두! 알렉시스한테 교통을 차단하고 집집마다 샅샅이 수색하게 해야죠! 그자를 잡을 때까지!"

쿠르츠가 가벼운 농담을 시도했다.

"시몬, 프라이부르크는 웨스트뱅크가 아니야."

베커도 구미가 당겼는지 논쟁에 끼어들었지만 리트박의 계획을 제대로 이해하지 못한 사람처럼 물었다.

"그래서 그를 찾아내면? 그런 다음엔 어쩌지, 시몬?"

"찾아내요! 그래서 죽이는 거죠! 그걸로 작전을 끝내는 겁니다!"

"찰리는 누가 죽이나? 우리? 아니면 저쪽?" 베커가 물었다. 여전히 너무도 이성적인 태도였다.

갑자기 리트박도 할 말이 없어졌다. 어젯밤, 그리고 이제 다가올 하루를 향한 긴장 속에서, 남녀를 불문하고 그의 좌절감을 부추긴 상황들이 불현듯 존재의 표면으로 돌출하고 만 것이다. 그가 얼굴을 붉히고 두 눈을 부라리며 베커를 향해 비난의 손길을 내밀었다.

"그 여잔 창녀요. 공산주의자에 아랍 편이란 말입니다! 우리가 죽인들 그게 무슨 상관이죠!" 그가 소리쳤다. 파티션 벽 너머에서도 들을 정도로 큰 소리였다.

리트박이 베커의 반격을 기대했다면 크게 실망했을 것이다. 베커는 그저 고개를 끄덕였을 뿐이다. 그동안 리트박에 대해 고민했던 문제들을 일거에 확인하기라도 했다는 양 편안한 표정이었다. 쿠르츠도 담요를 걷어치우고 속옷 차림으로 침대에 일어나 앉아서는, 상체를 기울이고 짧은 머리를 박박 긁기 시작했다.

"목욕 좀 해, 시몬. 휴식도 좀 취하고 커피를 조금 마셔봐. 정오쯤 돌아오면 되니까. 그전엔 안 돼." 그때 전화벨이 울렸다. "받지 마." 그가 그렇게 외치고 직접 전화를 받았다. 리트박은 잔뜩 긴장한 얼굴로 문간에서 지켜보았다. 쿠르츠는 독일어로 대답했다. "그 친구는 바빠요…. 예, 난 헬무트요. 누구지?"

그래, 그래, 잘했네. 쿠르츠는 그 말만 하고 전화를 끊었다. 그리고 특유의 밋밋한 미소를 지었다. 처음엔 리트박을 위로하는 미소였지만 베커가 있다는 사실도 잊지 않았다. 그 순간 두 사람의 의견차이는 중요하지 않았다.

"찰리가 5분 전 밍켈의 호텔에 당도했어. 로시노와 함께. 지금은 즐겁게 아침 식사 중이라는군. 좀 이른 시간이기는 하지만 원래 찰리 스타일이 그렇잖아?"

"팔찌는요?" 베커가 물었다.

쿠르츠는 이 부분이 제일 좋았다.

"오른쪽 팔목. 우리에게 메시지를 보냈어. 멋진 여자야, 가디. 축하하네."

60년대 호텔. 대형로비에 부드러운 조명의 분수를 설치하거나 유리관에 금시계들을 전시하고, 그곳에서 외식업이 성행했던 시절의 건물이다. 이중 계단이 중이층으로 이어졌는데 두 사람이 앉은 발코니 테이블에서는 정문과 리셉션홀이 모두 보였다. 타예가 진짜여야 한다고 고집하는 바람에, 두터운 렌즈의 안경을 쓰기는 했지만 돌아볼 때마다 눈이 아팠다. 찰리와 로시노는 계란 요리와 베이컨을 먹었다. 찰리는 흡사 걸신이 들린 여자 같았다. 지금은 바로 뽑은 커피를 마시는 중이었다. 로시노는 슈투트가르트 〈차이퉁〉을 읽으며 주기적으로 재미있는 소식을 그녀에게 들려주었다. 두 사람은 일찌감치 시내로 들어왔는데 오토바이 뒷자리라 찰리는 얼어 죽는 줄 알았다. 둘은 미리 확인해둔 철도역에 오토바이를 세우고 택시로 호텔에 도착했다. 이곳에 있는 동안 경찰 오토바이들이 주교의 차를 선도했다가 다시 부족 의상의 서아프리카 대표단과 함께 돌아왔다. 미국인들이 버스 한가득 타고 도착하는 것도 보고 일본인들이 타고 떠나는 것도 보았다. 두 사람의 체크인 절차를 도와준 종업원의 이름도 외웠다. 두 사람이 미닫이문을 통과했을 때부터 가방을 소형 손수레에 실어주고 숙박 양식에 기입하는 동안은 주변을 떠돌며 기다려주기까지 한 젊은이다.

"교황이 파시스트 남미 국가를 순방한다는군. 어쩌면 이번엔 그쪽에서 교황을 처리할지도 몰라. 어디 가는 거야, 이모겐?" 그녀가 일어서자 로시노가 신문을 읽다 말고 물었다.

"화장실."

"왜 그래? 초조한 거야?"

여자화장실에선 세면대 위의 분홍색 조명들이 파르르 떨리고 있었고 감미로운 음악이 툴툴거리는 통풍기 소리를 잠재웠다. 레이철은 눈 화장을 하고 다른 두 여자가 손을 씻고 있었다. 칸막이 문 하나는 닫혀 있었다. 찰리가 레이철을 지나며 갈겨쓴 메시지를 넘긴 다음 손을 씻고 테이블로 돌아왔다.

"여기서 나가. 이건 멍청한 짓이야." 그녀는 소변을 본 덕분에 마음을 바꾸기라도 한 양 로시노에게 투덜댔다.

로시노가 두툼한 네덜란드산 담배에 불을 붙여 천천히 그녀의 얼굴 앞에 연기를 내뿜었다.

공용으로 보이는 메르세데스 한 대가 다가오더니, 옷깃에 명함을 부착한 짙은 정장 남자들을 한 무더기 토해냈다. 로시노가 그들에 대해 추잡한 농담을 하려는데 벨보이가 전화 받으라며 그를 불렀다. 미리 관리인에게 이름과 5마르크를 맡겨둔 터였다. 베로디 선생님, 3번 칸에 전화와 있습니다. 그녀는 커피를 마시고 가슴까지 뜨겁게 데워주는 온기를 느꼈다. 레이철은 알루미늄 야자나무 아래 남자 친구와 앉아 〈코스모폴리탄〉을 읽었다. 남자 친구는 처음 보는데 독일인 같았다. 지금은 플라스틱 폴더에 서류 한 장을 끼우는 중이었다. 주변에 스무 명 정도가 앉아있었지만 그녀가 아는 사람은 레이철뿐이었다. 로시노가 돌아왔다.

"밍켈 부부가 2분 전에 역에 도착했어. 파란색 푸조 택시를 잡았는데 금방 도착할 거야."

그는 청구서를 청해 돈을 지불하고 다시 신문을 집었다.

뭐든 할 거야. 그리고 그게 뭐든 마지막이야. 침대에 누워 아침을 기다리며 그런 생각을 했다. 그녀는 다시 한 번 그 말을 되뇌었다. 지금 여기 앉아 있으면 다시는 이곳에 앉지 못할 것이다. 아래층으로 내려가면 다시는 올라오지 못할 것이다. 호텔을 떠나면 다시는 돌아오지 못한다.

"그 연놈을 쏴죽이고 쫑내면 왜 안 되는 건데?" 찰리가 나지막이 물었다. 입구를 보고 있자니 갑자기 두려움과 증오심으로 울컥했다.

"쏜 다음에도 살아 있고 싶어서다." 로시노가 신문을 넘기며 담담하게 대답했다. "맨체스터유나이티드가 또 졌군. 이젠 이빨 빠진 호랑이 신세야."

"주인공 등장." 찰리가 말했다.

청색 푸조 택시가 유리문 바깥에 멈춰 서고 지금은 잿빛 머리의 여인이 기어 나오는 참이었다. 점잖은 미남자가 느린 걸음으로 그 뒤를 따랐다.

"작은 물건을 지켜봐. 큰 쪽은 내가 맡지." 로시노가 다시 담뱃불을 붙이며 말했다.

운전사가 트렁크를 열자 벨보이 프란츠가 수레를 끌고 그의 뒤에 가 대기했다. 처음은 새것도 헌것도 아닌 갈색 나일론 옷가방 둘. 운반을 용이하게 하기 위해 중앙에 벨트를 묶고 붉은 꼬리표를 매달았다. 두 번째가 낡은 가죽 가방이었다. 훨씬 더 크고 귀퉁이에 바퀴도 두 개 달렸다. 그다음에도 옷가방이 나왔다.

로시노가 이탈리아어로 가볍게 투덜댔다.

"도대체 얼마나 묵을 작정이야?"

작은 짐들은 조수석에 쌓아두었다. 운전사가 트렁크를 닫고 짐을 내리기 시작했으나 수레에 한꺼번에 실을 수는 없었다. 쪽모이 가죽으로 된 낡은 쇼핑백 하나, 우산 두 개, 때늦은 크리스마스선물로 보이는 꾸러미들… 그리고 드디어 등장. 검은 서류 가방. PVC 소재, 금속 프레임, 가죽 이름표. 헬가, 목표 포착. 밍켈이 택시비를 지불했다. 찰리가 아는 누군가처럼 그도 지갑의 동전을 먼저 손바닥에 쏟았다가 그다음에 운전사에게 건넸다. 밍켈 부인이 가방을 들었다.

"망할." 찰리가 이를 갈았다.

"기다려." 로시노가 말렸다.

밍켈도 짐을 잔뜩 들고 아내를 쫓아 미닫이문을 통과했다.

"그 시력으로 저 양반 얼굴은 알아보겠어? 이런, 저 아래로 내려가서 자세히 쳐다보든지. 네가 무슨 어린 처녀라도 돼? 쭈뼛거리기는." 그가 그녀의 드레스 손목을 잡았다. "어쨌든 무리는 하지 마. 일이 꼬여도 방법은 많으니까. 자, 인상 쓰고, 안경 제대로 걸치고, 가 봐."

밍켈은 접수데스크로 다가갔는데, 이런 일은 처음이라는 듯 어딘가 바보처럼 잰걸음이었다. 아내는 서류 가방을 들고 바로 옆에 서 있었다. 담당 접수원은 하나뿐이며 지금은 다른 손님 둘한테 붙잡혀 있었다. 밍켈은 순서를 기다리는 동안 난감한 표정으로 주변을 둘러보았다. 그의 아내는 담담하게 호텔을 둘러보았다. 로비 맞은편, 불투명 유리 파티션 뒤에 잘 차려입은 독일인들이 모여 의식 같은 모임을 열고 있었다. 그녀는 마땅치 않다는 듯 그들을 흘겨보다가 남편에게 무슨 말인가를 했다. 접수데스크가 비자 밍켈이 그녀에게서 가방을 건네받았다. 부부 사이의 본능적인 거래인 셈이다. 접수원은 금발에 검은 옷을 입었다. 그녀는 빨간 손톱으로 카드색인을 확인한 후 밍켈에게 양식을 주어 기록하게 했다. 계단이 찰리의 뒤꿈치를 때렸다. 넓은 난간을 붙잡고 내려가지만 난시 안경 덕분에 밍켈은 안개처럼 모호하기만 했다. 지금은 카운터 위로 잔뜩 상체를 굽히고 팔꿈치 옆에 놓아둔 이스라엘 여권 번호를 옮겨 적고 있었다. 서류 가방은 왼쪽 발 옆에 놓아두었다. 밍켈 부인은 가시권 밖이었다. 찰리는 밍켈의 오른쪽에 자리를 잡고 그의 어깨 너머를 엿보았다. 밍켈 부인이 왼쪽에서 들어와 무슨 짓이냐는 눈초리로 찰리를 노려보며 남편 옆구리를 찔렀다. 마침내 누군가 훔쳐보고 있음을 깨닫고는 밍켈도 천천히 고개를 들었다. 찰리가 살짝 얼굴을 붉히며 목을 가다듬었다. 이 정도는 일도 아니다. 아직까지는.

"밍켈 교수님?" 그녀가 불렀다.

그의 잿빛 눈이 찰리보다 훨씬 당혹스러워졌다. 갑자기 과장 연기라도 하는 배우처럼 보였다.

"예, 그렇습니다. 제가 밍켈 교수인데 무슨 일로?" 여전히 자신 없는 목소리였다.

그녀는 그의 형편없는 연기에 기운을 얻었다. 그녀가 크게 심호흡을 했다.

"교수님, 저는 요하네스버그에서 온 이모겐 바스트루프입니다. 위트워터스랜드 대학교에서 사회학을 전공했죠. 영광스럽게도 지난해 교수님의 100주년 기념 강연을 들었죠. 인종 차별이 심한 사회에서의 소수인종 권리에 대한 강의였는데 사실 그 덕분에 제 인생도 바뀌었답니다. 교수님께 편지를 쓰고 싶었지만 방법이 없었어요. 괜찮으시다면… 악수를 청해도 될까요?"

그녀는 강제로라도 악수를 할 것처럼 보였다. 그는 바보처럼 자기 아내를 보았다. 밍켈 부인이 조금 더 교활했다. 그녀가 찰리에게 미소를 지어 보이자 밍켈도 그녀를 따라 어설프게나마 미소를 지었다. 찰리가 쩔쩔 매는 시늉을 했다. 교수에 비하면야 그녀는 아무것도 아니었다. 그건 마치 기름단지에 손을 넣는 것과도 같았다.

"이곳에 오래 계실 건가요, 교수님? 여긴 웬일이시죠? 설마 강연 때문은 아니시겠죠?"

뒤에서는 로시노가 접수원을 붙들고 주의를 분산시켰다. 보카치오 씨가 아직 밀란에서 도착하지 않았나요?

다시 밍켈 부인이 구원투수로 나섰다.

"남편은 유럽여행 중이에요. 휴가지만 강연도 조금 하고 친구들도 만날 거랍니다. 기대가 커요.”

밍켈도 용기를 얻어 마침내 입을 열었다.

“프라이브루크는 어떻게 오셨나요… 바스트루프 양?” 무대 위에서나 들을 법한 탁한 독일 억양이었다.

“오, 인생을 어떻게 처분할까 결정하기 전에 세상을 조금 더 돌아보고 싶다는 생각을 했어요.” 찰리가 대답했다.

나를 꺼내줘. 제발 좀 꺼내줘. 회계원은 보카치오 씨의 예약이 없다는 사실에 난감해하고 있었다. 게다가 아아, 호텔도 너무 혼잡했다. 접수원은 반쯤 혼이 나간 채로 밍켈 부인에게 방 열쇠를 주었다. 찰리는 정말로 감동적이고 교훈적인 강연에 다시 한 번 감사했다. 밍켈도 그녀의 친절한 말에 고맙다는 인사를 했다. 로시노는 접수원에게 인사하고 성큼성큼 정문을 향해 걸어갔다. 밍켈의 서류 가방은 이미 그의 손에 들려 있었다. 검은 레인코트를 팔에 두르고 있었는데 그 바람에 가방은 거의 보이지 않았다. 찰리도 다시 한 번 감사와 사과의 말을 전한 후 그를 따라 밖으로 나왔다. 서두르는 기색은 전혀 없었다. 유리문에 다다르자 유리문에 밍켈 부부의 모습이 박혀 나왔다. 열심히 주변을 둘러보는 중이었는데, 분명 가방을 마지막으로 맡았던 사람이 누군지, 어디에 두었는지 기억해내려 애쓰는 중이리라.

찰리는 택시들 사이를 지나 호텔 주차장으로 향했다. 헬가가 녹색 시트로엥에서 기다리고 있었다. 오늘은 뿔 단추가 달린 소매 없는 암갈색 외투를 둘렀다. 찰리가 옆에 올라타자 그녀는 천천히 차를 몰고 주차장 출구로 나가 티켓과 요금을 냈다. 찰리는 차단기가 올라가고 나서야 웃기 시작했다. 마치 차단기가 웃음보를 건드리기라도 한 것 같았다. 그녀는 웃음을 참기 위해 주먹으로 입을 막고 고개를 헬가의 어깨에 기댔다. 신이 나서 미칠 것만 같았다.

"내가 얼마나 잘했는지 모르죠, 헬가? 헬가도 봤어야 했는데…. 맙소사!" 교차로에서 젊은 교통순경이 당혹스러운 표정으로 두 여인을 바라보았다. 배꼽이 빠져라 웃고 우는 두 여인. 헬가가 창을 열고 그에게 키스를 날렸다.

공작실. 리트박은 무전기 앞에 앉아 있고 베커와 쿠르츠가 뒤에 서 있었다. 리트박은 아연실색한 표정에 아무 말도 하지 못했다. 머리에는 헤드셋을 쓰고 있었다.

"로시노가 택시를 타고 역에 가 있어요. 서류 가방은 그에게 있는데 오토바이를 탈 겁니다." 리트박이 보고했다.

"미행하면 안 됩니다." 베커가 리트박 반대편의 쿠르츠에게 말했다.

리트박은 헤드셋을 벗고 자기 귀를 믿지 못하겠다는 시늉을 했다.

"미행이 없어야 한다고? 오토바이 주변에 우리 애들이 여섯이에요. 알렉시스는 쉰도 넘을 테고. 거기에 자동 추적장치까지 붙이고 시내 곳곳에 차를 대기시켜 놓았단 말입니다. 오토바이를 쫓아야 서류 가방이 있고 그 가방이 우리를 그자에게 데려다줄 겁니다!" 그가 쿠르츠를 돌아보며 지원을 청했다.

"가디?" 쿠르츠가 물었다.

"중간다리를 이용할 겁니다. 늘 그랬으니까요. 로시노가 넘겨주면 다른 사람이 다음 단계까지 전달하는 식이죠. 오늘 오후쯤엔 좁은 거리, 탁트인 전원, 텅 빈 레스토랑 등 닥치는 대로 우릴 끌고 다닐 거예요. 그런데 들키지 않고 미행할 추적팀은 세상 어디에도 없어요."

"그래서 자네 생각은?" 쿠르츠가 물었다.

"베르거는 하루 종일 찰리를 지킬 겁니다. 이미 정해둔 시간과 장소에서 칼릴이 전화를 걸기로 했지만 쥐 냄새를 맡으면 베르거에게 찰리를 죽이라고 하겠죠. 두 시간, 세 시간, 약속이 뭐든 정해진 시간까지 연락이 없어도 어쨌든 죽일 겁니다."

쿠르츠는 난감한 표정을 짓고는 두 사람을 등지고 저쪽으로 갔다가 다시 돌아왔다. 그동안 리트박이 미친놈 대하듯 그를 보았다. 마침내 쿠르츠가 알렉시스의 핫라인을 집어들었다. 그리고 도움이 절실한 사람의 말투로 조용히 얘기를 하고 귀를 기울이고 다시 말을 한 다음 전화를 끊었다.

"역에 다다를 때까지 9초." 리트박이 헤드셋에 귀를 기울이며 황급히 보고했다. "6초!"

쿠르츠는 못 들은 척했다.

"베르거와 찰리가 지금 막 유명 미용실에 들어갔대. 대규모 이벤트를 위해 치장을 할 모양이야." 그가 다시 방으로 돌아와 두 사람 앞에 멈춰 섰다.

"로시노의 택시가 역광장에 도착했습니다. 지금 요금을 내고 있어요." 리트박이 절박한 목소리로 보고했다.

쿠르츠는 베커를 보았다. 정중하고 부드럽기까지 한 눈빛. 지금은 수제자가 자기 스타일을 이룩하려는 순간을 지켜보는 나이 든 코치 같았다.

"가디가 이겼어, 시몬. 아이들 불러들이고 저녁까지 대기하라고 해." 그가 베커에게서 시선을 떼지 않고 지시했다.

전화가 울렸다. 이번에도 쿠르츠가 받았는데 밍켈 교수였다. 공작 이후 네 번째 신경쇠약 증세를 보인 것이다. 쿠르츠는 얘기를 모두 들은 후 그의 아내에게 한참 동안 위로를 전했다.

"정말 기막힌 하루 아냐. 다들 재미있었지?" 그가 전화를 끊고 화를 억누르며 투덜댔다. 그리고 청색 베레모를 쓰고 알렉시스를 만나기 위해 방을 나섰다. 그와 함께 강의실을 조사하기로 했었다.

그 어느 때보다 위험한 대기였다. 가장 길기도 했다. 최초의 밤들을 끝내기 위한 최초의 밤. 설상가상으로 혼자는 아무것도 할 수가 없었다. 헬가가 찰리를 비후견인이자 애지중지하는 조카로 만들더니, 절대 눈 밖으로 벗어나지 못하게 했기 때문이다. 헬가는 미용실에서 헤어드라이를 받으면서 첫 번째 전화를 받았다. 헬가는 옷가게에서 찰리에게 털부츠와 실크 장갑을 사주었다. 이른바 '손자국'을 예방하기 위해서다. 그다음은 대성당이었다. 찰리는 강제로 역사 강연을 들었다. 헬가는 다시 키득거리면서 작은 광장으로 향했는데 이번에는 역사상 가장 섹시한 남자 베르트홀트 슈바르츠를 소개해주겠다며 놀렸다. 찰리, 자기도 사랑하지 않고는 못 배길 거야. 알고 보니 동상이었다.

"정말 잘생겼지 않아, 찰리? 저 남자 치마 한 번 올려봤으면 좋겠지? 뭐 했던 남자 같아, 베르트홀트? 프란체스코 수도승이자 유명한 연금술사인데 화약을 발명한 남자야. 하느님을 얼마나 사랑했던지 피조물 모두 하늘로 날려버려야 한다고 가르쳤다지 뭐야. 그래서 착한 시민들이 동상까지 세워준 거야. 암, 당연히 그래야지. 우리, 꽃을 구해와서 베르트홀트 발밑에 바칠까? 자기도 좋지, 응? 찰리?"

대성당 뾰족탑이 찰리의 신경을 건드리기 시작했다. 녹슬고 깔쭉깔쭉한 검은색 원뿔. 그녀가 모퉁이를 돌거나 도로에 접어들 때마다 저 만치 그림자가 먼저 걸어가고 있지 않은가!

두 여성은 점심 식사를 위해 깔끔한 식당으로 들어갔다. 헬가는 찰리에게 바덴 와인을 주문해주며, 카이제르슈툴의 화산회토에서 자란 포도라는 설명을 덧붙였다. 화산이야, 찰리, 상상해 봐! 그녀는 먹고 마시고 보는 모든 것에 넌덜머리나는 비아냥을 덧붙여주었다. 블랙포레스트 파이를 먹을 때("우린 오늘 부르주아처럼 먹어야 해!") 헬가는 또다시 전화를 받으러 다녀오더니, 이번에는 당장 대학으로 가야 하고 자칫하면 모두 망칠 거라며 호들갑을 떨었다. 둘은 작은 가게들로 북적이는 뒷골목으로 들어갔다가 딸기색 사암으로 지은 어느 섬뜩한 건물 앞으로 나왔다. 열주가 늘어서 있고 곡선 모양의 정문에 금색으로 글자가 새겨 있었다. 헬가가 재빨리 번역해주었다.

"찰리, 여기 자기한테 들려줄 기막힌 메시지가 있어. 잘 들어봐. '진실이 그대를 자유롭게 하리로다.' 칼 마르크스의 인용인데, 아름답고 심오하지 않아?"

"노일 코워드 아니에요?" 찰리가 지적했다. 그러자 헬가의 들뜬 얼굴에 짜증기가 휩쓸고 지나갔다.

돌바닥의 광장이 건물을 에워쌌다. 늙은 경관이 순찰을 돌며, 미지근한 표정으로 두 여자를 보았다. 입을 다물지 못하고 멍하니 구경하는 모습이 영락없는 여행자들이었다. 네 단짜리 층계를 오르자 곧바로 정문 입구였다. 거대한 홀 조명들이 어두워진 유리문들을 통해 번쩍거렸다. 옆문은 호머와 아리스토텔레스의 동상이 지켰다. 헬가와 찰리는 한참을 그곳에 머물며 조각과 화려한 건물을 칭송하고 그동안 은밀히 거리와 접근로를 확인했다. 노란 포스터가 그날 저녁 밍켈의 강연을 예고했다.

"겁먹은 거야, 찰리? 잘 들어. 오늘 아침부터 자기는 절대 승리자가 되는 거야. 완벽하니까. 우리는 사람들에게 진리와 거짓이 무엇인지 보여줄 테고, 자기는 자유가 뭔지 가르쳐줄 거야. 위대한 거짓말엔 위대한 행위가 필요한 법. 당연한 얘기잖아. 위대한 활동, 위대한 청중, 위대한 명분. 가자."

근대식 육교가 이차선을 가로질렀다. 섬뜩한 돌 토템상이 육교 양끝을 지켰다. 둘은 대학 도서관을 통과해 차도 위에 콘크리트 요람처럼 매달린 학생식당으로 들어갔다. 커피를 마시는 동안 유리벽을 통해 강연장을 드나드는 교직원과 학생들을 볼 수 있었다. 헬가는 다시 한 번 전화를 기다렸다. 그리고 전화를 받고 돌아왔는데 찰리의 표정이 영 맘에 들지 않았다.

"도대체 왜 그래? 갑자기 밍켈의 매혹적인 유대주의 이론에 혹하기라도 한 거야? 너무도 고귀하고 너무나 감미로워서? 이봐, 저자는 히틀러보다 나빠. 가면 쓴 폭군이란 말이야. 슈냅스 한 잔 사줄 테니까 용기를 내."

텅 빈 공원에 다다랐건만 뱃속에서 여전히 슈냅스 열기가 들끓었다. 연못은 꽁꽁 얼고 이른 어둠이 짙어지고 있었다. 저녁 바람에 얼음 알갱이들이 들어 있는지 따끔거리기까지 했다. 낡은 쇠종이 귀가 떨어질 듯 큰 소리로 시보를 알렸다. 조금 더 작은 종소리도 그 뒤를 이었다. 헬가가 기쁨의 비명 소리를 토해냈다. 그녀는 녹색 외투로 온몸을 단단히 에워싸고 있었다.

"오, 찰리, 들어봐! 저 벨소리 들려? 은종이야. 왜 그런지 모르지? 내가 얘기해줄게. 어느 날 밤 말 탄 여행자 하나가 길을 잃었어. 아주 지독한 날씨에 강도까지 당했지. 그러다가 프라이부르크를 만나고는 너무 기뻐서 대성당에 은종을 달아준 거야. 그래서 그 별이 매일 저렇게 울리잖아? 그러니 아름다울 수밖에."

찰리가 고개를 끄덕였다. 미소까지 지으려 했으나 그건 실패였다. 헬가가 튼튼한 팔로 그녀를 감싸며 망토 안으로 끌어들였다.

"이봐, 찰리, 설교가 더 필요한 거야?"

찰리가 고개를 저었다.

그녀는 찰리를 안은 채 시간을 확인하고 어둑어둑한 오솔길을 내려다보았다.

"이 공원에 대해 다른 얘기 아는 거 있어, 찰리?"

이 세상에서 두 번째로 끔찍한 장소라는 것 정도는 알아요. 그리고 난 한 번도 최고상을 수여해본 적이 없답니다.

"그럼 얘기 하나 더 해줄까? 전시에 이곳에 거위 수놈이 있었어. 따라 해 봐. 숫거위."

"숫거위."

"이 숫거위는 공습경보였어. 폭격기가 오면 제일 먼저 들었거든. 그래서 놈이 울면 시민들은 경보가 울리기도 전에 곧바로 지하실로 숨어들었지. 그러다가 거위가 죽었어. 전쟁이 끝난 후 시민들은 고마운 마음에 기념비를 지어주었지. 그게 자기가 보는 프라이부르크야. 폭탄테러범 수사를 위해 동상 하나, 공습경보 사이렌에 동상 하나. 미친놈들이지, 프라이부르크야? 웃기고들 있어." 그때 헬가가 움찔하며 다시 시계를 보고 어스레한 어둠 속을 보았다. "저기 온다." 그녀가 아주 조용히 말하고 작별 인사를 위해 돌아섰다.

안 돼요, 헬가. 당신을 사랑해요. 매일 아침에 나를 먹어도 좋으니까 제발 칼릴한테 보내지만 말아요. 찰리가 속으로 비명을 질렀다.

헬가는 두 손을 찰리의 뺨에 대고 가볍게 입술에 키스했다.

"이건 미셸을 위해, 응?" 이번에는 더 진한 키스였다. "혁명과 평화, 그리고 미셸을 위해. 샛길을 따라 똑바로 걸어가. 그럼 대문이 나오고 녹색 포드가 대기하고 있을 거야. 자기는 운전석 바로 뒤에 앉으면 돼. 오, 찰리, 잘 들어, 자긴 정말 최고야. 우린 영원한 친구가 될 거야." 다시 한 번 키스.

찰리는 오솔길을 따라 내려가다가 멈춰 서서 돌아보았다. 헬가는 여명 속에서도 성실하게 그녀를 지켜보았다. 녹색 망토 때문에 경찰처럼 보이기도 했다.

헬가가 손을 흔들어 주었다. 성실하게 좌우로. 찰리도 손을 저었다. 성당의 뾰족탑이 내려다보았다.

운전사는 털모자로 얼굴을 반쯤 가렸다. 외투의 털깃도 잔뜩 치켜세웠다. 그는 돌아보지도 않고 인사하지도 않았다. 그녀가 앉은 자리에서는 그를 볼 수가 없었다. 턱선으로 보아 젊은이였으며 당연히 아랍인일 것이다. 그는 천천히 차를 몰았다. 처음에는 혼잡한 퇴근길을 뚫고 그다음에는 아직 눈이 녹지 않은 교회의 좁은 오솔길을 달렸다. 차는 작은 철도역을 지나 철도건널목에 멈춰 섰다. 문득 경보음이 들리더니 차단막이 흔들리며 내려오기 시작했다. 그리고 그 순간 운전사가 기어를 2단으로 넣고 교차로를 건넜다. 차가 반대편으로 넘어서자마자 차단기가 길을 막았다.

"고맙군요." 그녀의 비난에 그가 웃었다. 중후한 인후음. 아랍인이 맞았다. 그는 언덕에 올라가 다시 차를 세웠다. 버스정류장. 그가 그녀에게 동전을 건넸다.

"2마르크 표를 구입해요. 바로 다음 버스입니다." 그가 말했다.

보물찾기 놀이라도 하자는 건가? 다음 실마리가 다음 실마리로 인도해줄 거야. 마지막 실마리를 찾으면 상품도 찾을 수 있어.

칠흑처럼 어두운 밤. 첫 별이 보이기 시작했다. 혹독한 시골 바람이 언덕 너머에서 불어왔다. 저 멀리 도로 아래 주유소 조명이 보이긴 했지만 주택은 어디에도 없었다. 5분 정도 기다리자 버스 한 대가 한숨을 터뜨리며 멈춰 섰다. 승객은 고작 3분의 1정도였다. 그녀는 2마르크 표를 구입해 문 가까이에 앉았다. 무릎은 붙이고 시선은 어디에도 두지 않았다. 정류장 둘을 지나치는 동안 아무도 타지 않았지만 세 번째 정류장에서 가죽 재킷의 남자가 폴짝 올라타더니 환한 표정으로 그녀 옆에 앉았다. 어젯밤 그녀를 태운 미국인 운전사였다.

"지금부터 두 정류장째에 새 교회가 있어요. 그곳에서 내려 교회를 지나고 길을 따라가요. 오른쪽 보도를 따라. 그러면 빨간 차 한 대가 서 있을 거예요. 운전석에 작은 거울이 매달려 있는데, 조수석에 앉아서 기다려요. 그럼 됩니다."

버스가 섰다. 그녀는 내려서 걷기 시작했다. 남자는 버스에 남았다. 길은 곧고 밤은 치명적으로 어두웠다. 500미터쯤 정면의 가로등 아래 붉은 광채가 보였다. 차폭등은 켜지 않았다. 눈은 부츠 아래서 뽀득거렸는데 그 소리에 유체이탈이라도 한 것 같은 느낌만 더 커졌다. 안녕, 발아, 너 그 아래서 뭐 하는 거니? 행군하잖아, 행군. 보면 몰라? 가까이 접근해보니 차종은 소형 코카콜라 밴이었으며 연석 위에 서 있었다. 50미터쯤 앞에도 작은 카페의 불빛이 보였지만 그 너머로는 다시 황량한 눈의 고원들과 목적지 없는 도로뿐이었다. 그토록 황량한 곳에 어떤 미친놈이 카페를 열었는지는 아마도 내세에나 풀릴 수수께끼일 것이다.

그녀는 밴의 문을 열고 조수석에 올랐다. 실내는 머리 위 가로등 덕분에 기이할 정도로 밝았다. 어딘가에서 양파 냄새가 나서 보니, 빈병이 가득한 상자들이 뒷자리를 가득 채웠는데 그 사이에 양파를 담은 마분지 상자도 하나 보였다. 삼지창을 든 플라스틱 악마가 운전석 거울에서 대롱거렸다. 런던에서 마리오한테 납치당했을 때 그 밴에도 비슷한 마스코트가 있었다. 발밑에는 더러운 카세트테이프 더미가 쌓여 있었다. 세상에서 가장 조용한 곳. 불빛 하나가 길을 따라 천천히 다가오고 있었다. 가까이에서 보니 자전거를 탄 젊은 성직자였다. 그가 차 옆을 지나며 그녀를 돌아보았는데 마치 그녀가 동정을 도발하기라도 한 듯 잔뜩 화가 난 표정이었다. 그녀는 다시 기다렸다. 중절모를 쓴 키 큰 남자가 카페에서 나와 공기 냄새를 맡으며 거리 위아래를 훑어보았다. 그는 얼핏 시계를 확인하고 다시 카페로 들어갔다. 잠시 후 그가 다시 나와 천천히 접근하더니 장갑 긴 손끝으로 찰리의 창을 두드렸다. 불빛에 반짝이는 튼튼한 가죽장갑, 밝은 손전등이 비추는 통에 그를 볼 수는 없었다. 불빛은 그녀를 붙잡은 채 천천히 밴을 돌아서는 다시 돌아와 그녀의 한쪽 눈을 괴롭혔다. 그녀는 한 손을 들어 얼굴을 막았다. 이윽고 손을 내리자 불빛이 무릎을 비추었다. 이윽고 불이 꺼지고 문이 열리며, 손 하나가 그녀의 손목을 잡고 차 밖으로 끌어냈다. 그녀는 그와 얼굴을 맞대고 서야 했다. 남자의 키가 30센티는 더 크고, 체구는 넓고 단단했다. 얼굴은 검은 모자챙과 잔뜩 치켜 세운 옷깃에 가려 보이지 않았다.

"꼼짝하지 말아요." 그가 말했다.

그는 그녀의 숄더백을 풀어 먼저 무게를 가늠한 다음 걸쇠를 풀고 안을 살폈다. 이번에도 소형 시계라디오가 관심을 받았는데 최근에만 벌써 세 번째였다. 그가 스위치를 켜자 소리가 들렸다. 그가 라디오를 끄고 잠시 만지작거리다 뭔가를 주머니에 넣었다. 그가 라디오를 챙겼다고 생각했으나 그건 아니었다. 라디오는 가방 안에 넣고 가방도 밴 안에 넣었기 때문이다. 마침내 그가 예절 강사라도 되듯 그녀의 자세를 고쳐주기 시작했다. 장갑 낀 손으로 양쪽 어깨를 펴주고, 왼손으로는 그녀의 몸 이곳저곳을 가볍게 건드렸다. 목, 어깨, 쇄골. 브래지어를 하지는 않았지만 끈을 확인이라도 하듯 어깻죽지도 건드렸다. 그러고도 겨드랑이에서 옆구리, 엉덩이, 가슴과 배까지 조사했는데, 그동안 내내 그녀의 얼굴에서 시선을 떼지 않았다. 오른팔은 끝까지 축 늘어뜨린 채였다.

"오늘 아침 호텔에선 팔찌를 오른손목에 찼어요. 오늘 밤엔 왼쪽인데 이유가 뭐죠?"

그의 영어는 이국적이지만 공손하고 교양도 있었다. 그녀의 판단에 억양은 분명 아랍이고 부드럽지만 힘이 있었다. 연사의 목소리.

"가끔 바꾸기도 해요." 그녀가 대답했다.

"이유는?" 그가 되물었다.

"기분이 새로우니까요."

그가 웅크리고 앉더니 그녀의 엉덩이와 다리와 허벅지 안쪽을 탐색했다. 조금 전처럼 세심한 태도였다. 털부츠도 더듬었는데 여전히 왼쪽 손만이었다.

"얼마짜리인 줄은 압니까? 팔찌가?" 그가 다시 일어나며 물었다.

"아뇨."

"움직이지 말아요."

그는 그녀 뒤에 서서는 등을 거쳐 다시 둔부와 다리, 부츠를 더듬었다.

"보험에 들지 않았나요?"

"아뇨?"

"왜 안 했죠?"

"미셸이 사랑 때문에 준 거니까요. 돈이 아니라."

"차에 타요."

그녀는 시키는 대로 했다. 그가 앞으로 돌아가 그녀 옆에 올라탔다.

"좋아요. 칼릴에게 데려가죠. 직접 배달 서비스예요." 그가 시동을 걸었다.

밴은 자동변속이었지만 그는 왼손으로만 운전하고 오른손은 무릎 위에 가만히 놓았다. 빈병들이 쨍그렁거리는 소리에 찰리가 깜짝 놀랐다. 교차로에 이르자 차는 왼쪽으로 꺾였다. 처음처럼 곧은길이지만 가로등은 없었다. 요제프를 닮았다는 생각이 들었지만 외모보다는 열정 때문일 것이다. 전사 특유의 처진 눈초리도 비슷했다. 지금은 그 눈으로 그녀 자신은 물론 밴의 거울 세 개를 연신 지켜보았다.

"양파 좋아해요?" 그가 병 부딪는 소리 때문에 목소리를 높였다.

"많이."

"요리는요? 뭘 요리하죠? 스파게티? 비네르슈니첼?"

"대충 비슷해요."

"미셸에게는 뭘 만들어줬어요?"

"스테이크."

"언제?"

"런던에 있을 때요. 그날 밤 내 아파트에서 잤어요."

"양파는?" 그가 외쳤다.

"샐러드에 넣었어요." 그녀가 대답했다.

자동차는 시내를 향해 돌아가고 있었다. 헤드라이트 불빛이 두꺼운 저녁 구름 아래 분홍색 벽을 만들었다. 그들은 다시 언덕을 내려와 넓고 평평한 계곡으로 접어들었다. 짓다 만 공장들과 텅 빈 대형트럭 주차장이 보였다. 산처럼 쌓인 쓰레기장도 있었지만 가게나 술집은 없고 불이 들어온 창문도 없었다. 차가 선 곳은 콘크리트 앞마당이었다. 그는 차를 세웠으나 시동은 끄지 않았다. '가르니 에덴 호텔.' 붉은 네온 간판은 그런 이름이었다. 그리고 화려한 문 위에 독일어, 프랑스어, 영어로 '어서 오세요!'라고 적혀 있었다.

그가 숄더백을 건네주며 불쑥 별난 제안을 했다.

"이거… 이걸 가져가요. 그도 좋아하니까." 그가 병 사이에서 양파상자를 꺼냈다. 상자를 그녀의 무릎 위에 놓을 때도 장갑 낀 오른손은 꼼짝도 하지 않았다. "4층 5호실. 엘리베이터 말고 계단을 이용해요. 행운을 빕니다."

그는 시동을 켜둔 채 그녀가 마당을 지나 밝은 입구 쪽으로 걸어가는 모습을 지켜보았다. 상자는 생각보다 무거워 두 손을 모두 사용해야 했다. 로비는 비어 있었다. 승강기도 서 있었지만 그녀는 타지 않았다. 계단은 좁고 구불구불했으며 카펫은 닳아 올이 다 풀어졌다. 녹음된 음악소리에 마음만 더 졸였다. 답답한 공기에서도 싸구려 향과 묵은 담배연기 냄새가 났다. 첫 번째 층계참 칸막이 방에서 노파가 "안녕."이라며 인사를 건넸지만 그녀는 고개를 들지 않았다. 아무래도 여자들이 수도 없이 드나드는 장소인 모양이다.

두 번째 층계참, 음악 소리와 여자 웃음소리가 들렸다. 세 번째에선 엘리베이터가 먼저 올라왔다. 도대체 왜 군이 계단을 고집했을까? 어쨌든 더 이상 의지도 없고 반발심도 없었다. 그녀의 말과 행동은 모두 각본이 있었다. 상자 때문에 팔이 아팠다. 4층 복도에 들어갈 때쯤엔 아픈 팔밖에 아무 생각도 못할 지경이었다. 첫째 문은 비상구였고 바로 오른쪽 문에 5라고 적혀 있었다. 승강기, 비상구, 계단. 그는 언제나 두 가지 이상을 원했다.

그녀가 노크를 하자 문이 열렸다. 제일 먼저 떠오른 생각은 그랬다. 오, 빌어먹을, 진부하군. 완전히 엿 먹은 거야. 바로 앞에 서 있는 남자는 지금 막 코카콜라 밴을 몰고 이곳까지 데려온 바로 그자였다. 모자와 장갑을 벗기는 했다. 그는 그녀의 상자를 받아 짐받이에 내려놓고, 안경도 벗겨 접은 다음 돌려주었다. 숄더백도 벗겨 내용물을 분홍색의 싸구려 솜이불 위에 쏟았다. 런던에서 검은 안경을 씌울 때에도 비슷한 조처를 했었다. 침대를 빼면 방에는 달랑 서류 가방 하나였다. 가방은 완전히 비운 채 세면대 위에 놓았지만 그녀를 향해 검은 아가리를 쩍 벌린 모습이 너무도 끔찍했다. 밍켈한테서 훔친 바로 그 가방이었다. 그녀가 너무 어려 어찌할 바를 몰랐던 시절 얘기다.

처절한 정적이 공작실의 3인을 짓눌렀다. 전화도 없었다. 밍켈도 알렉시스도. 긴급한 작전변경을 알리는 대사관 핫라인의 지시도 없었다. 셋의 머릿속에선 완전히 꼬인 음모가 숨을 죽이고 있는 듯했다. 리트박은 사무실 의자에 맥없이 늘어졌고 쿠르츠는 실눈을 뜬 채 늙은 악어처럼 미소를 지었다. 기분 좋은 꿈이라도 꾸는 모양새였다. 언제나처럼 가디 베커가 제일 과묵했다. 지금은 멍하니 어두워져 가는 바깥을 내다보며 과거의 헛된 약속들을 되새김질하는 사람 같았다. 어떤 약속을 지키고 어떤 약속을 어겼더라?

"여자한테 도청기라도 달아줬어야 했어요. 지금쯤은 놈들도 믿을 텐데 왜 빼먹은 거죠?" 리트박이 투덜댔다.

"여자 몸을 수색할 거야. 무기, 통신장비, 도청기든 뭐든 찾아냈겠지." 베커가 반박했다.

리트박이 화를 버럭 내며 일어났다.

"개소리! 그럼 왜 놈들이 여자를 이용합니까? 믿지도 않는 여자를? 그것도 이런 일에요?"

"여자가 살인을 한 적이 없으니까. 전과가 없으니까. 그래서 이용하는 거야. 믿지 않는 이유도 마찬가지겠지."

쿠르츠의 미소는 너무도 인간적이었다.

"시몬, 그 애가 처음 살인을 할 때, 그래서 더 이상 초보가 아닐 때… 그때야 그 애를 믿을 거야. 그래야 비로소 영원한 범법자, 그것도 죽음에 이르는 범법자가 될 테니까. 오늘 밤 9시, 그 아이가 정말로 그들 편이 되네. 괜찮아, 시몬. 모두 잘될 테니까." 그가 자신 있게 단언했다.

리트박은 여전히 믿지 못했다.

25

그는 아름다웠다. 그는 만개한 미셸이자, 요제프의 절제 및 품위, 타예의 거침없는 절대성을 포괄했다. 그녀가 그를 이상적인 존재로 만들며 상상했던 모든 것이었다. 넓은 어깨. 가장 소중하고 귀한 본질을 잘 갈무리한 조각 외모. 식당에 들어가면 사방에서 소곤거리는 소리가 들리고 식당을 빠져나올 때에도 길마다 안도의 탄식을 남겼다. 그는 저주를 받아 작은 골방에 갇힌 천하의 영웅으로 얼굴에 창백한 동굴이 담겨 있다. 그는 커튼을 치고 침대맡 불을 켜두었다. 그녀가 앉을 만한 의자는 없었으나 그도 침대를 목수용 의자로 활용했다. 그가 작업하는 동안 바닥에 던져놓은 베개에 앉았는데 그는 내내 얘기를 했다. 절반은 자신 얘기. 절반은 찰리 얘기. 목소리는 지극히 공격적이었다. 그러니까… 생각과 단어를 칼처럼 찔러대는 것이다.

"밍켈이 좋은 사람이라더군. 그럴 거요. 그 양반 보고서를 읽으면서 나도 그런 생각을 했으니까. 밍켈, 이 양반, 적어도 자기주장을 할 용기는 있잖아. 그럼 존경할 만한 사람이에요. 아, 물론 적을 존경할 수 있어요. 그 양반도 마찬가지고. 그런 게 문제가 된 적은 없어요."

그는 양파를 모두 구석에 쏟고 상자 안에서 작은 보따리들을 꺼내 하나하나 벗기기 시작했다. 역시 왼손이었다. 오른손은 눌러서 고정하는 일만 했다. 찰리는 뭐든 집중할 필요를 느끼고 기억에 집중하려 했으나 이내 포기해야 했다. 슈퍼마켓용 손전등 배터리 두 개 포장. 오그라뜨린 끄트머리에 붉은 전선이 돌출된 뇌관…. 요새에서 훈련받을 당시 그녀도 사용해본 종류였다. 그리고 주머니칼, 철침, 구리선. 절연테이프. 손전등 전구. 여러 종류의 나무못. 장치 받침으로 활용할 사각형 나무판. 이윽고 칼릴이 납땜인두를 세면대로 가져가 그 옆 콘센트에 끼우자 먼지 타는 냄새가 났다.

"우리를 폭격할 때 유대 놈들이 훌륭한 사람들 생각을 할까요? 아니. 우리 마을에 네이팜탄을 떨구고, 우리 여자들을 죽일 때? 천만의 말씀. 이스라엘 조종사 테러분자가 조종석에 앉아 '이 불쌍한 시민들. 무고한 희생자들' 하고 중얼거려요?" 정말로 혼잣말하듯 했다. 대부분 혼자였기 때문일 것이다. 그는 신념을 지키기 위해, 양심을 달래기 위해 얘기했다. 그가 침대로 돌아왔다. "유대 놈들은 내가 존경하는 수많은 사람을 죽였어요. 그 밖에도 무수한 사람들을 죽였고. 하지만 난 오직 사랑을 위해서만 죽입니다. 팔레스타인과 팔레스타인의 아이들을 위해서만 살인해요. 당신도 그렇게 생각해봐요." 그가 충고를 하다가 말을 끊고 그녀를 돌아보았다. "초조해요?"

"예."

"그럴 거요. 나도 초조하니까. 무대 위에서도 초조한가요?"

"예."

"마찬가지예요. 테러는 연극이죠. 영감을 주고 겁을 주고 분노와 사랑을 일깨우는 일이니까요. 우리 목적은 계몽입니다. 연극도 그렇지만 게릴라는 위대한 배우랍니다."

"미셸도 그런 말을 했어요. 편지에."

"내가 얘기해줬으니까. 원래 내 얘기였어요."

다음 꾸러미는 기름종이 포장이었다. 그가 조심스럽게 열자, 200그램짜리 러시아 플라스틱폭탄 세 개가 나왔다. 그는 솜털 한가운데 조심스레 내려놓았다.

"유대주의자들은 두려움과 증오 때문이지만 팔레스타인인은 사랑과 정의를 위해 죽여요. 그 차이를 잊지 말아요. 중요한 거니까. 두려울 때마다 기억해줄래요? 스스로 다짐할 거죠? '정의를 위해'? 그것만 기억하면 더 이상 두렵지 않을 겁니다."

"그리고 미셸을 위해서도." 그녀가 대답했다.

그는 별로 맘에 들지 않는 눈치였다.

"당연히 미셸도 기억해야겠지." 그가 마지못해 동의하고 갈색 종이 방을 흔들어 가정용 빨래집게 두 개를 침대 위에 떨어뜨렸다가 다시 조명 가까이 가져가 구조를 비교했다. 이렇게 가까이서 지켜보니, 뺨과 귓불 사이의 희고 주름진 피부가 완전히 녹았다가 다시 굳은 것처럼 보였다.

"두 손으로 왜 얼굴을 덮은 거죠?" 칼릴이 맘에 드는 빨래집게를 고르며 물었다. 순전히 호기심 때문이었다.

"잠시 피곤했어요." 그녀가 대답했다.

"정신 차려요. 중요한 임무니까. 혁명을 위한 일입니다. 이런 종류의 폭탄은 알죠? 타예가 가르쳤을 텐데?"

"전 몰라요. 부비는 알겠지만."

"그럼 집중해요." 그는 그녀 옆에 앉아 나무판을 집더니 볼펜으로 거침없이 선 몇 개를 그었다. 회로를 위한 기초였다. "우리가 만드는 건 만능 폭탄이오. 여기 이건 타이머, 여기는 부비트랩이지. 아무것도 믿지 말

라. 바로 우리 철학이죠. 난 반이스라엘주의자가 아니에요. 그 정도는 알죠?" 그는 빨래집게와 압핀 두 개를 건네고 집게 입 양쪽에 핀을 밀어 넣었다.

"예."

그녀가 집게를 돌려주자 그가 세면대로 가져가 압핀 머리에 전선을 용접했다.

"어떻게 알죠?" 그가 당혹해하며 물었다.

"타예가 얘기해줬어요. 미셸도 마찬가지고." 그런 얘기를 하는 사람이 200명은 족히 된답니다.

그가 다시 침대로 돌아왔는데 이번에는 미셸의 가방을 들었다.

"반이스라엘. 그건 기독교가 만들어낸 얘기입니다. 당신네 유럽인들이. 유럽인들이야말로 반인류죠. 반유대, 반아랍, 반흑인. 독일에 힘 있는 친구들이 많지만 그들이 팔레스타인을 좋아하는 건 아니오. 그보다는 유대인을 싫어하는 쪽이지. 헬가⋯ 헬가를 좋아해요?"

"아뇨."

"나도 싫어요. 너무 폐쇄적이라. 동물은 좋아하나요?"

"예."

그가 그녀 옆에 앉아 가방을 자기 쪽에 놓았다.

"미셸도 동물을 좋아했습니까?"

선택하라. 절대 망설이지 말라. 요제프의 경고였다. 불확실보다 불일치가 낫다.

"그런 얘기는 해본 적 없어요."

"말 얘기도?"

절대, 절대, 의사를 바꾸지 말라.

"예."

칼릴은 주머니에서 접은 손수건을 꺼냈다. 그 안에 싸구려 회중시계가 들어 있었는데 유리와 시침이 제거된 상태였다. 그는 시계를 폭발물 옆에 놓고 붉은 회로를 풀기 시작했다. 그리고 찰리의 무릎에 있던 나무판을 빼앗더니 그녀의 손을 잡아 스테이플을 붙들게 한 다음 가볍게 때려 넣었다. 붉은 전선은 그려놓은 패턴에 따라 나무판에 고정시켰다. 그가 세면대로 돌아가 전선을 배터리에 용접하는 동안 그녀는 절연테이프를 적당한 길이로 잘라냈다.

"봐요." 그가 시계를 덧붙이며 자랑스럽게 말했다.

지금은 그녀에게 바짝 붙은 터라 그의 열기 같은 체취를 느낄 수 있었다. 그는 구두쟁이처럼 상체를 굽힌 자세로 마지막 작업에 열중했다.

"동생이 여신처럼 대해주던가요?" 그는 전구를 잡고 전선 한쪽을 꼬아 연결했다.

"미셸은 무신론자였어요."

"무신론자일 때도 있고 종교적일 때도 있었어요. 대개는 어리석게도 여자와 사상과 자동차에 푹 빠져서 놀았지. 타예 말로는 당신이 훈련소에서 정숙했다더군. 쿠바, 독일, 어느 애들하고도 놀지 않고."

"내가 원한 사람은 미셸이에요. 미셸, 오직 미셸뿐이죠." 그녀가 대답했다. 스스로 듣기에도 너무 감상적이었다. 그를 힐끔 돌아보니 미셸이 선언한 것만큼 둘의 형제애가 절대적인지 의심스러웠다. 그의 얼굴이 불신으로 잔뜩 구겨졌다.

"타예는 대단한 사람이오." 그가 말했다. 어쩌면 미셸은 아니라는 뜻일 수도. 전구에 불이 들어왔다. "회로는 좋군." 그가 선언하고 조심스레 그녀 옆에 있는 폭약 세 개를 집었다. "타예와 나… 우린 함께 죽었어요. 타예가 그 얘기 하던가요?" 그가 찰리의 도움을 받아 폭약을 단단히 묶기 시작했다.

"아뇨."

"시리아 놈들한테 잡혔었죠…. 여길 잘라요. 처음은 구타였어요. 항상 그래요. 잠깐 일어나볼래요?" 그는 상자에서 갈색의 낡은 담요를 꺼내 그녀에게 펼쳐들게 한 다음 능숙한 솜씨로 길게 잘라나갔다. 두 사람의 얼굴은 담요를 사이에 두고도 너무 가까웠다. 그에게서 아랍인 특유의 부드러운 온기를 맡을 수 있었다.

"우리를 때리면서 저들도 덩달아 화가 났죠. 결국 우리 뼈를 모두 부러뜨리기로 한 겁니다. 처음엔 손가락, 그리고 팔, 다리. 그다음엔 라이플로 갈빗대를 부수는 거예요."

나이프 끝이 담요를 뚫고 그녀의 몸 몇 센티미터까지 치고 들어왔다. 그는 빠르고 깔끔하게 잘랐다. 뭔가를 사냥해 죽이기라도 하는 솜씨였다.

"마침내 다 끝나자 우리를 사막에 내다버렸어요. 난 기뻤어요. 적어도 사막에서 죽을 수 있으니까! 그런데 죽지 않은 겁니다. 우리 게릴라 요원들이 찾아냈죠. 타예와 칼릴은 함께 병원에 누워 있었죠. 무려 석 달 동안. 온몸을 석고로 뒤집어쓴 터라 눈사람이 따로 없었어요. 덕분에 좋은 대화를 나누고 좋은 친구가 된 겁니다. 함께 좋은 책도 많이 읽었고요."

칼릴은 가는 천들을 깔끔하게 각을 잡아 쌓아두고, 드디어 밍켈의 검은 가방을 다루기 시작했다. 이제 보니 가방은 걸쇠가 아니라 뒤를 찢어놓았다. 앞쪽의 잠금장치는 여전히 굳게 닫혀 있었다. 그는 접은 천조각을 안에 넣어 폭탄을 안치할 부드러운 안감을 만들었다.

"어느 날 밤 타예가 나한테 뭐라고 했는지 알아요? '칼릴, 얼마나 더 천사처럼 놀 생각인가? 아무도 우리를 돕지 않고 고마워하지도 않아. 위대한 연설을 하고, 최고의 웅변가를 유엔에 보내면 뭐하지? 그리고 50년을 기다리면 우리 손자뻘들이 조금이나마 보답을 받을 수 있겠나? 그것도 살아 있어야 가능한 얘기겠지만.'" 그가 말을 끊고 성한 손으로 다섯을 펴보였다. "'그동안 아랍 동포들이 우리를 죽일 거야. 유대 놈들이 우리를 죽이고 팔렝혜당 민병대원들이 죽이겠지. 그래도 살아남은 사람은 뿔뿔이 해외로 흩어질 테고. 미국인들처럼, 그리고 유대인들처럼. 하지만 우리가 폭탄을 만들어 사람 몇을 죽이고 한 번 정도 대량학살을 하면 단 2분 안에 역사를…'" 그는 문장을 끝내지 않고 장치부터 잡았다. 그리고 아주 조심조심 신중하게 가방 안에 넣었다.

"안경이 있어야겠어요. 하지만 어디에서 그런 걸 구하겠습니까…? 나 같은 인간이?" 그가 미소를 짓더니 이내 노인처럼 고개를 저었다.

"타예처럼 고문을 받았는데 왜 다리를 절지 않죠?" 그녀가 물었다. 갑자기 초조함이 더욱더 커진 덕분이었다.

그는 전선의 전구를 떼어내고, 깎아낸 끄트머리는 뇌관을 위해 남겨두었다.

"다리를 절지 않는 이유는 신께 힘을 달라고 기도했기 때문이오. 신께서 아랍 동포가 아니라 진짜 적과 싸우라는 뜻으로 기도를 들어주신 거죠."

그가 찰리에게 뇌관을 건네고 그녀가 회로에 붙이는 모습을 흡족한 표정으로 지켜보았다. 그녀가 일을 마치자 그는 남은 전선을 죽은 손끝에 실처럼 감아 뭉치로 만들고 두 가닥을 빼내 수평으로 묶었다. 너무도 노련한 솜씨였다.

"미셸이 죽기 전에 뭐라고 편지를 보냈는지 압니까? 마지막 편지에?"

"아뇨, 칼릴, 몰라요." 그가 뭉치를 서류 가방 속에 던져 넣었다.

"응?"

"모른다고 했어요. 전 몰라요."

"죽기 불과 몇 시간 전이었죠? '그녀를 사랑해. 다른 여자들과는 달라. 솔직히 말해, 처음 만났을 때 유럽인답게 양심이 마비된 것도 사실이야.' 여기, 시계를 감아요. '바람둥이인 것도 사실이고. 하지만 이제 그녀의 영혼은 아랍인이야. 언젠가 그녀를 우리 민족과 형한테 보여주고 싶어…'"

이제 부비트랩이 남았다. 때문에 두 사람은 훨씬 가까이 붙어 일해야 했다. 그녀가 기다란 철선으로 덮개 천을 꿰매고 감아야 했기 때문이다. 그 자신은 덮개를 최대한 낮게 붙잡아 그녀가 빨래집게 안의 나무못까지 전선을 연결하게 해주었다. 그는 다시 장치 전체를 세면대로 가져가 양쪽의 납땜 얼룩에 이음 핀을 재용접했다. 이제 돌아오지 못할 다리를 건넌 것이다.

"내가 옛날에 타예한테 뭐라고 한 줄 압니까?"

"아뇨."

"타예, 우리 팔레스타인인들은 망명이 너무 늦었어. 왜 펜타곤에 팔레스타인 사람이 하나도 없는 거지? 국무성엔? 〈뉴욕 타임스〉를 운영하지 못하는 이유는 뭔가? 월스트리트, CIA는? 왜 이 위대한 투쟁에 대한 할리우드 영화를 찍지 못하고 뉴욕시장, 대법원장에 선출되지 못한 이유는 또 뭔가? 우리가 무슨 잘못을 한 거야, 타예? 우리 소유의 기업이 없는 이유는? 의사, 과학자, 교장 따위로는 부족해. 왜 우리는 미국을 경영하지 못하는 거지? 폭탄과 기관총을 사용해야 하는 이유가 다 그 때문 아니야?"

그가 가방을 들고 그녀 앞에 똑바로 섰다. 버젓한 직장인 같은 모습.

"우리가 뭘 해야 하는지 알아요?"

아니, 몰라요.

그가 팔을 내밀어 그녀가 붙들고 일어나게 해주었다.

"행군이죠. 우리 모두. 놈들이 우리를 영원히 파괴하기 전에. 미국, 호주, 파리, 요르단, 사우디아라비아, 레바논으로부터. 팔레스타인 사람이 있는 세계 어디서든. 배를 타고, 비행기를 타고 국경으로 행군하는 겁니다. 수백만이 일제히. 아무도 막을 수 없는 파도가 되는 거죠." 그가 그녀에게 가방을 건넨 다음 재빨리 연장을 모아 박스 안에 포장했다. 그러고도 웅크리고 앉아 눈에 띄는 흔적을 지우기 시작했다. "그리고 일제히 고국으로 행진해 들어가, 우리 집과 농장과 마을을 요구하는 겁니다. 필요하다면 그자들의 마을과 정착촌과 키부츠를 부수고 되찾아야죠. 물론 불가능합니다. 왜 그런지 알아요? 그들이 올 리가 없으니까요. 부자들은 생활방식의 사회경제학적 추락을 원치 않아요. 상인들은 은행과 가게와 사무실을 버리지 못하고 의사들도 돈 많은 고객을 포기하지 못하죠. 변호사들은 더러운 로펌을, 교수들은 안락한 대학을 떠나지 못해요. 그래서 부자들은 돈을 벌고 가난한 사람들이 투쟁하는 겁니다. 언제 안 그런 적이 있었던가요?" 그가 일사천리로 내뱉고는 다시 그녀 앞에 서서 씁쓸한 미소를 지었다.

그녀는 앞장서서 계단을 내려갔다. 음모의 작은 상자를 들고 빠져나가는 창녀. 코카콜라 밴이 앞마당에 있었으나, 그는 그런 차는 생전 보지도 못했다는 듯 곧바로 지나가 농업용 포드에 올라탔다. 디젤 트럭 지붕에 볏단이 몇 개 묶여 있었다. 그녀는 그의 옆에 앉았다. 다시 언덕지대. 젖은 눈을 잔뜩 지고 선 소나무들. 요제프처럼 이 남자도 가르치는 걸 좋아했다. 찰리, 이해하겠어요? 예, 칼릴, 이해해요. 그럼 반복해 봐요. 그녀는 반복했다. 평화를 위한 일이에요. 잊으면 안 됩니다. 예, 칼릴, 잊지 않을 게요. 평화를 위해, 미셸을 위해, 팔레스타인을 위해, 요제프와 칼릴을 위해, 마티와 혁명을 위해. 이스라엘을 위해, 현실의 무대를 위해.

그는 헛간 앞에 멈추고 헤드라이트를 껐다. 시간을 확인하는 도중 도로 아래서 손전등이 두 번 깜빡였다. 그가 그녀 너머로 상체를 기울여 문을 열어주었다.

"그의 이름은 프란츠. 당신은 마가렛이라고 얘기해요. 행운을 빕니다."

습하고 조용한 저녁. 옛 도시의 가로등 불빛들이 새장에 갇힌 하얀 달처럼 머리 위에 걸렸다. 그녀는 모퉁이에서 차를 세웠다. 들어가기 전에 짧은 다리나마 걸어서 건너고 싶었다. 벌겋게 언 얼굴로 호호 가쁜 숨을 뱉으며 바깥에서 들어오는 모습을 보여주고 싶었다. 문득 증오심이 다시 꿈틀거렸다. 낮은 공사장들 사이의 골목이 좁은 터널처럼 그녀를 에워쌌다. 그녀는 자화상이 가득한 어느 화랑을 지났다. 슬픈 표정에 안경을 쓴 금발 소년이었는데, 바로 옆 화랑은 그 소년이 구경해보지 못했을 이상화된 풍경들뿐이었다. 그래피티들도 그녀에게 비명을 질러댔다. 처음에는 단어 하나 이해할 수 없더니, 어느 순간 '미국 타도'라는 글이 눈에 들어왔다. 해석 고마워요. 그녀는 넓은 공터로 빠져나와 콘크리트 계단을 올라갔다. 눈 때문에 모래를 뿌려놓기는 했지만 발밑은 여전히 미끄러웠다. 학생식당의 조명은 여전히 눈부실 정도였다. 레이철과 남자가 긴장한 얼굴을 하고 창가에 앉아 있었다. 그녀는 최초의 토템상을 지나갔다. 차도 위 나무 구름다리를 통해 반대편으로 건너는 중이었다. 벌써 강의실이 가까워졌다. 딸기색 돌벽이 조명 빛에 진홍색으로 빛났다. 자동차들이 멈춰 서고 이른 청중들이 도착하는 참이었다. 그들은 네 단짜리 계단을 올라 정문으로 올라가며, 이따금 서로를 알아보고 서로의 유명세를 축하해주었다. 보안요원 둘이 여자들의 핸드백을 건성으로 조사하고 있었다. 그녀는 계속 걸었다. 진리가 너를 자유롭게 하리로다. 이윽고 두 번째 토템상을 지나자 계단이 보였다.

오른손에 든 서류 가방이 흔들리며 허벅지를 쓸었다. 사이렌 소리에 놀라 움찔했지만 그래도 그녀는 계속 걸어갔다. 경찰 오토바이 두 대가 파란 경광등을 번쩍거리며 깃발을 매단 검은 메르세데스를 호위했다. 보통 때라면 대형 승용차들이 지나갈 때마다 차 주인들이 으쓱해하는 꼬락서니를 보기 싫어 아예 다른 쪽으로 고개를 돌렸으나, 오늘은 달랐다.

오늘 밤은 그녀도 당당하게 걸을 수 있었다. 그녀의 손에 해답이 있지 않은가. 그래서 그녀는 그들을 보았고 보답으로 남자의 시선도 받았다. 검은 정장과 은빛 넥타이의 혈색 좋은 뚱보. 샐쭉한 표정의 여자는 턱이 삼중에 밍크 모피를 입었다. 위대한 거짓말엔 당연히 위대한 청중이 필요하다. 문득 그 말이 떠올랐다. 카메라가 터지고 유명인사 부부는 유리문으로 올라갔다. 최소한 지나가는 사람 셋이 찬사를 보냈다. 그래, 이 개자식들아, 얼마 남지 않았다. 얼마.

그녀는 계단 발치에서 오른쪽으로 돌아 모퉁이에 다다를 때까지 계속 걸었다. 절대 개울에 빠지면 안 돼. 칼릴의 폭탄은 방수가 아냐, 찰리, 자기로 만든 것도 아니고. 헬가가 애써 농담을 던졌었다. 그녀는 왼쪽으로 건물을 우회했다. 자갈길이 있었지만 그 위로는 눈이 내리지 않았다. 잠시 후 인도가 넓어지며 안뜰이 나왔다. 안뜰 중앙의 콘크리트 화분들 옆에 경찰 트레일러가 서 있고 정복 경관들이 그 앞에서 서로의 매무새를 챙겨주고 있었다. 부츠 신은 발을 들고 웃다가 구경꾼들을 향해서는 인상을 써 보였다. 옆문에서 15미터도 채 안 되는 거리였지만 오히려 마음은 더없이 차분하기만 했다. 물론 바라던 바다. 정체성은 분장실에 남겨두고 무대에 오를 때마다 공중부양이라도 하듯 몽롱한 느낌. 나는야 이모젠, 남아공 출신이다. 용기는 넘치고 자비는 밀어내고, 위대한 자유의 영웅을 돕기 위해 걸음을 재촉한다. 그녀는 당혹스러웠다. 빌어먹을! 미치도록 당혹스러웠다. 옆문에 다다랐건만 문이 닫혀 있는 게 아닌가. 하지만 기어이 정의를 행하고야 말리라. 그렇지 못하면 차라리 죽는 게 낫다. 문고리를 잡았지만 문은 돌아가지 않았다. 난감했다. 손바닥을 대고 밀어도 꿈쩍하지 않았다. 그녀는 뒤로 물러나 문을 노려보다가 도와줄 사람이 있을까 주변을 돌아보았다. 경찰 둘이 장난을 그치고 그녀를 의심스러운 듯 쳐다보았지만 다가오지는 않았다.

막이 올랐다. 북을 울려라.

"죄송합니다만, 영어 하세요?" 그녀가 경관을 향해 물었다.

경관들은 움직이지 않았다. 부탁이 있으면 네가 직접 와서 해라. 기껏 평범한 시민 주제에. 그것도 여자 시민.

"영어 하는지 물었어요. 영어? 영어 몰라요? 누가 이것 좀 교수님께 전해주세요. 빨리요. 이리 좀 와 볼래요, 예?"

둘 다 얼굴을 찡그렸지만 그래도 한 명이 다가왔다. 천천히, 그것도 온갖 거만을 다 부리면서.

"토일레테 니히트 히어." 그가 잘라 말하며 고갯짓으로 그녀가 온 방향을 가리켰다.

"화장실 찾는 게 아니에요. 이 가방을 밍켈 교수님께 전해줄 사람을 찾는 거지. 밍켈!" 그녀가 이름을 반복하며 서류 가방을 들어 보였다.

경관은 젊지만 젊은 여자를 좋아하지 않았다. 그는 가방을 받지 않은 채 걸쇠를 눌러 잠겨 있는지부터 확인했다.

오, 이런, 넌 지금 막 자살을 시도한 거야. 그러고도 계속 인상만 쓸 거야?

"외프넨." 그가 명령했다.

"나도 못 열어요. 잠겨 있잖아요. 교수님 거라니까, 모르겠어요? 이 안에 강의록이 있을 텐데 오늘 밤 꼭 필요하단 말이에요." 그녀는 일부러 더 절박한 목소리를 냈다. 그리고 다시 돌아서서 힘껏 두드리기 시작했다. "밍켈 교수님? 저예요! 이모겐 바스트루프. 오, 이런!"

두 번째 경관도 합류했다. 나이가 더 많고 검은 턱수염을 길렀다. 찰리는 다시 그에게 호소했다. "어, 영어 하세요?" 그 순간 문이 조금 열리더니 염소같이 생긴 남자가 그녀를 향해 의혹의 눈길을 보냈다. 그가 독일어로 가까운 경관에게 무슨 말인가 했는데 경관의 대답에서 "아메리카

네린."이라는 단어가 들렸다.

"미국인 아니에요. 내 이름은 이모겐 바스트루프. 남아공 출신이고 밍켈 교수님의 서류 가방을 가져왔다니까요. 그분이 잃어버리셨거든요. 미안하지만 당장 전해주시겠어요? 지금 애타게 찾고 계실 거예요!"

문이 활짝 열리며 남자의 전신이 드러났다. 땅딸막한 체구에 검은 정장. 60대 시장 같은 외모였다. 얼굴이 아주 창백한 게 찰리의 눈엔 그도 무척이나 두려워하는 듯 보였다.

"저, 죄송하지만, 영어 하세요, 예?"

"그렇소만." 그가 맹세라도 하듯 내뱉었다. 영어를 못 하면 목숨이라도 내놓으려는 사람 같았다.

"그럼 이 가방을 밍켈 교수님께 전해주세요. 이모겐 바스트루프의 인사도 함께요. 제가 미안해하더라고…. 호텔이 바보처럼 혼선을 일으켰지 뭐예요. 오늘 밤에 꼭 전화 바란다는 말씀도…."

그녀가 서류 가방을 내밀었지만 남자는 받지 않았다. 그 대신 뒤쪽의 경찰들을 보며 모종의 확인을 받는 듯했는데, 이윽고 다시 서류 가방을 보고 찰리를 보았다.

"따라와요." 그가 그렇게 말하며 한쪽으로 물러섰다. 마치 하룻밤에 1파운드를 받는 무대 담당자 같았다.

오, 이런. 이건 대본에 없는 얘기잖아. 칼릴, 헬가, 그 누구의 대본에도 없었다. 내가 보는 앞에서 밍켈이 가방을 여는 날엔?

"아, 안 돼요. 관중석에 자리부터 잡아야 해요. 아직 표도 사지 않았거든요. 어서요!"

하지만 남자도 자기 임무가 있고 두려움이 있었다. 그녀가 서류 가방을 내밀자 가방에 불이라도 붙은 양 화들짝 뒤로 물러났다.

문이 닫혔다. 안은 복도였는데 천장을 따라 외피로 덮은 파이프들이 이어져 있었다. 그녀는 잠깐 올림픽빌리지의 파이프를 떠올렸다. 남자가 앞서서 걸어갔다. 기름 냄새가 나고 어딘가에서 보일러 쿵쿵거리는 소리도 들렸다. 뜨거운 열기가 얼굴을 덮었다. 차라리 기절하거나 아픈 시늉을 할까 하는 생각도 해보았다. 가방 손잡이가 피를 빨아댔다. 손가락 사이에서 뜨거운 피가 울컥거리는 것도 느낄 수 있었다.

두 사람은 '위원회'라고 적힌 방에 도착했다. 남자가 노크를 하며 "오베르하우저! 슈넬!"이라고 외쳤다. 그녀는 절박한 심정으로 뒤를 돌아보았다. 등 뒤 복도에 가죽재킷 차림의 금발 남자 둘이 서 있었는데 둘 다 기관총을 들었다. 맙소사, 이게 다 뭐야? 문이 열리고 오베르하우저가 먼저 들어가더니 재빨리 옆으로 비켜섰다. 그곳은 〈여행의 끝〉 영화 세트장이었다. 무대의 양옆과 뒤쪽엔 모래주머니를 쌓아두었으며, 천장은 충전물로 채우고 벌집 모양의 철망으로 고정했다. 모래주머니 장벽은 문에서부터 갈지자 길을 만들었다. 중앙 무대에 키 작은 커피테이블이 있었다. 그 위에는 음료 잔들을 담은 쟁반이 놓여 있었다. 바로 옆 낮은 팔걸이의자에 밍켈이 앉아 마치 밀랍인형처럼 멍한 시선으로 그녀를 보았다. 반대편이 그의 아내였다. 그 옆에도 헐렁한 털옷의 뚱뚱한 독일 여자가 앉았는데 아마도 오베르하우저의 아내일 것이다.

배우는 그 정도. 무대 바깥 모래주머니 사이에 나머지 단원들도 있었다. 단원들은 두 그룹으로 확연히 구분되어 있었으며, 양쪽의 대변인들이 중앙에 어깨를 맞대고 서 있었다. 자국팀은 쿠르츠가 이끌었다. 그의 왼쪽에 우유부단해 보이는 중년남자가 잔뜩 인상을 쓰고 있었는데 한눈에도 알렉시스였다. 알렉시스 옆에 그의 늑대소년들이 서 있었으며 그녀를 향한 표정이 한결같이 험상궂었다. 그들과 마주 선 사람들은 안면이 있는 사람들과 이방인들이 함께 섞여 있었다. 독일 사람들과 비교해 유대인들의 인상은 상대적으로 어두웠다. 아니, 남은 생애 동안 그녀의 기억에 큰 상처를 남길 만큼 끔찍할 정도였다. 무대감독 쿠르츠는 손가락 하나를 입술에 대고 왼손을 들어 시계를 확인했다.

그녀는 "그는 어디 있죠?"라고 물으려다가 때마침 그를 보았다. 언제나처럼 다른 사람들과 떨어진 자리였다. 그 순간 기쁨과 분노가 샘처럼 치밀어 올랐다. 첫날 밤의 외롭고 고독한 프로듀서. 그가 재빨리 그녀에게 다가와 한쪽으로 살짝 비켜섰다. 밍켈한테 갈 수 있도록 길을 열어준 것이다.

"그에게 당신 대사를 말해요, 찰리. 할 말만 하면 돼요. 테이블에 없는 사람은 모두 무시하고." 그가 조용히 가르쳤다. 이제 그녀에게 필요한 건 얼굴 앞에서 짝 하고 닫히는 클래퍼보드뿐이었다.

그의 손이 그녀의 손 가까이 다가왔다. 살갗을 스치는 솜털까지 느낄 수 있었다. "사랑해요. 어떻게 지내요?" 그녀는 그렇게 말하고 싶었으나 지금은 소화해야 할 대사가 따로 있었다. 그래서 그녀는 심호흡을 하고 그 말을 했다. 결국 그들의 관계를 결정짓는 이름이 아닌가.

"교수님, 정말 한심한 일이 일어났지 뭐예요. 멍청한 호텔직원들이 교수님 가방을 제 짐과 함께 제 방으로 보낸 거예요. 교수님과 대화하는 걸 본 모양이죠? 제 짐이 있고 교수님 짐이 있었는데 벨보이가 교수님 짐까지 제 것으로 착각했나 봐요." 그녀는 한달음에 대사를 토해내고 이제 더 이상 할 말이 없다는 듯 요제프를 돌아보았다.

"가방을 교수님께 드려요." 그가 지시했다.

밍켈은 이미 자리에서 일어나 있었다. 무기징역 선고라도 받는 피고처럼 아연한 표정이었다. 밍켈 부인이 대신 억지미소를 지었다. 찰리는 무릎이 후들거렸으나 요제프가 팔꿈치를 잡아준 덕에 앞으로 나가 간신히 가방을 전해주었다. 아직 대사도 조금 남았다.

"30분 전에서야 겨우 봤어요. 벽장에 넣어두었는데 드레스 때문에 안 보인 거예요. 나중에 알고 꼬리표를 확인해보니까, 세상에….”

밍켈이 가방을 받으려 했으나, 그 순간 다른 손이 낚아채 바닥에 놓아
둔 크고 검은 상자로 가져갔다. 상자에도 두꺼운 전선들이 뱀처럼 꿈틀거
렸다. 갑자기 사람들이 모두 모래주머니 뒤로 몸을 낮추었다. 요제프가 튼
튼한 팔로 그녀의 머리를 누른 덕에 그녀는 자기 가슴을 내려다보아야 했
다. 두꺼운 방호복 차림의 심해잠수부가 접근하는 것도 보았다. 그는 두꺼
운 유리안경이 달린 헬멧을 썼는데 그 안에 수술용 마스크를 착용해 안
에서 김이 서리지 않도록 했다. 누군가 조용히 하라고 지시했다.

요제프가 그녀를 끌어당겨 숨쉬기 곤란할 정도로 세게 끌어안았다.
누군가 경계 해제를 명해 다들 고개를 들었으나 요제프는 계속 그녀의
머리를 누르고 있었다. 그가 풀어준 건 황급히 어디론가 떠나는 발소리
를 들은 후였다. 리트박이 앞으로 나왔는데 손에는 그가 만든 것으로 보
이는 폭탄이 들려 있었다. 칼릴의 폭탄보다 쉽게 눈에 띄는 모양으로 아
직 전선은 연결하지 않았다. 그동안 요제프는 그녀를 이끌고 방 한가운
데로 물러나왔다.

“설명을 계속해요. 꼬리표를 읽었다는 얘기까지 했으니까 거기부터.
그래서 어떻게 됐죠?” 그가 그녀의 귀에 대고 지시했다.

그녀는 심호흡을 하고 대사를 이어갔다.

“데스크에 물었더니 교수님께서 저녁 식사를 위해 외출하셨다더군
요. 이 대학에서 강연이 있다고 하셨죠? 그래서 택시를 잡아타고… 어떻
게 사과말씀을 드려야 할지 모르겠어요. 저, 이제 그만 가볼게요. 행운을
빕니다, 교수님. 좋은 강연 하시고요.”

쿠르츠가 고개를 끄덕이자 밍켈이 주머니에서 열쇠꾸러미를 꺼내 하
나를 고르는 척했다. 당연한 얘기지만 서류 가방은 없었다. 찰리는 요제
프의 인도하에 벌써 문을 향하고 있었다. 반쯤은 걷고 반쯤은 그의 강한

팔에 들린 채였다.

이제 못해요, 요제프. 더 이상 못하겠어요. 당신 예언대로 용기를 모두 써버린 걸요. 나를 가게 하지 말아요, 요제프. 제발. 등 뒤에서 누군가의 탁한 명령이 들리고 황급한 발소리도 들렸다. 모두가 물러가는 모양이었다.

"2분." 쿠르츠가 사람들 등 뒤에 대고 경고했다.

두 사람은 기관총을 든 금발 요원 둘과 함께 복도로 빠져나왔다.

"그 친구는 어디에서 만나기로 했죠?" 요제프가 물었다. 낮고 빠른 목소리.

"에덴 호텔. 마을 어귀의 갈봇집 같은 데예요. 옆에 약국이 있댔어요. 코카콜라 밴이 한 대 있는데 번호가 FR 사선 BT 무슨 무슨 5예요. 다 낡은 포드 살롱도 있지만 번호는 몰라요."

"가방 열어요."

그녀는 시키는 대로 했다. 그는 작은 시계라디오를 꺼내고 자기 주머니에서 비슷한 장비를 꺼내 바꿔주었다.

"전에 사용한 것과 같지는 않아요. 방송은 하나만 잡히고 시간도 알려주지만 알람이 없소. 어쨌든 전파를 발생시켜 우리한테 당신 위치를 알려줄 거요."

"언제요?" 그녀가 멍청한 질문을 했다.

"칼릴이 뭐라고 지시했죠?"

"계속 길을 따라오라고 했어요? 맙소사, 요제프, 당신은 도대체 언제 오는 거예요?"

그의 얼굴은 수척하고 절박하고 심각했지만 양보는 어디에도 없었다.

"찰리, 내 말 똑똑히 들어요."

"예, 요제프, 듣고 있어요."

"그가 잠들었을 때 시계라디오 볼륨 버튼을 누르면 우리가 알게 돼요. 돌리는 게 아니라 눌러야 해요."

"칼릴은 그런 식으로 안 자요."

"무슨 말이오? 그가 어떻게 자는지 당신이 어떻게 알지?"

"당신하고 똑같아요. 밤낮으로 깨어 있는 걸요. 그는… 조지, 난 못 돌아가요. 제발 가게 하지 말아요."

그녀는 애원하는 눈빛으로 그를 보았다. 포기하는 기미를 기대했지만 그는 전혀 위축되는 표정이 아니었다.

"맙소사, 나하고 자고 싶어 한다니까요! 합방 말이에요. 그래도 괜찮아요? 미셸이 떠난 자리에 들어오고 싶은 거예요. 미셸을 싫어하지만 그 자리를 탐내요. 그런데도 가라고요?"

그녀가 너무 처절하게 매달리는 덕분에 그도 뿌리치는 데 애를 먹어야 했다. 그녀는 고개를 숙이고 그의 가슴에 기댔다. 그가 다시 보호의 손으로 안아주기를 기대했으나 그는 기껏 두 손으로 그녀의 팔을 잡고 똑바로 일으켜 세웠을 뿐이다. 그녀가 다시 그의 얼굴을 보았다. 단단히 잠긴 얼굴. 사랑이 두 사람의 낙원이 될 수 없다는 뜻이다. 그의 낙원도, 그녀의 낙원도, 물론 칼릴의 낙원도 아니다. 그가 그녀의 여행을 이끌려 했으나 그녀는 그를 뿌리치고 혼자서 걸어갔다. 그는 한두 걸음 뒤를 쫓다가 멈춰 섰다. 그를 돌아보는 그녀의 두 눈에 증오가 가득했다. 그녀가 눈을 감았다 다시 뜬 후 깊은 한숨을 내쉬었다.

나는 죽었어.

그녀는 거리로 나와 자세를 가다듬었다. 군인처럼 힘 있고 그만큼 맹목적으로 씩씩하게 좁은 거리를 따라 걸었다. 어느 초라한 나이트클럽에서 밋밋한 가슴을 드러낸 30대 여성의 사진을 간판 대신 걸어두었다. 내가 하는 짓이 저런 거야. 대로에 다다르자 문득 보행훈련이 기억나 왼쪽으로 고개를 돌렸다. 낡은 게이트타워가 보이고, 건물 위쪽을 길게 덮은 맥도날드 햄버거 간판도 보였다. 신호등이 녹색으로 바뀌었다. 계속 걸어가자 도로 끝을 높고 검은 언덕이 가로막았다. 언덕 너머 흐린 하늘이 도발적으로 몸을 꼬아댔다. 대성당 뾰족탑이 끝끝내 그녀를 따라왔다. 그녀는 오른쪽으로 돌아갔다. 걸음은 그 어느 때보다 느렸다. 낙엽 무성한 가로수길 좌우로 고급주택들이 길게 늘어섰다. 그녀는 혼잣말로 수를 세었다. 각운을 갖고 놀아도 보았다. 요제프 다운타운 점프. 강연장에서의 일도 조금씩 기억났으나 그 안에는 쿠르츠도 없고 요제프도 없고 타협 불가의 두 진영에서 나온 무시무시한 기술자들도 없었다. 저 앞에서 로시노가 조용히 오토바이를 출입구에서 빼내고 있었다. 그녀가 다가가자 그가 헬멧과 가죽재킷을 건넸다. 그녀는 옷을 입다 말고 문득 이상한 기분에 자신이 걸어온 방향을 돌아보았다. 저무는 햇빛 같은 오렌지색 섬광이 젖은 자갈길을 달려오고 있었다. 섬광은 사라진 후에도 오랫동안 잔상을 남겼다. 그리고 기대했던 소리가 들렸다. 멀지만 너무도 가까운 굉음. 쿵. 마치 그녀의 내면에서 뭔가가 끊어지는 소리 같았다. 영원히 그리고 가차 없이 사랑에 종지부를 찍는 소리. 그래요, 요제프, 이제 안녕.

동시에 로시노가 오토바이 시동을 걸며, 승리의 웃음으로 축축한 밤을 갈가리 찢어놓았다. 나도 그래, 로시노, 오늘이 평생 제일 웃기는 날이야.

로시노는 천천히 달렸다. 작은 도로만 고수하고 예정된 경로만 선택했다.

당신이 운전해요. 내가 따라갈 거예요. 나도 이탈리아 사람이나 될까 봐요.

눈은 따뜻한 가랑비에 대부분 녹았지만 그는 중요한 고객을 태우고 험한 길이라도 가듯 너무나 조심스레 오토바이를 몰았다. 신이 나서 마구 떠들어대기는 했지만 그의 기분에 동참할 생각은 전혀 없었다. 오토바이가 거대한 입구를 지났다. 그녀는 "여기가 거기예요?"라고 외쳤다. 사실 '여기'가 어디인지조차 몰랐지만 궁금하지도 않았다. 입구를 지나자 비포장도로가 사유림의 언덕과 계곡들을 누비고 다녔다. 도로에는 둘뿐이었다. 하늘의 달도 쏜살같이 달렸다. 언덕 아래 마을이 하얀 시트를 드리운 채 잠들어 있었다. 그리스 소나무 향이 났다. 문득 바람에 눈물이 쓸려나가는 감촉을 느꼈다. 그녀는 로시노의 낯선 몸을 끌어안고 그에게 이렇게 말했다. 나를 가져. 이제 아무것도 남은 게 없어.

마지막 언덕을 내려가 다른 문으로 빠져나오니 다시 도로였다. 도로 좌우로 프랑스 가족휴가 때 본 헐벗은 낙엽송들이 길게 이어졌다. 도로는 다시 오르막이었다. 언덕 위에 오르자 로시노가 엔진을 끄고 오토바이를 밀며 샛길을 따라 숲 속으로 들어갔다. 그가 안장가방을 열어 옷가지와 핸드백을 꺼내 그녀에게 던졌다. 그는 손전등을 켜고 그녀가 옷을 갈아입는 동안 내내 지켜보았다. 그의 앞에서 완전히 벗은 순간도 물론 있었다.

원하면 가져도 돼. 난 걸레잖아.

그녀 자신에 대해서라면 사랑도 의미도 없었다. 모든 것이 허사였다. 썩은 세상 모두가 그녀를 겁탈하고 나섰다.

소지품도 모두 새 핸드백에 옮겼다. 화장품, 탐폰, 약간의 돈, 말보로 몇 갑. 그리고 리허설용의 싸구려 소형 알람시계 라디오. 볼륨을 눌러요, 찰리, 내 말 듣고 있소? 로시노가 옛 여권을 회수하고 새 여권을 주었다. 하지만 그녀는 자신이 어느 나라 시민이 되었는지도 확인하지 않았다.

비존재 공국 시민. 어제 탄생.

그녀가 헌옷을 집어 안장가방에 처박았다. 숄더백과 안경도 넣었다. 여기에서 기다리며 도로를 지켜봐요. 붉은 신호를 두 번 깜빡일 테니까. 그가 말했다. 그가 떠나고 5분도 채 되지 않아 숲 사이에서 불빛이 깜빡였다. 만세, 드디어 친구가 왔다.

26

칼릴이 그녀의 팔을 잡고는 안다시피 해서 번쩍이는 새 차로 데려갔
다. 그녀가 펑펑 우는 데다 어찌나 심하게 몸을 떠는지 잘 걷지도 못했기
때문이다. 그는 검소한 차림이었지만 나무랄 데 없는 독일 관료로 위장
했다. 검은색의 부드러운 외투, 셔츠와 타이, 잘 빗어 넘긴 흑발. 그는 문
을 열어준 다음 외투를 벗어 찰리를 조심스레 병든 동물 다루듯 감싸주
었다. 그가 어떤 반응을 기대했는지 모르지만 그녀의 상태에는 충격을
받기보다 존중하는 눈치였다. 시동은 이미 걸려 있었다. 그가 히터를 최
대로 올렸다.

"미셸도 자랑스러워할 거예요." 그가 친절하게 말하며 실내등 불빛으
로 그녀를 보았다. 그녀도 뭔가 대답을 하려 했으나 울음이 먼저 터져 나
왔다. 그가 손수건을 건넸다. 그녀가 손수건을 손끝에 감는 중에도 눈물
은 하염없이 떨어지기만 했다. 차는 숲이 우거진 언덕길을 내려가기 시
작했다.

"어떻게 됐어요?" 그녀가 훌쩍이며 물었다.

"당신이 위대한 승리를 가져다줬어요. 밍켈은 가방을 열다 죽고 다른 유대인들도 크게 다친 것으로 보도되더군. 사망자 숫자는 계속 늘어나는 모양이오. 당연히 분노와 충격, 잔혹한 살육에 대해 떠들고 있지만, 놈들도 라시디예를 봤어야 해요. 가능하다면 저놈의 대학을 통째로 초대하겠소. 놈들도 뼈를 분지르고 아이들이 고문당하는 모습을 지켜봐야 한다는 말이오. 어쨌든 내일이면 전 세계가 알게 되겠지. 팔레스타인인들이 시온의 불쌍한 흑인이 되지는 않을 거라고."

난방은 최고조였지만 그래도 충분치 않았다. 그녀는 외투를 더욱 단단히 여몄다. 공단으로 된 접은 옷깃에서 방부제 냄새가 났다.

"어떻게 했는지 말해줄래요?" 그가 물었다.

그녀가 고개를 저었다. 좌석은 부드러운 플러시 천이고 엔진은 조용했다. 다른 자동차 소리에 귀를 기울였지만 들리지 않았다. 백미러를 봐도 따라오는 차는 없었다. 앞에도 없었다. 언제는 있었던가? 문득 돌아보니 칼릴의 검은 눈이 그녀를 지켜보고 있었다.

"걱정 말아요. 우리가 돌봐줄 겁니다. 약속해요. 오히려 당신이 슬퍼해서 기뻐군요. 다른 사람들은, 사람을 죽이고도 승리감에 도취해 웃거든요. 술에 취해 짐승처럼 옷을 찢기도 해요. 내가 본 건 그런 모습들뿐이었는데 당신은… 당신은 울었어요. 너무 보기 좋아요."

안가는 호수 옆에 있고 호수는 가파른 계곡 안에 있었다. 칼릴은 두 번이나 지나치고 나서야 진입로에 들어섰다. 도로 주변을 살필 때 보니 그의 눈도 요제프의 눈이었다. 만사를 꿰뚫는 검고 강한 눈. 안가는 현대식 방갈로로 어느 부자의 휴양지 같았다. 흰 벽과 무어 양식의 창문. 붉은색 지붕은 사면인지라 눈이 붙어 있지 못했다. 건물 옆에 차고가 딸려 있었다. 차가 안으로 들어가자 차고 문이 닫혔다. 그는 시동을 끄고 재킷 안에서 총구가 긴 자동 권총을 꺼냈다. 칼릴, 외팔이 명사수. 그녀는 차에 남아 터보건 썰매들, 그리고 뒷벽을 따라 쌓아둔 장작더미를 보았다. 그가 차문을 열어주었다.

"따라와요. 3미터 간격으로. 더 가까우면 안 돼요."

철제 옆문을 열자 곧바로 복도였다. 그녀는 기다렸다가 그의 뒤를 쫓았다. 거실불은 이미 켜 있고 벽난로에선 장작이 불타고 있었다. 얼룩무늬 소파. 촌스러운 가구들. 2인용 목재 식탁. 주조 스탠드 위에 놓인 얼음통과 보드카 한 병.

"여기 있어요." 그가 말했다.

그녀는 바닥 한가운데 두 손으로 핸드백을 끌어안고 섰다. 그동안 그는 이 방 저 방을 수색했는데, 어찌나 조용한지 들리는 소리라고는 찬장 여닫는 소리가 고작이었다. 그녀는 다시 몸을 떨기 시작했다. 격렬하게. 그가 거실로 돌아와서는 총은 벽난로 옆 카우치에 던지고 불쏘시개로 불길을 키우기 시작했다. 짐승들을 쫓아내고 양을 안전하게 보호하려는 거야. 그녀가 그를 지켜보며 생각했다. 불이 활활 타올랐다. 그녀는 난로 옆 소파에 앉았다. 그가 TV를 켰다. 언덕 위 타베르나에서 본 옛날 흑백 영화. 그는 TV 소리를 죽이고 그녀 앞에 와 섰다.

"보드카 조금 해요. 나야 술을 마시지 않지만 당신은 기분전환이 조금 필요할 거요."

그녀는 그렇게 하고 싶었다. 그가 술을 따라주었다. 꽤 많은 양이었다.

"담배 피울래요?"

그가 가죽상자를 내밀었다가 직접 불까지 붙여주었다.

방 안의 조명이 밝아졌다. 얼른 TV를 돌아보니 족제비 인상의 땅딸막한 독일인이 보였다. 크게 흥분한 표정. 불과 한 시간 전쯤 마티 옆에 서 있던 자였다. 배경은 경찰 밴 옆이고 그 뒤로 강의동으로 이어진 샛길과 형광 테이프로 봉쇄한 옆문이 조금씩 보였다. 경찰차, 소방차, 구급차들이 교통 통제 지역을 부리나케 드나들었다. 테러는 연극이야. 배경이 다시 녹색 범포천으로 바뀌었다. 수사가 진행되는 동안 바람을 막기 위해 설치한 것이다. 칼릴이 소리를 키우자 구급차 사이렌 너머 알렉시스의 목소리가 들렸다. 매끄러우면서도 잘 통제된 목소리.

"뭐래요?" 그녀가 물었다.

"수사를 이끄는 자 같아요. 잠깐만 기다려요. 얘기해줄 테니."

알렉시스가 사라지고 오베르하우저의 말짱한 모습이 등장했다.

"문을 열어준 멍청이예요." 그녀가 말했다.

칼릴이 손을 들어 그녀의 입을 막았다. 막연한 호기심에 귀를 기울여 보니 오베르하우저는 찰리에 대해 설명하고 있었다. '쥐트 아프리카'라는 단어와 갈색 머리 어쩌고 하는 단어 정도는 알아들을 수 있었다. 그가 손을 들어 그녀의 안경을 묘사했다. 그가 떨리는 손가락으로 가리킨 건 타예가 준 것과 비슷한 안경이었다.

오베르하우저 다음에는 용의자 몽타주가 나왔으나 이 세상 누구도 닮지 않은 인상이었다. 10년 전쯤 철도역마다 나붙었던 옛 설사약 광고 모델 같기는 했다. 그다음은 그녀와 얘기했던 경찰이 나와 말도 안 되는 인상착의를 덧붙였다.

칼릴은 TV를 끄고 그녀 앞에 와 섰다.

"앉아도 괜찮겠어요?" 그가 물었다.

그녀는 그가 앉도록 핸드백을 집어 반대편으로 옮겼다. 윙 하는 소리였나? 아니면 삐? 마이크였을까? 도대체 뭘 한 거지?

칼릴은 정확하게 설명했다. 마치 상황을 분석하는 노련한 변호사 같았다.

"조금 위험하기는 해요. 오베르하우저라는 자가 당신을 기억하고 있어요. 그의 아내와 경찰도 그렇고 그 밖에 호텔 사람들도 몇 있군요. 당신 신장, 인상, 영어 능력, 연기력 등등. 불행히도 당신과 밍켈의 대화를 엿들은 영국여성도 하나 있던데, 당신이 남아공이 아니라 영국 사람이 분명하다고 주장하고 있어요. 당신 몽타쥬를 런던으로 보냈다는데 영국에서도 이미 당신을 의심하고 있을 거예요. 이 지역도 완전히 비상이고. 도로 봉쇄, 현장 확인…. 모두가 바삐 움직이지만 그렇다고 걱정할 필요는 없어요. 내 목숨을 걸고 당신을 보호하겠소. 어쨌든 오늘 밤은 안전해요. 내일 베를린의 집으로 보내주겠소." 그가 그녀의 손을 굳게 잡아주었다.

"집이라." 그녀가 중얼거렸다.

"당신은 우리 식구이자 동생이오. 파트메도 당신을 동생이라고 했어요. 당신한테 집은 없지만 그래도 대가족이 있소. 새로운 신분을 만들어 줄 수도 있고, 아니면 파트메한테 가서 같이 살 수도 있지. 다시 싸울 필요는 없어요. 우리가 돌봐줄 테니까. 미셸을 위해서도 충분히 그럴 자격이 있어요."

그의 충성심은 섬뜩할 정도였다. 그는 여전히 그녀의 손을 잡고 있었는데 강하고 믿음직한 손길이었다. 두 눈은 자긍심으로 빛났다 그녀는 자리에서 일어나 핸드백을 들고 방에서 걸어 나갔다.

더블 침대. 전기난로가 켜 있었다. 전기세와 상관없이 난방봉 두 개를 모두 켜둔 터였다. 책장엔 무명작가의 베스트셀러로 가득했다. 《난 괜찮아, 너도 괜찮아》, 《섹스의 즐거움》. 침대 커버는 깔끔하게 위쪽을 접어두었다. 그 너머 욕실이 보였다. 소나무 벽에 사우나까지 붙어 있는 욕실. 그녀는 라디오를 꺼내보았다. 이전의 라디오와는 흠집까지 똑같았으나 조금 더 두껍고 단단한 느낌이었다. 그가 잠들 때까지, 내가 잠들 때까지 기다려. 그녀는 거울을 들여다보았다. 사실 몽타주가 그렇게 엉망은 아니었다. 그 누구도 원치 않는 땅. 땅 없는 민족을 위한 땅. 그녀는 먼저 손과 손톱을 문지르다가 불현듯 옷을 벗고 오랜 샤워에 몸을 맡겼다. 잠시라도 그의 신뢰로부터 멀어지고 싶었다. 감당하기가 버거웠다. 그녀는 세면기 위의 선반에서 보디로션을 꺼내 온몸에 발랐다. 문득 자신의 눈에 시선이 갔는데, 순간 훈련소의 스웨덴 소녀 파티마가 떠올랐다. 동정을 거부하도록 배운 사람의 분노와 공허를 담은 눈. 그보다 정확히는 자기혐오의 눈이었다. 그녀가 돌아갔을 때 그는 식탁에 음식을 차리고 있었다. 식은 고기, 치즈, 와인 한 병. 촛불에도 벌써 불을 켜두었다. 그가 최고의 유럽 스타일로 그녀를 위해 의자를 빼주었다. 그녀가 앉자 그도 맞은편에 자리를 잡고 곧바로 먹기 시작했다. 언제나 뭐든 저렇게 몰두하는 성격이었다. 그는 사람을 죽였다. 그리고 이제 식사를 한다. 그보다 더 어떻게 온당하다는 말인가? 내 광기의 식사. 최악이자 최고 광기의 식사. 바이올린 연주자가 식탁에 온다면 '문 리버'를 연주해달라고 부탁해야지.

"아직도 그 일이 신경 쓰여요?" 그가 물었다. 마치 두통이 멈췄는지 묻는 것처럼 담담한 말투였다.

"돼지들이에요. 무자비한 살인마들." 그녀가 대답했다. 진심이었다. 갑자기 다시 울음이 복받쳤다. 울음은 간신히 참을 수 있었으나, 나이프와 포크가 어찌나 심하게 떨리는지 결국 식탁에 내려놓을 수밖에 없었다. 자동차 지나가는 소리가 들렸다. 아니, 비행기였을까? 그런데 내 핸드백은? 어디에 뒀더라? 혼란스러웠다. 욕실. 그래, 그의 손에서 멀리 떼어놓았었지. 그녀가 다시 포크를 들었다. 칼릴의 아름다우면서도 야성적인 얼굴이 촛불 너머로 그녀를 살폈다. 델포이 외곽 언덕마루에서 요제프도 그랬었다.

"그들을 증오하려고 애쓸 필요는 없어요." 그가 치유제처럼 제안했다.

그녀가 출연한 최악의 연극이자 최악의 디너파티였다. 둘의 재회를

망치고 싶은 욕구가 자신을 깨뜨리려는 욕구만큼이나 강했다. 그녀가
일어났다. 나이프와 포크가 바닥에 떨어지며 쨍그렁 소리를 냈다. 그녀
는 간신히 절망의 눈물을 통해 그를 보았다. 그녀가 드레스의 단추를 끄
르기 시작했으나 두 손이 어찌나 떨리는지 자꾸만 헛손질을 했다. 그녀
가 탁자를 돌아 그에게 건너갔다. 그를 안고 일으키려 했으나 그도 이미
일어나는 중이었다. 그가 그녀를 끌어안고 키스를 했다. 그러고는 그녀
를 덥석 안더니 마치 부상당한 동료를 옮기듯 침실로 데려갔다. 그가 그
녀를 침대에 눕혔다. 순간 심신이 어떤 식으로 화학작용을 일으켰는지,
갑자기 그녀가 공세를 취했다. 그녀는 그를 올라타 옷을 벗기고 그가 종
말의 순간에 만난 최후의 남자라도 되듯 애타게 끌어안았다. 자신의 파
멸과 그의 파멸을 기다리며, 그녀는 그를 삼키고, 먹이고, 자신의 죄의식
과 고독이 비명을 지르는 무저갱 속으로 밀어 넣었다. 그녀는 울고 있었
다. 그에게 소리치고 그의 몸으로 자신의 더러운 입을 막고, 그를 무자비
하게 약탈했다. 자신의 기억을 모조리 지우고, 동시에 그의 격렬한 동작
으로 요제프의 잔재를 지웠다. 그녀는 그의 물결을 느끼며 간절히 자신
의 몸 안에 가두었다. 파도가 물러난 이후로도 오랫동안 그를 끌어안고
밀어닥치는 폭풍에서 멀리멀리 달아났다.

   그는 잠들지 않았다. 다만 꾸벅꾸벅 졸기는 했다. 지금은 헝클어진 머
리를 그녀의 어깨에 기대고 있었다. 성한 팔은 편안하게 그녀의 가슴을
가로질렀다.
   "살림은 운 좋은 아이요. 당신 같은 여자. 목숨을 걸 만한 상대요." 그
가 말했다. 미소가 담긴 목소리.
   "그가 날 위해 죽었다고요?"
   "타예 말이 가능하다더군."

"살림은 혁명을 위해 목숨을 바쳤어요. 유대 놈들이 그의 차를 날려버렸죠."

"자초한 거요. 독일경찰의 사건보고서를 수도 없이 읽었지. 그 애한테 절대 폭탄을 만들지 말라고 했건만 끝내 내 말을 거역했어요. 이런 일엔 재능이 없었소. 타고난 전사도 못 되었고."

"이 소음은 뭐죠?" 그녀가 그에게서 떨어져 나오며 물었다.

종이를 구기듯 푸드득거리는 소리. 그리고 조용. 엔진을 끈 채 조용히 자갈길을 굴러오는 자동차가 떠올랐다.

"누군가 호수에서 고기를 잡는 모양이로군." 칼릴의 대답이었다.

"이 밤에요?"

"밤낚시 해본 적 없어요? 바다에 작은 배를 띄우고 램프를 켠 다음 두 손으로 물고기를 잡는 건데?" 그가 졸린 목소리로 웃었다.

"자지 말고 나랑 얘기해요."

"자두는 게 좋아요."

"못 자요. 무서워서."

그가 오래전 갈릴리 야간 침투 이야기를 들려주었다. 그와 두 명의 동료. 노 젓는 배를 타고 바다를 건넜는데, 어찌나 아름다운 곳인지 임무를 잊고 대신 고기만 잡았단다. 그녀가 그의 말을 막았다.

"배가 아니라 자동차예요. 이번에도 들렸어요. 잘 들어봐요."

"배 맞아요." 그가 졸린 듯 대답했다.

달빛이 커튼을 비집고 들어와 마룻바닥을 비추었다. 그녀는 자리에서 일어나 창가로 건너가 커튼 사이로 밖을 내다보았다. 소나무 숲이 사방을 에워쌌다. 달빛이 호수 위에 세상의 중심으로 이어지는 계단을 만들어놓았다. 하지만 어디에도 배는 없었다. 물고기를 유혹하는 불빛도 없었다. 그녀가 침대로 돌아가자 그가 오른팔로 그녀의 몸을 끌어당겼다. 하지만 그녀의 저항을 느끼고는 맥없이 물러나 등을 돌렸다.

"나하고 얘기해요, 칼릴. 일어나요. 제발, 일어나라니까요." 그녀가 그를 격렬하게 흔들고 입술에 키스도 했다.

결국 그도 일어나 앉았다. 본성이 친절한 데다 그녀를 동생으로 지명하지 않았던가.

"당신이 미셸한테 보낸 편지 중 뭐가 이상했는지 알아요? 총이에요. '지금부터 내 베개를 벤 당신의 머리를 꿈꿀 거예요. 그 밑에 감춘 권총도.' …연인의 대화죠. 아름다운 연인의 대화."

"어디가 이상한데요? 얘기해 봐요."

"그 애와 그런 얘기를 나눈 적은 있어요. 이런 얘기였죠. '잘 들어, 살림, 베개 아래 총을 감추고 자는 건 카우보이들이나 하는 짓이다. 내가 가르친 얘기들을 모두 잊는다 해도 이것만은 꼭 기억해. 잠을 잘 때 총은 반드시 옆에 둬야 한다. 손 닿기도 좋고 감추기도 좋으니까. 반드시 그런 식으로 자도록 해라. 여자가 있다고 해도 마찬가지야.' 그 애도 알겠다고 대답했지만 늘 약속만 하는 아이였죠. 늘 새 여자를 만들고, 새 차를 사고."

"그럼 원칙을 어긴 건가요?" 그녀가 그의 장갑 낀 손을 잡고 어두운 달빛에 비추며 죽은 손가락을 하나씩 꼬집었다. 새끼와 엄지를 빼면 모두 의수였다.

"그런데 어쩌다 이렇게 된 거예요? 쥐새끼들? 칼릴, 어떻게 된 거죠? 정신 좀 차려요."

그는 한참 후에야 대답을 했다.

"베이루트에 있을 땐데 그때 살림만큼이나 어리석었어요. 사무실에 우체부가 왔어요. 때마침 소포를 기다리던 중이라 무조건 개봉부터 했는데 그게 실수였죠."

"그래서? 어떻게 됐어요. 소포를 열었더니 쾅 하고 터진 건가요? 그래서 손을 다쳤고? 얼굴도 그때 그런 거예요?"

"병원에서 깨어났더니 살림이 와 있더군요. 그거 알아요? 내가 바보 짓을 했다면서 무척 좋아했죠. '다음에는 소포를 열기 전에 나한테 가져 와. 아니면 먼저 소인을 읽든지. 텔아비브에서 온 거라면 반송하는 게 좋을 걸?' 그런 식으로 놀리기도 했어요."

"그런데 왜 직접 폭탄을 만들어요? 손도 하나밖에 없는데?"

대답은 그의 침묵 속에 있었다. 달빛에 평온해진 얼굴이 그녀를 돌아 보며 전사 특유의 직접적이고 심각한 시선을 쏘아 보냈다. 대답은 현실 극장에 사인한 그날 밤 이후 그녀가 목격한 모든 것에 있었다. 팔레스타 인을 위해. 이스라엘을 위해. 신을 위해. 내 신성한 운명을 위한 답. 내가 당한 만큼 개자식들에게 돌려주고 불의는 불의로 갚아주기. 모든 정의 가 산산조각 나 마침내 폐허에서 빠져나와 인적 없는 거리를 걸을 수 있 을 때까지.

갑자기 그가 그녀를 탐하고 나섰다. 그녀도 저항하지 않았다.

"칼릴, 오, 내 사랑. 오. 제발."

그 밖에 창녀들이나 지껄이는 너절한 신음들.

새벽. 그녀는 그가 잠들지 못하게 괴롭혔다. 창백한 햇살이 비추자 불 면에 따른 현기증이 그녀를 사로잡았다. 키스와 애무 등, 그가 잠들지 않 고, 열정이 식지 않도록 하기 위해 그녀가 아는 모든 계략을 총동원했다. 당신이 최고예요. 한 번도 최고라는 말을 해본 적이 없지만, 당신은 지금 껏 최고로 강하고 최고로 용감하고 최고로 총명한 연인이에요. 오 칼릴, 칼릴, 맙소사, 오, 어서. 살림보다 좋아요? 그가 물었다. 살림보다 더 끈 기 있고 더 자상하고 더 포근해요. 당연히 살림보다 좋죠. 나를 접시에 담아 당신한테 바친 사람 아닌가요?

"왜 그래요? 내가 뭘 잘못했어요?"

그가 갑자기 그녀에게서 떨어져 나갔다.

그는 대답 대신 성한 손을 내밀어 가볍게 그녀의 입술을 꼬집었다. 그리고 팔꿈치에 의지해 조심스럽게 몸을 일으켜 세웠다. 그녀도 귀를 기울였다. 호수에서는 물새들이 재잘거리고 거위들도 꽥꽥거렸다. 삐약거리는 병아리들. 벨소리들도 눈 덮인 시골길을 따라 더욱 선명하게 들렸다. 그가 매트리스를 걷으며 일어났다.

"소가 안 보여." 그가 창밖을 내다보며 조용히 읊조렸다.

그는 창가에 서 있었다. 여전히 알몸이지만 총은 어깨 멜빵에 걸려 있었다. 그녀는 극도의 긴장감 속에서도 요제프의 미러 이미지가 그와 마주 선 그림을 떠올렸다. 요제프가 난롯불에 벌겋게 달궈진 채 바로 앞에 섰는데 둘 사이는 얇은 커튼 한 장뿐이었다.

"뭐가 보여요?" 그녀가 속삭였다. 긴장을 더 이상 견딜 수가 없었다.

"소가 없어요. 어부도. 자전거도. 너무 많은 게 빠져 있어요."

잔뜩 긴장한 목소리였다. 그의 옷은 침대 옆에 널브러져 있었다. 그녀가 열정 속에서 던져놓은 그대로였다. 그가 짙은 색 바지와 흰 셔츠를 입고 총도 겨드랑이 아래 제대로 찼다.

"자동차도 지나가는 불빛도 없어요. 출근하는 사람도, 소도 없고." 그가 담담하게 나열했다.

"우유를 짜러 갔을 거예요."

그가 고개를 저었다.

"우유를 짜는 시간은 앞으로 두 시간은 더 있어야 해요."

"눈 때문이겠죠. 그래서 집 안에서 나오지 않은 거예요."

그녀의 목소리가 그의 귀에 거슬렸다. 순간 그도 그녀의 존재를 깨닫기 시작했다.

"왜 변호를 하는 거지?"

"글쎄요. 난 그냥….."

"이 집 주변의 생명이 사라졌다는데 왜 당신이 변명을 하는 거요?"

"당신 두려움을 달래기 위해서죠. 위로하기 위해서."

문득 이상한 생각이 들었다. 끔찍한 생각. 그녀의 얼굴에서, 그녀의 알몸에서 분명히 느낄 수 있었다. 그리고 그녀도 그의 의심을 느끼기 시작했다.

"왜 내 두려움을 달래죠? 당신 자신이 아니라 나를 걱정하는 이유가 뭐요?"

"그런 적 없어요."

"당신은 수배된 여자야. 그런데 어떻게 나를 더 사랑할 수 있지? 자신의 안전이 아니라 내 안위에 대해 말하고? 도대체 뭘 숨기고 있는 거요?"

"숨긴 거 없어요. 밍켈을 죽인 일이 맘에 걸렸어요. 나도 이 일에서 완전히 벗어나고 싶어요. 칼릴?"

"타예 말이 맞는 건가? 결국 동생이 당신 때문에 죽은 거야? 대답해봐요. 어서, 어서." 그가 아주아주 작은 목소리로 다그쳤다.

그녀는 온몸으로 그의 용서를 갈망했다. 얼굴이 미치도록 뜨거웠다. 영원히 꺼지지 않을 불.

"칼릴, 침대로 돌아와요. 돌아와서 사랑해줘요." 그녀가 속삭였다.

놈들이 집을 에워쌌건만 저 사람은 왜 저렇게 느긋하담? 매시 매초 포위망이 좁혀오는데 왜 저런 식으로 나를 노려보고만 있는 거야?

"지금 몇 시요, 찰리?" 그가 그녀를 노려보며 물었다.

"5시 30분. 그건 왜 물어요?"

"당신 시계는 어디 있지? 작은 시계? 정확한 시간을 알고 싶어서 그래요. 어서."

"몰라요. 욕실에 있을 거예요."

"그 자리에 있어요. 아니면 당신을 죽일 수도 있으니까. 농담 아니오."

그가 가방을 가져와 그녀에게 넘겼다.

"열어봐요." 그가 지시한 다음 그녀가 걸쇠와 씨름하는 모습을 지켜보았다.

"그래서 몇 시요, 찰리? 시계를 확인하고 지금이 몇 시인지 정확히 말해줘요." 목소리가 끔찍할 정도로 담담했다.

"6시 10분 전이네요. 생각보다 더 지났어요."

그가 그녀에게서 시계를 낚아채 직접 시간을 확인했다. 디지털. 24시간. 라디오를 켜니 음악 소리가 나왔다. 그가 다시 스위치를 껐다. 시계를 귀에 대보고 손으로 무게도 가늠해보았다.

"어젯밤 떠난 후로 당신은 혼자 있을 시간이 없었소, 전혀. 안 그런가?"

"없었어요."

"그런데 어떻게 시계 배터리를 산 거요?"

"사지 않았어요."

"그런데 라디오가 어떻게 작동하지?"

"그건… 배터리가 닳지 않았으니까… 한 번 넣으면 몇 년씩 가잖아요. 특수 배터리를 사면… 수명이…."

드디어 공작의 한계에 다다르고 말았다. 지금, 그리고 앞으로도 영원히, 더 이상의 공작은 없다. 문득 언덕에서의 순간을 떠올렸다. 그는 그녀를 코카콜라 밴 밖에 세워두고 그녀를 수색했다. 그때 시계를 숄더백에 넣고 가방은 밴에 던져놓았는데 바로 그때 배터리를 빼내 자기 주머니에 넣은 것이다.

그는 더 이상 그녀에게 관심이 없었다. 관심은 오로지 시계뿐이었다.

"그 잘난 시계를 침대 옆으로 가져다주겠소, 찰리? 실험을 조금 해봅
시다. 고주파 라디오와 관련된 흥미로운 테크놀로지 실험이오."

그녀가 속삭였다.

"옷 좀 입어도 되죠?" 그녀는 먼저 드레스를 걸쳐 입고 침대 맡 라디오
를 그에게 가져갔다. 검은 플라스틱의 현대식 모델로 전화기 다이얼 같
은 스피커가 하나 달렸다. 칼릴은 시계와 라디오를 함께 놓고 라디오 스
위치를 켰다. 채널을 이리저리 돌리자 갑자기 끔찍한 소음이 들렸다. 소
음은 공습경보처럼 커졌다 작아졌다 하며 이어졌다. 그다음엔 그가 시
계를 집더니 엄지로 커버를 밀어내고 배터리를 바닥에 흔들어 쏟아냈
다. 울부짖던 소음도 그쳤다. 이윽고 그가 고개를 들고는 실험을 성공적
으로 끝낸 아이답게 활짝 미소를 지었다. 그녀는 시선을 피하려 했으나
불가능했다.

"누구 밑에서 일하오, 찰리? 독일?"

그녀가 고개를 저었다.

"유대인?"

그는 그녀의 침묵을 긍정으로 해석했다.

"유대인이오?"

"아뇨."

"이스라엘이 옳다고 믿소? 도대체 정체가 뭐지?"

"아무것도 아니에요."

"기독교도인가? 그들을 당신네 위대한 종교의 선구자로 보는 거요?"

그녀가 다시 고개를 저었다.

"돈 때문인가? 뇌물을 받은 거요? 아니면 협박?"

그녀는 비명이라도 지르고 싶었다. 그녀는 두 주먹을 불끈 쥐고 숨을
들이마셨지만 혼란에 숨이 막힐 것만 같았다. 그녀는 대신 흐느끼기 시

작했다.

"생명을 구하고 참여하고, 그래서 의미가 되고 싶었을 뿐이에요. 그를 사랑했어요."

"동생을 배신한 건가?"

불현듯 목을 맸던 응어리는 사라지고 치명적으로 건조한 말투로 대체되었다.

"그를 알지도 못했어요. 얘기해본 적도 없고… 죽이기 전에 잠깐 보여주기는 하더군요. 나머지는 모두 조작이에요. 연애, 대화… 모두. 사실 난 편지를 쓴 적도 없어요. 그 사람들이 썼죠. 당신한테 보낸 편지까지 모두. 내 문제라면… 나를 돌봐주었던 남자와 사랑에 빠졌죠. 그게 전부예요."

그가 천천히 왼손을 뻗어 그녀의 뺨을 어루만졌다. 공격보다는 그녀가 실제인지 확인하려는 것 같은 동작이었다. 그리고 자신의 손끝을 보고 다시 그녀를 보았다. 아마도 감각과 실체를 비교하고 있으리라.

"당신은 내 나라를 저버린 영국인이오." 그가 조용히 선언했다. 눈앞에 드러난 증거조차 믿기 어렵다는 표정이었다.

그때 갑자기 그가 고개를 들더니 불만이라도 토하듯 고개를 젖혔다. 요제프가 쏜 화기의 위력에 몸에 불까지 붙었다. 방아쇠를 당길 때 가만히 서 있으라고 배웠으나, 요제프는 그러지 않았다. 그는 총알을 믿지 않았다. 그는 총알을 타깃에 박아 넣기라도 하려는 듯 끝까지 쫓아오며 쏘아댔다. 진부한 침략자처럼 문을 뚫고 들어와 곧바로 적에게 달려든 것이다. 그는 두 팔을 완전히 뻗은 자세로 계속 거리를 좁혔다. 그녀는 칼릴의 얼굴이 터지는 광경도 보았다. 몸을 뒤틀며 도움을 청하듯 벽을 향해 두 팔을 뻗는 것도 보았다. 총알은 그의 등을 뚫고 흰 셔츠를 망가뜨렸다. 그는 두 손을 벽에 댔다. 의수 하나, 진짜 손 하나. 이윽고 너덜거리는 몸이 미끄러지며, 스크럼을 뚫고 나가려는 럭비 선수처럼 웅크리고 앉았다. 하지만 이미 그때쯤 요제프가 다가와 두 다리를 걷어차 그의 마지막 여행을 재촉해주었다. 요제프 다음에 리트박이 들어왔다. 찰리는 마이크라는 이름으로 알고 있지만 지금도 어딘가 음흉한 냄새를 풍기는 사람이다. 요제프가 물러나자, 마이크가 무릎을 꿇고는 칼릴의 목덜미에 마지막 확인사살을 했다. 물론 불필요한 행동이었다. 마이크 다음으로는 검은 잠수복 차림의 망나니 수천 명이 들이닥치는 것 같았다. 인솔자는 마티와 독일 족제비였다. 그리고 2천 기는 됨직한 들것, 앰뷸런스 운전사들, 의사들, 딱딱한 표정의 여자들이 뒤를 이었다. 여자들은 그녀를 안아주고, 토사물을 닦아주고, 복도를 지나 시원한 바깥으로 데리고 나갔다. 하지만 끈적거리는 피 냄새가 이미 그녀의 코와 목을 가득 메운 터였다.

구급차가 정문 쪽으로 후진 중이었다. 차 안에는 혈액병들이 있고 담요들도 시뻘겋게 젖었다. 처음엔 그녀도 타지 않으려 했다. 거칠게 저항하는 바람에 뺨도 한 대 얻어맞은 듯했다. 그녀를 부축하던 여자 하나가 갑자기 그녀의 얼굴을 향해 손을 휘두른 것이다.

귀가 멍했다. 덕분에 자신의 비명 소리조차 아련하게 들렸으나 그녀의 관심은 오로지 옷을 벗는 것뿐이었다. 자신이 창녀이기 때문이기도 했고 또 칼릴의 피가 너무나 많이 묻었기 때문이기도 했다. 드레스는 어젯밤보다 너무도 낯설었다. 단추인지 지퍼인지 판단도 서지 않아 결국 더 이상 신경 쓰지 않기로 했다. 그때 레이철과 로즈가 양쪽에서 나타나 각각 한쪽 팔을 잡았다. 현실 극장 오디션 당시 처음 아테네 안가에 도착했을 때도 이런 식이었다. 경험으로 미루어 더 이상의 저항이 무의미하다는 얘기였다. 그들은 그녀를 앰뷸런스에 태워 침대에 앉히고 각각 양쪽에 자리를 잡았다. 내려다보니 온갖 얼빠진 얼굴들이 그녀를 바라보고 있었다. 자신들의 영웅들처럼 잔뜩 인상을 찌푸린 젊은이들. 그리고 바로 그 영웅인 마티와 마이크, 디미트리와 라울, 그 밖에 안면이 있거나 없는 여타의 사람들. 마침내 군중이 갈라서며 요제프가 등장했다. 칼릴을 죽인 총은 치웠지만 청바지와 러닝화는 온통 피범벅이었다. 그가 계단 발치에 서서 그녀를 올려다보았다. 처음에는 그녀도 자신의 얼굴을 마주 보는 기분이었다. 그녀가 자기 자신을 대하는 자기혐오를 그에게서도 볼 수 있었다. 그런 식으로 일종의 심적 교류가 일어났다. 그녀는 그의 역할인 킬러와 뚜쟁이가 되고, 그는 그녀와 마찬가지로 미끼이자 창녀이자 배신자가 되었다.

그렇게 그를 노려보는데 갑자기 내면에서 분노의 불꽃이 터지며, 그녀는 그가 빼앗아간 정체성을 되돌려 받았다. 그녀가 자리에서 일어났지만 이번에는 로즈도 레이철도 미처 말리지 못했다. 그녀가 크게 숨을 삼키며 그를 향해 "꺼져!"라고 소리쳤다…. 아니, 적어도 자기 귀에는 그렇게 들렸다. 어쩌면 "싫어!"였는지도 모르겠다. 하긴 어느 쪽이든 무슨 상관이겠는가.

27

공작의 직간접적 여진이라면, 세상은 실제보다 더 많은 것을 알고 있었다. 물론 찰리보다도 훨씬 더 많이 알았다. 예를 들어, 팔레스타인 테러 용의자가 독일 침투팀과의 교전에서 사살되었다. 익명의 여성 인질은 병원으로 후송된 바, 쇼크 상태이기는 하나 특별한 부상은 없었다. 그 정도는 앵글로색슨 매체의 외국판 기사를 대충 훑어만 보아도 충분히 알 수 있는 일이다. 독일 신문들은 보다 생생한 각색들을 덧붙였으나("황야의 서방, 검은 숲을 정복하다.") 기사들이 지나치게 단정적이고 이율배반적인 탓에 실제로 알 수 있는 건 하나도 없었다. 애초에 프라이부르크 폭탄테러에서 사망한 것으로 보고된 밍켈 교수가, 실제로는 기적적으로 테러를 피했다는 기사도 있었으나, 그 부분은 알렉시스가 교묘하게 부인한 덕에 다들 기정사실로 받아들였다. 솔직히 저명한 저술가들 말마따나, 모르는 게 약일 수도 있는 일이었다.

서방 주변에서 사소한 사건들이 잇따라 발생하는 바람에 아랍 테러 조직 한두 곳을 집중 조사했으나, 요 근래 라이벌 그룹이 워낙에 많은 터라 어차피 사막에서 바늘 찾는 격이었다. 예를 들어, 스위스의 인권변호사이자 소수민족의 옹호자인 안톤 메스테르바인 박사를 향한 무분별한 총격의 책임자로 당국은 과격파 팔랑헤 조직을 지목했다. 최근에 레바논의 팔레스타인 '정착민'들에게 공공연한 지지를 보냈다는 이유로 몇몇 유럽인에 대해 '선전포고'를 했기 때문이었다. 공격은 백주대낮에 일어났는데, 피해자가 출근을 위해 자신의 빌라를 떠날 때였고 물론 평소처럼 경호 따위는 없었다. 그리고 세계는 적어도 오전 동안은 깊은 충격에 빠졌다. 취리히 신문사 편집장 앞으로 편지 한 장이 배달되었다. 편지는 총격이 자신들의 소행이라며 '자유 레바논' 날인을 덧붙였다. 결국 진본으로 판명되고 레바논의 하급 외교관 한 명이 추방 명령을 받았다. 그도 체념하고 곧바로 출국했다.

세인트존스우드의 미완성 모스크 밖에서, 거부전선 외교관의 차량폭발이 있었지만 거의 아무런 관심도 받지 못했다. 몇 달 동안 그런 식의 살상만 벌써 네 번째였기 때문이다.

다른 한편, 이탈리아 음악가이자 신문평론가 앨버트 로시노가 칼부림을 당했다. 그와 동행한 여성의 시신은 몇 주일 후 티롤 호수 옆에서 발견되었지만, 알몸에다가 거의 알아보지 못할 정도로 훼손된 상태였다. 두 사람 모두 과격파와의 연관이 있기는 했으나 오스트리아 당국은 정치적인 해석을 거부하고, 확보한 증거에 따라 사건을 치정으로 넘겨버렸다. 여자의 이름은 아스트리트 베르거. 독특한 취향으로 유명했기에 다소 이상하기는 했지만, 어쨌든 정황상 제삼자의 개입은 없었다는게 당국의 최종결론이었다. 그 밖의 지엽적인 살인사건들은 거의 시선을 끌지 못했다. 시리아 국경의 낡은 사막요새에 대한 이스라엘의 폭격도 마찬가지였다. 예루살렘의 주장에 따르면 외국 테러분자들을 위한 팔레스타인 훈련소로 사용하고 있는 곳이었다. 베이루트 외곽의 언덕마루에서 폭발한 200킬로그램 폭약도 마찬가지였다. 값비싼 여름별장은 물론 타예와 파트메와 거주민들의 죽음은, 그 비극적 지역에서 발생한 여느 테러와 마찬가지로 파악이 불가능했다.

그동안 찰리는 해변에 갇혀 지냈기에 그런 일에 대해서는 아무것도 알지 못했다. 아니, 구체적으로 말한다면, 대충 알기는 했으나, 너무 질리거나 겁이 난 덕에 구체적인 부분들을 받아들이지 않았다고 할 수 있었다. 처음에 그녀는 수영을 하거나, 옷깃을 단단히 여미고 해변 끝까지 천천히 걸어갔다 돌아오곤 했다. 경호원들도 어느 정도 거리를 두고 그녀를 쫓아다녔다. 바닷물에 들어가면 파도가 잔잔한 끄트머리에 앉아 바닷물로 몸을 씻었다. 처음엔 얼굴, 그리고 팔과 손. 다른 여자들은 지시에 따라 알몸으로 수영을 했으나 찰리는 그런 식의 방탕한 예를 거부했다. 결국 심리학자들도 그들에게 다시 옷을 입히고 기다리기로 했다.

쿠르츠는 일주일에 한 번, 때로는 두 번 정도 그녀를 보러 왔다. 그는 극도로 친절하고 끈기 있고 성실했다. 그녀가 비명을 지를 때도 마찬가지였다. 그의 정보는 현실적이었으며 모두 그녀를 위한 내용이었다.

그녀를 위해 대부도 만들었다. 아버지의 옛 친구였는데 속칭 대박을 터뜨린 후 최근 스위스에서 숨을 거두며 그녀에게 거액의 돈을 물려주었다. 외국자금이기 때문에 영국에서는 증여세도 물지 않는다고 했다.

영국 정부를 설득해, 향후 유럽 및 팔레스타인 극단주의자들과 찰리의 관계를 추궁해봐야 득 될 게 없다는 사실도 확인했다. 물론 그녀가 그 이유와 과정까지 이해할 필요는 없었다. 쿠르츠는 또한 그녀를 향한 퀼리의 호감을 회복해주었다. 경찰도 그를 방문해 찰리 관련 의혹이 모두 오해였음을 확인해준 바 있다.

쿠르츠는 찰리가 갑자기 런던에서 사라진 이유에 대해서도 상의했다. 찰리도 몇 가지 시나리오를 받아들이기로 했다. 예를 들어 경찰에 대한 두려움과, 가벼운 신경쇠약 같은 얘기들이다. 미코노스에서 지내던 중 유부남을 만나기도 했지만 결국 버림받고 말았다는 얘기도 포함되었다. 하지만 이런 사실들을 교육하고 몇 가지 상황에 대해 추궁하자, 그녀는 갑자기 얼굴이 창백해지고 온몸을 부들부들 떨기 시작했다. 쿠르츠가 '최고위층'을 들먹이며, 원한다면 언제든 이스라엘 시민으로 살게 해주겠다고 제안했을 때도 비슷한 증상을 보였다.

"그런 건 파트메한테나 줘요." 그녀가 잘라 말했다. 쿠르츠도 그때쯤 새로운 사건들 때문에 정신이 없던 터라 파트메가 누구인지, 아니 누구였는지 확인하기 위해 다시 파일을 들춰봐야 했다.

쿠르츠는 그녀의 경력에 대해서도 얘기했다. 그녀가 심신을 추스르고 나면 무척 흥미로운 일이 기다릴 것이다. 할리우드의 유명한 제작자두 명이 찰리에게 특별한 관심을 갖고, 한시라도 빨리 태평양을 건너와 카메라테스트를 받기를 갈망하고 있었다. 그중 한 명은 그녀에게 어울릴 역할까지 준비했다지만 쿠르츠도 구체적인 얘기까지는 하지 않았다. 그 밖에 런던 극장가에서도 몇 가지 좋은 소식을 준비 중이었다.

"그냥 처음으로 돌아가고 싶어요." 찰리가 부탁했다.

그것도 물론 가능해요. 얼마든지. 쿠르츠의 대답이었다.

정신과의사는 군의관 출신이며 눈이 반짝이고 젊고 쾌활했다. 자기 분석 또는 우울증 치료 따위에 전혀 관심이 없는 것은 물론이다.

실제로 그의 관심은 그녀의 대화를 유도하는 쪽이 아니라 대화하지 않는 게 좋다고 설득하는 데 있었다. 할 일도 무척이나 다양한 사람 같았다. 그는 그녀를 차에 태워 해안도로를 따라 텔아비브까지 드라이브를 했다. 멍청하게 개발에서 살아남은 고급 아랍 저택들을 가리키는 바람에 찰리가 걷잡을 수 없는 분노에 치를 떨기는 했지만 말이다. 그는 그녀를 야외 식당에 데려가고 함께 수영하고 심지어 해변에 누워 잡담을 시도하기도 했다. 그때 그녀는 묘하게 이지러진 목소리로 차라리 진찰실에서 대화하는 게 좋겠다고 실토했다. 그녀가 승마를 원하면, 그는 말을 주문해 함께 멋진 하루를 보냈다. 그나마 말을 타는 동안에는 그녀도 완전히 자신을 잊는 듯했으나 다음 날이면 다시 입을 다물어 그의 속을 태웠다. 결국에는 쿠르츠에게 적어도 일주일은 더 기다려야겠다고 보고했다. 같은 날 저녁 그녀가 느닷없이 심한 구토증에 시달렸는데, 거의 먹지 않았다는 사실을 고려한다면 너무도 기이한 일이 아닐 수 없었다.

레이철이 돌아와 대학 공부를 재개했다. 그녀는 진솔하고 친절하고 여유로웠다. 아테네에서 처음 만났을 때의 경직된 모습과는 완전히 딴판이었다. 그녀의 얘기에 따르면, 디미트리도 학교로 돌아갔다. 라울은 의대에 들어가 군의관이 되고 싶다지만, 어쩌면 고고학을 선택할 수도 있다고 했다. 찰리도 그런 종류의 가족 소식에는 가볍게 미소를 지었다. 레이철이 쿠르츠에게 한 보고에 따르면, 흡사 할머니와 대화하는 기분이라고 했다. 결국 레이철의 노스컨트리 기질도, 영국 중산층의 생활양식도 그다지 영향을 미치지는 못했다. 한참 후, 찰리는 쭈뼛쭈뼛 혼자 지내고 싶다는 의사를 피력했다.

그동안 쿠르츠의 업무에도 변화가 있었다. 그간 수많은 공작의 바탕이 되었던, 기술 및 인간에 대한 정보 보고에 귀한 교훈들도 상당수 더해졌다. 비유대인을 고용하기도 했는데, 여전히 뿌리 깊은 편견이 남아 있기는 해도 실제로도 큰 도움이 되었다. 유대인 여자라면 중간 지역을 그렇게 확실하게 장악하지 못했을 것이다. 기술자들은 시계라디오 배터리 얘기에 크게 고무되었다. 배움은 아무리 늦어도 빠르다. 삭제된 관리 사료도 하나 복구해 훈련에 큰 효과를 보았다. 제대로 된 관리자라면, 요원의 장비를 교환해주면서 배터리가 없다는 사실을 확인했어야 했다. 유도 신호가 멈췄을 때 다행히 직감을 발휘해 곧바로 치고 들어갔다. 물론 그 사건에서 베커의 이름은 드러나지 않았다. 보안 문제를 제외하면 최근 그에 대한 좋은 소식을 듣지 못했지만, 그가 성인이 되었다는 얘기를 듣고 싶지도 않았다.

그리고 늦봄, 리타니 분지가 탱크가 지날 정도로 마르자마자 쿠르츠의 최대 두려움과 가브론의 최대 협박이 실현되었다. 이스라엘이 마침내 레바논으로 치고 들어가 그간의 적대 국면을 해소한 것이다. 아니, 보기에 따라 새로운 적대상황이 시작되었다고 볼 수도 있겠다. 찰리를 맞아주었던 피난민수용소는 소거되었다. 말인즉슨, 불도저가 들어가 시신을 파묻고 탱크와 포격이 저질러놓은 뒤처리를 마감했다는 뜻이다. 수백, 수천의 시신을 남겨둔 채 처절한 피난 행렬이 이어졌다. 특수팀들은 찰리가 머물렀던 베이루트의 비밀장소들을 모두 휩쓸어버렸다. 시돈은 닭들과 밀감밭만 간신히 남고, 안가는 사라옛 팀에 파괴되었다. 그들은 또한 카림과 야시르까지 죽였다. 위대한 정보장교 야시르가 지적한 대로, 그들은 바다를 통해 들어왔으며 미제 특수폭발탄을 사용했다. 지금도 비밀목록으로만 존재하는 이 신무기는 몸을 슬쩍 스치기만 해도 생명을 잃는다. 찰리와 팔레스타인의 짧은 밀회를 향한 이들의 효과적인 파괴에 대해서도, 그녀는 당연히 아무것도 몰랐다. 알았다면 특유의 상상력과 몰입 때문에라도, 이 모든 침략을 자기 탓으로 돌렸을 것이다. 정신과의사의 진단도 그와 일치했기에 고로 모르는 게 약이다. 그녀 나름대로 행복을 좇도록 해주자. 쿠르츠는 한 달 이상 나타나지 않았다. 아니, 나타났다 해도 아무도 알아보지 못했을 것이다. 체격은 절반으로 오그라들고 슬라브 눈도 정기를 잃어, 지금은 결국 제 나이로 보였다. 요컨대, 늙었다는 뜻이다. 그러던 어느 날 오랜 투병생활을 끝낸 환자처럼 그가 돌아왔다. 그리고 몇 시간 내에 미샤 가브론과의 불화를 보란 듯이 다시 지펴놓았다.

베를린, 처음에는 가디 베커가 찰리에 비견되는 진공 상태로 부상했다. 사실 이미 전력이 있는 터라 어떤 점에선 원인과 결과에 그다지 민감하지 못했던 점도 있었다. 그는 자기 아파트로 돌아와 저물어만 가는 사업에 매달렸다. 이번에도 파산 지경이었다. 며칠간 전화를 붙들고 도매상과 언쟁을 높이거나, 창고를 찾아가 박스를 마구 집어던졌지만 전 세계적 불황은 무엇보다 독일 의류산업을 충격에 빠뜨린 듯 보였다. 가끔 잠자리를 같이하는 여자가 있었다. 이제 막 30대를 벗어난 기품 있는 여성인데, 그의 잘못도 너그러이 용서하고 타고난 고집에도 장단을 잘 맞춰주었다. 베커는 막연하게 유대인 여자라고 생각했다. 그는 며칠 동안의 부질없는 고민 끝에 여자에게 전화를 걸어 시내에 와 있다고 실토했다. 기껏 며칠 정도야. 어쩌면 하루가 될 수도 있고. 그녀는 그가 갑자기 사라진 데 대해 가볍게 꾸짖고는 다시 돌아와 기쁘다고 말해주었다. 하지만 그때도 그가 확신이 있었던 건 아니었다.

"그럼 건너와요." 그녀가 그를 야단친 후 이렇게 말했다.

그는 가지 않았다. 그녀가 줄 쾌락의 선물을 받아들일 자신이 없었던 것이다.

그때 그는 지레 겁을 먹고 잘 아는 고급 나이트클럽으로 달려갔다. 세속적 지혜에 밝은 여자가 운영하는 곳인데 그는 마침내 술에 취하는 데 성공했다. 손님들이 독일-그리스 전통에 따라 열심히 접시를 박살 내는 광경도 구경했다. 다음 날은 별다른 계획 없이 새 소설을 쓰기 시작했다. 이스라엘로 달아났다가 시온의 이름으로 자행되는 범죄를 견디지 못하고 다시 고향 땅을 떠난 베를린-유대 가족에 대한 내용이었다. 한참 후 자신이 쓴 분량을 읽어보고는 휴지통에 버렸다가, 다시 보안상의 이유를 빙자해 벽난로에 던져 넣었다. 어느 날 본 대사관에서 찾아와 자신이 전임자 대행이며, 예루살렘과 연락할 일이 있으면 그를 찾으라고 요구했다. 베커는 감정을 억제하지 못하고 이스라엘 국가에 대해 도발적인 토론을 벌이기 시작했다. 그는 매우 도발적인 질문으로 토론을 끝맺었다. 아서 케스틀러의 저술에서 발췌해 자신의 편견에 맞게 각색한 내용으로 보였다. "우리가 어떻게 될 것 같은가? 유대인의 고향? 아니면 추악하고 편협한 스파르타 국가?"

신입요원은 차갑고 건조한 인물인지라, 그 의미를 이해하려 들기보다는 질문 자체에 기분이 상했다. 그는 약간의 돈과 명함을 남겼다. 2급 사무관, 통상 담당. 그보다 심각한 건 그가 짙은 의혹을 안고 떠났다는 데 있었다. 다음 날 아침 쿠르츠의 전화는 분명 그 의심을 걷어내는 데 목적이 있었다.

그는 베커가 전화를 받자마자 거칠게 밀어붙였다. 언어는 영어를 골랐다.

"도대체 무슨 말을 하고 싶은 거야? 둥지를 쑥밭으로 만들 생각이라면 귀국해. 여기서야 자네한테 관심 줄 사람 아무도 없으니까."

"그녀는 어때요?" 베커가 물었다.

쿠르츠는 일부러 매몰찬 대답을 선택했다. 그녀에 대한 안부야말로 그가 밑바닥에서 버둥거리고 있음을 말해주기 때문이다.

"프랭키는 잘 지내. 마음도 괜찮고 몸도 괜찮다. 나야 이해는 못하지만 지금도 자네를 사랑한다더군. 엘리가 며칠 전에 얘기했는데, 두 사람 이혼을 되돌릴 수 있다고 생각하는 것 같았대."

"이혼이야 원래 되돌릴 수 있는 것 아닙니까?"

쿠르츠도 언제나처럼 대답을 갖고 있었다.

"그럴 거면 애초에 뭐 하러 이혼한 거야?"

"어쨌든… 그녀는 어때요?" 베커가 다시 물었다. 이번엔 '그녀'를 좀 더 강조했다.

쿠르츠는 대답하기 전에 화부터 달래야 했다.

"우리 친구 얘기라면 건강하다. 지금은 치유 중이고 다시는 자네를 만나지 않을 거야. 덕분에 자네도 영원히 젊은이 노릇 할 수 있잖아!" 쿠르츠는 결국 고함을 지르고 전화를 끊었다.

그날 저녁 프랭키가 전화했다. 쿠르츠가 고의로 번호를 알려주었을 것이다. 전화는 프랭키의 악기다. 다른 사람들은 바이올린, 하프, 뿔나팔 따위를 연주하겠지만 프랭키에겐 항상 전화였다.

베커는 한참 동안 그녀의 얘기를 들었다. 그녀는 울음에도 능했다. 설득도 약속도 능했다.

"당신이 원하는 대로 뭐든 할게. 얘기만 해. 그럼 뭐든지 할 테니까."

하지만 베커가 더 이상 하기 싫은 일이 사람을 만들어내는 공작이다.

그 후 머지않아 쿠르츠와 정신과의사는 찰리를 다시 방류할 때가 되었다고 결정했다.

순회공연은 '코미디의 향기'라고 불렀다. 극장은 지금껏 다른 극장과 마찬가지로 여성협회이자 연극학교로 활용했다. 선거 때면 기표소로 변신도 했다. 정말로 천박한 연극에 천박한 극장이 아닐 수 없었다. 이 극장을 선택한 것도 그녀가 형편없이 허물어지고 있을 때였다. 양철 지붕에 나무 바닥인지라 걸을 때면 마루판에서 푹 하고 먼지가 일어났다. 그녀는 비극부터 시작했다. 한참 동안을 지켜본 네드 퀼리가 그녀가 원하는 바가 바로 비극이라고 판단했기 때문이다. 그녀 또한 나름대로의 이유로 그렇게 생각했으나, 머지않아 심각한 장면에 감정이입이 될 경우 도무지 견뎌내지 못한다는 사실을 인정해야 했다. 느닷없이 흐느끼거나 통곡을 했으며 황급히 무대를 떠난 것도 여러 번이었다.

하지만 무엇보다 그녀를 괴롭힌 건 비극의 부적절한 양상이었다. 그녀는 서방 중산층 사회의 통념을 받아들일 여유도 없었지만 아예 이해도 하지 못했다. 때문에 코미디가 결국 그녀를 위한 최선의 가면이 되어주었다. 그리고 코미디를 통해 그녀는 매주 셰리단과 프리슬리, 그리고 프로그램에 '신랄한 위트를 입힌 수플레'라는 이름으로 소개한 최근의 천재 작가 사이를 왔다 갔다 했다. 연극은 처음 요크에서 막을 열었다. 고맙게도 노팅엄은 피할 수 있었다. 리즈와 브래드포드, 허더즈필드와 더비에서도 공연했다. 찰리는 아직 수플레, 즉 번득이는 위트극을 해보지 못했는데 잘못은 그녀에게 있을 것이다. 그녀가 상상에 빠져 마치 한 대 얻어맞고 영원히 쓰러질 복서처럼 대사를 처리했기 때문이다.

연습이 없을 때면 하루 종일 병원 대기실 환자처럼 주변을 서성대며, 담배를 피우거나 잡지를 읽었다. 하지만 오늘 다시 막이 오르자, 만사가 귀찮고 계속 졸리기만 했다. 목소리는 제멋대로 오르내리고 팔은 이쪽, 다리는 저쪽으로 뻗어나갔다. 그녀는 잠시 연기를 멈춰야 했다. 각본대로라면 안도의 한숨을 쉬어야 했지만 대신 그저 망연자실 서 있기만 한 것이다. 그리고 그와 동시에 금지된 앨범의 사진들이 머릿속을 가득 채우기 시작했다. 시돈의 감옥, 벽을 따라 서서 대기 중인 엄마들, 공습 방공호, 그녀를 바라보며 비난을 할지 말지 난감해하던 얼굴들. 그리고 자신이 흘린 피 위에 손톱자국을 그리던 칼릴의 장갑 낀 손.

찰리는 막간에도 분장실에 가는 대신 무대 문을 빠져나와 담배를 피웠다. 그리고 떨리는 몸으로 안개 자욱한 미드랜드 거리를 내려다보며 걸을지 말지를 궁리했다. 그렇게 마냥 걷다가 절벽 아래로 떨어지거나 차에 치이고 싶었다. 사람들이 그녀를 불렀다. 문이 닫히는 소리와 서두르는 발소리도 들렸다. 하지만 그건 그녀가 아니라 그들의 문제였다. 그래서 그녀는 그들에게 맡겼다. 다만 마지막, 최후의 책임감 때문에 문을 열고 무대로 복귀하기는 했다.

"찰리, 맙소사! 도대체 왜 그래!" 막이 오르자 그녀는 어느새 무대 위에 있었다. 혼자. 길고 긴 독백. 힐다가 남편 책상에 앉아 연인에게 편지를 쓴다. 미셸에게. 요제프에게. 팔꿈치 옆에서 촛불이 타오른다. 잠시후 그녀는 책상에서 새 종이를 찾기 위해 서랍을 열 것이다. 그러다가 "오, 안 돼!"…그만 남편이 정부에게 쓴 편지를 발견한 것이다. 그녀도 편지를 쓰기 시작한다. 그녀는 노팅엄 모텔에 있다. 델포이 외곽 타베르나에서 요제프가 눈을 반짝이며 촛불 너머로 그녀를 본다. 아니, 다시 보니 칼릴이다. 블랙포레스트의 안가 통나무 식탁에서 그녀와 식사를 하고 있다. 그녀는 마침내 자신의 대사를 하고 있다. 신기하게도 요제프의 대사가 아니다. 타예도 칼릴도 아니고 다름 아닌 힐다의 대사다. 그녀는 책상서랍을 열고 손을 넣었다가 한 박자 쉰 다음 남편의 편지를 꺼낸다. 당혹스러웠다. 그녀는 편지를 돌려 청중들에게 보여준다. 그리고 믿을 수 없는 표정으로 자리에서 일어나 무대 앞으로 걸어가며 소리 내어 읽기 시작한다. 구체적인 일화가 가득한, 너무도 재치 있는 편지다. 잠시후 왼쪽에서 남편 존이 잠옷 차림으로 들어와 책상으로 다가간다. 그리고 그도 그녀가 쓰다 만 연애편지를 읽는다. 이제 곧 두 편지를 대조하며 관객은 정신착란에 빠지고, 부부는 상대의 부정에 흥분해 더욱 음란한 간음에 탐닉하게 될 것이다. 그녀는 남편이 들어오는 소리를 듣는다. 그녀가 목소리를 높이라는 신호이나, 힐다가 편지를 읽는 동안 분노가 호기심을 대체한다. 그녀는 두 손으로 편지를 잡고 돌아서서 두 걸음 왼쪽으로 이동한다. 존을 막아서지 않기 위해서다. 그리고 그는 존이 아니라 요제프가 되었다. 미셸이 앉았던 일등석 중앙에서 요제프가 예전처럼 심각한 표정으로 올려다보고 있었다.

처음에는 그다지 놀라지 않았다. 가장 심할 때는 내면세계와 외부세계의 간극이 거의 없었지만 요즘에는 간극 자체가 존재하지 않았다.

그래, 결국 왔네요. 시기도 적절해요. 그런데 난초도 가져왔나요, 요제프? 난초 없어요? 붉은색 블레이저는? 금메달은? 구찌 신발은? 결국 분장실에 가야 했었나 봐요. 당신이 남긴 쪽지를 읽어야죠. 당신이 올 줄은 알았어요. 케이크도 구워놓은 걸요.

그녀는 편지를 읽다가 그만두었다. 더 이상 연기가 의미 없어졌기 때문이다. 대사 보조원은 창피한 줄도 모르고 대사를 토해내고 감독은 그 뒤에 서서 벌떼를 쫓는 사람처럼 두 팔을 저어댔다. 그렇게 두 남자가 시선을 막기는 했지만 그녀의 눈에는 오직 요제프뿐이었다. 오히려 그들이 환각일 수도 있다. 마침내 요제프가 저토록 실체가 되었으니 말이다. 등 뒤에서는 남편 존이 영문도 모른 채 그녀 대신 대사를 만들어내고 있었다. 당신한테도 요제프가 필요해요. 요제프가 모든 대사를 만들어주거든요. 그녀는 자랑스럽게 말하고 싶었다.

두 사람 사이에 빛의 막이 있었다. 막이라기보다는 빛으로 만든 격벽이었다. 거기에 눈물이 더해져, 시야가 흐려지기 시작했다. 결국 그녀도 그가 신기루라고 의심하기 시작했다. 관중석에서 때려치우라는 소리가 들려왔다. 남편 존이 쿵쿵 무대 앞쪽으로 걸어나와 그녀의 팔꿈치를 잡았다. 부드러우면서도 단호한 손길. 그녀를 정신병원에 넘기겠다는 협박 같았다. 잠시 후면 막을 내리고 저 망할 대역에게(대역배우 이름이 뭐였더라?) 일생일대의 기회를 주겠지만 그녀의 관심은 요제프에게 다가가 그를 만지고 확인해보는 것뿐이다. 조명이 올라갔다. 그래, 요제프가 맞아! 하지만 이렇게 가까이서 보니 오히려 싫증이 났다. 그는 그저 보통 청중에 불과했다. 그녀가 통로를 걸어가는데 누군가 팔을 잡았다. 남편 존이로군. 꺼져. 복도에는 늙은 여자 둘뿐이었다. 아마도 주최자들일 것이다.

"진찰을 받아 봐." 한 명이 말했다.

"잠을 푹 자든지." 다른 여자가 말했다.

"그냥 집어치우시죠." 찰리가 가볍게 충고했다. 과거엔 한 번도 쓰지 않았던 표현이다.

노팅엄의 비는 내리지 않았다. 그녀를 기다리는 붉은 메르세데스도 없었다. 그래서 버스정류장으로 걸어갔다. 어쩌면 미국 남자가 버스에 올라타 붉은색 밴을 찾으라고 할지도 모를 일이다.

요제프가 텅 빈 거리를 따라 다가왔다. 무척이나 큰 키였다. 문득 그가 달려와 그녀에게 총알을 박아 넣을지 모른다는 생각도 했지만 그러지는 않았다. 그가 그녀 앞에 서서 가볍게 숨을 몰아쉬었다. 누군가 그에게 메시지를 보냈을 것이다. 물론 마티겠지만 어쩌면 타예일지도 모르겠다. 그가 입을 열어 메시지를 전하려 했으나 그녀가 막았다.

"난 죽었어요, 요제프. 당신이 쐈잖아요. 잊었어요?"

현실 극장에 대해서도 무슨 얘기든 하고 싶었다. 시체들이 일어나지도 걸어가지도 못했다는 얘기도 있지만 어쨌든 하지 못했다.

택시가 지나가자 요제프가 손을 저어 불렀다. 택시는 멈추지 않았다. 하지만 뭘 기대한단 말인가? 요즘은 택시들이 무법자이니. 그녀가 그에게 기댔다. 행여 그가 받쳐주지 않았던들 그대로 쓰러지고 말았을 것이다. 눈물 때문에 잘 보이지도 않았다. 그의 목소리도 마치 물속에서 들려오는 듯했다. 난 죽었어요. 난 죽었어요. 난 죽었어요. 그녀는 계속해서 읊조렸다. 그는 그녀가 죽거나 살아 있기를 바라는 듯 보였다. 두 사람은 서로를 꼭 끌어안고 인도를 따라 걷기 시작했다. 도시는 두 사람에게 너무도 낯설기만 했다.

The Little Drummer Girl

JOHN LE CARRÉ

옮긴이 **조영학**

소설 전문 번역가. 《더 레이븐》, 《윈터 킹》, 《에너미 오브 갓》, 《엑스칼리버》, 《임페리움》, 《루스트룸》, 《이니그마》, 《아크엔젤》, 《고스트라이터》, 《숨은 강》, 《링컨 차를 타는 변호사》, 《히스토리언》, 《나는 전설이다》, 《스켈레톤 크루》 등 60여 편이 있다. 현재 KT&G 상상마당에서 출판 번역 강좌를 맡고 있다.

리틀 드러머 걸

1판 1쇄 발행 2014년 4월 28일
1판 3쇄 발행 2019년 4월 26일

지은이 존 르 카레
옮긴이 조영학

발행인 양원석
본부장 김순미
편집장 김건희
해외 저작권 최푸름
제작 문태일, 안성현
영업마케팅 최창규, 김용환, 정주호, 양정길, 이은혜, 신우섭,
            조아라, 유가형, 김유정, 임도진, 정문희, 신예은

펴낸 곳 ㈜알에이치코리아
주소 서울시 금천구 가산디지털2로 53, 20층 (가산동, 한라시그마밸리)
편집문의 02-6443-8902   **구입문의** 02-6443-8838
홈페이지 http://rhk.co.kr
등록 2004년 1월 15일 제2-3726호

ISBN 978-89-255-5159-3 (03840)